BEST 嚴選

奇幻基地出版

刺客正傳3

經典紀念版

The Farseer 3

刺客任務（上）

Assassin's Quest

羅蘋・荷布 著

姜愛玲 譯

Robin Hobb

獻給如假包換的凱特・歐格登

從小就揚言長大後要成為
踢踏舞者、劍術大師、
柔道家、電影明星、
考古學家，還有美國總統。

並以令人恐懼的驚人速度
逐漸接近她的最終目標。

也從來不會把電影和本書混為一談。

刺客任務一

目錄

上冊

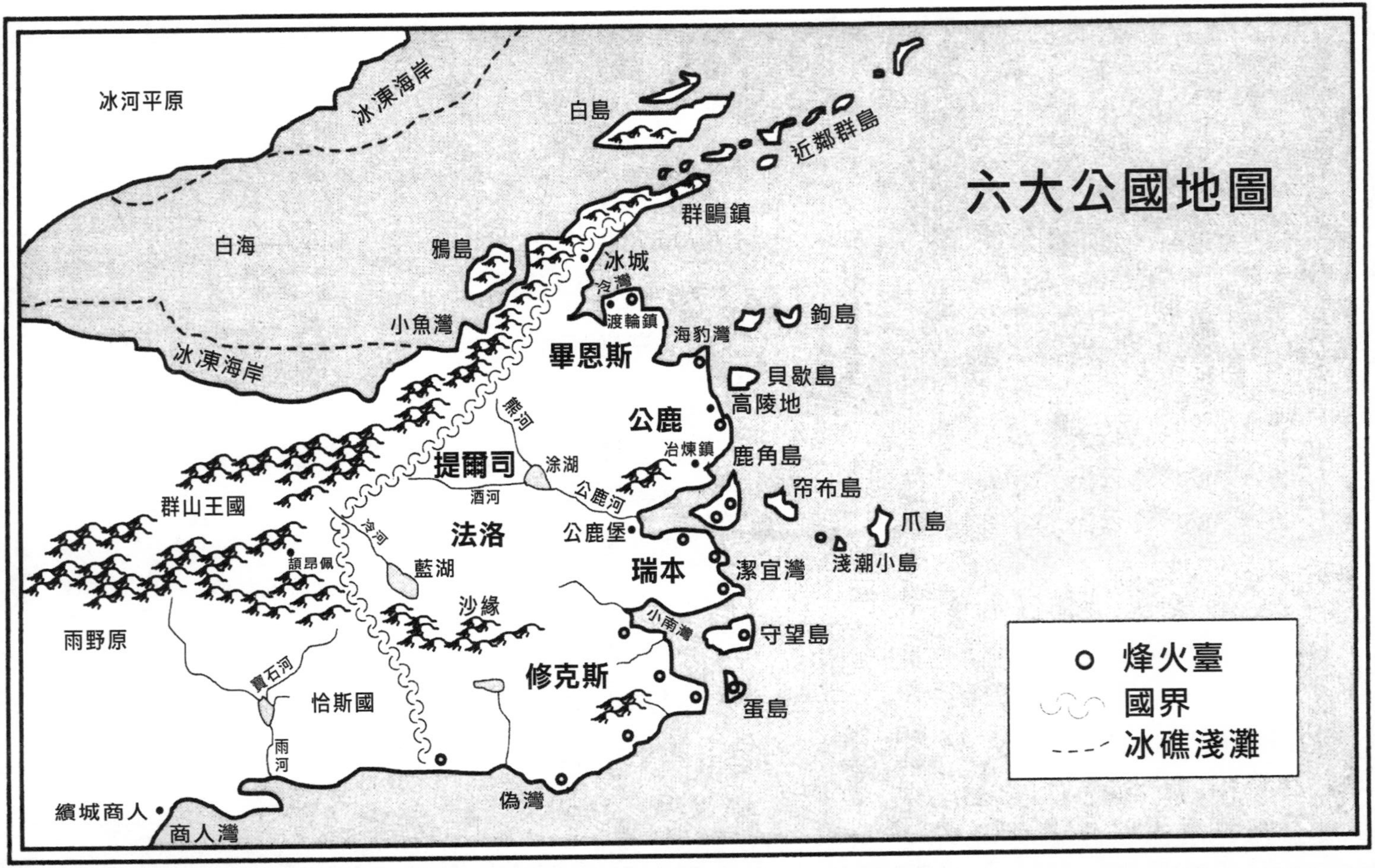
六大公國地圖
冰河平原
冰凍海岸
白海
冰凍海岸
白島
近鄰群島
群鷗鎮
鴉島
冰城
冷灣
渡輪鎮
小魚灣
海豹灣
鉤島
畢恩斯
貝歇島
高陵地
公鹿
熊河
冶煉鎮
鹿角島
提爾司
涂湖
公鹿河
帘布島
酒河
群山王國
冷河
法洛
公鹿堡
爪島
頡昂佩
藍湖
瑞本
潔宜灣
淺潮小島
沙緣
小南灣
守望島
雨野原
寶石河
修克斯
蛋島
恰斯國
雨河
偽灣
繽城商人
商人灣
烽火臺
國界
冰礁淺灘

0

被遺忘的人

我每天早晨醒來，手都是沾著墨水的。有時，我發現自己趴在工作桌上一堆混亂的卷軸和紙張之中。當我那男孩把一托盤的食物送來給我的時候，他或許會斗膽責備我昨晚爲何不上床就寢，但有時他卻只是不發一語地看著我的臉。我並沒有試著對他解釋自己爲什麼要做這些事情，只因這不是一個能說給毛頭小子知道的祕密；他必須親身體驗才能明瞭這一切。

人活著必須要有目標。我現在懂了，但卻花了我生命中的前二十年才學會。我不認爲自己領悟了這一點有什麼特別的，不過一旦上過這一課，我終生受用。因此，這些日子以來除了占據我身心的痛苦之外，我只能找些事情來做。我重拾耐辛夫人和文書費德倫早在多年前就建議我做的事，開始寫作，試圖努力記載六大公國連貫的歷史。但是，我發現自己很難長時間專注在單一的主題上，因此，我時常轉移注意力到一些次要的論述，像是我的魔法理論和政治結構的觀察，還有對於異國文化的評論。當我感到極度不適而無法整理自己的思緒繼續寫作時，我便轉而進行翻譯工作，或者嘗試爲較古老的文件製作清晰易讀的紀錄。我希望藉由雙手的忙碌來使我的心無暇他顧。

寫作對我所發揮的功效，好比當年惟眞手繪地圖般，這份鉅細靡遺且需要高度專注的工作，幾乎會讓人忘卻對精技癮頭的渴望，和曾經沉溺其中的殘餘痛苦。這是一份令人沉迷的工作，會讓人忘我，或教人更加深入地發覺那個自我的許多回憶。我寫著寫著，常不自覺地從公國的歷史寫到蜚滋駿騎個人的歷史上，因爲這些回憶總讓我不得不正視我的過去，以及現在的我。

當一個人全神貫注於這樣的回憶時，所回想起的細節就多得令人驚訝。但我所喚起的回憶並不完全是痛苦的。我有不少好朋友，而且他們比我有資格預期的還要忠誠。我體驗過生命的美好和喜樂，它們一如悲劇和醜惡般考驗我內心的力量。或許我比絕大多數人擁有更多黑暗的回憶——極少數人曾體驗過死在地牢裡，或回憶起被深埋在雪地下的棺木中是什麼滋味——但人的內心總會去迴避這種事情的細節。想起帝尊殺了我是一回事，專注於他如何讓我日夜挨餓，然後將我拷打至死的細節，又是另外一回事。即使經過這麼多年，每當我回想起這些事情時，我的體內仍會感到一陣冰冷。我還記得那個傢伙的雙眼，以及他用拳頭打斷我鼻梁的聲音。我仍會在夢中造訪那個爲我而存在的地方，在那裡，我奮力地維持站姿，並試著不讓自己思考該如何盡最後的努力除掉帝尊。我也想起他把我腫脹的皮膚打裂的那一拳，讓我臉上至今仍留下疤痕。

我從來沒有原諒自己當我服毒身亡時，就把勝利拱手讓給了帝尊這件事。

然而，比我能想起的事情更讓我感到痛苦的，是那些我就此失去的一切。當帝尊殺了我之後，我就死了。我永遠不再是眾所周知的蜚滋駿騎，再也不能和那些從我六歲起就認識我的公鹿堡居民重續昔日情誼。我再也不能住在公鹿堡裡，再也無法服侍耐辛夫人，更不能再次坐在切德跟前的壁爐底石上。我失去了和我的生命互相纏繞的人生韻律。朋友辭世了，有人結婚了，嬰孩出生了，孩子成年了，這些我都看不到。雖然我不再擁有一個健康年輕的身軀，但許多曾稱我爲朋友的人卻還活著。有時，我還是很想看看他們、觸摸他們的手，以平復多年來的孤寂感。

但我就是辦不到。

我失去了那些年頭和他們所有的來年歲月，我也失去了在地牢和棺木中那不到一個月，卻感覺漫長無比的日子。國王在我懷裡嚥下最後一口氣，我卻沒有看到他入土爲安；我也沒有在自己因使用原智魔法而被判有罪時現身議會，便獲判死刑。

耐辛前來認領我的屍體。這是我父親的妻子，曾因爲發現他在婚前就有了私生子而十分苦惱悲痛，卻是把我領出牢房的人。她在埋葬我之前親自用雙手洗淨我的身軀，伸直我的四肢，替我纏上裹屍布。無論是爲了什麼原因，笨拙又古怪的耐辛夫人清洗並仔細包紮我的傷口，彷彿我還活著。她獨自命人幫我掘墳，讓我入土爲安。只有她和她的侍女蕾細哀悼我的死，其他人則全都因爲恐懼或憎惡我的罪行而遺棄了我。

然而，她卻不知道博瑞屈和我的刺客導師切德，在幾夜之後來到我的墳前，挖開墳墓上的積雪和曾被拋在我棺木上已結凍的土堆。當博瑞屈撬開棺蓋用力拉出我的屍體，然後運用他本身的原智魔法召喚受託保存我靈魂的狼兒時，只有他們兩個人在場。他們從狼身上費力取得我的靈魂，然後封進它曾逃離的那具狼狽不堪的身軀裡。他們喚起我，讓我重新在人形裡行走，回想擁有一位國王及謹守誓言的情形。直至今日，我仍不知自己是否爲了這事感謝他們。或許，就像弄臣所堅持的，他們別無選擇。也或許，沒有感謝或抱怨，只能承認那使我們相會、又將我們與我們那無法避免的命運束縛在一起的力量。

1

死而復生

恰斯國一直保有奴隸制度。這些奴隸提供了礦工、風箱工人、大帆船上的划槳手、垃圾車夫、農工和娼妓等苦力的來源。奇怪的是，奴隸也擔任保姆、孩子們的家庭教師、廚師、文書和工匠等職務。恰斯國所有的輝煌歷史，從傑普宏偉的圖書館到席瓊傳奇的噴泉和浴池，都是因奴隸階級的存在才得以誕生。

繽城商人是奴隸人口的主要來源。有一段時間，奴隸大多爲擄獲的戰俘，且恰斯國官方至今仍宣稱眞是如此。近年來因爲戰事減少，沒有足夠的戰俘可供應奴隸來源，以致於受過教育的奴隸供不應求。由於繽城商人提供了相當豐富的其他奴隸來源，因此商業島猖獗的海盜行爲便常和這事扯在一起。恰斯國那些蓄奴者對於奴隸的來源向來不怎麼好奇，只要奴隸們健康即可。

奴隸制度是個從未在六大公國生根的習俗。獲判有罪的犯人可能會被要求得去服侍他所傷害的人，但總會訂定出時限；且他被視爲一名贖罪之人，所以並不會因此遭受等而下之的對待。如果犯人的罪行過重，無法用勞力來償還，就以死作爲懲罰。六大公國中從來沒有人會成爲奴隸，我們的法律也不贊成一個家庭可以把奴隸帶進王國裡，然後讓他們維持奴隸身分。因此，許多以不同途徑從他們的主人那兒獲得自由的恰斯國奴隸，就常把六大公國當成他們新的故鄉。

這些奴隸將家鄉的奇風異俗和民間傳說帶來此地，而我保留了其中一個和一位名叫薇西的女孩、或者我們稱之爲原智者有關的故事。她希望離開雙親的家，跟隨心愛的人，並成爲他的妻子，她的雙親卻瞧不起這名男子，不准她這麼做。於是孝順的她留了下來。但她是一位熱情洋溢的女孩，無法遠離眞愛而活，最後她便躺在床上悲傷而死。她的雙親帶著極度的悲痛與自責將她埋葬。他們不准她追隨心中的意願，卻不知她和一隻母熊有原智牽繫。當女孩死了之後，這隻母熊就接收並保有她的靈魂，所以它就不會逃離這世界。在女孩入土三個夜晚之後，母熊將她的屍體從墳墓裡挖出來，將她的靈魂歸還她的軀體中。這名女孩的死而復生，讓她成爲一個全新的人，不再對雙親有任何責任義務。於是她離開破碎的棺木遠走，去尋找她的眞愛。不過，這個故事有個悲傷的結局，因爲女孩和母熊相處了一段時間，已經不再完全是人類了，而她的眞愛也不願接受她。

博瑞屈就是以這一小段故事爲依據，嘗試藉由毒死我，好把我從帝尊的地牢中解救出來。

房間太熱也太小，喘氣已經無法讓我涼快下來。我從桌旁起身走到角落的水桶邊，打開蓋子喝下大量的水。獸群之心抬頭看著我，幾乎要咆哮出來，「用杯子喝水，蜚滋。」

水從我的下巴流下來。我抬起頭眼神堅定地注視著他。

「把你的臉擦乾淨。」獸群之心別過頭去，將視線從我身上移回自己的雙手。他把油抹在手上，然後揉進皮帶裡，我聞到那氣味，便舔了舔嘴唇。

「我餓了。」我告訴他。

「坐下來完成你的工作，然後我們就吃東西。」

我試著回想他要我做什麼，當他把手移到桌上時，我就想起來了。在我這端的桌上還有許多皮帶，於是我走回去坐在硬邦邦的椅子上。

「我現在餓了。」我解釋給他聽，他卻再度咆哮似地看著我，只差沒露出牙齒。獸群之心用他的雙眼就能咆哮了。我嘆了口氣。他用的油，味道很香。我嚥了嚥口水，低頭看著眼前桌上的皮帶和金屬片好一會兒。過了一段時間，獸群之心放下皮帶，用一塊布擦手，然後走過來站在我身邊，我得轉頭才能看到他。「這裡，」他一邊說、一邊摸著我眼前的皮帶。「你正在修補這裡。」他站在我面前直到我再次拿起它。我低頭嗅著它，他就打我的肩膀，「別那樣！」

我的嘴唇抽動著，但我沒有咆哮出來，因爲對他咆哮會讓他非常、非常生氣。我把皮帶握在手中好一會兒。接著，我的雙手似乎比我的心還迅速恢復記憶，我就這麼看著自己的手指弄著皮帶，做完之後就在他面前將皮帶舉起來，並且緊緊拉著，讓他瞧瞧就算馬兒把頭向後甩，皮帶也能支撐。「但是沒有馬，」我大聲地回憶。「所有的馬兒都不見了。」

兄弟？

*我來了。*我從椅子上起身走到門口。

「回來坐下。」獸群之心說道。

夜眼在等我，我告訴他，然後才想到他聽不見我用這種方式說的話。我認爲如果他肯試試看就聽得到，但是他不會去試；我也知道如果我再用那樣的方式對他說話，他就會推開我。他也不讓我經常用那樣的方式和夜眼交談，如果夜眼對我說得太多，他甚至也會推開牠。這眞是一件非常奇怪的事。「夜眼在等我。」我開口告訴他。

「我知道。」

「現在是狩獵的好時機。」

「你待在屋裡會更好，我已經替你準備了食物。」

「夜眼和我可以找到新鮮的肉。」我說出心中的想法。一隻皮肉綻開的兔子，在冬夜裡依舊溫熱，那就是我想要的。

「夜眼今天晚上得自個兒打獵。」獸群之心告訴我，然後走到窗前將百葉窗稍微打開，冷空氣從窗縫灌進房裡。我聞到了夜眼，還有更遠的雪貓的氣味。夜眼嗚咽著。「走開！」獸群之心告訴牠。「走吧，快，去打獵，去餵飽你自己，我這裡可沒有足夠的糧食可以餵你。」

牠從窗戶透出去映照在地上的光線裡走開，但並沒有走太遠。牠在那裡等我，但我知道牠不會等很久，因爲牠現在像我一樣肚子餓了。

獸群之心走到讓房裡熱得要命的爐火前，將一旁鍋子上的鍋蓋打開，只見鍋裡冒出蒸氣，香味四溢，是穀粒和菜根，還有一絲肉味，幾乎快煮乾了。但是我實在太餓了，就一直嗅著。我開始嗚咽起來，獸群之心卻再度用眼神對我咆哮，我只得回到那張硬邦邦的椅子上坐著等待。

他可花了好長一段時間。他拿起桌上所有的皮帶掛在一個鉤子上，移開桌上那一罐油，然後將熱騰騰的鍋子端到桌上。他拿出兩個碗和杯子，把水倒進杯子裡，又擺了一把刀和兩支湯匙。接著再從碗櫃裡拿出麵包和一小罐果醬，然後把燉肉舀到我面前的碗裡，但我知道自己現在不能碰它。他切了一片麵包給我，可是我仍必須坐著，不能吃任何東西。我可以拿著麵包，但得等到他帶著他的盤子、燉肉和麵包坐下來之後，我才能吃它。

「拿起你的湯匙。」他提醒我，然後緩慢地坐在我旁邊的椅子上。我拿起湯匙和麵包，就這麼等待、等待再等待。我一直看著他，卻無法不動嘴，這可激怒了他。我又閉上嘴巴，最後他終於說了，「開動吧！」

但這個等待還沒完呢！我只准咬一口，然後必須細嚼慢嚥才能繼續吃下一口，否則他就會賞我一巴掌。我只能一次吃一湯匙的燉肉，然後舉杯喝水，只見他對我微笑。「很好，蚩滋，好小子。」

我回他一個微笑，卻咬了太大一口麵包，他便對我皺眉頭。我試著慢慢嚼，但我現在眞的很餓，而且食物就在眼前，眞不明白他爲什麼不現在就讓我吃個飽。吃東西還眞耗時。他故意把燉肉煮得太燙，所以如果我吃得太大口就會燙到嘴。我思索了一會兒，然後開口，「你故意把食物煮得很燙，所以如果我吃太快就會燙到。」

他緩慢地露出微笑，對我點點頭。

我還是吃得比他快，卻仍得坐在椅子上等他也用完餐。

「嗯，蚩滋，」他終於開口。「今天還眞是個不錯的一天。喂，小子？」

我注視他。

「回我些話。」他告訴我。

「什麼？」我問他。

「說什麼都好。」

「什麼都好。」

他對我皺眉頭，而我想咆哮，因為我都照著他的吩咐去做了，他還有什麼好不滿意的。稍後，他起身拿起一個瓶子，在他的杯子裡倒了些東西，然後將瓶子拿給我。「你要喝一點兒嗎？」

我向後退，這味道太刺鼻了。

「回答我。」他提醒我。

「不。不，這是不乾淨的水。」

「不，這是劣等白蘭地，黑莓白蘭地，非常廉價。我曾經很討厭喝這東西，但你以前卻很喜歡。」

我用鼻息噴出這股氣味。「我們從來沒有喜歡過它。」

他把酒瓶和杯子放回桌上，起身走到窗前，又打開窗戶。「我說，去狩獵！」我感覺夜眼跳起來跑走了，牠跟我一樣害怕獸群之心。我曾經攻擊過獸群之心。那時我久病好不容易好轉了些，希望能外出打獵，但他不讓我去。他擋在門口，於是我撲到他身上，他便給了我一拳。他的身材雖然沒有我高大，卻比我還凶，也更聰明。他知道許多制人的方式，且大部分的方式都很傷人。他把我背朝下壓在地板上，好一段時間，我只能露出光溜溜的脖子等他咬我；而且我只要一移動，他就會賞我一巴掌。那時夜眼在屋外咆哮，牠離門口有一段距離，也不曾試著進來過。當我嗚咽求饒時，他又打了我。「安靜！」他說著，然後在我靜下來之後告訴我，「我比你年長且見多識廣。我打鬥得比你好，也狩獵得比你好。凡事我總是比你占上風。所以，你得做我要你做的每一件事情，做我告訴你的每一件事情，你懂嗎？」

是的，當時我告訴他。是的，是的，狼群就是這樣，我懂，我懂。但他又給了我一拳，然後抓住我讓我露出脖子，直到我開口告訴他，「是的，我懂。」

當獸群之心回到桌旁時，就把白蘭地倒進我的杯子裡，接著把杯子擺在我面前，讓我不得不聞它。

我噴出鼻息。

「試試看，」他催促我。「喝一點點就好。你以前滿喜歡喝這個的，還在城裡喝呢！當時你相當年輕，沒有我應該是不能進小酒館的。然後你就會嚼薄荷葉，以為如此一來我就不知道你做了什麼好事。」

我對他搖搖頭。「我不會做你不要我去做的事情。我懂事。」

他發出一陣像嗆到又像打噴嚏的聲音。「噢，你曾經常常去做那些我不要你去做的事情。很常很常。」

我又搖搖頭。「我不記得了。」

「你會慢慢記起來的。」他又指著白蘭地。「你嚐嚐看，只要一點點就好，對你可能有好處。」

因為他已經告訴我必須這麼做，我也就嚐了。它的味道刺激著我的嘴和鼻，讓我無法用鼻息驅走這氣味，杯裡的酒也被我濺得到處都是。

他只說了「喲，耐辛看到不知會有多高興」，然後就叫我拿布把潑出來的酒擦乾淨，以及用水清洗碗盤並將它們擦乾。

我有時會不明究裡地發抖並倒下來。獸群之心會試著穩住我。有時顫抖讓我陷入沉睡，但當我稍後醒來時便會全身痠痛。我的胸膛和背都痛得要命。有時渾身發抖到甚至會咬到舌頭。我不喜歡這樣，這也把夜眼給嚇壞了。

有時，還有另一個人和我及夜眼在一起，並一同思考。他非常渺小，但就在那裡。除了夜眼和我，我再也不希望有任何人在那裡。他也知道，所以就把自己縮得很小很小，且大部分的時刻都不會出現。

好一會兒，有個人來了。

「有個男人來了。」我告訴獸群之心。當時天色已黑，爐火也燃燒殆盡，狩獵的大好時機已過，且再不久他就會要我們就寢。

他沒有回答我，只是迅速安靜地起身，拿起總是放在桌上的大刀，示意要我站到角落去，別擋住他的路，然後輕輕地走到門口等待著。我聽到門外那人踏雪而來，接著就聞到他的氣味。「是灰衣人，」我告訴他。「是切德來了。」

他那時非常迅速地打開門，灰衣人便走了進來。我嗅著他身上的味道，聞到他一貫的乾葉粉氣味，伴隨著各種不同的煙味。他既削瘦又蒼老，但獸群之心總是表現出一副他彷彿是狼群中的高層般。獸群之心又在火中添了木柴，房間變得更亮也更熱了。灰衣人將兜帽向後推，用淺色的雙眼看了我一會兒，好像他正在等待什麼，接著他便轉而和獸群之心交談。

「他的情況如何？好一點了沒？」

獸群之心聳聳肩。「他在聞到你的氣味時說出你的名字，一個星期之內也沒有再發病，三天前還幫我稍微修補轀繩，做得還滿不賴的。」

「他沒有再試著嚼皮革了嗎？」

「不，至少在我盯著他的時候沒有，況且這是他非常熟悉的工作，或許會讓他想起一些事情。」獸群之心發出短暫的笑聲。「姑且不提別的，修補過的轀繩可是個能賣錢的東西。」

灰衣人走到爐火邊，伸出他那布滿斑點的雙手取暖。獸群之心拿出他那瓶白蘭地，與他舉杯飲起酒來；他還讓我拿著只裝了一點點白蘭地的杯子，但這次卻沒要我嚐嚐。他們談了好久好久，說了些和吃飯睡覺狩獵毫無關聯的事情。灰衣人曾聽說關於一名女子的事情，可能很重要，是各公國團結一致的關鍵。獸群之心說，「我不想在蜚滋面前談這件事情，我發過誓。」灰衣人問他是否認爲我聽得懂，獸群之心便回答那不重要，他已經承諾過了。我想去睡覺，但他們卻要我好好坐在椅子上。當灰衣老人必須離開時，獸群之心就說，「你來這裡非常危險，況且對你來說路途也太遙遠了。你回得去嗎？」灰衣人只是微笑。「我自有辦法，博瑞屈。」他一說我也微笑了，他的祕密向來總讓他相當引以爲傲。

有一天，獸群之心把我一個人留下來便外出去了。他沒把我綁起來，只是告訴我，「這裡有些燕麥，如果你要在我出去的時候吃，就得想想該怎麼把它煮熟。如果你溜出門外或窗外，甚至只是開門或開窗，我都會知道，也會把你打個半死，你懂嗎？」

「我懂。」我回答。他看起來似乎對我非常生氣，但我可不記得做了些什麼他叫我別做的事情。他打開一個箱子從裡頭拿了東西出來，大多是圓圓的金屬。是錢幣，是我記得的一樣東西。它就像月亮般閃亮有弧度，我當初拿到的時候還有血腥味。我曾爲了它和另一個人打架，卻記不得當初想要它的原因；但我打贏了，也得到它。他舉起它的鍊子注視著，然後裝進一個小袋裡。我可不在乎他把它拿走。我現在一點兒都不想要這東西。

我在他回來之前就非常、非常餓了。當他回來的時候，身上有一股味道，是女性的氣味，不太強烈，還混合著草地的味道。這股香味實在好極了，讓我想要某種不是食物和水，也不是狩獵的東西。我接近他聞著這氣味，他卻沒注意到我的動作。我們一起吃了他煮的麥片粥，然後他靜靜地坐在爐火前，看起來非常、非常悲傷。我起身拿起那瓶白蘭地，連同杯子一起拿給他。他從我這兒把東西接過去，臉上沒有任何笑容。「或許我明天該教你去拿東西來，」他告訴我。「那或許是你可以勝任愉快的差事。」接著他舉起酒瓶一飲而盡，之後又開了一瓶酒。我坐下來注視他，在他睡著之後就拿起他那件有味道的外套，把它鋪在地上躺在上面，嗅著嗅著就睡著了。

我作夢了，夢境卻毫無意義。曾有個和博瑞屈的外套聞起來氣味相同的女子，而我不想要她走。她是我的女人，但她離開時，我並沒有跟隨。我只記得那個了。記起它可不好，如同挨餓或口渴般難受。

他要我待在屋裡。我一心只想要出門，但他卻讓我待在屋裡很久、很久的時間。那時外面正下著非常大的雨，強勁的雨勢幾乎把雪都融化。突然間，不出門似乎比較好。「博瑞屈。」我說了出來。他忽然抬頭看著我，我以為他要攻擊我，因為他的動作十分迅速。我試著不畏縮，有時候畏縮會惹他生氣。

「怎麼了，蜚滋？」他用溫和的語氣問我。

「我餓了，」我回答。「我現在很餓。」

他給我一大塊肉，雖然煮熟了，但卻是一塊很大的肉。我吃得太快了，但他只是看著我，那時他並沒有告訴我別這樣，或賞我一巴掌。

我不停搔著自己臉上的鬍子，最後終於走到博瑞屈面前，當著他的面搔著鬍子。「我不喜歡這個。」我告訴他。他看起來挺驚訝，卻給了我非常熱的水和肥皂，還有一把十分銳利的刀。他還給了我一塊裡面有個人的圓形玻璃，我端詳了許久。它令我發抖。他的眼睛很像博瑞屈的雙眼，也有眼白，卻更深沉，這並不是狼的眼睛。他的毛和博瑞屈的一樣深，下巴上的毛髮卻參差不齊又粗糙。我摸摸自己的鬍子，然後便看到這人的手指也正摸著他的臉。這真奇怪。

「刮鬍子吧，但是小心點兒。」博瑞屈告訴我。

我幾乎想起來肥皂的味道和在我臉上的熱水，但那把非常鋒利的刀卻一直割傷我，刺刺的細小割傷。我稍後注視圓玻璃裡的人。蜚滋，我心想，幾乎就像蜚滋。我流血了。「我到處都在流血。」我告訴博瑞屈。

他笑我，「你每次刮完鬍子就流血。你總是太過於急躁。」他拿走那把非常鋒利的刀。「坐好不要動，」他告訴我。「你有些地方沒刮到。」

我坐得非常穩，他也沒刮傷我，不過當他靠得很近看我的時候，還眞難坐得穩。當他刮完之後，就用手握住我的下巴，把我的臉傾斜地抬起來並深深地注視著我，「蜚滋？」他說完便別過頭去微笑著，但笑容就在我看著他時消退了。他梳了一下我的鬍子。

「沒有馬可以梳毛。」我告訴他。

他看起來似乎挺滿意。「梳這個。」他告訴我，然後用手撥撥我的頭髮。他要我把頭髮梳理到平整爲止。我的頭有幾個痛處。博瑞屈一看到我畏縮就皺起眉頭，接著伸手拿走刷子要我站好，同時看著並摸著我頭髮下方。「小雜種！」他厲聲說道，當我退縮時他又說了，「不是你。」他緩緩搖頭，拍拍我的肩膀。「時間一久就不會痛了。」他告訴我。他做給我看該怎麼把頭髮向後梳，然後用皮線綁起來。頭髮剛好夠長。「這樣好多了，」他說著。「你看起來又像個人了。」

我從夢中清醒，一邊抽搐、一邊痛得大喊，然後坐起來開始哭泣。博瑞屈下床走到我這裡。「怎麼了，蜚滋？你還好嗎？」

「他把我從媽媽的身邊帶走！」我說。「他把我從她身邊帶走。我還太小，根本還不能離開她。」

「我知道，」他說，「我知道，但那是好久以前的事了。你現在在這裡很安全。」他看起來似乎嚇壞了。

「他燻著我們的窩，」我告訴他。「他把我的媽媽和兄弟們製成皮革。」

他的臉色大變，語氣也不再溫和。「不，蜚滋。那不是你的母親。那是狼的夢，夜眼的夢。這件事情可能曾發生在夜眼身上，但不是你。」

「噢，不，這的確發生在我身上。」我告訴他，頓時憤怒了起來。「對的，這的確發生在我身上，而且感覺都一樣，都一樣。」我下床在房裡到處走動，走了好長一段時間，直到我不再有那種感覺。他坐著注視我，在我走動時喝下好多的白蘭地。

在春季的某一天，我站在窗前看著外面。這個世界聞起來挺好，生氣盎然且煥然一新。我伸展並轉動肩膀，聽到骨頭咯咯作響的聲音。「這是個出去騎馬的好早晨。」我說完便轉頭看博瑞屈，他正在攪拌爐火上的一鍋燕麥片，然後他走過來站在我旁邊。

「群山那兒還是冬季，」他輕聲說道。「我懷疑珂翠肯是否安全到家了。」

「如果她沒有安全到家的話，不是煤灰的錯。」我說著，然後感覺有個東西在我心中翻倒了，讓我感到心痛，有一會兒還差點喘不過氣來。我試著去想這到底是什麼東西，它卻溜走了。我不想去追它，但我知道我會追捕這東西，如同獵捕一隻熊般。我也知道當我起身接近它時，它會攻擊並試著傷害我，但它的某種特質卻讓我無論如何都想要跟隨。我深吸一口氣，然後顫抖地吐氣，接著又吸了一口氣，喉嚨發出一陣聲響。

博瑞屈在我身旁既沉穩又安靜地等待我。

兄弟，你是一匹狼，回來吧！遠離那個東西，它會傷害你。夜眼警告我。

於是我跳離開它。

接下來，博瑞屈在房裡到處踱步，口中唸唸有詞地咒罵著，讓燕麥片都燒焦了。反正無論如何我們都必須吃掉它，因爲沒別的東西可以吃了。

有一陣子，博瑞屈不停地來煩我。「你還記得嗎？」他每次都這麼說，就是不放過我。他會告訴我一些名字，要我試著說出他們是誰，有時候我也知道一些。「一位女士，」我在他提到耐辛時對他說。「一位在布滿植物的房間裡的女士。」我盡力了，他卻依然對我生氣。

我若是在夜晚睡覺就會作夢。夢裡有抖動的光線，那是在石牆上跳躍的火光；還有小窗裡出現的一對眼睛。這些夢會壓得我喘不過氣來。如果我有足夠的氣息尖叫出聲，就會從夢中驚醒，有時要很久才能呼吸足夠的空氣。這時博瑞屈就會醒來，抓起放在桌上的大刀。「怎麼了，怎麼了？」他會問我，我卻無法告訴他。

在戶外的日光下睡覺比較安全，嗅著青草和泥土的芳香，不會有石牆之夢出現，反而會有一名女子走過來甜蜜地貼在我身上，她身上的芳香就如同草原花朵的清香，她的嘴嚐起來甜如蜂蜜。當我清醒時，那些夢境所帶來的痛苦便跟著來了，也知道她被另一個人帶走，一去不復返。我在夜晚坐著注視爐火，試著不去想冰冷的石牆，也不去想流淚的深沉雙眼，和那吐出許多尖刻話語的甜嘴兒。我沒有睡，根本連躺下來都不敢，但博瑞屈並沒逼我這麼做。

切德有一天回來了，他的鬍子留長了，還戴著一頂攤販似的寬邊帽，但我仍然認得出來是他。那時博瑞屈並不在家，但我依然讓切德進來。我不知道他為何而來。「你要喝些白蘭地嗎？」我問他，心想這可能是他來此的原因，只見他仔細地看著我，似乎在微笑。

「蜚滋？」他說完就把頭斜向一旁注視我的臉。「你最近好嗎？」

我不知道那個問題的答案，只是看著他。過了一會兒，他將水壺放在桌上，然後從他的背包裡拿出香茶、一些乳酪和燻魚，還拿出一包包藥草，在桌上排成一列；接著拿出一個皮囊，裡頭有一大塊跟他手掌一樣大的黃色水晶。袋子底下還有個大淺碗，內側上了藍色的釉。當他把碗放在桌上倒進乾淨的水時，博瑞屈就回來了。博瑞屈外出捕魚，釣魚線上一共有六條小魚，是小溪裡的魚，而不是海水魚，滑溜溜而且亮晶晶；他也把所有的內臟都清乾淨了。

「你把他一個人留在屋裡？」切德在和博瑞屈互相打招呼之後問道。

「我不得不如此，總得要外出覓食。」

「所以你現在信得過他了？」

博瑞屈別過頭去不看切德。「我訓練過許多動物，但是教導一隻動物依照你的指令做動作，和信任一個人是不同的。」

博瑞屈在鍋子上煎魚，然後我們就享用著他煎好的魚，還有乳酪和茶。當我在餐後洗鍋子和盤子時，他們就坐下來談話。

「我想試試這些藥草，」切德告訴博瑞屈。「或是這碗水，或者這顆水晶。總要有個東西，什麼東西都好。我開始覺得他不全然……回過神來。」

「他恢復了。」博瑞屈平靜地聲稱。「給他時間。我不認為藥草對他來說是個好主意，在他……變成這樣之前已經太喜愛藥草了，到後來不是經常病了，就是充滿活力。如果他沒有陷入深沉的痛苦，就是因打鬥或擔任惟眞或黠謀的吾王子民而精疲力竭，接著就會捨休息而就精靈樹皮，根本已經忘了該如何藉著休息讓他的身體恢復。他從來不等。那最後一晚……你給他卡芮絲籽，不是嗎？狐狸手套說她根本沒見過這種情形。我想如果人們不這麼怕他，本來會有更多人幫助他。可憐的老布雷德認為他瘋狂到極點了，卻始終無法原諒自己把他敲昏，而我眞希望他能知道這小子其實沒死。」

「那時候可沒時間挑三揀四，只能給他我手邊有的東西，也不知道他吃了卡芮絲籽就會發瘋。」

「你應該拒絕他的。」博瑞屈平靜地說道。

「就算如此也沒辦法讓他停下來，只會讓他同樣地虛脫，然後就在那兒等著被殺。」

我走過去坐在壁爐旁，博瑞屈沒看我。我躺下來，轉身背貼著地伸展四肢，感覺眞好。我閉上眼睛，感受側身上爐火的溫暖。

「起來坐在凳子上，蜚滋。」博瑞屈說道。

我嘆了一口氣，但也只能遵從他的吩咐。切德沒有看我，博瑞屈便繼續說下去。

「我只想讓他穩定下來。我想他只是需要時間讓自己這麼做。有時候他記得，然後就奮力甩掉它。我不認為他想記得，切德。我不認為他想恢復蜚滋駿騎的身分。或許他喜歡當一匹狼，也許就是因為太喜歡了，所以才回不來。」

「他必須回來，」切德平靜地表示。「我們需要他。」

博瑞屈坐直身子，將原本擱在柴堆上的雙腳踏在地板上，朝切德靠過去。「你得到消息了？」

「沒有，但我想耐辛有。當一隻躲在牆壁後面的老鼠，有時還眞讓人沮喪。」

「所以你聽到了什麼？」

「只聽到耐辛和蕾細提到羊毛。」

「那有什麼重要？」

「她們需要羊毛編織輕柔無比的布料，是要給嬰兒或小小孩用的。『孩子會在我們結束秋收時出生，但那時卻是群山王國的初冬，所以我們一定要織得很厚。』耐辛這麼說。或許是要替珂翠肯的孩子織布。」

博瑞屈看起來相當驚訝。「耐辛知道珂翠肯的事情？」

切德笑了出來。「我不知道。誰曉得那女人知道什麼？她最近變了很多，還一手掌握公鹿堡的侍衛隊，銘亮爵士卻毫不知情。我現在覺得我們應該一開始就讓她知道並參與我們的計畫，但也或許不妥。」

「如果我們一開始就這麼做，對我來說可輕鬆多了。」博瑞屈深深地凝視爐火。

切德搖搖頭。「我很抱歉。她必須相信你遺棄了蜚滋，相信你因爲他使用原智而排拒他。如果你幫他收屍，帝尊可能就會起疑心。我們必須讓帝尊相信她是唯一關心蜚滋，且會將他埋葬的人。」

「她現在一定恨死我了。她說我既不忠誠又沒勇氣。」博瑞屈注視自己的雙手，聲音緊繃了。「我知道當她在多年前把自己的心給了駿騎之後，就不再愛我了。那個我能接受。他是個值得她愛的人，況且是我先離開她的，所以我能在她不愛我的情況下過活，因爲我感覺她仍把我當成一個男子漢般敬重我。但是現在，她可瞧不起我了。我……」他搖搖頭，然後緊閉雙眼。片刻沉默之後，博瑞屈慢慢挺起身子轉向切德，以鎭靜的語氣問他，「所以，你認爲耐辛知道珂翠肯逃到群山了？」

「我倒是一點兒也不感驚訝。當然沒有什麼官方說法，只不過帝尊傳訊給伊尤國王，要求得知珂翠肯是否逃回那裡去了；但伊尤卻只是回答說，珂翠肯是六大公國的王后，她的舉動和群山無關，這可讓帝尊氣得斷絕和群山的貿易往來。不過，耐辛似乎非常清楚公鹿堡外的狀況，或許也知道群山王國發生了什麼事情。對我來說，我還眞想知道她要如何把毛毯送到群山去。這可是一段既漫長又疲累的路程。」

博瑞屈沉默了好一會兒，接著說道，「我早該想辦法和珂翠肯及弄臣一塊兒走的。不過，當時只有兩匹馬和僅夠兩個人使用的補給品。我沒辦法張羅更多東西，所以他們就自行上路了。」他凝視著爐火，然後問道，「我想沒有人聽到惟眞王儲的消息吧？」

切德緩緩搖頭。「應該是惟眞國王，」他輕聲提醒博瑞屈。「如果他還在這裡的話。」他看著遠方。「如果他動身回來了，我想他現在也應該到這裡了。」他平靜地說道。「如果接下來幾天還是這麼溫暖，每個海灣都將有紅船劫匪來襲，我已經不再相信惟眞會回來。」

「那麼，帝尊就眞的是國王了，」博瑞屈酸溜溜地說著。「至少在珂翠肯的孩子出生並成年之前都會是這樣。如果到時候這孩子試著取得王位，我們大可期待一場內戰，假如那時還有個可爲人統治的六大公國存在的話。惟眞啊！我如今眞希望他不曾爲了古靈遠征，至少我們在他活著時還勉強可以防禦劫匪。現在，惟眞不在這裡，春意也愈來愈濃，我們和紅船之間就沒有任何阻隔了……」

惟眞。我打著寒顫，然後推開這寒冷。它又回來，我就把它都推開，讓它離我遠遠地。過了一會兒，我深呼吸。

「就試試看水好嗎？」切德問博瑞屈。我知道他們剛剛一直在談話，但我沒在聽。

博瑞屈聳聳肩。「那就請便，反正沒什麼大不了的，對不對？他曾經在水裡占卜嗎？」

「我可沒讓他嘗試過，但我總是懷疑他只要一試就能成功。他擁有原智和精技，難道就不能占卜嗎？」

「一個人能做一件事，並不表示他就該做那件事情。」

他們互相看著對方片刻，然後切德聳聳肩。「或許，我做的這一行，不容我像你一樣擁有許多良知上的美德。」他語氣僵硬地表示。

過了一會兒，博瑞屈生硬地說道，「請原諒，大人。我們都是爲了服侍國王盡一己之力。」

切德露出微笑，點頭同意。

切德把桌上的東西都移開，只留下那碗水和一些蠟燭。「過來這裡。」他輕聲對我說。於是我回到桌邊。他讓我坐在他的椅子上，然後將那碗水放在我面前。「看著水，」他告訴我。「跟我說你看到了什麼。」

我看見碗裡有水，也看見碗底是藍色的，但這兩個答案他都不滿意。他不斷告訴我要我再看清楚一點兒，我卻總是看到相同的東西。他將蠟燭移動數次，每次都要我再看一次，最後他對博瑞屈說，「好了，至少他現在會在你對他說話的時候回答。」

博瑞屈點點頭，表情看起來卻很灰心。「是啊！或許時間久了就好了。」他說道。

我當時就知道他們對我無計可施了，不禁鬆了一口氣。

切德問他是否可以和我們一同過夜，博瑞屈說當然好，接著就去拿白蘭地，還倒了兩杯酒。切德把我的凳子拉回桌邊，又坐了下來。我坐著等，但他們又開始彼此交談。

「那我呢？」我終於發問。

他們停止談話看著我。「你怎麼樣？」博瑞屈問道。

「我沒有白蘭地嗎？」

他們看著我，然後博瑞屈謹愼地問道，「你要喝點兒酒嗎？我以爲你不喜歡。」

「是，我是不喜歡，從來沒喜歡過。」我想了一會兒。「但是它很便宜。」

博瑞屈瞪了我一眼，切德微微露出一笑，低頭看著他的雙手。然後，博瑞屈又替自己倒了一杯酒，也順便給我一點兒。他們一度只是坐在那裡看我，我卻什麼也沒做。最後，他們又開始交談，我也啜了一口白蘭地。它依舊刺激著我的嘴和鼻子，卻暖了我的身子。我知道自己不想再喝了，可是又覺得自己想再喝，就多喝了些。這味道還是很難聞，就像耐辛強迫我吃的某種咳嗽藥。不。我也推開那份記憶，接著放下酒杯。

博瑞屈沒看我，繼續跟切德說話。「當你在獵鹿時，經常可以假裝不看牠好大大地接近牠，只要你不正眼看牠們，牠們就只會靜靜地看你接近，連一隻蹄都不會移動。」他拿起酒瓶，在我的杯子裡倒了更多白蘭地。我在酒味上升時大噴鼻息，然後感覺有東西在動。我心中的一道思緒。我朝我的狼兒探尋。

夜眼？

我的兄弟？我睡了，改變者，還沒到狩獵的好時機。

博瑞屈怒視著我，我便停止探尋。

我知道自己不想再喝白蘭地，但另一個人卻希望我再喝。另一個人催促我拿起酒杯，只要握住它就好。我開始搖晃杯子裡的酒。惟真也曾經搖晃杯子裡的酒，然後凝視著它。我凝視深色的酒杯。

蜚滋。

我放下酒杯，起身在房裡走來走去。我想出去，但博瑞屈從來不讓我獨自外出，晚上更是從來不讓我出去。所以，我只得繞著房間打轉，直到走回自己的座位再度坐下來。那杯白蘭地還在那裡。我稍後舉起酒杯，只是讓想舉起它的感覺遠離，可是我一旦手握酒杯，他就改變這想法了。他讓我想著把酒喝下去，我的肚皮該會有多麼溫暖啊！只要一口喝下去，酒味就不會持續很久，我只會覺得肚皮非常溫暖，是一個很美妙的感覺。

我知道他在做什麼，就開始生氣了。

再喝一小口就好。安慰地，輕聲地。只是幫助你放鬆自己，蜚滋。爐火如此溫暖，你也吃了東西。博瑞屈會保護你。切德也在這裡。你不用如此提高警覺。再喝一口就好，再一口就好。

不。

小小的一口，潤潤你的嘴就可以了。

我又啜了一小口好讓他別再來慫恿我，但他卻沒停下來，所以我又喝了一口。我喝了一大口然後吞下去，愈來愈無法抵抗。他可眞讓我受不了，博瑞屈也一直幫我倒酒。

蜚滋。說「惟眞還活著」，就這樣，說那句話就好。

不。

難道你肚皮裡的白蘭地讓你感覺不舒服嗎？如此溫暖。再喝一點兒。

「我知道你試著做什麼。你想讓我喝醉，所以我就擋不住你。我才不會讓你得逞。」我淚濕了臉。博瑞屈和切德都看著我。「他從來不是一個會哭泣的酒鬼，」博瑞屈說道。「至少在我身邊不會這樣。」他們似乎覺得那很有趣。

說出來。說「惟眞還活著」，然後我就讓你走。我保證。你說出來，說一次就好，悄悄話也無所謂。說出來。說出來。

我低頭看著桌面，然後非常小聲地說，「惟眞還活著。」

「哦？」博瑞屈說著。他太漫不經心了，也太快俯身幫我倒酒。酒瓶都空了，他就把自己杯子裡的酒倒給我。

我頓時想喝酒了，爲了我自己喝酒。我舉起酒杯一飲而盡，然後站起來。「惟眞還活著，」我說道。「他覺得很冷，但是還活著，這就是我要說的。」我走到門前鬆開門閂，走進屋外的夜色中，他們也沒試著攔住我。

博瑞屈說得沒錯。它們全跑來了，如同一個人重複聽一首歌太多次，腦海裡便揮之不去般。它跑到我所有的思緒之後，爲我的夢境增添色彩。它不斷推向我，讓我不得安寧。春末夏初，舊記憶開始覆蓋我的新記憶，我的人生也開始自我修復，連結之中或有縫隙和縐摺，卻愈來愈難拒絕知道事情。名字不僅有了意義，也令我想起一張張的面孔。耐辛、蕾細、婕敏和煤灰不再只是字，而是如同帶著記憶和情感且叮噹作響的鈴鐺。「莫莉！」有一天我終於對自己大聲喊出來。博瑞屈一聽到我說出這字眼，就突然抬頭看著我，差點兒握不穩手中正在編織的陷阱用細腸線。我聽到他喘過氣來，好像要對我說什麼，他卻保持沉默，想等我多說一些。我沒有再說，反而閉上眼睛，把頭低下來埋進手裡，渴望遺忘。

我花了很多時間站在窗前看著外面的草原，卻沒什麼東西好看，但博瑞屈沒有阻止我，也一反常態沒叫我回去幹活兒。有一天，當我望著這片肥沃的草地時，就問博瑞屈，「牧羊人如果來這裡，我們該怎麼辦？我們到時候要住哪裡？」

「想想看，」他已經把一片兔皮固定在地板上，正在把皮上的肌肉和脂肪刮乾淨。「他們不會來的，因爲根本沒有羊群可帶到夏季的牧地來放牧，大部分的好羊都和帝尊一同進入內陸。他把公鹿堡所有可裝運或帶走的東西洗劫一空。我打賭他留在公鹿堡的羊，在冬季都成了羊肉。」

「或許吧！」我同意，然後想起了某件事情，比所有我知道和不想記得的事情都可怕。這是所有我不知道的事情，和所有無解的問題。我走出去在草原上散步，經過草原來到溪流邊緣，然後向下走到長滿了香蒲的沼澤區。我採集綠色的香蒲穗好搭配燕麥粥烹調，也又知道了所有植物的名稱。我不想知道，卻明白哪些植物可以置人於死地，以及調配的方式。昔日所有的知識都在那兒，不管我願不願意，都得照單全收。

當我把這些香蒲穗拿回來時，博瑞屈正在煮燕麥粥。我把它們放在桌上，還從水桶裝了一壺水。當我把它們泡在水裡清洗時，終於開口，「發生了什麼事？那天晚上？」

他非常緩慢地轉身看我，好像把我當成一看到突如其來的動作就會一溜煙逃跑的獵物。「那天晚上？」

「黠謀國王和珂翠肯要逃走的那天晚上。你為什麼沒準備好驢子和轎子等他們？」

「噢，那天晚上。」他嘆了一口氣，看似喚起舊傷痛般，然後非常緩慢平靜的說話，好像怕嚇到我。「他們在監視我們，蜚滋，時時刻刻。帝尊什麼都知道了，而我那天連一根燕麥都偷渡不出馬廄，更別提三匹馬、一頂轎子和一頭驢子了。到處都是法洛的侍衛，試著裝出一副剛好來檢查空廄房的模樣。所以到最後，我只好等宴會開始，直到帝尊替自己戴上皇冠和相信自己已經贏了之後才行動。我偷溜出去牽走我唯一弄得到的兩匹馬，煤灰和紅兒。我把牠們藏在鐵匠那裡，以防帝尊把牠們也賣了。我只能從守衛室偷食物，這是我唯一想到可以做的事情。」

「然後，珂翠肯王后和弄臣就騎著牠們走了。」我說出這些名字，舌頭卻覺得怪怪的。我不願去想他們，根本不想記起他們。當我上次看見弄臣時，他哭著指控我謀殺國王。我曾堅持要他別管國王趕快逃走好保住性命。這可不算是我對自己曾稱之為朋友的人最好的離別記憶。

「沒錯。」博瑞屈把那鍋燕麥粥端到桌上，擺在那兒讓它變濃稠。「切德和那匹狼帶著他們前來與我會合，我想跟他們走卻束手無策，因為我只會拖累他們。我的腿……我知道自己無法長時間趕上馬兒的腳步，而在那種天候讓一匹馬載兩個人，可會把馬兒累壞了。我必須就這麼讓他們走。」一陣沉默，然後他咆哮出來，聲音比狼的嗥叫還低，「如果被我查出背叛我們向帝尊打小報告的人……」

「我知道答案。」

他的眼神鎖住我的雙眼，臉上露出驚恐和難以置信的神情。我注視自己的雙手，它們開始發抖了。

「我太傻了，都是我的錯。王后的小侍女迷迭香總是在附近，總是礙手礙腳的。她一定是帝尊的間諜。她聽到我告訴王后要準備好，黠謀國王會和她一道離開。她聽到我告訴珂翠肯要穿暖一點兒，而帝尊應該就是從那句話猜到她要逃離公鹿堡，也知道她需要馬。或許，這小女孩不只是間諜。她可能把一籃下了毒的美食拿給一位老婦人，也可能知道王后就快踩著樓梯踏板下樓，於是便在上頭抹油。」

我強迫自己從香蒲穗中抬起頭來，注視博瑞屈受挫的眼神。「迷迭香沒偷聽到的，擇固和端寧都聽到了。他們搾取國王的體力，吸乾他的精技力量，還探聽他技傳給惟眞的每一個想法，或從惟眞那兒接收到所有的訊息。他們一知道我在執行吾王子民的任務，便開始用精技監視我。我不知道可以這麼做，但蓋倫顯然找到了方法，就把它傳授給他的學生。你記得馬夫的兒子欲意嗎？精技小組成員之一？他最精通此道，他在場時能讓你相信他根本不在那裡。」

我搖搖頭，試著從關於欲意的記憶中覺醒。他帶回了地牢的陰影，那是我仍拒絕回想的事情。我納悶自己是否殺了他，想想應該是沒有。我認為我沒讓他吸進足夠的毒藥。我一抬頭就看見博瑞屈專注地望著我。

「在那天晚上最後的關鍵時刻，國王拒絕離開，」我平靜地告訴他。「長久以來我總是認為帝尊是叛徒，卻忘了黠謀仍將他視為自己的兒子。當帝尊知道惟眞還活著，卻仍奪走他的皇冠時……黠謀國王簡直不想活下去了，因為他已經知道帝尊竟然如此不擇手段。他要求我盡吾王子民的責任，藉助我的力量用技傳和惟眞道別，端寧和擇固卻等在那裡。」我稍作停頓，新的謎團又組合了起來。「我早該知道這太容易了。為什麼國王的身邊沒有侍衛？因為帝尊不需要他們，因為端寧和擇固正在搾取國王的體力，帝尊已經利用完他的父親了。他已自封爲王儲，對他來說也不能再從黠謀那兒得到什麼好處，所以他們吸乾黠謀國王的精技力量，在他還來不及向惟眞道別之前就殺了他。或許帝尊已交代他們千萬不要再讓他對惟眞技傳，所以我當時就殺了端寧和擇固。我以其人之道還治其身，讓他們毫無機會反擊，我一點也不猶豫。」

「鎭定，鎭定下來。」博瑞屈迅速地越過我，將雙手搭在我的肩上，把我推到一張椅子上。「你一直在發抖，好像就要發病了。鎭定下來。」

我無法言語。

「這就是切德和我想不通的地方。」博瑞屈告訴我。「是誰背叛了我們的計畫？我們懷疑每一個人，甚至是弄臣。我們一度還害怕自己把珂翠肯交給一位叛徒照顧。」

「你怎麼能這麼想？弄臣對黠謀國王的敬愛無人能及。」

「我們想不出還會有誰知道我們所有的計畫。」博瑞屈簡短說道。

「弄臣不是我們的失敗之因，而是我。」我想，當時應該是我完全恢復自我意識的時候。我已說出最難以啓齒的事情，面對令我最難堪的事實。我已背叛了他們所有的人。「弄臣警告過我，他說如果我不懂得停止干涉事情，就會導致國王之死。切德也警告過我，還試著要我承諾絕不輕舉妄動，但我卻沒聽他的，所以我的行動殺死了國王。如果我沒幫他技傳，他就不會讓要殺他的人有機可乘。我開啓他好探尋惟眞，卻引來這兩隻吸血蟲。我是國王的刺客。噢，黠謀，我在許多、許多方面都是。我眞的很抱歉，國王，我眞的太對不起您了。若不是我，帝尊就沒有理由除掉您。」

「蜚滋。」博瑞屈的語氣相當堅定。「帝尊從來不需要什麼理由殺害他的父王，只需要耗盡讓他活下去的理由就夠了；而你無法控制那種情況。」他忽然皺起眉頭。「他們爲什麼在那時就殺了他？爲什麼不等到王后也落入他們的手裡才動手？」

我對他微笑。「你救了她。帝尊認為他可以逮到王后，他們還以為不讓你從馬廄牽走馬兒，就可以阻止我們。當我還在地牢的時候，帝尊甚至在我面前吹噓，說她沒有騎馬就離開了，也沒帶冬季的保暖衣物。」

博瑞屈露出大大的笑容。「她和弄臣帶著原本替黠謀打包的東西，而且騎著公鹿堡馬廄有史以來最優秀的兩匹馬離開，我敢打賭他們能夠安全抵達群山，小子。煤灰和紅兒此刻或許正在群山的牧場上吃牧草呢！」

這份安慰太微不足道了。那一夜我出去和狼兒奔跑，博瑞屈也沒有責備我，但我們跑得不夠遠也不夠快，我們在那一夜的血腥獵殺也非我所願，溫熱新鮮的生肉更無法填補我內心的空虛。

所以我想起了自己的人生和之前的身分。時間一天天地過去，博瑞屈和我又開始像朋友一樣坦然交談。他雖然放下原有的優勢，卻也不忘嘲諷般地表達他的遺憾。我們回想從前和彼此的相處方式，那種談笑風生與意見紛歧的老方式。然而，當我們之間的情況平穩且變得尋常之後，我們卻更敏銳地想起我們不再擁有的一切。

博瑞屈平常沒什麼事情好忙的。這個人曾經握有掌管公鹿堡馬廄的大權，同時管理居住在馬廄裡的馬匹、獵犬和獵鷹。我看著他沒事找事做，幹活兒殺時間，也瞭解他多麼渴望見到自己曾經照養多年的動物。我想念宮廷裡熙來攘往的人們，但最強烈的渴求卻仍是莫莉。我虛構著彼此應有的對話，採集繡線菊和日薹花，只因它們的香氣聞起來像她；我也在夜晚躺下時回想她用手撫摸我的臉龐。但這些不是我們所談論的話題，反而把我們的種種片段記憶串連起來，組合成某種整體。博瑞屈捕魚，我則打獵，還得刮獸皮、清洗和縫補衣服，以及打水，這就是生活。他有一次試著告訴我他曾如何來地牢看我，並且帶毒藥給我。當他提到自己必須離開，而把我留在牢房裡時，雙手微微痙攣，而我不忍心讓他繼續說下去。「我們捕魚去吧！」我忽然提議。他深呼吸之後點點頭，於是我們就去捕魚，當天就沒再交談了。

然而，我曾被困在地牢裡挨餓受凍，還被打個半死。當他不時看著我的時候，我知道他在看我身上的傷痕。我刮去臉頰傷痕四周的鬍渣子，看到額頭上方頭皮被打裂之處長出白頭髮。我們從不提到它，我也拒絕去想它，但是沒有一個人能在經歷如此酷刑凌虐之後，卻毫無改變。

我開始在夜晚作夢。一個個栩栩如生的短夢，充滿火光、劇烈痛苦以及毫無希望的恐懼。我總是在醒來之後發現自己的頭髮因沾滿冷汗而光亮，因恐懼而反胃。當我在黑暗中坐起身子時，卻不記得那些夢了，連最細微的蛛絲馬跡都無法回想起來，只有痛苦、恐懼、憤怒和挫敗。這勢不可擋的恐懼令我發抖，讓我大口地吸氣，我的雙眼淚水直流，喉頭也湧上發酸的膽汁。

第一次發生的時候，我猛然坐起來發出無言的吶喊，博瑞屈便翻身下床，將手按在我的肩膀上，問我怎麼了。我卻用力推開他，讓他撞到桌子，差點兒就把桌子撞翻了。恐懼和憤怒堆積成一股迫切的暴怒，讓我真想殺了他，只因他就近在咫尺。那一刻我徹底排拒、唾棄自己，只想毀了自己，或者包圍住我的一切。我極力抗斥這整個世界，幾乎要取代了我的自我意識。兄弟，兄弟，兄弟。夜眼在我內心拚命叫喊，博瑞屈則帶著口齒不清的吼聲跌跌撞撞地走回我身邊。稍後我能吞嚥了，於是便喃喃地對博瑞屈說，「這只是一場惡夢。對不起。我還在作夢，只是一場惡夢。」

「我明白，」他唐突地說道，然後更深慮地說，「我明白。」他回到自己的床上，但我知道他瞭解自己在這方面並沒有辦法幫助我，事實就是如此。

夢魘並沒有夜夜造訪，卻頻繁到讓我對自己的床產生畏懼。博瑞屈假裝沒被我的惡夢吵醒，但我察覺他在我獨自夜戰時清醒地躺在床上。我對夢境沒有記憶，只感覺它們帶給我錐心刺骨般的恐懼。我以前時常感到恐懼。當我和被冶煉的人搏鬥、當我們迎戰紅船劫匪，和當我面對端寧時就會感到恐懼。發出警告、鼓舞人心和予人求生優勢的恐懼。然而，夜晚的恐懼是一股無人可擋的恐怖感，只希望一死好了結一切，因我早已支離破碎，寧可放棄任何東西，也不願面對更多痛苦。

那樣的恐懼和隨之而來的恥辱，並沒有任何解答。我嘗試要憤怒、要仇恨，淚水和白蘭地卻無法淹沒這份感受。它就像一股惡臭滲入我的內在，讓我的每一個記憶變色，也遮蔽了我對自身以往的認知。我能想起的喜悅、熱情或充滿勇氣的時刻，感覺都變了樣，因爲我的內心都會叛逆地添上一句，「沒錯，你曾一度擁有那些，但後來這些才是你現在的樣子。」那令人腳軟的恐懼躲在我的心中抖縮著，我也確知我若受迫便會變成那個樣子，因而痛恨自己。我已不再是蜚滋駿騎，而是在恐懼將他逐出軀體之後所剩的殘骸。

博瑞屈喝光白蘭地的第二天，我告訴他，「如果你想到公鹿堡城去，我待在這裡沒事的。」

「我們沒錢買更多東西，也沒東西可賣。」他冷漠地回答，好像這都是我的錯。他坐在爐火邊，仍舊顫抖的雙手緊握在膝蓋之間。「我們現在得自立更生了。這裡有不少獵物，如果我們無法餵飽自己，就只好活該挨餓了。」

「你這樣可以嗎？」我冷淡地問他。

他瞇著眼睛看我。「你這話是什麼意思？」他問道。

「我是說沒有白蘭地了。」我同樣直接地回答他。

「你認爲我沒有它就活不下去？」他已經發脾氣了。自從白蘭地喝光之後，他就愈來愈容易發脾氣。

我輕輕地聳聳肩。「我不過是問問罷了，如此而已。」我坐著不動，也沒看他，希望他可別爆發出來。一陣沉默之後，他非常平靜地說，「嗯，我想我們都得找出如何解決那個問題的方法。」

我過了好久才再度發問，「我們該如何是好？」

他不耐煩地看著我。「我告訴你了，打獵餵飽自己。那是你應該能理解的事。」

我將視線從他身上移開，微微點點頭。「我明白，我是說……在那之後，明天之後。」

「這樣吧，我們獵殺野獸取得肉食，那樣我們應該還可以撐一陣子，但我們遲早會需要一些我們自己找不到、也做不出來的東西；不過切德會盡可能給我們東西。公鹿堡現在就像一根光禿禿的骨頭般被搜刮一空，我恐怕要到公鹿堡城一陣子，盡可能找份差事。但是現在……」

「不，」我平靜地說道。「我是說……我們總不能一直躲在這裡，博瑞屈。在那之後呢？」

這下子換他沉默許久。「我想自己還沒認眞思考過這件事情。我本來只是把你帶來這裡好讓你復原。然後，有一度你似乎再也無法……」

「但我現在就在這裡。」我遲疑片刻。「耐辛。」我開始說了。

「她相信你已經死了，」博瑞屈插嘴，語氣可能比他想要的還嚴厲。「切德和我是唯一知道事情眞相的人。當我們把你從棺木裡拉出來時，還不是那麼篤定；我們不確定藥劑是否太強，不知道你是否眞會因服毒而死，或者從此凍結你在這世界的人生？我可見識到他們對你做了些什麼。」他沉默地凝視著我片刻，看起來相當困擾，然後就稍微搖搖頭。「我以爲你熬不過酷刑，更別提毒藥了，所以我們沒給任何人希望。後來，當我們把你挖出來的時候……」他更用力地搖搖頭。「一開始，你看起來眞是糟透了。他們到底怎麼折磨你……眞的是遍體鱗傷……我不知道耐辛爲什麼會替一個死人清洗和包紮傷口，但如果她沒有……後來你……變得不是你，頭幾個禮拜過去之後，我對我們所做的事情感到作嘔，看來我們似乎把一匹狼的靈魂放進一個人的身體裡。」

他又看了我一眼，因這個記憶而露出難以置信的神情。「你朝我的喉嚨撲過來。從你能夠自行站立的頭一天起，你就想逃走。我不讓你逃，你就朝我的喉嚨撲過來。我不能讓耐辛看到那個雙目怒視、雙手亂抓的動物，更別說是……」

「你認爲莫莉……」我開始發問。

博瑞屈將視線從我身上移開。「或許她聽到你的死訊了。」稍後他不安地繼續說。「有人在你的墳上點蠟燭，積雪也被清理掉了。當我過去把你挖出來的時候，還有殘餘的蠟燭在。」

「就像一隻狗挖出骨頭一樣。」

「我怕你無法瞭解。」

「我的確不瞭解。我是聽夜眼說的。」

我當時只能言盡於此，就試著停止對話，但博瑞屈卻不肯善罷干休。「如果你回到公鹿堡或公鹿堡城，他們會殺了你，把你吊在水面上然後焚屍，或者肢解你的屍體，但這次人們一定會教你必死無疑。」

「他們這麼恨我嗎？」

「恨你？不是。那些認識你的人都很喜歡你，但是如果你回去，以一個已經死了，也入土爲安的人的身分去面對大家，他們就會怕你。你無法解釋這只不過是個花招，而原智本來就是個讓人沒什麼好印象的魔法。當一個人被控運用原智，然後死了，也入土爲安了，這麼說吧，爲了讓他們能眞心地記得你，你必須維持死亡狀態。如果他們看到你走來走去，就會認為帝尊說得沒錯，一切罪證確鑿，也就是你確實使用了野獸魔法，還用它來殺害國王，然後他們會再度殺了你，而且第二次的手法將會更徹底。」博瑞屈忽然站起來，在房裡來回走動兩次。「該死，我現在想喝杯酒。」他說道。

「我也是。」我平靜地說道。

十天之後，切德就沿著小路來到這裡。這位老刺客拄著楞杖緩慢行走，肩上高高地揹著他的背包。這一天很溫暖，他也卸下了兜帽，長長的灰髮隨風飄揚，鬍鬚也留長了，遮住他大部分的臉龐，乍看之下像個正在巡迴的銲鍋匠。他或許是一位滿是疤痕的老人，卻已經不再是痲臉人，風和陽光讓他的臉顯得飽經風霜。博瑞屈外出捕魚，這是他偏好獨自進行的差事，夜眼則趁博瑞屈不在時跑來我們的門階上曬太陽，但牠一聞到切德的氣味，就消失在小屋後的樹林裡。留下我獨自站在門外。

有一會兒我就這麼看著他走過來。冬季讓他變老了，他臉上的皺紋變得更多，頭髮也更灰白了，但卻比我記憶中還要健步如飛，彷彿貧困使他變得更堅韌。我終於走過去迎接他，感到一陣莫名的羞怯和困窘。當他抬起頭看我的時候，就停下來站在小徑上，我也繼續走向他。「小子？」他在我走近時謹慎地問道，我就設法點頭和微笑，他臉上回應的微笑讓我感覺到他的謙卑。他把楞杖丟開，伸手抱住我，然後把他的臉頰貼在我的臉頰上，好像我還是個孩子。「喔，蜚滋，蜚滋，我的小子，」他的口氣聽起來可真是如釋重負。「我以為我們失去你了，以為我們做了比讓你死去還糟糕的事情。」他那雙蒼老的手臂仍緊緊地抱住我。

我親切和藹地招呼這位老人。我沒有告訴他，他們這麼做，的確令我生不如死。

2

離別

在自封爲六大公國國王後，帝尊王子基本上遺棄了沿海大公國，任其自生自滅，還竭盡所能掏空公鹿堡本身及公鹿公國的國庫。公鹿堡裡的許多馬匹和庫藏全被拋售一空，最好的動物和貨品則隨帝尊來到他在商業灘的新居所。皇室代代相傳的家具及圖書收藏也被洗劫一空，有些被據爲私有，剩下的就賞賜給他的內陸公爵和貴族們，或全部賣給他們。穀倉、酒窖和軍械庫也被清空，掠奪物則運至內陸。

他所宣布的計畫是讓年老體衰的黠謀國王，和新寡且懷孕的珂翠肯王妃移居內陸的商業灘，這樣他們可以比較安全地遠離遭紅船劫掠的沿海大公國，而這也是從公鹿堡洗劫家具和貴重物品的藉口。但是，黠謀國王已駕崩，珂翠肯也失去蹤影，這個站不住腳的理由也就消失了，但他仍然在他的加冕典禮結束後就立刻動身。據說他的貴族議會質疑他的決定，他便宣稱沿海大公國對他而言僅代表戰爭和花費，他們也總是榨取內陸大公國的資源，所以他希望外島人能愉快地接收這片荒蕪的淒涼之地。後來，帝尊甚至否認自己曾經說過這些話。

當珂翠肯失蹤後，帝尊國王就處於史無前例的地位。珂翠肯腹中的胎兒很顯然是下一個王位繼承人，如今王后和胎兒雙雙在非常可疑的狀況下失蹤，卻無人能確定帝尊是否涉入這一切。就算王后留在公鹿堡，這個孩子要取得王儲的頭銜至少也要等上十七年。雖然帝尊亟欲盡快取得國王的頭銜，但依法他必須要有所有六個大公國認可才能取得王位。於是，他運用許多特權和特許的承諾收買沿海公爵好取得王位，其中主要的一項是，帝尊承諾仍將派人駐守公鹿堡，也準備好捍衛沿海。

他就用這樣的詭計爲他的大姪兒*，也就是法洛公爵爵位繼承人銘亮爵士，騙到了這個古老堡壘的統治權，而年方二十五歲的他，也迫不及待地等待父親將權力傳給他。他十二萬分樂意接掌治理公鹿堡和公鹿公國，卻沒什麼經驗可利用。帝尊則沿著法洛的酒河來到商業灘，年輕的銘亮爵士則和精挑細選出的法洛侍衛留守公鹿堡。報告中並未說明帝尊會留下資金讓他運用，所以這位年輕人只得竭盡所能勒索公鹿堡城的商人，和公鹿公國周遭處於備戰狀態的農民及牧人。雖然沒有任何跡象顯示他敵視公鹿公國或其他沿海大公國的居民，但他卻也對他們毫無忠誠之心。

這時，不少公鹿公國的次等貴族仍然住在公鹿堡，而公鹿公國地主們的經濟狀況也十分窘迫，只能克盡棉薄之力保護他們土地上的居民。耐辛夫人是留在公鹿堡中地位最顯要的人，她曾是王妃，直到她的丈夫駿騎王子遜位，將王儲的位置讓給他的弟弟惟眞爲止。公鹿公國的軍隊和珂翠肯的貼身侍衛也留駐公鹿堡，還有一小部分的人則是黠謀國王的侍衛。因爲軍隊的薪資中斷，糧食配給也減少，士兵們的風紀因此每況愈下。銘亮爵士把他的貼身侍衛帶來公鹿堡，也很明顯地偏袒自己的部隊，而非公鹿公國的人。軍令系統的混亂讓情況更顯複雜。表面上，公鹿公國的部隊要向隸屬於法洛的科費上尉，也就是銘亮爵士的侍衛隊隊長報告；但實際上，王后的侍衛狐狸手套和公鹿堡侍衛凱夫，以及點謀國王的老侍衛瑞德，則聯手建立他們自己的指揮體系。如果說他們有按時向誰報告，那就是耐辛夫人。過沒多久公鹿堡的士兵都尊稱她爲公鹿堡夫人。

即使加冕典禮已過，帝尊依然對自己的王位充滿不安全感。他派使者前往遙遠的地方尋訪珂翠肯王后和她腹中的繼承人的下落，並懷疑她逃回群山王國尋求父親伊尤國王的庇護，於是他要求伊尤交出珂翠肯來。當伊尤回覆六大公國王后的行蹤和群山人民無關時，帝尊就憤怒地斷絕和群山王國的關係，不但中斷貿易，甚至阻止一般旅人越過國界。在此同時，幾乎肯定是依帝尊的指令而散布的謠言開始流傳，那就是珂翠肯腹中的孩子不是惟眞的，所以沒有合法資格繼承六大公國王位。

這段時期對於公鹿公國的小老百姓們來說，可眞是艱困無比。國王遺棄了他們，也只有一小團困頓的軍隊得以保衛他們，老百姓們猶如大浪中失去舵手的船隻。當沒有劫匪來偷竊破壞時，銘亮爵士的手下就課徵重稅，道路上也滿是強盜，只因當一個老實人無法謀生時，就會無所不用其極地想辦法苟活。小佃農放棄一切謀生的希望逃離沿海，在內陸城市中淪爲乞丐、強盜和娼妓，商業活動也終止了，因爲出航的船隻很少再回來。

*譯註：在《皇家刺客》中，銘亮爵士爲帝尊的表弟。此應爲作者之誤。

切德和我坐在小屋前的長椅上聊天。我們沒談到不祥的亂象，也沒談到過去一些重大的事件。我們沒討論我的死而復生，或當前的政治情況。相反的，他提到了我們曾經共享的細微點滴，好像我之前不過是外出遠行一樣。黃鼠狼偷溜年紀大了，牠在去年冬季身子變得更僵硬，就算春季來臨也沒讓牠變得更有朝氣，切德擔心牠恐怕撐不過另一年。切德終於找出辦法來風乾旋狀植物的葉子而不讓它們發霉，卻發現風乾的藥草只有少許藥效。我們都很想念廚娘莎拉的酥皮點心，然後切德問我是否需要幫我從我的房間帶東西來。帝尊搜過我的房間，把裡面弄得一團糟，但他不認爲有什麼東西被拿走，如果我現在選擇要什麼仍舊可以拿得到。我問他是否記得睿智國王接待古靈的那幅織錦掛毯，他說記得，但掛毯的體積過於龐大，他拖不上來。我給了他一個受挫的臉色，他就立刻改口說會盡量想辦法把東西拿過來。

我露齒而笑。「這只是個玩笑，切德。那個東西除了讓我在小時候作惡夢之外，可沒有任何其他的用途。不，我房裡的東西現在對我來說都不重要了。」

切德憂傷地看著我。「你失去了一個人生，只留下身上的衣服和一支耳環？你說那裡沒什麼東西好拿來的，你不覺得這很奇怪嗎？」

我坐著思索片刻。惟眞給我的劍、伊尤國王給我一只曾屬於盧睿史的銀戒指、賢雅夫人給我的胸針，還有耐辛的海笛也在我的房裡，我希望她已經拿回去了。我的顏料和紙，還有我自行雕刻的小盒子，裡頭裝有我的毒藥。莫莉和我沒有互相保留任何紀念品，只因她從來不准我送禮物給她，我也從未想過從她的頭髮上偷拔一條緞帶。如果我有……

「不。一刀兩斷或許是最好的，不過你倒是忘了一樣東西。」我翻開粗糙襯衫上的領子，讓他瞧瞧別在上面的袖珍鑲紅寶石銀胸針。「黠謀給我的胸針，代表我是他的吾王子民，這我還留著。」耐辛用它來固定我身上的裹屍布。我把那個思緒擱在一旁。

「我還是很驚訝帝尊沒有盜取你的屍體。原智實在惡名昭彰，無論你是死是活，他們都怕你。」

我伸出手指撫摸曾被打斷的鼻梁。「他們似乎不怎麼怕我，這我看得出來。」

切德露出不誠實的微笑。「你的鼻子還挺讓你困擾的，不是嗎？我倒覺得這讓你的臉更有個性。」

我在陽光下瞇著眼睛看他。「真的嗎？」

「不，但這是有禮貌的說法。不過實際上真的沒那麼糟，看起來挺像有人試著修理過它。」

我一想到這殘餘的記憶就渾身發抖。「我不要再想這件事情了。」我老實告訴他。

他的臉上突然因我而籠罩了一片痛苦的神情，我別過頭去不看他，無法忍受他的憐憫。如果沒有其他人知道我如何承受毒打，我還比較能忍受這些回憶。我對帝尊曾對我的虐待感到恥辱。我仰頭向後靠在陽光下的木屋牆上，深深吸了一口氣。「那麼，還有活人的地方發生了些什麼事情？」

切德清了清喉嚨，接受轉移話題。「嗯，那你知道些什麼？」

「不多。珂翠肯和弄臣離開了。耐辛可能知道珂翠肯安全抵達群山。帝尊很氣群山的伊尤國王，也已中斷了貿易路線。惟真還活著，但沒有人聽說關於他的消息。」

「等等！等等！」切德挺直地坐起來。「關於珂翠肯的謠言……你是從博瑞屈和我討論這件事情的那晚聽見的。」

我別過頭去。「就像你記得做過的夢一般。一切都是海底的顏色，事情的次序大亂。我只是聽你提了一些。」

「那麼惟真呢？」他突如其來的緊張情緒，讓我的背脊升起一股恐怖的寒氣。

「他在那天晚上對我技傳。」我平靜地說道，「我當時告訴你們他還活著。」

「該死！」切德一躍而起，憤怒地跳來跳去。我可從來沒見過他這樣，便睜大眼睛瞪著他，覺得又驚又恐。「博瑞屈和我不相信你的話！噢，我們很高興你說話了，而當你跑開的時候，他就說，『讓這小子走吧，他今晚已經盡力了，至少他還記得王子。』我們當時就這麼想。該死，眞該死！」他忽然停下來用一根手指頭指著我，「告訴我所有的事情。」

我胡亂摸索自己的回憶，卻發現很難理出個頭緒，感覺上恰似透過狼兒的雙眼觀看一切。「他很冷，但是還活著，可能是累了或者受傷了，行動也慢了下來。他嘗試透過我來溝通，但我一直把他推開，所以他不斷建議我喝酒，好瓦解我的心防，我猜……」

「他在哪裡？」

「我不知道。那裡有雪，是一座森林。」我一想起這可怕的記憶就開始喘氣。「我想他也不知道自己在哪裡。」

切德綠色的雙眼深查究裡般地瞅著我。「你探尋得到他、感覺得到他嗎？你能告訴我他還活著嗎？」

我搖搖頭。我的心開始在胸腔裡猛烈跳動。

「你現在能對他技傳嗎？」

我搖搖頭，腹部一陣緊繃。

我每搖一次頭，切德的挫敗感就增加一些。「該死，蜚滋，你一定要！」

「我不想！」我這才發現自己已經站了起來。

跑開！趕快跑開！

我照做了。這突然變得輕而易舉。我逃離切德和小木屋，好像所有外島的地獄島上的惡魔都在追我。切德叫住我，但我拒絕聽他的話，只管一直往前跑。當我一跑進樹林躲起來時，夜眼就在我身旁。

不是那個方向，獸群之心在那個方向。牠警告我。我們衝到山丘上遠離溪流，來到一大片垂懸在斜坡上盤根錯節的刺藤裡，這是夜眼在狂風暴雨的夜晚的藏身之處。怎麼了？有什麼危險？夜眼問我。

他要我回去，過了一會兒，我試著用夜眼能理解的方式說明。他要我……別再當一匹狼。

我的背部忽然竄起一陣寒氣。當我對夜眼解釋的時候，也讓自己直接面對現實。這抉擇很簡單，當一匹狼，沒有過去和未來，只有今日；或當一個人，內心糾纏著痛苦的過往，他的心輸送著沾滿恐懼的血液。我可以用雙腳走路，知道羞恥和畏縮是一種生活方式；或者用四隻腳跑步，忘掉所有一切，僅僅記得只有莫莉是我想得起來的芳香氣味。我靜靜地坐在刺藤後面，雙手輕輕擱在夜眼的背上，雙眼凝視只有我看得到的地方。漸漸地，光線轉變，夜色更深，已經是黃昏了，我緩慢且無可奈何地做出決定，如同緩緩升起的夜色。我的心發出拒絕的吶喊，但其他的選擇卻難以忍受。我下定決心了。

當我回去時天色已黑。我夾著尾巴偷偷摸摸地溜回家。再度身而爲狼回到小木屋的感覺頗爲怪異，聞著木柴冒煙像是人類的事情。我透過百葉窗對著火光眨眼，心不甘情不願地將我心剝離夜眼的心。

你不想和我一同狩獵？

我眞的很想，但今晚不行。

爲什麼？

我搖搖頭。這剛成形的決心相當薄弱，我不敢藉著說出口來檢驗它。我停在樹林邊清除衣服上的樹葉和泥土，把頭髮向後梳平重新綁成辮子。我希望臉還算乾淨。我挺起肩膀強迫自己走回小木屋，開門進去面對他們。我感覺自己相當脆弱。他們曾經分享過有關我的訊息；他們兩人幾乎知道我所有的祕密；我殘缺的自尊如今似碎片般懸盪著。我該如何站在他們面前，指望他們把我當成一個人？但我卻不能怪他們。他們曾試著救我，對我來說這也是眞的，總之他們救了我。即使他們所救回來的，幾乎已經一文不值，那也不是他們的錯。

當我進門時，他們正坐在桌旁。如果我在數週前像這樣跑掉，博瑞屈可會跳起來，然後在我進門時抓住我搖晃，並賞我一巴掌。現在我知道這不會再發生了，但這個記憶依然使我不得不提高警覺。然而，博瑞屈臉上只有如釋重負的表情，切德則內疚且關懷地看著我。

「我不想把你逼得那麼緊。」我還來不及開口，切德就誠懇地對我說。

「你沒有，」我平靜地回答。「你只不過是把你的手指放在我曾逼自己最緊的那一點上。有時候，一個人並不瞭解自己傷得有多深，直到有人刺到那個傷口。」

我把椅子拉過來。經過幾週的粗食，看到滿桌擺著乳酪、蜂蜜和接骨木酒，簡直令我震驚。桌上還有一條麵包，剛好可以搭配博瑞屈捕獲的鱒魚。有好一會兒我們只是吃東西，除了餐桌上的應對詞，其他什麼也沒說，這看來似乎可以緩和尷尬的氣氛。但我們吃完之後，桌上也清乾淨了，原本的緊張氣息又浮上枱面。

「我現在明白你的問題了。」博瑞屈忽然說道，切德和我則驚訝地看著他。「幾天前，當你問我接下來該怎麼辦的時候。我明白自己認爲惟眞已經失蹤，而對他放棄希望。珂翠肯懷了他的孩子，但如今已安全返抵群山，我也沒什麼可以幫她的了。如果我再干涉此事，我可能會在無意間對別人暴露她的行蹤。所以最好就讓她藏匿起來，和她父親的人民安全地待在一起。當她的孩子到了繼承王位的年紀……這麼說吧，如果我到時候還沒進墳墓，我想我會盡力幫她。現在，我將效忠國王視爲往事，所以當你問我的時候，我只看到我們應該照顧自己的需要。」

「那現在呢？」我平靜地問道。

「如果惟眞還活著，一位王位覬覦者就篡奪了他的王位。我宣誓要幫助國王，切德也是，你也一樣。」他們同時深深地注視著我。

再次逃跑吧！

我不能。

博瑞屈微微退縮了一下，好似我用針刺了他。我不禁納悶，如果我走到門口，他是否還會撲到我身上阻止我？他卻沒說話也不移動，只是等待。

「我沒有。那個蜚滋已經死了。」我直言不諱。

博瑞屈的神情像被我打了一巴掌。切德卻平靜地問道，「那麼，他爲什麼還配戴黠謀國王的胸針？」

我舉起手從領子上取下胸針。來，我想這麼說，這裡，你就拿去吧，所有的一切一筆勾銷，我受夠它了。但我沒勇氣說出來，只是坐著注視它。

「來點接骨木酒？」切德問道，但不是問我。

「今晚很涼，我去泡茶。」博瑞屈反駁。

切德點點頭，我仍手握紅色的銀胸針坐著。我記得國王的雙手，是他將胸針別在一個毛頭小子的衣領上。「你瞧，」他這麼說。「你現在是我的了。」如今他已不在人世，但我能因此從我的承諾中解脫嗎？他對我說的最後一句話是什麼？「我把你塑造成什麼樣子？」我再次把這個問題推到一旁。更重要的是，我現在是什麼？我現在是帝尊把我弄成的模樣嗎？還是，我可以逃離那樣的命運？

「帝尊告訴我，」我就事論事。「我只要搔搔我自己，就能發現那個無名的小狗崽子。」我抬起頭，強迫自己注視博瑞屈的雙眼。「當那個狗崽子可能還挺不錯。」

「是嗎？」博瑞屈問我。「你曾有一段時間並不這麼想。如果你不是吾王子民，蜚滋，那麼你是誰？你是什麼？你要去哪裡？」

我要去哪裡才能獲得自由？去找莫莉，我的心在吶喊。我搖搖頭，在這思緒折磨我之前將它用力推開。不，我在失去自己的生命之前就失去了她。我思索自己空虛苦澀的自由，實際上我只剩一處可去。我下定決心，抬起頭用堅定的眼神看著博瑞屈的雙眼。「我要遠離這裡，到哪兒都好。到恰斯國，或者繽城。我很懂動物，也是一位稱職的文書，我可以以此謀生。」

「無庸置疑。但是，討生活並非過人生。」博瑞屈指出。

「那麼，什麼才是？」我反問，忽然覺得眞的很生氣。他們爲什麼老是爲難我？我的言語和思緒頓時凝結，猶如化膿傷口上的毒藥。「你要我將自己獻給國王，爲此犧牲所有的一切，就像你一樣。放棄我心愛的女子，像狗一樣跟在他後面，就像你一樣。那麼，當國王遺棄你的時候呢？你嚥下這口氣，幫他扶養他的私生子。後來，他們剝奪了屬於你的一切，馬廄、馬匹、狗兒和屬下。他們什麼都不留給你，就連棲身之處也沒有，這都是你宣誓效忠的那些國王幹的好事。所以你做了些什麼？你一無所有，就抓著我不放，把那小雜種從棺材裡拖出來，強迫他死而復生。我痛恨這樣的人生，也不要這種人生！」我好像在提出控訴般怒視著他。

他一言不發地瞪著我。我想要停下來，卻有一股力量激勵我說下去。這憤怒的感覺眞好，如同淨化的火焰。於是，我雙手握拳繼續發問，「你爲什麼總是在那兒？你爲什麼總是又讓我站起來，好讓他們再次把我打倒？爲什麼？好讓我欠你東西？讓你取得我的人生，只因爲你自己沒勇氣擁有屬於你自己的人生？你只想讓我和你一樣，變成一個沒有自我人生的人、爲了國王放棄一切的人。難道你看不出來，活著總比爲了別人放棄一切來得好嗎？」

我看著他的雙眼，然後別過頭去，不再注視他眼中痛苦的詫異神情。「不，」我深呼吸之後無精打采地說道。「你根本看不出來，也一無所知，甚至無法想像你從我身上奪走了什麼。我本來可以死，你卻不讓我死，你以爲這全是一番好意，你總是相信你自己做得很對，無論這有多麼傷害我。但是，誰讓你有權支配我的人生？誰命令你對我這麼做？」

房裡只有我的聲音。切德僵住了，博瑞屈臉上的表情只讓我更生氣。我看著他打起精神，重拾自信和尊嚴，同時平靜地說道，「你的父親賦予我這個任務，蚩滋。我盡我所能照顧你，小子。這是王子對我說的最後一句話。駿騎對我說，『好好扶養他長大。』而我……」

「放棄你接下來十年的人生照顧別人的私生子。」我以猛烈的譏諷插嘴，「照顧我，因爲這是你唯一知道該怎麼做的事情。博瑞屈，你的一輩子都在照顧別人，總是把別人列爲優先，爲了別人的利益犧牲你所有正常的生活，像一隻獵犬般忠心，那算人生嗎？難道你從來沒想過爲自己而活，替你自己做決定？還是說，你根本害怕做決定？」我的提高音量變成吼叫一般。當我無話可說時，就盯著他瞧，我的胸膛隨著喘出的怒氣上下起伏。

當我還是個憤怒的男孩時，就經常對自己發誓，總有一天他會爲他打我的每一個巴掌，和當我累得站不住，卻還是得清理每一間廄房的廄肥付出代價。當我說出那番話之後，就以十倍的決心守住那憤怒的小小誓言。只見他睜大雙眼，因痛苦而說不出話來。我看到他一度用力鼓起胸膛，好像岔了氣似的喘過那道氣來，而他眼神中的震驚，好像我剛才突然捅了他一刀似的。

我瞪著他。我不知那番話從何而來，但一言既出，駟馬難追。說「我很抱歉」無法收回那番話，更不能改變它們。我忽然希望他能打我，至少這能讓我們倆好受一點。

他身形不穩地站起來，只聽見椅子的腳向後刮著木頭地板，椅子則東倒西歪，在他走開後砰一聲倒了下來。以往喝了大量白蘭地之後步伐穩健的博瑞屈，此刻卻像醉漢般搖搖晃晃地走到門口，然後遁入屋外的一片夜。我只是坐著，感覺體內有個東西變得動也不動。我希望那是我的心。

有那麼一會兒，一切都沉寂了。很長一段時間後，切德嘆了口氣。「爲什麼？」他稍後平靜地問。

「我不知道。」我可眞會撒謊。切德自己教過我的。我凝視爐火，有一會兒幾乎試著要對他解釋，卻決定不這麼做。我發現自己只是繞著同樣的話題打轉。「或許我需要擺脫他。遠離即使我不想要他做，他卻爲我而做的一切。他應該停止做我永遠無法報答他的事情。沒有人應該爲另一個人做事情，沒有人應該爲另一個人犧牲。我不想再欠他什麼了。我不想欠任何人任何東西。」

當切德開口時，口氣變得非常實事求是。他靜靜地把修長的雙手擱在大腿上，似乎很放鬆，綠色的雙眼卻變成銅礦般的顏色，眼神透著憤怒。「自從你從群山回來之後，你似乎就沉溺在打鬥之中，和每一個人都可能起衝突。當你小時候繃著臉或生氣時，我就想，你不過還是個孩子，有孩子氣的判斷和挫折。但是，你帶著一股……憤怒回來，像是要挑戰整個世界，好讓自己能夠死於非命。這不只是你對帝尊所設的路自投羅網：哪裡對你最危險，你就拚命往那裡跳。博瑞屈可不是唯一看到這情況的人。讓我們回頭看看過去的一年：每當我一轉身，就看見蜚滋對著世界怒吼、伸出拳頭和別人打架、身處戰鬥當中、身上裹著紗布、像漁夫一樣喝得爛醉，或是像一條軟綿綿的線，像貓似地喵喵叫吵著要精靈樹皮。你何時曾靜下來冷靜思考過？何時與朋友愉快相處？你的心何時平靜過？你不是挑戰敵人，就是趕走朋友。你和弄臣之間怎麼了？莫莉如今在哪裡？你剛才把博瑞屈趕走了，下一位是誰？」

「我想是你。」我無可避免地衝口而出。我不想說這些，卻無法隱瞞。時候到了。

「以你剛才對博瑞屈說話的方式，你就快達到目的了。」

「我知道，」我坦白說，看著他的雙眼。「長久以來，我做的每一件事情都無法討你或博瑞屈，或任何人的歡心。我最近似乎無法做出個好決定。」

「這我同意。」切德毫不留情地大表贊同。

然後它又回來了，我憤怒的餘燼燃燒成熊熊火焰。「或許是因爲我從來沒有機會替自己做決定，或許我當每個人的『小子』太久了。博瑞屈的馬僮、你的刺客學徒、惟眞的寵兒，還有耐辛的侍童。我什麼時候才能成爲我自己的主人？」我強烈地提出這個問題。

「你什麼時候不是自己的主人？」切德用同樣激烈的語氣反問。「你從群山回來之後一向如此。當我們還需要執行祕密任務的時候，你卻對惟眞說你不想當刺客。耐辛試著警告你遠離莫莉，你卻一意孤行，讓她成爲一個目標。你把耐辛捲進陰謀中，讓她暴露於危險之中。你不聽博瑞屈的勸，卻和那匹狼產生牽繫。你質疑我爲了黠謀國王的健康所做的每一項決定。還有，你在公鹿堡所做的倒數第二件傻事，就是自願參與推翻皇室的起義。你幾乎給我們帶來百年未有的內戰。」

「那麼，我所做的最後一件傻事呢？」我帶著苦澀的好奇心問道。

「殺了擇固和端寧。」他斷然指控我。

「他們吸乾了國王的精力，切德，」我冷冰冰地指出。「就這麼在我懷裡殺了他。我還能怎麼辦？」

他站起來，設法像從前一樣矗立在我面前。「我訓練你這麼多年，教導你無聲無息的刺客技巧，你卻拿著一把出鞘的刀在城堡中跑來跑去，割斷一個人的喉嚨，然後在大廳裡聚集成群的達官顯要面前刺殺另一個人……我優秀的刺客學徒！難道這是你唯一想到達成目的的作法嗎？」

「我當時很生氣！」我對他怒吼。

「完全正確！」他也吼回來。「你很生氣，所以就破壞了我們在公鹿堡的武力基礎！你取得沿海公爵們的信任，卻選擇像瘋子般出現在他們眼前！完全粉碎了他們對瞻遠家族僅存的信心。」

「你在幾個月前還指責我取得那些公爵的信任。」

「不，我是指責你把自己擺在他們之前。你不該讓他們提議給你公鹿堡的統治權，如果你先前有適切地執行任務，他們也不會有這種想法。你三番兩次忘記自己的身分。你不是王子，而是一名刺客。你不是下棋的人，而是棋子。當你擅自行動時，卻讓每個策略出差錯，危及棋盤上的每一枚棋子！」

想不出該如何回答，可不同於接受別人的話。我怒視著他，他卻仍直挺挺地繼續站著俯視我。切德綠色雙眼凝視著我，我那股憤怒的力量頓時消逝，徒留苦澀。我隱密的恐懼暗潮再度浮出檯面。我的決心從我身上流了出去。我不能這麼做。我沒有力量抵抗這兩者。過了一會兒，我聽到自己憂鬱地開口。「好，非常好。你和博瑞屈是對的，一如往昔。我承諾將不再思考，只奉命行事。那麼，你要我做什麼？」

「不。」簡單明瞭。

「不什麼？」

他緩緩搖頭。「我在今晚最大的體認，就是我將不再以你爲基礎去計畫任何事情。你不會再從我這裡接受任務，也不會祕密參與我的計畫，那些日子都過去了。」他語氣中的決絕讓我喘不過氣來，他卻別過頭去看著遠方。當他再度開口時，已經不是我的師傅，而是切德。然後，他看著牆壁說話。「我疼愛你，小子，這是不變的。但是你太危險了。就算沒有你發狂搗亂，我們所必須嘗試的都算夠危險的了。」

「你要做什麼？」我任憑自己發問。

他看著我的雙眼緩緩搖頭，藉著保守那個祕密而切斷我們之間的聯繫。我頓時感到漫無目標，只能驚懼地看著他拿起背包和斗篷。

「外面天色暗了，」我指出。「回公鹿堡的路途很遠也不好走，就算在白天也一樣。至少留下來過夜，切德。」

「我不能。你揭瘡疤似的引起爭執，不見血誓不罷休，說出來的重話也夠多了。我最好現在就離開。」

他真的走了。

我獨自坐下來看著燃燒殆盡的爐火。我對他們倆都太過分了，比我原本想做的還要過分。我本來只想和他們道別，卻破壞了他們對我所懷有的每一份記憶。事實已經造成，無法彌補。我起身開始收拾自己的東西，不一會兒就用我的冬季斗蓬將所有物品打包完畢。我納悶自己究竟是孩子氣地發火，還是突然果斷了起來，同時也納悶這兩者之間到底有何差異。稍後，我抱著行囊坐在壁爐前。我想要博瑞屈回來，但如此一來他就會發現我對他感到很抱歉，一直到我離開時都對他感到抱歉。我強迫自己仔細思索，然後解開行囊拿出毛毯鋪在壁爐前，躺在上面伸展四肢。自從博瑞屈將我從死神手中拉回來之後，他就一直睡在我和門之間，或許這麼做是想把我留在屋裡。有幾個夜晚，我感覺彷彿只有他站在我和黑暗之間，如今他卻不在那裡。儘管小屋有牆壁，我卻感覺自己獨自蜷縮在這世界一片荒蕪的地表上。

你一直有我。

我知道，你也一直有我。我試了，卻無法將任何真實的感覺放進字句中。我已將內心所有的情緒都宣洩一空，現在的我感覺很空虛，也很疲倦，還有一大堆事情要做。

灰衣人在和獸群之心說話，我要聽嗎？

不，他們的談話只屬於他們。他們在一起讓孤伶伶的我有點嫉妒，卻也感到舒暢。或許博瑞屈能說服切德回來，待到天亮再走。或許切德可以收回我對博瑞屈說的惡毒字眼。我凝視爐火，覺得自己真是糟透了。

每個夜晚都有一段死寂的時刻，是最寒冷和黑暗的時刻。夜晚已然消逝，卻不見黎明的蹤影，這時起床嫌太早，就寢又沒什麼意義。博瑞屈就在那時回來，我雖然沒睡，卻也沒移動，但他可沒被欺騙。

「切德走了。」他平靜地說道。我聽到他扶起倒下來的椅子，坐在上面將靴子脫下來，感覺他沒有一絲敵意，也沒有仇恨，好像我不曾說出那些氣話，也或許他已經被憤怒傷得麻木了。

「天色太暗了，這麼走對他不太好。」我面對爐火小心地說著，深恐破壞這寧靜的片刻。

「我知道，但是他有帶著一個小燈籠。他說他更怕留下來，怕自己無法堅定決心讓你走。」

我之前的大吼大叫，現在回想起來像是拋棄了自己最親愛的同伴一樣。一股恐懼湧上來，動搖了我的決心。我猛然站起來，滿懷驚恐顫抖地深吸一口氣。「博瑞屈，我先前對你說的那些，我當時很生氣，我是……」

「正中目標。」如果他的語氣不帶悲痛的話，他發出來的聲音應該可以算是笑聲。

「只有最瞭解彼此的人，才知道如何將彼此傷得最重。」我辯護著。

「不，事實是如此。或許這隻狗眞的需要一位主人。」他嘲諷自己的語氣，比我之前所說的任何一句話還惡毒。我無話可說。他坐直身子，讓靴子掉到地上，然後瞥著我。「我一開始並不想讓你和我一樣，蜚滋，那不是我希望發生在任何人身上的事情。我希望你像你的父親一樣。但我有時總覺得無論我做什麼，你仍舊按照我的生命模式走。」他凝視爐火餘燼，一陣沉默後終於再度輕聲面對爐火說話，好像對一個愛睏的孩子述說古老的故事。

「我出生在恰斯國裡一個漁業和運輸小鎮，里斯。我的母親靠洗衣養活祖母和我，我的父親在我出生之前就去世了，是在海裡淹死的。都是祖母在照顧我，但她當時已經很老了，也時常生病。」我感覺他說話的語氣比他臉上的苦笑更顯苦澀。「當了一輩子的奴隸，可不會讓一名婦女身強體壯。她很疼愛我，也盡力照顧我，但我可不是個能待在屋子裡安靜玩遊戲的孩子，家中也沒有人夠強硬來反對我的意願。」

「所以我在很小的時候，就和我世界裡唯一對我感興趣的堅強男性產生牽繫，牠是街上的一隻野狗，全身布滿疥癬及傷痕。牠唯一的價值觀就是求生，也只對我忠心，如同我對牠忠心一樣。牠的世界和生活方式就是我所知道的一切。在想要的時候得到你所想要的，得到後就不再煩心這些事。我確定你明白我的意思。鄰居們認爲我是啞巴，我的母親則認爲我是智障兒，而我相信我的祖母也心存懷疑。她試著趕走那隻狗，但就像你一樣，我對那些事情總有自己的主張。我記得在我八歲的時候吧，牠跑到一匹馬和馬車之間，就這樣被踢死了；牠當時正在偷一片厚厚的培根。」他從椅子上起身拿他的毛毯。

博瑞屈在我不到八歲時就從我身邊帶走大鼻子。當時我已相信牠死了，而博瑞屈卻得親身經歷他的牽繫伙伴橫死，這和經歷本身的死亡沒什麼兩樣。「那你怎麼辦？」我平靜地問他。

我聽到他鋪床躺下的聲音。「我學會說話，」他稍後說道。「我的祖母強迫我忘掉傷痕的死。而我也感覺自己將這份牽繫轉移到她身上，但我卻沒忘記傷痕教我的本領。我成了一個小偷，還是個身手不凡的小偷。我運用這個新的謀生方式改善我母親和祖母的生活，她們卻從不懷疑我在做什麼。大約幾年之後，血瘟開始在恰斯境內肆虐，我可是頭一次親眼目睹這慘狀。她們倆都死於血瘟，只剩下我一個人，所以我才去從軍。」

我滿懷驚訝地聽他說出這些過去。多年以來，我總認爲他是一個沉默寡言的人，連喝酒都無法讓他鬆口，反而使他更沉默。如今他全盤托出那些，讓我多年來的困惑和疑慮一掃而空，卻不知他爲何突然間如此坦白。爐火照耀的這個房間只有他的聲音。

「我剛開始替恰斯的一位小地主傑科托打仗，不知道也不在乎我們到底爲何而戰，好像這麼做並沒有對錯。」他輕聲呼出鼻息。「就像我對你說的，討生活和度人生完全不同，但我卻挺會討生活的。我因凶狠而聲名大噪，因爲沒有人指望一個小伙子會以野獸般的凶猛和狡猾作戰，這卻是我當時在這群士兵中求生存的唯一關鍵。但是有一天我們輸了一場戰役，我花了好幾個月，不，幾乎一年的時間學會了我祖母對蓄奴者的憤恨。當我逃走時，就做了她總是夢寐以求的事情，來到沒有奴隸和蓄奴者的六大公國。當時修克斯的公爵是灰髮，我當了一陣子他的士兵，後來不知道爲什麼被派去負責照顧部隊的馬匹，我也很喜歡這差事。灰髮的部隊和傑科托的人渣兵團比起來可都是紳士，但我還是比較喜歡跟馬兒在一起。」

「當沙緣之役結束之後，灰髮公爵把我帶回他自己的馬廄；我在那裡和一匹年幼的種馬產生牽繫，牠叫尼寇。我照顧牠，但牠並不是我的馬。灰髮騎著牠外出狩獵，有時拿牠來配種。灰髮並不是個溫和的人，有時他讓尼寇和其他種馬打鬥，就像有些人鬥狗或鬥雞取樂一樣。一匹發情的母馬，打贏的種馬才能和牠交配。而我……我和尼寇牽繫，把牠的生命視爲自己的生命。我就這麼長大成人，或者說，至少像個大人的樣子。」博瑞屈沉默片刻，他也不需要對我多做解釋。過了一會兒，他嘆了一口氣繼續說。

「灰髮公爵把尼寇和六匹母馬賣掉，我就和牠們來到北方沿海的瑞本。」他清了清喉嚨。「那個傢伙的馬廄感染了某種瘟疫，尼寇在染病的第二天就死了。我救了牠的兩匹母馬，試圖救活牠們的努力讓我不致走上死路。但不久之後我就喪失所有意志，除了喝酒，什麼都做不好。此外，那個馬廄裡也沒剩下多少動物，根本稱不上是個馬廄，所以我就被打發走了。最後，我再度從軍，這次成爲一位年輕王子的士兵，他就是駿騎。他來到瑞本平息修克斯和瑞本之間的疆界糾紛，但我根本不知道他的士官是怎麼挑上我的。他的貼身侍衛挺散漫的。我當時身無分文，痛苦地清醒了三天，也沒沾半滴酒。我根本不符合他們所謂的常人標準，更別提要成爲士兵了。在我替駿騎服役的頭一個月，就因紀律問題去見他兩次，因爲我像一隻狗，或是一匹種馬般打架，我認爲這是自己能和別人建立地位的唯一方式。」

「當我第一次被抓到王子面前時，身上還有血，也不斷掙扎，卻驚訝地發現我們年齡相仿。他的部隊中幾乎都是年紀比我大的士兵，而我本來也以爲自己必須面對一位中年人。我站在他面前看著他的雙眼，一股似曾相識的感覺在彼此之間流通，就像彼此都看到了……對方在不同的情況下，會是什麼樣子，但這可沒讓他饒了我。我沒了這份薪水，卻得到更多任務。而當我再度犯錯時，人人都希望駿騎開除我。我站在他面前準備從此開始恨他，但他卻只是看著我，像一隻狗聽到遠方傳來的聲音似地歪著頭，接著又分派我更多任務。他把我留了下來。人人都說我會被開除，這下子他們都希望我會逃跑。我無法解釋自己爲何沒這麼做，爲什麼當一名沒錢拿、差事又多的士兵？」

博瑞屈又清了清喉嚨。我聽到他挪動身子讓自己躺得更深，有那麼一刻他只是保持沉默，後來終於又繼續說下去，但似乎很不情願。「他們第三次逮捕我的時候，是因爲我在小酒館裡打架。城市衛隊把我抓到他面前時，我依然渾身是血，醉醺醺地還想打架。到了那時，我的侍衛同袍都不想理我，我的長官也唾棄我，我在軍隊裡也沒交到什麼朋友。所以，城市衛隊就把我關起來，告訴駿騎我打昏了兩個人，還拿棍子讓另外五個人無法接近，直到警衛前來解圍。」

「駿騎把警衛打發走，還給他們錢好賠償小酒館老闆的損失。他坐在桌子後頭，眼前有些未完成的文件。他上下來回仔細地端詳我，然後站起來，二話不說就把桌子推到房間的一個角落，脫下襯衫然後拿起牆角的一把長矛。我原以爲他想把我打死，他卻丟給我另一支長矛，接著就說，『好吧，讓我瞧瞧你如何讓五個人無法接近。』然後就攻擊我。」他清了清喉嚨。「我當時很累，也已經喝個半醉，卻沒有放棄。最後他幸運地擊中我，把我擊昏了。」

「當我醒來之後，這隻狗又有了主人，而且是一位截然不同的主人。我知道你聽別人說過駿騎冷漠嚴厲又矯枉過正，但他並非如此。他是他自己認爲的、一條漢子應該是怎樣的那種人。尤有甚者，他認爲若是一條漢子就應該成爲那個樣子。他接納了一個偷竊、髒亂的混蛋，還……」他開始結巴，忽然嘆了一口氣。「他要我第二天在黎明前醒來，接著就進行武器訓練，直到我們倆都虛脫爲止。我在這之前從未接受過正規訓練，他們只不過給我一根長矛，就把我送出去打仗。他卻訓練我，教我如何用劍。他從來不喜歡斧頭，但我卻很喜歡，所以他先教了我所有他使斧的技巧，然後安排一位深諳斧頭招式的人來訓練我。然後我就在當天成了他的手下，如你所言，像一隻狗般。或許他想找個同年齡的人作伴，也許他想念惟眞，也有可能……我不知道。」

「他先教我認識數字，然後教我閱讀，還讓我管理他的坐騎，接下來就是他的獵犬和獵鷹，後來就是所有的馱獸和拉篷車的動物。但他不只教了我這些差事，還教我如何保持整潔和誠實。他重視我母親和祖母多年前嘗試逐漸灌輸我的東西，他讓我看到它們就是一個男人的價値觀，而不單是在女人之家所應遵守的規矩。他教導我成爲一個眞正的男人，而非人形的禽獸。他讓我將它視爲一種生活方式，而非僅是規則；是人生，而不只是求生存。」

他不說話了。我聽到他站起來，走到桌邊拿起切德留下來的接骨木酒。我看著他用雙手轉了好幾次酒瓶，然後把它放下來，坐在其中一張椅子上凝視著爐火。

「切德說我應該在明天離開你，」他平靜地說道，然後低頭看我。「我想他說得對。」

我坐起身子仰望他，逐漸微弱的火光映照出他幽暗的面容。我無法察覺他的眼神。

「切德說你當我的小子太久了。切德的小子、惟眞的小子，甚至耐辛的小子。我們一直把你當成一個男孩，也太照顧你了。他相信當你該像大人一樣做決定時，你卻像個男孩似的衝動行事。很想做對，也很想做好，但單靠意圖還不夠好。」

「把我送出去殺人是把我當成一個男孩看待？」我不可置信地問道。

「你到底有沒有在聽我說？我還是個男孩的時候就開始殺人了，但它並沒有讓我成爲男人，你也一樣。」

「所以，我該怎麼辦？」我譏諷地問他。「找個王子教導我？」

「瞧，看到了吧？這就是一個男孩的回答。你不懂，所以就生氣並懷恨在心。你問我那個問題，卻已經知道自己不會滿意我的回答。」

「你的回答是？」

「我可能會說，你將做出比找個王子還更糟糕的事情。但我可不會告訴你該怎麼辦，這是切德對我的建議，我也認爲他是對的。這並不是說我也認爲你像一個男孩般做決定。因爲我在你這個年紀時也差不多是這個樣子。我反倒覺得你像動物一樣做決定。總是身在當下，完全不考慮明天，或回想昨日的種種。我知道你很清楚我在說什麼。因爲我強迫你，你才停止像狼一般過生活。現在我必須離開你，讓你自己決定你要像狼或人類般過日子。」

他遇上我凝視的眼神，他的雙眼裡充滿太多的理解。一想到他可能眞的知道我將面對什麼，眞令我不寒而慄。我否認那個可能性，將它完全推開。我不怎麼理他，我眞希望我的怒氣會回來，但博瑞屈只是沉默地坐著。

我終於抬起頭看他，只見他凝視爐火。過了許久我才嚥下自尊問道，「那麼，你要怎麼做？」

「我告訴你了，我明天就離開。」

下一個問題更難開口。「你要去哪裡？」

他清了清喉嚨，看起來很不安。「我有個朋友，她孤伶伶一個人，卻能夠以男人般的力量撐起她的家園。她房子的屋頂需要修補，還有許多園藝的活兒，我會暫時去那裡幫她。」

「『她』？」我揚起眉毛斗膽問道。

他的語氣平淡。「不是你想的那樣，只是朋友。你可能會說我找到我要照顧的人了。或許我找到了。也許是把我的照顧帶到真正需要之處的時候了。」

此刻我注視爐火。「博瑞屈，我真的需要你。你把我從死亡邊緣拉回來，重新做人。」

他卻嗤之以鼻。「如果我一開始就好好對待你，你絕不會走到死亡邊緣。」

「不，我反而會走進自己的墳墓。」

「是嗎？原本可以讓帝尊無法指控你運用原智魔法的。」

「他會找某種理由除掉我，或只是等機會。實際上，他不需要藉口就能為所欲為。」

「也許是，也許不是。」

我們坐看爐火熄滅。我笨拙地鬆開耳環上的鉤子。「我想把這個還給你。」

「我倒寧願你把它留下來，戴上它。」語氣聽起來像是要求，感覺可真奇怪。

「無論這耳環象徵什麼，我都不會配戴它。我沒有掙得它，也無權擁有它。」

「對我而言，它並不是任何可以掙得的東西。這是我給你的，不管是不是你應得的。你想戴也好，不想也罷，還是帶在身邊吧！」

我讓耳環垂在耳朵上，細緻的銀網包裹著一顆藍寶石。博瑞屈曾把它交給我的父親，毫不知其重要性的耐辛就把它送給我。我不知道他要我戴著它的原因，是否和他把它給我父親的原因相同。我覺得應該不只如此，但他沒有告訴我，我也不會問。不過，我還是等他問我一些什麼，他卻只是起身走回自己的毛毯中。我聽到他躺了下來。

我希望他問我這個問題，他卻沒問，讓我覺得很受傷。但我還是回答了。「我不知道接下來該怎麼辦，」我對著黑暗的房間說話。「我一生都有任務要執行，有主人須回覆，現在沒了這些……這是種奇怪的感覺。」

我一度以為他根本不會回答，但他忽然說道，「我體驗過那種感受。」

我抬頭望著變暗的天花板。「我時常想起莫莉。你知道她到哪裡去了？」

「我知道。」

當他不再多說時，我就更清楚了，不必再問下去了。「我知道最聰明的作法就是讓她走。她相信我已經死了，而我希望她無論去找誰，那個人都會比我更懂得照顧她。我希望他深愛著她，這是她應得的。」

博瑞屈的毛毯沙沙作響。「你說這話是什麼意思？」他警覺地問道。

這比我想像中還難以說出口。「她在離開我的那一天告訴我，她有另外一個人了。她像我關心國王般關心這個人，把這個人看得比她生命中任何一件事情和任何一個人還重要。」我的喉嚨忽然哽住了，於是吸了一口氣，用意志力解開我喉嚨裡的結。「耐辛說得沒錯。」我這麼說。

「是啊，她是對的。」博瑞屈同意。

「我除了自己，並不怪罪任何人。我一旦知道莫莉安然無恙，就會讓她走自己想走的路。她應該有個全心全意為她付出的男人……」

「沒錯，她是該有。」博瑞屈毫不留情地表示贊同。「之前當你和她在一起的時候沒有明白這一點，真是太可惜了。」

對自己坦承錯誤是一件事，你的朋友不但同意你的說法，還指出自己錯的有多麼徹底，則是另一件截然不同的事情。我不否認它，或問他是怎麼知道的。如果莫莉告訴過他，我不想知道她還說了些什麼。倘若他是自行推論的，我也不想知道自己曾表現得那麼明顯。我感覺一股澎湃的情緒，是一股讓我想對他怒吼的猛烈情緒。我保持沉默強迫自己思索這份感覺。讓她以痛苦告終並懷疑自身的價值，這使得我感到罪惡和恥辱。我也確信無論它是如何大錯特錯，它也有對的時候。當我確定可以平靜地開口時，我說道，「我絕不後悔愛她，在我心裡她是我的妻子，我只是無法當衆娶她。」

他沒說什麼，有好一會兒我們倆之間的沉默變得隆隆作響，讓我無法入睡。我終於開口。「所以，我想明天我們就各走各的。」

「我想也是。」博瑞屈回答，稍後他又說，「祝你好運。」事實上，他的口氣聽起來相當認眞，似乎明白我需要多少好運氣。

我閉上雙眼，此刻只覺得好累好累，眞的好累。厭倦傷害我所愛的人們。但這都結束了。博瑞屈明天就會離開，我也自由了，可以隨心所欲，也沒有任何人會干涉我。

我終於可以照著自己的想法去商業灘，殺・帝・尊。

3
任務

精技是瞻遠王室家族的傳統魔法。擁有王室血統的人似乎擁有最強的精技能力，但偶爾也會在瞻遠家族的遠親，或是祖先為外島人或六大公國人民的人身上發現較弱的精技能力。這是一種心智層面的魔法，給予使用者寂靜無聲地和那些遠方的人們溝通的力量。它充滿許多的可能性；最簡單的是，它可用來傳遞訊息，影響敵人或朋友的思緒，好讓他們轉向某個人的意圖。精技有雙重缺點：駕馭它會耗掉使用者日常生活所需的大量精力，也為其使用者帶來誤以為是愉悅感受的吸引力。這種愉悅感會隨著能力和技傳的時間等比例增加。它能誘惑其使用者沉溺於技傳，最後耗盡所有的身心力量，讓使用者變成一個胡言亂語的大孩子。

博瑞屈在第二天早上離開。當我醒來的時候，他已經起床穿好衣服，在小屋裡走來走去打包行囊。他可沒花多少時間。他帶走私人物品，卻留下一大堆存糧給我。我們前一晚並沒有喝酒，但此刻卻像晨起宿醉般，彼此輕聲交談並小心翼翼地移動著。我們互相聽從，直到我覺得這似乎比完全不交談還糟糕。我想扯出一些道歉的話，求他再考慮考慮，想個辦法，做任何事情，好讓我們的友誼不致於就這麼結束。但同時，卻又希望他已經走了，希望這一切已經結束了，希望現在就是新的一天，而我正獨自迎向嶄新的黎明。我像緊握鋒利的刀刃般下定決心，我想他也有同感，因爲他有時會停下來抬起頭看著我，好像要開口說話似的。然後，我們的眼神相遇，互相凝視了一會兒，直到其中一人別過頭去。我們之間有太多因猶豫而沒說出口的話。

他在極短的時間內就準備好離開。只見他揹起行囊，從門邊拿了一根棍子。我站著凝視他，心中想著他這個樣子還眞奇怪：騎士博瑞屈徒步行走。初夏的陽光灑在敞開的大門口，我看到陽光下那位即將走完中年歲月的人，頭上因傷痕造成的白髮標記，預示著他的鬍子已顯現出的灰。他身強體壯且健康，但他的青春毫無疑問已離他而去，就是那段他竭盡全力看顧我的歲月。

「嗯，」他語氣生硬地說著。「再會了，蜚滋，祝你好運。」

「祝你好運，博瑞屈。」我趕緊橫越房間，在他還來不及退後時擁抱他。

他也抱住我，飛快地勒緊了一下，幾乎讓我的肋骨劈啪作響，然後把我臉上的頭髮往後撥。「去梳頭髮。你看起來像個野人。」他露出微笑，接著轉身大步離去。我看著他走遠，心想他應該不會再回頭了，但他卻在牧草地遙遠的盡頭轉身舉起手，我也舉起手回應，然後他就沒入樹林中消失了。我在階梯上坐了一會兒，想著我上次見到他的地方。如果我依照自己的計畫，可能要等到多年後才能再見到他，如果我還能再看到他的話。打從我六歲起，他就一直是我生命中的要素。我一向都能仰仗他的力量，即使當我不想要時也是如此。如今他走了，和切德、莫莉、惟眞及耐辛一樣離我而去。

我想到前一個晚上對他說的話，就滿懷羞愧地渾身發抖。這是必須的，我告訴自己。我確實想趕他走，但有太多話是爆發自我內心長期深藏茁壯的舊恨。我原本不想說出這些，只想趕他走，而非傷他入骨。就像莫莉一樣，他會消化掉我帶給他的疑慮，而我如此野蠻地踐踏博瑞屈的自尊，可讓切德喪失了對我的最後一絲尊重。我想，我自己孩子氣的部分一直希望我有一天能回到他們身邊，總有一天我們將再度共享人生；但我如今明白這不會成眞。「都結束了，」我平靜地告訴自己。「那個人生已經結束了，讓它去吧！」

我現在脫離了他們倆，脫離他們對我的限制，也脫離他們對於榮譽和責任的想法，更脫離他們的期望。我再也不用看著他們的雙眼，說明自己做了些什麼。我可以自由地做自己唯一有心思或勇氣做的事情，做唯一能讓我把過去拋諸腦後的事。

我會除掉帝尊。

這很公平，是他先殺了我的。我答應黠謀國王不傷害他的親人的承諾，幽靈般的短暫縈繞在我心頭。我便提醒自己，帝尊殺了許下承諾的人，和接受我這項承諾的人，這才不再去想它。那個蜚滋已經不存在了。我再也不會站在老黠謀國王面前報告任務執行的結果，也不會以吾王子民的身分將自身的精力借給惟眞，耐辛夫人也不會再用她視爲最重要的瑣碎差事來騷擾我。她爲了我這個死人哀悼，莫莉也是。當我估量自己的痛苦時，眼裡充滿淚水。她在帝尊殺了我之前就離去了，因此他也得對我的這個損失負責。如果我這條博瑞屈和切德撿回來的命無法有其他作爲，至少我還能復仇。我對自己許下承諾，帝尊會在臨死前看著我，並且知道是我殺了他。這將不是個寂靜無聲的暗殺行動，也不是個用不知名的毒藥所行的無聲冒險。我會親自把死亡送到帝尊面前。我希望像一支箭般出擊，或是一把丟出去的刀般直接擊中目標，無懼於我周遭的那些人。如果我失敗了，這麼說吧，反正我從各方面來看早就是個死人了，就算我做此嘗試也不會傷害任何人。倘若我因刺殺帝尊而死，這也值得，而且會在殺死帝尊之後才捍衛自己的生命，接下來發生的事都不重要。

夜眼驚動了一下，被我思緒中的某個暗示所擾。

你有沒有想過，如果你死了，會對我造成什麼影響？夜眼問我。

我立刻緊閉雙眼，我已經思索過這個問題了。如果我活得像個獵物，又會對我們造成什麼影響？

夜眼明白了。我們是獵人，而我們都不是天生的獵物。

如果我總是等著被捕，就沒辦法當個獵人，所以我必須在他追捕我之前先下手爲強。

牠過度鎮定地接受我的解釋。我試著讓牠理解我想做的一切，不希望牠只是盲目地跟隨我。

我要殺帝尊和他的精技小組。我要把他們全都給殺了，爲了他們對我所做的一切，和從我身上奪走的東西。

帝尊？我們不能吃這樣的肉。我不懂爲什麼要獵殺人類。

我將自己對帝尊的印象，和牠對那位在牠小時候把牠關在籠子裡，又用黃銅鑲邊的棍棒打牠的牲口販子的印象結合起來。

夜眼思索著。我一旦逃離他，就會放聰明點兒離他遠遠的。去獵殺那個傢伙可眞是和獵殺豪豬一樣明智。

我不能放過這個人，夜眼。

我明白。我對豪豬也一樣。

所以，牠將我和帝尊的世仇理解成牠對豪豬難以抵抗的偏執，我卻發現自己不怎麼平靜地接受這個已經闡明的目標，不過既然都說了，也就無法爲了其他事情轉變方向。我在前一天晚上說的那些話，如今卻回過頭來指責我。我對博瑞屈說的那些爲自己而活的冠冕堂皇言論可怎樣了？嗯，我不直接答覆，如果從理出這些頭緒中撐過來，或許就辦得到。並非我不能過自己的生活，只是我受不了帝尊四處走動，並且認爲他已經擊敗了我，是的，還把惟眞的王位奪走。復仇，簡單明瞭，我告訴自己。如果我想把這份恐懼和恥辱抛在腦後，就必須這麼做。

你可以進來了。我建議牠。

爲什麼我會想進去？

我不用轉頭，就知道夜眼已經來到小屋前了。牠走過來坐在我身邊，然後盯著屋裡看。

唷！你窩裡的味道還眞臭，難怪你的鼻子這麼不管用。

牠小心翼翼地爬進屋裡，開始在裡面四處尋覓，我就坐在門口看牠。有好長一段時間，我只不過將牠視爲自我的延伸，如今牠長大了，正値黃金時期。別人可能會說牠是一匹灰狼，但對我來說，牠全身充滿了所有狼的色澤，深沉的雙眼和鼻口、淺黃色的耳朵和頸部、硬挺的黑色護毛雨點般地灑在毛皮上，尤其在牠的肩膀和臀部平坦處。牠的腿大又壯，在積雪上奔跑時的伸展幅度更大。牠的尾巴比任何女性的臉龐更富表情，牙齒和嘴能輕易咬斷鹿的腿骨。牠就像十分健康的動物般，不必太費力就可以快速地移動，光是看到牠就能安慰我的心。當牠滿足了牠的好奇心之後，牠走過來坐在我身邊，然後在陽光下伸展四肢、閉上雙眼。繼續看守？

「我會看護著你。」我要牠安心，牠動動耳朵聽我說話，然後沉浸在陽光中睡著了。

我靜靜地起身走進屋裡，在極短的時間內就整理好我的行李。兩條毛毯和一件斗篷、一套換洗衣物、不適合在夏季旅途攜帶的溫暖毛製品、一把刷子、一把刀和磨刀石、打火石，還有一把彈弓。幾塊從獵物身上取下並曬乾的獸皮、肌腱肉、一把手斧、博瑞屈的鏡子、一只小水壺和幾支湯匙，這是博瑞屈最近完成的木製品；還有一小包食物和麵粉、剩下的蜂蜜和一瓶接骨木酒。

對這場冒險來說，這些東西還眞少。我面對一場漫長的横越大陸之旅，朝商業灘的方向前進，而我得先撐過這趟旅程，才能計畫如何越過帝尊的侍衛和精技小組成員，然後殺了他。我得仔細思索。此刻還不到盛夏時節，還有時間採集並風乾藥草，也還可以燻魚和肉好準備旅途所需的糧食，這樣我就不會挨餓。我目前有衣物和其他必需品，但最終還是得掙些錢。我已告訴切德和博瑞屈，我可以運用照顧動物和文書的技能自立更生，或許這些能力可以支撐我走到商業灘。

如果我還是蜚滋駿騎，事情或許會容易些。我認識定期往返河上的生意人，照理說可以先賺點錢再到商業灘去；但蜚滋駿騎已經死了，他無法就這樣在碼頭上找工作，我甚至不能走到碼頭上，因爲怕別人會認出我來。我摸著我的臉，回想在博瑞屈的鏡子裡所看到的自己的影像。我頭上的一綹白髮時刻提醒我，這是帝尊的士兵將我的頭皮扯裂的地方，然後用手指觸摸我鼻子的新外型。我右眼下方的臉頰上也有一條細細的傷痕，是帝尊的一拳打裂了我的臉。沒有人會記得帶著這些傷的蜚滋。我會留長鬍子，如果再把眉毛以上的頭髮像文書般向後剃，這些轉變應足以避開不經意的一瞥，而且我不會蓄意在認識我的人群中出沒。

我將徒步行走。我從未步行過這麼長的旅程。

我們爲什麼不能就待在這裡？夜眼睡眼惺忪地問我。小溪裡有魚，小屋後面的樹林也有獵物，我們還需要什麼？我們爲什麼一定要走？

我一定要走。我必須做這件事情，才能再成爲一個人。

你眞的相信自己想再當一個人？我感覺到牠語氣中的不可置信，卻也知道牠接受我的嘗試。牠懶散地伸展四肢，並沒有站起來，只是躺在地上大幅伸展前腳的趾頭。我們要去哪裡？

商業灘，帝尊所在之處，是一個沿河流而上的遙遠旅程。

那裡有狼嗎？

不在城裡，這我確定。但是，法洛那裡有狼，公鹿也仍有狼，只是不在這附近。

除了我們倆之外，牠指出，然後又說，我想在我們要去的地方找到狼。

接著牠伸展四肢又睡著了。我想這就是身而爲狼的一部分，牠在我們出發之前不會再傷腦筋，然後只會跟我走，相信我們的求生能力可以讓牠存活。

我卻又太像一個人，無法像牠這麼輕鬆。我隔天就開始收集糧食。我不顧夜眼的抗議，獵捕到比我們每日所需還要多的獵物。當我們成功獵捕到獵物時，我也不讓牠狼吞虎嚥吃下去，而是剁下一些肉，燻烤一部分留下來。我從博瑞屈沒完沒了的縫補韁繩活兒中，獲得足夠的皮革技巧，替自己做了一雙柔軟的夏季皮靴，我仔細替舊靴子上油，想等到冬季時再穿上。

當夜眼在白天的太陽下打瞌睡時，我就採集藥草，有些是我隨時會用到的一般醫療用藥草，像是退燒的柳樹皮、鎮咳的懸鉤子根、消炎的車前草、緩和充血的蕁麻，還有一些類似的藥草。其他的就沒這麼有益了。我還做了一個小杉木盒裝藥草，然後用切德教我的方式收集和儲存毒藥：水毒芹、毒蕈菇、龍葵、接骨木髓、類葉升麻和奪心草。我竭盡所能挑選，挑出無色無味且可磨成細粉，或是可調配成清澈液體的毒藥。我也採集精靈樹皮，這強而有力的刺激物，切德曾經用它來幫助惟眞撐過技傳時刻。

帝尊會有他的精技小組圍繞在身邊保護他。其中，欲意是我最害怕的一位，但我不會小看他們之中的任何人。我從前認識的博力是個高大健壯的小子，愒懦則是個討女孩喜歡的花花公子，但那些日子早已過去。我見過運用精技把欲意變成什麼樣子，況且我很久沒有和愒懦或博力接觸，所以不會對他們妄下斷論。雖然我本身的精技天分似乎曾比他們強得多，但他們接受過精技訓練，我也曾硬碰硬地發現他們使用精技的方式，就連惟眞也無法理解。如果我能撐過他們的精技攻擊，就會需要精靈樹皮讓自己恢復過來。

我做了第二個箱子，大到足以容納我所有的毒藥，不過外型卻像是個文書的箱子，好讓我能假扮成四處遊蕩的文書。如果我在旅途中有機會認識別人，這個箱子就會顯示我的假身分。我們突襲了一隻築巢的鵝，我便用牠的羽毛來製成鵝毛筆，還製作了一些顏料粉，然後用骨管和塞子當成容器裝起來。夜眼不情願地提供了一些毛讓我製作成粗毛筆，而我則用兔毛製作細毛筆，但效果卻不如預期。這挺令人沮喪的。人們期待中規中矩的文書擁有墨水和毛筆，以及工作所需的各種筆，於是我只得不情願地下結論，耐辛說得沒錯，她說我寫得一手好字，卻無法聲稱自己擁有文書的技巧。我希望自己所準備的東西，足以應付我在前往商業灘途中可能獲得的任何差事。

有一段時間，我知道自己已經準備好足夠的糧食，應該盡快離開，在夏日裡踏上旅途。我一心一意想復仇，奇怪的是我卻不怎麼情願離開這個小木屋和這裡的生活。在我的記憶中，這裡讓我第一次體驗睡到自然醒的自在、餓了就吃東西的滿足，而且除了自己要做的那些事，別無其他任務。當然，如果我多花一些時間讓自己的身體健康復原，也不會有什麼損失。雖然我關在地牢時的渾身青腫早就消退了，所受的傷也只剩下表面的傷疤，我卻在某些早晨感覺異常僵硬。偶爾當我跳起來追趕，或者迅速地轉頭時，身體所產生的劇痛可真嚇到了我；而一場出奇費力的狩獵則會讓我渾身發抖，害怕我就要發病了。我決定等完全復原再上路比較明智。

所以我們在此逗留了一段時間。這些日子很溫暖，狩獵也大有斬獲。隨著時光流逝，我終於適應了自己的身體。我已經不再是去年夏季時，那位身體硬朗的戰士，卻還是可以在夜晚的狩獵中跟上夜眼的腳步。當我縱身一躍獵殺時，動作快速且精準。我的身體復原了，也將以往的痛苦拋諸腦後，承認這些傷害卻不思索它們；而曾經深深折磨我的夢魘，也像夜眼身上最後殘留的冬毛般脫落。我從來不知道生活可以如此簡單，終於可以和自己和平共處了。

但和平從不持久。一場夢把我喚醒。夜眼和我在黎明前起床外出狩獵，合力獵殺一群肥胖的兔子。這座山丘布滿了養兔場，我們抓了足夠的兔子塡飽自己，原本的狩獵很快就變成愚蠢可笑的跳躍和挖掘遊戲，在破曉之後我們才停止這場嬉戲。我們撲向下方稀疏的樺木樹蔭，又吃了一些獵物，然後就在樹下打盹。有個東西，或許是我閉起來的眼皮上參差的陽光，讓我陷入一場夢境。

我回到公鹿堡，四肢伸展地躺在原來那間守衛室冰冷的石板地上，躺在一圈眼神冷酷的人中央。我臉頰下方的地板因冷卻的血而黏答答卻也滑溜溜。當我張開嘴巴喘氣時，它的氣味和味道結合在一起塡滿我的感覺。他們又找上門來了，不單是戴皮手套握拳頭的人，還有來無影去無蹤的欲意，寂靜地溜過我的心防，潛入我的內心。「請等一等，請等一等，」我哀求他們。「停下來，我求求你們。你們用不著怕我或恨我，我只不過是一匹狼。只是一匹狼，不會威脅你們。我不會傷害你們，就放了我吧！我對你們來說微不足道，不會再困擾你們。我只是一匹狼。」我將鼻子伸向天際，然後嗥叫。

我自己的嗥叫卻驚醒了我。

我一翻身讓手和膝蓋著地，抖動全身然後站了起來。是一場夢，我告訴自己，只是一場夢。恐懼和恥辱沖刷著我，它們在經過時弄髒了我。我在夢中一反現實地請求那些人大發慈悲。我告訴自己我並不是個懦夫。我是嗎？我似乎還能聞到並嚐到那血的味道。

你要去哪裡？夜眼慵懶地問著，然後躺進更深的陰影中，牠的毛在那兒將牠偽裝得很好。

找水喝。

我走到溪流邊沖洗臉上和手上黏答答的兔血，然後大口喝水，又洗了一次臉，用指甲刷著鬍子好洗掉上面的血。頓時，我決定再也不要忍受這鬍子了。反正，我又不打算去我期待會被人認出來的地方。

於是，我回到牧羊人的小木屋裡刮鬍子。

我在門口皺鼻子嗅著一股霉味。夜眼說得沒錯，在屋裡睡覺抑制了我的嗅覺，而我幾乎無法相信自己能忍受待在這裡生活下去。我不情願地輕輕走進屋裡，用鼻子呼出人類的氣味。數天前的夜裡下過雨，我的乾肉受潮，有些部分發酸了。我把這些肉挑出來，因爲肉嚴重的腐爛程度而再度皺起鼻子。有些肉上面已經長蛆了。我一邊小心檢查剩下來的肉，一邊將持續困擾我的不安感推到一旁。直到我拿出刀子切掉那層生鏽般的發霉薄肉時，我才對自己坦承。

我待在這裡好幾天了。

可能好幾週了。

我不知道時光的流逝。我看著腐爛的肉，它就在覆蓋在我散落一地、布滿灰塵的東西上。我感覺自己的鬍子，震驚地發現它變得好長。博瑞屈和切德把我留在這裡不是幾天而已，而是幾週了。我走到小木屋門口向外看去，那兒曾經有一條小徑，通往溪流和博瑞屈捕魚的地點，如今這條小徑已經長滿了高大的草，春季的花朵也早就凋謝了，灌木叢裡還長出青青的莓果。我注視自己的雙手，看到手腕的皮膚染上泥土的顏色，指甲裡的血跡也乾硬掉了。有一段時間，吃生肉會令我作嘔，如今把肉煮熟的概念對我來說，似乎奇怪且陌生。我的心思轉移他處，並不想面對我自己。後來，我聽到自己懇求，明天，晚一點兒，去找夜眼。

你在煩惱嗎，小兄弟？

是的。我強迫自己繼續說，*你幫不了我。這是人類的煩惱，是一件我必須自行解決的事。*

*那就當一匹狼。*牠慵懶地建議。

我沒力氣說好或不好，便不再去想它。我低頭看著自己骯髒的襯衫和長褲，只見我衣服上乾掉的泥土和血跡，膝蓋以下的褲管也支離破碎。我顫抖地想起被冶煉者和他們殘破不堪的衣服。我變成什麼樣子了？我用力拉扯襯衫上的領子，讓我的臉避開自己這一身惡臭。連野狼都比我這副德行還乾淨。夜眼每天梳理牠自己。

我大聲說出，沙啞的聲音更加強了語氣。「當博瑞屈把我獨自留在這裡之後，我就成了連動物都不如的東西。沒有時間觀念、骯髒、沒有目標，除了吃飯睡覺之外一無所知。這是他那些年來一直嘗試警告我的，我卻做出他總是害怕我去做的事情。」

我費力地點燃爐火，跑去溪邊打水好幾趟，然後盡可能把水加熱。牧羊人在小木屋裡留下了許多水壺，蓄水量足以把外面的木槽裝到半滿。當水熱了之後，我就收集肥皀屑和馬尾草。粗糙的馬尾草刮下了我皮膚上一層層的污垢，我不記得自己曾經如此骯髒過。我在這之後才對自己的乾淨感到滿意。水面上漂浮著許多跳蚤，我也發現我的頸背上有一隻壁蝨，便用爐火中殘餘的細枝把它燒死。當我洗淨頭髮之後，就把它梳好，再度綁成戰士的髮辮。我面對博瑞屈留給我的鏡子刮鬍子，然後凝視鏡中的那張臉。曬黑的額頭和蒼白的下巴。

當我加熱了更多的水，並且把衣服浸泡搗洗乾淨之後，就開始明白博瑞屈為何必須狂熱且持續的保持清潔。補救我長褲的唯一方式，就是把褲管摺到膝蓋處，但就算如此也已經不太像一條長褲了。我把自己的瘋狂行動延伸到我的寢具和冬衣，把上面的霉味全都洗掉，然後發現一隻老鼠把我的斗蓬當成窩了。我也盡力縫補斗蓬。我從覆蓋在灌木上的濕綁腿抬起頭來，發現夜眼正注視著我。

你聞起來又像一個人了。

那是好還是不好？

比你原來渾身上週獵物殘餘的味道好聞多了。但不如狼聞起來那麼好。牠站著伸展四肢，朝我彎低身子，在泥土上大幅伸展腳趾。所以，你還是想當一個人。我們快出發了嗎？

是的。我們往西走上公鹿河。

喔。牠忽然打噴嚏，然後猛然側身躺下，像一隻小狗般，背貼著地在泥地上打滾，快樂地擺動著，讓全身沾滿泥土，接著再站起來把泥土全部抖下來。牠漫不經心地接受我突來的決定，這對我來說可是種負擔。我會把牠帶進什麼樣的狀況裡？

夜晚來臨，我所有的衣物和床單還是濕的。我讓夜眼獨自外出狩獵，也知道牠不會那麼快回來。滿月高掛在澄靜的夜空，今晚會有大量獵物到處走動。我走進小木屋裡升起爐火，足以讓我利用上一餐吃剩的東西製作烤餅。象鼻蟲已經爬進麵粉裡，麵粉也因此而腐壞，最好現在就吃掉，免得造成類似的浪費。這簡簡單單的餅配上罐子裡結晶的蜂蜜，嚐起來有如人間美味。我知道自己除了肉和少許蔬菜以外，每天最好也吃些別的東西。我用野生薄荷和新生蕁麻的尖端泡了一壺奇怪的茶，喝起來卻也香甜可口。

我將快乾的毛毯拿進來鋪在壁爐前，躺在上面睡眼惺忪地凝視爐火。我尋找夜眼，牠不屑加入我，反倒喜歡牠剛捕獲的獵物和草原邊橡樹下的柔軟泥土。我孤伶伶一個人，如同我幾個月以來一樣。感覺有些怪異，卻挺好的。

當我翻身伸展四肢時，突然看到留在椅子上的那包東西。我熟記屋裡每一樣東西的位置。但我上回在屋裡時，這包東西可不在這裡。我把它拿起來聞一聞，發現有博瑞屈和我自己的淡淡氣味。過了一會兒，我明白自己做了什麼，不禁責備起自己。我最好從現在開始謹慎行事，必須當作總是有人目睹我的行動，除非我希望再度被當成原智者而遭殺身之禍。

這不是一大包東西，而是從我的舊衣櫥裡拿出來的一件襯衫，是我一直偏愛的一件淺棕色襯衫，還有一對綁腿。襯衫裡包著一罐博瑞屈用來治療燒傷、撞傷和割傷的藥膏，還有一個他在正面縫了一頭公鹿並裝有四片小銀塊的小皮囊，以及一條上好的皮帶。我坐下來凝視他縫在上面的圖樣，那是一頭垂下鹿角準備打鬥的公鹿，類似惟真曾爲我建議的紋飾。皮帶上，公鹿正在驅趕一匹狼。很難錯過那個訊息。

我在爐火前穿好衣服，因錯過他的來訪而感到愁悶，卻也因此鬆了一口氣。根據我對博瑞屈的瞭解，當他步行上坡來到這裡，然後發現我不在時，或許也深有同感。他把這些體面的衣服拿來給我，是想要說服我和他一起回去？或只是希望我好好地自立更生？我試著不去揣測他的意圖，或是他對這遭棄的小木屋的反應。再度穿上衣服，讓我感覺自己更像個人。我把小皮囊和上鞘的刀掛上皮帶，再把皮帶繫在腰上。我拉了一把椅子坐在爐火前。

我凝視爐火，終於容許自己思索我的夢境，然後感覺胸前一陣奇怪的緊縮感。我是個膽小鬼嗎？我不清楚。我要到商業灘殺帝尊，膽小鬼做得出這種事嗎？或許，我的叛徒之心告訴我，也許膽小鬼能夠做這件事，如果這比找出國王還容易的話。我把這思緒推出我的腦海。

但它立刻又回來了。殺害帝尊到底是一件理當做的事情，或者只是我想要做的事情？但那又有什麼關係？因爲這的確事關重大。或許我反而應該去找惟眞。

在我知道惟眞還活著之前，想這件事挺可笑的。我如果能夠對惟眞技傳，就能揭開謎底。但是我從來就無法如預期般地技傳。這都是蓋倫一手造成的，他用施虐的方式把我強烈的精技天分奪走，把它變成一個反覆無常且令人沮喪的東西。那是可以改變的嗎？如果我想越過精技小組割斷帝尊的喉嚨，我就需要能夠穩定地技傳，也得學會控制它。一個人可以無師自通學好精技嗎？如果連它的完整能力都不知道，該從何學起呢？蓋倫加諸於我或從我身上奪走的一切精技能力，和惟眞從來沒有空教我的一切知識，我該如何靠自己把那些都彌補起來？這根本不可能。

我不願去想惟眞，它卻和其他事情一樣告訴我應該要想。惟眞，我的王子，如今是我的國王。我們彼此因血緣和精技而連結，讓我漸漸瞭解他，而我從未如此瞭解其他人。他告訴過我，對精技開展，如同不對它關閉般輕而易舉。他和劫匪的精技作戰成了他的人生，也吸乾了他的青春和活力。他從來沒空教我如何掌握自身的天分，但他會利用偶爾有的機會替我上課。他的精技能力讓他可以強行碰觸我，這碰觸可以持續幾天，甚至幾週。曾有一次，我坐在王子書房裡的地圖桌前對他技傳。當時，在我眼前是他繪製地圖的工具，和一位等待當國王的人的一些散亂的私人物品。那一次我想著他，衷心企盼他能回來領導他的王國，然後就這麼向外探尋並對他技傳。如此容易，而且毫無準備甚或實際的意圖。我試著把自己放進相同的心境。此刻，我沒有惟眞的書桌和他凌亂的物品好讓自己想到他，但如果我閉上雙眼，我可以看見我的王子。於是，我吸了一口氣，試著喚起他的影像。

惟眞的肩膀比我還寬，但沒有我來得高。我叔叔和我一樣擁有瞻遠家族的深色雙眼和頭髮，但他的眼神比我還深沉，凌亂的頭髮和鬍子也變灰了。當我還是個男孩時，他曾是一位健壯、勇猛且結實的人，他能像握筆般輕鬆揮劍。最近這些年他消瘦了。他被迫花太多時間讓身體閒置，運用本身的精技能力守衛我們的沿海，以抵擋劫匪來犯。不過，即使他的肌肉逐漸萎縮，他的精技光芒卻有增無減，到後來，站在他面前就好比站在火光閃閃的壁爐前。當我在他面前的時候，對他精技的警覺比對他身體的提防還強。爲了記起他的氣味，我在心中回想他用來畫地圖的那些味道強烈的彩色墨水，和羊皮紙細緻的香氣，還有他呼吸中帶有的一絲精靈樹皮味。「惟眞。」我輕柔但大聲說出來，感覺這個字眼在我的內心迴響，在我的心牆上反彈。

我睜開雙眼。我得先降低心防才能向外探尋。將惟眞的影像具體化對我來說沒什麼用，要等我打開一條路將我的精技外傳，並讓他的精技進入我的心，這才管用。非常好。這很容易，只要放輕鬆。凝視爐火並看著隨熱氣上升的點點火光，飄浮舞動的火花。放鬆警戒，忘掉欲意如何用他的精技力量猛擊我的心防，忘掉當他們捶打我的血肉之軀時，唯有保持心防才能保住自己的心智。忘掉當擇固強行闖進我心中時，那份令人作嘔的侵犯感；還有蓋倫在濫用精技師傅的職守時，曾強行控制我的心智以摧毀我的精技能力。

我又聽到王子的話，好像他就在我身邊般清晰。「蓋倫傷害了你，我也無法穿透你的心防，不過我很堅決。你得學會去除心防，那可是一件難事。」那些話已經是多年前的記憶，在擇固侵犯我、欲意攻擊我之前。我苦澀地微笑。他們知道自己已經消除了我的精技能力嗎？他們或許根本沒想過。應該有人在某個地方把那個記錄下來。有朝一日，一位擁有精技的國王或許會發現這紀錄很管用，那就是，你若用精技將一位精技使用者傷得夠重，你就能把他封死在他自身裡，使他失去那方面的能力。

惟眞從來沒空教我如何解除心防。諷刺的是，他找到方法向我顯示如何加強心防，所以當我不想和他分享個人思緒時，就能封閉它們。或許我過度精通這項本領，也納悶自己是否有時間忘掉它。

有時間，沒時間。夜眼疲憊地插嘴。時間是人類製造出來庸人自擾的東西，你想著想著都讓我覺得暈眩。你爲什麼還要走這些回頭路？用鼻子聞聞看，找出一條在盡頭有肉的新道路。如果你想得到獵物，就得偷偷靠近牠，如此而已。你不能說，偷偷接近這個太花時間了，我只想吃掉牠。這是相同的一件事情，偷襲就是進食的開始。

你不懂。我疲憊地告訴牠。每天就只有這麼多個鐘頭，而我也只有這麼多天的時間做這件事情。

你爲什麼把自己的生活切成一塊一塊，還給它們取像「鐘頭」和「天」這類的名稱？這就像一隻兔子。如果我殺了一隻兔子，就吃一隻兔子。一個懶洋洋的不屑鼻息聲。當你有了一隻兔子時，卻把它切成一塊一塊，然後稱呼它骨頭、肉、毛皮和內臟，所以你永遠都嫌不夠。

那麼，我該怎麼做，你這位睿智的主人？

別再發牢騷，就放手去做，這樣我也可以睡覺。

牠在內心輕推著我，就像小酒館凳子上的酒伴太靠近你時，手肘就會碰到你的肋骨一般。我頓時明白自己在過去這幾個星期中，是如何維持彼此之間緊密的接觸。曾有一段時間，我因爲牠總是在我心中而責備牠，也不想讓牠在我和莫莉共處時仍陪伴我，當時還試著對牠解釋這種時段必須只屬於我。如今，牠的輕輕一推顯然表示我緊抓住牠，如同牠小時候緊抓我不放一樣。我堅決地抗拒自己想抓住牠的一股衝動，反而坐回椅子上看著爐火。

我卸下心防，坐了好一會兒，口乾舌燥，等待另一場攻擊。當沒有任何東西前來時，我仔細思索，然後又降低心防。他們相信我已經死了，我提醒自己，他們不會躺下來等著突襲一個死人。然而，解除心防對我來說仍不容易。一整天不瞇眼看水面上的明亮陽光，和站著毫不退縮地迎向擊來的一拳，可比這要簡單多了。但當我終於解除心防時，就感覺精技通透全身，然後在我周圍分開，彷彿我是河流裡的一塊石頭。我只需縱身一躍，就可以發現惟眞，或許也能發現欲意、博力或惕懦。我顫抖著，河水就退了；於是我下定決心回到那裡。我搖晃地站在河邊許久，看看自己是否敢跳進去。事實上，根本沒有運用精技測試水流這件事情。只有進去或出來。進去。

我進去了，然後旋轉、翻滾，感覺自己像一條腐爛的麻繩般磨損斷裂，繩股一絲絲地從我身上扭曲剝落，一層層使我的外罩、回憶、情感、重要的深思、比理解還深刻的陣陣詩意，還有毫無規則的日常記憶，全都碎裂而去。這種感覺眞好，我只要放掉就好。

但是，那可就正中了蓋倫的下懷。

惟眞？

沒有回應。什麼都沒有，他不在那裡。

我回到自己的內心，將整個自我拉到我心周圍。我做得到，而且我發現自己能夠在精技的激流中把持自己，同時維持我的本體。爲什麼以前總是如此困難？我把那個問題擺在一旁，思索最糟糕的情況。最糟的情況是，惟眞還活著，並且在幾個月前對我說話。「告訴他們惟眞還活著，就這樣。」我說了，但是他們不明白，也沒有任何人採取行動。如果那不是個求助的請求，會是什麼樣的訊息呢？一個來自我王的求助卻無人回應。

我頓時再也無法承受這個，從我身上發出的精技吶喊是我感覺到的東西，彷彿我自己的生命從胸口跳出來尋找什麼。

惟真！

……駿騎？

一陣耳語輕輕掠過我的意識，如同飛蛾振翅拍打窗簾般輕微。這次輪到我伸手抓牢並穩住。我縱身一躍朝他跳過去，就找到他了。他忽隱忽現的存在，猶如一灘蠟中即將熄滅的搖晃燭火。我知道他不久就會離開。我有一千個疑問，卻只問了最重要的問題。

惟眞，您能不碰觸我而從我身上取得力量嗎？

蜚滋？這是個更虛弱遲疑的問題。我以爲駿騎回來了……他在黑暗邊緣搖晃。……拿走我身上的這個重擔……

惟眞，集中注意力，想清楚。您能從我身上取得力量嗎？現在能做嗎？

我不……我不能。開啓吧！蜚滋？

我記得黠謀從我身上汲取精技力量和他的兒子道別，還有擇固及端寧如何攻擊他、搾取他所有的力量並殺了他。他就像破掉的泡沫般逝去，像一閃即逝的火花。

惟真！我撲向他，將他包裹起來好穩住他，就像他常在我們的精技接觸中穩住我一樣。從我身上拿，我命令他，然後對他開啓自己。我讓自己相信他確實把手放在我的肩上，試著回想他或黠謀從我身上獲取力量的感覺。此刻，是惟眞的那道火焰頓時跳了起來，稍後就猛烈而徹底地燃燒。

夠了，他警告我，然後用更強烈的語氣說，要當心，小子！

不，我很好，我做得到。我對他保證，用意志力把力量傳給他。

夠了！他很堅持，然後退後，感覺上幾乎是彼此稍微退後端詳對方。我看不到他的身體，卻感覺到他那股強烈的疲乏感；這不是忙了一天之後那種正常的疲憊，而是一天接著一天累積起來折損人入骨的極度疲勞，而且在這其間始終沒有獲得足夠的食物和休息。我給了他力量，卻不是健康，而他很快就會把我借給他的精力燃燒殆盡，因爲這不是眞正的力量，就像精靈樹皮茶不是能維持性命的飯食一樣。

您在哪裡？我問他。

在群山裡，他不情願地說出來，接著又說，說出來就不再安全了。我們根本不該技傳，有人會嘗試偷聽我們的訊息。

但他並沒有終止接觸，我也知道他和我一樣渴切地想問問題。我試著思考能告訴他什麼。我除了彼此之外感覺不到其他人，但我不確定自己能知道我們是否被偷窺。有好一會兒，我們的接觸僅僅保持在察覺彼此而已。然後，惟眞嚴正地警告我，你一定要更小心。你這樣會給自己惹上麻煩，但我還是衷心感謝你。我已經好久都沒有來自朋友的碰觸了。

那麼，我值得爲此冒任何險。我遲疑著，然後發現自己無法把這想法藏在心裡。國王陛下，我必須執行一件要事。但是當我完成之後，就會去找您。

接著我感覺他傳遞出某種東西，一種強烈而謙遜的感激。*我希望我在你抵達的時候還活著。*然後他更嚴正地說道，*不要說出任何名字，必要時才技傳。*接著，他的語氣變溫和了。*好好爲你自己小心謹愼，小子。一定要非常小心，他們是很殘忍的。*

然後他就離開了。

他徹底切斷精技接觸，而我希望無論他身在何處，都能運用我借給他的力量找到東西吃，或者找到安全的地方休息。我感覺到他像個遭追捕的獵物般過活，總是提高警覺，也總是挨餓。獵物，就像我一樣。還有其他狀況，是受傷還是發燒？我靠在椅背上輕微顫抖，知道自己最好坐著別站起來。光是技傳就讓我消耗不少精力，更別提我還對惟眞開啓自己，讓他汲取更多精力。等會兒當顫抖緩和下來後，我會泡些精靈樹皮茶好恢復體力。此刻我坐著凝視爐火，想著惟眞。

惟眞在去年秋天離開公鹿堡，感覺上那好像是在一段無止盡的時間之前。當惟眞離開時，黠謀國王還活著，惟眞的妻子珂翠肯也懷孕了。他賦予自己一項任務。來自外島的紅船劫匪整整三年連續侵犯我們的沿海，我們用盡一切力量來驅逐他們，卻都失敗了。所以，六大公國的王位繼承人惟眞王儲動身前往群山，去尋訪我們近乎傳奇的盟友古靈。根據傳統，在幾個世代之前的睿智國王曾找到他們，而他們也前來協助六大公國抵抗相似的劫匪。他們也承諾會在我們需要的時候返回。所以惟眞才拋下王位、妻子和王國，前去尋找他們，同時提醒他們曾許下的承諾。他年邁的父親黠謀國王則留在公鹿堡，還有他的弟弟帝尊王子也是。

幾乎在惟眞離開的同時，帝尊就開始反抗他。他和內陸公爵們打交道，卻忽略沿海大公國的需求。我懷疑他正是那些暗中流傳的謠言之來源，不但譏諷惟眞的任務，還把他描繪成一個不負責任的傻子。精技使用者所組成的精技小組原本應該宣誓效忠惟眞，卻早已淪落爲帝尊的爪牙。他利用他們宣布惟眞在前往群山的途中遇害，然後自封為王儲。他把年老體衰的黠謀國王徹底控制住，宣布了把王室移到內陸的決定，並遺棄公鹿堡給紅船任意掠劫。當他宣布黠謀國王和惟真的珂翠肯王后必須跟他走時，切德就決定我們必須行動。我們知道帝尊不會讓他們之中的任何一位阻擋他的封王之路，於是就在他自封為王儲的當晚，迅速而隱密地帶走他們倆。

沒有一件事按計畫進行。沿海的公爵們差一點兒就推翻帝尊，還試著徵召我加入反抗陣營。我同意協助他們達成目標，希望保住公鹿堡好讓惟真掌權。我們還來不及迅速而隱密地帶走國王，兩位精技小組成員就殺了他，只有珂翠肯逃走，而我雖然親手除掉殺害黠謀國王的凶手，自己卻被捕且遭受酷刑，還因運用原智被判有罪。耐辛夫人，也就是我父親的妻子，為我說情卻毫無用處。如果博瑞屈沒有把毒藥偷渡給我，我就會被活活吊死在水面上，也難逃焚屍的下場。然而，這個毒藥讓我的假死頗具說服力。當我的靈魂附在夜眼身上時，耐辛就在牢房認領我的屍體，然後將它埋葬。她全然不知博瑞屈和切德在一等到他們能安全行動時，就立刻把我的屍體給挖出來。

我眨眨眼睛，將視線從爐火移開。爐火即將燃燒殆盡，我的人生此刻就像那樣，全都化為灰燼離我而去。我無法試圖贏回自己心愛的女子。莫莉現在相信我已經死了，並且毫無疑問會對我的原智運用感到憎惡。無論如何，她早在我剩餘的人生瓦解之前，就離開了我。我從小就認識她，也曾結伴在公鹿堡城的街上和碼頭遊玩。她叫我「新來的」，把我當成是堡裡的孩子之一，是一位馬僮或是文書的小跟班。她在發現我是小雜種，也就是迫使駿騎遜位的非婚生子之前就愛上我。當她發現之後，我差點要失去她。但我卻說服她信任我，而在接下來將近一年的時間裡，我們排除萬難緊抓著彼此不放。我三番兩次被迫將我對國王的任務擺在我們想做的事情之前。國王拒絕讓我結婚，她也接受事實；甚至在他將我許諾給另一位女子的時候依然容忍。她曾遭受過威脅，被譏諷為「小雜種的妓女」。我一直無法保護她，她卻堅定地經歷這一切……直到有一天，她告訴我她有了另一個人，一個她能愛的人，而且把那個人視爲生命中最重要的事情，如同我對國王一樣。然後她就離開我。我不怪她，只能想念她。

我閉上雙眼。我很累，幾乎要虛脫了。惟眞也警告我，除非必要，否則別再技傳。但是，我嘗試一瞥莫莉應該無傷。只要看看她，看一會兒就好，看到她安然無恙……我可能甚至無法成功地看到她，但我嘗試一會兒，又會有什麼傷害呢？

這應該是很容易的。我毫不費力地回想關於她的每一件事情。我曾時常呼吸她的香味，那是由她爲蠟燭添香所用的藥草，和她自己甜美的肌膚所組成的香氣。我熟悉她聲音裡每一個細微差別，也熟悉她笑起來的時候會變得深沉的聲音。我能回想她嘴唇的精確線條，還有她對我生氣時是如何地揚起下巴。我熟悉她濃密棕髮上的光滑紋理，還有她深黑的雙眼露出的剽悍眼色。她用某種特別的方式把她的雙手放在我臉頰的兩側，還有在親吻我的時候緊握住我……我舉起手，希望在我臉上能找到她的手，能夠留住它且永遠握著它。然而，我只感覺一道傷痕。傻呼呼的淚水溫潤了我的雙眼。我眨眨眼擠掉淚水，看到壁爐中的火焰飄游片刻，然後視線才穩定下來。我告訴自己我累了，累得無法用精技嘗試找到莫莉。我應該試著睡一會兒。我嘗試把自己和這些太人類化的情感隔離，但我選擇再當一個人，也就選擇了這樣的情緒波動。或許當一匹狼比較明智，因爲一隻動物想必無須感受這些事情。

在屋外的夜色中，有一匹狼揚起鼻子，突然對著天空嗥叫，用牠的孤寂和絕望劃破這夜空。

4 沿河之路

公鹿是六大公國中最古老的公國，海岸線從高陵下方向南延伸，包括公鹿河口和公鹿灣，而鹿角島也在公鹿的領土範圍內。公鹿的兩大財源爲：沿海居民一直享用的豐富漁獲量，和提供內陸大公國一切所需物資的公鹿河運輸業。公鹿河是一條寬闊的河流，在河床上緩慢而曲折地流動，春季時常會在公鹿的低窪地區引起洪水氾濫。在公鹿公國的歷史中，這條河道除了曾在四次的嚴冬中結冰外，一般來說是一條終年不結冰的河道。不僅公鹿公國的貨物經河道運往上游的內陸大公國，瑞本和修克斯公國的商品，甚至來自恰斯國和繽城商人的珍奇貨品也經由公鹿河運往內陸，而內陸大公國的商品和群山王國上好的毛皮和琥珀，就沿著河道運往下游。

當夜眼用冰冷的鼻子輕推我的臉頰時，我就醒了。我當時甚至沒有被驚醒，而是迷迷糊糊地醒來，對周遭的一切不是很清楚。我頭痛欲裂，臉部也很僵硬。當我強迫自己從地上坐起來時，一個接骨木酒的空酒瓶就從我身邊滾了開去。

你睡得好熟，生病了嗎？

不，只是不省人事。

我從來沒注意那會讓你睡得這麼熟。

牠又用鼻子碰碰我，我推開牠，接著緊閉雙眼，然後又睜開眼睛，一切依然沒有好轉。我將幾根枝條丟進昨夜殘留的爐火餘燼中。「現在是早上嗎？」我睡眼惺忪地大聲問道。

光線才剛開始轉變，我們應該回到養兔場那兒。

你走吧，我不餓。

很好。牠動身離開，然後在敞開的門邊停住。我想在室內睡覺對你來說並不好。然後牠就走了，猶如從門檻飄出去的一團灰。我又緩慢地躺下來閉上雙眼，想再多睡一會兒。

當我再度醒來的時候，天已完全亮了，晴朗的陽光從敞開的門照進來。短暫的原智探尋讓我找到一匹吃飽的狼，在潑灑於兩棵橡樹根之間的陽光下打瞌睡；夜眼在光天化日下可不會做什麼事。我今天雖然同意牠的看法，卻仍強迫自己回到昨日的決定。我開始整理小木屋，然後，這才察覺到，我或許再也不會看到這個地方了。習慣，讓我把屋子的打掃工作做完。我把壁爐裡的灰燼清乾淨，接著放進一大把全新的木柴。如果有人經過這裡需要一個落腳之處，就會發現屋裡一應俱全。我把現在已經乾了的衣服，以及所有我要帶走的東西全都放在桌子上；如果說這就是我所擁有的一切，那還眞是少得可憐。但是，當我想到自己必須把全部的東西全都揹在背上的時候，就覺得東西很多。在我試著把東西整理成容易攜帶的一包行李之前，我先去河邊喝水並梳洗。

當我從河邊走回來時，心裡還想著日間行走會讓夜眼多麼不高興。我那雙多出來的綁腿不知怎地掉在門口，我跨進門時彎腰把它撿起來，隨手丟到桌上。忽然間我察覺到屋裡還有其他人。

掉在門階上的衣物就應該警告我了，我卻粗心大意。我太久沒有遭受威脅，而且過於依賴原智感知來察覺是否有其他人在附近。但被冶煉者無法用這種方式察覺；因爲原智和精技都無法讓我在面對被冶煉者時占有任何優勢。這兩位被冶煉者都是年輕小伙子，模樣看起來像剛遭冶煉不久，身上的衣服也幾乎完好無缺，雖然髒兮兮的，卻非我向來聯想被冶煉者應有的那種髒入骨子裡的氣味及纏結的頭髮。

我絕大部分時候是在冬季時打殺那些被冶煉者，那時他們大多飢寒交迫。我擔任黠謀國王刺客的任務之一，就是剷除公鹿堡附近的被冶煉者。我們從來不知道紅船對我們的人民施了何種魔法，劫匪將他們從各自的家中抓走，在幾個小時之後送回來，這些人便成了毫無情感的畜生。我們唯一知道的解決辦法，是讓他們安樂地死去。被冶煉者是劫匪所帶給我們最恐怖的東西；在他們的船隻遠離之後，卻讓我們和親人自相殘殺。眞不知哪一種情況比較糟糕：面對你的兄弟，知道如今他只要能夠得到他想要的，無論偷竊、謀殺和姦淫他都做得出來；還是拿起你的刀出去追捕他，然後殺了他？

我在他們亂翻我的東西時打斷他們，只見他們的手上滿是乾肉，一邊進食、一邊警覺地注視對方。雖然被冶煉者有可能聚在一起行動，但卻對彼此或任何人都毫無忠誠。或許找人作伴只是一種習慣。我曾目睹他們爲了爭奪劫掠物，或在餓壞了的時候狂野地自相殘殺。不過此刻這兩位卻把眼光轉移到我身上，還若有所思。我僵在原地。有那麼一會兒，都沒人移動。

他們有食物和我所有的東西，而且只要我不挑釁，他們就沒理由攻擊我。我小心翼翼地用緩慢的腳步朝門邊退後，雙手垂下不動。我就好像遇到一隻出外獵殺動物的熊，所以我不以正眼看他們，只是躡手躡腳地退出他們的勢力範圍。當我快要走出門外時，其中一位舉起了骯髒的手指向我。「作夢太大聲！」他憤怒地聲稱；然後他們就丟下手上的東西向我撲來。

我轉身逃跑，和正朝門邊衝過來的一位被治煉者撞個滿懷。他身上除了我那件多出來的襯衫，並沒有穿什麼別的衣物。他幾乎反射性地伸出手臂圈住我，而我也毫不遲疑地拔出腰刀，將刀刺進他的肚皮裡好幾次，然後他就向後一倒，在我把他推開時痛苦地呼喊。

兄弟！我感覺到夜眼正趕過來，但牠畢竟離這裡太遠，而且在遙遠的山脊上。這時，另一位被治煉者從我身後重重一擊，我倒了下來。我在他的抓扯中翻滾，聲音嘶啞地驚恐喊叫，因他突然間喚起了我對帝尊的地牢種種灼痛的記憶。恐慌好似突如其來的毒藥般籠罩我，讓我跌入夢魘中，因驚嚇過度而無法移動。我的心猛烈地跳動，幾乎無法呼吸，雙手也麻木了，感覺不出我是否還握著刀。他的手碰到我的喉嚨。我慌亂地敲打他，只想逃走，不讓他再碰我。他的同伴可救了我，只見他用力伸腿踢我的側身，我同時也用力痛擊壓在我身上那人的肋骨。我聽到他在喘氣，接著我就狠狠推開他，從地上翻身站起來，然後逃跑。

濃烈的恐懼驅使我不停奔跑，根本無法思考。我聽到有一個人就在自己身後不遠處，也覺得自己聽到了另一個人跟在他後面。但是，我如今和我的狼一樣熟悉這些山丘和牧草地，就把他們帶到小木屋後方陡峭的山丘上，在他們還來不及爬上來時就改變方向往地上撲。有一棵橡樹在去年冬季的暴風雪中倒塌，盤根錯節的樹根豎起了一道大泥牆，周圍一些比較矮小的樹也倒了，樹幹和樹枝相互糾結，一大片陽光照耀森林，愉悅生長的黑莓覆蓋了倒下來的大樹。我縱身撲到樹旁的地上，扭動肚皮穿越黑莓莖最多刺的地方，遁入橡樹樹幹後的一片黑暗，然後一動也不動地躺在地上。

我聽到他們一邊憤怒地喊叫、一邊找我，而我在恐慌中也豎起了心防。「作夢太大聲！」被治煉者如此指控我。嗯，切德和惟真都懷疑技傳會引來被治煉的人。或許，對精技的敏銳感覺會傳喚他們，而且將這種敏銳感覺延伸出去，則會喚醒他們內在的某種東西，提醒他們所失去的一切。

這使得他們想殺掉任何仍然有感覺的人？或許吧！

兄弟？

這是夜眼，不知怎地沒有聲音了，也或許還在很遠的地方，於是我就壯起膽子對牠開啓一點點。

我很好。你在哪裡？

就在這裡。我聽到一陣沙沙作響，然後牠就出現了，肚皮鼓鼓地走向我，還用鼻子碰碰我的臉頰。

你受傷了嗎？

不，我逃跑了。

聰明，牠如此回答，我也感覺牠說的是眞心話。

但我也同時感受到牠的驚訝。牠從來沒見過我逃離被冶煉者；以往我都是挺身奮戰，牠也會站在我身邊共同迎戰。嗯，那些時候我都配戴有精良的武器，而且我吃得很好，被冶煉者卻飢寒交迫。當你身上唯一的武器是把腰刀，而且必須迎戰三位對手時，即使知道有一匹狼會來幫你，獲勝的機會依然渺茫。這並非膽小，換成別人可都會這麼做。我自顧自地重複這個思緒。

沒關係，牠安慰我，然後又繼續。你不想出來嗎？

再一會兒，等他們走了以後。我要牠小聲一點兒。

他們早就走了，牠對我說。他們在日正當中的時候就走了。

我只是要確定。

我很確定。我不但看到他們走，還跟蹤他們。出來吧，小兄弟。

我讓牠把我從黑莓叢裡哄出來時，天都快黑了。我像一隻縮進殼裡的蝸牛般，失去知覺地在那裡待了多久？我從原本乾淨的衣服上把泥土拍掉，衣服上也有血跡，這是門口那位年輕人的血。我無言地想著自己又得洗衣服。我有一度想打水加熱，把血用力洗掉，但又想到我不能走進小屋，再度受困。

不過，我的東西還在那邊，或許應該說，被冶煉者沒拿走的那些東西還等著我去取回。

月亮升起的時候，我終於鼓起勇氣接近小木屋。天上的滿月照亮了小屋前寬廣的草原。我花了一些時間在山脊上蹲伏凝視著，看看是否有其他人移動的影子。小木屋門附近的濃密草叢裡躺著一個人。我盯著他許久，想看看他是否在動。

*他已經死了。用你的鼻子聞。*夜眼提議。

那人大概就是我之前遇到正要出門的那位。我刀子一定下得夠狠，所以他沒走多遠就死了。不過，我還是靜靜穿越這片黑暗偷偷靠近他，把他當成一隻受傷的熊。但沒多久我就聞到死了的東西在陽光下一整天，那股甜膩的惡臭。他四肢攤開、臉朝下躺在草地上。我沒將他翻身，只是在他四周繞大圈子。

我從小木屋的窗子看向屋內，花了幾分鐘端詳室內寂靜的黑暗。

*裡面沒人。*夜眼不耐煩地提醒我。

你確定嗎？

當然確定。在我眼睛下方的是一個狼的鼻子，而不是沒用的腫塊。我的兄弟……

牠讓思緒飄移，我卻察覺到牠對我無言的憂慮，也幾乎感染了這情緒。我的心中有一部分讓我知道根本無須害怕，因爲被冶煉者已經得到想要的東西走了；另一部分卻無法忘記壓在我身上那人的重量，還有那強有力的一踢。我曾經如此被壓在地牢的石板地上承受拳打腳踢，卻無計可施。現在那個記憶又重回我心中，讓我不禁納悶自己是否能與之共處。

我最後終於走進小木屋裡，在伸手找到打火石之後甚至強迫自己生火。我的雙手一邊發抖、一邊倉促地收拾他們沒拿走的東西，把它們裹進我的斗蓬裡。我身後敞開的門好比極富威脅的黑洞，彷彿他們隨時都會進門來，但我一關門卻可能就此被困在屋裡，連在門口看守的夜眼都無法讓我安心。

他們只拿走了當下可以利用的物品。被冶煉者從不事先計畫。所有的乾肉不是被吃掉就是被扔到一旁，我可不要他們碰過的東西。他們打開我的文書箱子，卻在發現沒有吃的東西時興趣缺缺，而且有可能以爲在毒藥小箱子裡是我的顏料，所以連碰都不碰。我只有一件衣服被拿走，我也沒興趣要回它，反正那件衣服已經被我在腹部處戳了一堆洞。我拿走剩下的物品離開，穿過草原攀登至山脊頂端，在那兒就可以眼觀四面。我坐下來，用顫抖的雙手打包剩下的旅行用品，用我的斗蓬把東西包好，然後用皮帶綁緊。一條個別的肩帶讓我能將行囊掛在肩上。在光線亮一點時，我就可以找到更好的揹法。

「準備好了嗎？」我問夜眼。

我們現在要去狩獵嗎？

不，我們要上路了。我遲疑了一會兒。你很餓嗎？

有一點兒。你那麼急著離開這裡嗎？

我連想都不用想。「沒錯，我很急。」

那就別擔心，我們可以邊走邊狩獵。

我點點頭，然後抬頭望著夜空，發現了分蘖星，然後就謹記在心。「走那裡。」我一邊說、一邊朝下指著山脊遠端。夜眼沒有回應，只是站起來下定決心似的朝我指的方向小跑步，我就跟隨牠，豎起雙耳並提高所有感官的警覺，探查黑夜中是否有任何動靜。我靜悄悄地移動，沒有任何東西跟蹤我們。根本沒有東西跟蹤我們，只有我的恐懼緊跟在後。

晝伏夜出成了我們的活動模式。我原本計畫白天上路晚上睡覺，但在第一天晚上跟隨夜眼穿越樹林之後，沿著狩獵小徑朝著應該是正確的方向前進，我就決定晝伏夜出比較好，反正我沒法在晚上好好睡一覺。我在頭幾天甚至無法在白天睡著。當我精疲力竭無法再撐下去時，我會找個能遮蔽我們的有利位置躺下來。我會蜷縮身子閉上眼睛躺著，深受自己靈敏的感覺所苦。每一個聲音和每一陣氣味都令我警覺，而且非得起身讓自己確定沒有任何危險，才能再度放鬆；一陣子之後，連夜眼也開始抱怨我的浮躁。當我終於睡著之後，又會不時滿身大汗顫抖地驚醒過來，而當我跟隨清醒的夜眼在夜間快步前進時，白天的缺乏睡眠可讓我在晚上累壞了。

然而，我在失眠和跟隨夜眼前進的那些時刻，儘管頭痛欲裂，卻也沒浪費時間。我蘊釀自己對帝尊和他的精技小組的仇恨，並細細雕琢這股仇恨，這就是他把我塑造成的樣子。他不但奪走我的人生和愛人，還讓我得迴避我所關心的人和地方。他讓我身上傷痕累累，還會不時發抖。不，這些都還不夠。他把我變成這個渾身顫抖的人，像一隻受驚的兔子。我甚至沒有勇氣回想他對我所做的一切，但我知道在緊要關頭，這些記憶就會浮上檯面令我膽怯；而我在白天無法喚起的回憶就在夜間潛伏，化成片段的聲響、顏色和感受折磨著我。我感覺自己的臉頰貼在冰冷的石地板上，中間隔著自己薄薄一層滑溜的溫血，和當有人揮拳擊中我的腦側時伴隨而來的閃光、人們所發出的喉音，以及他們一邊看人挨打、一邊發出的叫囂聲。這些參差的記憶劃破我想入睡的努力。我會睡眼惺忪、顫抖卻清醒地躺在夜眼身旁想起帝尊。我曾經擁有一份愛，也相信它能讓我安然度過所有的逆境，但帝尊卻將它奪走，而我如今也孕育出一股同樣強烈的仇恨。

我們一邊走、一邊打獵。我總是要把肉煮熟的堅持，很快地證明是無法達成的奢望。大約三個晚上之中僅有一晚可設法生火，而且只有當我在不引人注意之處找到窪地時才辦得到。然而，我不會讓自己淪落成比野獸還不如的東西，我不但全身保持清潔，還盡量在艱苦的生活中盡力照料我的衣服。

我們的旅途計畫很簡單。我們會橫越大陸前進，直到抵達公鹿河。沿著與公鹿河平行的沿河之路，會將我們一路帶到涂湖。許多人都取此道而行，或許這會很難讓夜眼不被人發現，不過這是最快的路程了，一到那裡就離酒河上的商業灘很近。我會在商業灘殺了帝尊。

這就是我所有的計畫。我拒絕思考自己要如何達到目標，也拒絕擔心自己未知的事情。我只會一天一天地持續前進，直到達成我的目標。這是我從身爲一匹狼所學到的。

我有一年夏季在惟眞的**盧睿史號**戰艦上划槳，因而認識這個海岸，但我並不熟悉公鹿公國的內陸地區。我從前的確走過一趟，到群山參加珂翠肯的迎娶典禮。我當時是迎娶車隊的一員，有馬騎也有豐富的存糧，如今我卻獨自徒步行走，有時間思索眼前的一切。我們穿越一些荒原，但大部分地區也曾是夏季的放牧區，遍地都是綿羊、山羊和牛群。我們一次又一次地穿越草長及胸的草原，發現冷清的牧羊人小屋從去年秋季開始就廢棄了，而我們所看到的畜群也不比前幾年來得有規模。我也看到幾名養豬人和養鵝女，和我第一次經過此地時所見到的比起來，實在少了很多。當我們更接近公鹿河的時候，經過了一片稻田，但是範圍比我印象中還小得多，原本肥沃的土地如今野草遍布，根本沒有耕作的跡象。

這對我來說意義不大。我在沿海的路上看過這種景象，農人的羊群和農作物反覆遭劫匪破壞，而在最近幾年中，沒被紅船燒毀或劫走的物品就被課徵，好建造難以保障人民安全的戰艦和軍隊。我原本以爲劫匪破壞範圍之外的上河地區會比較繁榮，但眼前的景象卻讓我心灰意冷。

我們很快就走到公鹿河邊的道路。陸路與河道的交通都比我印象中來得稀疏，我們在途中遇見的人也都很直率且不友善，就算夜眼不出現的時候也是如此。我在一戶農家前停了下來，詢問是否能讓我在他們的井裡打壺冷水，他們答應了，卻沒有人在我打水時叫那隻狂吠的狗離開。當我裝滿一壺水之後，那名女子就對我說我最好馬上就走，而她這樣的態度似乎很普遍。

當我愈走愈遠，情況就愈糟糕。我在路上碰到的旅人不是載滿一車貨物的商人，也不是帶農作物到市場去販售的農人，而是衣衫襤褸的家庭，經常只有一兩輛手推車的家當。大人們的眼神嚴厲且不友善，孩子們的眼神則充滿挫折和空虛，這景象讓我想沿途找工作的希望頓時都落空了。那些還有家和田地的人滿懷猜疑地捍衛家園，狗兒在庭院裡吠叫，田裡工作的人鎮守新生的農作物，以防小偷在夜裡光顧。我們經過不少「乞丐鎮」，臨時搭建的小屋和帳篷沿路群聚。在晚間，營火就在這些殘破的建築之間燃燒，冷眼的大人們手持枴杖和長矛在旁守衛，到了白天，孩子們就沿路坐下向途經此處的旅人乞討。我想我明白在路上看到的貨運馬車為何要如此戒備森嚴了。

我們已在路上走了好幾晚，靜悄悄且偷偷摸摸地穿越許多小村莊，好不容易才見到堪稱城鎮的聚落，並且在黎明時抵達郊區。當一些早起的商人和一車車關在籠子裡的雞在路上趕過我們時，我們就知道該是遠離眾人視線的時候了。我們趁天還亮時登上一座小丘，好俯視一座大半個區域都建築在河上的城鎮。當我睡不著的時候，就坐下來觀看山下道路上的商業活動。鎮裡的碼頭上綁著一艘艘大小船隻，船員從船上卸貨的叫聲偶爾隨風飄來。有一次我甚至聽到一首歌的片段，然後驚訝地發現自己被同類吸引，於是留下熟睡的夜眼，但也只是走到山丘下的小溪邊，用河水清洗我的衣服和綁腿罷了。

我們應該迴避此處。如果你走到那裡，他們會試著殺了你。夜眼好心提議。牠坐在我身旁的溪岸上，在天黑時看我洗澡。我的衣服和綁腿差不多乾了。我嘗試對牠解釋，我為什麼想讓牠在我進城到旅店時在這裡等我。

他們為什麼會想殺我？

我們是來到他們狩獵區域的陌生人，他們為什麼不會試著殺我們？

人類不會那樣。我耐心解釋。

不。你說得對，他們或許只會把你關進籠子裡毒打。

不，他們不會。我的態度堅決，只爲了掩飾有人可能會認出我的恐懼。他們曾經如此，牠很堅持。對我們倆這麼做，而且那些都是你的同類。

我無法否認，所以只得承諾牠，我會非常、非常小心，而且不會去太久。我只是想花一點時間聽他們在說什麼，打聽最近發生了什麼事。

我們何必管他們發生了什麼事？我只知道我們此刻既沒打獵、睡覺，也沒有繼續旅程。況且，他們也不屬於我們的狼群。

或許那能讓我們知道在接下來的旅途中該期待些什麼。我能查出路上是否人潮蜂擁，還有我是否可以找到一天的活兒好掙些盤纏，那一類的事情。

我們只要上路就知道了啊！夜眼固執地指出。

雖然我的皮膚還濕濕的，但我仍穿上衣服和綁腿，用手指將頭髮向後梳理，並且把頭髮裡的水擠出來，按照慣例綁成戰士髮辮，然後咬住嘴唇思索。我原本計畫讓自己看起來像個流浪的文書，所以把辮子鬆開，但我的髮長幾乎及肩，這對一位文書來說有點長。他們通常都蓄短髮，而且從額線開始向後剃，不讓頭髮在工作時擋住視線。這樣吧，或許我沒修剪過的鬍子和凌亂的頭髮，會讓別人以爲我是長期失業的文書，雖然這對我的技藝來說沒什麼好處，不過既然我的用具少得可憐，也許這樣最好。

我把襯衫拉直，讓自己看起來體面些。我綁上皮帶，檢查自己的腰刀是否穩穩地放在刀鞘裡，然後掂一掂那輕得可憐的錢包，裡頭的打火石可比錢幣來得重。我還留著博瑞屈給我的四枚銀塊，幾個月前看起來並不是一大筆錢，如今卻是我僅有的，我也決心如非必要絕不花掉。我身上其他值錢的東西就只有博瑞屈給我的耳環和黠謀的胸針了。我的手反射性地伸向耳環。當我們在濃密的樹叢裡狩獵時，這耳環就令我挺困擾的，但觸摸到它總是令我心安，還有襯衫領子上的胸針也是。

胸針不見了。

我把襯衫脫下來檢查整個衣領，然後檢查整件衣服，有條不紊地升起微弱的營火，然後打開行囊不只一次，而是兩度徹底檢查裡面的每一樣東西。儘管我幾乎確知胸針在哪裡，卻仍不停地尋找。那個銀線環繞的袖珍紅寶石胸針，就別在牧羊人小木屋外那個死人穿的衣服上。我很確定，卻無法對自己承認。當我找東西的時候，夜眼就繞著營火不確定地徘徊著，對牠自己感受到卻無法理解的焦慮略微不安地發出哀鳴。「噓！」我煩躁地告訴牠，強迫自己的心回想每一件事情，好像當初對黠謀報告一樣。

我記得最後一次見到那個胸針，是在我把博瑞屈和切德趕走的那個晚上。我把它取下來給他們倆看，然後坐下來看著它，然後又別回衣領上。我不記得自己在這之後是否拿過它，也不記得我在洗那件襯衫時是否曾把它給取下來。看來如果當時它還在，我就會刺到手。但我通常都會把胸針推進接縫裡，讓它可以固定得更緊。這麼做似乎比較安全。我不知道自己是否在和狼兒打獵時把它弄丟了，或者它還別在那個死人穿的衣服上。我可能把它忘在桌子上，也許其中一位被冶煉者在翻我的東西時，順手把這個閃閃發亮的玩意兒給拿走了。

這只是一個胸針，我這麼告訴自己。我極度渴望能忽然看到它掉進我的斗蓬裡，或滾進我的靴子裡。一陣突如其來的希望讓我再度檢查兩隻靴子，卻還是沒找到。它只不過是個胸針，只是一片經過雕琢的金屬和發亮的石頭，只不過是黠謀國王在擁有我時給我的標誌，好在我們之間建立聯繫，取代永遠不能合法承認的血親關係。它只是個胸針，卻是我所僅存的國王，也是我祖父的遺物。夜眼再度哀鳴，而我忽然有一股非理性的衝動想對牠吼回去。牠一定知道了，卻還是走過來用鼻子推推我的手肘，把頭擱在我的手臂上，直到牠的灰色大頭靠在我胸前，我的手臂也繞著牠的肩膀爲止。牠忽然抬起鼻子，痛苦地用牠的口鼻咯咯地頂著我的下巴。我緊緊抱住牠，牠便轉身用喉嚨摩擦我的臉。這是狼兒間表達信任的最終姿勢，對另一匹狼可能的咆哮露出喉嚨。我稍後嘆了口氣，對失去東西所感到的痛苦也減緩了。

這只是一個來自過往的東西嗎？夜眼遲疑地納悶。一個已經不在這裡的東西？不是在你腳掌上的刺或是肚子裡的疼痛？

「只是過去的東西。」我必須同意。這是一位已逝者送給一個已經不存在的小子的胸針。或許就是這樣，我自顧自地想著。我又少了一樣把我和擁有原智的蜚滋駿騎連接起來的東西。我撫摸牠頸背上的毛，然後搔搔牠的耳後，牠就在我身旁坐起來，輕推著我要我再揉揉牠的耳朵。我一邊揉牠的耳朵、一邊思索，或許我也該把博瑞屈的耳環拿下來藏進我的行囊裡，但我知道自己不會這麼做，就讓它成爲我從那個人生步向這個人生的唯一連結吧！「讓我起來。」我告訴狼兒，牠便心不甘情不願地停止靠在我身上。我有條不紊地重新整理東西，把它們包起來綁好，然後把微弱的火踩熄。

「我該回來這裡，還是在城鎮的另一頭和你會合？」

另一頭？

如果你繞過城鎮朝河的方向走回來，就會發現更多的路段，我解釋給牠聽。我們要在那裡會合嗎？

那很好啊！我們花愈少時間在這個人類聚集處附近愈好。

那麼就這樣吧！我會在天亮之前找到你。我告訴牠。

應該是我會找到你，別忘記你那麻木的鼻子。而且那時我可能都吃飽囉！

我必須承認那個情況比較有可能。

小心狗。我在牠遁入樹叢時警告牠。

你小心人類。牠重返回來，然後我就感覺不到牠了，只留下我們的原智牽繫。

我把行囊揹在肩上，沿著路往山下走，此刻天色已經全黑。我原本計畫在天黑前抵達鎮上，停在小酒館裡找人聊聊，或許再喝上一杯，然後繼續趕路。我原本想走過市集廣場聆聽商人們的交談，卻走進幾乎沉睡的小鎮。市場裡除了幾隻狗在空蕩蕩的攤子上找尋食物殘屑之外，其他什麼都沒有。於是我離開廣場走向河邊，在那兒可以找到許多爲了商務而設的旅店和小酒館。鎮上閃爍些許火把的光亮，不過街上的燈火大多從殘破的窗戶裡透出來，馬虎鋪設的大卵石路也乏人照顧。我好幾次都錯把坑洞誤認爲影子，差一點就被絆倒在地。我在鎮上的巡夜員攔住我之前攔住他，請他推薦一家河邊的旅店。他告訴我天平旅店是個名符其實的誠實旅店，不但公平對待旅人，也很容易找到。他嚴肅地警告我那裡不准行乞，而且扒手如果只挨頓打，就算是幸運的了。我感謝他的警告，然後就上路了。

正如巡夜員所言，我很快就找到天平旅店，只見敞開的大門透出明亮的光線，還聽見兩名女子愉快地輪流歌唱。我的心因這友善的歌聲而高興起來，便毫不猶豫地進門。在牢固的泥磚牆和厚實的木材中，是一間開放式大廳房，天花板很低，而且充滿肉味煙味和討海人的氣味。在房間一端的烹調壁爐中有一串肉，但在這美好的夏夜裡，大多數的人都聚集在房裡比較涼爽的一端。這兩位吟遊歌者把椅子抬到一張桌子上，就坐在那兒合唱。有一位灰髮的豎琴手，很顯然是其中一名團員，在另一張桌子旁汗流浹背地替他的樂器綁上新弦。我想他們是一位師傅和兩名歌者，可能是家庭團體。我站著看她們唱歌的樣子，心思又飛回公鹿堡，想起上一次聽到音樂和看到眾人聚集的時刻。我不知道自己在凝視歌者，直到其中一位暗中用手肘輕推另一位歌者，然後對我比了個小手勢。另一名女子骨碌碌地轉著眼珠子之後就回我一眼，於是我滿臉通紅地低下頭。我猜測自己剛才失禮了，只得迅速移開眼神。

我站在人群邊緣，在歌曲結束之後和大家一同鼓掌。此時拿豎琴的那個人已經準備好了，他慢慢地彈奏起更柔和的曲調，節奏如同船槳規則的韻律，女孩們則背對背坐在桌邊，兩人長長的黑髮在唱歌時交疊在一起。人們坐下來聽歌，有些人則移到牆邊的桌位輕聲交談。我看著那人撩撥琴弦的手指，爲他靈巧的手指感到讚嘆。稍後有一位雙頰紅潤的伙計來到我旁邊，問我要點些什麼。一杯麥酒就好，我告訴他，他也很快就把酒端來，因爲我用銀塊付帳，所以他也帶了些銅幣找零。我在吟遊歌者附近找了一張桌子坐下來。希望有人因好奇而接近我，但是除了常客偶爾瞥我幾眼外，看來沒有人對陌生人有興趣。此時，吟遊歌者停止歌唱互相交談，比較年長的那名女子又瞥了我一眼，我明白自己又在盯著人家看，於是趕緊低頭看著桌面。

我喝了半杯酒之後，就知道自己已經不習慣喝麥酒，尤其不習慣空腹喝酒。我揮手喚來伙計，點了一份晚餐。他端來一盤剛出爐的肉、燉過的根莖蔬菜和淋在上面的肉湯，這些和我續杯的酒幾乎耗盡我的銅幣。當我對價錢感到難以置信時，這伙計看起來倒挺驚訝的。「這可是桁端繩結旅店的一半收費，大人，」他憤慨地告訴我，「肉也是上好的羊肉，可不是什麼人家老不羞山羊落難的肉。」

我試著打圓場，就說，「好吧，我猜銀塊再也買不到等值的東西。」

「或許就是這樣，但這可不是我的錯。」他厚臉皮地回答，然後轉身回到廚房。

「唉，這銀塊去得可眞是出乎我意料之快。」我自責道。

「現在，這是一首大家都熟悉的曲調。」豎琴手一邊說著、一邊背對桌子坐下，似乎在看他的兩位同伴互相討論笛子的問題。我對他點頭微笑，然後大聲說話，同時注意到他的眼睛上有一層朦朧的灰。

「我有一陣子沒來沿河之路，其實很久了，大概有兩年。我上次經過這裡的時候，住宿和餐點都比較便宜。」

「這麼說，我敢打賭你在六大公國任何一個地方都能那麼說，至少在沿海大公國是如此。現在的說法是，我們被課徵新稅的次數，比看到新月的次數還多。」他瞥一瞥我們，好像還看得見。我猜他是不久前才瞎的。「另外一個新的說法是，有一半的稅收都進了法洛收稅人的口袋裡去了。」

「賈許！」一位同伴責備他，他便回她一個微笑。

「妳不用告訴我現在有沒有法洛人在這裡，蜜兒。如果有一位法洛人在百步的距離外，我用鼻子都聞得到。」

「那麼，你聞得出來你現在在跟誰說話嗎？」她狡猾地問他。蜜兒是比較年長的女子，或許和我同年。

「我會說他是一個有些失意的小子，所以不是來收稅的法洛肥子。此外，當我聽到他爲了晚餐費用開始哭訴時，就知道他一定不是銘亮的收稅人。妳何時聽說他們有任何人會在旅店或小酒館付帳？」

我聽完那句話就自顧自地皺眉頭。當黠謀在位的時候，每當他的士兵或收稅人拿走什麼東西時，一定會支付賠償。銘亮爵士很顯然沒有遵守這個美德，至少在公鹿是如此。不過經他這麼一說，倒讓我想起自己應該有的態度。

「我能否幫你續杯，豎琴手賈許？還有你的那些同伴們？」

「這是怎麼回事？」這位老人揚起眉，有點像是微笑般地問我。「你爲了花錢填飽肚子而大呼小叫，卻願意破費幫我們續杯？」

「如果一位貴族聽了吟遊歌者美妙的歌曲，卻讓他們因演唱而口乾舌燥，就太失禮了。」我以微笑回應。

兩名女子在賈許背後交換眼神，然後蜜兒用溫和的嘲諷語氣問我，「你何時擁有過貴族的身分，年輕的小伙子？」

「這只是一個比喻，」我稍後尷尬地說。「我不會因爲聽到好歌曲而捨不得花錢，尤其是你們在歌聲之外也有其他消息可以告訴我。我將利用沿河之路向上游走，或許你們才剛從這條路走來？」

「不，我們也要朝那個方向走。」比較年輕的女子輕快地回答。她有一對令人吃驚的藍色雙眼，年紀或許只有十四歲上下。另一名女子作勢要她安靜，然後向我介紹他們。「如你剛才聽到的，好心的大人，這是豎琴手賈許，我是蜜兒，我的表妹是笛兒，那你是……？」

一段簡短的對話就捅了兩個大漏子。第一，我以為自己仍住在公鹿堡，還和一群吟遊歌者說話；第二，沒事先想出一個名字。我絞盡腦汁掰出一個名字，在一陣過久的停頓之後，就脫口而出，「柯布。」我接著打顫地納悶自己為何選擇我曾認識和殺害的人的名字。

「哦……柯布，」蜜兒和我一樣，在說出這個名字前稍稍停頓一下，「我們或許能告訴你一些消息，也願意喝任何一杯東西，不管你是否曾經身為貴族。說吧，你到底不希望我們看到誰在路上找你？」

「抱歉，妳的意思是？」我平靜地問道，然後舉起空酒杯，示意廚房的伙計過來。

「他是個逃跑的學徒，父親。」蜜兒非常肯定地告訴她的父親。「他的行囊上綁著一個文書的箱子，但是他的頭髮變長了，手指頭上連一滴墨水漬都沒有。」她朝我懊惱的神情大笑，同時開始猜測起原因來。「唉啊，別這樣……柯布，我是個吟遊歌者。當我們唱歌時，也會以所見所聞為基礎編歌。你不能指望我們不去注意周遭的事情。」

「我不是逃跑的學徒。」我平靜地說道，卻沒有說出可以立即接上這句話的謊言。要是給切德聽到我脫口而出的話，他可會痛敲我的手指關節！

「我們不在乎你到底是不是，小子。」賈許安慰我。「我們從來沒碰到任何一位文書憤怒叫喊著尋找走失的學徒。這年頭，大部分的文書會因為學徒逃離而感到高興……至少在這段艱苦時期少了一張嘴要餵飽。」

「而且，有耐心的師傅通常不會把學徒弄得鼻梁斷裂或滿臉傷痕，」笛兒同情地說道。「所以你如果眞的逃跑了，就不能怪你了。」

廚房的伙計終於來了，他們也對我扁扁的錢包挺仁慈的，只替他們自己點了啤酒。首先是賈許，然後兩名女子也和我同桌而坐。廚房的伙計一定看到我對這些吟遊歌者的態度很好，而對我稍有好感，因爲當他把他們的酒端過來時，也順便幫我續了杯，但沒跟我收費。不過，我仍因爲幫他們付酒錢，讓另一枚銀塊變成銅幣。我試著接受這個事實，同時提醒自己在離開前替這位伙計留一枚銅幣。

「所以呢，」我在伙計離開之後開口，「下河那兒有什麼新消息？」

「你不是才從那兒過來？」蜜兒刻薄地問道。

「不，女士，事實上我是橫越大陸而來，剛探訪完一些牧羊人朋友。」我發表即席演說。蜜兒的態度開始讓我有些惱火。

「女士。」蜜兒對笛兒輕聲說道，還骨碌碌地轉著眼珠子。笛兒咯咯笑了出來，賈許就當沒聽見她們的聲音。

「這陣子下河的情況和上河差不多，只是更慘。」他告訴我：「時局艱困，對農人來說就更加艱苦。可食用的稻穀拿去繳稅了，所以稻籽就拿去餵孩子，剩下來的才種回田裡；種得少也就不會有更多收成。羊群和畜群也是如此，而且毫無跡象顯示這次收成的稅收會降低，就連算不出自己年齡的養鵝女也知道，拿走更多已經所剩無幾的東西，餐桌上所剩的就只有飢餓了。沿海地區的情況更糟，如果有人外出捕魚，誰知道在他回來之前，家裡會發生什麼事情？種田的農人也知道收割的稻穀不夠繳稅和養家活口，萬一紅船劫匪來襲，就會只剩不到一半的分量。有一首巧妙的歌曲是這樣的，一位農人告訴收稅人，紅船劫匪已經替他做好他的工作了。」

「只不過有頭腦的吟遊歌者都不會唱這首歌。」蜜兒刻薄地提醒他。

「這麼說來，紅船也入侵了公鹿的沿海。」我平靜地說道。

賈許用鼻孔呼出苦澀的笑聲。「公鹿、畢恩斯、瑞本或修克斯……我懷疑紅船是否在乎那是哪個公國的沿海。只要漲潮拍打任何一個公國的海岸，他們就會劫掠那裡。」

「那我們的戰艦呢？」我輕聲問道。

「劫匪從我們這裡搶走的戰艦，倒是好好地在作戰；而留下來保衛我們的戰艦嘛，就像小蟲騷擾牛群般，成功地執行任務。」

「這陣子難道沒有人堅守著公鹿公國嗎？」我再度問道，也聽到自己語氣中的絕望。

「公鹿堡夫人就如此。她不但立場堅定，還大聲疾呼。有些人說她只會大吼大叫責罵人，但其他人知道她一定會率先身體力行，才會呼籲別人照她的方式去做。」賈許好似得知第一手情報般地述說著。

我可迷糊了，卻不想顯得過於無知。「比方說是？」

「她所能做的每一件事情。她不再配戴任何珠寶首飾，而將它們全都賣掉以支付巡航艦的費用，也賣掉祖先留下來的地好支付傭兵的薪酬，這樣一來才有人防守烽火台。據說她也把駿騎送給她的項鍊和他祖母的紅寶石賣給帝尊國王本人，以購買稻穀和木材，提供給希望重建的公鹿村莊。」

「耐辛。」我輕聲說道。在很久以前，我曾見過那些紅寶石，當時我們彼此才剛認識。她總覺得寶石過於珍貴，捨不得戴在身上，但她把那些寶石拿給我看，還告訴我將來有一天，我的妻子將會配戴它們。這是很久以前的事情了。我別過頭去，努力控制臉上的表情。

「那你在過去一年都睡在哪裡……柯布，怎麼會連這些都不知道？」蜜兒挖苦似的要我回答。

「我到遠方去了。」我平靜地說道，轉身勉強注視她的眼神，希望自己的臉不顯露任何情緒。

她揚起頭對我微笑。「去了哪裡？」她輕快地反問我一句。

我一點兒也不喜歡她。「我自己一個人住在森林裡。」我終於說出來了。

「爲什麼？」她一邊逼供、一邊對我微笑，我也確定她知道自己讓我感到多麼不舒服。

「很顯然，因爲我想這樣。」我的語氣聽來還眞像博瑞屈的口氣，我幾乎掠過肩膀尋找他的身影。

她對我嘟起嘴，毫無後悔之意，豎琴手賈許卻在此時有些用力地將酒杯放到桌上，不說一句話，已經瞎了的雙眼似乎瞥了她一眼，她忽然靜下來，像個受責備的孩子般將雙手交疊在桌邊。有那麼一會兒，我以爲她會就此罷休，直到她眼神朝上透過眼睫毛看著我。她的雙眼直盯著我的眼睛瞧，對我露出些許大膽的笑容，於是我別過頭去不看她，完全不知道她爲何要如此咄咄逼人。我瞥了笛兒一眼，只見她因壓抑笑聲而脹紅了臉。我低頭看著擱在桌上的雙手，痛恨自己爲何突然臉紅了起來。

爲了重新開始話題，我問道，「公鹿堡還有其他新消息嗎？」

豎琴手賈許噗嗤一笑。「沒什麼新的悲慘事件可說。這些故事都一樣，只有人名和村鎮的名稱有所不同罷了。喔，有件小事兒還挺重要的。據說帝尊國王要親自吊死痲臉人。」

我才剛吞下一小口麥酒，差點就嗆到了，然後問道，「什麼？」

「這是個愚蠢的玩笑。」蜜兒如此聲稱，「帝尊國王大聲疾呼，說什麼如果有人能把一位滿臉痘疤的人交給他，他就賞金幣，提供他行蹤的人則會得到銀幣。」

「一位滿臉痘疤的人？這就是所有的描述？」我謹愼地發問。

「據說他很瘦，滿頭灰髮，有時候還會假扮成女人。」賈許愉快地咯咯發笑，渾然不覺他的話讓我的腸胃都凍結了。「他的罪名是叛國。謠傳國王責怪他讓珂翠肯王妃和她腹中的胎兒失蹤，也有人說他只是個自稱是黠謀顧問的瘋老頭子，還寫信給沿海大公國的公爵們，請他們務必勇敢堅強，因爲惟眞將會回來，他的孩子也將繼承瞻遠家族的王位。不過謠言也風趣地提到，帝尊國王希望把痲臉人吊死，好結束六大公國所有的厄運。」他又咯咯發笑，我就勉強擠出毫無生氣的微笑，像個呆子似的點點頭。

切德，我自顧自地想著。帝尊以某種方式追蹤切德。如果他知道他有痘疤，還可能知道些什麼？他很顯然把切德和他所僞裝的百里香夫人聯想在一起。我納悶切德目前身在何處，還有他是否無恙，也忽然很想知道他的計畫，到底是什麼計謀讓他將我排除在外。我的心頓時一沉，原先的行動計畫也翻覆了。我把切德趕走好不被我的計畫連累？還是我在他需要自己的學徒時遺棄了他？

「你還在聽嗎，柯布？我還看得到你的影子，但你的位置那端變得非常安靜。」

「喔，我還在，賈許！」我試著帶點兒活力說話。「只是謹愼思考你告訴我的話，如此而已。」

「看他的表情就知道，他正納悶著他能把哪個痲臉人賣給帝尊國王。」蜜兒刻薄地插嘴。我忽然意識到她持續的輕蔑和諷刺其實是一種調情的動作。我很快便決定今晚的交際與談話已經夠了。我對於應付人們已太生疏了。我現在就走，寧願讓他們覺得我既古怪又無禮，也不要待下來讓他們好奇。

「嗯，我很感謝你們的歌曲和談話，」我盡可能溫文地說道，拿出一枚銅幣放在我的酒杯底下，留給那位伙計。「我最好立刻上路。」

「但是外面的天色都暗了！」笛兒驚訝地反對，然後放下酒杯瞥向看來受驚的蜜兒。

「也很涼，女士，」我快活地回答。「我比較喜歡在夜間行走。今晚幾乎是滿月，月光應該能照亮寬敞的沿河之路。」

「你不怕被冶煉的人嗎？」豎琴手賈許驚愕地問道。

這下子換我吃驚了。「在這麼遙遠的內陸？」

「你眞的是住在樹上耶！」蜜兒宣稱。「所有的道路都有他們的蹤跡。有些旅人會僱用保鏢、弓箭手和劍客，其他像我們這樣的人就盡可能成群結隊上路，而且只在白天行進。」

「難道巡邏隊沒辦法至少不讓他們出現在路上嗎？」我震驚地問道。

「巡邏隊？」蜜兒輕蔑地嗤之以鼻。「我們遲早都會碰到被冶煉的人，或一群持長矛的法洛人。被冶煉的人不騷擾他們，所以他們也不會去騷擾被冶煉的人。」

「那麼，他們在巡邏些什麼？」我憤怒地問道。

「主要是走私者。」賈許搶在蜜兒之前回答。「或者說，他們會讓你相信他們在查走私者。許多誠實的旅人都被他們攔下來搜查行李，然後就拿走他們想要的東西，說這是違禁品，或宣稱這是在上一個城鎭報失的物品。我想銘亮爵士沒付給他們認爲自己應得的酬勞，所以他們就自己想辦法搜刮。」

「難道帝尊王子……國王沒做什麼嗎？」這頭銜和問題眞令我難以開口。

「這樣吧，如果你走到遙遠的商業灘，或許可以親自向他抱怨，」蜜兒挖苦地告訴我。「我確定他會聽你說，不像之前對待去見他的許多使者那樣。」她沉默片刻，看來若有所思。「雖然我曾聽說如果有任何被冶煉的人遠赴內陸侵擾，他有辦法應付他們。」

我感到噁心和可恥。從前在公鹿公國，只要盡量走大路，就不會碰到什麼路盜，黠謀國王對此也一向引以爲傲。如今，聽到護衛國王道路的那群人本身形同路盜，眞令我感到心如刀割。帝尊自封爲王還不夠，不但遺棄公鹿堡，甚至無法明智地保持治理國家的假象。我麻木地納悶他是否因爲人們毫無生氣地歡迎他登基，就懲罰整個公鹿公國。這想法眞是愚蠢；我知道他眞的可以這麼做。「好吧，不管是被冶煉的人或法洛人，我恐怕還是必須上路。」我在喝完剩下的酒之後放下酒杯告訴他們。

「爲什麼不至少等到天亮再上路，小子，和我們一起走？」賈許忽然提議。「白天走路不怎麼熱，河邊總是會飄來一陣陣微風，而且這陣子四個人同行總比三個人來得安全。」

「我非常感謝你的提議。」我開口，賈許卻打斷我的話。

「別謝我，因為我不是提議，而是請求。我已經瞎了，小伙子，或者快要瞎了，你當然也注意到了。而且你或許也注意到我的同伴都是年輕貌美的小妞，從蜜兒對你窮問不捨的方式來看，我想你應該比較常對笛兒微笑。」

「父親！」蜜兒忿忿不平地說道，賈許卻固執地繼續說下去。

「我並不是因為我們人多可以保護你，而是請求你對我們伸出援手。我們並不富裕，沒有錢僱用保鏢，但無論有沒有被冶煉者，我們都得上路。」

賈許朦朧的雙眼精準地對上我的眼神，蜜兒別過頭去緊閉雙唇，笛兒則面露請求的神情直接看著我。被冶煉的人。被按在地上。猛烈揮拳打我。我低頭望著桌面。「我不怎麼會打架。」我坦白告訴他。

「至少你看得到你該對誰揮拳，」他固執地回答。「而且你一定會比我早看到他們。你瞧，你和我們都是走同一個方向，難道讓你花上幾天在白天行走，而非在夜間行走是那麼困難嗎？」

「父親，不要求他！」蜜兒責備他。

「我寧願求他和我們一起走，總比哀求被冶煉的人要好！」他嚴厲地說道，然後轉頭對我繼續說，「我們幾週前遇到一些被冶煉的人。我當時大喊叫我的女兒快逃，她們也夠聰明，但我卻趕不上她們。被冶煉的人搶走我們的糧食，弄壞我的豎琴，還……」

「他們還打他。」蜜兒平靜地說道。「所以笛兒和我就發誓，我們下次不會再逃跑，不管有多少被冶煉的人，如果得離開爸爸，我們就不逃。」她語氣中玩笑似的揶揄和嘲弄一掃而空，我知道她是認真的。

我有事情耽擱，我對夜眼嘆息。等等我，替我留意周遭，偷偷地跟著我走。

「我會和你們一起走，」我讓步了。我不能說我樂意這麼做。「不過我真的不擅長打鬥。」

「好像我們從他的臉上看不出來似的。」蜜兒在笛兒身旁說道，語氣又重現嘲弄，我懷疑她知道自己說出來的話有多傷我。

「我對你的感激就是我所能給你的一切，柯布。」賈許橫越桌面伸手過來，我也用古老的成交手勢握住他的手，只見他忽然露齒而笑，很顯然鬆了一口氣。「所以，請接受我的感激，還有我們身爲吟遊歌者所獲得的接待。我們付不起住宿費，但旅店老闆讓我們住在他的穀倉裡。這可不比從前，那時吟遊歌者若應邀前來表演，就有房間可落腳，也可享用餐點。不過穀倉裡至少有扇在晚上可以關起來的門，而且這裡的旅店老闆很好心，如果我告訴他你是我們的保鏢，他不會吝惜讓你有個地方過夜。」

「這比我的夜間落腳處都好太多了。」我告訴他，試圖表現出和藹親切，但我的心卻沉到腹中谷底的冰冷深淵裡。

現在你又把自己捲入什麼狀況了？夜眼在納悶，我也是。

5

正面衝突

原智是什麼？有人會說它是一種墮落，這種扭曲的精神沉溺不但會讓人能懂得野獸的生活和話語，最終也幾乎會成爲那樣的野獸。然而，我對於它和原智運用者的研究卻使我得到不同的結論。原智似乎是一種形式的心智連結，通常和特定的某種動物來進行，開啓瞭解該動物的思緒和感覺的方式，不像有些人所宣稱的，會讓人學會鳥兒或野獸的話語。一位原智者確實對生命寬廣的範圍有所體認，包括人類，甚至一些高大和較古老的樹。但是，原智者卻無法隨意和一隻偶遇的動物「交談」。他能感覺到近處的動物，或許也曉得這動物是否警覺、不友善，或者好奇。但不像一些富於幻想的神話想讓我們相信的那樣，它並不能讓一個人隨意地就能指揮陸上的動物或天上的飛鳥。原智或許就是一個人接受他內在的動物本質，因此對每一隻動物內在所擁有的人性元素也有所體認。受牽繫的動物對於其原智者所感到的傳奇性忠誠，和一隻動物給予主人的忠誠不盡相同，而是反映出原智者對於該動物伙伴所承諾的忠誠，將心比心。

我沒睡好，這不完全是因爲我已經不習慣在晚間睡覺，他們告訴我那些有關被冶煉者的事情也令我背脊發涼。所有的樂師都爬上廄樓睡在稻草堆上，我卻替自己找到一個讓自己背靠牆、可以看清楚大門的角落。再度於晚間置身穀倉裡的感覺很奇怪。這是一間牢固的好穀倉，由河裡的石頭、灰漿和木材所建造而成。除了出租用的馬匹和住客的動物之外，這間旅店還有一頭牛和許多雞。乾草和動物散發出來的親切聲響及氣味，讓我清晰地回想起博瑞屈的馬廄。我忽然對它們起了思鄉病，我可從未如此想念我自己在城堡中的房間。

不知道博瑞屈現在怎麼樣了，他是否知道耐辛的犧牲？我憶起曾經存在於他們之間的那份愛，還有博瑞屈的責任感如何毀了這段感情。耐辛後來嫁給我父親，而他正好就是博瑞屈宣誓效忠之人。那麼，他曾想去找她，然後重新獲得她的感情嗎？不。我立刻毫無疑問地明瞭到，駿騎的鬼魂會永遠站在他們之間，如今我的鬼魂亦然。

過了不久，我就從思索這件事情轉而想到莫莉。她爲我們之間的事情做了決定，如同博瑞屈當初爲了耐辛和他的關係所下的決定一樣。莫莉曾經告訴我，我對於國王著迷似的忠誠，代表我們無法互相擁有，所以她就找到一位她可以關心的人，如同我關懷惟真一樣。我痛恨關於她這個決定的一切，除了它曾救了她一命。她已經離開我了，也沒在公鹿堡分擔我的失敗和恥辱。

我運用精技含糊地朝她探尋，卻突然責備起自己。難道我眞的想看到她今晚可能就睡在另一個男人的臂彎裡，而且已經是他的妻子了？一想到這裡，我的胸口疼痛至極。我無權偷窺她爲自己掙來的快樂，卻在睡眼惺忪的時刻想起她，絕望地渴求我們之間曾經擁有的那份情感。

乖違的命運讓我夢到博瑞屈，是一場生動鮮活但毫無意義的夢。他坐在爐火邊的一張桌子前，像平日夜晚一般縫補馬具，手邊卻沒有盛裝白蘭地的酒杯，而是一杯茶。他所縫補的皮件是一雙柔軟的短靴，對他來說尺寸根本太小。他將鑽子推進柔軟的皮革裡，輕而易舉就穿透了它，卻也刺到自己的手。他因為手流血而咒罵著，接著忽然抬起頭來，尷尬地請求我原諒他在我面前說出這樣的粗話。

我從夢中醒來，既迷惘又困惑。博瑞屈在我小時候時常幫我縫製鞋子，但我不記得他曾因為在我面前說粗話而向我道歉，儘管當我還是個男孩時，如果膽敢在他面前說粗話，他就會打我。眞荒謬。我把這個夢推到一旁，睡意卻和它一同逃離。

當我輕緩地向外探尋時，在我周圍就只有沉睡的動物們模糊不清的夢。除了我之外，一切都很安詳。想到切德，又讓我煩擾且憂心。從許多方面來說，他已經是一位老人了。當黠謀國王在世的時候，他對切德的照顧無微不至，好讓他的刺客擁有安全無虞的生活；而切德除了執行他的「無聲任務」之外，也鮮少從他的密室中走出來。如今，他獨自一人在外，不知道在做些什麼，而帝尊的軍隊也正在追捕他。我徒勞地揉揉自己發疼的額頭。擔心是沒有用的，但我似乎無法停止憂慮。

我聽到四聲拖著腳走路的聲音，然後砰的一聲，好像有人從廄樓的梯子爬下來，跳過最後一道梯格，或許是其中一位女孩要走到後屋去。但我在稍後聽到蜜兒的耳語。「柯布？」

「什麼事？」我心不甘情不願地問她。

她朝我聲音的方向轉身，我就在一片黑暗中聽到她朝我這裡走過來。我和夜眼在一起的時刻讓我的感覺更為靈敏，只見微弱的月光透過沒關好的窗子透進來，讓我在黑暗中隱約看到她的身影。「在這裡。」我在她猶豫的時候告訴她，看到她因我的聲音是離她那麼近而錯愕，然後她摸黑走到我這個角落，遲疑地坐在我身旁的草堆上。

「我不敢回去睡，」她對我解釋，「我作惡夢。」

「我知道那種感覺，」我一邊告訴她、一邊驚訝自己怎麼如此有同情心。「如果妳閉上眼睛，就會跌回那些惡夢裡。」

「完全正確。」她回答，然後沉默等待。

但我無話可說了，所以就在一片黑暗中坐著。

「你作了什麼惡夢？」她平靜地問我。

「糟糕的惡夢。」我冷冰冰地回答，可不想因爲說出口而喚回這些夢魘。

「我夢到被冶煉的人在追我，自己的腿卻化成一灘水，無法奔跑。但是，我一直試一直試，他們卻愈來愈接近。」

「嗯。」我同意。這總比夢到一直挨打、挨打和不斷挨打來得好……我控制自己不再想它。

「在夜晚醒來而且感到害怕，是一件很寂寞的事情。」

我覺得她想要和你作伴。他們會這麼輕易接受你加入他們嗎？

「什麼？」我驚愕地發問，但回答我的卻不是夜眼，而是那女孩。

「我是說，在夜晚醒來而且感到害怕，是件很寂寞的事情。一個人渴望感覺安全，渴望受保護。」

「我實在不知道有什麼可以阻止一個人在夜裡不作夢的。」我語氣僵硬地回答，突然間希望她走開。

「有時候，一點點溫柔就可以。」她輕聲說道，伸出手輕拍我的手，而我不經意地將它甩開。

「你害羞嗎，學徒小子？」她狡猾地問道。

「我失去了自己所關心的人，」我直言無諱。「我沒有心思找人取代她的位置。」

「我知道了，」她忽然起身抖掉裙子上的稻草。「很抱歉打擾你。」她的口氣聽起來不像道歉，反倒像是被激怒了。

她轉身摸黑走到廄樓的梯子。我知道自己冒犯了她，卻不覺得這是我的錯。她緩慢地步上階梯，我想她期待我叫住她，但我沒這麼做。我希望自己當初沒進城。

看來我們倆都一樣。獵不到什麼東西，還這麼接近這些人。你還需要很久嗎？

我恐怕得和他們一同走幾天，至少走到下一個城鎮。

你不會和她作伴，她不屬於狼群。你爲什麼非做這些事情不可？

我不想爲了牠用言語讓這感受成形。我僅能表達責任感，而牠無法理解我對惟眞的忠誠爲何讓我有義務幫助路上的這群旅人。他們是我的人民，只因爲他們是國王的人民，即使這是個脆弱而荒謬的關聯，但確實存在。我要讓他們安全抵達下一個城鎮。

我當晚又睡了，卻睡不好，彷彿我和蜜兒的對話開啓了通往惡夢之門。當我睡著後不久，就感覺被人監視，於是在自己的囚室中縮低身子，祈禱沒被發現，盡可能靜止不動。我的雙眼緊閉，像個孩子般相信只要自己不睜開眼睛，就不會被發現。然而，看著我的那對眼睛有種我感覺得到的眼神；我察覺到欲意在找我，好像我躲在毛毯底下，他的雙手還不時輕拍它。他就是那麼接近。這股強烈的恐懼令我窒息。我無法呼吸，也無法移動。一陣慌亂之中，我側身逃離自己的、溜進另一個人的恐懼和夢魘中。

我躲在老人霍克店裡的一桶醃魚後面，燃燒的火焰、被捕或垂死的尖叫聲劃破屋外的一片黑暗。我知道自己應該出去，因爲紅船劫匪必定會把店裡洗劫一空，然後放火燒店。這可不是個藏身的好地方，但沒有別的好地方可躲了；而且我只有十一歲，雙腿不聽使喚地顫抖，眞懷疑自己是否還能站得穩，更別說跑了。霍克師傅就在某處，當第一波的慘叫聲響起時，他就拿起自己那把老劍匆忙出門。「顧好店裡，查德！」他交代這個孩子，好像他只是到隔壁和麵包師傅交談。我起先很高興遵從他的吩咐，反正暴動遠在城裡，遠在山下的岸邊，而此時整個店看來也安全穩固地在我周圍。

但這是一個鐘頭以前的事情。現在，一陣腐臭的煙味從港口隨風飄來，夜空也不再黑暗，只見火把閃爍的微光，火焰和尖叫聲愈來愈近，霍克師傅也一直沒回來。

出去，我告訴自己藏身的這具軀體。出去，快逃，跑得愈遠愈好，救救你自己。他聽不到我說話。

我爬到依然敞開的門旁邊，霍克師傅並沒關上門。我透過門縫向外看，見到一個人跑過街道，於是又縮回身子。他或許只是一位鎮民而不是劫匪，因爲他在跑的時候沒有回頭，一心一意只想逃得遠遠地。我口乾舌燥地強迫自己站起來抓住門框，俯視城鎮和碼頭，只見鎮上有一半的區域都著火了。溫和的夏夜頓時濃煙密布，火焰燃燒的灰燼隨著熱風飄揚，停泊在港口的船隻也被燒毀了。我從火焰的光線中看到人們飛奔逃離躲避劫匪，只見劫匪毫不畏懼地在鎮上昂首闊步。

有人從陶工店裡的一角出現，提著一盞油燈小心翼翼地行走，讓我忽然大大鬆了一口氣。既然他如此鎮定，戰況一定有了轉機。我略微起身，卻在他快活地把油燈搖晃到木製的店面時縮回我的身子，潑灑出來的油在油燈破裂時起火，火勢在易燃的乾木上猛烈燃燒。我頓時明白躲起來並不安全，自己唯一的希望就是逃走，而我早該在拉警報時就這麼做了。這決定給了我些許勇氣，足以讓我跳起來站好，衝出去繞過店面的角落逃跑。

我立刻察覺自己是蜚滋，卻不認爲這男孩感覺得到我；況且我並非向外技傳，而是他運用自身尙未成熟的精技感知朝我探尋。我完全無法控制他的軀體，卻困在他的體驗中。我藏身在這男孩身上聆聽他的思緒，分享他的所見所聞，如同惟眞曾藏身在我身上一樣。然而，我沒有時間思考自己是怎麼做到的，也不清楚自己爲什麼如此唐突地和這位陌生人連結。當查德飛奔到陰影中躲避時，突然有一隻手粗暴地抓起他的衣領。他因恐懼而癱瘓無力了一會兒，然後我們同時注視這張滿臉鬍鬚、露齒而笑的臉，原來劫匪抓住了我們，另外一位劫匪則在他身側邪惡地冷笑著。被抓住的查德因驚恐而四肢發軟，雙眼無助地凝視那把移動的刀子，在刀子朝他的臉而來時，看著滑下刀刃的一道閃光。

當刀子劃破我的喉嚨時，我立刻就分擔了他那股既熱又冷的痛苦。當我極度痛苦地感受自己溫熱的鮮血從胸口湧出時，就知道完了，已經太遲了，我死了。當查德無意識地從劫匪的手中摔落在滿是塵埃的街道上，我的意識就脫離他的軀殼，盤旋在那兒，在驚恐的一刻察覺關於這名劫匪的思緒；然後聽到他的同伴一邊發出嘶啞的喉音，一邊用穿著靴子的腳輕踢這個斷了氣的男孩，也知道他責備凶手不應該浪費這條原本可以冶煉的生命。只見凶手輕蔑地嗤之以鼻，還說了些這男孩太年幼了，沒剩多少小命值得師傅花時間一類的話。我也在一陣反胃的情緒漩渦中，知道凶手先前想做兩件事情：對一個小子大發慈悲，以及享受親自殺人的樂趣。

我看透了敵人的心，卻仍無法理解他。

我無軀殼也無實體地在他們身後的街上飄蕩。我在前一刻還感覺一股迫切感，如今卻想不起來。相反的，我像一片翻騰的霧，目睹畢恩斯的古林斯米爾城陷落並遭劫掠。我一次又一次被一位位居民所吸引，目睹一段掙扎、一個死亡，還有逃跑的小小勝利。當我閉上雙眼時，依然知道那個晚上，記得自己短暫分享的那些生命中許多可怕的時刻。我最後來到一名男子站立的地方，只見他手持長劍站在燃燒的家門口。他和三名劫匪對峙，他的妻女也努力舉起一道著火的樑，好讓困在裡面的兒子逃出來，他們就可以一起逃跑。他們沒有任何一個人會遺棄其他人，但我知道這個人已經很累、很累了，而且因失血和持劍消耗大量體力，更別說揮劍了。我也察覺到劫匪如何玩弄他，引誘他耗盡體力，他們就可以把這家人全抓起來冶煉。我感覺到死亡那毛骨悚然的寒意滲進了這個人的體內，只見他立刻朝自己的胸膛點頭。

突然間，這個被圍困的人抬起頭來，雙眼透出一道異常熟悉的光芒。他用雙手握住劍，大吼一聲就猛然撲向攻擊他的人。有兩個人因他的突襲而死，垂死時臉上顯然還有驚異的神情，第三個人則和他劍抵著劍對峙，但無法壓倒他的狂怒。鮮血從這位鎮民的手肘滴下來，他的胸膛也泛著血光，但他的劍擋住了劫匪連續猛擊的劍，接著忽然像羽毛般輕盈地舞動進去，在劫匪的喉嚨上劃出一道血紅的口子。當他的襲擊者倒下來時，這人就轉身迅速跳到他的妻子身旁，抓住燃燒的屋樑，毫不在意熊熊火焰，便將屋樑從他兒子身上舉起來，接著最後一次注視他妻子的眼神。「快逃！」他告訴她。「帶著孩子逃走。」然後他就倒在街上死了。

當這名面色凝重的婦女抓住孩子們的手，帶領他們逃跑時，我感覺這名死者的鬼魂從他身上升起。這就是我，我自顧自地想著，然後就明白這並不是我。這鬼魂也感覺到我了，於是轉過身來，他的臉還眞像我的臉，或者說他在我這年紀時長得跟我很像。想到惟眞仍如此看待他自己，眞使我感到震驚。

你，在這裡？他面帶責備地搖頭。這很危險，小子，連我這麼做都傻得很。但當他們把我們召喚到他們那兒時，我們還能做什麼？他端詳站在他面前不發一語的我。你何時得到精技漫遊的能耐和天分？

我沒有回答。我沒有答案，也毫無自己的思緒。我感覺自己是夜風中飄動的一張潮濕的紙，不比隨風飄揚的葉子來得實在。

蜚滋，這對我們倆來說都很危險。回去吧，現在就回去。

替一個人取名果眞蘊含魔法嗎？衆多古老的傳說都堅決主張如此。我忽然想起自己是誰，想起自己並不屬於這裡。但我對自己如何來到這裡一無所知，更別說要如何回到自己的身體。我無助地凝視惟眞，甚至無法明白表示我的請求。

但他知道。他朝我伸出鬼魂般的手，我感覺他在推我，他好像是用手掌下方貼著我的額頭，然後輕輕地推了一下。

我的頭像從穀倉的牆壁上反彈回來似的，這股力道讓我眼冒金星。我就坐在天平旅店後面的穀倉裡，周圍只有一片寧靜的黑暗和沉睡的動物，還有令人渾身發癢的稻草。我緩慢翻身側躺，此時一波波眼花撩亂和噁心感席捲而來。在我設法使用精技之後常支配著我的虛弱感，彷彿浪潮一般衝擊著我。我開口求救，卻只能無言地叫喊，於是閉上雙眼陷入遺忘。

我在黎明之前醒來，爬到自己的行囊邊翻找裡面的東西，然後設法蹣跚地走到旅店的後門，向那兒的廚娘乞討一杯熱水。當我把一條條精靈樹皮搗碎加進熱水裡時，她的臉上露出了不可置信的神情。

「這對你不好，你知道的。」她警告我，然後畏怯地看我喝下這杯滾燙刺鼻的飲品。「他們給奴隸喝這個，眞的，就在繽城商人那裡。把這個加進奴隸的食物和飲料中，好讓他們能站得住。讓他們保有力量，也使他們絕望，我是這麼聽說的。這會消耗他們反抗的意志。」

我幾乎沒在聽她說話，只等待感受藥效。我從幼樹上採集樹皮，深恐會缺乏藥效，但事實就是如此。我過了好一會兒渾身才暖了起來，手不再發抖，視線也變清晰了。我從廚房後頭的階梯上起身感謝廚娘，然後把杯子還給她。

「像你這樣的年輕人，這是個不該有的壞習慣。」她責備我，然後就回去烹飪了。我離開旅店在街上漫步，看到山丘上破曉的黎明。我一度期待可以看到燃燒的店面和破損的小木屋，以及眼神空洞的被冶煉者在街上遊蕩。然而，夏日早晨與河岸吹來的風卻腐蝕了精技夢魘。在日光中，鎮上殘破的市容就更顯而易見。在我看來，這裡的乞丐可比公鹿堡的還多，但我不確定河邊的城鎮是否都是這樣。我短暫地思索昨夜發生在自己身上的事情，然後一陣顫抖將它擱在一旁。我不知道自己是如何辦到的。不管怎麼說，它不會再發生在我身上。儘管知道惟眞是如何輕率地耗盡他的精技力量讓我感到沮喪，但知道惟眞還活著可眞令我感到窩心。不知他今早身在何處，還有他是否也和我一樣滿口精靈樹皮地面對黎明。如果我已精通精技，早就不須納悶了。這可不是一個振奮人心的想法。

當我回到旅店時，吟遊歌者已經起床，正吃著麥片粥早餐。我走過去和他們同桌，賈許就坦白告訴我，他原本怕我早已不告而別。蜜兒則對我完全不發一語，但我不時瞥見笛兒用雙眼打量著我。

我們離開旅店時還很早，而且如果我們沒有像士兵行軍似的前進，賈許依然會爲我們設定挺迅捷的步調。我原本以爲他需要引導，但他卻運用手上的枴杖來引導自己；有時他確實把手搭在蜜兒或笛兒的肩膀上前進，不過看起來比較像是找人作伴，而非出於需要。我們的旅途一點兒也不無聊，因爲我們一邊走、一邊聽他發表演說，大部分是說給笛兒聽的，多半是關於這個地區的歷史，他淵博的學問也令我感到驚訝。我們在日正當中稍作休息，他們也讓我分享他們擁有的簡單食物。接受他們的食物令我感到不安，卻也讓自己無法告退和夜眼一同打獵。有次當我們遠離城鎮時，我感覺夜眼當時正暗中跟隨我們。有牠在身邊眞令我安心，但我更希望只有我們倆同行。我們在當天三番兩次遇到其他旅人，不是騎馬就是騎騾，也在樹縫間瞥見逆流而上的船隻。早晨過後，一輛接一輛防衛周全的運貨及載客馬車從我們身邊疾駛而去，每次賈許都大聲詢問我們是否可以搭便車，但也被禮貌拒絕了兩次，其他的根本不回答。他們匆忙移動，有一群人之中還有幾位眼神傲慢、穿著同樣衣服的人，我想他們就是受僱的保鏢。

我們在下午一邊行走、一邊朗誦「火網小組的犧牲獻祭」，這是一篇長詩，關於遠見女王的精技小組成員如何捨命，讓她有機會贏得一場重要戰爭。我以前在公鹿堡聽過。但是這天將盡時，我可聽了不下四十次，因爲賈許充滿耐心地確定笛兒能完美地唱出來。我對於這永無止境的朗誦滿懷感激，因爲如此一來就不用交談。

即使我們步履穩健，天快黑的時候仍然離下一個城鎮很遠。我看到他們因爲天開始暗了下來而感到不安。我終於掌控全局，告訴他們我們必須在越過下一條溪時遠離道路，然後找個地方過夜。蜜兒和笛兒走在賈許和我身後，我也聽見她們憂心地彼此竊竊私語，但我卻無法像夜眼安慰我一般讓她們放心，而且路上根本沒有任何其他旅人的蹤跡。我在下一個路口把他們帶到上游，在河岸旁一棵杉樹下找到一個隱蔽的地方，我們可以在此過夜。

我藉故如廁離開他們，以便花些時間和夜眼在一起，讓牠知道我一切安好。這眞是一段美好的時光，因爲牠在岸邊找到一個打旋的溪水沖刷溪岸之處。牠熱切地看我腹部貼地趴下，小心地把雙手伸進溪水中，緩慢地撥弄浮出水面的一片水草。我頭一次就捕到一條肥魚，幾分鐘之後又捕獲一條小魚。當我停下時，天都快黑了，我留了兩條魚給夜眼，自己則帶了三條魚回營地。

捕魚和搔耳朵，人類伸出雙手的兩個原因。牠一邊快活地告訴我、一邊準備吃魚。牠已經狼吞虎嚥原本在我手中的魚內臟，在我把魚清乾淨的時候就迅速吞食。

小心魚刺。我再度警告牠。

我媽媽在鮭魚游動處扶養我，牠指出。魚刺對我來說根本不是問題。

我留下牠津津有味地啃咬魚的身體，自己則回到營地。吟遊歌者升起了小小的營火，三個人一聽到我的腳步聲就全都跳起來揮舞他們的枴杖。「是我！」我遲了些才告訴他們。

「感謝艾達。」賈許嘆了一口氣，同時沉重地坐下，但蜜兒只是怒視著我。

「你離開好久。」笛兒解釋般地說道。我舉起用柳樹枝穿透魚鰓串起來的魚兒。

「我找到晚餐了，」我告訴他們，又加上，「是魚。」爲了賈許好。

「聽起來好極了。」他說道。

蜜兒拿出乾糧和一小包鹽，我則找到一塊大石頭將它擠入營火餘燼裡。我用葉子將魚包起來擱在石頭上烤。烤魚的香味強烈地誘惑著我，儘管我希望它不會把被冶煉者引來我們的營火邊。

我還在看守，夜眼提醒我，我也謝謝牠。

當我看守正在燒烤的魚時，笛兒就在我身邊喃喃地背誦著「火網小組的犧牲獻祭」。「瘸腿的阿噓，和瞎眼的忠固。」我心煩意亂地糾正她，同時試著把魚完好無缺地翻過來。

「我唱得對啊！」她忿忿不平地反駁我。

「我想妳恐怕錯了，我的小姑娘。柯布說對了。阿噓確實是瘸腿的，忠固一出生就瞎了。你能說出其他五個人的名字嗎，柯布？」他的口氣聽起來可眞像費德倫正在傾聽一堂課。

我被煤炭燙到一根手指，便趕緊將手指塞進嘴裡，稍後才開口，「炙燒，火網帶領，他周圍的那些人嘛……像他一樣並非身強體壯，但內心都很堅強，也很眞誠。所以讓我來爲你一一唱名。『那是瘸腿的阿噓、瞎眼的忠固，還有心神恍惚的卓聖、兔唇的接禾、耳聾的玢離，還有被仇敵殘害，雙手和眼睛都沒了的矯夫。如果你認爲自己鄙視像這樣的人，就讓我說……』」

「哇嗚！」賈許愉快地驚呼道，「你小時候接受過吟遊詩人的訓練嗎，柯布？你對字句的拿捏恰到好處，但是你的停頓就太明顯了些。」

「我？沒有。不過我的記性一向很好。」我很難不對他的讚美露出笑容，儘管蜜兒怒視著我，還不斷對此搖頭。

「你想，你能朗誦一整篇嗎？」賈許下戰貼似地發問。

「或許吧！」我避免直接答覆。我知道自己辦得到，因爲博瑞屈和切德經常訓練我的記憶力，況且我過去常聽到這首歌，如今仍在腦海中揮之不去。

「那麼就試試看，但是不要用說的，試著唱出來。」

「我的歌聲可不好聽。」

「如果你能說話，就能唱歌。試試看，讓一位老人家享受一下。」

或許順從老人家是我太根深蒂固的習慣，讓我無法抗拒。也或許是蜜兒的表情明顯地告訴我，她不相信我辦得到。

我清了清喉嚨開始唱，首先輕聲地唱，直到他示意我提高音量。我一邊唱，他就一邊點頭，還在我唱走音時臉上抽動了一下。當我唱到一半的時候，蜜兒冷冰冰地說道，「魚快烤焦了。」

我停止唱歌，跳過去攪動石頭，把魚包好從火中移開。魚尾燒焦了，其他倒還好，熱騰騰，也很結實。我們分食這些魚。我吃得很快，兩倍的分量都無法塡飽我的肚子，但我必須爲有得吃而感到欣慰。乾糧搭配魚的味道眞是好極了，笛兒在我們吃完後還泡了一壺茶。然後我們裹著毛毯圍坐在營火四周。

「柯布，你做文書這行的收入好嗎？」賈許忽然問我。

我發出不以爲然的聲音。「沒有我想要的多，但還過得去。」

「沒有他想要的多。」蜜兒用揶揄模仿的語氣對笛兒低聲說道。

賈許不理她。「雖然你已超齡了，不過倒還可以學唱歌。你的聲音不錯；你像個男孩般歌唱，不知道你現在就可運用男人深沉的嗓音和肺活量。你的記憶力非常好。那麼，你會彈奏任何樂器嗎？」

「海笛，但吹不好。」

「我能教你把它吹好。如果你和我們一道……」

「父親！我們幾乎不認識他！」蜜兒反對。

「當妳昨晚離開廏樓時，我可眞該對妳這麼說。」他溫和地回她一句。

「父親，我們只是聊天罷了。」她望了我一眼，好像我背叛她似的。此刻我的舌頭彷彿在嘴裡變成皮革般，無言以對。

「我知道，」賈許同意。「盲眼似乎讓我的聽覺更靈敏，但是如果妳認為單獨和他交談很安全，那麼我就認為讓他加入我們也很安全。你說呢，柯布？」

我緩緩地搖頭，然後，「不，」我大聲說出來。「但還是感謝你。感謝你給我這個機會，即便我是個陌生人。我會和你們一起走到下一個城鎮，也希望你們能幸運地在那裡找到其他人作伴。但是……我眞的不希望……」

「你失去至親的人，這我瞭解，但是完全孤獨對任何人來說都不好。」賈許平靜地說道。

「你失去了誰？」笛兒直接了當地問。

我試著思考該如何回答，才不致引來更多問題。「我的祖父，」我終於開口。「還有我的妻子。」說出這些話好比撕開傷口般。

「發生了什麼事情？」笛兒問我。

「我的祖父去世了，我的妻子離開我。」我簡短回答，希望他們就此打住。

「老人家時候到了就會離開人世。」賈許溫和地說道，蜜兒卻粗魯地插嘴，「那就是你失去的愛？你欠那個離開你的女人什麼？除非你讓她有離開你的理由？」

「倒不如說我沒有給她留下來的理由。」我心不甘情不願地承認，「求求你們，」我直言無諱。「我不想再提起這些事情，一點兒都不想。我會和你們走到下一個城鎮，然後我會走自己的路。」

「好吧，夠清楚了。」賈許後悔地說道。我從他的語氣得知自己失禮了，但卻不想收回任何話。

接下來我們並沒有太多交談，眞是謝天謝地。笛兒提議由她先來守夜，接下來是蜜兒，對此我沒有異議，因為我知道夜眼今晚會潛行在我們四周。沒什麼逃得過那傢伙。我在戶外比較能入睡，當蜜兒在我面前彎腰把我搖醒時，我很快就清醒了。我坐起來伸伸懶腰，點點頭讓她知道我醒了，好讓她多睡一會兒。我起身攪動營火然後坐在一旁，此時蜜兒走過來坐在我身邊。

「你不喜歡我，是嗎？」她平靜地問道，語氣相當溫柔。

「我不認識妳。」我盡可能機智地回答。

「嗯，而且你也不想認識。」她雙眼平視著我說道。「但是自從我看到你在旅店裡臉紅的時候，我就想認識你；沒有任何事情會像一個臉紅的男人如此激發我的好奇心。在我認識的男性中，很少人會只因為他們被發現盯著女人看而臉紅。」她的聲音變低了，喉音也更重，同時悄悄地靠過來。「我眞的很想知道你當時在想什麼，讓你那樣子脹紅了臉。」

「只因為盯著別人看是件很失禮的事。」我老實告訴她。

她對我微笑。「當我回看你的時候，可不是那麼想的。」她舔舔嘴唇，然後猛移過來靠近我。

我忽然極度思念莫莉，心中也很痛苦。「我沒心情玩這種遊戲，」我直接告訴蜜兒，然後起身。

「我想我該再添一些柴火了。」

「我知道你的妻子為什麼離開你，」她淫穢地說。「你說沒心情是吧？我想你的問題應該在下面一點兒的部位。」她起身回到她的毛毯裡，我也因她終於放棄我而鬆了一口氣，然後去收集更多乾木柴。

隔天早晨當賈許醒來之後，我問他的第一件事情是，「離下一個城鎮還有多遠？」

「如果我們維持像昨天一樣的行進速度，應該明天中午就可以到了。」他告訴我。

我不理會他語氣中的失望。當我們揹起背包動身時，我苦澀地回想著自己所遠離的那些既認識又關心的人們，用來逃避現在和這群陌生人相處的現況。我納悶是否有任何方式，能讓我生活在其他人當中，並拒絕受他們的期望和依賴所控制？

白天很溫暖，卻不會令人不愉快。如果我獨自行走，就會發現沿路健行挺愜意的。在我們身邊一側的樹林中，鳥兒彼此叫喚。我們看到路的另一邊，河水流經稀疏的林木，偶有駁船往下游航行，還有緩慢逆流而行的有槳船隻。我們很少交談，過了一會兒賈許就要笛兒再度朗誦「火網小組的犧牲獻祭」。當她唸錯的時候，我保持沉默。

我的思緒飄移。當我不用擔心自己的下一餐或乾淨的衣服時，事情就單純多了。我原本以爲自己挺擅長應付別人，也熟悉自己的專業，但那時有切德與我共謀計策，也有時間準備要說什麼和做什麼。可是當我的資源僅限於自己能帶在身上的機智時，表現就沒那麼好。剝去我曾不假思索依賴的一切，我不僅只是懷疑自己的勇氣，如今還質疑自己所有的能力。刺客、吾王子民、戰士、人……我仍擁有這些身分嗎？我試著回想在惟眞的**盧睿史號**戰艦上划槳的那位毛躁小伙子，毫不考慮地讓他自己衝上戰場揮舞斧頭。我無法理解我曾經是那個人。

蜜兒在中午時分將他們最後僅存的乾糧分掉，已經沒剩多少了。女士們走在我們前面，一邊彼此輕聲交談，一邊津津有味地咀嚼乾麵包，也從皮製水袋啜幾口水。我冒昧地建議賈許，說我們今晚可以早點紮營，好讓自己有機會打獵或捕魚。

「這就表示我們明天中午趕不到下一個城鎮了。」他沉重地指出。

「明天晚上就能到了。」我平靜地對他解釋，好讓他安心，只見他朝我轉過頭來，可能想要聽清楚我說的話，但他朦朧的雙眼似乎看向我的內心。即使他眼神中的懇求令我難以承受，我卻不做回覆。

當天氣終於開始轉涼時，我就開始尋找可以歇腳的地方。夜眼已經在我們前面來回走動偵察，此刻我感覺到牠頭部忽然一陣刺痛。這裡有人，還有臭屁和他們本身污物的味道。我聞到他們了，也看得到他們，但我只感覺到這些。牠在被冶煉者面前總會感受到的痛苦朝我飄移而來。我感同身受。我知道他們曾身而爲人，並且和每個生物一樣，擁有共同的原智火花。對我而言，看到他們移動和說話，卻感覺不到他們是活著的，這相當奇怪。但對夜眼來說，這好比石頭會走路和吃東西。

有多少人？老人還是年輕人？

比我們還多，也比你強壯。一匹狼對成功可能性的認知。他們在路上搜索，就在你附近的轉角處。

「我們在這裡停一下。」我忽然提議，只見其他三人轉過頭來困惑地看著我。

太遲了。他們聞到你們，就要來了。

沒有時間掩飾，也沒有時間提出適當的謊言。「前面有兩個以上的被冶煉者。他們一直監視著這條路，現在正朝著我們移動。」策略呢？「準備好。」我告訴他們。

「你怎麼知道？」蜜兒質疑我。

「我們跑吧！」笛兒提議。她不在乎我怎麼知道，那雙睜大的雙眼告訴我她有多麼害怕這種情況。

「不，他們會追上我們，到時候就會包圍我們，而且就算我們這次能逃脫，明天還是得設法擺脫他們。」我把行囊丟在路上將它踢遠，裡面沒有任何東西值得我捨命防護。如果我們贏了，我就可以再把它撿回來，如果我們輸了，我也不在乎。但是，蜜兒、笛兒和賈許是樂師，他們的樂器就在行囊裡。他們沒有任何動作打算拋下他們的行囊，我也不會浪費力氣建議他們這麼做。笛兒和蜜兒直覺地在這位老人家的兩側掩護著，過緊地抓住她們的枴杖，我則握好自己的枴杖，準備攻擊，然後等待。我頓時徹底停止思考，我的雙手似乎知道該怎麼做。

「柯布，照顧蜜兒和笛兒。別擔心我，就是不要讓她們受到傷害。」賈許簡單扼要地命令我。

他的話穿透了我的心，恐懼忽然席捲而來。我的身體失去了方才那輕鬆的預備姿勢，我只想到打輸會帶給我的痛苦。我覺得噁心發抖，只想轉身拔腿就跑，想也不想這群吟遊歌者。等待再等待，我只想爲這天哭泣。我對這個狀況毫無準備，不知自己到時候會對抗、逃跑，或者昏倒在地，但時間可毫不留情。他們穿越灌木叢而來，夜眼告訴我。有兩個人快速前來，另一個人落後。我想他應該是我的。

小心，我警告牠。我聽到他們穿過灌木叢的劈啪聲，也聞到他們身上的臭味。稍後，笛兒在看到他們的時候大叫，他們便衝出樹叢朝我們而來。如果我的策略是站穩腳步迎戰，他們的策略則僅是衝上來攻擊。他們倆都比我高大，看來自信滿滿，身上的衣服雖然骯髒，卻幾乎完好無缺。我想他們可能才剛遭冶煉不久，而且都手持棍棒，我一時之間也只能理解這麼多。

冶煉不會令人變笨或遲緩。他們不再察覺及感受到他人的情緒，看來也想不出那些情緒會讓一位敵人做出什麼事來，那常使他們的行動變得無法理解。冶煉並不會讓他們變得比原本愚蠢，也不會降低他們運用武器的技能，不過他們確實立刻出手以滿足本身全然動物性的欲求。如果有一天他們偷走一匹馬，或許隔天就會吃掉牠，只因飢餓感是比騎馬更迫切的欲求。他們在打鬥時也不合作。在他們自己的團體中並沒有忠誠這檔子事，而且可能會像攻擊一個普通的敵人般自相殘殺，以獲取劫掠物。他們會結伴同行，也會一起開打，卻不是同心協力作戰。然而，他們仍是殘酷狡猾地以無悔意的機敏努力，來獲得他們想要的東西。

這些我都知道，所以當他們想先越過我攻擊其他較矮小的人時，我也不意外。讓我驚訝的是，自己突然感到一股膽怯的如釋重負之感，如同我的夢境般令我動彈不得，我也就讓他們衝過我身邊。

蜜兒和笛兒手持枴杖，如同憤怒和驚嚇的吟遊歌者展開迎擊。她們完全沒有技巧和訓練，就連像一個小組般打鬥的經驗都沒有，所以無可避免會打到彼此或賈許，只因他們接受的是音樂訓練，並非戰鬥操練。賈許在中央動彈不得，只見他緊握枴杖，卻無法在出手時不打到蜜兒或笛兒。憤怒扭曲了他的臉。

我當時原本可以逃跑，大不了抓起我的行囊沿路逃走，永不回頭。被冶煉的人不會追我；最容易得手的獵物就可以滿足他們。但我沒這麼做。我的心中仍殘存著勇氣或自尊。我先攻擊兩人中體型較小的那位，儘管他的棍棒技巧略勝一籌。我讓蜜兒和笛兒用力打跑高大的那一位，強迫另一位和我對抗。我的第一擊打到他的小腿肚。我試圖打瘸他，或者至少打倒他。當他轉身攻擊我時，發出了痛苦的呼吼，但卻沒有因捱打而放慢動作。

我注意到關於被冶煉者的另一特點：痛苦似乎對他們較無影響。我知道當自己慘遭毒打時，大多是身體受損的痛苦令我膽怯。明白我和我自己的軀體有情感上的連接，感覺挺奇特。我深切希望軀體能持續運作，這股渴望超越了單純的躲避痛苦。人以自己的身軀為榮，當身體受損時，傷害到的就不僅是身體而已。帝尊已瞭解這一點，也知道他的侍衛對我揮出的每一拳，都會讓我因傷口產生恐懼。他會讓我回復成那個精力耗竭之後會發抖、並懼怕病發奪走其軀體和心智的病態動物嗎？那份恐懼和他們的拳頭一樣令我喪膽。被冶煉的人似乎沒有那樣的恐懼，或許當他們失去對一切的連結時，也失去了對自己身體的所有感情。

我的對手在我周圍繞圈子，揮舞棍棒朝我一擊，我就用枴杖接招，感覺肩膀一陣衝擊。只有一點兒痛，我的身體輕聲告知我這一擊，然後聆聽更多訊息。他又朝我一擊，我也擋住了。一旦我和他對上了，就不可能安全地轉身逃跑。他很會運用棍棒，或許曾經是個戰士，並且受過使用斧頭的訓練。我認得這些動作，所以都能攔截、抵擋，或讓每個攻擊動作偏轉。我因太害怕他而無法發動攻勢，害怕如果我沒持續護衛自己，他就會出其不意朝我一擊，打落我的枴杖。如果我稍稍退縮，他就會越過肩膀回頭一瞥，或許他想轉身離開我去追擊女士們。我勉強膽小地迎擊他其中的一擊，但他幾乎沒有退縮，既不疲憊，也不讓我有空間善用較長的武器。和我不同的是，當吟遊歌者奮力自衛時，他並不會因她們的叫聲而分心。我聽到樹林裡傳來模糊的咒罵聲和微弱的吼叫，是夜眼在突襲第三名被冶煉的人，還衝上去想咬斷他的腿筋。牠失敗了。但此刻牠圍著他繞圈子，離他手上的劍遠遠地。

我不知道自己是否能閃過他的劍，我的兄弟，不過我想我能和他在這裡耗，而且他不敢背對我過去攻擊你。

小心！我只來得及對牠說這些，因爲我必須分分秒秒注意這個手持棍棒的傢伙；只見他不斷對我出擊，而且更使盡全力地朝我揮棍。他不再覺得需要防止我可能發動的攻擊，只管用盡全身的力量擊潰我的防禦。我用枴杖紮紮實實地迎接每一擊，感受每一個震動，肩膀也呼應枴杖所遭受的衝擊。這股力道喚醒了我的舊傷，也震動了我幾乎早就遺忘且已痊癒的傷口。我身爲戰士的耐力已不復往昔，因爲打獵和行走並不像划槳般讓身體強壯，讓肌肉更結實。一陣席捲而來的困惑降低了我的注意力，讓我覺得自己處於劣勢，並且十分害怕痛苦的來臨，以致無法想出避開它的方法。拚命避免受傷和決心打贏是不同的，儘管我嘗試遠離他好取得揮動枴杖的空間，但他卻殘酷地朝我逼近。

我瞥了瞥這群吟遊歌者。賈許直挺挺地站在路中央，手持枴杖蓄勢待發，但打鬥卻離他愈來愈遠。遭劫匪追趕的蜜兒一瘸一拐地後退，試著抵擋揮舞而來的棍棒，笛兒同時在後面追打，徒勞地用她的細枴杖重擊被冶煉者的肩膀；但他只是弓身抵擋她的攻擊，卻依然把注意力集中在受傷的蜜兒身上。我突然想起了某件事情。「笛兒，打他的腿！」我對她大吼，然後專注於自己眼前的問題，這時一根棍棒掠過我的肩膀，我便迅速但缺乏力道地反擊數次，然後縱身跳離他。

突然，一把劍劃過我的肩膀，然後飛快地滑過我的胸腔。

我驚恐地叫喊，手中的枴杖脫手落地，接著就明白受傷的不是我。當我聽到夜眼痛苦的吠叫聲時，即刻感同身受，然後頭部便感覺到靴子踩下來的力道。

驚懼，受困。救救我！

還有其他更深沉的記憶，埋藏在帝尊侍衛毒打我所引起的痛苦回憶之下。比當時更早的多年前，我也曾感受刀刃劃過的感覺，和靴子踩下來的力道，但那並不是發生在我身上。我曾經和一隻名叫鐵匠的小狗產生牽繫，當時牠還小。有一天當我不在的時候，牠和攻擊博瑞屈的人打鬥，在當天稍晚就因打鬥受傷而死去，我甚至來不及回到牠身邊。此刻，我忽然發現比自身的死亡更加強烈的威脅。

我害怕失去夜眼，因此將自身的恐懼拋諸腦後，同時盡己所能行動。我調整站姿，上前讓肩膀挨打好進入打鬥範圍，這個撞擊傳到我的手臂，那隻手頓時就失去了感覺。但我相信它仍存在。我把楞杖握得更短，猛然舉起尾端抵住他的下巴。他對我突然改變的戰略毫無防備，只見他下巴上揚、露出喉嚨，我便以楞杖朝他喉嚨底部的凹陷處猛刺，感覺那裡面的小骨斷裂了；他忽然痛苦地呼氣，吐出一團血，我同時向後跳，將楞杖轉過來，用另一端打他的頭，在他倒下來之後轉身衝進樹林。

怒吼和奮力的聲音將我帶向他們。夜眼已經走投無路，左前腳彎曲在胸前，血從牠的左肩流下，在牠左側身的護毛上形成一串紅色血珠。牠撤退到濃密盤繞的黑莓灌木樹叢後面，尖銳的刺和斷落的枝蔓曾是牠的藏身處，此刻卻圍困著牠，讓牠無處可逃。牠盡可能躲到樹叢深處閃避劍擊，我也感覺到牠的腿傷。刺進夜眼身上的刺同樣也讓攻擊牠的人無法靠得太近，當他奮力揮劍劈斷荊棘以攻擊狼兒時，彎曲的樹莖同時吸收了劍擊的力量。

夜眼一看到我就鼓起勇氣，忽然兜圈子好面對攻擊牠的人，同時發出狂野的怒吼。被冶煉的人揮劍想要猛刺，好讓我的狼兒喪膽。我的楞杖末端沒有尖刺，但我仍無言地發出怒吼，將楞杖猛力刺進被冶煉者的背部，凶猛的力道讓它刺穿他的身體，也刺進他的肺部，只見他一聲怒吼，鮮血就從嘴裡噴灑而出。他試著轉身對抗我，我卻依然緊握楞杖，用身體的重量壓在上面，將他跌跌撞撞地逼進糾結的黑莓樹叢裡。他伸手想抓東西，卻只抓斷了藤蔓上的刺，我用盡全身的力量壓在楞杖上，將他壓在彎曲的黑莓樹叢裡，壯了膽的夜眼也跳到他背上，用嘴巴緊咬那人粗壯的頸背撕咬著，直到鮮血噴灑在我們倆的身上。被治煉者窒息般的呼聲逐漸消逝，變成微弱的咯咯聲。

我完全忘記那群吟遊歌者，直到一聲深沉且極度痛苦的喊叫聲喚醒了我。於是，我彎腰拾起被治煉者先前丟在地上的劍衝回路上，讓夜眼獨自疲憊地倒下舔舐肩上的傷口。當我衝出樹叢，眼前就出現一幅恐怖的景象。那位被治煉的人撲到不停掙扎的蜜兒身上，正撕開她的衣服，笛兒則跪在塵土飛揚的路上，緊抓手臂無言地尖叫著，衣衫不整且滿身塵灰的賈許勉強站起來，手上的枴杖不見了，正朝笛兒呼喊的方向摸索而去。

我不一會兒就衝向他們，將那人從蜜兒身上踢開，然後雙手持劍向下猛刺，只見他狂亂地掙扎，朝我猛踢猛抓，我用力靠在劍上將劍逼近他的胸膛。當他抵抗刺在身上的那片金屬時，反而讓傷口裂開。他開口用無言的呼喊咒罵我，然後喘著氣，一滴滴鮮血也伴隨喘氣聲流了出來。他伸手抓住我的右小腿，試著從我身體下方猛拉我的腿，而我只是將更多的重量壓在劍上，心中渴望將劍拔出來趕緊殺了他，但是他很強壯，所以我不敢鬆開他。這時，蜜兒終於以枴杖末端用力刺進他的臉中央，解決了他。這人突如其來的靜止對我和他來說都是一種仁慈。我把劍從他身上拔出來，然後跌跌撞撞地向後走，跌坐在路上。

我的視線忽暗忽明，笛兒的尖叫聲聽起來彷彿遠方哀鳴的海鳥。頓時有太多事情，而我似乎也無處不在。我在上方的樹叢裡舔著肩膀，用舌頭將濃密的毛舔到一旁，當我用唾液覆蓋傷口時，也謹慎地探索著它。然而，我也坐在陽光下的道路上，聞著塵土和血，以及那人因脫腸而產生的排泄物的氣味。我感受每一次的接招和還擊，以及棍棒襲來的力道和損傷。頓時，我凶猛的殺戮方式對我來說有了另一層意義。我知道自己遭受的痛苦，也知道他們絕望地倒在地上掙扎的感受，唯有一死方可讓他們逃離更多痛苦。我的心在殺手和受害者兩個極端之間來回顫動。我兩者皆是。

而且孤單，比以往任何時刻還孤單。從前在這種時候，總有人照顧我。同船水手在戰後相互扶持，或者博瑞屈前來幫我解圍並把我拖回家；我當時還有個家等著我，耐辛會大驚小怪地來看我，切德和惟眞會告誡我要更小心照顧自己，而莫莉也會在黑暗中悄悄過來輕柔地撫摸我。這次打鬥結束了，我也活了下來，但除了狼兒之外卻沒有人在乎我。我很喜愛牠，但我忽然明白自己也希望得到人類的關懷，明白自己經不起和我所關心的人分離。如果我眞的是一匹狼，就會揚起鼻子仰天長嘯。我就在這樣的心境下，用一種無法形容的方式向外探尋。這不是原智，也不是精技，而是兩者不神聖的結合，極度地探尋著在任何地方某個可能想知道我還活著的人。

我好像有些感覺了。或許，博瑞屈在某處抬頭環視自己所耕作的田地時，聞到了血和塵土的氣味，而非嗅到他爲了收割根莖農作物而翻動的肥沃土壤？或許，莫莉正從她的洗衣活兒中挺直身子，將雙手放在疼痛的背上到處張望，對一陣突如其來的寂寥痛苦感到納悶？我是否在拉扯惟眞疲憊的意識、讓耐辛把藥草鋪在托盤上風乾時分神片刻，還讓切德在把卷軸擱在一旁時皺起眉頭？我像一隻在窗戶上展翅猛拍的飛蛾，啪啪地發出聲響想引起他們的注意，渴望感受我習以爲常的關懷。我想我幾乎探尋到他們了，但卻只能虛脫地退回自己的內在，獨自坐在滿是塵埃的道路上，身上還有那三名被冶煉者噴出來的血跡。

她把塵土踢到我身上。

我抬頭看。只見一個逆著夕陽的黑色剪影，我眨眨眼便看見蜜兒臉上憎惡及憤怒的神情。她的衣服破了，頭髮散亂地披在臉上。「你逃跑了！」她指控我，我也感覺到她有多麼瞧不起我的膽小。「你逃跑了，害他打斷笛兒的手臂，又把我父親打倒在地，還試著強姦我。你算什麼男人啊？哪種男人會做出這種事情？」

對她的話我有上千個答案可以回答，也一個都沒有。我內心的空虛讓我確定，對她說話根本無法解決任何事情。於是，我努力爬起來站好，她也在我走回我先前丟下背包處時瞪著我。從我一腳踢開它之後，似乎已經過了好幾個鐘頭。我撿起背包，把它拿回賈許坐著的地方，只見他坐在笛兒身旁的塵土中試著安慰她。務實的蜜兒已打開他們的背包，只見賈許的豎琴成了破碎的木屑，琴弦也斷了。笛兒則要等到傷口痊癒才能吹奏笛子，而且可能得花上好幾週的時間。事情已經發生，我也盡力了。

除了得在路邊升起營火，和到河邊打水回來燒開之外，沒別的能做了。我將隨身攜帶的藥草分類，找出可以鎮定笛兒並止痛的藥草。然後，我找到些乾燥筆直的樹枝，削平好充作夾板用，而在我身後山丘上的樹林裡呢？傷口很痛，我的兄弟，但還好刺得不深。不過，當我試著走路的時候，傷口就會裂開來。還有刺。我渾身是刺，好像布滿蒼蠅的臭屍。

我現在就過去幫你把每一根刺拔出來。

不，我可以自己來，你照顧其他那些人吧！牠停頓了一下。我的兄弟，我們應該逃跑的。

我知道。

爲何走到蜜兒身邊，平靜地問她是否有衣服可以讓我撕下一些布，好用來把夾板固定在笛兒的手臂上會是如此困難？她沒有紆尊回答我，但瞎眼的賈許無言地遞來一塊柔軟的布料，原本是用來包裹他的豎琴的。蜜兒瞧不起我，賈許似乎因驚嚇而麻木，笛兒則迷失在自己的痛苦裡，幾乎注意不到我，但我仍設法讓他們移駕到營火邊。我攙扶笛兒走到那裡，用一隻手臂抱住她，另一隻空出來的手則支撐她受傷的手臂。我讓她坐下來喝我泡的第一壺茶。我開口說話，卻不像對她說，反倒像對豎琴手賈許說著。

「我能把骨頭移正，然後用夾板固定住。我曾經替許多作戰受傷的士兵做過這樣的處理，但我並不自詡為療者。當我們抵達下一個城鎮時，可能就得重新安置夾板。」

他緩緩點頭，我們都知道眞的沒有別的辦法了。於是，他跪在笛兒背後扶住她的肩膀，蜜兒也緊緊捉住她的上臂。我咬牙抵抗她所感受的痛苦，用力把她的前臂拉直，她當然也叫了出來，因爲單靠茶並無法完全緩解那種痛苦，但她也強迫自己不要掙扎。淚水流下她的臉頰，而當我固定和包紮她的手臂時，她的呼吸就變得很不規律。我告訴她該如何把部分的手臂放進背心裡好支撐重量，和在移動時穩住它。接著，我給她另一杯茶，然後轉向賈許。

他的頭被打了一下，讓他感到片刻暈眩，但這一擊並沒把他打昏。傷口腫起來了，我碰到傷口時他還會退縮，但還好肌肉沒裂開。我用冷水清洗傷口，告訴他喝茶可能也會讓他舒服些。他謝謝我，我卻不知怎地因此感到內疚。然後我抬起頭，只見蜜兒透過營火用貓一般的雙眼注視著我。

「妳受傷了嗎？」我平靜地問她。

「我的腿脛有塊梅子般大小的腫塊，這是他打我的地方。當他試著非禮我時，還在我的脖子和胸部留下指痕，但我可以自行處理傷口，還是謝謝你……柯布。對於我竟然還活著這件事，其實沒什麼好謝你的。」

「蜜兒。」賈許以相當低沉的聲音說話，語氣充滿疲乏和憤怒。

「他逃跑了，父親，他把對手打倒之後就逃了。如果他當時能幫我們，這一切就不會發生。笛兒的手不會被打斷，您的豎琴也不會碎裂。他逃跑了。」

「但是他回來了，就讓我們別去想如果他沒回來，會發生什麼事情吧！我們或許受了點兒傷，但妳還是能因爲撿回一命而感謝他。」

「我才不感謝他。」她不痛快地說道。「片刻的勇氣，還有他原本能夠拯救我們的生計。我們現在有什麼呢？一位沒有豎琴的豎琴手，和一位無法舉起手臂握住笛子的吹笛人。」

我起身走開。我太累了，無法再聽她說下去，也太沮喪了，完全無法為自己辯解。我將那兩具屍體從路上拉開，拖到河邊的草地上，然後在天快黑的時候再度走進樹林尋找夜眼，只見牠早已處理好傷口，比我還在行。我用手指撫摸牠身上的毛，上面處處糾結著有灰塵的刺和黑莓碎屑。我坐在牠身旁，牠把頭擱在我的膝蓋上讓我搔搔牠的耳朵，這就是我們之間所需要的一切溝通了。接著，我起身找到第三具屍體，然後抓緊他的肩膀把他向下拖出樹林，拉到其他兩具屍體旁邊。我毫無愧疚地搜刮他們的口袋和錢包。其中兩人身上只有一些小銅幣，持劍的那位錢包裡卻有十二枚銀塊，我就拿了他的錢包，把那些銅幣放進去，也拿走他破損的劍帶和劍鞘，然後把劍從地上撿起來。接著我從河邊撿石頭堆在他們周圍，直到將他們的屍體全覆蓋住。這時天已經全黑了。當我完工後便走到河邊沖洗雙手和手臂，也一併洗了把臉。我脫下上衣洗掉血跡，然後立刻穿上濕冷的衣服。我的傷口有一陣子因此而感到舒服，但稍後我的肌肉就因衣服的寒氣而開始僵硬起來。

我回到微弱的營火邊，火光照亮了周圍的每一張臉。我伸手去握賈許的手，將錢包放進他手中。

「也許這足以幫你度日，直到你換了一把新的豎琴。」

「用死人的錢讓你心安？」蜜兒譏諷著。

我繃緊的脾氣啪地斷裂了。「那麼就假裝他們還活著。根據公鹿的法律，他們至少應該付你們賠償金。」我說道。「如果這樣還不合妳意，不妨把錢全都丟進河裡，我才不在乎。」我徹底地忽略她，比她對我的態度還強硬。我不顧身上的痠疼和刺痛解開劍帶。夜眼說得沒錯，這位劍客確實比我高大許多。我將這塊皮革放在一片木頭上，用我的刀在皮帶上刺了一個新的洞之後，就站起來將它繫在腰上。我的側身又有了劍的重量，讓我覺得安心。我拔劍就著火光檢視。它不怎麼起眼，卻堅固實用。

「你從哪裡找到這個的？」笛兒問我，她的聲音有些顫抖。

「從樹林裡第三個傢伙身上拿下來的。」我簡短回答，然後收劍入鞘。

「這是什麼？」豎琴手賈許問我。

「一把劍。」笛兒說道。

賈許朦朧的雙眼轉向我。「上方的樹林裡有第三個傢伙，還持劍？」

「是的。」

「那麼，你從他身上把劍搶過來，還殺了他嗎？」

「是的。」

他輕聲噴著鼻息，自顧自地搖搖頭。「當我們握手的時候，我就知道自己不是握著文書的手。一枝筆不會讓你的手留下那些老繭，也不會讓一隻前臂變得如此健壯。妳瞧，蜜兒，他沒有逃跑。他只是去……」

「如果他先殺掉攻擊我們的人，可就明智多了。」她仍固執地堅持。

我打開行囊抖出毛毯，然後躺在上面。我很餓，卻對此無計可施。我倒可以做件事情好解除我的極度疲勞。

「你要睡了嗎？」笛兒問我。雖然她處於藥效中，她的臉仍反映著她盡可能表現出來高度警覺。

「是的。」

「如果有更多被治煉者來的話呢？」她又發問。

「那麼，蜜兒就可以用她認爲明智的方式，按照任何順序把他們殺了。」我尖酸地說道，然後在毛毯上移動，直到我的劍觸目可及且觸手可得，然後閉上眼睛。我聽到蜜兒緩慢起身替其餘的人鋪床。

「柯布？」賈許輕聲問我。「你有沒有替自己拿些錢？」

「我預期自己應該不再需要錢了。」我同樣平靜地告訴他，沒有解釋我不再計畫和人類有什麼瓜葛。我絕不想再對任何人解釋自己，也不在乎他們是否瞭解我。

我閉上眼睛暗中向外探索，和夜眼短暫接觸。他像我一樣，雖然肚子餓，卻還是選擇休息。明天晚上，我就可以自由地再和你一同打獵，我對牠承諾，牠也滿意地嘆息。牠離我並不遠。我的營火是穿過牠下方樹林的一道火花。牠把鼻口擱在前腳掌上休息。

我比自己所瞭解的還累。我的思緒模糊飄移，我也就放掉它任其自由飄盪，遠離刺激我身體的傷痛。莫莉。我渴望地想著。莫莉。但我找不到她。博瑞屈於某處睡在安置於壁爐前的地舖上。我看到他了，感覺幾乎像我在對他技傳，卻無法守住這幻覺。火光照亮他臉上的各個部位；他變瘦了，而且因為數小時的耕作活兒而曬黑。我緩緩轉身離開他，精技輕輕拍打著我，我卻無法控制它。

當我夢到耐辛的時候，驚訝地發現她和銘亮爵士在一間私人的房裡。他看起來像一隻陷於絕境的動物。一名身穿美麗禮服的年輕女子，很顯然因為他讓耐辛來侵擾他們而吃驚。耐辛帶著一張地圖，一邊說話、一邊把桌上的一盤美食和酒移開，然後把地圖展開在桌上。「我已發現你既不愚蠢也不怯懦，銘亮爵士，所以我必須假定你是無知。我的意思是，你的教育不容再遭忽略。就像這張已故的惟真王子所繪的地圖能對你證明的一樣，如果你不趕快採取行動，公鹿所有的海岸都會在紅船的掌握中，而他們可一點兒也不仁慈。」她抬頭用銳利的淡褐色雙眼凝視他，如同她曾期望我聽話般地凝視我。我幾乎同情起他來了，然後就喪失對這個場面的微弱掌握。我像一片隨風飄揚的葉子般旋轉而去，遠離他們。

我不知道自己接下來走得更高或更深，只感覺把我和我的身體綁在一起的，是一條纖細的線。我在猛拉著我的漩渦中翻騰旋轉。有一匹狼在某處憂慮地哀鳴。可怕的手指拉扯著我，似乎想引起我的注意。

蜚滋，要小心，回來吧！是惟眞。他的技傳不比一陣風有力量，儘管我知道這要花上他很大的力氣。我們之間有個東西，是一層屈從卻也抵抗著的冷霧，如同刺藤般糾結。我試著在乎，也試著找到足夠的恐懼讓我溜回自己的身體，卻感覺像被困在夢裡，而試著醒過來。我無法掙脫這個夢境，卻也找不出想嘗試掙脫的意願。

一絲狗崽子魔法在空中發臭，瞧瞧我找到什麼。欲意像貓爪般鉤住我，把我緊拉到他跟前。你好，小雜種。他深沉的滿足重新喚醒我的每一絲恐懼，我也感覺得到他挖苦的微笑。他們都沒死，擁有墮落魔法的小雜種和王位覬覦者惟眞都沒死。嘖，嘖。帝尊如果發現自己沒有當初想像的那麼成功，眞不知會多麼苦惱。不過，這回我可會幫他確認所有的事情。用我的方式。我感到他陰險狡詐地刺探我的防衛，比一個吻還親密，彷彿他在揉捏一位娼妓的肉體，想在我的每一處感受我的虛弱。我像隻兔子般在他的掌握中懸擺，只等著會結束我生命的扭轉和急拉。我感受到他的力量和狡猾增長到了何等地步。

惟眞，我在啜泣，國王卻聽不見也不回答。

他在他的緊握中掂估我的分量。你從未學會如何控制的這股力量對你有何用？一點兒用處都沒有。但是對我來說，啊，對我而言簡直是如虎添翼。你會使我強壯得足以找出惟眞，無論他把自己藏在哪裡。

我忽然像被刺破的水袋般滲漏精力。我不知道他如何穿透我的防衛，也不知道該如何避開他。他貪婪地抓緊我的心貼著他的心，並搾取我的力量，擇固和端寧就是如此殺害黠謀國王，讓他像破掉的泡泡般逝去。當欲意強行壓低我們之間所有的牆時，我找不出意志和力量對抗。當他胡亂翻找我的祕密時，他那陌生的思緒是我心中的一道壓力，而他也同時汲取我的本質。

但我心中的一匹狼正在等他。我的兄弟！夜眼宣告著，然後露出牙齒並伸出爪子撲向他。在很遙遠的某處，欲意恐懼驚慌地尖叫，就算他的精技力量多麼強大，他卻對原智一無所知。面對夜眼的攻擊他毫無招架之力，就像我面對他的攻擊時一樣。有一次，夜眼曾在擇固用精技攻擊我時回應，我也看著他彷彿實際遭狼兒凶猛攻擊似的倒地。他當時已失去所有的專注和對精技的掌控，讓我得以擺脫他。我不瞭解欲意發生了什麼事情，卻感覺到夜眼猛咬著的嘴。我遭到欲意強烈的恐懼衝擊。他逃跑了，忽然切斷我們之間的精技連結，使得我有一會兒不確定自己的身分，然後我就回來了，全然清醒，在我自己的身體裡。

我起身坐在毛毯上，只覺汗流浹背，然後用我所記得的方式，在自己的周圍猛然豎起每一道心防。

「柯布？」賈許帶著些許警覺詢問，我也看到他睡眼惺忪地坐起來，蜜兒則坐在她自己的毛毯上盯著我看，她就在那兒看守。我壓住一陣氣喘吁吁的啜泣。

「作惡夢，」我聲音沙啞地勉強開口：「只是一場惡夢。」我跌跌撞撞地站起來，因自己的虛弱感到恐懼，只覺整個世界在我的周圍旋轉，幾乎站不穩。對於自身虛弱的恐懼刺激了我，於是我拿起我的小水壺，在我走向河邊時帶著它。精靈樹皮茶，我答應自己，也希望它的藥效夠強。我改變方向繞了一大圈避開那堆覆蓋被冶煉者屍體的石頭。夜眼在我抵達河岸之前就在我身邊，用三條腿行走跟隨我蹣跚而行。我手一鬆水壺掉在地上，整個人也坐倒在牠身旁。我伸出雙手抱住牠，同時留意牠肩上的劍傷，然後把頭埋進牠的頸毛裡。

我好害怕，差一點就沒命了。

我現在明白我們爲什麼必須把他們全都殺了，牠鎮定地說道。我們如果不這麼做，他們就永遠不會放過我們。我們一定要在他們的窩藏處獵捕他們，然後把他們全殺掉。

這是牠所能給我的唯一安慰。

6

原智和精技

吟遊歌者和流浪的文書在六大公國的社會中占了一席特殊之地。他們是知識的寶庫，不僅精通本身的技藝，還擁有更多其他的見識。吟遊歌者深諳六大公國的歷史，不僅是塑造王國的一般性歷史，還有關於小鎮甚至構成故事的家庭的獨特歷史。雖然每一位吟遊歌者都夢想能親眼目睹重大事件，好取得權威編寫新的傳說，但他們眞實而永恆的重要性，卻在於持續目睹組成人生架構的小事件。每當有土地界線或家族血緣，甚或長期性的承諾遭到質疑時，吟遊歌者都會被請來提供其他人或許早已忘記的細節。支援他們，而非取代他們的是流浪的文書。只要付費，他們就會提供有關婚禮、誕生、土地轉移、家產繼承或嫁妝等書面紀錄。這些紀錄可能很繁複，因爲他必須把每一位相關人士的身分絲毫不差地表達出來，不單是姓名、職業，連血緣、住處和外貌也得描述清楚。通常吟遊歌者是被請來擔任文書所紀錄的事件的證人，因此他們時常結伴同行，或者一人同時擁有這兩項本領。依照習俗，貴族家庭會盛情款待吟遊歌者和文書，提供他們冬季的住所，也讓他們衣食無虞地安享天年。沒有任何貴族希望在吟遊歌者和文書的敘述中留下惡名，或者更糟糕的是，完全不留痕跡。慷慨款待他們的行爲是傳統上正常的禮貌。當一個人在城堡中作客，卻不見任何吟遊歌者的身影，他就知道這場宴席的主人是個吝嗇鬼。

第二天下午，我在一個名爲鴉頸鎮的貧窮小鎮裡，一家旅店門口和樂師們道別。或者說，我是和賈許道別。蜜兒頭也不回地大步走進旅店，笛兒則用疑惑的眼神看著我，我卻沒有任何感覺，然後她就跟著蜜兒進旅店，只有賈許和我站在街上。在此之前，我們都走在一起，他的手也還搭在我的肩上。「旅店門口有道小階梯。」我平靜地警告賈許。

他點點頭表達感謝。「嗯，如果有些熱的食物就好了。」他一邊說著、一邊揚起下巴指了指門的方向。

我搖搖頭，表達我的拒絕之意。「謝謝你，但是我不和你進去了，我要趕路。」

「現在就走？進來吧，柯布，至少喝杯啤酒、吃點兒東西。我知道蜜兒……有時候滿令人難以忍受的，但她的話不代表我們所有人的意見。」

「不是那個原因，我只是要做該做的事情。我拖延了很長、很長一段時間。直到昨天我才明白，如果再不去做，我將永無寧日。」

賈許沉重地嘆了一口氣。「昨天是可怕的一天，但我不會因爲它做出任何人生的決定。」他轉頭朝我這裡看。「無論是什麼事情，柯布，我想時間久了就會好轉。大部分的事情都是如此，你知道的。」

「部分事情，」我心煩意亂地低聲嘀咕。「其他事情要等到你……補救之後才會好轉，無論用什麼方式。」

「好吧！」他伸出手，我也握住他的手。「那麼就祝你好運。至少這隻戰士的手現在有一把劍可握，那對你來說絕非壞運道。」

「門在這裡，」我說完就幫他開門。「也祝你好運。」我在他從我面前走過時對他說，然後在他身後把門關上。

當我再度走到戶外的街道上時，感覺自己彷彿拋下了千斤重擔。我又自由了，再也不會讓自己承擔像那樣的任何事情。

我來了，我告訴夜眼。今天晚上我們就去狩獵。

我會幫你看守。

我把肩上的行囊向上一提，重新握好楞杖，然後大步走在街上，想不出自己在鴉頸鎮會需要什麼東西。然而，我還是不知不覺走到了市集廣場，眞是舊習難改。我豎起耳朵聆聽那些討價還價的人發牢騷、抱怨，聽到買方詢問物價爲何如此昂貴，賣方就回答現在幾乎沒什麼貨從下河運過來，那些運來上河遠至鴉頸鎮的少許貨品就彌足珍貴了。他們表示，上河的物價更貴，即使有許多人抱怨物價太高，卻有同樣多的人前來尋找根本沒有的東西。不單是公鹿堡的海水魚和厚羊毛不再運往上河，而是如同切德所預測般，沒有絲綢和白蘭地，也沒有繽城商人的加工寶石；沿海大公國的商品已不復見，更遠處的物資亦然。帝尊阻絕群山王國貿易路線的企圖，也使得鴉頸鎮的商人缺乏琥珀、毛皮和其他貨物。鴉頸鎮曾經是一個貿易城鎮，如今卻變得蕭條，因本身的出產的物資過剩，卻沒有外來商品可交易。

起碼一個走路搖晃不穩的酒鬼知道向哪兒埋怨去。他在市場裡迂迴穿行，把攤子都撞倒了，跌跌撞撞地穿越小商人擺在草蓆上展售的商品。他一頭邋遢的黑髮垂在肩上，和他的鬍鬚融合在一起。他一邊走來、一邊唱歌，或者更貼切一點說，是在咆哮，因爲他的聲音愈來愈大，聽起來也沒什麼音調。我的心中響起修正音調的些許旋律，而他還是拙劣地拼湊出這首歌原來的曲調，但曲調的感覺卻很清楚。當黠謀國王仍是六大公國的君主時，河流都往來著黃金，如今帝尊當上國王，卻血染海岸。第二段韻文提到寧願為了對抗紅船而繳稅，也不願付稅給一位躲起來的國王，城市衛隊的到來卻中斷了那首曲子。他們一共兩人，我預料會看到他們攔住那酒鬼，然後把他身上的銅幣抖出來賠償他所破壞的物品。當市場忽然靜下來的時候，我就應該事先警覺到守衛的出現。商業活動都停止了，人們從街道散去，或者向後緊退到攤子旁讓出一條路。當守衛走過來的時候，所有的眼神都集中在他們身上。

他們迅速包圍酒鬼，我也在人群中看到他們把他抓起來。酒鬼不悅地瞪大眼睛看著他們，然後用懇求的神情掃視人群，強烈的表態使人恐懼。接下來，一位守衛伸出配戴長手套的手，揮拳擊中他的腹部。酒鬼看起來不是個好惹的人，就像一些魁梧的人們，上了年紀肚子就大了起來。要是個虛弱的人早就被那一拳打倒了，他面對守衛的拳卻只是向前彎腰，吹口哨吐氣，然後突然間嘔吐出一灘發酸的麥酒。守衛們厭惡地向後退，其中一位還推了酒鬼一下，讓他失去了平衡。他往後跌在市場的一個攤子上，將兩籃雞蛋撞飛到泥地上。雞蛋商人不發一語，只是更退後躲進攤子裡，好像他根本不希望受到注意。

守衛向前逼進這位不幸的人。第一位抓住他的衣襟把他拉起來站好，然後迅速直接地揮出一拳，讓他跌落在另一名守衛的手臂上，抓住他的守衛就把他架起來，好讓他的伙伴繼續用拳頭猛擊酒鬼的腹部。這回酒鬼倒下來跪在地上，他身後的守衛就若無其事地把他踢倒。

我不知不覺地走上前去，直到有一隻手抓住我的肩膀。我回頭看到一位老婦人枯瘦皺縮的臉，就是她伸手抓住我。「別激怒他們，」她吸了一口氣。「如果沒有人激怒他們的話，他們把他揍一頓之後就會放他走。若激怒了他們，他們就會殺了他，或者更糟的是，把他帶到吾王廣場。」

我凝視她疲憊的眼神，她似乎有些羞愧般低下頭來，但手還是沒離開我的肩膀。於是，我和她一樣別過頭去，不再觀看他們揍人，也試著不去傾聽肉體所承受的力道，還有挨打酒鬼咕噥窒悶的聲音。

這天很熱，守衛身上的盔甲卻比我平常見到的城市衛隊裝束還多，或許那位酒鬼會因此而得救，因爲沒有人喜歡在盔甲裡流汗。我一回頭，剛好看見一名守衛彎腰割開那人的錢包，舉起來掂掂重量便沒收了。此刻，另一名守衛環視群衆並且宣布，「黑洛夫因嘲諷國王的叛國行爲而遭罰款和懲處。這也是對大家的警告。」

守衛丟下他，讓他躺在市集廣場的泥土和垃圾中，然後繼續巡視。一名守衛邊走邊回頭四處張望，卻沒人敢動，直到他們走過轉角離開。漸漸地，整個市場又恢復了蓬勃的朝氣。老婦人把手移開我的肩膀，然後轉身爲了蕪菁討價還價，雞蛋商人也來到他的攤子前，彎腰收集少許沒有摔破的蛋和沾滿蛋黃的籃子。沒有人正眼瞧那位倒在地上的人。

有好一會兒我只是站著不動，等待體內顫抖的冰冷消退。我想詢問城市衛隊爲何在乎一位醉漢唱的歌，卻沒有人看到我充滿疑問的眼神。突然間，我對鵶頸鎮的任何人事物來說更加無用了，只得將肩上的背包揹好，再度踏上旅途。但是，當我靠近那位呻吟的人身邊時，他的痛苦卻輕輕拍打著我，我愈接近他，這痛苦就愈明顯，就像我的手被強迫伸進火裡一般。他抬頭凝視我。泥地上沾滿他的血和嘔吐物。我試著繼續走。

*幫幫他。*我心中突然升起一股衝動。

我彷彿被刀割到般停下來，幾乎暈眩。那並非來自夜眼的請求。這位酒鬼用一隻手把自己撐高，以呆滯的請求和愁苦眼神注視我的雙眼。我曾見過這種眼神，那是動物受苦時的眼神。

*或許我們應該幫他？*夜眼不確定地問我。

噓。我警告牠。

求求你，幫幫他。這個請求愈來愈急切有力。原血者請求原血者。我內心的聲音更爲清晰，並非言語而是影像。我用原智解讀它的含意。那是一種對族群的義務感。

他們和我們同屬狼群嗎？夜眼納悶地問我。我沒回答牠，我知道牠能感受我的困惑。

黑洛夫勉強用手將自己撐起來單膝跪著，然後靜默地將另一隻手伸過來。我握住他的前臂讓他慢慢站起來，當他站直的時候，身體稍微搖晃了一下。我繼續握住他的手臂，讓他靠在我身上保持平衡。見他如此笨拙呆滯，我就把枴杖遞給他，他接了過去，不過仍緊抓著我的手臂不放。酒鬼沉重地靠在我身上，我們便緩慢離開市場，此時有太多人好奇地望著我們。當我們走在街上的時候，人們抬起頭來看我們，然後就別過頭去。這人沒對我說話，我卻希望他能指出自己要走的方向，還有他家在哪裡，不過他什麼都沒說。

當我們走到郊外的時候，發現這條路緩慢而曲折地向河岸延伸。陽光從樹葉縫隙中灑下來，在水上形成閃閃銀光；長滿青草的河岸上有個四周都是柳樹的淺灘，有些人提著一籃籃剛洗好的衣服，正準備離開。他輕輕碰了我的手臂，讓我知道他想到河邊。一到了那裡之後，黑洛夫就跪下向前彎腰，將整個頭和脖子都泡在水裡。當他抬頭的時候就用手揉揉臉，然後又把自己的頭埋進水裡。當他再度抬頭時，就像全身濕透的狗一樣用力甩頭，頭上的水花四處飛濺。稍後，他跪坐著並抬頭用朦朧的雙眼看著我。

「我在城裡喝太多酒了。」他心虛地說道。

我還是點點頭。「你現在還好嗎？」

他也點點頭。我看得出來他在嘴裡移動舌頭，檢查傷口和鬆脫的牙齒。過往痛苦的記憶在我心中不斷翻滾。我想遠離任何會讓我憶起那件事的東西。

「那麼，祝你好運。」我告訴他，然後彎腰在他身旁的上游喝水，同時將水袋裝滿水。接著，我站起來重新揹起背包轉身離開，一股針刺般的原智感知忽然在我的腦海盤旋，引我看向樹林。只見一條腿在移動，然後突然出現一隻棕熊。牠嗅嗅空氣，接著又四隻腳著地搖搖晃晃地走向我們。「洛夫，」我一邊平靜地說道、一邊開始緩慢向後退。「洛夫，有一隻熊。」

「牠是我的熊，」他也平靜地說道。「你用不著害怕。」

當牠拖著腳步從樹林走到長滿青草的河岸時，我就僵直地站在原地。當牠靠近洛夫時，發出了一聲怪異的低吼，彷彿母牛呼喚小牛，然後用牠的大頭輕推洛夫的頭，他也站起來把手靠在牠傾斜的肩膀前和牠碰碰頭。我感覺到他們彼此正在溝通，卻不知在傳遞什麼訊息，然後牠就抬頭直接看我。*原血者。*牠謝謝我。牠的鼻子上方有一對深沉的小眼睛。當牠行走的時候，陽光照在牠閃閃發光且左右搖擺的毛皮上。他們雙雙走向我，我一動也沒動。

當他們非常靠近我的時候，牠就揚起鼻子，用口鼻牢牢地抵住我，然後開始深長地嗅著。

*我的兄弟？*夜眼有些警覺地詢問。

*我想不會有事的。*我幾乎不敢呼吸，而且我從來沒有如此接近一隻活的熊。

牠的頭和一個蒲式耳大小的籃子一樣大，牠在我胸前溫熱的呼吸也帶著河水魚的腥味。稍後牠從我這裡走開，喉嚨裡發出嗯嗯的噴氣聲，似乎在思索從我身上聞到的每一種氣味。接著，牠臀部貼地坐下，張開嘴巴呼吸空氣，好像正用嘴品嚐我的氣味，然後緩緩左右搖頭，似乎做了一個決定；只見牠再度四腳著地站起來走開。「過來吧！」洛夫簡短說道，示意要我跟著他們。他們朝樹林走過去，然後洛夫轉頭又對我說，「我們可以共享食物，也歡迎那匹狼加入。」

我於是跟著他們先去。

這樣好嗎？我感覺夜眼離我不遠，而且正蜿蜒地穿越樹林走下山丘，盡可能迅速地朝我這裡走來。

我需要瞭解他們是誰。他們像我們一樣嗎？我從來沒有和我們這類的人說過話。

夜眼嘲笑般的嗤之以鼻。獸群之心把你扶養長大，他可比這對搭檔更像我們。我不確定自己想接近一隻熊，或和熊一同思考的人。

我想知道更多。我堅持。牠如何感覺我？如何朝我探尋？儘管我很好奇，卻依然和這對奇怪的組合保持距離。這對人熊搭檔搖搖晃晃不穩地走在我前面，穿越河邊的柳樹林前進，避免走到路上。當他們走到森林濃密的邊緣，他們倉促地越過路到路的另一邊，我也緊跟在後。這邊的樹木更高大，樹蔭也更深沉濃密，我們不一會兒就走上一條橫越山丘表面的狩獵小徑。我在夜眼突然出現在身邊之前就感覺到牠了，只見牠因為急忙跑過來而喘著氣。牠用三條腿移動的樣子令我心如刀割。牠太常因我而受傷，我又有什麼權利要求牠那麼做？

情況並沒有那麼糟。

牠不喜歡走在我後面，但這條小徑對我們倆來說又太窄了。我讓牠走在我前面，然後和牠一起前進。我們一路閃躲樹枝和樹幹，緊緊注視我們的嚮導。我們倆對那隻熊都不敢掉以輕心，只要牠伸出爪子輕輕一揮，就能令人跛腳甚至送命，而我對於熊有限的經驗也顯示牠們的脾氣並不好。在飄浮著牠的氣味的空氣中行走，讓夜眼豎起了頸毛，我的皮膚也猛起雞皮疙瘩。

不久，我們就來到一間依偎在山丘邊的小木屋。這是一間由石頭和圓木建造而成的屋子，用苔蘚和泥土填補隙縫。搭造屋頂的圓木覆蓋了一層泥炭，小木屋的屋頂長滿了青草，甚至還有小灌木。小木屋的門異常寬敞，而且是打開的。這對人熊搭檔先我們一步走進屋裡，我遲疑片刻之後就壯起膽子靠近門口朝裡看去，夜眼則停在後面半豎起頸毛，耳朵也向前伸直。

黑洛夫走回門邊看著還在外面的我們。「進來吧，不要拘束。」他對我們說道。當他看到我遲疑的神情時，又繼續說，「原血者不會互相攻擊的。」

我緩慢走進屋裡。房間中央有一張低矮厚實的桌子，兩邊各有一張凳子，在兩張舒適的大椅子之間的角落，還有一座用河邊石頭堆成的壁爐。另一扇門裡則是一間較小的臥房，屋裡的味道聞起來就像一隻熊的窩，臭氣難聞且充滿泥土味。有些許骨頭散落在屋裡的一角，牆壁上也布滿爪痕。

一名女子才剛掃完滿是塵埃的地面，只見她把掃把擱在一旁。她身穿棕色的衣服，一頭閃亮的棕色短髮彷彿是橡實的殼蓋。她朝我迅速轉過頭來，棕色的雙眼眨也不眨地注視我，此刻洛夫指著我。「這就是我告訴過妳的客人，荷莉。」他如此宣布。

「謝謝你們的熱情款待。」我說道。

她看起來似乎吃了一驚。「原血者一向歡迎原血者。」她聲稱。

我將眼神移回，面對洛夫黑亮的眼神。「我以前從來沒聽過『原血者』這個名詞。」我大膽提出。

「但你知道它是什麼。」他對我露出熊一般的微笑，同時也顯現熊的姿態：他笨重的腳步、緩慢左右搖頭晃腦的方式、收下巴低頭觀看的樣子，好像鼻子隔開了雙眼。在他身後的女子緩緩點頭，然後抬頭和某人交換眼神。我跟隨她的眼神向上看去，就看到一隻小老鷹棲息在交叉的屋椽上，只見牠注視著我，樑上有一條條白色的鳥糞。

「你是說原智？」我問道。

「不。這個名稱是那些不瞭解它的人所取的，也就是這個字眼令人瞧不起。我們這群原血者可不這麼稱呼它。」他轉身走到靠在矮牆上的碗櫃裡拿出食物。長而厚實的燻鮭魚，和一條以許多堅果和水果烘焙而成的麵包。那隻熊用後腿站立，然後又四腳落地，滿懷感激地嗅著。牠把頭轉到旁邊啣走桌上的一片魚肉，魚肉在牠的嘴裡顯得很小。然後，牠啣著魚肉緩慢而笨重地走到角落，背對著我們開始吃了起來。這名女子已經悄悄地坐在椅子上觀看整個房間，當我看著她的時候，她便對著我微笑，還邀請我來到桌邊，然後就恢復原有的靜默和注視。

我發現自己看到食物都快流口水了。我已經好幾天沒有吃飽，而過去的兩天裡幾乎沒吃任何東西。一陣輕聲的嗚咽從小木屋外傳進來，提醒我夜眼也和我處於相同的情況。「沒有乳酪，也沒有奶油，」黑洛夫嚴肅地警告我。「我還來不及買奶油和乳酪，城市衛隊就拿走了我所有買賣的所得，但是我們有很多魚和麵包，還有蜂蜜可以搭配麵包。你想吃什麼就拿什麼吧！」

我的眼神幾乎不經意地飄向門。

「你們倆都一樣，」他對我澄清。「在原血者之中，兩位搭檔就是一個整體，一向如此。」

「阿霙和我也歡迎你們，」這名女子輕聲補充，「我是荷莉。」

我感激地對她點頭致謝，然後探詢我的狼兒。

夜眼？你要進來嗎？

我會過來門口。

稍後，一個灰色的影子潛行，經過敞開的門。我感覺到牠在小木屋外四處尋覓，開始嗅著這個地方的氣味，一次又一次地記錄熊的味道。牠又經過門口，短暫地看向屋裡，然後又在屋外走了一圈。牠發現一隻被吃了一半的鹿屍體，上面覆蓋一層磨碎的樹葉和泥土。這地方離小木屋不遠，是個典型的熊類藏匿處。我不需要提醒牠別管它。最後，牠終於回到門口安頓下來，豎起耳朵警覺地坐下。

「如果牠不想進來屋裡，就把食物拿給牠。」洛夫催促我，然後又說，「我們都不相信應該強迫一位伙伴違背牠的天性。」

「謝謝你。」我有些僵硬地說道，卻不知道該用什麼態度應對。我從桌上拿起一條鮭魚肉丟給夜眼，牠也敏捷地接住，有好一會兒只是嘴裡啣著魚肉坐在那裡，只因牠無法一邊吃、一邊保持完全警覺。當牠坐在那兒緊咬那片魚肉的時候，一條細細長長的口水就從牠的嘴裡流出來。吃吧，我催促牠。我認為他們不會傷害我們。

牠不需要更多的催促了，只見牠把魚肉丟在地上用前腳掌固定，撕下一大塊肉，幾乎沒有用牙齒嚼就吞了下去。看著牠狼吞虎嚥的進食，喚醒我的飢餓。我別過頭去，就看到黑洛夫幫我切了一片厚厚的麵包，塗上一層厚厚的蜂蜜，然後替他自己倒了一大杯蜂蜜酒，而我的那一杯早已擱在我的盤子旁邊了。

「吃吧，別等我。」他邀請我，當我狐疑地看著那名女子時，她便露出了微笑。

「別客氣。」她平靜地說道，走到桌邊替自己拿了一盤東西，但只把一小塊魚肉和一小片麵包放進盤中。我感覺她這麼做是為了讓我放輕鬆，倒不像她也餓了。「好好吃吧！」她告訴我，然後又說，「我們感覺得到你餓了，你明白的。」她沒有和我們同桌，而是拿著她的食物走向壁爐邊的椅子。

眞是恭敬不如從命。我的吃相和夜眼差不多。牠在吃第三片魚肉，我則不知已經吃了多少片麵包，當我吃到第二片魚肉時才想起招待我的屋主。洛夫一邊幫我倒蜂蜜酒、一邊說，「我曾經為了羊奶和乳酪這類的東西養了一隻山羊，牠卻一直不習慣希爾妲。這可憐的東西總是太緊張，根本無法分泌乳汁，所以我們才喝蜂蜜酒。希爾妲聞得到蜂蜜在哪裡，我們因此能自給自足。」

「眞是太好喝了。」我驚嘆道。我放下杯子，已經喝掉四分之一的酒，然後呼出一大口酒氣。我還沒吃完，但是先前迫切的飢餓感此刻已經消失了。黑洛夫從桌上拿起另一片魚肉輕鬆地丟給希爾妲，牠用嘴和腳掌接住，然後轉身遠離我們繼續吃。他又拿了一片丟給疲憊感全消的夜眼，只見牠跳起來接住，然後躺下來，魚肉就在牠兩隻前腳掌之間，接著轉頭將魚肉咬成一塊一塊大口吞下去。荷莉挑撿著自己的食物，撕下一小片一小片乾魚低頭吃著。每當我朝她那兒一瞥的時候，都看到她用銳利的黑色雙眼注視我，我於是轉頭看希爾妲。

「你怎麼和一隻母熊產生牽繫？」我問洛夫，然後又說：「希望這不是個魯莽的問題。我從來沒有和與動物產生牽繫的人交談，至少沒有任何人肯公開承認。」

他把身子向後靠在椅背上，然後把雙手擱在肚子上。「我不隨便對任何人『公開承認』。我想你一看到我就知道了，如同希爾妲和我都可以察覺附近是否有原血者。不過，至於你的問題……我的母親是一位原血者，其中兩名孩子遺傳了這個天性。當然，她感覺我們和她一樣，所以就依照這種方式把我們扶養長大。當我長大成人之後，我就展開探索。」

我茫然地看著他，只見他搖搖頭露出憐憫的微笑。

「我獨自出來這世界闖蕩，尋找我的動物伙伴。有些人在城鎮裡尋找，有些人在森林中尋找，我還聽說有人甚至到海上去尋找。但是，我被樹林所吸引，所以就獨自外出，大大開啓我的知覺，除了冷水和恢復原血者活力的藥草，其他什麼都不吃。我找到一個地方，就是這裡，然後就在一棵老樹的樹根之間坐下來等待。一陣子之後，希爾妲就出現在我眼前，和我一樣在探索。我們互相試探，然後取得彼此的信任，接下來，嗯，我們就這麼待在這裡，已經七年了。」他一邊說著、一邊深情地瞥著希爾妲，好像提到自己的妻小。

「刻意尋找可以牽繫的動物。」我若有所思地說。

我相信你那天在找我，所以我才大聲叫你。雖然我們當時都不知道自己在尋找什麼。夜眼沉思著，

將我把牠從牲畜販子手中救出來的事賦予全新的意義。

我不這麼認為，我遺憾地說道。我從前和兩隻狗產生牽繫，也太清楚失去這樣的伙伴有多麼痛苦，就決心從此不再和動物產生牽繫。

洛夫不可置信地看著我，似乎很震驚。「你在這匹狼之前已經有兩次牽繫了？然後失去這兩個同伴？」他搖搖頭，根本不相信這件事情。「你這麼年輕，實在是太早就產生第一次牽繫。」

我對他聳聳肩。「當我還小的時候，就和大鼻子作伴。有一位懂得牽繫的人把牠帶走，因為他覺得這對我們來說都不好。後來，我確實又碰到牠了，但牠也在那一天喪失了性命。然後另一隻和我產生牽繫的小狗……」

洛夫厭惡地看著我，彷彿博瑞屈對於原智的強烈反感，而荷莉只是沉默地搖搖頭。「你在小時候就和動物產生牽繫？原諒我，但那是一種變態，就像把一個小女孩嫁給一位成年男子一樣。一個孩子還不能全然分享一隻動物的生活，而我認識的所有原血者家長都盡力庇護孩子，不讓他們有這種接觸。」他的臉上露出同情的神色。「即便如此，當你的牽繫伙伴被帶走的時候，你一定感到極度痛苦。但是，無論是誰做了這件事情，不管他的原因為何，都做對了。」他更仔細地看著我。「我很驚訝你對原血者的方式一無所知，卻撐過來了。」

「在我的家鄉，很少人談論這個。當人們提到這類事情的時候，都稱它為原智，並且公認這是一種羞恥的行為。」

「連你的雙親也這麼告訴你？我很清楚人們是怎麼看待原血者，還有所有相關的謊言；一個人通常也不會從自己的雙親那兒聽到這些。我們的雙親很珍惜家族的血緣，還在適當的時機幫我們找到合適的伴侶，這樣才能傳遞香火。」

我從他坦然的注視轉向荷莉公開的凝視。「我不知道自己的雙親是誰。」即使不指名道姓，我還是很難開口說出來。「在我六歲的時候，我的母親就把我送到我父親那兒去，但我的父親選擇……遠離我。不過，我依然懷疑自己是從母親那兒遺傳到原血者的特質，雖然我不記得她，也不記得她的家庭。」

「六歲？你都不記得了？她一定在把你送走之前教了你一些事情，讓你懂得該如何保護自己……？」

我嘆了一口氣。「我不記得她了。」我早就厭倦了人們告訴我，說我一定還記得她的一些事，還說什麼大多數人都記得三歲，甚至更早以前的往事。

黑洛夫用喉嚨發出介於嗥叫和嘆息的低沉聲響。「嗯，一定有人教你一些事情。」

「沒有。」我冷冰冰地回答，對於爭論實在感到厭倦。我希望結束這個討論，所以就重施故技，在人們問我太多問題時轉移話題。「告訴我你的事情吧！」我催促他。「你的母親教了你什麼？又是如何教你的？」

他露出微笑，皺起多肉的雙頰，黑色的雙眼都瞇成一條線了。「她花了二十年的時間教導我，你有這麼長的時間聽嗎？」他看一看我的表情，又說，「不，我知道你是爲了找話題才發問，但我可以提供你所需要的常識。和我們在一起住一陣子吧！我們會教你們倆都需要知道的事情，但是你不可能在幾個小時，甚至一天之內就學會，可能要好幾個月，或許得花上幾年的工夫。」

荷莉忽然從角落輕聲開口說話，「我們也能幫他找個伴，他和歐力的女兒應該挺相配的。她比較年長，不過或許她可以讓他穩定下來。」

洛夫開心地露齒而笑，「女人就是這樣，才認識你五分鐘，就要幫你找另一半。」

荷莉露出細微卻溫暖的微笑對我說，「薇塔和一隻烏鴉牽繫，你們一定可以一起好好狩獵。待在這裡，你就會遇到她，也會喜歡上她。原血者必須彼此結合。」

禮貌地拒絕，夜眼立刻提議。和人類住在一起已經夠糟糕了。如果你開始睡在熊的附近，就會沾滿一身熊臭味，我們再也不能好好狩獵了，況且我也不想和一隻愛戲弄的烏鴉分享獵物。牠停頓了一下。除非他們認識一位和母狼牽繫的女人？

黑洛夫的嘴角露出微笑。我懷疑他比表面上更清楚我們在說什麼，也如此告知夜眼。

「如果你選擇留下來的話，這就是我能教你的事情之一。」洛夫提議。「當你們交談的時候，對於一位原血者來說，就像是隔著喀嚓行進的銲鍋匠手推車彼此大叫。用不著這麼……公開。你只是對著一匹狼說話，而不是所有的狼族大叫。不，不單是那樣。我懷疑所有吃肉的人或動物是否都能察覺到你們倆。告訴我，你們上次何時碰到一隻大型的肉食動物？」

一群狗在幾天前的晚上追我。夜眼說道。

「狗群會站在牠們自己的地盤上吠叫，」洛夫說道。「我是指一隻野生的肉食動物。」

「我想自從我們彼此牽繫之後，還沒碰到這類動物。」我心不甘情不願地承認。

「牠們避開你們，就像被冶煉者跟蹤你們一樣的道理。」黑洛夫鎮定地說道。

一陣寒意竄下我的背脊。「被冶煉者？但是被冶煉者看來毫無原智，我也完全無法用原智察覺他們，只能用眼睛和鼻子或是……」

「對於你本身的原血者感知來說，所有的生物都會散發出親屬般的溫暖，除了被冶煉者，對嗎？」

我不安地點點頭。

「他們失去這個了。我不知道他們是如何喪失的，不過這就是冶煉的後果，而且會在他們的體內留下一股空虛。只要是原血者都很清楚這一點，也知道我們比較容易遭被冶煉的人跟蹤和攻擊，尤其是當我們大意地運用那些天賦時。沒有人能確定為什麼會這樣，或許只有被冶煉的人自己知道，如果他們真的還『知道』任何事情。不過，我們因此更應該對自己和本身的天賦提高警覺。」

「所以你建議夜眼和我應該克制自己使用原智？」

「我是建議你留下來一陣子，花些時間學習駕馭原血者的天賦本能，否則你只會碰到更多像昨天那樣的打鬥。」他面露些許微笑。

「我沒告訴你有關那場打鬥的事情。」我平靜地說道。

「你用不著說出來，」他指出。「我確定這附近的每一位原血者都聽到了你和他們打鬥。如果你們倆還不懂得控制彼此交談的方式，你們之間所有的一切其實都藏不住。」他沉默片刻，然後繼續說道，「難道你從來不覺得這很奇怪嗎？為什麼被冶煉的人會花時間攻擊一匹狼，儘管顯然無法從這樣的攻擊中有所斬獲？因為牠和你牽繫，所以他們才把注意力放在牠身上。」

我短暫和愧疚地瞥了瞥夜眼。「謝謝你給我這個機會，但是我們有要務在身，而且不能再等了。我想當我們朝內陸前進時，應該就比較不會碰到被冶煉的人。我們應該沒事的。」

「那很有可能，因為遠赴內陸的被冶煉者都被國王集中起來了，不過那些漏網之魚還是會被你所吸引。但即使你不再碰到任何被冶煉的人，也可能會遇到國王的侍衛隊。他們最近對原智者特別感興趣。這些日子以來，許多原血者都被鄰居，甚至家人出賣給國王，因為他的賞金可真不少，而且他甚至不要求實際的證據證明他們真的是原血者。我們好多年都沒碰過如此沸騰的肅清行動。」

我不安地別過頭去，很清楚帝尊為何如此痛恨原智者，他的精技小組也會支持他的這股仇恨。我一想到無辜的人們被出賣給帝尊，而他或許就把他們當成是我來宣洩仇恨，不禁感到一陣噁心。此刻，我試著隱藏內心的盛怒。

希爾妲回到桌邊仔細端詳，然後用雙掌抓住裝蜂蜜的罐子，謹慎而蹣跚地離開餐桌，然後坐在角落舔罐子裡的蜂蜜。荷莉持續注視我，我卻無法從她的眼神中看出些什麼。

黑洛夫搔搔鬍鬚，在他的手指找到一個痠痛點時停了一下。他對我露出一個謹慎且憂鬱的微笑。「我能同情你想殺帝尊國王的渴望，但我認爲你會發現這沒有你想得那麼容易。」

我只是看著他，夜眼卻在喉嚨底發出一聲輕輕的嗥叫。希爾妲抬頭望著，砰一聲四腳落地，蜂蜜罐子從牠的雙掌落下滾過地板。黑洛夫瞥了牠一眼，牠就退後，卻怒視著夜眼和我。我想沒有什麼比一隻棕熊極度憤怒的目光更令人喪膽。我沒有動，荷莉則直挺挺地坐在椅子上，仍保持著鎮定。在我們上方的屋椽上，阿霙驚惶地抖動全身的羽毛。

「如果你大剌剌地對夜裡的月亮嗥出你心中所有的計畫和不平，就不能對別人知道自己的事感到震驚。我不認爲你會遇到多少同情帝尊國王的原血者……也許一個都碰不到。事實上，如果你開口，很多人都會幫你的。不過，沉默是金，對於那樣的計畫還是得保密。」

「從你之前所唱的歌，我就懷疑你和我有同感。」我平靜地說道。「我也很感謝你的警告，但我和夜眼在彼此分享之前都已經挺小心謹慎了。現在我們知道有被竊聽的危險，我想我們會找出補救的方式。我想問你一個問題，爲什麼鴉頸鎮的城市衛隊會在乎一個喝醉酒和哼唱取笑……國王的歌曲的人？」我必須從喉嚨逼出「國王」這個詞。

「當他們是鴉頸鎮的人時，就一點兒也不在乎。但是那種情形在鴉頸鎮和其他河流道路邊的城鎮已不復再現。那些是國王的侍衛，只是身穿鴉頸鎮城市衛隊的制服，而且從鎮上的財庫中支領薪資，但再怎麼說仍是吾王子民。帝尊登基不到兩個月就下令做出那樣的改變，宣稱如果城市衛隊都是宣誓效忠的吾王子民，就能夠更公平地執法，將六大公國的法令放在任何律法之前。你也看到了他們是如何執法：

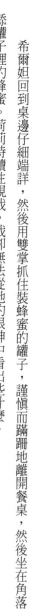

……大多是欺壓得罪國王的可憐醉鬼。不過，在鴉頸鎮的那兩個傢伙可沒我聽說的某些人來得惡劣。據說在沙彎鎮，扒手和竊賊可以輕易謀生，只要他們讓衛隊分一杯羹。鎮長們無法解散國王指派的衛隊，也不獲准以他們自己的人來補充人手。」

這聽起來太像帝尊的作風了。我納悶他會變成如何地權慾薰心。他會派間諜監視他的間諜嗎？還是他早已這麼做了？這對六大公國整體而言都不是個好兆頭。

黑洛夫打斷我的沉思。「現在，我想問你一個問題。」

「儘管問吧！」我邀請他發問，卻在心中斟酌自己是否會坦率回答。

「昨天深夜……當你解決掉被冶煉的人之後，另一個人就攻擊你。我感覺不出來他是誰，只知道你的狼在護衛你，然後他不知怎麼地就……消失在某處。他將力量放進一個我無法理解的管道，我也跟不上他，我只知道他和你兩人以不同的方式取勝。那是什麼？」

「他是國王的一位僕人。」我避免直接答覆。我不希望完全拒絕回答，況且這麼說看來無傷，因爲他似乎已經知道了。

「你和他們所說的精技對抗，是吧？」他的眼神鎖住了我，見我沒有回答，就繼續說下去，「許多像我們這樣的人都很想知道它的運作方式。在過去，精技使用者曾經把我們當成害人蟲般追捕，沒有一個原血者家庭能說他們從未蒙受過精技使用者的摧殘，如今那些日子再度來臨。如果有辦法運用原血者的天賦對抗運用瞻遠家族本領的那些人，對我們來說可眞是難能可貴的知識。」

荷莉悄悄地起身離開角落，走過來抓住洛夫的椅背，眼神越過他的肩膀凝視我。我感覺到自己的回答對他們意義重大。

「我無法教你那個。」我據實以告。

我們彼此的眼神相遇，他顯然不可置信。「我今晚已經兩度表示願意教你我所知道的原血者知識，爲你開啓所有因你的無知而維持關閉的門。你卻拒絕了我，但我對艾達發誓，我願意大方地提供你這個機會。但我只要求這一件事情，它也可能拯救我們許多同伴的生命，你卻說無法教我？」

我眼神飄移到希爾妲身上。牠的眼神又恢復珠子般明亮的神采。黑洛夫或許沒發覺他自己的姿態和牠的態有多像。他們倆讓我不得不測量從我這裡到門口的距離，夜眼早就站好準備開溜了。在洛夫身後的荷莉低頭凝視我，在我們上方的老鷹也轉頭看著我們。我強迫自己放鬆，表現出比感覺上鎮靜得多的樣子。這是我從博瑞屈那兒學來的，面對任何憂傷的動物時的一種手法。

「我老實告訴你，」我謹愼地說道，「我無法教你我自己還不完全瞭解的東西。」我克制自己，不透露我本身就有人人怨恨的瞻遠家族血緣。此刻我確認了以前所懷疑的事情，只有當精技管道在原智者和精技使用者之間開啓時，原智者才能攻擊精技使用者。就算我能描述夜眼和我做了些什麼，也沒有任何人能依樣畫葫蘆。一個人若想運用原智對抗精技，就得同時擁有精技和原智的能力。我平靜地注視黑洛夫的眼神，知道自己已經對他說實話了。

他緩慢地放鬆聳起來的肩膀，希爾妲也重新四腳落地，用鼻子嗅著流了一地的蜂蜜。「也許，」他平靜且挺固執地說道，「如果你留下來學習我必須教你的東西，就會開始明白自己在做什麼，然後就可以教我。你認爲呢？」

我讓自己的聲音保持鎮定和平穩，「你昨晚看到國王的一位僕人攻擊我，難道你認爲他們會讓我待在這裡學會更多對付他們的方法？不，我唯一的機會是在他們前來找出我之前，在他們的窩裡和他們正面對抗。」我遲疑片刻，然後說道，「雖然我無法教你我做的事情，但你大可放心，我會運用它來對抗原血者的敵人。」

這終於是他可以接受的理由。他深思熟慮地抽動鼻子幾下。我不安地納悶自己是否也有許多狼的癖性，就像他之於熊，荷莉之於老鷹般。

「你至少會在這裡過夜吧？」他忽然問我。

「我們比較適合在夜晚行進，」我遺憾地說道，「這對我們倆來說都比較舒服。」

他嚴肅地點點頭。「好吧！我祝福你擁有達成你的目標的每一個好運道。如果你願意的話，歡迎你在這裡安全地休息，直到月亮升起。」

我和夜眼商量，彼此都感激地接受了。我檢查夜眼身上的傷，發現情況不比我想像中來得好。我在牠的傷口塗上些許博瑞屈的藥膏，然後我們就伸展四肢躺在地上睡了一個下午。完全放鬆對我們來說都很好，也知道有人看護我們。自從我們展開旅途之後，這是我們睡得最好的一次了。當我們醒來時，我看到黑洛夫替我們準備了魚、蜂蜜和麵包好讓我們帶上路，那隻老鷹卻不見了。我想像牠已經休息去了，好在夜間出沒。荷莉站在房子附近的陰影中睡眼惺忪地看著我們。

「小心走，慢慢走，」洛夫在我們感謝他和收拾好他的贈禮後勸告我們。「走在艾達為你開啓的道路上。」

他沉默了一下，似乎在等我回應。我感覺到一個自己不熟悉的習慣，於是簡短地祝福他，「祝你好運。」他也點點頭。

「你會回來，你知道的。」他繼續說。

我緩緩搖搖頭。「我很懷疑，不過非常感謝你所給我的一切。」

「不，我知道你會回來。這不是你想要我就會教你的事情，而是你需要它。你不是個普通人。他們自以為有權主宰所有動物，就獵殺和吃掉牠們，或者讓牠們屈服好控制其生命。但是你知道自己無權支配牠們。馬兒是出於自願才讓你騎在牠身上，如同和你一同狩獵的狼。你對於自己在這個世界的認知更為深入，相信自己有權成為它的一份子，並非控制它。無論是狩獵者或是獵物，身為任何一方都沒什麼好羞恥的。隨著時間過去，你會發現自己有迫切的問題。當你的伙伴希望加入一個真正的狼群時，你該怎麼辦？我向你保證，那一天終會來臨。當你結婚生子的時候，牠又該怎麼做？當你們其中一方面臨死亡時，這也是無可避免的，另一方該如何塡補空虛，獨自度過餘生？你早晚會渴望認識自己其他的同類，需要知道如何感覺和找出他們。這些問題都有答案，是屬於原血者的答案，是我不能在一天之內對你說清楚，你也無法在一週之內就懂的答案。你需要那些答案，也會為了它們回到這裡。」

我低頭注視林間小徑上飽受踐踏的泥土，不再確信我不會回來找洛夫。

在陰影中的荷莉輕聲但清楚地說道，「我相信你要去做的事情。我希望你成功，也會盡可能幫助你。」她把眼神投射到洛夫身上，好像這是一件他們討論過，卻無法互相都同意的事情。「如果你需要幫助就喊出來，就像你對夜眼一樣，請求任何聽到訊息的原血者傳話給鴉頸鎮的荷莉和阿霙。聽到訊息的人可能會幫你，即使不幫你也會傳話給我，我會盡力幫忙。」

洛夫忽然呼出一口氣。「我們會盡力幫你，」他修正她的話，「但你留下來先學會如何更佳地保護自己，會比較明智。」

我對他的話點點頭，但心裡卻決定不把他們任何人扯進對帝尊的復仇行動中。當我抬頭瞥見洛夫時，他表情冷漠地對我微笑，然後聳聳肩。「那麼走吧！但是你們倆都得提高警覺。你們在黎明前就會離開公鹿抵達法洛。如果你認為帝尊國王在這裡掌控了我們，等你到了那裡，你會發現那邊的人們相信他有權這麼做。」

我堅定地點點頭，然後和夜眼再度踏上旅程。

7

法洛

耐辛夫人，也就是人們所稱的公鹿堡夫人，以很特殊的方式躍升權力階級。她出身於貴族世家，天生就是一位貴族仕女，之後因爲倉促地嫁給駿騎王儲，便被提升至更崇高的地位。她從未以自己仕女或王妃的地位，來取得家世及婚姻所帶給她的權力。直到剩下她一個人，被當成公鹿堡古怪的耐辛夫人而幾乎遭受遺棄時，她才爲自己積聚了影響力。如同達成她生命中其他事物一般，她輕鬆俐落地做到了，這是別的女性一點兒也無從效法的。

她不靠貴族世家的關係，也不憑藉她亡夫的地位運用具影響力的人脈，反而從最低等級的權力階層，也就是所謂的武裝士兵開始，這些士兵中女性也不少。少數黠謀國王的貼身侍衛和珂翠肯王后的侍衛，此刻就成爲處境奇特且無人可守護的衛士。銘亮爵士從法洛帶來的一批私人軍隊取代公鹿堡侍衛執行任務，本地的侍衛就被指派去執行如清潔和維護城堡等次要的工作。這些前任的侍衛收入不穩定，也失去了對彼此和自身的尊重，並且太常無所事事或做些有損尊嚴的差事。耐辛夫人顯然因爲他們在其他方面並不忙，就請求他們效勞。當她忽然開始騎她的老馴馬絲綢外出時，就要求一名侍衛跟著她。下午的騎馬出遊也逐漸延長為一整天的短暫探訪，然後成了必須在外過夜的出訪，前往遭劫掠或深恐遭劫掠的村莊。在遭劫掠的村落中，她和侍女蕾細就盡其所能照顧受傷的民眾，以及詳細記錄遇害或被冶煉的人的名單，並且以她的衛隊之形式提供堅強的後盾，以協助村民清除大街上的斷垣殘壁，和替無家可歸的人搭建臨時收容所。這雖然不是戰士的眞正任務，卻明顯地提醒著他們曾受訓爲了什麼而戰，以及毫無防禦者時會發生什麼事。他們幫助過的人民對他們的感謝，重建了他們的自尊和內在的凝聚力。在未遭劫掠的村莊裡，衛隊就成了小型的軍力展示，代表公鹿堡瞻遠家族的尊嚴依舊存在。部分村落和城鎮裡出現了臨時搭建的防禦柵欄，人民能夠從劫匪那兒撤退至此，機會渺茫地保衛著自己。

沒有紀錄指出銘亮爵士對耐辛的短暫出訪作何感想，她也從來不以官方方式宣布這些遠征活動。這是她消遣性的騎馬出遊，陪伴她的侍衛是出於自願的，對於她所指派支援村莊的任務也自願執行。有些人獲得了她的信任，就開始幫她「跑腿」。這些差事可能包括把訊息傳到瑞本、畢恩斯和修克斯的城堡，和詢問沿海城鎮的最新近況，以及傳遞公鹿堡的最新訊息；他們帶領她的使者，在重重危機下，深入和穿越占領區。她的使者經常收到一枝她在房裡經年栽種的常春藤，作爲信物呈獻給接收她的訊息和支持的人。數首關於所謂的常春藤使者的歌謠被編寫而出，敘述他們所展現的勇氣和足智多謀，也提醒我們，就算是最高大的牆壁終將屈服於爬滿的常春藤，而最知名的功勳可能就是最年輕的使者三色堇的事蹟。年僅十一歲的她一路行進到畢恩斯女公爵所藏身的畢恩斯冰洞，爲她捎來補給船隻將在何時何處靠岸的訊息。在那段旅途的部分路程中，三色堇還曾藏匿在一輛劫匪強行徵募的馬車中，躲在一包包稻穀裡，從劫匪營區的最中心逃出來。她放火燒了他們首領住的帳篷，替遭冶煉的雙親報仇之後，才逃出來繼續執行任務。雖然三色堇在十三歲之前就過世了，但她的功績將長存在人們心中。

其他人以幫耐辛出售她的珠寶和土地來換取金錢的方式協助她，而她有一次便告知銘亮爵士「她高興如此，也是她的權利」。她向內陸購買稻穀和羊隻，她的「志願兵」也依舊負責運送和分發。小型的補給船隻爲備戰的防禦者帶來希望。她用象徵性的酬勞支付協助重建毀壞村莊的石匠和木匠，也支付酬勞給自願幫助她的那些侍衛，雖然金額不大，卻帶著她誠摯的感謝。

當公鹿堡衛隊普遍使用常春藤徽章時，不過就是承認一件已經存在的事。他們是耐辛夫人的衛隊，她所支付的薪酬也就是他們全部的所得。但對他們來說，更重要的是，他們爲她所尊重和重用，在受傷時接受她的療傷，和在任何人以貶抑的語氣提到他們時，她會用尖酸銳利的言詞保護他們。這些就是她的影響力的基礎，也是她所運用的基本權力。「一座高塔很少會由底部向上瓦解。」她不只對一個人說過這句話，並且宣稱這是駿騎王子所言。

我們睡得很好，肚皮也鼓脹脹地。因爲我們不需要狩獵，所以一整夜都在趕路。我們避開道路，也比以往更加小心謹慎，卻沒有遇到任何被冶煉的人。又圓又大的月亮散發出銀白色的光芒，爲我們照亮了樹叢裡的小徑。我們如同一隻動物般行進，除了將嗅到的氣味和聽到的聲音分類，幾乎毫不思索。控制著我的冰冷決心也影響到夜眼，雖然我不會大意地對牠大肆鼓吹我的意圖，我們卻無須集中心智就能想到它。這是另一種狩獵衝動，由另一股飢餓感驅使。那天晚上，我們就在圓月的凝視下走了好長一段路。

這種作法有士兵的邏輯，是惟眞會贊同的策略。欲意知道我還活著，而我不知道他是否也對其他精技小組成員，甚至帝尊透露此事。我懷疑他亟欲吸乾我的精技力量，如同擇固和端寧吸乾黠謀國王的精技力量般，也認爲如此竊取力量是一種猥褻的狂喜，因此欲意希望獨享。我很確定他會尋找我，無論我躲在哪裡都會把我揪出來。他也知道我很怕他，所以料不到我會直接找上他，不但決心除掉他和精技小組，還要除掉帝尊。我朝商業灘迅捷地行進，可能就是我躲開他的最佳策略。

法洛的開闊和公鹿堡的崎嶇多樹同樣聞名。我們在抵達的頭一天清晨，就看到眼前一片陌生的森林，比從前見到的更爲開闊，落葉也更多。我們來到一座俯視開闊草原的平坦山丘，在矮小的樺樹灌木叢中躺下，準備在白天睡覺。自從那場打鬥之後，我首次脫下襯衫，在日光下檢視肩膀遭棍棒痛擊的部位，只見一片瘀青，如果把手臂舉到頭上就會痛。小傷。換成是三年前的我，會認爲這是個重傷，然後我就會把傷口浸在冷水中，並敷上藥草好讓它早日癒合。雖然傷口此刻讓我整個肩膀發紫，活動時還會產生劇痛，但這只是青腫而已，我也就讓它自行痊癒。當我穿上襯衫的時候，不禁挖苦地笑著。

當我注視夜眼肩上的劍傷時，牠可沒什麼耐性。傷口已經開始癒合。當我將傷口邊緣的毛向後撥時，牠會突然轉頭用牙齒咬住我的手腕，不粗魯，卻咬得緊緊地。

別管它，會痊癒的。

上面有泥土。

牠聞了一下，然後細心地舔了一口。沒那麼多。

讓我看看。

你從來都不只是看，還會動手戳。

那麼就坐好別動讓我戳。

牠讓步了，態度卻不怎麼親切。傷口上有一些草屑，我得把它們挑出來。牠不只一次抓住我的手腕。最後牠對我發出嗚嗚聲，想讓我知道牠已經受夠了。我卻仍不滿意，牠也幾乎無法忍受我在傷口塗上博瑞屈的藥膏。

你太擔心這些事情了。牠煩躁地告訴我。

我痛恨你因我而受傷，這是不對的。一匹狼不該過這樣的生活。你不該獨自四處遊蕩，應該和狼群在一起，在自己的地盤上狩獵，或許有朝一日也該找個伴。

有朝一日是有朝一日，那天或許會來，也可能不會來。這就是屬於人類的事情，總是擔心可能或不可能發生的事情。你要等到殺了獵物之後才有肉吃。況且，我並不孤單，因為我們在一起。

沒錯，我們在一起。我於是躺在夜眼身旁睡覺。

我想起莫莉，隨即毅然地不去想她，然後試著入睡，卻沒辦法。我不斷翻身，直到夜眼嗥叫出聲悄悄走開，然後又躺下來為止。我起身端坐片刻，凝視下方林蔭茂密的山谷。我知道自己快要做出一個愚蠢的決定，卻拒絕思索這決定有多麼愚蠢和魯莽。我吸了一口氣，閉上雙眼，然後朝莫莉探尋。

我擔心看到她睡在另一個男人的臂彎裡，也害怕她嫌惡地提到我，但我根本找不到她。我三番兩次集中自己的思緒，凝聚自身所有的力量朝她探尋，最後終於用精技看到博瑞屈正在修補小木屋茅草屋頂的畫面。他赤裸著上半身，夏日的陽光把他的皮膚曬成古銅色，汗珠也從他的頸背流下來。他低頭一瞥在下方的某個人，臉上露出惱怒的神情。「我知道，夫人。妳可以自己來，非常感謝妳。我也知道即使不必害怕妳們倆跌落在這裡，我的煩憂也夠多了。」

我在某處用力地喘氣，再度感覺到自己的身體。我將自己推開繼續朝博瑞屈探尋，至少可以讓他知道我還活著。我勉強找到他，卻只能透過一層霧看到他。「博瑞屈！」我呼喚他。「博瑞屈，我是蜚滋！」然而，他對我緊閉並封鎖自己的心，我連他少許的思緒都無法捕捉，只得咒罵自己不穩定的精技能力，繼續朝旋轉的雲層裡探尋。

惟眞站在我面前，雙手交叉在胸前搖搖頭。他的聲音比風輕輕掠過的聲響還細柔，而且一動也不動地站著，讓我幾乎看不到他，只感覺到他運用強大的力量朝我探尋。「別這麼做，小子，」他輕聲警告我，「這會傷到你。」我突然間來到另一個地方，看見他一臉疲憊靠在一塊黑色巨石上。他彷彿頭痛般揉著太陽穴。「我也不應該這麼做，但我有時眞的很渴望……噢，這樣吧，別在意，只要知道就好。有些事情最好別知道，而且在此刻技傳的風險太大了。如果我能感覺你並找到你，另外一個人也可以。他會無所不用其極地攻擊你。所以，不要讓他注意到博瑞屈他們，因爲他將毫不遲疑地利用他們來對付你。放棄他們吧！這樣才能保護他們。」他看起來忽然強壯了些，接著就露出苦澀的微笑。「我知道那麼做的意義；放棄他們好保護他們。你的父親這麼做，你也有這個力量。都放棄吧，小子，只要過來我這裡，如果你還有心思這麼做的話。過來我這裡，我就會給你看能做些什麼。」

我在中午醒來，飽滿的陽光照在我的臉上令我頭疼，我同時感到有點兒發抖。我升起小小的營火，想要泡些精靈樹皮茶讓自己穩定下來，也強迫自己節約用料，只用一小片樹皮，其他則以蕁麻代替。我沒想到會這麼常用到它。我想我應該保存它；在我面對帝尊的精技小組之後，我可能會需要它。此刻，這可是一個樂觀的想法。夜眼睜開眼睛看了我一下，然後又睡著了。我坐著一邊啜飲這杯苦澀的茶、一邊凝視遠方的鄉間。這個奇異的夢讓我油然而生思鄉之情，令我懷念起過往的時空，在那裡有許多關心我的人，我卻遠離這一切；這麼說吧，並不算完全離開。我坐在夜眼身旁將一隻手擱在牠的肩上，牠因這碰觸而抖了抖牠的毛。*去睡吧！*牠帶著怒氣說道。

*你是我僅有的了。*我滿懷愁思地告訴牠。

牠慵懶地打呵欠。*你也只需要我。現在去睡吧！睡覺是很嚴肅的。*牠嚴肅地告訴我。我露出微笑，在我的狼兒身邊再度伸展四肢，把一隻手擱在牠的毛皮上。牠流露出肚皮鼓鼓的單純滿足，就這麼睡在溫暖的陽光下。睡眠的確值得重視，所以我就閉上雙眼睡覺，在這天剩餘的時刻也沒再作夢。

在接下來的幾天幾夜之中，鄉間的景致轉換成開放的森林，草地散布其間，城鎮也被果樹園和稻田所圍繞。我曾在多年前途經法洛，當時我和一車隊的人同行，而且我們是橫越大陸前進，並非沿著河流走。我那時是一位自信的年輕刺客，正啓程前往執行一項重要的謀殺任務。那趟旅程，在我首次眞實體驗帝尊的叛變行爲中結束。我也勉強撐了過來。如今我再度穿越法洛，期盼自己的這趟旅程以謀殺作終。不過，我這次獨自往上河前進，我要殺的人是自己的叔叔，而且我是爲自己殺人。有時我對此深感滿意，但有時卻感到恐懼。

我謹守對自己的承諾，盡量避免和人類作伴。我們靜悄悄地在道路和河邊移動，在遇到城鎮時繞遠路。在這麼一個開闊的鄉間，行動可比想像中還困難。繞過公鹿的一些位於河流彎道上且林蔭圍繞的小村莊是一回事，穿越稻田和果樹園而不引起看門狗和其他人注意，又是另外一回事。我在某種程度上能對狗兒保證我們沒有惡意，如果這些狗很容易騙的話。大多數的農場狗兒對狼兒的疑心都很重，無論如何對牠們一再保證，都不能讓牠們鎮定下來；而比較年長的狗，早就習慣用懷疑的眼光注視和狼同行的旅人。我們不只一次地被追趕，即使原智或許能讓我和一些動物溝通，卻無法保證牠們都會聽我的或者相信我，況且狗兒一點兒也不笨。

在這開闊的區域狩獵也不容易。大部分的獵物都是成群住在地洞裡的動物，較大型的動物則在寬廣延伸的陸地上逃離我們。花時間狩獵就不能趕路。我有時會發現無人看守的雞舍，就偷偷溜進去從沉睡的家禽中偷竊雞蛋，也毫不遲疑地從我們經過的果樹園裡洗劫梅子和櫻桃。我們最偶然的獵殺是一隻年幼無知的野豬，是一種游牧民族養來供食用的瘦高豬種。我們不知道牠是從何處流浪而來。我們用牙齒和劍把牠打倒，然後讓夜眼在晚上盡情地狼吞虎嚥，再把餘剩的肉切成一片片，分層晾在微弱的營火上，讓陽光曬乾它們；這可惹惱了夜眼。我在天黑之前才對這些風乾得足以保存的肥肉感到滿意。而我們在接下來的幾天，正因爲有了它而得以加快腳步。當獵物出現時，我們就把牠們殺來吃，見不到獵物時，也可以吃燻好的野豬肉充飢。

我們就這樣沿著公鹿河朝西北方前進。當我們接近富裕的商城涂湖時，就改變方向繞了一大圈，有好一陣子只靠星光指引方向。夜眼可更喜歡這麼帶領我們走過每年此時都有乾莎草覆蓋的平原。我們經常看到遠方的畜群，有牛、綿羊或山羊，偶爾也可以見到野豬群。我和跟隨這群動物出沒的游牧民族的接觸，僅限於瞥一瞥騎在馬上的他們，或是看到他們的營火照出圓錐形帳篷的輪廓；當他們停下來過夜時，總喜歡住在這樣的帳篷裡。

在這些漫長前行的夜晚裡，我們再度成爲狼兒。我又回復原狀，心中卻對此警覺，並且告訴自己，只要我是狼兒，對我就沒什麼害處。事實上，我相信這對我挺好的。如果我和另一個人一同旅行，生活就會變得非常複雜。我們一旦抵達商業灘，就會討論路線、補給品和策略，但狼兒和我只是夜復一夜地一同快步前進，而我們的生活猶如生命本身般單純，彼此間的同伴之誼也與日俱增。

黑洛夫的話沉入我心深處，也讓我想了很多。從某些方面來說，我把和夜眼之間的牽繫視爲理所當然。牠曾是一隻小狼，現在卻和我地位平等，也是我的朋友。有人說「一隻狗」或「一匹馬」，好像牠們彼此差不了多少。我曾聽過一個人用「它」來稱呼一匹他養了七年的母馬，好像在講一把椅子似的。對此我從來都不懂。一個人不需要原智就能理解動物的友誼，也能明白動物的友情就和人類一樣豐富和複雜。大鼻子是我曾擁有過的一隻友善、好奇和孩子氣的狗；鐵匠則不好惹，也很具攻擊性，傾向欺侮任何對牠讓步的人或動物，牠的幽默感也有點兒粗魯。夜眼和牠們都不同，就像牠跟博瑞屈或切德完全不同一樣。說我和牠最親近，沒有任何貶損他們的意思。

牠不會算數，但我不會的是一聞到鹿的味道就分辨出這是公鹿或是母鹿。如果牠不能事先爲後天計畫，我也無法極度專注偷襲一隻獵物。我們之間確實有不同之處，卻沒有任何一方地位比另一方要高，也不對另一方發號施令，或期待對方毫無疑問的服從。我的雙手很適合拔除豪豬刺、壁蝨和植物的刺，在幫牠搔癢時，尤其是背部那些牠搆不著的點，更是大有用途。我的身高則讓自己在發現獵物和勘查地形時占盡優勢。所以，當牠因爲我那副「牛齒」和微弱的夜視能力，還有我被牠形容成兩眼間的腫塊的麻木鼻子而可憐我時，卻也絲毫沒有輕視我的意思。我們彼此都知道牠高超的狩獵本領是掠取獵物的主力，牠卻從來不吝惜與我對分獵物。如果你可以的話，就在一個人身上找出那樣的特質吧！

「坐下，獵犬！」我曾經開玩笑地告訴牠。當時我正極爲謹慎地剝下一隻豪豬身上的刺。因爲夜眼堅持要追捕牠，所以我就用棍子把牠打死。稍後，夜眼因爲急著吃肉，差點讓我們渾身沾滿刺，接著牠就臀部發抖地坐下來。

爲什麼人類這麼說話？當我小心地拉著這多刺的獸皮邊緣拖行時，牠如此問我。

「怎麼說話？」

命令。人類有什麼權利命令一隻狗，如果他們不屬於同一群？

「有些是同一群，或者幾乎是。」我大聲說出來，卻也在心中深思。我拉緊獸皮，握住沒有刺的一撮腹毛，沿著曝露在外的皮膚將它切開。這皮膚在從肥肉上剝開時發出一陣撕裂聲。「有些人認為他們有這個權利。」我稍後繼續說道。

為什麼？牠繼續窮追不捨。

這令我驚訝，因為我從來沒思索過這個問題。「有些人認為他們比動物還優秀，」我緩慢地說道，「所以他們有權隨心所欲利用或命令牠們。」

你也這麼想嗎？

我沒有馬上回答，反而繼續用刀沿著皮和脂肪之間的線條切割，持續地拉著獸皮，然後一路切到這動物肩膀附近的部位。當我有一匹馬的時候，不就騎在牠身上嗎？這是因為我比馬優越，所以使牠屈從於我的意志？我利用狗幫我狩獵，有時也用獵鷹，但我有什麼權利命令牠們？我坐在那裡，把豪豬的皮拔下來好吃牠的肉。我緩慢地開口說道，「我們比這隻即將下肚的豪豬優越嗎？或只是因為我們今天打敗了牠？」

夜眼揚起頭看我為牠又切割、又用手剝去了皮的肉。我想我算是比一隻豪豬聰明，但並沒有優於牠。或許因為我們能夠，所以殺了牠並吃牠。然後牠就倦怠地在自己面前伸展前腳掌，就像我有一個受過良好訓練的人替我把這些多刺的東西剝皮，所以我就能更愉快地享用。牠對我吐吐舌頭，彼此心中都知道這只是謎題的部分答案。我把刀刺進豪豬的脊椎裡，整個獸皮終於脫落了。

「我應該在吃肉之前先生火，把脂肪烤乾，」我深思熟慮地說道，「否則我會生病。」

把我那份給我，你那份就隨你處置。夜眼慎重其事地告訴我。我在後腿周圍切割，然後啪一聲鬆脫並切下它們。這份肉對我來說夠多了。我把有皮的那一面放在地上，夜眼則把牠的那一份拖走。在牠啃骨頭的時候，我升起微弱的營火，然後把腿肉串起來烤。「我不認爲自己比你優越。」我平靜地說道，「我眞的不認爲自己比任何動物優越；但是如你所言，我比一些動物聰明。」

或許比豪豬聰明。牠仁慈地說道。但是比起一匹狼呢？我可不覺得。

我們逐漸瞭解彼此行爲的細微差別。有時我們相當熟練地狩獵，在偷襲和獵殺中發現我們最深切的樂趣，滿懷決心且危險地在這個世上移動；其他的時刻我們就像小狗一樣互相扭打，把彼此從熙來攘往的小徑上推進灌木叢裡，一邊大步行走、一邊互相捏咬對方，在看到獵物之前就把牠們嚇跑了。有幾天我們在下午時打瞌睡，之後才起來狩獵和趕路。陽光溫暖了我們的肚皮和背部，飛蟲也發出彷彿睡眠本身般嗡嗡的聲音，然後這匹大狼或許會翻身，像小狗一樣背貼著地上躺下，要我搔搔他的肚皮，順便檢查牠的耳朵裡是否有壁蝨和跳蚤，或者只是徹底搔搔牠喉嚨和頸部周圍的毛。我們在濃霧寒冷的清晨緊縮在彼此身邊取暖睡覺，有時我會因爲牠用冰冷的鼻子戳我的鼻子而被喚醒；當我試著坐起身子時，就會發現牠故意站在我的頭髮上，把我的頭按在地上。有些時候我獨自醒來，會看到夜眼坐在一段距離之外眺望周圍的鄉間。我記得自己看著牠這樣在夕陽下形成的黑色剪影，微弱的夜風輕輕吹拂牠身上的毛，牠的雙耳向前豎立，雙眼凝視遠方。我感覺到牠內心的孤寂，我卻無法用任何東西彌補這份孤獨。這使我受挫，於是我就由牠去，也不朝牠探尋。對牠來說，我在某些方面的確不如一匹狼。

我們一旦避開涂湖和周圍的城鎮時，就再度朝北來到酒河。它和公鹿河大相逕庭，如同一隻牛和一匹種馬之間的區別，只見那灰色寧靜的河水流經一塊塊敞開的稻田，在寬廣深沉的河道中來回奔流。我們這一邊的河岸有一條大約與河平行的小徑，但往來的大多是山羊和牛群。我們總是聽到趕牛群或趕羊群的聲音，因此都能輕易避開牠們。酒河不像公鹿河一般利於航行，它比較淺，也有移動的河口沙洲，不過仍有一些水上貿易。在酒河另一邊的提爾司，有一條人潮洶湧的路，隨處可見村莊，甚至城鎮。我們看到一隊騾子在綿延的河道上，拖拉駁船朝上游前進，我猜這些貨物必須通過淺灘。我們這邊河岸上的建築看來僅限於渡輪登陸處，以及少許游牧民族的貿易據點。這裡面可能有一間旅店、幾間商店和少許座落在郊區的房舍，除此之外幾乎沒別的了。夜眼和我也盡量避開這些地方。在我們這邊的河岸見到的幾個村莊，在一年前的此時並無人居住。

在較炎熱的月份成為住帳篷者的游牧民族，此時正在中央的平原上放牧羊群，安詳地橫越青草遍布的土地，從一個出水口移居到另一個出水口。村莊的街道上和茅草屋的側面都長滿了青草。這些被遺棄的城鎮十分寧靜，但這空虛仍使我想起一個遭劫掠的村莊，我們也從來不在這樣的村莊附近逗留。

我們倆都變得更修長、強壯。我把鞋子穿破了，必須用生的獸皮補鞋。我的褲管也磨損了，只好把褲管捲到小腿上摺起來。我逐漸厭倦經常洗我的襯衫；被冶煉的人和獵物的血漬讓前襟和袖口呈現棕色斑點，就像乞丐的衣服般縫補多處、破爛不堪，不均勻的顏色讓它看起來更糟糕。我有一天終於把它摺起來放進行囊裡打赤膊行走，白天的氣溫剛好夠暖，用不著穿上它。晚上比較涼爽，但因爲我們持續前進，我的身體自然就產生熱氣。陽光把我的皮膚曬黑，幾乎和我的狼兒的毛色一樣。我感覺身體狀況好極了，雖然不像我划槳或打鬥時那麼強壯結實，我卻感覺自己很健康，更敏捷也更修長。我可以整夜在狼兒身旁快步前進而不覺得累，因爲我是一隻靈敏和鬼鬼祟祟的動物，一次又一次證明自己的求生能力，也重拾曾被帝尊破壞殆盡的大量自信。並非我的身體已經原諒和忘記帝尊對它的所有摧殘，而是我已經習慣肢體上的刺痛和傷口，也幾乎忘掉那座地牢了。我並未讓自己黑暗的目標遮蓋這些黃金般的日子。夜眼和我一同趕路、狩獵、睡覺，然後再度趕路。一切是如此單純而美好，讓我忘記珍視這體驗；直到我失去它爲止。

我們在夜幕低垂時來到河邊，準備在夜間踏上旅途之前喝夠水，但是當我們靠近的時候，夜眼忽然僵住了，腹部貼地並且把耳朵往前傾斜。我依樣畫葫蘆，就連我遲鈍的嗅覺也聞到了一股陌生的氣味。

這是什麼？在哪裡？我問牠。

牠還來不及回答，我就看到了。那是一群嬌小的鹿，正優美地沿著小徑走向河邊。牠們不比夜眼高大，頭上沒有鹿角，而是像山羊般捲曲的角，在滿月的光芒照耀之下散發閃亮的黑光。我只從切德的一本古老寓言集得知這類動物，卻不記得該如何適切地稱呼牠們。

食物？夜眼簡潔地提議，我也馬上同意。牠們沿著小徑走，會把牠們帶到離我們僅一個跳躍之遙的距離。夜眼和我站好位置等待，鹿群也愈來愈接近，一共有一打鹿兒正匆忙且漫不經心地暢飲清涼的河水。我們讓帶頭的那隻鹿通過，等待撲向鹿群最密集的地方，但是正當夜眼抖一抖身子準備起跳時，一陣顫抖的嗥叫劃破夜空。

夜眼坐起身子，忽然發出一聲憂慮的嗚咽，只見鹿群揚起蹄角一哄而散，即使我們過度分心無法追上牠們，牠們依然逃得飛快。我們的食物頓時成了遠方的一陣閃電雷聲。我氣餒地注視牠們，夜眼看來卻一點兒也沒注意。

夜眼張開嘴巴發出介於嗥叫和哀嚎的聲音，嘴巴也在發抖，好像牠正努力回想該如何說話。當牠聽到遠方的嗥叫聲時，我就感覺一陣抽動，胸中的心跳聲震耳欲聾。如果我自己的母親在夜裡忽然喚我，也不會讓我更震驚。在我們北方柔和的夜空中，此刻升起了一陣回應的嗥叫和吠聲，第一匹狼也加入了牠們的陣容。夜眼的頭前後轉動，同時從喉嚨發出低沉的嗚咽聲，接著忽然把頭向後仰，發出一聲音調參差的嗥叫。突來的靜止隨著牠的宣告而來，然後狼隻逐漸增加，狼群又開始交談，這並非狩獵的呼聲，而是牠們自己的一個宣告。

夜眼迅速且滿懷歉意地看了我一眼就離開。我無法置信地看著牠急忙跑向山脊，在一陣短暫的震驚之後，我就跳起來跟隨牠。此刻牠已經離我很遠了，但是當牠察覺到我的時候，就放慢步伐轉身看我。

我必須自己走，牠誠懇地告訴我。在這裡等我。牠轉頭要離開。

我感到一陣恐慌。等等！你不能自己走。牠們不是狼群，而我們是入侵者，牠們會傷害你！最好別去。

我一定要！牠重複著，毫無疑問已經下定決心，然後就快步跑開。

我追著牠跑。夜眼，求求你！我忽然替牠感到恐懼，因為牠著迷似的飛奔而去。

他停下來回頭看我，牠的雙眼看著我，對一隻狼來說，那真是個深長的凝視。你明白，你知道自己明白。現在是你信任我的時候了，如同我之前信任你一樣。這是我必須做的事情，而且一定要獨自完成。

如果你沒回來呢？我突然間絕望地問牠。

你走訪那座小鎮之後就回來了。我也會回到你身邊。繼續沿著河前進，我會找到你。走吧，現在就走，回去吧！

我停下來不再追著牠，牠也繼續前進。小心！我在牠身後發出請求，用我自己的方式對夜空嗥叫，然後站在那兒看著牠跑離我身邊；只見牠的肌肉在深厚的毛皮下輕輕搖晃，並且下定決心似地豎直尾巴。我費盡全身的每一絲力量克制自己，不讓自己把牠叫回來，也不請求牠別丟下我一個人。我獨自站在那兒，因為跑步而呼吸沉重，然後看著牠消失在遠方。牠的執意探索令我感到自己被排除在外，也首次體驗到我和惟真接觸，或者和莫莉在一起時叫牠遠離我的思緒時，牠心中的那一份怨恨和嫉妒。

這是牠成年之後首度和同類接觸。我瞭解牠需要找到牠們，看看牠們的樣子，即使牠們攻擊牠之後把牠趕走也在所不惜。這並沒有錯，但是我為牠所產生的恐懼一直敦促我跟隨牠，萬一牠遭受攻擊時能夠在牠身邊，至少，要在牠如果需要我時，我能及時回應。

牠卻要我別這麼做。

不，牠告訴我不要這麼做，運用牠能夠控制自己的特權如此告訴我，如同我之前對待牠一樣。轉身遠離牠走回河邊，讓我感覺自己的心在胸中扭曲糾結。沒有牠在我身旁或前面小跑步，將牠得到的訊息傳給我，以彌補我較遲鈍的知覺，讓我感覺自己好像半瞎一般。此時，我反而感覺到牠在遠方因滿懷期待、恐懼和好奇的興奮之情而渾身發抖。當時牠太專注於自己的生命，以致無法與我分享。我忽然很納悶這是否與惟眞的感受類似。當我在**盧睿史號**戰艦上反擊劫匪時，惟眞卻只能坐在自己的烽火台上，不論從我身上撿拾到多麼碎散的訊息，他都得感到滿足。我當時已經極其詳盡地對他報告，也刻意努力確保將一連串的訊息傳給他。但是，他一定仍感覺到這股椎心刺骨、在此刻令我作嘔的排拒感。

我走到河岸邊，停下來坐在地上等牠，牠說過會回來。我瞪視著黑暗的流水，感覺自己的生命如此渺小。慢慢地，我轉頭看向上游，所有狩獵的意圖隨著夜眼離我而去。

我坐著等了好久，終於起身在夜間行進，不怎麼留意自己和周遭。我靜默地走在河邊的沙岸上，只有微弱的水流聲陪伴我。

夜眼在某處聞到了其他的狼，氣味既清晰又強烈，足以辨別出狼群的數量和性別。牠在某個地方出現在牠們眼前，並非威脅也不是加入牠們，只是對牠們宣告牠在那裡。有一會兒牠們只是注視牠，狼群之中的大公狼上前在一堆草叢裡撒了一泡尿，然後用爪子搔搔後腿的凹陷處，把裡面的泥土踢出來。一匹母狼站著伸展四肢並打呵欠，然後坐下來用綠色的雙眼仰頭凝視牠。兩隻還沒完全長大的小狼互相咬著對方，過了好一會兒才停下來端詳牠；其中一隻開始走向牠，牠母親低沉的咕嚕聲卻使得牠趕快跑回來，又重新咬著牠的手足。夜眼臀部著地坐下來表示自己並無惡意，同時讓牠們注視牠。一隻削瘦的母狼遲疑地嗚咽了半聲，然後就打了一個噴嚏。

稍後，大部分的狼兒都站起來了，有決心地一同動身出發狩獵，那匹削瘦的母狼則留下來，在其他狼兒離開時照顧小狼。夜眼遲疑了一下，就跟隨狼群離開，並且謹愼地保持一段距離。狼群中總有其中一匹會不時回頭看牠，帶頭的公狼經常停下來撒尿，然後用後腿來回摩擦那一小塊地面。

我則走在河邊看著四周的夜幕低垂，月亮在夜空中緩慢移動。我從背包中拿出乾肉一邊嚼、一邊走，一度停下來喝白堊般的河水。河水在深沉的河床上朝我流過來，我只好被迫放棄河岸，走到上方雜草叢生的堤岸。當黎明創造出一條地平線時，我開始尋找一個可以睡覺的地方，就在堤岸上找到一個略微凸起處，然後緊縮身子躺在粗糙的草地上。除非有人踩到我，否則沒人會發現我，這的確是一個安全的地方。

我感覺非常寂寞。

我沒有睡好。我內心的一部分坐起來注視其他的狼，牠們卻還是離我很遠，也像我對牠們提高警覺般對我提高警覺。牠們雖然不接受我，卻也沒趕我走，我也沒有因爲太靠近而迫使牠們決定該如何對待我。我看著牠們殺掉一頭公鹿，卻認不出這是哪一種鹿，看來體型很小，不怎麼容易讓牠們都吃飽。我很餓，卻還沒餓到需要狩獵。我對於這個狼群的好奇心是個更迫切的飢渴，當牠們伸展四肢睡覺時，我仍坐著看著牠們。

我的夢遠離了夜眼。我又斷斷續續地知道自己在作夢，卻沒力氣醒來。有個東西在召喚我，十萬火急地拉扯我。我回應了召喚，很不情願，卻無法拒絕。我在某處發現了另一天，海洋上的藍天升起既噁心又熟悉的煙味和尖叫聲。畢恩斯的另一個城鎮正在作戰，即將淪入劫匪的手裡，我也再度被迫成爲目擊者。在那天晚上和接下來的每一個夜晚，我幾乎都被迫觀看人們對抗紅船的戰爭。

那幾場戰爭在我心中某處留下刻痕，並且毫不留情地記錄下細節，我也親身體驗種種氣味、聲音和觸碰。我心裡有個東西正在聆聽，每當我睡覺時，就毫不留情地把我拉到戰爭現場，讓我眼睜睜地看著六大公國人民爲了捍衛家園而犧牲。我比實際住在畢恩斯的任何一個人體驗到更多淪亡的景況，每天當我試著熟睡時，都可能發現自己被喚醒來目睹戰況。我不知道這有何邏輯。或許，對精技的強烈傾向，沉睡在許多六大公國人民的心中，在面對死亡的痛苦時，就用他們不知其擁有的聲音大聲呼喊惟眞和我。我不只一次感覺到國王也潛伏於遭夢魘折磨的城鎭，雖然我已不像第一次那麼清楚地看到他。後來，我就想到自己曾經和黠謀國王共享夢境的那段時間，他當時也同樣被喚醒目睹泥濘灣的淪陷，從那時起，我就納悶他是否經常因目睹他無力保護城鎭遭劫掠而受折磨。

我心中有一部分知道自己睡在酒河邊，遠離愈演愈烈的戰事，清爽的風吹動圍繞在我身邊的高大青草。這似乎無關緊要，重要的是六大公國對抗劫匪的持續戰爭頓時成了事實。這個位於畢恩斯的無名小村子或許沒什麼戰略重要性，我卻眼睜睜地看著它淪陷。一旦劫匪掌握了畢恩斯的海岸，六大公國就永遠擺脫不了他們。此刻他們正依序攻占城鎭和村莊，而昔日的國王卻躲在商業灘。我們掙扎對抗紅船的事實，在我登上**盧睿史號**戰艦划槳時就已經很迫切危急了。在過去幾個月當中，我離戰爭遠遠地，也和戰況隔絕，讓自己忘卻每天身陷戰事中的人民，像帝尊一樣冷血無情。

我終於在夜色席捲河流和平原時醒來，感覺不曾好好休息過，卻因爲醒來而鬆了一口氣。我坐起來看看四周，夜眼還沒回來，我便短暫地朝牠探尋。*我的兄弟*。牠對我打招呼，卻因我的闖入感到煩擾。牠正在看那兩隻扭打翻滾成一團的小狼，於是我疲憊地收回心思，彼此生活上的差異頓時巨大得難以思索。紅船劫匪、被冶煉者和帝尊的叛變，甚至我殺害帝尊的計畫突然間都成爲醜惡的人類事件，我卻已將它們強加在狼兒身上。我有什麼權利讓這樣的醜惡塑造牠的生活？牠應該在自己必須待的地方。

即使心中有萬般不願，我所要執行的任務只屬於我自己。

我試著放掉牠，那道火光卻依然固執地存在。牠說過會回到我身邊，我心想如果牠眞的回來了，那一定是牠自己的決定。我不會主動召牠回來的。我起身，繼續前進。我告訴自己如果夜眼決定與我重聚，牠很快就能追上我。沒有什麼比迅速前進的狼更快。這也和我獨自迅速趕路有所不同，我極度想念牠的夜視能力。我這時來到一個地方，只見河岸下降成爲一個類似沼澤的區域。起初我無法決定要跋涉而過還是繞路而行，我也知道這路途能延伸至好幾里長。過了好一會兒我才決定盡自己所能靠近寬敞的河流，然後就度過了很悲慘的一夜，一邊走、一邊嗖嗖地揮開蘆葦和香蒲，還被它們糾纏在一起的根莖絆倒，雙腳也比平時更潮濕，更飽受過度興奮的蚊蟲虐待。

我自問，什麼樣的笨蛋會在黑暗中試著走過一片陌生的沼澤？如果我陷入泥沼裡，那可眞是自作自受。我的頭頂上方只有滿天的星星，四周則還是香蒲所築成的牆。我向右一瞥看到遼闊黑暗的河流，就沿路向上游移動，到了黎明時分仍步履艱難地獨行，細小的蔓生根莖單葉植物覆蓋在我的綁腿和鞋子上，我的胸膛也布滿蚊蟲叮咬的痕跡。我一邊走、一邊吃乾肉，卻找不到地方休息，只得繼續走。我決定善用此地的資源，於是在跋涉途中採集了一些香蒲根。中午過後我才又看到河岸，也強迫自己再走一個小時好遠離蚊蟲，然後走到河邊把綁腿、鞋子和身上的綠色泥沼洗乾淨，之後才躺下來睡覺。

在某處，當削瘦的母狼接近時，夜眼就不帶威脅地站著不動，當母狼更接近時，牠就肚皮朝下貼地，翻轉至側身躺著的姿勢，然後將頭轉向後背露出喉嚨。母狼一次一步地靠近。然後，她忽然停步，坐下，端詳著牠。夜眼張嘴輕聲嗥叫。母狼的耳朵突然豎起來，並且露出所有的牙齒，接著一轉身就跑開。過了一會兒，夜眼爬起身，跑去獵捕草地上的老鼠；牠似乎挺高興的。

再一次地，當牠的影像飄離我時，我又被召喚回畢恩斯，又有一個村莊正在燃燒。

我挫敗地醒來，沒有費力地趕路，反而用浮木升起小小的營火，燒開水壺中的水煮熟香蒲根，同時把一些乾肉切塊和漿糊狀的根一起煮，加上我珍藏的鹽和一些野生植物。不幸的是，河水白堊般的味道依然占上風。吃飽之後，我就抖開斗蓬捲在身上，好抵擋夜晚蚊蟲的侵擾，然後又睡著了。

夜眼和狼群首領站立注視彼此，因爲站得夠遠而毫無挑戰的意味，夜眼則垂下尾巴。狼群的首領比夜眼瘦高，有著一身黑色的毛皮，不那麼飽食終日，還帶著打鬥和狩獵的傷痕。牠的舉止充滿自信，夜眼則一動也沒動。稍後狼首領走了一小段路，在一堆草叢裡抬腿撒尿，然後在草地上來回摩擦後腳，頭也不回就走開了。夜眼則坐下不動，深思著。

我在隔天早上醒來繼續旅程。夜眼在兩天之前離開我。兩天而已。但是，對我來說，好像我已獨自度過了很長一段時間。我也納悶，夜眼如何估量我們的分離？顯然不是用白天和夜晚計算。牠去找一個東西，當牠找出來的時候，牠遠離我的時間就結束了，然後牠就會回到我身邊。但是，牠到底去找什麼？身爲眾狼的一份子，成爲狼群的一員是什麼滋味？如果牠們接受了牠，接下來會怎樣？牠會跟隨牠們一天，一週，還是一季？要花多久的時間，才能讓我從牠的心中淡褪成牠無盡的昨日之一環？

如果狼群接受牠的話，那麼牠爲什麼還要回到我身邊？

我稍後讓自己明白，我既心酸又受傷，好像一位人類朋友爲了陪伴他人而冷落我。我想嗥叫，帶著我的孤獨向外探尋夜眼，卻努力用意志控制自己不要這麼做。牠不是一隻吹口哨就跟過來的寵物狗，而是曾與我同行一段時間的朋友。我又有什麼權利要求牠放棄在眞正屬於自己的狼群中找伴侶的機會，只因爲牠可能會在我身邊？根本沒有，我告訴自己，我根本沒有這個權利。

我在中午時分踏上河岸邊的小徑，在下午就經過了一些大多種植瓜類和稻穀的小農莊。成網狀系統的溝渠把河水輸送給內陸的農作物，草皮屋離河邊遠遠地座落著，或許是爲了避免河水氾濫。狗一看到我就吠叫，一群肥胖的白鵝還對我呱呱叫，但我卻沒看到什麼人可以打招呼。小徑逐漸延展成一條路，地上也有貨車往來的痕跡。

在清朗的藍天裡，猛烈的陽光照在我的背上，我也聽到上方高處傳來一聲尖銳的老鷹鳴叫。我抬頭看到牠，只見牠的雙翼開展而靜止，牠就這麼在空中遨翔。牠又叫了一聲，然後收起牠的翅膀向我衝來。牠毫無疑問地想在田裡捕捉小老鼠，所以才俯衝而下，直到最後一刻我才知道自己正是牠的目標。就在牠展開翅膀的時候我抬起手臂遮住臉，也感覺到牠預備煞住時所產生的一陣風。像牠這種體型的鳥，卻能輕巧地停在我抬高的手臂上，但牠的爪子可抓痛了我。

我最初的想法是，牠是一隻受過訓練，後來卻變成野生的鳥，一看到我就不知怎地決定回到人類身邊。有一小塊皮革從牠的一隻腳垂下來，可能就是殘餘的老鷹腳帶。牠坐在我的手臂上眨眼睛，怎麼看都是一隻巨大的鳥。我把手伸直看清楚牠，見到牠腳上的皮帶繫著一個袖珍的羊皮卷軸。「我能看看那個嗎？」我大聲問牠，牠就朝我聲音的方向轉頭，用一隻閃爍的眼睛凝視我。牠是阿雯。

原血者。

我僅能獲知牠的這個思緒，但這就夠了。

我在公鹿堡時一向不擅與鳥類溝通，博瑞屈最後終於叫我饒了牠們，因爲只要我一出現就會讓牠們不安。不過，我依然溫和地朝牠火焰般明亮的心智探尋。牠看起來很安靜，我就試著鬆開那卷軸，牠也在我的手臂上移動，爪子都刺進我的肉裡了。然後，牠毫無預警地振翅從我的手臂上起飛到空中，盤旋而上並用力拍打翅膀增加高度，再度發出高亢的叫聲，一轉眼就在空中滑翔。我的手臂流血了，因爲牠的爪子刺進我的肉裡面，一隻耳朵也因爲牠振翅起飛的振動而產生耳鳴。我瞥著手臂上的爪痕，然後好奇地看著這袖珍卷軸。我只聽說過飛鴿傳書，不知道老鷹也能傳遞訊息。

卷軸上的字跡是一種古老的書寫方式，既細小又如蜘蛛網般纏繞。耀眼的陽光讓閱讀更加困難。我坐在路邊用手遮住陽光瀏覽，最前面的幾個字幾乎讓我心跳停止。「原血者問候原血者。」

其他的字跡就難以辨認。這幅卷軸破破爛爛的，字跡卻很古雅，只有寥寥幾個字。這是來自荷莉的警告，雖然我懷疑是由洛夫執筆。帝尊國王現在正積極獵捕原血者。對於那些被他逮到的人，如果他們協助尋找一對狼和人的搭檔，他就提供賞金；而他們懷疑夜眼和我就是他要逮捕的對象。帝尊還以死威脅那些拒絕合作的人。還有另一些事情，是關於交代我把身上的味道傳給其他原血者，請求他們盡可能幫助我。卷軸的其餘內容就因過於破損而難以辨認，於是我就把它塞進皮帶裡。明亮的一天現在似乎有了黑暗的邊緣。所以，欲意已告訴帝尊我還活著，帝尊也實在怕了我，才展開這些行動，或許夜眼和我分開一段時間也好。

當薄暮低垂時，我爬上河邊的一座小丘，看到前方的河流彎曲處裡有些許燈光，或許這又是一個貿易據點或渡輪碼頭，好讓農人和牧人輕易渡河到對岸。我一邊看著燈火、一邊朝那兒走去，前面就有熱騰騰的食物和人們，還有過夜的地方，如果我願意的話也可以停下來和人們交談。我還有一些可以稱爲自己的錢，身後沒有激發人們疑問的狼兒，夜眼也沒有潛伏在外，企盼狗兒不會聞到牠的味道。我除了自己，不用擔心任何人。好吧，也許我應該這樣。也許我會停下來喝一杯和別人聊聊。也許我會得知距離商業灘還有多遠，和聽聽一些關於那兒的八卦。該是我開始想出一個如何處理帝尊的具體計畫的時候。

該是我開始只靠自己的時候了。

8

商業灘

當夏季柔和地進入尾聲時，劫匪趁冬季的暴風雪來臨之前，更加倍努力鞏固在畢恩斯公國的占領區。他們明白一旦鞏固了主要港口，就可以隨心所欲地攻打六大公國的其他沿海地區。因此，雖然他們已經在那年夏季遠征到修克斯公國，在良好的天候即將遠離之際，他們還是集中火力要將畢恩斯海岸據爲己有。

他們的伎倆很奇特。他們不打算奪取城鎮或征服人民，只想破壞。他們所占領的城鎮會被完全燒毀，而人民則遭到殺害、冶煉或逃走。少數人會被留下來當作勞奴，所受的待遇比動物還不如；當擄獲他們的人覺得他們不再有利用價值，或者純粹爲了娛樂時，就將他們冶煉。他們會自行搭建簡陋的棲身之處，不屑使用占領的建築，只會破壞它們。他們無意建立永久的殖民地，反而只是駐防在最好的港口，以確保該地區不被收復。

雖然修克斯和瑞本公國盡力支援畢恩斯公國，但它們也必須保衛本身的海岸，而且也缺乏可運用的資源。公鹿公國則盡力在艱困的處境中打滾。銘亮爵士很晚才發現公鹿在保衛自身方面何等仰賴周邊的土地，但他斷定這時才去救援這道防線爲時已晚了。他將自己的人力和財力投注在公鹿堡本身的建築防禦工事上，這使得公鹿公國的其他地區僅剩下當地的居民，以及貢獻自身效忠耐辛夫人的非正規軍隊，來做爲抵抗劫匪的壁壘。畢恩斯並不指望從那個地方得到援助，但卻滿懷感激地接受常春藤使者所提供的一切。

畢恩斯的普隆第公爵早已過了身爲戰士的黃金歲月，他揮動戰斧作戰的能力也猶如他年華老去的灰髮和灰鬍般，不再強而有力。但他的決心是無邊無際的，他不但毫不顧忌地窮盡私人珍寶，也不讓自己的親人在他保衛公國的最後努力中冒著生命的危險。他因試著保衛自己的漣漪堡而爲國捐軀，但是他的死和漣漪堡陷落都無法阻止他的女兒們繼續抵抗劫匪。

我的襯衫因捲在背包中過久而變形，我卻還是穿上它，上面的霉味讓我不禁臉色一變。這股味道聞起來有點像燒木頭的氣味，但霉味卻更強烈，因爲衣服已經受潮了。我說服自己，這樣把衣服晾在空氣中，能讓味道消散。我盡可能梳理頭髮和鬍子，也就是說，我把頭髮梳成辮子，還用手指把鬍子梳理平整。我討厭這鬍子，但更痛恨每天花時間刮臉。我在短暫梳洗後離開河岸朝鎮上的燈火前進，而這次我下定決心要準備得更充分，也替自己取了個化名袞瑞。我曾是一位士兵，身懷些許馬匹和文書的技藝，卻因劫匪而失去家園，目前想前往商業灘展開新生活，我也相信自己夠具說服力來扮演這個角色。

當天色將暗時，河邊城鎮上有更多的燈火亮起來，讓我發現自己嚴重誤判了城鎮的大小。這個鎮的邊緣遠遠地延伸至河岸，令我略感驚恐不安，只得說服自己取道城鎮的路程會比繞路而行來得短。既然沒有夜眼跟隨在我腳邊，就沒有理由浪費時間走更長的路，於是就抬頭挺胸自信地大步前進。

這城鎮在天黑之後比我所走訪的大多數地方更加生氣蓬勃，我也從在街上走動的人群中感受到節慶的氣氛。多數人朝市中心走，當我更接近的時候，就看到火把、衣著光鮮的人群、歡笑和音樂聲。旅店的門楣也用花朵裝飾。不一會兒我就來到燈火通明的廣場，聽到悠揚的樂聲，看到尋歡作樂的人們手舞足蹈。一桶桶的酒也擺了出來，桌上擱著成排的麵包和水果。我一看到食物就流口水，對於一個很久沒吃麵包的人來說，這兒的麵包聞起來香極了。

我在人群邊緣徘徊，傾聽這裡的人聲鼎沸，就發現鎮上的能者正在歡慶他的婚禮，所以才會有宴會和舞蹈場面。我猜測這位能者是個擁有法洛頭銜的貴族，而這位特定的人因本身的慷慨而讓他的人民對他尊敬萬分。有一位老婦人注意到我，就走到我面前將三枚銅幣放在我手上。「去桌子那裡吃東西吧，年輕人，」她和善地告訴我：「能者羅吉斯下令所有人和他一起慶祝他的新婚之夜，也準備食物讓大家享用。現在就去吧，別害羞。」她踮起了腳跟，拍拍我的肩膀；我則因被誤認為乞丐而臉紅，但卻不打算阻止她。如果她這麼認為，我最好將計就計扮演一位乞丐。儘管如此，我還是把三枚銅幣放進錢包裡，感覺一股奇特的罪惡感，好像我從她身上騙錢似的。我依照她的建議，走到桌邊加入那些排隊等麵包、水果和肉食的人群。

有一些年輕女子負責掌管食物分配，其中一位替我裝了一大盤食物，然後匆忙地越過桌面遞給我，好像不情願和我有接觸似的。我向她道謝，卻引起她朋友間一陣咯咯的笑聲，她看來也似乎被激怒了，彷彿我把她誤認為娼妓，於是我趕緊遠離那裡，找了角落的一張桌子坐下，也注意到沒有人坐在我附近。一位張羅酒杯和倒麥酒的年輕男孩給了我一杯酒，還好奇地問我來自何方。我只告訴他自己沿著上河前進找工作，然後問他是否聽說有僱用人員的消息。

「喔，你想參加商業灘的招募大會，」他熟練地告訴我。「走到那裡不用一天，你在這個時節可能會找到收成的活兒。如果沒有的話，吾王廣場正在建設，他們會僱用任何搬得動石頭或會用鏟子的人。」

「國王的廣場？」我問他。

他歪著頭看我。「所以人人都可以親眼目睹國王的正義得以行使。」

接著，有人揮舞酒杯把他叫過去，我就獨自進食。他們會僱用任何人。原來我看起來那麼討厭又怪異。好吧，對此我毫無辦法。這些食物嚐起來不可思議地可口，我早已完全忘記上好小麥麵包的口感和香味。木盤裡的麵包，美味地混合肉汁的方式，讓我忽然想起廚娘莎拉和她充滿美食的廚房。在河流上游的商業灘某處，她會揉酥皮點心的麵粉糰，或是撥弄塗滿香料的烤肉，然後把它放在黑色的大鍋子裡，蓋好鍋蓋在炭火上燜一整夜。是的，還有在帝尊的馬廄裡，阿手會進行最後一輪的夜間巡視，就像博瑞屈曾在公鹿堡馬廄所執行的勤務般，確認每一隻動物都有乾淨的水喝，每一間廄房也都關緊了；其他一打左右來自公鹿堡的馬廄幫手應該也在場。我對這些人的臉孔和內心都很熟悉，當我在博瑞屈的地盤上承蒙他照顧時，就和他們朝夕相處。帝尊也把公鹿堡的僕人帶走，急驚風師傅或許也在那裡，還有布蘭特和羅登，以及……

一陣孤寂感忽然席捲而來，倘若能見到他們該有多好。我真想靠在桌上聆聽廚娘莎拉說個沒完的八卦，或者和阿手躺在乾草棚裡假裝相信他滿口誇張的故事，聽他敘述我們上次見面之後，他又和什麼樣的女人上床。我試著想像急驚風師傅看到我目前的裝扮會有什麼反應，然後發現自己對著她的盛怒和震驚的反感微笑。

一個大聲口出穢言的人打破了我的白日夢，據我所知喝得最爛醉的船員也不會在婚禮上咒罵。不只我轉頭觀看，所有的一般性交談在此刻都靜了下來。我凝視自己不曾注意到的景象。

在廣場一側的火光邊緣處，有一隊人馬和一輛貨車，上面有個大籠子，裡面關著三名被治煉者。我僅能獲悉這些訊息，我的原智也無法辨認這三個人。這時，一名女性駕駛大步走到籠子前面，手持棍棒用力猛敲籠子上的鐵條，命令裡面的人不要動，然後轉身對靠在貨車後頭的兩位年輕人說道，「你們就別動他們，你們這群大笨蛋！」她責罵他們。「他們是要被帶到吾王廣場去的，不管他們在那兒會尋得什麼正義和慈悲。但在那之前，你們就別動他們，懂嗎？莉莉！莉莉，把烤肉剩下的骨頭拿來這裡餵他們這群動物。還有你們，我可告訴你們，離他們遠一點！別刺激他們。」

有兩位年輕人被她具威脅性的棍棒逼得後退幾步，卻一邊大笑、一邊舉起手。「看不出來我們爲什麼不能先玩弄他們，」個頭較高的小子抗議。「我聽說朗德灘的城鎮建立了自己的執法廣場。」

另一名男孩誇張地聳動肩膀的肌肉。「我本身就屬於吾王廣場。」

「是鬥士還是囚犯？」有人嘲諷地叫喊，兩名年輕人便大笑出聲，個頭較高的那位戲弄地用力推了一下他的同伴。

我站在原地，心中升起一股噁心的疑慮。吾王廣場。被治煉者和戰士。我想起帝尊是如何貪婪地看著手下包圍和毆打我。我渾身從頭麻木到腳，那名叫莉莉的女子正走向貨車，然後把一盤肉骨丟給籠子裡的囚犯。他們熱切地撲向肉骨，彼此扭打成一團，每個人都盡力奪取最大量的慷慨贈予。許多人站在籠子周圍指指點點和大笑。我睜大眼睛觀看，只覺一陣噁心。他們難道不知道這些人遭治煉嗎？他們並非罪犯，而是某人的丈夫和兒子，是六大公國的漁夫和農人；他們唯一的罪過就是落入紅船的魔掌。

我沒有計算自己殺了多少被治煉者。我確實對他們反感，但這和看見一條腿生壞蛆，或者一隻渾身長滿獸疥癬而無藥可救的狗一樣。殺害被治煉者和仇恨、懲罰或正義毫無關係，他們的狀況也唯有一死方可解脫，而且要盡快執行，這對愛他們的家人來說才算慈悲。那些年輕人說話的模樣，好像把殺害他們當成一種運動，我也只能不快地凝視著籠子。

我又緩慢地在原位坐下，盤子裡還有食物，我的食慾卻消失得無影無蹤。常識告訴我要把握機會吃飽；有好一會兒，我只是盯著食物看，才又繼續吃下去。

當我抬頭觀望時，就見到兩位年輕人瞪著我瞧。我也立刻和他們的眼神相遇，然後想起自己所假扮的身分，就低頭不再看他們。不過，他們顯然對我挺有興趣，只見他們大搖大擺地走過來坐下，一位坐在我對面，另一位則坐在我旁邊，卻離我太近了。那個人誇張地皺鼻子，然後遮住鼻子和嘴巴取悅同伴。我向他們倆道晚安。

「晚安，你或許很久沒這麼大吃一頓了，嗯，乞丐？」坐我對面有著一頭淡黃色頭髮，滿臉雀斑的笨蛋對我說道。

「一點兒也沒錯，我也感謝能者大人如此慷慨。」我溫和地說道，已經開始尋找脫身的方法。

「那麼，是什麼風把你吹來梨果鎮？」另一人問道。他比他那位懶惰的朋友高大，也更健壯。

「找工作，」我直視他蒼白的雙眼。「我聽說商業灘有個招募大會。」

「這麼說來，你的拿手絕活是什麼？稻草人？還是你能用身上的臭味趕走屋子裡的老鼠？」他把一隻手肘擱在桌上，眞的太接近我了，然後身體前傾靠在手肘上，好像在對我展示手臂上的一團肌肉。

我吸了一口氣，接著又吸了兩口氣。我的心中產生一股久違了的感受。這就是恐懼的邊緣，和當別人挑戰我時，這股充斥全身的無形顫抖。我也知道有時這就成了預示病發的顫抖。然而，我的心中也升起了別的感覺，是憤怒，不，是狂怒。這股喪心病狂般的凶猛盛怒，帶給我舉起斧頭砍斷那人的肩膀和手的力量，或是撲到他身上把他掐死的衝動，無論他將如何揮拳抵抗我的攻擊。

我在一陣膽怯中迎接這股力量，同時納悶是什麼將它喚回來。是因爲我回想起永遠離我而去的朋友，還是我最近常運用精技夢到戰爭場面？這都不要緊。我的腰際有一把劍，也懷疑這些傻瓜是否感覺得到，或者察覺到我能如何運用它。也許他們除了大鐮刀外從來沒揮過劍，可能也只見過一隻雞或牛的血。他們從來不曾在夜晚的狗叫聲中驚醒，納悶劫匪是否來犯；從來沒有在捕了一天魚之後，祈禱在繞過岬角後會看見小鎮依然屹立著。眞是一群幸福無知的農家男孩，住在土壤肥沃和細水長流的鄉間，遠離戰火連綿的海岸，除了欺負陌生人和辱罵被關起來的囚犯外，沒有更好的方法證明自己的能耐。

但願六大公國所有的男孩都別這麼無知。

我睜大雙眼，好像此刻惟眞將他的手搭在我的肩上。我差點要回頭張望。不過，我還是坐著不動，在心中暗自探索他的蹤跡，卻什麼也沒發現。一無所獲。

我無法確定剛才這念頭是來自於他。或許，這只是我自己一廂情願。然而，這還眞像他，我無法懷疑它的來源。我的憤怒像先前被他們激起般突然間消失，我用一種詫異的眼神注視他們，驚訝地發現他們竟然還在。男孩，沒錯，只是乳臭未乾的小子，迫不及待地想證明自己；如同一般的年輕人那樣無知和麻木不仁。這樣吧，我不會讓自己成爲他們證明本身男子氣概的試驗者，也不會在能者大人的婚宴上讓他們流血。

「我想我可能待太久了。」我莊重地說道，然後從桌邊起身。我已經吃飽了，也知道自己不需要盤子旁邊那半杯麥酒。我看到他們在我起身時端詳我，其中一人顯然因爲看到我掛在腰際的那把劍而吃了一驚。另一人則站起來，似乎要質疑我的告辭，我卻看到他的朋友對他稍微搖搖頭示意他什麼。我們算是扯平了。於是這位結實的農家男孩就一邊冷笑、一邊走開，只見他向後退，好像我的出現會玷污他似的。奇怪的是，忽略這個侮辱眞的很容易。我並沒有後退，只是轉身走進一片黑暗中，遠離尋歡作樂的人群、舞蹈和音樂聲。沒有人跟蹤我。

我尋找濱水區，在邁步而行時心中愈來愈有目標。所以我離商業灘和帝尊都不遠了，忽然感覺一股讓自己準備對付他的慾望。我今晚會找個有浴室的旅店落腳，然後洗澡和刮臉，好讓帝尊清楚地看見他在我身上留下的傷痕，也讓他知道是誰殺了他。之後呢？如果我還活著，如果看到我的任何人認出我，就隨它去吧！讓大家知道蜚滋死而復生，用眞正的吾王正義對付這位自稱爲王的傢伙。

於是我更加堅定決心。我經過了最前面的兩家旅店，其中一家傳出爭吵或是過度表示交情的吼聲，無論如何都會讓我睡不好。另一家旅店有個下陷的門廊，和一道用鉸鏈拴住歪歪斜斜的門，我想裡面的床舖應該也好不到哪裡去。我選了一家有茶壺招牌的旅店，門外還有火把指引旅人走到門口。

像梨果鎮其他的大型建築一樣，這間旅店由河岸的石頭和灰泥築成，地板也是相同的建材。大廳盡頭有一座大壁爐，爐火卻很微弱，只夠保溫上面的燉肉。我雖然才剛吃飽，卻仍覺得它的味道很香。酒吧很安靜，因爲大多數的生意都跑到能者的婚宴上了。旅店老闆看起來是個友善的人，一見到我卻皺起眉頭，我在他面前將一枚銀幣放在桌上，好讓他安心。「我想住宿和沐浴。」

他滿臉疑惑地上下打量我。「如果你能先沐浴。」他堅決地強調。

我對他露齒而笑。「沒問題，好心的老闆，我也會洗衣服。別擔心，我不會把寄生蟲帶到床上。」

他不情願地點點頭，然後叫一名伙計到廚房拿熱水。「你從很遠的地方來，是吧？」他一邊打趣地說著、一邊指示我位在旅店後面的公共浴室的方向。

「比這還遠，不過有個活兒在商業灘等著我，我也希望自己表現出最好的一面。」我一邊微笑一邊說著，爲這句話的眞實感到欣喜。

「喔，有個活兒等著你。我知道了，原來如此，我知道了。沒錯，最好讓自己看起來乾淨有精神，角落那裡有肥皂，儘管用吧！」

我在他離開之前請求他讓我用剃刀，因為浴室裡剛好有一面鏡子，他也很樂意地提供了一把剃刀。伙計把剃刀和第一桶熱水拿進來，等他在浴盆裡裝滿水之後，我就先把鬍子剪短以方便刮臉。此時他表示願意幫我洗衣服，只要我多付一枚銅幣，我再樂意也不過了。他在拿走衣服時皺了皺鼻子，可見我聞起來比想像中臭多了。我經過沼澤區的艱苦跋涉顯然留下比我想像中更多的證據。

我好整以暇地泡在熱水中，在身上塗了厚厚一層柔軟肥皂，然後用力刷洗再沖乾淨，也洗了兩次頭，直到肥皂泡沫由灰色變成白色，我留在浴盆裡的水可比白堊般的河水還污濁。這次我終於緩慢地刮臉，只留下兩道刮痕。當我把閃閃發亮的頭髮向後梳成戰士髮辮時，也同時抬頭看鏡子，幾乎認不出鏡中的那張臉。

我已經好幾個月沒看到自己的模樣了，而當時也只是從博瑞屈的小鏡子裡看到。在鏡中回望我的那張臉比我預期中來得清瘦，向我展示和駿騎肖像上類似的頰骨。我額頭上的一撮白髮讓我看起來更老，使我想到狼獾的斑紋。我的前額和雙頰因為夏季的戶外跋涉而曬黑，臉上長鬍子的地方卻比較蒼白，所以臉頰下半段的傷痕看起來更明顯。我也看到自己的胸膛露出比以往更多的肋骨，雖然還有肌肉，卻如廚娘莎拉所言，缺乏足夠的脂肪抹在鍋子上。持續跋涉和以肉為主的飲食在我身上留下標記。

我別過頭去不看鏡子，然後露出狡猾的微笑。我怕被熟人一眼識破的恐懼頓時煙消雲散，因為連我幾乎都認不出自己。

我換上冬衣走向房間，伙計也表示會把我的其他衣服晾在壁爐邊，隔天早上就能把乾衣服拿給我。他還帶我進房，然後向我道晚安並留給我一根蠟燭。

房裡沒什麼擺設卻很乾淨，總共有四張床舖，但我是今晚唯一的住客，我也因此心存感激。房裡有一扇窗戶，因爲現在是夏季，所以沒有裝窗板和窗簾。涼爽的微風從河邊吹進來，我站立片刻注視窗外的一片黑暗，在上河處看到商業灘的燈火。這是一個富裕的城鎮，只見梨果鎮和商業灘之間燈火通明，很顯然我目前來到一個富足的地區。我堅定地告訴自己我是一人獨行，把每當想起夜眼時心中的一陣劇痛推到一旁。我把行囊往床下一丟，床鋪上的毯子雖然粗糙，聞起來卻很乾淨清爽，用稻草填充的床墊也一樣。我已經好幾個月都睡在地上，感覺上這幾乎像我在公鹿堡房裡的羽毛床般柔軟，於是吹熄蠟燭躺下來，希望自己能立刻入睡。

然而，我卻發覺自己睜大雙眼凝視著黑暗的天花板。我可以聽見遠方微弱的尋歡作樂之聲，耳邊則是我早已陌生的房屋咯吱聲響，還有從別的房間傳來的腳步聲。這些聲音讓我緊張，而風吹過森林中樹枝的沙沙聲響，或是我棲身之處旁邊的汩汩流水聲，卻都不會讓我心驚。可見我對於同類的害怕，遠遠超過大自然對我會有的威脅。

我的心遊蕩到夜眼那裡，想知道牠今晚若是安然無恙，可正在做什麼。我開始向外探尋，然後又停了下來。我明天就要到商業灘，我要做的事情牠也幫不上忙，況且我目前的所在之處，並不能讓牠安全地過來找我。如果我明天成功了，有幸活下來前往群山尋找惟眞，到那時我才希望牠記得來與我會合。但是，如果我明天不幸喪生，那麼牠最好就待在目前的地方，嘗試加入牠的同類，過牠自己的生活。

做出結論和認清我的決定正確是容易的，堅持下去則是困難的。我不應該把錢花在這張床鋪上，我應該在今晚夜行，因爲那會讓我得到更多的休息。我感到這輩子前所未有的孤寂。就算在帝尊的地牢中面對死亡，我也能夠向外探尋我的狼兒，如今我卻得獨自在夜裡思索自己無法計畫的謀殺行動，害怕帝尊身邊有能幹的精技小組護衛著，但我卻只能揣測他們的能耐。儘管夏末之夜如此溫暖，我一想到這裡就感到寒冷和噁心。我除掉帝尊的決心未曾動搖，只是沒有信心能成功。我自己做事一向表現不佳，但我下定決心在明天大顯身手，讓切德引以爲傲。

一想到精技小組，我就不安地確定我的策略已矇騙了自己。我是自願來到這裡，還是欲意巧妙地把這念頭加諸於我的思緒中，說服我奔向他是最安全的作法？欲意的精技本領靈巧無比，當他溫和地觸碰時，幾乎令人感覺不到他在運用精技。我頓時渴望對外技傳，看看自己是否感覺得到他在看我，然後就確定我想對外技傳的衝動，實際上就是欲意對我的影響，企圖讓我對他開啓內心。所以，我將這份思緒緊緊地縮成愈來愈小的圈子，直到我幾乎感覺他正充滿興味地注視我。

午夜過後，我終於感覺自己快睡著了，於是用一股內疚包圍我那折磨般的思緒，如同縱身垂直跳下的潛水者般猛然入睡，但卻太晚才察覺那緊迫的下沉。如果我想得起來該如何掙脫就好了，卻看到眼前掛滿吊飾和戰利品的漣漪堡大廳，也就是畢恩斯公國的主城堡。

宏偉的木製大門歪斜地敞開，戰死者躺在門裡的半途上，是戰爭造成的慘狀。大廳裡煙霧瀰漫，在過往勝利的旗幟間繚繞。地上則堆滿了屍體，戰士們先前在那兒抵禦衝破厚重橡木門而入的劫匪。距離屍體堆起的那道牆幾步之遙，只見畢恩斯的戰士們依然堅守著，卻快守不住了。在亂軍中央，是畢恩斯的普隆第公爵，他的二女兒妡念和小女兒婕敏在他的兩側護衛著，徒勞無功地揮劍抵擋來勢洶洶的仇敵攻擊她們的父親。她們用一種出乎我意料的技巧和凶猛迎戰，看起來像一對相稱的獵鷹，閃亮的黑色短髮框起了她們的臉龐，深藍色的雙眼充滿仇恨地瞇成一條線。然而，普隆第拒絕接受防護，也拒絕對殺氣騰騰的劫匪讓步，只見他張開雙腿站立，渾身是血，雙手握住戰斧揮舞著。

在他揮舞的斧頭下方，躺著他的大女兒兼王位繼承人的屍體。一把劍深深劈進她的肩膀和頸部，她的鎖骨都碎裂了，武器差點兒就劈開了她的胸膛。她已經死了，毫無希望地死了，普隆第卻不肯離開她的屍體；他臉頰上的淚水和血水交織，胸膛在呼吸時猶如風箱般起伏，破裂的襯衫底下露出結實蒼老的肌肉。他正和兩位劍客對峙，其中一位只想打敗這位公爵，另一位則鬼鬼祟祟地從打鬥中後退，手持長劍伺機行動，等待那位年輕人挪出空間讓他發動攻勢。

我頓時明白了一切，也知道普隆第的時間不多了。滑溜溜的血已經讓他無法握緊斧頭，每當他用乾枯的喉嚨倒抽一口氣，對他來說都是個折磨。他是個上了年紀的人，心也碎了，明瞭即使他撐過這場戰爭，畢恩斯也將淪入紅船的手裡。我的靈魂爲他的悲苦而呼喊，他卻仍不可思議地上前一步，揮動斧頭把對抗他的那位年輕人砍死。當他的斧刃砍進那位劫匪的胸膛時，另一位就以半秒之差走上前，一劍刺入普隆第的胸膛再抽回來。老人也就隨著他垂死的對手一同倒在城堡中血流成河的石地板上。

和對手作戰的婕敏，此刻稍微轉頭聆聽姊姊極度痛苦的尖叫聲。她的劫匪對手抓住機會，用手上較重的武器敲擊她手上輕巧的劍，將劍從她的手打落在地。她自他殘酷愉悅地獰笑中後退，別過頭去不顧自己的死亡，正好看到殺害她父親的凶手抓起普隆第的頭髮，準備割下他的頭做爲戰利品。

我再也無法忍受。

我撲向普隆第掉到地上的斧頭，緊緊抓住沾滿滑溜鮮血的把手，彷彿緊握一位老朋友的手。它感覺起來異常沉重，我卻揮舞斧頭擋住攻擊者的劍，然後，以博瑞屈將引以爲傲的招式將劍後推劃過敵人的臉龐。當我感覺到他臉上的骨頭因那一擊而崩裂，我稍微顫抖了一下，卻沒有時間思索。我向前跳起來用力向下揮動斧頭，狠狠砍斷想割下我父親頭顱的敵人的手。斧頭砍進石地板發出沉重的聲響，我的雙臂也猛烈顫抖。突然一股鮮血潑灑在我身上，是妡念揮劍刺進她的對手前臂。他就聳立在我上方，我一縮肩滾到一旁，在站起來時一斧砍過他的腹部。他手中的劍墜地，倒下來時還抓緊住濺出來的腸子。

在我們酣戰的這小小沸騰的戰地裡，不可思議地出現了完全靜止的狀態。妡念低頭吃驚地凝視我，表情旋即轉變爲勝利的喜悅，然後就被一股最純粹的痛苦所取代。「我們不能讓敵人帶走他們的屍體！」

她突然間宣布，接著抬起頭，一頭短髮像作戰中的種馬鬃毛般飛舞。「畢恩斯，跟我來！」她大喊一聲，她的聲音聽起來毫無疑問在下令。

我馬上抬頭注視妡念，發現自己的視線逐漸消退，眼前的影像立刻重疊，然後就看到暈頭轉向的婕敏祝福她的姊姊，「畢恩斯女爵萬歲。」我看到她們注視對方的神情，兩人都不指望活過這一天。一小群畢恩斯的戰士隨後脫離戰況加入她們。「把我父親和姊姊的屍體抬走，」妡念命令其中兩個人，「其他人跟我走！」婕敏搖晃地站起來，納悶地注視那把沉重的斧頭，然後彎腰拾起她所熟悉的劍。

「在那裡，那裡需要我們。」妡念大聲宣布，指著她所說的方向，婕敏就跟隨她過去加強戰爭防線，讓她們的人民有足夠時間撤退。

我看著婕敏離開，一位我沒愛過卻將永遠欽佩的女子。我一心一意想跟隨她，卻逐漸失去對於此情此景的掌握，一切轉眼化成煙霧和陰影。有人抓住我。

那麼做很愚蠢。

我心中的聲音聽起來很愉悅，是欲意！我絕望地思索，我的心在胸中猛烈跳動。

*不，但也很可能就是他。你逐漸鬆懈自己的心防，蜚滋，你根本承擔不起。無論他們如何召喚我們，你一定要小心。*惟真一伸手就把我推開，我也感覺自己的身體又重新接收自我。

「但您卻這麼做。」我提出抗議，卻只聽到自己在旅店房間裡發出微弱的聲音，於是我睜開雙眼，只見房間那唯一的窗戶外一片黑暗，無法確認已經過了幾分鐘或幾個小時，只知道天色仍有些暗沉，還可以再睡一會兒，並且對此心存感激，因此刻拉扯我的極度疲憊感讓我無法想到其他事情。

當我在隔天早晨醒來時，只感覺一陣迷惘。我太久沒從一張真正的床鋪上醒來，更別說乾乾淨淨地甦醒。我強迫自己雙眼對焦，然後注視天花板樑柱上的繩結，過了一會兒就想起這間旅店，我離商業灘和帝尊都不遠了。同時我也想起普隆第公爵已經死了。我的心沉沉下墜。我緊閉雙眼，隔絕那場戰爭的精技記憶，然後就開始感覺我的頭一陣強烈的劇痛，我立刻失去理智地將一切歸咎於帝尊。他精心安排這場悲劇讓我灰心喪志，使得我的身體衰弱地顫抖。就在這樣一個早晨，我盼望精神抖擻地起身展開殺戮行動時，卻幾乎找不出力氣翻身。

稍後，旅店伙計把我的衣服拿過來，在我給他兩枚銅幣之後，很快又端來一盤食物。這碗麥片粥的模樣和味道令我反胃。我突然瞭解何以惟眞在夏季用技傳抵禦劫匪入侵沿海時，總是對食物反感。托盤上唯一讓我感興趣的是杯子和一壺熱水。我起身爬下床，彎腰把床底下的背包拉出來，卻兩眼直冒金星。當我打開背包找到精靈樹皮時，我已經如同賽跑過後般氣喘吁吁。我用盡所有的專注力才能不顧頭痛集中思緒。劇烈的頭疼讓我大膽地將更多精靈樹皮搗碎倒進杯子裡，用量幾乎和切德曾爲惟眞調配的劑量那麼多。自從夜眼離開我之後，我就身陷這些痛苦的精技夢境之中，無論怎麼豎立心防都無法隔開它們。但昨晚的夢是長久以來最糟糕的一次。我懷疑是因爲自己涉入夢境，透過婕敏採取行動造成的。這場夢消耗掉了我大量的精力和精靈樹皮。我不耐煩地看著精靈樹皮在熱水中溶濾成深色，一旦看不見杯底就馬上舉杯一飲而盡，苦澀的味道幾乎令我作嘔，卻無法阻止自己在杯底的樹皮上倒更多熱水。

我緩慢地喝下藥效較輕的第二杯茶，坐在床沿出神地望著窗外的遠方，眼前清晰可見河流經過平坦的鄉間，上面有些耕種農作物的田地，圍起籬笆的牧場上也有乳牛，就在梨果鎭外圍，我也瞥見更遠處沿路自農莊升起的裊裊炊煙。我再也不用穿越沼澤，我和帝尊之間也沒有荒野隔離。從此刻起，我必須像個人一樣踏上旅途。

我的頭痛已經消退，於是強迫自己吃下冷掉的麥片粥，忽略我的反胃徵兆。我都付錢了，而且需要靠它充飢好維持一天的體力。我穿上伙計還給我的衣服，是很乾淨沒錯，但這卻是我對它的唯一感言。我的襯衫早就變形了，也染上了幾抹棕色，綁腿在膝蓋和臀部處因磨損而變薄，也太短了。當我穿上自製的鞋子時，才發覺它們是多麼簡陋。我已經太久沒思考自己該如何出現在別人面前，當我發現自己的穿著比我能想起的任何一位公鹿堡乞丐還不如時，不禁訝然。難怪我昨天晚上激起了他人的憐憫和不屑。倘若我見到和自己一樣衣衫襤褸的人，也會有相同的感受。

想到穿著這身衣服走下樓可眞令我感到畏縮。不過，替代方案是我可以披上溫暖的毛料冬衣，一整天悶熱和滿身大汗。我走下樓來，這本是應當的，但此刻卻覺得自己是個笑柄，只想偷偷溜出去。

我迅速重整行囊，然後一陣警覺，想到自己一下子就服用大量精靈樹皮，除了精神抖擻，再也沒有別的感覺。要是在一年前，這麼多精靈樹皮只會讓我頭昏腦脹。我堅定地告訴自己這就像我的衣衫襤褸般，是沒有選擇的事情。精技夢境還不放過我，我也沒時間躺下來讓身體自行復原，更別提這麼做的時候還得把錢花在旅店和食物上。但是，當我把行囊揹在肩上走下樓梯時，就想起這眞不是個展開一天的好方法。普隆第的死亡、畢恩斯公國淪入劫匪手裡、我一身稻草人般的衣著，還有精靈樹皮的支撐，都令我的意志非常消沉。

我眞的有機會突破帝尊的城牆和侍衛，然後殺了他嗎？

心情低落，博瑞屈曾經告訴我這是精靈樹皮的後勁之一。所以那就是我所感覺到的，如此而已。

我向旅店老闆道別，他也祝我好運。在晴朗的戶外，太陽早已高高掛在天際，這又是個美好的一天。我讓自己步伐穩定地離開梨果鎭，朝商業灘邁進。

當我來到郊區的時候，眼前出現了一幅令人不安的景象。有兩座絞刑台，各自吊著一具屍體。這已經夠恐怖了，但我還看到其他的設施。一座鞭打用的台子，還有兩根樹幹，它們的木頭還沒有被陽光曬成淺色；這些是新的設施，但看起來卻像用過不少次。我迅速大步走過它們，卻無法不回想自己差點兒也成了絞刑台上的人。只有在我身上流著的王室私生子血液，和古老的法令規定，王族的人不能處以吊刑，才救了我。我也想起帝尊曾看我挨打時明顯的愉悅。

我再度打冷顫，納悶切德如今身在何處。如果帝尊的軍隊真的逮到他了，帝尊將毫無疑問快速地處置他。我試著不去想瘦高且滿頭灰髮的他，將如何在明亮的陽光下挺身站在絞刑台上。

還是，他會這麼快就被處死嗎？

我猛烈搖頭揮去這樣的想法，繼續走過這兩具衣衫襤褸的可憐屍體，它們像是被遺忘的衣服，在陽光下曝曬。我心中的些許黑色幽默也告訴我，連他們都穿得比我還體面。

當我沿路步行時，經常需要讓路給過往的貨車和牛群，可見這兩個城鎮之間的確商務頻繁。我離開梨果鎮，有好一陣子都走在人丁旺盛的農家前面，只見路邊一片接著一片的稻田和果樹園；再走遠一點就看到鄉間住宅，是一棟棟安穩舒適的石屋，堅固的農舍周圍布滿高大的林蔭和其他植物，牧草地上有供騎乘和狩獵的馬匹，我也三番兩次相信自己看到了公鹿堡的馬兒。在這之後就是一望無際的田地，大多種植亞麻和大麻。最後，我開始看到面積較小的土地，然後就到城鎮的外圍了。

如我所料，我在傍晚時抵達了市中心，街道都鋪上了大卵石，各行各業的人潮熙來攘往，我也發現自己驚奇地四處張望。我從來沒見過商業灘這類的景象，只見眼前櫛比鱗次的商店、小酒館、旅店和馬廄林立，等待身懷不同銀子的顧客上門，一切都在這平坦的土地上展開。而公鹿的任何城鎮就完全不是這樣。我來到一個充滿花園和噴水池的區域，還有許多寺廟、劇場和訓練場所。花園都鋪上了小卵石走道和大卵石車道，交織在植物、雕像和樹木之間。在走道上漫步的人和駕駛馬車的人都衣著光鮮，這樣的盛裝只有在公鹿堡最正式的場合中才會出現。有些人身穿法洛的金棕色制服，這些僕人的服飾卻比我曾經擁有的任何一件衣服都來得豪華。

這是帝尊童年時期的避暑勝地。他總是嫌公鹿堡城只比落後村莊略勝一籌。我試著想像一位男孩在秋季拋開這裡的一切，回到一個骯髒的小漁港上方，矗立在山崖上飽受風吹雨打的透風城堡；難怪他急著把自己和宮廷遷移至此。我頓時隱約瞭解帝尊了。這令我生氣。知道你將殺害的人的一切是件好事，瞭解他卻不是。我想起他如何殺了自己的父親，也就是我的國王，接著更堅定自己好達成我的目標。

當我穿越這繁榮的地區時，發現自己引來不少憐憫的眼神。如果我決定以乞討爲生，早就發財了。然而，我尋找較不起眼的居所和小老百姓，或許可以從那兒打聽到一些帝尊的消息，和他如何在商業灘堡組織和配置人力。我走到河邊，期望那兒讓我更有家的感覺。

我在那裡發現商業灘之所以存在的眞正原因。誠如它的名稱，河流在此處平坦了下來，落入碎石和岩床上方波動的淺灘；河道寬闊到對岸已落入迷霧裡，河水似乎伸展到達了地平線那端。我看到一整群牛群和羊群涉過酒河，下游有一艘艘吃水淺的纜繩駁船，利用水深載運川流不息的貨物渡河。這就是提爾司和法洛的交易處，果樹園、稻田和牛群聚集在一起，一船船從公鹿、畢恩斯或更遙遠處運來上河的物品在此終於卸貨，送往負擔得起物價的貴族那兒。對商業灘來說，在年頭好的時候，還會看到從群山王國和更遠的地方運來的商品，像是琥珀、上等的毛皮、象牙雕飾和來自雨野原的稀有香味樹皮。這裡還有被運來製作高級法洛布料的亞麻，和即將製成麻繩和船帆的大麻。

我有一個幾小時的工作機會，需要把一包包稻穀從小駁船扛到馬車上。我接受了這份差事，與其說是爲了掙些錢，倒不如說是想聽聽人們彼此交談些什麼，也因此知道了一些事情。沒有人提及紅船或是沿海地區的戰爭，只是抱怨來自沿海的貨物品質有多麼差，還得花大錢買這些少得可憐的東西。沒什麼人提到帝尊國王，就算有也只是對他吸引女性的能力和好酒量引以爲傲。當我聽到有人稱呼他爲登穩國王，也就是他母親的王族姓氏時，可眞是嚇了一大跳，然後就覺得這樣總比他自稱爲瞻遠家族的人來得妥當。我和他之間又少了一個共同點。

然而，我時常聽到吾王廣場，其內容可眞令我喪膽。

爲了維護自己話中的眞實而決鬥，一向是六大公國的古老概念，公鹿堡也有名爲見證石的直立石柱。據說當兩個人在那裡用拳頭解決一個問題時，埃爾和艾達就會親眼目睹，確定正義得以伸張。這些石頭和習俗都非常古老。當我們在公鹿堡提到吾王正義時，經常就是切德和我爲黠謀國王所進行的祕密任務。有些人會來向黠謀國王本人公開請願，並接受國王認爲對的任何處理方式。但是國王有時也會聽聞一些不公平的行徑，然後他會派切德或是我暗中解決做錯事情的人。我以吾王正義之名結束了許多生命，有時仁慈地快速了結，有時卻苛刻緩慢，對於死亡應該已經是鐵石心腸了。

然而，帝尊的吾王廣場缺乏正義，反倒充滿娛樂意味。這個前提很簡單，那些國王斷定爲應該受罰或處死的人，就會被送進他的廣場裡。可能將面對飢餓和因辱罵而發瘋的動物，也或許是一位打手，就是吾王鬥士。偶爾會有一些罪犯因演出精彩而獲王室寬赦，甚至成爲國王的鬥士；被冶煉者就沒這個機會。被冶煉者只能等著被動物虐待，或者挨餓然後和其他違法者打鬥。這類審判最近大爲風行，受歡迎的程度甚至吸引比商業灘市集廣場更多的人潮，而這裡就是目前行使「正義」之處。如今帝尊興建了一座特殊的廣場，更便捷、更接近他的豪宅，有結實的屋頂和牢固的牆壁，可以把動物和囚犯關得更緊，還有座位吸引人前來觀賞行使吾王正義的盛況。吾王廣場的興建提供了商業灘城市夠多的生意和工作機會。大家在群山王國的貿易往來斷絕之際，都歡迎這極好的主意。我沒聽到任何人出言反對。

當馬車裝滿貨物之後我就得到酬勞，於是跟隨其他裝卸工來到附近一家小酒館，除了麥酒之外，人們還可以在這裡買到許多藥草和桌上型的燻煙香爐。小酒館內充滿煙霧瀰漫的氣氛，我立刻感覺雙眼好像被黏住一般，喉嚨也很乾澀，但其他人似乎不以為意，甚至深受藥效影響。把燃燒的藥草當成麻醉品在公鹿堡一向相當罕見，我也從來沒有培養如此嗜好。我花錢購買沾上蜂蜜的肉布丁和一杯很苦的啤酒，這味道嚐起來可眞像河水。

我向不少人打聽，想知道國王自己的馬廏是否眞的在僱用人手，如果是眞的話，要到哪裡找這份工作。我想為國王本人效勞的想法，足以讓多數人覺得有意思，但我在和他們工作的時候，就已經受到他們的影響，用略微單純的方式應對，因此我能夠以溫和的微笑接受他們粗俗的幽默感和建議。最後，一位浪蕩的人對我說，我應該親自問國王本人，還告訴我前往商業灘殿堂的方向。於是我謝謝他，喝完剩下的啤酒之後就走了。

我以為自己會見到宏偉的石牆和築壘。這是當我離開河邊，朝上方的內陸前進時所看到的。不過，我終於步上一座矮丘，如果有人能把這微凸之處稱為矮丘的話。這額外的高度足以讓人清晰地俯視河流的兩個方向，山丘上堅固的石材建築顯然已經得到這地勢的每一個優勢。我站在下方繁忙的道路上，只能目瞪口呆地抬頭張望。這棟建築物沒有公鹿堡森嚴的戰略用途，相反的，這棟環繞著白卵石的車道、花園和樹木的住宅，只顯出宮廷的氣派和歡迎的氣息。商業灘殿堂和周圍的建築，從來沒被當做要塞和堡壘。它被建為一座優雅奢華的住宅，石牆上有精細的花紋，入口處也有高雅的拱門；雖然有塔卻沒有射箭的洞口，一看就知道這樣的建築提供屋主對周遭景致更遼闊的視野，比較像是為了消遣享樂，而非為了任何的謹慎提防所建。

繁忙的公共道路和別墅之間也有幾道牆，卻是低矮厚實的石牆，上面覆蓋著苔蘚和常春藤，隱蔽處和角落還有被花開藤蔓圍繞的雕像。一條寬敞的馬車道筆直延伸到大房子的門口，其他較狹窄的走道和車道則引領人們前去欣賞蓮花池，以及精心修剪的果樹，或是安靜的林蔭步道。一些有遠見的園丁在此種植的橡樹和柳樹，至少有一百年了，如今高大茂密的樹林正隨著河風輕輕搖擺。這一片美景的面積比一座大型農場還遼闊，我試著想像一位有閒情逸致和資源來創造這一切的統治者。

如果一個人不需要戰艦和勇猛的軍隊，是否就能擁有這些？耐辛曾在她父母的家鄉體驗如此美景嗎？這是弄臣在房裡用一瓶瓶美麗的花朵，和幾缸銀色的魚遙相呼應的景致嗎？我感到卑下和粗野；並不是因爲自己的衣著，而是我忽然感覺這是一位國王所該有的生活方式。置身藝術、音樂和美好的事物中，提供一個地點將這些發揚光大，進而提升人民的生活品質。我瞥見自己的無知，更糟糕的是，也瞥見一個受訓殺人者的醜陋。我也感受到一股突如其來的憤怒，爲所有自己從未受到教導、從未瞥見過的事物產生怒氣。難道帝尊和他的母親沒有插手，好讓小雜種留在他自己的位置嗎？我被磨鍊成一個醜惡卻有用的工具，就如崎嶇荒涼的公鹿堡般，僅是一個要塞，而非一座宮殿。

然而，如果公鹿堡沒有像怒吼的狗一樣，矗立在公鹿河口防守，如此美景又怎能保存下來？

這好比在我的臉上潑冷水。事實如此。公鹿堡當初不正是爲了控制河流貿易而興建嗎？如果公鹿堡淪入劫匪手中，這些寬敞的河流就成了條條大道，讓他們一艘艘吃水淺的船隻航行其上。他們會猶如匕首般刺進六大公國易受攻擊的地帶中。到時候，這群懶惰的貴族和自大的農家小子就會在夜裡的尖叫聲和煙霧中驚醒，沒有城堡可以藏身，也沒有侍衛挺身爲他們作戰。

他們在臨終前，或許就能知道別人爲了他們的安全，曾忍受了多少磨難。他們在臨終前，或許將責罵國王逃離那些壁壘來到內陸，藏身享樂之中。

但我要讓那位國王先死。

我開始謹慎地步上商業灘堡的周邊陣地。最容易進去的方式應該就是最不受注意的方式，最好的脫逃路徑也得計畫好。在天黑之前，我就可以知道自己能在商業灘殿堂做些什麼了。

9

刺客

公鹿堡最後一位眞正負責訓練王室學徒的精技師傅，並非經常被記載的蓋倫，而是他的前任精技師傅，殷懇。她或許拖了太久才選出一位學徒。當她選上蓋倫的時候，已經開始犯咳嗽，這個病最後也奪去了她的生命。有人說她因爲知道自己去日無多，才不顧一切地收他爲徒；其他人則表示，是欲念王后逼她這麼做，好讓自己的寵兒在宮廷中得以步步高陞。不論實情爲何，他只當了她不到兩年的學徒，殷懇就因咳嗽而病逝了。有鑑於以往的精技師傅得花上七年的時間當學徒，才能外出遊學*，蓋倫在殷懇逝世之後立刻宣稱自己是精技師傅，就顯得過於倉促了。她幾乎不可能在這麼短的時間內就把本身所有的精技知識，和精技運用的種種可能性傳授給他。然而，卻無人質疑他的這項宣稱。雖然他曾經協助殷懇訓練惟眞和駿騎兩位王子，但在殷懇逝世後他就宣布他們的訓練已經完成了。從那時起，他拒絕訓練其他人的建議，直到紅船戰禍的那幾年，他終於服從黠謀國王的要求，組織他的第一個，也是唯一的精技小組。

蓋倫親自挑選學生組成精技小組，違背精技小組互相推舉自己的成員和首領的傳統，並且窮極一生掌握極大的力量控制他們。精技小組名義上的首領威儀，在一次出訪群山王國的任務時，由於一次精技意外而使自己的天賦損毀。端寧在蓋倫逝世之後接任精技小組首領，在黠謀國王被發現遭謀殺之後，就和另一位成員擇固雙雙喪命。欲意接下來就擔任所謂的蓋倫精技小組首領。那時，只剩下三位成員：欲意本人、博力和愒懦。看來蓋倫似乎將自己對帝尊堅定不渝的忠誠烙印在他們三人身上，但卻無法避免他們互相較勁地向帝尊爭寵。

當黃昏來臨之際，我已經徹底探勘過王宮的外圍地區。我發現人人皆可在低層的走道上自由漫步，欣賞噴泉和花園，以及紫杉林蔭和栗子樹，有不少衣著光鮮的人們正享受這片美景。大多數人都以嚴厲非難的眼光看我，有些人則憐憫我，還有一位穿制服的侍衛態度強硬地提醒我，在國王花園裡絕對不容許行乞。我向他保證，我不過是來看經常在故事中聽聞的奇景。然後他便回我說我這類人不夠資格聽花園的故事，還指點我離開花園最直接的路徑。我用最謙卑的態度謝謝他之後便走開，他也站在那裡看我離開，直到小徑帶我彎過樹籬盡頭離開他的視線。

我的下一個短暫的訪問就低調多了。我曾稍微思索了一下伏擊一位逛花園和草本植物園的年輕貴族，讓自己換上他的衣服，但隨即便放棄了這個念頭。一來我找不到像自己這麼瘦的人好取得合身的衣

*譯註：在古時歐洲拜師學藝的程序及工匠自己成為師傅的過程中，一位學徒出了師門還得經過一段「漂泊的歲月」才能自立門戶為師。

服；二來，他們所穿著的時髦服飾，必須繫上一堆色彩鮮豔的緞帶，我很懷疑在沒有貼身男僕的協助下是否能獨自穿好這些衣服，更別提從一位失去意識的人身上把衣服脫下來。而且，那些縫在袖口的垂懸蕾絲上的銀鈴，也無助於刺客進行無聲任務。因此，我仰賴低牆邊的濃密植物藏身，慢慢地走上山丘。

最後，我碰到一堵環繞山丘頂端的平滑石牆，只比高大的人跳起來可觸碰到的高度略高。我認為它不是用來充當眞正的屏障，牆邊也沒有植物，老樹幹的殘株和殘根卻顯示此地曾有藤蔓和灌木，我納悶帝尊是否下令移除這些植物。我越過圍牆看到爲數衆多的樹木頂端，於是決定斗膽倚靠它們的庇護。

繞牆走上一圈並避免被人看見，花掉了我下午大部分的時間。牆上有好幾道門，其中一道華麗的正門有穿制服的守衛向駕車來往的人們致意。從馬車的數目看來，晚間似乎有一項慶典。這時，一名守衛轉身粗聲大笑，讓我頸子上的汗毛都豎了起來。我有好一會兒只是站著不動，從我隱蔽的藏身處凝視。我以前見過他嗎？我離那兒很遠，很難說我是否見過他，但這思緒卻激起一陣恐懼和憤怒交織而成的微妙感覺。帝尊，我提醒自己，帝尊才是我的目標。我繼續前進。

還有幾道給送貨的人和僕役走的小門，那兒的守衛身上的制服沒有蕾絲，他們卻用一板一眼的態度補強，質問每一位來往的男男女女。如果我穿著體面些，就會冒險喬裝成一名男僕，但我最好別以這身乞丐般的破衣大膽嘗試。我找到一個定點讓守衛看不見我，然後開始向過往的生意人行乞。我一句話也沒說，只是將手掌彎成杯狀，帶著乞求的神情走向他們。大多數人的反應就像人們見到乞丐時一樣，忽略我並繼續交談。因此，我得知了今晚的慶典是緋紅舞會，更多的僕人、樂師和魔術師爲了慶典活動來到此地，含笑葉也取代歡笑草成爲國王最喜愛的燻煙。還有國王對於一位名叫費斯楚的傢伙帶給他的黃絲綢品質感到很不滿意，威脅要鞭打這位竟敢拿品質低劣的商品給他的商人。今晚的這場舞會也是國王的告別晚宴，因爲他即將啓程前往酒河的琥珀廳，拜訪他親愛的朋友蕞婷夫人。此外，我還聽到更多消息，但那些和我的任務沒什麼關係。我也在這段時間獲得人們賞給我的一把銅幣。

我回到商業灘，看到有一整條街全都是裁縫店。在費斯楚店的後門，我看到一位掃地的學徒，就給了他幾枚銅幣以換取幾塊形狀不一的黃絲綢布塊，然後在街上找了一家最不起眼的店，將身上所有的錢花盡，剛好夠買一條寬鬆長褲、一件罩衫和一條方頭巾，就像那位學徒的裝扮。我在店裡換上新衣，把辮子向上綁，藏進方頭巾裡，再穿上我的靴子，走出店外就成了另一個人。我的劍此刻藏在褲管裡垂在腿邊，感覺很不舒服，但在大步前進時不致太明顯。除了我的毒藥和其他派得上用場的工具，我把穿破了的衣服和行囊裡的其他東西，都丟在一家小酒館屋後臭氣四溢的蕁麻叢裡，然後走回商業灘堡。

我不讓自己有絲毫遲疑，直接走到商人出入的那道門，和其他人一同排隊等候獲准入內。我的心在胸腔內噗通噗通地猛烈跳動，我卻表現出鎮定的儀態。我利用時間透過樹林觀察視野可及的房屋，這些看起來挺壯觀。我原先因爲這一大片耕地都拿來建造美麗的花園和走道而感到吃驚，現在我看到這些花園只是住宅區的景觀，這些房舍延展和高聳的樣式對我來說卻完全陌生，看起來一點兒也不像碉堡或城堡，一切都如此舒適優雅。輪到我的時候，我就拿出黃絲綢樣品，並且表示自己代表費斯楚表達歉意，他也託我帶了一些樣品，希望國王會喜歡。當一名粗魯的守衛指出費斯楚通常都親自前來時，我就有些悶悶不樂地回答，我的師傅認爲如果國王不喜歡樣品的話，那麼在背後挨皮鞭的人就會是我，而不是他。守衛們相視而笑，然後就准我進去。

我趕緊走向前，跟上一群比我先進來的樂師，於是就隨他們走到宅邸後面。在他們問路的時候我蹲下來綁鞋帶，站起來時就剛好跟他們進去。我們來到一個小型的入口廳堂，在曬了一個下午的太陽光和熱氣後，這裡顯得涼爽和陰暗。我跟隨他們來到走廊上，只見吟遊歌者彼此談笑，同時匆忙地前進，我就放慢腳步落在隊伍之後。當我經過一間房門敞開的空房間時，就走進去安靜地把門在我身後關上，穩住呼吸之後開始四處張望。

我在一間小型的起居室裡，房裡的家具既寒酸又不搭調，所以我推測這是僕人或來訪工匠的客房。我知道自己無法在此久留，卻看到幾個大型的櫥櫃沿著牆壁排列，我就選了一個在房門突然打開時不會直接看到的櫥櫃，迅速重新整理裡面的東西，好讓自己坐進去。我把自己藏在裡面，留下一道門縫可透光之後就開始幹活兒，檢查和整理自己的藥水瓶和一包包毒藥，在腰刀和劍的邊緣都抹上毒藥，接著小心翼翼地將它們收回鞘裡，把劍拿出來掛在長褲外面，然後舒服地坐好等待。

由黃昏進入夜晚的這段時間，感覺彷彿過了好幾天。人們兩度短暫地進來房裡，我卻從他們的閒言閒語中得知每位僕人都爲了今晚的聚會忙著準備。這段時間我就在想像帝尊逮到我之後會如何殺了我當中度過。有好幾次，我幾乎失去了勇氣。每一次我都提醒自己，如果我現在就走，我就得一輩子都活在恐懼之中。於是，我試著做好心理準備。倘若帝尊在這裡，他的精技小組一定也在附近。我謹愼地複習惟眞教導我豎起心防的方式，以躲開其他精技使用者。我很恐怖地察覺到自己忍不住冒險運用一絲精技向外探尋，看看自己能否察覺他們。我克制自己，懷疑我是否能在不洩露自己的情況下察覺他們。就算我發現了他們，又會從中得知什麼新鮮事？最好還是專心提防自己以免被他們發現。我拒絕讓自己專注去想我會做什麼，以免他們獲悉我絲毫的想法。當窗外的天色終於暗下來，並且出現點點星光時，我就從藏身之處溜出來，冒險地來到走廊上。

晚間樂聲飄揚，帝尊和他的來賓正在宴會現場。我聆聽微弱的音符片刻，是一首有關兩姊妹的熟悉曲子，其中一位把另一位淹死了。對我來說，這首歌的奇特之處並非那把自行彈奏的豎琴，而是一位在發現女子的屍體之後，就靈機一動用她的胸骨製成一把豎琴的吟遊歌者，稍後我就不再想它，集中心思在我的正事上。

我在一條簡樸的走廊上，木頭鑲著石板地面，以間距很遠的火把照明。僕人的區域，我如此推測，這兒對於帝尊和他的朋友來說不夠體面，對我來說卻依舊不太安全。我必須找到僕人用的階梯然後爬到二樓，於是偷偷摸摸地在走廊移動，經過一扇接著一扇的門，並且在每一扇門前停下來傾聽。我有兩次聽到房裡有動靜，一間房裡有一群女人在聊天，另一間則發出織布機運轉的聲音。當我來到安靜的房間外，就悄悄地打開房門。這些多半是工作室，其中有好幾間編織和裁縫室，其中一間的桌上還擱著一套等待縫製的高級藍色布料，可見帝尊依然沉溺於對華服的喜愛。

我來到走廊的盡頭，在角落裡四處窺伺，看到另一條比較寬敞而且漂亮多了的走廊，頭頂上的灰泥天花板還有蕨類的印記。接下來，我又偷偷摸摸地來到走廊上，在房門外傾聽，並且謹愼地偷窺一些房間。我告訴自己，再靠近一點兒。我發現一間圖書館，裡面的羊皮紙書和卷軸收藏比我所知存在的還更多。我在一間房裡停留片刻，房裡華麗的鳥籠中的鮮紫紅色鳥正在牠們的棲木上打瞌睡。房裡還有白色大理石片圍繞的池塘，池水中有游來游去的魚和睡蓮，牌桌旁也有凳子和軟墊椅子，四散的小櫻木桌上擺著燻煙香爐。我從來沒想像過竟有這樣的房間。

我最後來到一間體面的廳堂，牆上掛滿了上框的人物肖像，地板則是閃亮的黑色石板。我在看到侍衛時後退，默默地躲在牆角等他從我眼前走過去，然後我就溜出來輕快地掠過那些貴族和假笑的仕女肖像。畫框還眞是華麗。

我跌跌撞撞地進入一間前廳，牆上有吊飾，還有幾張小桌子支撐雕像和插滿花朵的花瓶，甚至連火把燭台也裝飾得極爲華麗，做工繁複的壁爐台兩邊還有些鍍金框的小肖像。椅子排得很靠近，好讓人們親密地交談。這裡的音樂聲更響亮，我也聽見笑聲和說話的聲音。儘管現在已經很晚了，歡宴依舊持續進行。在對面的牆壁上有兩扇高大的雕花門，從那裡進去就能走到帝尊和他的貴族們舞蹈歡笑的地方。

當我看見兩位身穿制服的僕人從我左邊那道遙遠的門進來時，就抽身後退到角落裡，只見他們用托盤端著各類香爐，我猜他們要更換已經燃燒殆盡的香爐。我僵直地站著聽他們的腳步聲和談話聲，當他們打開那扇高大的門時，便傳來更響亮的豎琴聲和令人麻醉的燻煙氣味。那兩人都停在逐漸關上的門邊，我冒險再向外窺探。眼前一無人跡，但是背後——

「你在這裡做什麼？」

我的心都掉到靴子裡去了，但我強迫自己在臉上擠出羞怯的微笑，同時轉身面對剛才在我身後進門的侍衛。「大人，這房子可真像個大迷宮，我都迷路了。」我誠實說道。

「是嗎？那你要如何解釋為何在國王的護牆內佩戴一把劍？大家都知道除了國王的貼身侍衛外，任何人都不能帶武器。我剛才看到你偷溜進來，你是不是認為可以趁歡慶進行時，鬼鬼祟祟地四處走動，把發現到的任何東西塞進口袋裡，小偷？」

我害怕地站著不動，注視這個人一步步走向我。我確定他從我受挫的表情中看出我的目的。維第如果認為他正逼近一個他曾在地牢中協助毆打致死的人，就絕不會如此微笑。他的手隨意地擱在自己的刀柄上，自信地露齒而笑。他是一位英俊的男子，如同許多法洛人般挺拔俊俏。他所佩戴的徽章是代表法洛登穩王室的金橡樹，一頭代表瞻遠家族的公鹿跳躍其上。看來帝尊也調整了他的軍隊服飾，但我倒希望他沒把公鹿標誌放上去。

我心中的一部分注意這一切，另一部分則再次經歷那個夢魘，我當時被抓住衣襟拖著站起來，好讓這人打我並再度將我逼到地上。他不是把我鼻子打斷的波爾特，不。維第當時跟著他毫不留情地揍我第二次，在這之前波爾特早已把我打得無法站穩。他在我面前站著，我就彎腰退縮著遠離他，徒勞地試著從濺滿我的血的冰冷石板地爬離他。我記得他每次把我拖起來準備再揍我時，都會笑著咒罵。「憑艾達的乳頭。」我喃喃唸出這幾個字，心中的恐懼瞬間消融。

「讓我瞧瞧你那包東西是什麼。」他對我下令，然後更接近。

我不能把囊中的毒藥拿出來給他看，也沒辦法解釋那些好脫困，無論多麼滑頭地扯謊都不能讓我逃脫此人。我必須殺了他。

這忽然變得如此單純。

我們太靠近宴會廳，我也不希望有任何聲音引起任何人的驚慌或警覺。所以，我從他面前撤退，緩慢地踏出每一步，後退到一個寬敞的廣場裡，從這兒我就能回到我之前離開的房間。當我匆忙地後退躲避這位高大的侍衛時，牆上的肖像俯視著我們。

「站住！」他對我下令，我卻猛烈搖頭，希望這麼顯露驚恐可以深具說服力。「我說站住，你這瘦巴巴的小偷！」我迅速掠過肩膀一瞥，然後情急拚命地向後退，好像正試著尋找轉身逃離他的勇氣。當我第三次這麼做的時候，他就跳起來撲向我。

我一直希望他如此。

我閃到旁邊，然後用手肘猛烈撞他背上的某處，力道之大使得他跌跪在地上。我聽到他的膝蓋骨啪地一聲撞擊石板地的聲音，只見他無言地怒吼，既氣憤又痛苦。我看得出來他爲什麼忽然如此憤怒，因爲我這瘦巴巴的小偷竟敢攻擊他。我猛踢他的下巴，讓他喀嚓一聲閉上嘴，瞬間安靜下來。我很感激自己在這之前換回了自己的靴子。在他還來不及發出第二聲，我已拔出刀子劃過他的喉嚨。他發出咯咯聲表示驚訝，舉起雙手徒勞地接住汩汩流出的溫熱鮮血，我就矗立在他面前俯視他的雙眼。「蜚滋駿騎，」我平靜地告訴他：「蜚滋駿騎。」他的雙眼在突然的領悟和驚恐中瞪得老大，然後就失去任何表情地斷氣了。他突然間不動了也沒知覺，如同石頭般毫無生命。對我的原智感知來說，他已經消失了。

我的手腳還真快。復仇。我站在那裡低頭看他，等待勝利、如釋重負或滿足的感受，卻感覺不到任何東西，我感覺就好像他一樣失去生命了。他甚至不是我能吃下去的肉。我也遲緩地納悶是否在某處有位深愛這名英俊男子的女子，還有倚靠他的薪酬塡飽肚子的金髮孩子。這樣的想法對刺客來說不好；當我以前爲黠謀國王伸張吾王正義時，它們從未折磨過我，於是我將它們從腦海中甩開。

他在地上可流了一大灘血。我雖然很快就堵住了他的嘴，但這樣的一團糟卻不是我所願意造成的。他是一個魁梧的人，所以體內也會有大量的血。我趕緊動腦筋，盤算著到底要花時間把屍體藏起來？還是利用他的同僚很快就會來找他的舉動，讓這個景象引去大多數人的注意力？

最後我脫下襯衫，盡可能擦乾地上的血，然後把衣服丟在他的胸膛上，用他的襯衫抹去自己手上的血。我抓住他的肩膀把他拉離肖像廳，始終顫抖地努力擴展我的感覺察探是否有人前來。踩在打過蠟的地板上感覺很滑溜，我也感覺自己的氣喘聲震耳欲聾。儘管我設法把血擦乾淨，我們卻仍在身後的地板留下一道紅色血跡。在那間有鳥有魚的房間門口，我強迫自己先聽清楚了再進去，一邊屏息、一邊試著忽略如雷貫耳的心跳聲，好在這房間裡沒有人。我用肩膀把門抵開，然後把維第拖進來，抓起他丟進一個石頭砌成的魚池裡，只見魚兒慌亂地游開，同時鮮血也漩渦似的漂浮在清澈的水面上。我匆忙地在另一個池塘將雙手和胸前的血跡洗乾淨，然後從另一扇門離開。他們會跟隨血跡來到這裡，我也希望他們能花點兒時間納悶兇手爲何把他拖到這裡，還把他丟進池塘裡。

我發現自己在一個陌生的房間，就迅速地一瞥拱頂天花板和鑲板牆壁。房間遙遠盡頭的高台上有一把樣式浮誇的椅子，看來這是一間觀賞廳。我四處張望好確認自己的方向，然後就在原地僵住不動。我右方遠處的雕花門突然間打開，只聽見笑聲、低聲發問聲和咯咯發笑的回應聲。我沒有時間躲起來，也沒有任何東西能擋住我，只好把身體平貼著牆上的吊飾靜止不動。這群人在一陣笑聲中進來，笑聲裡有無助的口氣，我想，他們要不是喝醉了，就是因燻煙而頭昏眼花。他們就從我身邊走過，有兩名男子互相較勁吸引一位在流蘇扇子後偷偷假笑的女子。這三人都身穿紅色的衣服，其中一名男子的衣服袖口有叮噹作響的銀鈴，鈴鐺還沿著寬鬆的袖子一路延伸至手肘處。另一名男子則手持一根雕工精細的棒子，上面有個小香爐，幾乎像一把權杖。他在其他兩人行走時在他們面前來回搖晃棒子，所以他們總是圍繞在一圈圈有點甜的煙裡。我懷疑即使我跳出來在他們面前翻跟斗，他們恐怕也不會注意到。帝尊似乎遺傳了他母親的麻醉藥癮，也將它變成宮廷時尚。我站著不動直到他們離開。他們走進那個有魚有鳥的房間，我卻納悶他們是否會注意到池塘裡的維第。我眞的很懷疑。

我飛快地走到這些朝臣進來的那扇門，然後就溜出去。我發現自己忽然置身於一間宏偉的廳堂入口。它的大理石地板可眞令我心一驚，把這麼多石頭搬運到商業灘要花多少費用啊！天花板很高，還塗上厚厚一層白色石膏，上面有繁複的花朵和葉子圖案的拓印。這裡還有鑲著彩繪玻璃的拱形窗戶，雖然天色已暗，懸掛在窗戶之間牆上的織錦掛毯卻散發出色彩繽紛的光芒，讓窗戶看起來猶如置身另一時空。裝飾華麗的燭台照亮整個空間，並且垂掛著閃閃發光的水晶和鍍金的鍊條，還有數百枝點燃的蠟燭。一座座陳列在間隔台座上的雕像環繞整個房間，看起來像帝尊母親的登穩家族祖先。儘管我身陷危機，這宏偉的房間還是迷住了我好一會兒。隨後，我抬起眼來，看到了一道寬敞向上的階梯。這是主階梯，不是我要找的僕人專用後階梯。十個人並排都可以輕易上樓。扶手上的木雕色澤深暗且有捲曲的花結，卻散發出深沉的光澤，一面厚重的地毯猶如藍色瀑布般在整道階梯中央傾洩而下。

廳堂和階梯都空無一人。我不給自己時間遲疑，靜悄悄地溜到房間的另一頭，然後爬上樓梯，走到一半的時候就聽到尖叫聲，很顯然他們已經發現維第了。當我踏上第一道階梯平台頂端時，就聽到右方傳來說話聲和奔跑的腳步聲，於是我逃到左方。我來到一扇門前把耳朵貼上去，沒聽到任何聲音，就溜進房間裡面，所有動作的完成比描述動作爲時還短。我站在黑暗中，心跳如雷貫耳，感謝埃爾、艾達和任何其他或許存在的神明，這扇門沒有拴緊。

我站在黑暗中，把耳朵貼在厚重的門上，試著聽見其他聲音，而非只有自己的心跳。我聽到樓下傳來的喊叫聲，還聽到靴子飛奔下樓的聲響，片刻之後就聽到一個權威性的聲音喊出命令。我溜到一處門若敞開也可以暫時遮住我的地方，然後摒息等待，雙手也在發抖。恐懼像一陣突如其來的暗潮湧上我的心頭，充滿威脅地想把我壓倒。我感覺腳下的地板猛烈晃動，就趕緊蹲下以免因昏過去而摔倒。整個世界在我的周圍旋轉，我蜷縮起來，緊緊地抱住自己、閉上眼睛，似乎如此一來就可以把我自己藏得更隱蔽。此時第二波恐懼席捲而來，我彷彿陷在地板上側身倒了下來，除了啜泣什麼都不能做。我蜷起身子，忍受胸中猛烈緊縮的痛苦。我快要死了，我要死了而且再也見不到他們，見不到莫莉和博瑞屈，也見不到我的國王。我應該去找惟眞。我現在知道了。我應該去找惟眞。我想要大吼哭泣，因爲我突然確定自己將永遠無法脫逃，我會被發現並遭受酷刑虐待。他們會找到我，然後慢慢地殺了我。這時，我感覺一股勢不可擋的衝動，只想跳起來衝出房間，在侍衛面前拔出我的劍，強迫他們迅速了結我的生命。

穩下來，他們試著拐騙你洩露你自己。惟眞的技傳比蜘蛛網還細緻。我重新開始呼吸，保持不動。

感覺上似乎過了好久，我那盲目的恐懼感飄走了。我顫抖地深呼吸，好像又恢復正常了。當我聽到門外的腳步聲和說話聲時，我的恐懼感再度湧上來，但我強迫自己躺著不動，傾聽。

「我很確定。」一個人這麼說。

「不，他早就走了。如果他們眞的找到他，就會發現他已經在外面的庭園了。沒有任何人能夠抵擋得住我們倆人聯手。如果他還在屋子裡，我們早就把他激出來了。」

「我告訴你，是有個東西在。」

「沒有東西。」另一個聲音有些惱火地堅持，「我什麼也沒感覺到。」

「再檢查一遍。」另一個人也堅持。

「不，這太浪費時間，我想你弄錯了。」儘管他們壓低聲音，第一個人的怒氣可愈來愈明顯。

「我希望自己錯了，但我恐怕沒錯。如果我對了的話，我們可就給了欲意他找尋已久的藉口。」第二個人的聲音也帶著怒氣，卻也有自怨自艾的牢騷。

「找藉口？不差這一個。他每次都在國王面前說盡我們的壞話。聽他說話，你就會認爲他是唯一犧牲奉獻替帝尊國王服務的人。昨天有一位女僕告訴我，他已經不再說任何好話了。他說你很胖，至於我嘛，他指控我擁有人類所有可能的缺點。」

「如果我不像士兵般精瘦，那是因爲我不是士兵。爲國王服務的不是我的軀體，而是我的心智。他最好在說我們壞話之前先看看自己，他還有他那完好的一隻眼睛。」現在這牢騷可毫無疑問了。博力，我恍然大悟。博力在對惕懦說話。

「這麼說吧，我對今晚感到挺滿意的，至少他不能挑我們的毛病。我在這裡可找不出什麼不對勁的東西。他讓你撲向影子，在每個角落看到危機。鎮靜下來！現在這是侍衛們的事，與我們無關。他們也許會發現這是一位吃醋的丈夫，或是另一位侍衛幹的好事，我也聽說維第賭博贏了太多次，可能就是這樣而被留在娛樂室。如果你不介意我告退的話，我可要回去找更好的伴，是你讓我分心而離開他們。」

「那麼就走吧，如果你只能想到那個。」發牢騷的人悶悶不樂地說道，「不過當你有一點兒空的時候，我想我們最好一起商議。」稍後，博力又說，「我現在可眞想去找他，讓這個成爲他的問題。」

「你到頭來只會讓自己看起來像個傻瓜。當你如此擔憂時，只不過是向他的影響力低頭。就讓他自己說出警訊和可怕的預測，在生命中的每一刻保持警覺！我們洗耳恭聽就好，他的警覺性是國王所需要的，況且他試圖灌輸我們那份恐懼。你的搖擺不定或許讓他心滿意足，所以小心提防這些思緒吧！」

我聽到輕快走遠的一陣腳步聲，耳朵裡的咆哮聲也緩和了些。稍後，我聽見另一個人也離開了，他一邊更沉重地走著、一邊喃喃自語。當我再也聽不到他的腳步聲之後，感覺如釋重負。我嚥了嚥口水，盤算著下一步該怎麼做。

微弱的光線從高大的窗戶透進來。我可以鋪床，把毛毯翻過來露出白色亞麻線紗，沒有人睡在這裡。角落有個衣櫥似的黑暗形狀，床邊的置物架擱著一只碗和大口水壺。

我強迫自己鎮定下來深長沉穩地呼吸，然後靜悄悄地站起來。我提醒自己必須先找到帝尊的臥房，而且我懷疑臥房就在這一層樓，而僕人的住處通常會在屋裡比較高的樓層。我已經偷偷摸摸地走到這裡，也許現在應該放膽去做了。我走到角落的衣櫥前靜悄悄地打開它，我又承蒙好運偏愛；這是一位男士的房間。我伸手觸摸裡面的衣服，用感覺尋找耐用的布料，而且動作要快，因爲我想這房間的主人就在樓下，隨時可能會上樓回房。我找到一件淺色襯衫，袖子和領子的絨毛可比我想要的多出太多，但袖子的長度差不多剛好。我穿上這件襯衫和一對顏色較深的綁腿，感覺上太鬆了，我就用皮帶綁緊，希望皮帶懸吊的樣子看起來不致太奇怪。房裡還有一罐芳香髮油，我就用手指沾髮油把頭髮從臉部向後梳理，重新綁一束髮辮，並且將商人的方頭巾拿掉。我先前看到的大多數朝臣都像帝尊一樣用髮油把頭髮弄捲，不過有不少年輕人依然綁辮子。接著，我又翻了翻抽屜，發現似乎有一個上了鍊子的大獎章，於是就把它掛在脖子上，還找到一個對我來說太大的戒指，不過那不打緊。我可能會經過漫不經心的一瞥，希望別再引起比那更多的注意。他們會尋找一位打赤膊和穿粗布長褲的人，這樣才和我丟棄的那件沾了血的襯衫相符合；我也大膽地希望他們在戶外找這個人。我在門檻停了一下，深呼吸之後緩慢地開門，然後走到空蕩蕩的走廊上。

一旦走到燈光下，我就不悅地發現綁腿是深綠色的，襯衫卻是奶黃色，雖然不若我所看到的人們的衣著那麼過度鮮豔，我卻幾乎無法混在緋紅舞會的賓客群裡。我決心不再為此事擔憂，於是在走廊上前進，假裝若無其事但內心卻懷有目的地走著，尋找一扇比較大型和裝飾華麗的門。

我大膽嘗試自己經過的第一扇門，發現門並沒有上鎖，一進去就看到房間裡有一座巨大的豎琴和一些其他的樂器，好像等待吟遊歌者似的排列出來。

房間裡還有各式各樣的軟墊椅和長沙發，所有的油畫都是女歌手的畫像。我只得搖搖頭，對這棟房子沒完沒了的奢華感到困惑，然後繼續尋找。

我的緊張情緒讓我感覺走廊永無止盡地延伸，卻強迫自己從容不迫且自信地行走，經過一扇接著一扇的門，並且小心翼翼地推開幾道門。我左邊的房間幾乎都是臥房，右邊的則是比較大型的房間，是圖書館或餐廳之類的空間。走廊的牆壁上沒有燭台，反倒用罩起來的蠟燭照明，牆上掛著色彩繽紛的吊飾，間隔的壁龕裝飾著花瓶或小雕像。我不禁把眼前的景象和公鹿堡光禿禿的石牆做個對比，也納悶原本應該建造戰艦和配置船員的錢，有多少挪用來裝飾這個華麗溫暖的窩。憤怒搧起了我的怒火。我會找到帝尊的臥房。

我又經過了三道門，然後看到一扇很有可能就是目標的門。這是雙扇的金色橡木門，鑲嵌著代表法洛的橡樹標誌。我把耳朵貼在門上，卻沒聽到任何聲音，於是謹慎地觸摸光亮的門把；門被栓起來了，我的腰刀卻會損壞這扇門。當我試圖把門扣扳開時，黃色襯衫的背後早已因流汗而濕透，在經過一番努力之後，我開門溜進房間裡，接著趕緊鎖門。

這顯然是帝尊的房間。不是他的臥房，不，但無論如何就是他的房間。我迅速掃視房裡，有四個高大的衣櫥，每道側牆邊各有兩個，每一組的中間還有一面同樣高大的鏡子，其中一個雕工精細的衣櫥門是開著的，也或許是裡面的衣服太多了，讓衣櫥門無法完全關緊。其他的衣服就掛在房裡的掛勾和衣架上，或是垂掛在椅子上。一組上鎖的抽屜裡可能有珠寶。衣櫥之間的鏡子旁邊有兩組蠟燭，在燭台上燃燒著微弱的燭火。有兩個小型燻煙香爐擱在面對另一面鏡子的椅子兩旁，椅子後面一側的桌子上面擺著毛刷、梳子、一罐罐髮油和一瓶瓶香水。一絲細細的灰煙依然從其中一個香爐升起，我一聞到這香甜的氣味就皺皺鼻子，然後開始辦正事。

蜚滋，你在做什麼？這是來自惟眞最微弱的詢問。

*正義。*我僅把一絲精技力量放在這個想法上，不確定我忽然感覺到的是我自己或惟眞的憂慮。我把它拂向一旁，轉而進行我的任務。

這可眞令人沮喪。這裡沒什麼東西可以讓我下毒。我可以在髮油裡動手腳，卻更可能讓幫帝尊梳頭的人送命，香爐裡面也堆滿了煙灰，我放進去的任何東西都有可能和煙灰一起被倒掉，角落的壁爐也很乾淨，沒有任何木柴，因爲現在是夏季。耐住性子，我告訴自己，他的臥房應該不遠了，那裡會有更好的機會。此刻，我在他的梳子短毛上塗抹毒性較強的混合毒藥，剩下來的就用來浸泡他的耳環，最後幾滴就滴進他的香水瓶裡，卻不怎麼指望他會因噴了足夠的香水而送命。至於他擱在抽屜裡的香水手帕，我就撒上死亡天使菌菇的白色孢子，好讓他迷惑然後死於幻覺。我更愉快地將死根粉撒在抽屜裡的四副手套上，這就是帝尊在群山對付我的毒藥，也是間歇性地折磨我的病發之最可能來源，希望他對於自己的死和我的死一樣覺得有趣。我選了三件他可能會偏好的襯衫，也在領子和袖口上塗抹毒藥。雖然壁爐裡沒有木柴，我卻有一種可以和磚塊上的灰燼和煤灰完美混合的毒藥，於是就均勻地撒在壁爐裡面，但願他們生火時，帝尊就能聞到這股煙味。正當我把毒藥收進袋子裡時，就聽到鑰匙轉開門扣的聲音。

我躡手躡腳地繞過一個衣櫥角落，然後就站在那裡，手上已握好刀子等待。我感到一股死寂的鎮靜，我也靜靜地呼吸等待，希望好運能把帝尊帶來給我。天不從人願，進來的是帝尊的另一名侍衛。這人推門進來後迅速掃視，臉上露出煩躁的神情，然後不耐煩地說道，「門鎖起來了，這裡沒人！」我等待他的同伴回答，卻發現他是單獨在此。他站著不動，稍後嘆了一口氣，接著走近門沒關上的那個衣櫥。「愚蠢極了。我在這裡浪費時間，他倒有時間開溜。」他喃喃自語，卻謹慎地持劍往衣櫃裡的衣服戳。

當他靠過來更接近衣櫥裡面時，我就從對面的鏡子裡瞥見他的容貌，腸子都快嚇成水了，然後感覺心中燃燒著仇恨的火焰。我不知道這人的名字，他嘲諷般的臉卻將永遠烙印在我的記憶中。他是帝尊的貼身侍衛之一，也曾站在那兒目睹我的死亡。

我想他和我同時看到彼此在鏡中的影像。我不讓他有時間反應，立刻從他身後撲上去，當我把刀插進他的下腹時，他的劍刃還糾結在帝尊的衣櫥裡。我用前臂使勁勒住他的喉嚨，運用這股力量把刀子往上拉，好像把他當成一條魚似的切割。他張大嘴想尖叫出聲，我就放掉刀子用手摀住他的嘴，然後抓住他片刻，他的腸子從我劃開的傷口中突出來。當我放開他的時候，他就倒了下來，無聲的吼叫此刻變成了呻吟，卻不肯放開手中的劍，所以我就一腳踩住他的手，把他握住劍柄的手指踩到骨折。他稍微滾向一側，用極度痛苦和驚愕的眼神瞪著我。我單腳跪在他身邊，把臉靠近他。

「蜚滋駿騎，」我平靜地說道，注視他的雙眼好確定他知道我在說什麼。「蜚滋駿騎。」那天晚上我第二度割了一個人的喉嚨，卻幾乎沒有必要這麼做。我在他斷氣的時候，用他的袖子把自己的刀擦乾淨。在我站起來的時候，我感覺到兩件事情。我很失望他死得如此迅速，還有另一種感覺，彷彿豎琴被撥動了琴弦，我感受到而不是聽到了它發出來的聲音。

下一刻，我馬上感覺精技的波濤像洪水似的撲向我。它滿載恐懼，不過我這次知道這是怎麼一回事，也曉得它的來源。我穩穩地站在它的面前，內心充滿堅強的防禦能力，我幾乎能感覺到它分散開來，然後圍繞著我。但我也察覺到有人在某處也發覺了這個行動，我也一點兒都不納悶是誰。欲意感覺到我的抵抗，我則感覺到他那澎湃勝利感的回聲。我一度因為這恐慌而僵住了，然後就開始移動並拔刀出鞘，起身溜出房門走到空蕩蕩的走廊。必須在很短的時間內找到新的藏身之處。欲意早就騎乘著這名侍衛的心智，和這位死人一樣清楚地看到那個房間和我。彷彿號角的聲音，我察覺得出他在對外技傳，猶如指使狗群追蹤一隻狐狸般指揮侍衛行動。

當我逃離的時候，內心有一部分毫無疑問地知道自己死定了。我也許可以躲一陣子，但是欲意知道我還在這棟大宅裡面，他只要堵住每一個出口展開有系統的搜尋即可。我衝過一條走廊，經過一個轉角，然後走上一道階梯，穩穩地把持住自己的精技心防，內心緊握著自己的小小計畫，彷彿它是一顆珍貴的寶石。我可以在那裡找到帝尊的房間對所有的東西下毒，然後就去找帝尊本人。如果侍衛先發現我，這樣吧，我就帶領他們愉快地追逐。他們殺不了我，我身上帶著這麼多毒藥，根本不會給他們任何機會。我會先自殺。這實在不算是個好計畫，唯一的替代方案卻是投降。

所以我繼續衝，經過了更多扇門、雕像和花朵，還有更多吊飾。我想打開的每一扇門都上鎖了，於是又經過一個轉角，突然間回到階梯頂端。我有片刻感覺昏沉沉地失去方向感，就試著揮去這感覺，但恐慌卻如同黑色潮汐般在我內心奔騰。看來我又回到相同的階梯上，我知道自己經過的轉角不夠多，所以又跑回來了，於是再度匆忙地逃離這道階梯，經過一扇扇的門，也聽到下方侍衛們的喊叫聲，對情況的瞭解在我心中滋長和難以消受地蠕動著。

欲意靠在我的心上。

我感覺到雙眼裡的暈眩和壓力，於是冷酷地再次豎起心防。當我迅速轉頭時，視線短暫而重疊，是燻煙造成的嗎？我不禁納悶。我的頭實在容納不下任何帝尊所愛的煙燻麻醉品，但這感覺對我來說似乎不僅是燻煙所導致的暈眩，或是含笑葉所帶來的甜美滋味。

精技在一位大師手中時是一種強力工具。我曾與惟真同在，看他運用精技抵抗紅船，把一位舵手弄糊塗了，使得他改變船的航行方向而撞到岩石；在一位領航員遠離陸地之後，卻說服他認爲自己還沒經過一處陸地；還在一位船長作戰前在他心中升起恐懼和疑惑感，甚至激發整船船員的勇氣，使得他們有勇無謀地航向暴風雨最猛烈之處。

欲意在我心中動手腳有多久了？是他藉著狡猾地說服我他從未期待我來，因而把我引來此地與他正面衝突嗎？

我強迫自己在下一扇門前停下來，穩住自己並集中心思把門閂鬆開，但門根本沒鎖。我溜進房裡關上身後的房門，只見眼前的桌上擱著待縫製的藍色布料。我來過這個房間，於是放心了片刻，隨後就檢查整個房間。不，這個房間應該在一樓，我人在樓上，不是嗎？我迅速橫越房間來到窗前，站在窗戶的一邊向外偷窺，窗戶下方遠處是燈火通明的國王花園。我看到寬廣的車道在夜間閃爍白色的光芒，一輛輛馬車行駛在車道上，身穿制服的僕人來來往往，還有打開的門。一群群身穿紅色豪華晚禮服的仕女和紳士們正準備離開，而我推測維第的死有些破壞了帝尊這場舞會的氣氛，只見每一道門口都有身穿制服的守衛站崗，控管誰可以離開，誰又必須再等一等。我一眼就瞥見這一切，也明白自己所在的樓層比想像中的還高。

然而，我已確定這張桌子和待縫製的藍色布料，先前是在地面樓層的僕人房間。

嗯，帝尊有可能下令縫製兩套不同的藍衣服，但我可沒時間納悶了，當務之急是找到他的臥房。當我又從房裡溜出來到走廊上時，就感覺一股奇妙的興高采烈，這個興奮之情和大有斬獲的狩獵沒什麼兩樣。如果他們能抓到我，就來吧！

我忽然來到走廊上的T形區域，就在那兒站了片刻，只覺得疑惑。這和我從外面所觀察到的建築很不搭調，只得朝左右方一瞥。右方看起來顯然比較宏偉，走廊盡頭高大的雙扇門上有法洛的金橡樹紋章裝飾。彷彿要刺激我似的，我聽見左方的某個房間裡傳出憤怒的喃喃聲，於是我向右走，一邊跑、一邊拔出刀子。當我來到那一扇高大的雙扇門時，就靜悄悄地把手放在門閂上，原以為門已經緊緊鎖上了，卻發現自己能輕易推開它，門也安靜地向前移動。這似乎太容易了。我將那些疑慮擱在一旁溜進房裡，手裡已經握著刀了。

在我面前的房間一片黑暗，只有壁爐台的銀燭台上兩根燃燒的蠟燭，我顯然溜進了帝尊的起居室。只見第二道門也敞開著，露出了懸掛華麗耀眼床簾的床舖一角，還有床舖後面的壁爐裡堆起來準備燃燒的木柴。我輕輕將身後的門關上，接著就走進房裡，一張低矮的桌上擱著一個裝有酒的玻璃酒瓶和兩只酒杯，等待帝尊回來享用，還有一盤甜品，旁邊的香爐上有大量粉狀燻煙等著他回房後點燃。這可是刺客的夢想，我也幾乎無法決定該從何處著手。

「你瞧，那就是這麼完成的。」

我轉了一圈，然後所有的知覺都失焦了，讓我感到一陣暈眩。我站在一間明亮空曠的房間中央，只見欲意漫不經心放鬆地坐在軟墊椅子上，旁邊桌子上有一杯白酒等著他。愒懦和博力則在他的兩側，疲憊的神情透著惱怒和困窘。即使我心中有渴望，卻不敢將視線從他們身上移開。

「繼續啊，小雜種，看看你的背後吧，我不會攻擊你。這樣一個精心設計的陷阱竟然浪費在你身上，如果讓你在體會到自己所有的錯誤之前就死去，那更是可惜了。繼續吧，看看你的背後。」

我緩慢地將整個身子向後轉，讓自己單憑轉移視線向後一瞥。消失了，一切都消失了，沒有宮廷起居室，也沒有懸掛床簾的床或玻璃酒瓶，什麼都沒有。一間平淡且儉樸的房間，或許有好幾位仕女的女僕共居於此。六位身穿制服的侍衛安靜但專注地站著，所有的人都拔劍出鞘了。

「我的同伴們似乎覺得滂沱大雨般的恐懼會嚇出任何人。不過，當然啦，他們不像我一樣曾徹底體驗你那堅強的意志力。我眞的希望你會讚賞我所使用的精緻手段，我只不過是讓你確定自己看到了最想看到的東西。」他對懦和博力各瞥了一眼。「你們從未體驗過像他這樣的心防。不過，這道牆就算不能被一頭橫衝直撞的公鹿推倒，也會慢慢爬滿盤根錯節的常春藤。」他將注意力轉回到我身上。「你可以是個可敬的對手，除了你的自大總是讓你低估我。」

我還是不發一語，只是瞪著他們這群人，讓充滿內心的仇恨強化我的精技心防。自從我上次見到這三個人之後，他們都變了。曾是肌肉結實的木匠博力，現在的身材顯示他吃得好卻缺乏運動。愒懦的模樣只能用金玉其外，敗絮其內來形容，他的衣服上滿是以花綵裝飾的緞帶和鈴鐺，彷彿春天的蘋果樹上開滿了花。但是，坐在他們之間的欲意，卻是三個人之中改變最大的。他穿著一身深藍色的衣服，精準縫紉的布料讓他的服飾看起來比愒懦的還有價值。一條銀項鍊、繫在手上的一個銀鈴，還有銀耳環，這些就是他僅有的首飾。他那對曾經恐怖地銳利的雙眼，如今只剩下其一，另一隻眼睛則深陷在眼窩裡，呈現一團陰暗，就像骯髒池塘裡的死魚。當他看到我注視那個眼窩時，就對我露出微笑，伸手指著那隻眼睛。

「我們上回碰頭時所留下的紀念品，不知你把什麼東西丟到我的臉上。」

「眞可惜，」我挺誠懇地說道。「那些毒藥原本是我用來殺帝尊的，而不是讓你半瞎。」

欲意懶散地嘆了一口氣。「你又承認了叛國的行爲，你以爲我們眞的需要嗎？噢，這樣吧，我們這次要做得更徹底。首先，當然啦，我們會花些時間逼你招供，看看你當初如何逃過一死。先花一點時間做那件事情，然後就看帝尊國王認爲你還能逗樂多久。他這回可不需要小心翼翼地趕著下手了。」他對我身後的侍衛稍微點點頭。

我對他微笑，然後用自己那把上了毒藥的刀刃割我的左手臂，劃出一道和手臂等長的線，同時咬緊牙關忍受這個痛苦。我割得不深，卻足以劃開我的皮膚，讓刀刃上的毒藥流進血液中。欲意驚嚇地跳了起來，愒懦和博力則露出恐懼和噁心的表情。接著，我左手接過刀子，然後用右手拔劍出鞘。

「我快死了，」我微笑告訴他們，「或許很快就死了。我沒時間可浪費，也沒什麼好損失的。」

但是他說對了；我總是低估了他。我不明所以地發現自己並非面對精技小組成員，而是六位持劍的侍衛。自殺是一回事，在我想報復的那些人面前被亂劍砍死又是另一回事。我轉了一圈，同時感覺浪潮般的暈眩，好像是這個房間而不是我在移動。我一抬頭就看見侍衛仍與我對峙，於是我轉了又轉，感受著搖擺的感覺，左手臂上的那一道血痕開始發熱。我想對欲意、博力和愒懦德採取行動的機會，隨著毒藥滲進我的血液中而流失。

侍衛們正朝我這裡前進，不慌不忙地圍成半圈把我驅趕在他們面前，好像我是一隻迷路的羔羊。我後退回頭看一眼，以最短暫的一瞥看見精技小組成員。欲意站著，臉上露出惱怒的神情，另外兩人在他身後約一步之遙。我來這裡是希望除掉帝尊，卻只勉強以自殺惹惱了他的忠實跟班。

自殺？在我內心某處的惟眞可嚇壞了。

總比受虐好。我用比耳語還輕微的精技表達這思緒，但我發誓欲意正在暗中探索。

小子，停止這個瘋狂行爲。趕緊逃離那兒，過來我這裡。

我沒辦法，太遲了。*我無處可逃，就放開我吧！您這麼做只會在他們面前揭露自己的行蹤。*

揭露自己的行蹤？惟眞的精技力量忽然在我的心裡激增，猶如夏夜的雷聲，也彷彿猛烈的海浪動搖著頁岩峭壁。我曾見過他這麼做，他一發怒就會一次用盡所有的精技力量，毫不顧慮會有什麼後果。我感覺欲意的遲疑，然後他就跳入這股精技狂潮，追逐惟眞並試著汲取他的力量。

好好鑽研這個啓示吧，你們這一窩小毒蛇！我的國王強烈表達憤怒。

惟眞的技傳是陣疾風，我從未在任何地方見識這股力道，雖然不是直接針對我而來，我卻也不禁跪倒在地上。我聽到愒懦和博力發出恐懼的呼聲。片刻之後我的頭腦和意識都清晰了，然後看到房間一直以來的景象，侍衛們在我和精技小組之間倒成一排，欲意毫無感覺地伸開四肢躺在地上。

或許只有我感覺到惟眞費了多大的力氣拯救我。侍衛們一個個東倒西歪，活像在陽光底下融化的蠟燭。我轉過身，看到背後的門打開了，會有更多侍衛走進來，而我只須走三大步就可以到達窗邊。

過來我這裡！

那道命令可讓我毫無選擇餘地，它就灌輸在這股精技力量中，直接烙印在我的腦海裡，變成我的一口呼吸和一個心跳。我必須去找惟眞，這是命令的呼喊，如今也成了需要。我的國王犧牲他所有的精技力量拯救我。

窗前垂吊著厚重的窗簾，後面就是有渦漩狀條紋的窗玻璃，這兩樣東西卻都無法阻止我向下跳，希望下面至少有些灌木叢分散我落下去的力道。一眨眼我猛然摔落在碎玻璃之間的地上。我就這麼從窗戶縱身一躍，期望至少以一層樓的高度墜落。有那麼一秒我感激欲意是如何徹底地欺騙了我，接著就跌跌撞撞地站起來，依然緊握我的刀和劍，隨即逃之夭夭。

僕人房間外的地面光線陰暗，我祝福這片黑暗，然後拔腿就逃。我聽見身後的喊叫聲，接著博力就吼出命令，他們很快就會追上我。我無法徒步逃離此地，於是改變方向跑進更黑暗的馬廄。

離開舞會的賓客讓馬廄忙碌不堪。多數值班的工作人員可能都牽著馬站在大宅前面，馬廄的門也朝著柔和的夜間氣息敞開，裡面的燈都點亮了。我衝到裡面，幾乎撞倒一位馬廄幫手，她看起來不超過十歲，是一位瘦小且滿臉雀斑的小女孩，只見她跌跌撞撞地後退，看到我手上的武器就尖叫出來。

「我只是來牽一匹馬，」我安慰地告訴她，「我不會傷害妳。」當我把劍和刀收回鞘裡時，她就同時後退，接著忽然轉身。「阿手！阿手！」她一邊奔跑、一邊高呼他的名字。我卻沒時間思考這個。從我這裡數過去的第三間廄房裡，帝尊自己的黑馬正好奇地從牠的馬槽中看著我，我鎮定地走向牠，伸手揉揉牠的鼻子好讓牠想起我。或許牠已經有八個月沒聞過我的氣味了，但我可是在牠剛出生時就認識牠了。牠輕咬我的衣領，牠的鬍鬚也讓我的頸部發癢。「來吧，箭兒，我們要出去做些夜間運動，就像以前一樣，嗯，伙伴？」我打開牠的廄房門，拉著牠的轡繩把牠牽出來。我不知道剛才那位女孩跑哪兒去了，也沒有再聽到她的聲音。

箭兒長得很高，也不習慣光著背部讓別人騎上去。當我手忙腳亂地坐上牠閃閃發亮的背上時，牠輕快地跳了一下。即使身陷這片危機，我卻感到再度騎馬的強烈喜悅。我抓住牠的鬃毛，用膝蓋示意牠前進，牠走了三步就被人擋住路停了下來。我低頭看見阿手不可置信的神情，卻必須對他那驚愕的表情露齒而笑。

「是我，阿手。我得借一匹馬，否則他們會再度殺了我。」

我想自己或許期待他笑著揮手讓我通過，他卻只是抬頭瞪著我，臉色愈來愈蒼白，直到我認爲他會昏倒。

「是我啦，是蜚滋。我沒死！讓我出去，阿手！」

他向後退。「艾達在上！」他驚呼一聲，我以爲他會甩甩頭笑出來，卻只見他對我發出嘶吼，「野獸魔法！」然後他就轉身逃進夜色中，還一邊大喊，「侍衛！侍衛！」

我或許浪費了兩秒鐘的時間呆呆地看他的背影，我感到心中一絞。自從莫莉離開我之後，就再也沒有過這樣的感受了。多年的友誼，還有長期日復一日共同執行馬廄的例行公事，瞬間就被他迷信的恐懼一掃而空。這很不公平，我對他的背叛感到噁心，內心也升起一陣冰冷，於是用腳跟輕踢箭兒，就這麼衝了出去，遁入一片夜色中。

牠很信任我，博瑞屈果然把這匹馬訓練得很好。我讓牠遠離燈火通明的馬車道和無人的走道，從花圃和植物叢裡逃跑，然後經過在商人城門邊擠成一團的守衛們衝了出去。他們雖然看守住通道，箭兒和我卻在他們搞清楚是怎麼回事之前，已來勢洶洶地穿越草皮衝出門外。根據我對帝尊的瞭解，他們明天就得爲此挨鞭子。

我們再度於城門後面從花園抄捷徑，我也聽見身後的喊叫和追逐聲。箭兒很習慣韁繩，也很適應我的膝蓋和體重。我說服牠躍過一道籬笆走到一條岔路上，於是我們離開了國王花園，繼續飛奔在燈火通明的石板路上。這是鎭上比較高尙的地區，我們卻也很快就離開這些精美的房子。我們奔馳經過依然爲旅人點燈的旅店，和在晚間關門的黑暗商店。箭兒的馬蹄在泥土地上噠噠作響，街上也因爲天色已暗而沒什麼動靜，我們就不受抑制地像風一般地飛奔而過。

當我們到達鎭上的平民區時，我就讓牠放慢腳步。這裡街道上的火把間隔更寬，有些都快燃燒殆盡，箭兒卻依然感受到我的迫切，也用腳步配合前進。然後，我聽到另一匹馬朝這兒快跑，有一會兒我還以爲他們追上來了，只見一位傳遞訊息的使者從我們眼前經過，朝相反方向前進。我就這麼騎馬前進，總是害怕聽到身後的馬蹄聲，也等待號角聲的出現。

正當我開始覺得我們已經逃過追捕時，我發現商業灘另一件令我恐懼的事情。我來到曾是商業灘大市集廣場的地方。在這個城市剛開始發展時，這裡曾爲市中心，是一個很棒的巨大開放市場，人們可以在此漫步，也能找到從已知的世上的各個角落運過來展示的商品。

我一直沒有機會查出它如何淪落成帝尊國王的吾王廣場。我只知道自己騎馬經過一處遼闊的開放式廣場，箭兒對著馬蹄下石板路上的舊血跡噴鼻息。原有的絞刑台和鞭打用的台子也都還在，如今給墊高了好讓群衆有更清楚的視野，還有其他的機械裝置，我卻一點兒也不想知道它們的用途。毫無疑問，在新的吾王廣場上，那些機械裝置想像起來應會更殘酷。我用膝蓋碰碰箭兒，然後帶著寒顫經過它們，心中祈禱艾達別讓我步上任何一座設施。

接下來，一陣感覺在空氣中翻滾，將我的思緒包裹起來，試著讓它們屈服。在一個心跳的時間內，我以爲是欲意用精技跟在我後面，試圖逼瘋我。但是我的精技心防一如我所知的堅固不搖，而我也懷疑欲意或其他人能在惟眞猛烈的一擊之後這麼快就能運用精技。不，這感覺是更糟糕。這感覺來自一個更深沉原始的出處，如同下了毒的清水般陰險。它流進我的內心，仇恨、痛苦、令人窒息的幽閉恐懼感和飢餓，全都攪在一起形成一股對自由和復仇的恐怖渴望，也重新喚醒我在帝尊的地牢裡所有的感受。

它來自籠子裡，從廣場邊緣一整排籠子裡飄來的惡臭，混合發炎的傷口、尿液和腐肉的惡臭。這股惡臭雖然直撲我的鼻子，卻比不上裡面散發出來的那股帶有地獄般氣息的原智壓力。他們養了一群瘋狂的野獸，用來殘殺帝尊丟給牠們的人類罪犯和冶煉者。那裡有一隻熊，儘管在籠子的鐵條後頭走來走去，卻還是被套上沉重的口絡。還有兩隻我從來沒有見過的大貓，因爲破裂的犬齒和抓鐵條而斷裂的爪子而極度痛苦，卻仍固執地和牠們的牢房搏鬥。另外，我也看到一頭長著一對大角的龐大黑色公牛，這隻動物的身上插著一枝枝綁著緞帶的標槍，深陷的傷口中流著化膿潰爛的分泌物。牠們悲慘地朝我喧囂，鼓譟著釋放，我卻無須停下來就能看到鎖住籠門的沉重鐵鍊和門鎖。如果我有工具，也許就會解鎖；如果我有肉食和稻穀，或許就會在食物上下毒好讓牠們解脫。我卻沒有這些東西，時間更是少得可憐；所以我只能騎馬經過牠們，直到牠們瘋狂和極度痛苦的波濤上升把我吞噬。

我拉住轡繩，實在不能拋下牠們，但是，過來我這裡，這道命令在我心澎湃著，由精技塑造而成。違背旨意可會令我無法消受。我一夾馬腹催促箭兒遠離牠們，一邊在帝尊的帳上增添一筆新紀錄，又多了一筆債讓我在未來解決。

我們終於到達一片開闊的郊外。我可從來沒想到商業灘竟然如此遼闊。我們來到緩慢流進河裡的一條小溪，我讓箭兒停下來，然後下馬把牠牽到溪邊讓牠喝些水，再牽著牠走一會兒，又讓牠喝更多水。在這整個過程中，千般思緒在我的內心翻騰。他們或許正在搜索通往南方的道路，期待我回到公鹿堡。我現在已經超前他們許多，只要我繼續前進，就有大好機會逃脫。這時，我想起自己聰明地藏起來的行囊，卻永遠無法把它拿回來，我的冬衣和我的毛毯，還有我的斗蓬，全都失去了。我忽然納悶帝尊是否會因為我偷馬而責怪阿手，也不斷回想阿手在逃離我之前所顯現的眼神，但卻發現自己因沒有向追尋莫莉的誘惑讓步而欣喜。在一位朋友的臉上看見驚恐和噁心的神情已經夠難了，我可不想在她的眼裡看到這些。我又想起自己的原智讓我目睹那群野獸沉默的極度痛苦。但這些思緒很快被我拋在一旁，因為我嘗試殺害帝尊失敗了，讓我感到挫折，也納悶他們是否會發現我在他的衣服上下毒，或者我是否仍可成功地殺掉他。總體來說，在我內心震耳欲聾地穿梭的，是惟真的命令。過來我這裡，他這麼說，我也沒什麼辦法停止傾聽這些話語。我內心的一小部分對這些話感到著迷，就連現在仍喋喋不休地告誡我別浪費時間思考或喝水，只要回到馬背上繼續前進，去找惟真，因為他需要我並不斷地命令我。

我卻依然彎腰喝水，當我跪在溪邊時，才注意到自己沒死。

我在小溪裡把黃襯衫的袖子沾濕，然後輕輕剝開因血跡凝固而黏在一起的衣服。我自己割出的那道傷痕很淺，只不過是我手臂上的一道長長的線，感覺很痠，但看起來卻不像中毒了。我遲至此刻才想到我在當晚持刀殺了兩個人，至少把毒藥抹掉一次，所以當我割自己的手臂時，可能只剩下一丁點兒毒藥。

如同初升的旭日，希望突然自我內心閃爍而出。他們會在路邊尋找一具屍體，或者搜尋藏在市區某處的中毒人士，而且那人還因爲病得太重而無法騎馬。整個精技小組都看到我對自己下毒，也一定察覺到我完全相信自己快死了。他們會說服帝尊我快死了嗎？我可不相信，卻希望事實如此。於是重新策馬向前行。我們經過農莊、稻田和果樹園，也經過農人和貨車，他們正載運農作物進城。我將手臂緊握在胸前，兩眼直視前方，遲早會有人想到詢問進城的人們。最好扮演好我的角色。

我們終於看到一片片遼闊的未耕地，只見綿羊和野豬散布在開闊的牧草地上。中午稍後，我做了自知該做的事情。我在布滿灌木叢的溪邊下馬，讓箭兒再喝點兒水，然後讓牠轉頭面對商業灘的方向。「回到馬廄裡，小子，」我告訴牠，而當牠沒動時，我就用力拍牠的側身。「走吧，回到阿手身邊，告訴他們所有人我死在某處。」我爲牠描繪出一間馬槽，倒進牠喜愛的燕麥。「走吧，箭兒，走。」

牠對我好奇地噴鼻息，但是不一會兒就走遠了，然後停了一下回頭看我，希望我走過去把牠牽回來。「走吧！」我對牠吼叫同時跺腳，這可讓牠嚇了一跳，於是牠抬高膝蓋小跑步，還上下搖擺牠的頭。那匹馬甚至不怎麼累。當牠在沒有騎士情況下返回馬廄時，或許他們會相信我已經死了，也可能會浪費時間尋找一具屍體，而不是追捕我。這是我誤導他們的最佳方式，總比在眾目睽睽之下騎著國王的私人坐騎好多了。箭兒的馬蹄聲漸行漸遠。我也納悶自己是否能再騎到那麼優秀的動物，更別提擁有一隻那樣的動物，因爲似乎不太可能。

過來我這裡。這道命令仍在我心中迴響。

「我來了，我來了，」我喃喃自語，「等我捕些獵物、吃飽和睡飽之後。但我這就來了。」我離開道路沿著溪流步上更濃密的灌木叢裡。我還有很長很累的一段路要走，而我只剩下身上的衣服可以讓我度過這一切。

10

招募大會

奴隸制度是恰斯國的傳統，也是大部分經濟的重心。他們宣稱戰俘是境內奴隸的主要來源，然而大多數逃往六大公國的奴隸，卻敘述著自己被海盜擄走的故事。恰斯的官方說法是，這些劫掠行動根本是空穴來風，也正式否認他們忽視來自商業島的海盜活動。這兩種說法在坊間不停流傳。

六大公國從未廣爲接受奴隸制度。許多修克斯和恰斯國的早期邊界糾紛，並不完全是眞正的疆界問題，反而大多和奴隸事件有關。修克斯的家庭拒絕接受傷兵或戰俘必須在餘生充當奴隸的說法。修克斯在打輸任何一場戰爭之後，幾乎都會發動第二波對抗恰斯國的猛烈攻勢，好救出在第一場戰爭中被俘的那些人。修克斯以這種方式握有許多原本恰斯國宣稱擁有的領土。這兩個地區之間的和平狀況向來動盪不安。恰斯國不斷提出抱怨，表示修克斯的人民不但庇護逃跑的奴隸，還鼓勵其他的奴隸脫逃；六大公國的每一位統治者也從不否認這個事實。

我現在全神貫注尋找惟眞，他就在越過群山王國後方的某處。爲了達成目標，我必須橫越法洛全境，這可不是一件容易的差事。酒河沿岸地區的景致挺令人心曠神怡的，但是離酒河愈遠，鄉間的景致就愈荒涼。一片片延伸的廣大耕地，多半栽植著亞麻和大麻，但在這之後卻是遼闊空曠的無人之境。法洛公國境內雖然還稱不上沙漠，畢竟也是平坦乾旱的土地，只有逐水草而居的游牧民族會利用這塊地放牧。當每年的「翠綠時節」一過，就連他們也會遺棄此處，轉而聚居河邊的臨時村落或近水之地。我在逃離商業灘殿堂後的這些天，就對威德國王從前爲何不征服法洛，讓它成爲六大公國的一員感到納悶。我知道自己必須離開酒河朝西南方的藍湖前進，然後穿越遼闊的藍湖，沿著冷河前往群山邊境。孤伶伶的一個人實在不宜踏上這段旅程。但，沒有夜眼，我就是孤伶伶的一個人。

境內沒有具規模的城市，雖然有些未完全開發的小鎭零星分布在泉水區附近，但卻多半得憑藉往來於小鎭周遭的貿易車隊營生。藍湖和酒河的人們之間，確實有些十分零星的貿易活動，來自群山的貨物也取道相同路徑運往六大公國境內。最好的作法是讓我自己加入那些商隊中的某一隊，但最好的方法未必容易達成。

在我初抵商業灘時，看起來如同想像得出的那種最落魄的乞丐，後來卻衣著光鮮地騎上公鹿堡所孕育出來最優秀的馬兒之一離開。當我和箭兒分開之後，我才恍然明白了自己的窘況。我穿著偷來的衣服和自己的皮靴，也保有自己的皮帶和錢包，以及一把刀和一把劍，加上一只戒指和大勳章。我的錢包裡沒有半毛錢，只剩下生火的用具和一塊磨刀石，還有精心挑選的毒藥。

狼群不該獨自狩獵。夜眼曾經如此告訴過我。在夜幕低垂之際，我開始領悟這句話所蘊含的智慧。我那天的餐點由米百合根和一些堅果所組成，一隻松鼠把這些堅果儲存在一處太不隱密的地方，很輕易就被我發現了。那隻松鼠當時正坐在我的頭頂上，責怪我劫掠牠的儲糧處；如果可以，我會更樂意吃掉牠，但我只是心裡想想，沒眞的去做。相反的，我用一塊石頭搗碎這些堅果，然後打開來吃果仁，同時在心裡回想著這一切，而我對自己的錯覺也跟著一層層的被剝除了。

我原本相信自己是個自給自足且聰敏的傢伙，對本身的刺客技能也引以爲傲，內心深處甚至相信自己雖然無法徹底掌控本身的精技能力，但我的力量卻無疑和蓋倫的精技小組中任一成員不相上下。不過，一旦排除了黠謀國王的慷慨贈與、我的狼兒的狩獵能力、切德的祕密情報和謀策技巧，以及惟眞的精技指導，我只看到一位身穿偷來衣服的餓漢，身處於公鹿堡和群山之間的半途上，卻沒什麼指望能接近任一處。

這些想法眞是呼應了這荒涼的景致，但卻無法減緩惟眞喋喋不休的精技提議，*過來我這裡*。他故意把這道命令烙印在我心中嗎？我很懷疑。我想他只是想阻止我殺了帝尊和我自己。但此刻這股難以克制的衝動卻在那裡，像箭頭般深深刺痛著我。它甚至讓我焦慮，影響睡眠，以致我常夢到自己去找惟眞。但這並不表示我放棄了殺害帝尊的企圖；我每天都不下十二次地在心中盤算計謀，和我可能回到商業灘的方式，然後從一個出其不意的角度攻襲他。但這些計謀卻有個但書，那就是得「等我去找惟眞之後」才能進行。對我而言，此刻好像沒有任何事比「去找惟眞」更重要的。

餓了幾天之後，我來到商業灘上河一個名叫岸口的小鎭，此地雖然不比商業灘具規模，卻仍是個繁榮的居住地。這裡出產許多上好的皮革，除了牛皮還有堅韌的野豬皮。鎭上另一個主要產業似乎是陶藝，精緻的陶器由河濱的白土製成。許多人們以爲該由木頭、玻璃或金屬製成的物品，在岸口這兒都成了皮革或陶製品，不光是鞋子、手套、帽子和其他服飾，還有椅墊甚至市場攤位上的屋頂和牆壁。我也在商店櫥窗看到精心上釉的精緻陶盤、陶燭台和陶桶，以上百種樣式和顏色雕刻或上漆。

我也發現這兒有個小市集，人們可在此出售任何物品，卻不會面對過多詢問。我用身上的華服和一位工人交換寬鬆長褲及短袖束腰上衣，還有一雙長襪。我原本可以換到更多東西，但這人卻挑毛病地抱怨我衣服袖口上的幾道棕色污點肯定洗不掉，綁腿也因不合我的腳而被拉得變了形，而且他不確定洗了之後是否會讓綁腿回復原有的樣子……我放棄爭執，對這筆交易感到滿意，至少換來的衣服沒被逃離帝尊國王大宅的凶手穿過。

我在街上更遠的一家商店賣掉戒指、大勳章和鍊子，換來銀塊和銅幣各七枚。這些錢還不夠我加入前往群山的商隊，但卻是我詢問過的六個報價中最好的。當我轉身要離去時，買下這些東西的矮壯女士羞澀地伸手拉住我的袖子。

「我不該這麼問，大人，不過我看得出來你處在一個危急的情況，」她遲疑地說道，「所以請你別因我的出價而覺得被冒犯。」

「出什麼價？」我問她。我懷疑她想開價買我的劍，但我早已暗下決定不會出售它，反正價格一定不高，不值得因此讓自己失去武裝。

她害羞地指著我的耳朵。「你的自由人耳環。我有位顧客在收集這類稀有珍品，我相信那個來自布傳氏族，對嗎？」她挺遲疑地問道，好像我隨時會勃然大怒一樣。

「我不知道，」我老實告訴她。「這是朋友送我的禮物。我不會爲了銀塊賣掉它的。」

她會意地笑了笑，忽然間更加自信。「喔，我以爲我們說是的金塊呢，我不會用銀塊出價來激怒你的。」

「金塊？」我不可置信地問著，然後伸手摸摸耳朵上的小玩意。「爲了這個？」

「當然，」她輕快地點點頭，以爲我想喊價了。「我看得出來它做工超卓，這就是布傳家族的名聲。而且它很罕見。布傳家族很少授予奴隸自由，即使這裡離恰斯很遠，但這是眾所周知的事。一名男子或女子一旦擁有布傳的刺青，就……」

她開始跟我提到關於恰斯的奴隸交易、奴隸刺青和自由人耳環的種種，顯然她不是在幫顧客找貨，而是她自己想要博瑞屈的耳環。她的一位祖先脫離奴隸之身獲得自由，她也仍擁有這位祖先從他主人那裡獲賜昭示他不再是奴隸的耳環。擁有這種耳環，若再與奴隸臉頰上最後的家族標誌刺青相符，這就是一位前任奴隸在恰斯自由行動的唯一方式，而且表示他也可以離開那個國家了。如果一名奴隸很愛惹麻煩，也很容易從他臉上的刺青數目看出他到底換過多少主人。所以「地圖臉」就是在恰斯境內不斷被轉手的奴隸的綽號，而且這種麻煩的奴隸只適合在船上的廚房和礦坑幹活兒。她請求我拿下耳環，然後認眞地注視著組成網線的精緻銀線，網住一個肯定是藍寶石的東西。「你看，」她對我解釋，「這位奴隸不但贏得自由，還從他的主人那兒賺到了値這耳環的報酬。因爲若沒有這個耳環，他的自由只不過是一條延長的拴頸皮帶，走到哪兒都會被檢查站攔住，還得有前任主人的書面同意才能接受自由人的工作。前任主人不再負責他的食宿，但奴隸卻從他的老主人那兒得到自由。」

她毫不遲疑地出價三枚金塊，這可比商隊的車資還多；我不但可以加入商隊，更可以買一匹好馬舒適地騎馬上路。但我在她開更高的價錢來勸阻我之前離開了她的店。我用一枚銅幣買了一條粗製濫造的麵包，坐在碼頭附近啃了起來。我對許多事情感到奇怪。這耳環可能曾是博瑞屈祖母的，因爲他說過她曾是奴隸，但已經脫離那種生活贏得自由。我納悶這耳環對他來說有何意義，他爲什麼把它給了我父親，而我父親留下它，這又代表什麼？當耐辛將它傳給我的時候，都知道這些嗎？

我是個凡人，也會被她所出價的金塊所誘惑。我回想如果博瑞屈知道我現在的狀況，他會告訴我儘管賣掉耳環，只因我的生命安全對他來說，可比銀製藍寶石耳環還珍貴。我可以用這些金塊買匹馬騎到群山找惟眞，好平息他喋喋不休、彷彿我搔不到的癢處似的精技命令。

我凝視河面，面對眼前一段漫長艱鉅的旅程。我必須從這裡穿越幾近沙漠的地帶前往藍湖；我完全不知道自己該如何渡過藍湖。到了對岸之後，還得沿著森林小徑環繞山麓小丘向上走到群山王國陡峭的領土。然後，我必須抵達首都頡昂佩，想辦法取得惟眞曾使用的地圖抄本。這地圖是根據頡昂佩圖書館中的古老記載繪製而成，或許原稿還在那兒。只有它能帶領我前往群山王國後方的不知名地區找到惟眞。我需要我所能掌握的每一分錢和每一份資源。

儘管如此，我依然決定留下耳環，不只因爲它對博瑞屈的意義，而是對我的意義。這是我和自己的過往、昔日的身分、扶養我長大的人、甚至曾戴著耳環的父親最後的具體連結。要我去做我自知明智的事可眞是困難得很。我伸手鬆開耳環的小鉤子，將它從耳朵上取下來，我用仍留著的喬裝行動中所獲得的最小片絲綢碎布，將耳環穩穩裹在布裡放進皮帶上的小囊中。那位女商人對它太感興趣，也把它的外觀記得太清楚了。如果帝尊眞的決定派人追捕我，那耳環就會成爲辨識我的特徵之一。

之後，我就在城裡一邊晃、一邊聽人們交談，並且試著不靠發問就獲悉需要知道的事情。我在市場遊蕩，閒散地從一攤逛到另一攤。我過分慷慨地撥了四枚銅幣的高價，爲自己買了些看來奇特的奢侈品：一小包藥草茶、乾水果、一片鏡子、一個小煮鍋和一只杯子。我在幾個藥草攤尋找精靈樹皮，但他們卻不知道這東西，也或許他們在法洛是以另一個名稱稱呼它。我告訴自己沒關係，因爲我短時間內應該不會需要它恢復精力的藥效。我希望自己是對的。然而我半信半疑地買了些名爲日邊籽的東西，只因小販向我保證一個人無論多累，都能靠它完全恢復警醒。

一名賣舊衣的婦女讓我在她的貨車內看貨，我便又花了兩枚銅幣買來一件有怪味道卻挺耐用的斗蓬，還有穿上去必定溫暖得發癢的綁腿，然後再用剩餘的黃絲綢碎布和她交換一條方頭巾，她便以嫌惡的眼光對我展示該如何綁頭巾。我一如以往將把斗蓬摺成置物行囊，然後向下走到城東的屠宰場。

我從來沒聞過像那裡一般的惡臭。那兒有一欄接著一欄的動物、可稱得上是一座山的堆肥、屠宰棚傳來的血腥味及內臟氣味，和鞣皮廠窯中的刺鼻臭味。彷彿攻擊我的鼻子還不夠似的，空氣中還瀰漫著牛群的喊叫、野豬的尖叫、綠頭蒼蠅的嗡嗡聲，和人們來往柵欄間將動物拖出去宰的吼聲。即使我穩住自己，也無法把自己和待宰動物莫名的愁苦和恐慌隔絕。牠們不完全知道什麼在等待牠們，鮮血的氣味和其他動物的呼喊卻喚醒了牠們之中一些動物的驚駭，彷彿我攤開四肢躺在地牢裡的驚恐。但我必須來，因爲這裡是商隊的終點，也是一些商隊的起點。把動物運到這兒來賣的人極可能還要回去，多數人也將購買其他商品帶回去，才不虛此行。我希望能在其中一個商隊中找些活兒，至少能有一個將遠赴藍湖的車隊會向我伸出友誼的手。

我很快就發現自己並非抱持此希望的唯一人士。在兩家小酒館之間的畜欄前有個招募攤位，有一群衣衫襤褸的民眾，還有些從藍湖來的牧人正在排隊應徵。他們帶著一批牧群前來岸口，如今花光了賺來的錢又遠離家園，所以就得想辦法籌錢回去；而對他們其中一些人來說，這就是游牧人的生活方式。還有些年輕人顯然想追尋刺激冒險的旅程，趁機獨自外出打天下，其他人則一看就知道是鎮上的人渣，總是找不到穩定的工作，或者因個性而居無定所。而我嘛，似乎不怎麼能融入任何一個群體，但最終還是和游牧人站在一起。

我的說詞是，家母最近過世，家產都留給了我的姊姊，但她卻不理我，所以我就出來投靠住在藍湖對岸的叔叔，可是還沒到那兒就把錢花光了。不，我不是游牧人，家中卻養得起馬、牛和綿羊，所以知道照顧牠們的基本常識，還像有些人說的，「有辦法」對付愚笨的動物。

那天我並沒有找到活兒，只有少數人有收穫，到了晚上我們大部分的人就在站了一整天的原地躺下睡覺。一位麵包師傅的學徒端來一盤剩下的麵包，我就用一枚銅幣買了一條撒滿種子的長條黑麵包，和一位蒼白頭髮總是露出頭巾垂在臉上的矮胖傢伙分而食之，而這位名叫魁斯的傢伙分我一些乾肉、我所喝過最難喝的酒，還有一堆八卦。他是個能言善道的人，就是那種對任何話題都抱持極端的立場、和伙伴沒什麼交集而只會爭執的傢伙。既然我沒什麼話可說，魁斯就刺激我們周圍的人對於法洛當前的政治局勢進行具爭議性的討論。此刻，有人升起了比較像是為了照明而非取暖所需的微弱營火，還有幾瓶酒在我們之間傳來傳去。我躺下來把頭枕在行囊上，假裝打瞌睡傾聽他們談話。

沒人提到紅船和沿海激烈的戰況。我頓時明白這些人為何會對繳稅好讓軍隊保衛一個他們從未見過的海岸，以及讓戰艦航行在一片他們甚至不能想像的海洋這些事感到如此憤慨。岸口和藍湖間的乾旱平原就是他們的海洋，這些游牧人就是航行其上的水手。六大公國並非自然結合而成的完整領土，只因歷代的統治者用一般的國界和法令統整這六個地區，才形成一個王國。倘若所有沿海大公國都淪入紅船的魔掌，對這些人來說並沒什麼差別。他們仍可放牧牛群並暢飲令人討厭的酒，而草原、河流和滿是灰塵的街道也都還在。我不可避免地納悶我們有什麼權利強迫他們為遠離家園的戰爭掏腰包。提爾司和法洛因被征服而加入六大公國，但他們卻沒有前來要求我們提供軍事保護或貿易利益。這不是因為他們不繁榮、沒有無足輕重的牧群，或不需要一個熱絡的市場來銷售他們的牛肉、皮革和繩索。在他們成為六大公國的成員之前，他們賣掉過多少面帆布和多少捆上好麻繩？但加入公國似乎沒替他們帶來什麼大回饋。

我對這些想法漸漸產生厭倦。他們的談話中唯一不變的，只有對於和群山貿易禁令的抱怨。我原本已經開始打瞌睡，然而「麻臉人」一詞卻讓我豎起了耳朵，於是我睜開眼睛、稍微抬頭傾聽著。

有人提到麻臉人在傳說中就是災難的通報者，還笑著說翰索的羊群全都見到他了，因為在可憐的翰索還來不及賣掉牠們時，牠們就在畜欄中垂死掙扎。我對於疾病就在如此接近我之處的想法顧自皺眉，這時另一個人卻笑著表示，帝尊國王已下令見到麻臉人不再是個壞運，反而是個降臨在一個人身上的好運道。「如果我看到那個老乞丐，才不會臉色發白拔腿就逃，反而會把他抓到國王面前，因爲如果任何人能把痲臉人從公鹿帶來給他，他就會賞那個人一百枚金塊。」

「是五十枚，只有五十枚金塊，不是一百枚。」魁斯揶揄地插嘴，又從他的酒瓶中喝了一口。「好個天方夜譚，用一位灰衣老人交換一百枚金塊！」

「不，光是抓到他就可拿到一百枚金塊，如果逮到尾隨他的人狼，可以再多得一百枚。我今天下午又聽到有人大聲傳報這個消息。他們潛進國王在商業灘的豪宅，用野獸魔法殺死他的侍衛，直接劃破他們的喉嚨好讓狼兒飲血。他是他們現在亟欲想要的人。他們說他打扮得像個紳士，戴了戒指和項鍊，耳上有個銀製耳環。而且因爲過去和國王的一場打鬥，所以頭上有一撮白髮，臉上的一道傷疤和被打斷的鼻子也是從同一場打鬥得來的。對了，手臂上還有一道新的劍傷，是國王這次給他的。」

有些人對此低聲嘀咕地讚美，連我也不得不佩服帝尊厚顏無恥的說法。即使當我轉過頭去埋首在行囊中好似睡了時，這些八卦仍持續著。

「這人應該爲原智所培育，每當月亮照在他身上時就能讓自己變成狼。他們晝伏夜出。據說這是那位外籍王后對國王所下的咒，他早就把她趕出公鹿以免遭篡位。聽說痲臉人是個半靈，被那位王后施以群山魔法引出老黠謀國王的身體，然後他就戴著老國王本人的那張臉，在六大公國的每一條街道，到處散播厄運。」

「一派胡言。」魁斯厭煩地說道，又狂飲了一口。不過其他人之中有些可喜歡這荒唐的故事，於是靠得更近，輕聲要求說故事的人繼續說下去。

「嗯，那就是我聽到的，」說故事的人發怒似地說道，「痲臉人是黠謀的半靈，直到毒死他的群山王后也嗚呼哀哉之後，他方可安息。」

「這麼說來，如果痲臉人是黠謀的鬼魂，那麼帝尊國王爲什麼會爲了他而提供一百枚金塊的賞金？」魁斯酸溜溜地問道。

「不是他的鬼魂，是他的半靈。他在黠謀垂死時偷了國王的些許靈魂，要等到痲臉人死了之後，國王的靈魂才得以重返軀體，黠謀國王才能安息。還有人說，」他降低聲調，「小雜種沒死，他像匹人狼般又回來了。他和痲臉人想報復帝尊國王，好破壞他竊取不到的王位。因爲當時他和英勇王后共謀，一旦殺掉黠謀，他就能當上國王。」

今晚還眞適合這種故事。斗大的橙色月亮低垂在天際，一陣風傳來畜欄中牛群悲淒的鳴叫和移動聲，以及混雜髒血和已鞣製的獸皮的臭味。在高處斑駁的雲朵不時飄過月亮表面。說故事人的話讓我背脊直打寒顫，或許是因爲非他所想的那些原因而顫抖。我一直等待有人用腳把我踢醒，或者大叫，「嘿，讓我們更仔細地瞧瞧他。」但沒有人這麼做。此人說這故事的語氣會讓他們想在陰影中尋找一對狼眼，而非睡在他們之中的疲憊工人。不過當我回首來時路，我的心依然在胸腔內猛烈跳動。和我交換衣服的裁縫師會認出那樣的描述，想買耳環的婦人或許也會，就連幫我在頭髮上綁方頭巾的賣舊衣老婦都有可能。有些人也許不願出面，另一些人可能不想和國王的侍衛打交道，但還是會有人出面指認。我應該表現得好像他們都會如此。

說故事的人繼續說著，渲染他那關於珂翠肯的邪惡野心，以及她如何與我同寢，懷了一個我們可用來奪取王位的孩子的故事。說故事的人用嫌惡的語氣提及珂翠肯，但沒人嘲笑他的話，連我身邊的魁斯都默認了，彷彿這些異於尋常的情節是一般常識。接著，魁斯像確定我最深的恐懼似的忽然開口。

「你說的口氣好像這些都是最新消息似的，但大家都知道她的大肚子並非來自惟眞，而是來自原智小雜種。如果帝尊沒把這個群山娼妓趕走，我們最後就會有像花斑點王子那樣的傢伙來繼承王位。」

眾人輕聲細語地表示同意。我假裝無聊閉眼躺著，希望我的靜默和垂下的眼瞼能隱藏那威脅著要吞沒我的怒氣。我伸手向上將我的方頭巾在頭髮周圍綁得更緊些。帝尊讓這麼邪惡的謠言散播開來的目的何在？因為我知道這種毒害一定出自於他。我不信任自己的聲音提出任何問題，也不想對顯然普遍的消息表現無知，便靜靜躺著興致盎然地傾聽。我猜想大家都曉得珂翠肯回到群山了，而他們對她的藐視的生澀程度，對我暗示這是最近的消息。有人喃喃自語對誠實的提爾司和法洛關閉通道是這群山女巫的錯。甚至有位仁兄大膽提出，既然和沿海的貿易往來已經中斷，群山王國認為這是個好機會，於是包圍法洛和提爾司以強迫它們達成協議，否則就會失去所有的貿易路徑。有個人敘述甚至有一輛由身穿帝尊色澤制服的六大公國人員所護送的簡單貨車，也被阻擋在群山的國境之外。

這種說法對我而言顯然很愚蠢。群山需要和法洛與提爾司做生意，因為稻穀對群山人民來說，可比群山木材和毛皮對這些低地人來說還重要。這種自由交易也已被公開承認是珂翠肯和惟真締結良緣的原因。就算珂翠肯逃回群山，以我對她充分的瞭解，我確定她不會支持群山和六大公國之間斷絕貿易。她和這兩個群體的關係太密切了，密切到想成為他們所有人的犧牲獻祭。如果我聽說的貿易禁令確有其事，這一定是因帝尊而起。但我周圍的人卻繼續埋怨這個群山女巫，以及她與帝尊的世仇。

難道帝尊在煽動和群山的戰爭？他是否曾嘗試派出佯裝商人護衛隊的武裝軍隊？這眞是個蠢主意。我父親多年前就被派到群山制訂疆界和貿易協定，結束多年的疆界糾紛和侵襲。那些年的戰爭教導黠謀國王，沒有任何人可用武力奪取和保有群山王國的通道和路徑。我不情願地跟隨那個想法。是帝尊建議惟眞迎娶珂翠肯為妻，也竭盡諂媚之能事替他的哥哥向她求婚。然後，在婚禮愈來愈接近時，他卻企圖殺害惟眞，目的是為了讓公主成為他自己的新娘。但是他失敗了，他的陰謀和計畫也被少數人得知。他原想獨占珂翠肯公主和跟隨她的一切，包括她終將繼承的群山王位的機會，已從他的指間流失。我想起自己曾聽到一段帝尊和謀叛的蓋倫之間的交談，他們似乎認爲，若他們能控制在提爾司和法洛背後的群山山脈及通道，就能鞏固提爾司和法洛。難道帝尊現在想用武力奪取他曾希望藉由婚姻所獲取的一切嗎？他是否認爲自己能召集足夠的邪惡意向對抗珂翠肯，讓他的擁護者相信他們正在打一場正義的戰爭，一場對一位群山女巫報復的戰爭，以保持重要貿易路線的開放？

我回想，帝尊的確會相信他想相信的任何事情。在他的酒杯深淵中，頭上也總是煙煙瀰漫，我毫不懷疑他如今深信自己的荒誕故事。以一百枚金塊交換切德，以另一百枚金塊交換我。我深知自己最近的作爲值得這個價碼，卻急切地想知道切德近來可好。以我和切德多年的相處經驗，他總是不用任何名號地隱身辦事。沒有人知道他眞正名字，但他的痲子臉和酷似他同父異母兄弟的相貌，如今卻已衆所周知。那表示他曾在某處，被某人發現。無論他今晚在哪裡，我希望他都能安然無恙。我有些渴望掉頭回到公鹿尋找他的下落，彷彿這樣我就能以某種方式保他安全。

過來我這裡。

無論我渴望做什麼，也不管我的感覺如何，我知道我得先去找惟眞。我不斷對自己承諾，最後終於沉入警覺的假寐中。我作了夢，卻是蒼茫的夢境，勉強被精技碰觸，如在秋風中飄盪迴旋。我的心也似乎追隨和混雜我所思念的每個人的思緒。我夢到切德和耐辛與蕾細喝茶，他身穿紅絲綢星星圖案的長袍，剪裁樣式非常古典，只見他掠過他的茶杯對女士們迷人地微笑，甚至將笑意帶入耐辛的雙眼，儘管她看起來出奇地操勞疲憊。我接著夢到莫莉從一扇小木屋的門向外窺視，博瑞屈則站在門外拉緊斗蓬擋風，同時告訴她別擔心，他不會離開太久，任何的粗活留著等他回來再做，並交待她應該待在屋子裡，只要好好照顧自己即可。我連婕敏都夢到了，她正躲在畢恩斯飢餓冰河的冰洞裡，和她所召集的一些士兵及許多因劫匪之役無家可歸的人民藏匿在此。我還夢到她照顧躺在地上、因腹部劍傷化膿而發燒受苦的祈念。最後我夢到弄臣坐在爐火前發呆，蒼白的臉變成了象牙般的色澤，臉上已不帶有任何希望了，而我感覺自己置身火焰中凝視他的雙眼。在某處不遠卻也不近的珂翠肯，卻無法控制地哭泣著。這些夢在我心中逐漸消失，然後我夢到狼兒們狩獵、再狩獵，然後撞倒一隻公鹿，不過牠們是野狼，如果我的狼兒在牠們之中，牠就是牠們的伙伴，而不再是我的同伴了。

我在一陣頭痛和因睡在石頭上而造成的背部痙攣中醒來。旭日才剛要劃破天際，但我還是起身，到井邊打水清洗，同時盡可能喝下大量的水。博瑞屈曾經告訴我，喝大量的水是趕走飢餓的好方法，這是我今天必須測試的理論。我磨了磨刀，考慮刮鬍子，旋即放棄這個決定，最好讓鬍鬚盡快長長好遮蓋我的傷疤。我不情願地揉揉讓我感覺難受的粗糙鬍渣，然後回到其他人還在睡覺的地方。

當大家開始紛紛醒來時，一位矮小粗壯的人朝這兒走來，他尖聲喊著說要僱用一個人，幫忙把他的羊群從某一畜欄移到另一畜欄裡。這是個只要半天的短工，但大多數人卻搖搖頭，希望留下來等候，因他們可能因游牧人前往藍湖之旅而受僱。他幾乎用請求的口吻表示，他非得在日常交通展開前讓羊群穿越街道移動。最後，他提出工作還附帶早餐，我想，這眞的是我對他點頭並跟他走的原因。他名叫岱蒙，他在我們行走時不停地說話，不斷揮著手，毫無必要地對我解釋他希望如何指揮這群羊。牠們是上好的牲口，非常好的牲口，他可不想讓牠們受傷或變得緊張不安。鎭靜地，緩慢地，才是移動羊群的最佳方式。我對著他的擔心無言地點點頭，同時跟他走到屠宰街上一個遙遠的畜欄。

他爲何急著移動羊群的原因很快就看出來了。隔壁的畜欄一定是屬於不幸的翰索，只見少數羊兒還在咩咩叫，但大部分卻倒在地上，不是斷了氣就是因出血而垂垂死矣。牠們的病臭爲原已臭氣沖天的空氣增添一股新的惡臭。有些人在那裡剝下動物死屍的皮，盡力從羊群身上挽救些東西。他們把地上弄得血跡斑斑一團糟，然後把剝了皮的死羊丟在那兒和垂死的動物在一起。它以某種可怕的方式令我想起戰場，打劫者在戰死的人們之中移動。我別過頭去不再看，接著就幫岱蒙把羊趕成一群。

試著在羊身上運用原智幾乎是浪費時間。牠們喜歡胡思亂想，即使看起來最溫馴的羊兒亦然，只因牠們已經忘了之前在想什麼。最糟糕的是，牠們會過度警覺，對最簡單的動作都會起疑。對付牠們的唯一方法差不多就像牧羊犬那樣，首先得說服羊群，表示牠們很清楚牠們想去哪裡，然後鼓勵牠們這麼做。我短暫地自娛，想著夜眼會如何把這群毛茸茸的傻瓜趕成一群和讓牠們移動，但就連我對狼兒的思緒也導致幾隻羊忽然自牠們的路徑上停下來，並且慌亂地四處張望。我對牠們建議，牠們應該在迷路之前跟上其他羊兒，牠們就彷彿驚訝於這個想法似的出發，然後擠進其他的羊兒之中。

岱蒙讓我知道我們大約要到哪兒，還給我一根長棍子。我在羊群後面和兩旁趕羊，跑著跑著就像隻狗一樣喘氣，他則帶頭並且在每個路口提防羊兒走散。他帶我們到市郊的一個區域，於是我們就把羊趕進其中一個搖搖欲墜的畜欄裡，另一個畜欄裡則有一頭非常好的紅公牛，還有六匹馬在別的畜欄中。等我們喘過氣來之後，他便解釋明天會有個商隊在此集結準備前往藍湖。他昨天才買了這些羊，想把牠們帶回家增加他的羊群數量。我問他是否可能需要另一名人手在藍湖放羊，他仔細端詳我卻沒回答。

他果然信守提供早餐的承諾。我們吃了燕麥粥並喝了牛奶，簡單的食物卻令我感覺美味極了。端來食物的那名女子就住在這些畜欄附近的一間房子裡，一邊看守關在畜欄裡的動物、一邊供應看管動物者的伙食，有時還提供住宿。我們吃完之後，岱蒙就費盡唇舌地解釋他的確需要額外人手，或許需要兩名人手和他踏上這個旅程，但他卻從我衣服的破洞評斷我不擅長自己正在尋找的活兒。他今天早晨之所以會僱用我，只因我是唯一看起來真正清醒和渴望工作的人。我對他說了我那位無情姊姊的故事，向他再三保證自己很擅長管理羊群、馬匹和牛群。在一陣慌亂和挑三揀四之後，他僱用了我，而他的條件是將在旅途中供我食物，和在旅途結束之後付我十枚銀塊。接著就叫我趕緊回去拿東西和道別，但千萬要在夜晚前回來，否則他會另外找人替代我。

「我沒有東西要拿，也沒人可道別。」我告訴他。回到鎮上已非明智之舉，更不能在我昨晚聽到那些八卦之後還回去。我希望商隊現在就立刻出發。

他看起來挺震驚，稍後卻表示他挺歡喜的。「嗯，我要處理這兩件事情，所以我就讓你留下來看好羊群。牠們需要人幫忙打水，這也是我把牠們留在鎮裡畜欄的原因之一，因爲那兒有水泵；但我不喜歡讓牠們這麼接近病羊。你就幫牠們打水，我會派人替牠們送一車乾草過來，你就可以好好餵牠們。聽著，我會先看看你將如何幫我，好判斷我們該如何繼續下去……」他就這樣喋喋不休，鉅細靡遺地告訴我他希望如何讓羊兒喝水，還要分出多少個別的飼料堆以確保每一隻羊都得到一份。我想這是預料中事，因爲我看起來不像牧羊人。這讓我想念起博瑞屈，他總是鎮靜地假設我知道自己的職責，也會確實執行。當他轉身要走的時候，忽然轉過身來。「那你的名字呢，小子？」他喊著我。

「湯姆，」我在片刻遲疑之後回答。在我接受蜚滋駿騎這個名字之前，耐辛曾一度想用那個名字稱呼我。這個回憶也讓我想起帝尊曾丟給我的一句話，「你只要搔搔自己，就能發現那無名的小狗崽子。」他曾如此冷嘲熱諷，我也懷疑他會認爲牧羊人湯姆比那個高尚到哪裡去。

有一口開鑿過的井離畜欄不怎麼近，汲水桶上的線也很長。在我持續來回之後，終於在飲水槽裡裝滿水。實際上，我在羊兒們把水喝掉之前就裝滿了好幾次。大約同時，一輛裝載乾草的貨車抵達，我便小心地在畜欄的各個角落排好四堆飼料，這可又是個挫折的操練，因爲羊兒總是在我堆好每一堆時成群地吃掉飼料，直到連最虛弱的羊兒都吃飽了，我才終於能在每個角落堆好一堆飼料。

我消磨了一個下午打更多水。那名女子讓我用一個大水壺燒水，還讓我在一個隱密處把路上最髒的污物從身上清洗掉。我的手臂復原得很快，我如此告訴自己，對於本該致命的傷口來說這算不錯了，也希望切德永遠不會知道我這個魯莽的行為。要是被他知道了，眞不知他會怎麼取笑我。當我清洗乾淨之後，就打了更多水加熱，這是為了清洗我先前向賣舊衣老婦買來的衣服。我發現斗蓬其實是淺淺的灰色，比我之前想的還淺。我無法完全去除斗蓬上的怪味，但是當我把它晾乾時，聞起來就比較像潮濕的羊毛，已經沒什麼前任物主的氣味。

岱蒙沒留食物給我，那名女子卻說如果我幫牛和馬兒打水，她就會給我吃的，還說她已經漸漸厭煩過去四天都在幹這活兒。所以，我就這麼替自己賺來一頓有燉肉和小甜麵包的晚餐，還有一杯把這些全都沖進肚子裡的麥酒。我在晚餐後檢視我的羊兒，發現牠們都很安靜，於是習慣性地轉而探視牛和馬兒。我站著靠在籬笆上注視這些動物，納悶如果這就是我人生的一切，該會是什麼樣子。它讓我明白如果有像莫莉這樣的女子在晚上等我回家，這種生活並沒什麼不好。一匹又高又瘦的白色母馬走過來用鼻子摩擦我的襯衫要我搔搔牠，我就輕輕撫摸牠，然後發現牠正在思念一位滿臉雀斑的農家女，她不但曾給牠蘿蔔吃，還喚牠公主。

我想知道是否有任何人在任何地方過著自己想過的生活。或許夜眼終於如願以償，我希望眞的如此。我祝福牠，卻也自私地希望牠有時也會想念我。我悶悶不樂地想著，或許這就是惟眞為何沒回來的原因。他可能厭倦了皇冠和王位所有的這檔子事，於是便擺脫所有束縛他的一切。但是，就在我這麼想的同時，我知道事情並非如此。他不是那種人。他已經前往群山召集古靈來幫助我們，就算那個任務失敗了，他也會另謀對策；而且無論是什麼對策，他都會召喚我幫他一起完成。

11

牧羊人

黠謀國王的顧問切德．秋星是忠誠服侍瞻遠家族的僕人，但卻鮮少人在他服侍黠謀國王的那些年知曉他的種種服務。他並不因此覺得不滿，因爲他並非一位尋求讚美榮耀的人，而是忠心耿耿地將自己奉獻給瞻遠政權，這份忠心可遠超過他對自我的忠誠，或是大多數人對於忠誠的考量。他最重視自己對王室家族所立下的誓言。當黠謀國王駕崩之後，他就謹守諾言以確保王位能按照眞正的繼任順位傳承下去。光是這個原因，就足以讓他成爲被通緝的不法之徒，因爲他公開質疑帝尊自封六大公國國王的資格。他將長篇大論的書信發送給每個公國的公爵以及帝尊王子，並在多年的沉默之後透露了自己的身分，宣稱他自己爲惟眞國王的忠實擁護者，並且發誓他絕不追隨其他人，除非他親眼看見國王逝世的證據。帝尊王子聲稱他爲造反者和叛國賊，還懸賞緝捕他和殺死他的人。切德．秋星運用許多巧妙的詭計逃脫帝尊，並持續號召沿海大公國的公爵們，讓他們相信國王非但沒有死，還會回來帶領他們戰勝紅船。一旦失去來自帝尊「國王」的援助的任何希望，許多位階較低的貴族們就堅信這些謠傳，歌曲也傳誦了開來，就連老百姓都滿懷希望地表示他們的傍晚時分，人們開始爲商隊而聚集。一名女子擁有那匹公牛和那些馬匹；她和丈夫搭乘由一對閹牛所拉的貨車抵達此地，然後自行生火烹煮食物，看來挺自得其樂。我的新任主子稍後也回來了，他有點兒微醉，還瞪大眼睛看著羊群，好確認我有餵牠們吃東西喝水。他駕著一輛由一匹健壯小馬所拉的高輪貨車前來，也立刻託我照顧牠，還告訴我他還僱了另一名叫做魁斯的人，而我應該注意看他來了沒有，然後帶他去看羊群所在之處，話畢他便遁入一間房裡睡覺。想到要跟聒噪的魁斯長途跋涉又得趕路，我顧自嘆息，但無抱怨，倒讓自己忙著照顧那匹名喚鼓兒的溫馴小母馬。

接下來抵達此地的是一群歡樂的人們。原來他們是傀儡戲班，漆上亮麗色彩的馬車由一隊花斑馬拉著。馬車的一側有扇可向下開啓的窗子好讓他們表演傀儡戲，還有一道可由側邊展開的天篷在他們使用大型牽線木偶時當成舞台的屋頂。傀儡師傅名叫戴爾，帶領三位學徒和一位傀儡技士，以及一位在途中加入他們巡迴的吟遊歌者。他們並沒有自行生火，反而用歌唱和咯吱作響的牽線木偶，還有好幾杯麥酒讓那名女子的小屋活躍起來。

兩組馬車駕駛隨後抵達，他們的車上裝滿了小心包裝著的陶器，最後車隊領隊和她的四位幫手終於來了。這些人不單能帶領我們，他們的領隊特有的模樣就能激發信心。馬芝是一位體格結實的女人，一頭暗藍灰色的頭髮用一條串珠皮線固定住，讓頭髮不至垂在臉上。其中兩位幫手似乎是她的女兒和兒子。他們知道乾淨和污濁的水坑在哪兒，而且能夠爲我們抵抗土匪和載運額外的食物和水，並和游牧民族達成協議，讓我們得以穿越他們的牧地前進。這最後一點和其他同樣重要，因爲游牧民族不喜歡人們帶著草食動物經過，吃掉他們自己的動物所需的牧草。馬芝在晚間把我們集合起來告知我們這一點，提醒大家他們也會維持我們這群人的秩序，絕不容許有偷竊和闖禍的行爲，也會以大家都能維持的速度行進，而車隊領隊將處理所有在汲水區和游牧民族的交涉，大家也必須同意遵循車隊領隊的所有決定，並將之視爲守則。我和其他人喃喃地表達同意之後，馬芝和幫手們就檢查每一輛馬車好確定每一輛都適合上路，並確認所有隊伍的健康狀況良好，以及緊急所需的水和存糧是否足夠。我們將以「之」字形路線從汲水區前往另一個汲水區。馬芝的馬車裝載了幾個儲水的橡木桶，但她堅持每一輛私人馬車都得裝運一些水以供應自身所需。

魁斯於日落時分抵達，那時岱蒙早已回房就寢，於是我就盡職地帶他看看羊群，然後聽他嚷嚷岱蒙並沒有提供我們房間睡覺。這是一個清朗溫暖、微風輕撫的夜晚，在我看來實在沒什麼好抱怨的。但我沒有表現出來，只是任憑他喃喃抱怨直到他自己累了爲止。我睡在羊欄外以防任何掠奪者接近，魁斯卻帶著他陰鬱的天性和滿肚子的意見晃過去打擾傀儡戲班。

我不知自己眞正睡了多久，我的夢境也像被風吹起的窗簾般飄離。我在聽到輕喚我名字的聲音時警覺，這聲音似乎從遠方傳來，我愈聽卻愈覺得自己被無情地逼迫去聆聽它，彷彿這是被咒語傳喚而來的聲音。我開始察覺到燭火，也被吸引過去，只見四根蠟燭在一張粗糙的桌子上燃燒，它們混合起來的香氣讓空氣芬芳了起來。兩根長長的細蠟燭散發月桂樹果的香味，另外兩根較小的蠟燭先熄滅了，散發出香甜的泉水氣味。紫蘿蘭，我心想，還有別的。一名女子朝它們向前傾身，深深呼吸飄起來的香氣。她雙眼合起，臉上還有汗濕。是莫莉。她又喚了我的名字。

「蜚滋，蜚滋，你怎麼就這麼死了，拋下我一個人孤伶伶地在這裡。事情不應該是這樣的，你應該來找我的，我能原諒你。你應該幫我點燃這些蠟燭，我也不應該爲了這個而孤單。」

一陣猛烈的喘氣打斷了她的話，是極度痛苦的喘息，伴隨一波恐懼狂烈地襲來。「沒事兒的，」莫莉自顧自地耳語，「沒事兒的。我想它應該就像這樣。」

即使身處精技夢境裡，我的心靜止了。我低頭看著莫莉站在一間小屋的壁爐邊，外面的秋季暴風雨正在肆虐。她抓住一張桌子的邊緣半蹲半靠在桌上，身上只穿了一件睡衣，一頭秀髮因汗濕而泛著光。當我驚駭地注視她時，她又大口地吸氣然後喊出來，但不是尖叫，而是微弱的叫聲，彷彿她只有力氣發出那個聲音。一分鐘過後她稍微站直了些，並且將雙手輕輕擱在肚皮上，肚皮隆起的大小讓我頭暈眼花。看來她懷孕了。

她懷孕了。

如果一個人可以在沉睡時昏過去喪失意識，我想我就會昏過去了。但我的心卻忽然旋轉起來，重新排列她在我們分離時所說的每一個字，回想那天她問我如果懷了我的孩子，我會怎麼做。這就是她所提到的那個人，她爲了這個人離開我，將這個人擺在生命中所有其他的人之前。不是另一個男人，是我們的孩子。她爲了保護我們的孩子而離開，也因爲怕我不跟她走，所以沒有告訴我。最好問都別問，總比問了之後被拒絕好。

而她當時的想法對了，我是不會跟她走的。公鹿堡裡發生太多事情，對國王的責任也太緊迫，所以她本當棄我而去。莫莉就是這個作風，她會自個兒離開，獨自面對她自己的選擇。蠢，但這就是莫莉，讓我想抱一抱她，想晃她一晃。

她又忽然抓住桌子並睜大雙眼，此刻因體內移動的力量而無聲。

她孤身一人。她相信我已經死了，即將在某處飽受強風肆虐的小屋中獨自生下孩子。

我朝她探尋，一邊喊著莫莉，莫莉，此刻她卻專注在她的內在，只傾聽她自己的身體。我突然明白惟真在無法讓我聽到他，和最迫切需要朝我探尋時的挫折。

門忽然像是被強風吹開來了似的，只見強勁的暴風從門口吹進小屋裡，伴隨一陣強烈的雨勢。她抬起頭，氣喘吁吁地瞪著門。「博瑞屈？」她上氣不接下氣地呼叫，語氣充滿了希望。

當他那張黝黑的臉突然出現在門口時，我再度感到一波驚訝湧來，卻被她的感恩和如釋重負所淹沒。「是我，全身都濕透了。無論我提供什麼，都沒辦法幫妳換到乾蘋果。城裡的商店都空空如也。我希望麵粉別受潮。我原本可以早些回來的，但這場暴風雨……」他一邊走進來、一邊說話，像一個從城裡返家的人，肩上揹著一個麻袋，水從他的臉上流下來，也從他的斗篷上滴下來。

「時候到了，就是現在。」莫莉慌張地告訴他。

博瑞屈一邊丟下麻袋、一邊把門關上鎖起來。「什麼？」他問她，同時擦乾眼睛上的雨水，把濕頭髮從臉上向後撥開。

「孩子快出生了。」她的語氣此刻聽起來異常鎮定。

他立刻茫然地注視她，然後堅定地說道，「不。我們有數日子，妳也在數日子，不可能現在就生。」他的口氣忽然聽起來挺生氣，極度渴望自己是對的。「再十五天，或許更久。我今天和產婆說好了，一切也安排妥當，她還說過幾天就會來看妳……」

當莫莉再度抓住桌邊時，他就靜了下來。她因劇烈疼痛而緊咬著雙唇，博瑞屈彷彿被嚇呆似的站著，我從未見過他的臉色如此蒼白。「我應該回鎮上把她找來嗎？」他輕聲問道。

接下來是一陣水啪嗒啪嗒落在粗糙地板上的聲音，過了好久莫莉才喘過氣來。「沒時間了。」

他依然僵直地站著，斗蓬上的水滴滴落一地，也不再朝屋裡前進，彷彿她是一隻不可預料的動物。

「妳難道不躺下來嗎？」他不確定地發問。

「我試過了。但躺下後當疼痛又來時，眞是痛得受不了，讓我想尖叫。」

他彷彿一個木偶般猛點頭。「那麼，我想妳應該站起來。當然。」他一動也不動。

她用乞求的眼神抬頭望著他。「不會差太多的，」她喘著氣，「從一匹小馬或一頭小牛……」

他睜大雙眼，足以讓我看到他眼睛四周的慘白，然後他猛地搖頭，不說一句話。

「博瑞屈……沒有其他人能幫我，而且我是……」她的話忽然被她所發出的一聲尖叫打斷，然後她就向前靠在桌上收起雙腿，好讓前額靠在桌子邊緣，接著發出一聲恐懼和痛苦的低吟。

她的恐懼穿透著他，只見他迅速輕輕地甩甩頭，讓自己清醒一些。「是的，妳說得對。不會差太多的，不會的。我都做過數百次了，就是這麼回事，我很確定。好吧，現在讓我們看看。不會有事的，就讓我來……嗯。」他扯掉自己的斗蓬丟在地上，急忙將淋濕的頭髮從臉上向後撥，然後走過來跪在她身邊。「我要開始了。」他警告她，我就看到她稍微點了點頭表示同意。

然後他那雙穩健的手就這麼放在她的腹部上，輕柔但沉穩地向下輕撫，就像我曾看過他想替難產的母馬催生般。「不會太久的，就快了，」他告訴她。「眞的出來了。」他忽然自信了起來，我也感覺莫莉從他的語氣中鼓起勇氣。當她又一陣收縮時，他的雙手依然在她身上。「很好，這樣就對了。」我在公鹿堡的馬廄裡聽他說過不下一百次那些相同的安撫話語。在每次陣痛之間，他就用雙手穩住她，不斷柔聲說話，稱呼她爲他的好女孩、冷靜的女孩和優秀的女孩，即將產下優秀的嬰兒。我懷疑他們倆是否聽得懂他在說什麼，但他的語氣就足以表明一切。他起身拿了一條毛毯摺好放在他身旁的地板上，當他掀起莫莉的睡衣時也沒說什麼尷尬的話，只是在莫莉緊抓桌邊時輕聲地鼓勵她。我看到肌肉的鼓動，接著她忽然大叫一聲，而博瑞屈便說，「繼續，繼續，在這裡，就在這裡，繼續，很好，讓我們來瞧瞧，這是誰啊？」

接著他一把抱住嬰孩，用一隻滿是老繭的手握成杯狀護著他頭，另一隻手支撐這小小的身體，然後博瑞屈就忽然坐在地上，臉上驚訝的神情彷彿他從未見過嬰孩出生的景象。我曾偷聽到的女性談話讓我以爲自己會聽到幾個小時的尖叫，並且看到一灘灘的血，但那嬰孩身上卻只有一點點血，還用平靜的藍色雙眼仰望博瑞屈。自腹部纏繞而來的灰色臍帶比起那嬌小的雙手和雙腳，可真是既巨大又厚實。除了莫莉的喘氣聲，沒有其他的聲音。

接下來，「他還好嗎？」莫莉問道，聲音還在顫抖，「有什麼不對嗎？他爲什麼沒哭？」

「她很好，」博瑞屈輕聲說道。「她很好，而且漂亮極了，所以還有什麼好哭的？」他沉默了好一會兒，彷彿被嚇呆似的站著。最後終於不情願地將小女嬰輕輕地放在身旁的毛毯上，用毯子的一角蓋住她。「在我們處理好之前，妳在這裡還得再做些事情，姑娘。」他生硬地告訴莫莉。

但是他沒多久就讓莫莉坐在爐火旁的椅子上，還在她身上蓋毛毯以防著涼。他遲疑片刻，然後用他的腰刀割斷臍帶，接著用乾淨的布裹住嬰孩，把她抱到莫莉的懷裡。當博瑞屈清掃房間時，莫莉就仔細檢視嬰兒的每一吋肌膚，驚嘆她一頭烏黑的秀髮，嬌小的手指和腳趾擁有完美的指甲，耳朵也十分嬌嫩。稍後當博瑞屈抱住嬰兒時，他也說了相同的話，然後轉身背對莫莉好讓她換上乾淨的睡衣。他用我前所未見的專注神情端詳著小女嬰，他對小馬或幼犬可不會這樣。「妳將擁有駿騎的額頭。」他輕聲告訴這嬰兒，接著對她微笑，還用一根手指摸摸她的臉頰，她也把頭轉了過來。

當莫莉回到爐火邊的座位時，他就把嬰兒還給她，卻蹲在她椅子旁邊的地板上看著莫莉哺乳。小女嬰試了幾次才找到和含住乳頭，但是當她開始吸吮時，博瑞屈發出一聲沉重的嘆息，我就知道他一直屏住呼吸，深恐小女嬰不會吸母乳。莫莉的眼中只有這位女嬰，但我注意到博瑞屈舉起雙手揉揉自己的臉和眼睛，而且手還在發抖，臉上露出了我從未見過的微笑。

莫莉抬頭凝視他，她的臉龐彷彿日出般。「能否請你幫我泡一杯茶？」她輕聲地問他，博瑞屈就點點頭，像個呆子般露齒而笑。

我在黎明之前的幾個小時遠離夢境，起初還不知道自己在何時從沉思步入清醒，稍後就察覺自己睜開雙眼凝視天上的明月，任何言語都無法描述我當時的感受。但是，我的思緒逐漸成形，也明白了之前夢到博瑞屈的精技夢境。它解釋了許多。我透過莫莉的雙眼看博瑞屈，而他這段時間都和莫莉在一起，並且照顧她。她就是他前往照顧的那位朋友，那位能運用些許男性力量的女子。他在那裡陪伴她，我卻孤伶伶一個人。我感覺一道頓時升起的怒氣，氣他沒有來找我和告訴我她懷了我的孩子。不過這怒氣很快就平息了，只因我忽然明白或許他曾試著告訴我。一定有什麼事情讓他在那天回到小木屋，我也再一次納悶當他發現它被遺棄時，心裡是怎麼想的。難道他心裡最大的恐懼已經成眞了？難道他覺得我變成了野獸，永不回來了嗎？

但是我會回來。彷彿有一扇門突然打開，讓我意識到眞相。沒有人眞正站在莫莉和我之間。她的生命中沒有另一個男人，只有我們的孩子。我突然間自顧自地露齒而笑，才不會讓我的死亡這件小事擋在我們之間。和共享一個孩子的人生比起來，死亡算什麼？我會去找她，對她解釋，這次要把一切都告訴她，而她也將瞭解和原諒我，因爲我們之間不會再有任何其他的祕密。

我毫不遲疑地在黑暗中坐起來，拾起拿來當枕頭的行囊立刻出發。沿河而下可比向上來的輕鬆。我還有些銀塊，可以設法搭上船，盤纏用光時就打工籌旅費。酒河是一條流速緩慢的河流，不過我一旦越過涂湖，公鹿河的激流就會將我沖向歸鄉之路。我要回去，回到家鄉，回到莫莉和我們的女兒身邊。

過來我這裡。

我停了下來。我知道這不是惟眞在對我技傳，而是發自我內心的聲音，是那突如其來的強烈技傳所留下的痕跡。我確定如果他知道我爲什麼必須回家，他就會告訴我要趕快行動，無須擔心他，他會很平安的。一切安好，我只要繼續走就成了。

我就在月光照耀的路上一步接著一步地走，每一個腳步和每一次心跳都讓我在心中聽到這些話。*過來我這裡。過來我這裡。*我不能，我如此請求。我不會這麼做，我抗拒著這些話。我繼續前進，試著只想著莫莉和我那嬌小的女兒。她需要一個名字，那麼莫莉會在我抵達那兒之前替她取名嗎？

過來我這裡。

我們需要立刻結婚，在某個小鎮上找個當地的見證人。博瑞屈會證實我是個棄兒，讓見證人記下我沒有父母的身分，到時候我就會說自己名叫「新來的」。雖然是個怪名字，不過我可聽過更怪的，但我可以終生都與這個名字共處。名字，對我而言曾經非常重要，如今卻無足輕重。只要我能和莫莉以及我的女兒住在一起，他們甚至可以叫我馬糞。

過來我這裡。

我必須找個工作，任何工作都可以。我忽然覺得錢包裡的銀塊太重要了，不能就這麼花掉，而且我在旅途上要一路工作到家。一旦到了那裡，我能靠什麼謀生呢？我適合做什麼？我憤怒地將這思緒推向一旁。我會找到差事，也會找到方法。我將是一位好丈夫和好爸爸，除此之外她們一無所求。

過來我這裡。

我的腳步逐漸放慢。我此刻站在一個小斜坡上俯視眼前的道路，那兒的河流城鎮依然燈火通明，我得走下去在該處找到一艘駛往下河的駁船，而且願意僱用來路不明的人手。就這樣了，只要繼續前進。

我當時不知道自己爲何無法這麼做。我踏出一步，踉蹌起來，整個世界在我的四周暈眩地搖晃，然後我跪了下來。我不能回去。我必須繼續前進，尋找惟真。我到現在仍不理解，所以無法解釋。我跪在斜坡上俯視整個城鎮，清楚明白自己心中最想做的是什麼，而我就是辦不到。沒有任何事情會讓我耽擱，也沒有人對我舉起手或揚起劍命令我改變方向。只有我心中那持續不斷的微弱聲響，一直對我疲勞轟炸。*過來我這裡，過來我這裡，過來我這裡。*

而我什麼都不能做。

我不能要我的心停止跳動，我無法停止呼吸然後死去，因此我也無法忽略那個召喚。我獨自站在一片夜色中，被困在另一個人加諸於我身上的意志，並且因此感到窒息。我頭腦冷靜的一部分說著，就在那裡，嗯，你看到了吧，對他們來說就是這樣。對於欲意和其他精技小組成員來說，蓋倫運用精技在他們心中烙印了對帝尊的忠誠。這讓他們不會忘記他們還有另一位國王，也沒有讓他們相信自己做得是對的。他們單單是對此不再有選擇。倘若回溯到上一代，這就是蓋倫所遭遇的狀況，被迫對我父親狂烈地忠誠。惟真曾告訴我，蓋倫的忠誠就是精技烙印的結果，是在他們還是青少年時由駿騎所爲，憤怒地反抗蓋倫某種折磨惟眞的殘酷行爲。這是一位兄長向對他弟弟使壞的人所做的報復行爲。對於蓋倫採取的這項行動是出於憤怒和無知，當事者根本不完全明白可以這麼做。惟眞說駿騎對此感到後悔，如果他知道該如何解除的話他早就做了。那麼，蓋倫是否察覺到自己被動了什麼手腳？難道這就解釋了他爲何如此痛恨我，只因他無法容許自己對我父親駿騎感到憤怒，才把這一肚子火燒到我這個駿騎的兒子身上？

我試著站好卻做不到，只能無望地坐在月光照耀的道路上。這不要緊，什麼都不要緊，除了我的妻子和我的孩子就在那兒，而我卻不能去找她們，比登天摘月還要不可能。我凝視遠方的河流在月光下閃耀黑漆般的光芒，猶如黑色板岩般激起陣陣漣漪。一條能帶我回家的河，卻無法帶我回家。因我堅強的意志仍無法打破我心中的那道命令。我舉頭仰望明月。「博瑞屈，」我大聲請求，彷彿他聽得到我說話，「噢，照顧她們，不要讓她們受傷害，把她們當成你自己的家人般保護，直到我能夠回到她們身邊。」

我不記得自己是怎麼走回畜欄或怎麼躺下來睡覺的，但是當我在早晨睜開雙眼時，我就在那裡了。我躺著仰望天空一片藍色的蒼穹，眞是痛恨自己的人生。此刻，魁斯走過來站在我和天空之間俯視我。

「你最好趕快起來，」他告訴我，然後靠過來盯著我看。「你的兩眼通紅，難道你把酒藏起來不和別人分享？」

「我沒東西和任何人分享。」我簡短地告訴他，然後翻身站起來，感覺頭痛欲裂。

我想知道莫莉替我們的女兒取什麼名字。也許是花的名稱，或是類似的名字。紫丁香，或那一類的名字。玫瑰。金盞花。我會替她取什麼名字？這一點兒都不要緊。

我不再思索。在接下來的幾天我就按吩咐行事，認眞徹底地做好每一件事情，不被內心的思緒所分心。在我內心的某處，有一位瘋子在他的牢房裡勃然大怒，但我選擇不去知道。相反的，我開始牧羊了。我在早晨進食，我在晚上進食。我在夜裡躺下，我在早晨起身。然後就牧羊。我在車隊、馬兒和羊群之間的塵土飛揚中跟隨羊兒，塵土在我的眼皮和皮膚上凝結成厚厚一塊，覆蓋我的喉嚨讓我口渴不已，但我什麼都不想。我不用想就知道每一步都讓我更接近惟眞，我的沉默寡言就連魁斯都厭煩了我的陪伴，因為他無法刺激我和他爭論。我一心一意地牧羊，彷彿是隻有史以來最優秀的牧羊犬。而當我在夜裡躺下來睡覺時，甚至不會作夢。

其他人的日子則照舊。在車隊領隊英明的領導下，這趟旅程有幸能夠風平浪靜。我們唯一的壞運氣則侷限在塵土、少得可憐的水源和匱乏的牧草上，我們也欣然接受這些壞運氣正是路途的一部分。在夜晚當羊群安頓好了，晚餐也吃了之後，傀儡戲班就開始排練。他們一共有三齣戲碼，看來他們下定決心在抵達藍湖之前把每一齣戲都表演得完美無瑕。有些夜晚，我們只見聞木偶的移動和對話，但也有好幾次他們正式粉墨登場，生起火把，搭好舞台和布景，傀儡師則身穿純白的長袍，意味著他們是隱形的，然後完整演出所有的戲碼。傀儡師傅十分嚴格，總是皮鞭不離手，如果傀儡師傅認爲他罪有應得，甚至連他的技士也逃不過挨一兩次鞭子。一段吟錯了的句子，或牽線木偶的手沒按照戴爾師傅的指示揮動，都將招致處罰，而他也總是在演員之間手握皮鞭苛責他們。就算我有心情享受些餘興節目，也會因此而倒足胃口。因此，我更常走到羊群那裡坐著看顧牠們，讓其他人看表演去。

那位名叫椋音的美貌吟遊女歌者常是我的同伴，我卻懷疑這情形是因爲她渴望我的陪伴。只不過我們都離營地夠遠，所以她可以坐下來練習她自己的歌曲和豎琴演奏，遠離沒完沒了的排練和被糾正的學徒的哭泣。或許因爲我來自公鹿公國，所以當她平靜地提到暴風雨後的海鳥叫聲和海面上的藍天時，我能夠明白她在說什麼。她是一位典型的公鹿女子，擁有黑色的秀髮和雙眼，身高不超過我的肩膀。她的穿著很簡單，藍色綁腿和短袖束腰上衣。她雖然有穿耳洞卻沒戴耳環，手指也沒戴任何戒指。她總是坐在離我不遠處，用手指撥弄豎琴弦和歌唱。再次聽到公鹿的口音和熟悉的沿海公國歌曲感覺眞好。她有時會對我說話，但不是和我交談，而是在夜裡自言自語，我只不過剛好在聽力範圍所及之內，彷彿有些人對最心愛的狗兒說話般。所以，我才知道她曾是公鹿公國中一座小城堡的吟遊歌者之一，是一座我從未走訪的城堡，由一位我甚至認不出名字的小貴族所擁有。不過現在想去拜訪或認識可太晚了，只因城堡和貴族都不存在了，被紅船劫掠一空之後便燒個精光。椋音活了下來，但卻失去了讓她棲身和爲主人歌唱之處。所以她就單槍匹馬出來闖蕩，下定決心深入內陸，如此一來才不會再見到任何顏色的船隻。我能理解這股動力，她藉著離開，在自己心中保存公鹿公國昔日的模樣。

死亡曾與她如此接近，足以用羽翼輕拂她，她卻不願以一位次等貴族的小吟遊歌者的身分死去。不，她將設法闖出名聲，目睹一些重大事件然後編成一首歌，好在接下來的幾年流傳下去。如此一來，只要人們唱著她的歌，她就能流芳百世。在我看來，如果她留在戰火四處的沿海，會有比較好的機會目睹重大事件；對我這未說出口的思緒，彷彿回答一般，椋音向我保證她將目睹某件讓目擊證人免於一死的事件。再者，如果你曾目睹一場戰爭，就等於看到所有的戰事。她認爲喋血沒什麼特別的音樂性，我也對那個論調無言地點點頭。

「噢，我覺得你看起來比較像士兵而非牧羊人，因爲綿羊不會打斷一個人的鼻子，也不會在你臉上留下那樣的疤痕。」

「如果你因爲在霧中尋羊而摔下懸崖，就會這樣。」我悶悶不樂地告訴她，然後別過頭去。

在這麼長的一段時間裡，那可是最接近與人交談的一次了。

我們踏上旅程，以載貨馬車和羊群可承受的速度前進。日子每天都差不多。我們所經過的鄉間也都非常類似。只有少許新奇的經驗。有時會有其他人在我們抵達的汲水區中紮營，在其中一處有個類似小酒館的地方，車隊領隊就在這裡交貨，是一些小桶的白蘭地。我們還有一次被騎在馬上的一群人跟蹤了半天，他們有可能是土匪，卻在下午時轉向離開我們的路徑，不是前往他們的既定目的地，就是認爲不值得劫掠我們的東西。有時候也有其他人經過我們的隊伍，像是使者和騎馬的旅人，他們沒有綿羊和車隊拖延行進速度，所以很快地便超越我們。還有一次我們遇到了身穿法洛制服的一隊侍衛快馬加鞭經過我們的車隊，當我看到他們經過的時候，心中就有一陣不安的感覺，彷彿有一隻動物短暫地在我內心的護牆上亂抓一通。他們之中有精技使用者嗎？是博力或愒懦，甚或欲意？我試著說服自己，可能是金棕色的制服讓我感到不安。

我們在另一天被三位游牧者攔下來，因爲我們進入了他們的放牧區。他們騎著嬌小剽悍的小馬過來，馬兒身上的馴馬用繩就是唯一的馬具。這兩名成年女子和一位男孩全都留著一頭金髮，臉龐也因曬太陽而呈棕色，那位男孩的臉上還有彷彿貓身上斑紋的刺青。他們的到來讓整個車隊停了下來，馬芝就立刻擺出一張桌子，鋪上桌布，還泡了一壺特殊的茶請他們喝，還有水果蜜餞和大麥糖蛋糕。我沒看到金錢交易，只有這儀式性的殷勤招待，而他們的態度不禁讓我懷疑他們早就認識馬芝了，連她的兒子也穿戴整齊好進行這項旅程安排。

但大部分的日子都是蹣跚而行的例行公事。我們起床，我們用餐，我們行進。我們停下來，我們用餐，我們睡覺。有一天我發現自己正想著莫莉是否會教我們的女兒製作蠟燭和養蜜蜂。那我該教她什麼？毒藥和勒死人的技巧，我苦澀地想著。不，她會從我這裡學習寫字和辨認數字。反正她還小，還來得及等我回去教她。我還要教她所有博瑞屈所傳授的馬匹和狗兒的知識，我也就在這一天明白自己再度前瞻遠矚，計畫我找到惟眞並且將他安全送回公鹿公國之後的人生。我告訴自己，我的女兒目前仍是個嬰孩，還在莫莉胸前吸奶並睜大眼睛環顧四周的新奇事物。她還太小，無法理解失去了什麼東西，也不知道她的父親並不在那兒。我將盡速回到她們身邊，趕在她學會說「爸爸」之前回去，這樣我就能看到她初學步的模樣。

這份決心改變了我內心的某種東西。我從未如此企盼過一件事情。這並非以某人的喪生作結的暗殺任務，不。我期待一個人生，想像自己教她學習新事物，想像她長成既聰明又美麗並愛她的父親，但絕不會知道他從前所過的日子。她不會記得臉蛋平滑鼻子挺直的我，只會認識現在的我，這對我來說卻出奇重要。所以，我會去找惟眞，因爲我得去，因爲他是我的國王而且我敬愛他，而且因爲他也需要我。但找到他不再是我旅途的終點，而是起點。我一旦找到惟眞，就可以向後轉踏上歸鄉之路回到她們的身邊。我一度忘了帝尊。

所以我有時就自顧自地思索，當我走在揚起塵土和渾身發臭的羊群後面時，藏在方頭巾之後的臉上就會浮現緊閉嘴巴的微笑。在其他的時刻，當我獨自在夜裡躺下來時，我只想到一名女子、一個家和我自己的孩子所帶來的溫暖。我想我感受到延伸在我們之間的每一里路，而孤獨感就會在此時啃蝕我的心。我渴望知道所發生的每件事、每個細節。每一夜，每一個寧靜的時刻，都會引誘我運用精技向外探尋，但我如今明白了惟眞的告誡。如果我對她們技傳，帝尊的精技小組就會同時發現她們和我，帝尊也將毫不猶豫且無所不用其極地利用她們來對付我。所以，即使我亟欲知道她們的現況，卻不敢爲了滿足這份渴求而輕易嘗試。

我們來到了一個名符其實的村莊，彷彿圍繞深水泉發芽的一圈纖巧香菇。村裡有間旅店和小酒館，甚至還有幾家商店，都是爲了旅人所設，周圍還散居著幾戶人家。我們在中午抵達該處，馬芝便宣布我們可以休息，直到隔天早上再出發，也沒什麼人反對。當我們讓動物喝完水之後，就把畜群和馬車移到小鎮的郊外。傀儡師傅決定藉這大好機會，在小酒館中宣布他的戲班將爲全鎮演出，衆人也感激歡喜地接受了。椋音早就替自己在小酒館裡找到一個角落，爲這個法洛小鎮介紹一些公鹿的歌謠。

我倒樂得在城郊和羊群共處，沒多久我就成了唯一留在營地的人，但我並不特別在意。馬匹的主人表示，如果我能幫他看馬，就會多給我一枚銅幣，不過這群馬幾乎不需要有人看著。牠們的腿被綁住了，儘管如此，所有的動物都因爲可以停下來找牧草吃而心懷感激。就連公牛也不斷環視周遭，似乎也忙著搜尋牧草。靜止和孤寂可說有一種寧靜。我正在學習如何培養精神上的虛空。我如今可以走上一大段路而不特別想到某件事情，這使得我永無止境的等待比較不痛苦。我坐在岱蒙的貨車後端凝視這群動物，和牠們身後呈波浪形柔和起伏的平原。

這寧靜並沒有持續多久。傍晚，傀儡戲班的馬車就咯咯作響地回到營地，只有戴爾師傅和最年輕的學徒在裡面，其他人都留在鎮上喝酒聊天好好享受一番。師傅的吼聲很快就顯示那位最年輕的學徒在表演中忘詞，且做錯動作讓自己丟臉，而和馬車留在營地就是她的懲罰。此外，他還用皮鞭重重地抽了她幾回，整個營地都聽得見皮鞭的劈啪聲和女孩的叫聲。我在師傅第二次抽皮鞭時退縮了一下，第三次就站起來了，雖然不太清楚自己的意圖，但當我看到師傅邁開大步遠離馬車走回鎮上時，倒眞鬆了口氣。

這女孩一邊大聲哭泣、一邊從車上解下套住馬兒的套具將牠們綁在樁上。我曾不經意地注意到她。她是戲班裡最年輕的一位，不到十六歲，而且似乎最常挨師傅的鞭子。那並非一件不尋常的事，因爲師傅通常都會用鞭子讓學徒專注在各自的任務上。博瑞屈和切德都沒有鞭打過我，不過我也挨了巴掌和懲罰，有時若博瑞屈嫌我動作不夠俐落還會踹我。這位傀儡師傅並不比我所見過的其他師傅糟，甚至比一些師傅還來得好。他所有的下屬都吃得飽穿得好，而我想令我難受的是，抽一鞭對他來說似乎永遠不夠，當他發脾氣時總要抽個三五次甚至更多才能讓他消氣。

夜晚的寧靜消失無影。在她將馬兒上樁完畢許久之後，她低沉的啜泣聲依舊撕裂這一片寂靜。我過了一段時間就忍不住了，於是走到他們的旅行用馬車後面輕叩一扇小門，哭聲就成了抽噎的聲音。「是誰？」她嘶啞地問道。

「牧羊人湯姆。妳還好嗎？」

我希望她告訴我她沒事了，然後要我走開，但一會兒之後，門卻打開了，她就站出來盯著我看，下巴邊緣還滴著血。我一眼就看出是怎麼回事。皮鞭的後段捲在她的肩膀上，末端就狠狠地劃過她的臉頰。我不懷疑這很痛，卻懷疑是出血量讓她更加害怕。我看到她身後的桌上擺了一面鏡子，旁邊還有一塊沾了血的布。我們就默默無語地注視對方片刻。然後，「他毀了我的臉。」她仍在啜泣。

我不知道該說什麼，卻步上馬車握住她的肩膀讓她坐下。她剛才用一塊乾燥的破布戳自己的臉，難道她連一點常識都沒有嗎？「坐著別動，」我簡短地告訴她。「試著鎮靜，我馬上回來。」

我拿走她的破布將它浸在冷水中，然後回去將她臉上的血痕輕輕擦掉。如同我當初所料，傷口並不大。我將破布摺成四方形按在她臉上。「輕輕按著不要移動它，我一會兒就回來。」我抬頭看到她的目光集中在我臉頰上的傷疤，雙眼又湧滿淚水。於是我又說，「像妳這麼好的皮膚不容易留下疤的，即使留下痕跡也不會很大。」

她一聽了我的話就睁大雙眼，我也知道自己確實說錯話了。於是我離開馬車，一面嚴責自己怎麼又多管閒事。

當我在商業灘抛下我的東西時，我的療傷用藥草和博瑞屈的那罐藥膏也就跟著不見了。我在羊兒吃草的地方注意到一種看來有點像矮小菊類的花，是類似血根的多汁植物。我摘下一朵，但它的味道不對，葉子上的汁未呈膠狀，反而黏黏的。我在洗手之後看著這矮小的菊花，聞起來卻挺好的，只得聳聳肩。我開始拔下一把葉子，然後決定，既然我都在採集植物了，不妨趁機重新補充些藥草彌補我的損失。它看起來像相同的藥草，但在這片乾燥的岩石地上就長得較矮小、散亂。我把採集的成果在貨車尾攤開進行分類，把較肥厚的葉子拿來風乾，然後用兩顆乾淨的石頭將較小的植物尖端搗碎，接著把搗好的糊狀物敷在其中一塊石頭上拿到傀儡師的馬車上。這女孩滿眼狐疑地注視它，卻在我告訴她時遲疑地點點頭。「這會止血。最快癒合的傷口就是最小的疤痕。」

當她把破布從臉上拿開時，我看到血幾乎已經不流了，不過我還是用指尖沾上治傷草塗在傷口上。她靜靜地讓我敷藥，我突然不安地想到，自從我上次看到莫莉之後，自己就沒再碰過女人的臉。這女孩有藍色的雙眼，此刻正睁大眼睛仰頭看著我。我別過頭去不看這誠摯的眼神。「好了，現在不要碰它，不要擦它也不要用手指摸，更不要去洗，讓它結痂並且盡可能不去管它。」

「謝謝你。」她細聲說道。

「不客氣。」我告訴她，然後轉身離去。

「我叫塔絲。」她朝我的背後說道。

「我知道，我聽到他對妳吼這名字。」我說著，然後開始走下梯子。

「他是個糟糕透頂的人，我恨他！如果我能的話我就逃走！」

看來現在並非就這麼離開她的好時機，於是我跨出馬車稍作停頓。「我知道當妳很努力的時候，挨鞭子是很難受的，但……事情就是這樣。如果妳逃走了，沒東西吃也沒地方睡，身上的衣服都變成破布，那就更糟了。試著做得更好，這樣他就不會揮鞭子。」我不怎麼相信自己說出來的話，也差一點掰不出這些字句，但這總比告訴她現在就離開逃跑好多了，只因她在空曠的大草原可捱不過一天。

「我不想做得更好，」她有了一絲精神反抗。「我根本不想成爲傀儡師，當戴爾師傅買下我這幾年的時候，他就知道了。」

我緩緩地朝我的羊群移動，她卻步下階梯跟隨我。

「我喜歡我們村裡的一名男子，他也向我求婚，但當時就是沒錢。他是個農夫，你知道，當時是春季，農夫在春季都沒錢的。他告訴我的母親他將在秋收時期爲我支付迎娶費用，但我的母親說，『如果他在只有一張嘴要餵時還鬧窮，他在有兩張或更多嘴要餵時只會更窮。』然後她就把我賣給傀儡師傅，他還只付了一般收買學徒價格的半價，因爲我並非自願。」

「在我家鄉的作法就不同，」我忽然說道。我不瞭解她要告訴我什麼。「父母親付錢給師傅讓他收孩子爲徒，希望這孩子能過好一點的生活。」

她將臉上的頭髮向後梳理。她有一頭淺棕色的捲髮。「我聽說過。有些人那麼做，但多數人並不會這樣。他們通常買個自願的學徒，如果他沒學好，就轉賣去做苦工，然後接下來的六年比起奴隸也好不到哪裡去。」她嗤之以鼻地說，「有人說，要是一位學徒知道師傅如果不滿意自己，接下來的六年可能會在廚房打雜或幫鐵匠替風箱灌氣，這就會使他更努力。」

「好吧，聽起來妳還是學習喜歡傀儡吧！」我心虛地說道。我坐在我的主人的貨車尾看守我的畜群，她就在我身旁坐下。

「或是指望有人從我師傅那兒把我買走。」她沮喪地說道。

「妳把自己說成像個奴隸似的，」我不情願地說道，「事情沒那麼糟嘛，不是嗎？」

「日復一日做你認為愚蠢的事情？」她問我，「然後因為做得不完美而挨打？這會比當奴隸好嗎？」

「這麼說吧，至少妳有吃有衣服穿還有地方住，他也給妳一個機會學些東西，如果妳學好這項技藝，它就可以讓妳巡迴六大公國演出，還可能在公鹿堡的宮廷表演給國王看。」

她用百思不解的眼神注視我。「你是說商業灘，」她嘆了一口氣然後更靠近我。「我覺得很寂寞。其他人都想成為傀儡師，當我犯錯時就對我生氣，總是說我很懶，當我在表演中出錯時也不跟我說話。他們裡面沒一個好人，也沒有人會像你一樣關心我的臉上是否會留下疤痕。」

看來沒什麼好回答的。我不認識其他人，因此不知該同意或不同意。所以我不說話，然後我們一同坐著看守羊群。當夜色更深的時候，這片寂靜也更綿長了。我想我很快就得生火了。

「那麼，」她在我沉默了幾分鐘之後問道。「你是怎麼當上牧羊人的？」

「我的雙親去世了，我的姊姊繼承遺產卻不特別喜歡我，所以我就成了牧羊人。」

「多麼可惡的女人！」她惡狠狠地說道。

我吸了一口氣想為我虛構的姊姊辯護，但也明白這只會延長對話。我試著想起一些必須起身去做的事情，但羊群和其他動物就在我們眼前平靜地吃草。期待其他人快點兒回來也沒用。經過我們在路上的那些天之後，有間小酒館和新面孔可交談，他們可不會這麼快回來。

我最後藉口肚子餓，起身收集石頭、牛馬糞和柴枝準備生火，塔絲則堅持要下廚。我其實不怎麼餓，她卻飽餐一頓，並用傀儡師帶上旅途的豐富存量把我餵得飽飽的，還泡了一壺茶，稍後我們就坐在火邊用厚實的紅色陶杯啜飲著茶。

這片寂靜不知怎地從尷尬轉變爲友善。坐著看別人張羅食物的感覺很好。她原本喋喋不休地問我是否喜歡這種香料，還有我的茶夠不夠濃，卻沒認眞在聽我的回答。稍後她似乎接受了我的沉默，就更詳盡地聊起她自己。她用絕望的語氣談到學習和演練自己一點兒都不想學和練習的東西，很勉強地稱讚其他傀儡師的專心一致，還有她根本無法分享他們的熱誠。她的聲音逐漸微弱，然後抬頭用悲慘的眼神注視我，她也無須對我解釋她所感覺的孤寂。接著，她把談話轉移到比較輕鬆的事，像是她所感到的小煩惱、一些她不喜歡吃的伙食、其他傀儡師聞起來總像個老兵，還有一名女子用捏她的方式提醒她台詞。

就連她的抱怨都有股奇特的愉悅，她的瑣事塡滿我的心，使我無法專注於自己更大的問題上。和她在一起有點像和狼兒作伴，塔絲只注意當下，也就是這頓晚餐和這個夜晚，卻不怎麼思考其他事情。想著想著我的思緒就飄到夜眼的身上。我靜悄悄地向牠探尋，感覺到牠在某處活著，其他的就幾乎感覺不到。或許我們之間距離太遠，或許牠太專注於自己的新生活。無論是什麼原因，牠的心已不像以往般對我開啓。或許牠只是更適應牠的狼群生涯，我也試著爲牠已經替自己找到這種生活而高興，有這麼多同伴，還可能有位伴侶。

「你在想什麼？」塔絲問我。

她如此輕聲地說著，我想都沒想就回答，依然凝視營火。「有時當一個人知道他的朋友和家人在別的地方過得好好的，就會更寂寞。」

她聳聳肩。「我試著不想他們。我想我的農夫找到了另一位女孩，一位雙親可以等他支付迎娶費用的女孩。至於我的母親，我懷疑沒有了我，她的前途可眞是好多了。她還沒老到不能引起其他男人的興趣。」她將身子伸展成一個像貓的奇特姿勢，然後轉頭凝視我的臉繼續說道，「想著遙遠和你得不到的東西是毫無意義的，只會讓你不快樂。爲你現在能擁有的感到滿足吧！」

我們的眼神忽然鎖住了，我並沒有誤解她的意思，我也立刻因此感到震驚。然後她便向我靠過來，將雙手放在我兩側的臉頰上，輕輕地撫摸我的臉，並且將方頭巾從我的頭髮上移開，用雙手將我的頭髮向後梳理，一邊注視我的雙眼、一邊用舌尖舔她的雙唇，接著把手從我的雙頰上滑到我的脖子和肩膀。我彷彿老鼠看到蛇似的入迷。她向前靠過來親吻我，同時在我的嘴上張開她的嘴，她的味道聞起來彷彿甜美的燻香。

我忽然目眩神迷地想擁有她，我並不是把她當成塔絲這個人，而是女性、溫柔和親近。貫穿我全身的是一股強烈的慾望，但也不盡然如此。這好比精技飢渴地啃蝕著一個人，要求和這個世界親近與全然融合。我徹底厭倦孤伶伶一個人。我一把抓住她拉近我，速度之快讓她驚訝地喘氣。我親吻她，彷彿要把她吞下去似的，而且這麼做不知怎地會讓我比較不寂寞。我們相擁躺下，她也發出微弱的歡喜之聲，後來她忽然推我的胸膛。「停一下，」她嘶嘶地說道，「等一等。我的背下有一塊石頭，我不能弄破身上的衣服，把你的斗蓬拿給我鋪在地上……」

我貪婪地看著她把我的斗蓬鋪在營火邊的地上，然後躺下來拍拍身邊的空位。「怎麼了？你不過來嗎？」她調情地問我，接著更淫蕩地繼續說，「讓你瞧瞧我能爲你做些什麼。」她用雙手輕輕地在自己的胸前由上而下撫摸，邀請我想著我的雙手做同樣的動作。

如果她不說一句話，如果我們沒有停下來，如果她只是躺在斗蓬上仰頭注視我……但是突然間她的問題和態度都不對勁。所有溫柔親近的幻覺都消失無形，被一股挑釁的意味所取代，就像有位戰士在練習場對我手持棒子挑戰似的。我和別的男人比起來也好不到哪裡去。我不願想和思考任何事情，只渴望自己就能這樣朝她撲下去，在她身上平復我的慾望，但我卻聽到自己發問，「如果我讓妳懷孕呢？」

「喔，」她輕聲笑著，彷彿沒想過這種事情。「那麼你就可以娶我，從戴爾師傅那裡買下我的學徒歲月。也許用不著這樣，」她看到我臉色變了，就如此說道。「小孩不像男人想像中那麼難拿掉，只要花幾枚銀塊買對藥草……但我們現在不需要想到那個。為什麼要擔心可能永遠也不會發生的事情？」

是啊，為什麼要擔心？我注視她，用幾個月以來由孤寂和未經撫觸所累積成的強烈慾望渴求她。但我也知道，對於更深層的渴望友誼和理解而言，她能給我的安慰不比任何人能在自己手中發現的還多。我緩緩搖頭，與其說是對她，倒不如說是對自己搖頭。她淘氣地對我微笑，同時朝我伸出一隻手。

「不。」我平靜地說出這個字。她抬頭注視我，不可置信的驚訝表情讓我幾乎笑了出來。「這不是一個好主意。」我聽到自己大聲說出來，也知道這句句實言。話中沒有任何高貴情操，沒有對莫莉始終如一的忠誠，更沒有把照顧小孩的負擔留給一名女子的內疚。我瞭解那些感受，但它們並不是我當時的想法，而是我感覺到自己內心的空虛，而讓自己躺在一個陌生人身旁只會使得那空虛更惡化。「不是妳的問題，」我看著她忽然脹紅的臉頰和消失的笑容說道，「是我，這是我的錯。」我試著讓自己的語氣充滿安慰，卻徒勞無功。

她猛然站起來。「我知道，笨蛋，」她尖刻地說道，「我只想好好對待你，沒別的了。」她憤怒地走離營火，很快就消失在黑暗中，然後我就聽到用力關馬車門的聲音。

我緩慢地彎腰拾起我的斗蓬，抖掉上面的塵土，稍後這夜晚忽然因起風而變冷了，於是我將斗蓬披在肩上，又坐下來凝視我的營火。

12

嫌疑

精技的運用是會上癮的。學習這項魔法的所有學生，從一開始就獲得這項警告。這力量有股令人陶醉的魔力，深深吸引它的使用者，然後引誘他愈來愈頻繁地使用精技。隨著使用者的技藝和力量與日遽增，精技的誘惑力也愈來愈強。精技的吸引力遮蔽了其他的興趣和關係，且很難對任何本身不曾體驗過精技的人描述這股吸引力。在清新的秋晨展翅高飛的一群雉、帆船順利藉助風力前進的氣勢，或是飢寒交迫一天後第一口美味的熱燉肉；這些都只是徘徊片刻的感覺。只要使用者持續保有力量，精技就能維持那份感受。

當其他人回到營地時已經很晚了。我的主子岱蒙喝醉了，還像是老朋友一樣地靠在魁斯身上，而魁斯也喝醉了，看來很煩躁且渾身菸臭。他們將毛毯從貨車上拉下來裹在身上，沒有人提議要接我的班看守羊群。我嘆了一口氣，懷疑自己是否要等到隔天晚上才能睡覺。

黎明像往常般很快地到來，車隊領隊也毫不留情地堅持我們得起床準備上路。我想她是明智的，因為如果她讓他們隨心所欲地呼呼大睡，早起的人就會回到鎮上，讓她得花上一整天的時間把這些人找回來；但這個早晨還是糟透了，因為似乎只有馬車夫和椋音知道飲酒該適可而止。我們一同煮食麥片粥，其他人就相互比較頭疼的程度，並抱怨個不停。

我發現聚在一起喝酒，尤其是飲酒過量時，就會在衆人之間形成一份連結，所以當我們的主子因為頭太疼了而無法駕車時，就把這份差事分配給魁斯。岱蒙在顛簸的貨車上睡覺，魁斯則睡眼惺忪地駕馭小馬跟隨其他馬車。他們把繫鈴羊綁在貨車尾，羊群也勉強算是跟了上來，我就在一團塵土之後快跑，盡可能集中羊群。天空一片清朗，天氣卻依然寒冷，愈來愈大的風勢也吹起了我們踢上來的那團塵土。由於我一夜未眠，不一會兒就覺得頭痛欲裂。

馬芝在中午時讓大家稍微休息一下，大部分的車隊人馬都夠清醒，也想吃東西了。我從馬芝馬車上的水桶中喝水，然後把方頭巾沾濕擦掉臉上的些許塵土。當我試著沖洗眼睛裡的砂礫時，椋音就來到我身邊。我以為她要喝水所以讓到一旁，她卻輕聲地說話。

「如果我是你的話，就會把方頭巾留在頭上。」

我把頭巾上的水擰乾之後就將它重新綁回頭上。「我會的，即使它一點兒也不能替我的眼睛擋掉塵土。」

椋音平視著我。「你不該擔心你的眼睛，該擔心的是你那撮蓬亂的白髮。你今晚如果有自己的時間的話，應該用髮油和灰把頭髮染黑，這樣比較不引人注目。」

我滿臉狐疑地注視她，試著不露出任何表情。

她狡猾地對我微笑。「帝尊國王的侍衛在我們抵達的幾天之前就到了那個水鎮，他們告訴當地居民國王相信麻臉人會橫越法洛，你也會跟他一道。」當我注視她時，她的笑容就更開懷了。「或許是另一個斷了鼻子、臉上有疤和有一撮白髮的傢伙，還有……」她指著我的手臂，「……他的前臂有一道新的劍傷。」

我找到自己的說話能力和一絲機智，於是拉起袖子讓她檢視我的手臂。「一道劍傷？我只不過是被小酒館門上的釘頭刮到，當我不怎麼情願地走出來的時候。妳自己看看吧，現在都癒合得差不多了。」

她乖乖地靠過來注視我的手臂。「喔，我知道了。嗯，是我錯了。不過嘛，」她再度看著我的雙眼，「如果我是你，還是會把你的方頭巾綁起來，以防別人犯相同的錯誤。」她稍作停頓，然後朝我歪著頭，「我是個吟遊歌者，你知道的，所以我寧願目睹歷史，也不要創造或改變歷史，但我懷疑這個車隊的其他人是否也這麼想。」

我無言地望著她一邊吹口哨、一邊散步離去。我又喝了些水，並且注意不要喝太多，接著就回到我的羊群那兒。

魁斯在剩餘的下午時光終於可以站起身稍微幫忙一下了。即使如此，感覺上這依然是這陣子較漫長疲憊的一天。我的任務一點兒也不複雜，不致成為導因，而我判斷問題就出在我又開始想東想西了，我讓對莫莉和我們孩子的絕望把自己拖下來，同時降低了自己的心防。我本來還不怎麼為自己感到害怕，如今看來，若帝尊的侍衛設法找到我，就會把我給殺了，然後我就永遠看不到莫莉和我們的女兒。不知怎麼地，這似乎比我自己的生命遭受威脅還糟糕。

晚上用餐時，我坐得比平常還遠離營火，即使這代表我得把自己裹在斗篷裡禦寒。大家早已對我的沉默習以為常，只見其他人比平日更熱烈談論在鎮上的最後一晚。我聽到他們說啤酒很好喝，但葡萄酒卻很糟糕。酒館中常駐的吟遊歌者也因椋音為他的忠實觀眾表演而沒什麼好臉色。我們的車隊則似乎因村民很喜歡椋音的歌，而將此視為個人的勝利。「妳唱得很好，即使妳只知道那些公鹿的歌謠。」連魁斯都有風度地承認，椋音則對那含糊其詞的讚美點點頭。

椋音每天晚上都會在飯後將她的豎琴拿出來，今晚也不例外。戴爾師傅則破例讓他的戲班休息一個晚上不排練，我想除了塔絲之外，他對其他表演者都很滿意。塔絲當晚連瞥都不瞥我一眼，反而和其中一位馬車夫坐在一起，對著他說出的每一個字微笑。我注意到她的傷只不過是臉上的一道小擦傷，周圍有些小挫傷，很快就會癒合。

魁斯起身走去站夜班好看顧我們的羊群，我則在火光照得到的範圍之外在斗蓬裡伸展四肢，想馬上睡著，也希望其他人盡快就寢。他們交談的嗡嗡聲逐漸緩和下來，椋音也慵懶地用手指撥弄她的豎琴弦，漸漸地這撩撥的聲音轉變為有韻律的彈奏，她的聲音也在歌曲中揚起。

當我快要睡著時，一句「鹿角島的烽火台」將我驚醒。我剎時睜開眼睛，明白她正在唱去年夏季的一場戰爭，也就是**盧睿史號**戰艦第一次和紅船正式交鋒的那場戰役。我對那場戰爭的記憶既清晰又模糊，誠如惟真不只一次觀察到的，我在任何的打鬥中到最後都變成像是在打架一樣，浩得對我的所有武器指導全被我拋在一旁，所以我手持斧頭以出乎自己意料之外的凶猛參戰。戰爭過後，人們說我殺了我們所包圍的那隊劫掠者的首領，而我從不知道這是不是真的。

根據椋音的歌曲，這顯然是真的。當我聽到「駿騎之子，目燃赤焰，雖未承其名，卻承其血脈」時，我的心跳幾乎要停止了。這首歌繼續誇飾我的攻擊和我所打倒的戰士。聽到那些功績被唱成是高貴的情操，而現在幾乎成了傳奇，感覺卻非常地羞辱。我知道許多戰士夢想能有歌謠來傳頌他們的功勳，但我卻覺得這是個令人不安的經驗。我不記得陽光在我的斧刃上閃爍火焰般的光芒，也不記得自己彷彿紋飾上的公鹿般奮勇作戰，反倒想起了揮之不去的血腥味，和踩在一堆從邊蠕動邊呻吟的人肚子掉出來的腸子上。就算公鹿堡所有的麥酒，也不足以在當晚帶給我任何的平靜。

當歌曲終於結束時，一位馬車夫嗤之以鼻地說道，「所以，這就是妳昨晚不敢在小酒館裡唱的歌是吧，椋音？」

椋音不以爲然地笑了出來。「我懷疑是否有人會欣賞這首歌。關於駿騎私生子的歌謠，應該沒有受歡迎到足以讓我在那兒賺到一分錢。」

「這是一首奇怪的歌。」戴爾說道，「國王用黃金懸賞他的頭，侍衛也叫大家小心，這小雜種擁有原智並運用它詐死，但妳的歌卻把他塑造成某種英雄。」

「嗯，這是公鹿公國的歌，公鹿境內至少有一段時間挺重視他的。」椋音解釋。

「不過今非昔比了，我敢打賭。任何人都會因爲那一百枚金幣的賞金，把他交給吾王衛隊。」一位馬車夫說道。

「可不是嘛！」椋音輕快地同意這說法。「雖然公鹿還有些人會告訴你關於他的故事不全然是眞的，而小雜種也不像最近被抹黑成的那麼可惡透頂。」

「我還是不懂，我以爲他已經因爲運用原智殺害黠謀國王而遭處決了。」馬芝抱怨說。

「是有人這麼說。」椋音回答。「事實上，他在行刑前就死在牢房裡，後來被埋葬而不是焚屍。故事接下來是這樣的，」椋音的音量降低到幾近耳語，「當春天來臨時，他的墳上連一根綠草都沒長出來。一位年老的女智者一聽到這消息，就知道那代表原智魔法還睡在他的骨子裡，或許被任何有膽從他口中拔下一顆牙齒的人認領了。於是她在滿月時帶著一名拿鏟子的男僕去那兒要挖墳。但男僕才挖起一鏟泥土，就發現小雜種被劈開的棺材木片。」

椋音戲劇性的停頓了一下，除了火焰的劈啪聲外，沒有任何聲音。

「棺材裡當然是空的，那些看到的人也表示，棺木是從裡面劈開來的，而不是從外面。還有一個人告訴我，被劈開的棺蓋邊緣還有粗糙的灰狼毛。」

又沉默了許久，然後，「不是真的吧？」馬芝問椋音。

只見她的手指輕輕撩撥琴弦。「這是我在公鹿聽說的，但我也聽說埋葬他的耐辛夫人表示，這都是一派胡言，當她清洗屍體用裹屍布把屍體包起來時，他早就屍骨已寒且全身僵硬。至於帝尊國王相當恐懼的麻臉人，她宣稱他只不過是黠謀國王的老顧問，是一位滿臉疤痕的老隱士，從他的遁隱之處走出來宣揚惟眞還活著的信念，爲必須對抗紅船的人貢獻一份心力。所以，我想妳能選擇妳想要相信的。」

戲班的一位傀儡師悅音假裝發了個抖。「喔。這樣吧，現在唱些愉快的歌曲給我們聽，讓大家睡個好覺。我可不想在今晚回到被窩前再聽到妳的鬼故事了。」

椋音很樂意地唱了一首情歌，是一首旋律輕快的老歌，馬芝和悅音也一同合唱了起來。我躺在黑暗中思索方才所聽到的一切，不安地察覺到，椋音是刻意帶動這話題讓我聽的。我也納悶她認爲她自己是在幫我忙，還是只想試探看看其他人是否也懷疑我。以一百枚金幣換我的人頭，那足以引起一位公爵的貪念，更何況是流浪的吟遊歌者。儘管我很疲倦，但當晚我還是躺了很久才睡著。

隔天的路途可說是單調得令人欣慰。我跟在羊群後頭並試著不去思考，但卻無法像之前那麼容易達成；每當我清空內心的憂慮時，我似乎就會聽到惟眞的過來我這裡在腦海中迴盪。我們當晚在一個中央有水的巨大水坑邊紮營，營火周圍的交談斷斷續續的。我想大家對長途跋涉都已感到厭煩，渴望見到藍湖沿岸；而我只想睡覺，但我卻必須先看守羊群。

我爬上山坡，爬到我能坐著俯視被我照顧的一群毛茸茸的羊兒之處。如大碗般的水坑像杯子似的容納了我們一整個車隊，近水的小廚火猶如井底的一顆星般顯現。無論什麼樣的風吹過，都能讓我們在一片遼闊的寂靜中受到庇護。一切是那麼地安寧祥和。

塔絲大概以為她把自己隱藏得很好。我發現她悄悄地走過來，拉高身上的斗蓬遮住頭髮和臉，彷彿要經過我似的繞一大圈。我沒有看著她，只聽到她走到我上方的山坡然後走下來到我身後。我在這靜止的空氣中都嗅得到她的氣味，感到一股情不自禁的期待。我懷疑自己是否還會有意志力再度拒絕她。這或許是誤會，但我的身體卻躍躍欲試。當我判斷她離我大約十二步之遙時，我就轉身看著她，她也因我的注視而嚇得向後退了幾步。

「塔絲。」我平靜地對她打招呼，然後轉過頭來看著羊群。稍後她就走下山坡站在離我幾步之遙處，我也稍微轉頭無言地仰望她，只見她將帽子向後推好面對我，眼神和姿勢充滿挑戰的意味。

「你就是他，對吧？」她上氣不接下氣地問道，語氣透出一絲恐懼。

這可不是我期望她說的。我用不著假裝驚訝。「我是他？如果你說的他是牧羊人湯姆，那我就是了。」

「不，你是他，就是吾王衛隊要搜索的原智小雜種。椋音在昨晚說了那個故事之後，馬車夫阿杜就告訴我他們在鎮上說的話。」

「阿杜告訴妳我是原智小雜種？」我謹慎地開口，彷彿因她顫抖的話語而困擾，一股駭人的冰冷恐懼自我的體內竄升。

「不。」她的恐懼摻雜一絲憤怒。「阿杜告訴我吾王衛隊在談論原智小雜種，說他有個被打斷的鼻子，臉頰上有一道傷疤，還有一撮白髮。而我那天晚上看到你的頭髮，裡面的確有一撮白髮。」

「任何人曾被打到頭都會有一撮白髮。這是個舊傷。」我翹起頭批判性地注視她。「依我看妳的臉癒合得挺好的。」

「你就是他，沒錯吧？」她的語氣因我試著轉移話題而更顯憤怒。

「當然不是。聽好，他的手臂上有一道劍傷，不是嗎？看看這個。」我露出右手臂讓她檢查，事實上我自己割的刀傷在我的左前臂後面。我打賭她知道為了自衛而引起的割傷應該在我持劍的那隻手臂。

她幾乎瞥都不瞥我的手臂。「你有錢嗎？」她忽然問我。

「如果我有錢的話，為什麼要在其他人進城時待在營地？況且，妳幹嘛這麼在乎？」

「我才不在乎，但是你會。你會用錢收買我的沉默，要不然我可能會告訴馬芝或馬車夫我所懷疑的事情。」她挑戰似的對我揚起下巴。

「那麼他們大可像妳一樣來檢查我的手臂。」我疲憊地說道，然後轉回頭看著我的羊群。「妳眞是個傻呼呼的小女孩，塔絲，讓椋音的鬼故事把妳嚇成這樣。回去睡吧！」我試著讓自己的語氣聽起來像對她感到厭惡。

「你另一隻手臂也有傷，我看到了。有些人會認為那是劍傷。」

「或許是讓妳誤認自己很聰明的那些相同的傷。」我嘲弄地說道。

「別取笑我，」她很用難聽的冷酷語氣警告我，「我不會被嘲弄的。」

「那麼就別說傻話。妳到底是怎麼了？這是某種報復嗎？妳是因為我不跟妳親熱而生氣嗎？我告訴妳了，這與妳無關。妳長得很漂亮，我也不懷疑撫摸著妳的感覺會很愉快，只不過對我來說並非如此。」

她忽然朝我身旁的地上吐口水。「好像我讓你這麼做似的。我只是自娛，牧羊人，如此而已。」她從喉嚨發出一個微弱的聲音。「男人。你怎能看著自己然後認為任何人都會看在你的份上而想要你？你渾身羊臊味又那麼瘦，你的臉看起來就像每次都打輸架一般。」她向後轉身，接著似乎想起自己為何而來。「我還不會告訴他們任何人，但等我們到了藍湖之後，你的主子一定會付你酬勞的，別忘了分些給我，否則我會讓全城的人追捕你。」

我嘆了一口氣。「隨妳高興，我確定妳會這麼做。想把事情鬧大就請便，等到人們發現根本沒這回事而一笑置之時，戴爾或許又多了一個鞭打妳的理由。」

她轉身昂首闊步地走下山坡，因爲月光陰暗而失足，差點要絆倒了，她卻迅速穩住腳步轉身怒視我，彷彿看我敢不敢笑她，但我可沒這意思。儘管我反抗她，卻感覺自己的胃緊縮成一團。一百枚金幣。只要散播謠言，這麼一大筆錢就足以引發暴動。在我死了之後，他們也許才有機會思考自己是否抓錯了人。

我不禁納悶我該如何獨自橫越接下來的法洛平原。我可以在魁斯和我換班之後立刻離去。我可以從馬車上靜悄悄地拿自己的東西，然後開溜遁入夜色中，反正離藍湖也不遠了，不是嗎？當我這麼想的時候，就看到另一個身影溜出營地朝我走上山坡。

椋音靜悄悄地走來。她舉手向我打招呼，然後友善地坐在我身旁。「我希望你沒給她錢。」她殷切地對我打招呼。

「嗯。」我說道，她愛怎麼想就怎麼想。

「因爲你是第三個可能讓她在這趟旅途懷孕的人。你的主子很榮幸成爲第一位被指控的人，馬芝的兒子是第二位，至少我如此認爲。我不知道她替這個可能會有的孩子選了多少個父親。」

「我沒和她在一起，所以她幾乎無法指控我讓她懷孕。」我替自己辯護。

「是嗎？那你可能是車隊中唯一沒和她在一起的男人了。」

那句話令我稍稍震驚了一下，然後我想了想，不禁納悶自己可否抵達一個不會讓我發現自己多麼愚蠢的地方。「所以妳認爲她有了孩子，才想找個男人買下她的學徒歲月？」

椋音嗤之以鼻。「我懷疑她根本沒孩子。她並不是要別人娶她，她可能只是想要錢買墮胎的藥草，我想馬芝的兒子可能眞的有給她一些錢。不，我不認爲她想找老公，只想要些錢，所以才設法讓自己出點兒差錯，在這之後或許就會有人爲此付她錢。」她移動了一下，丟開一顆惱人的石頭。「所以，如果你沒讓她懷孕，那你對她做了什麼？」

「我告訴妳了，沒事。」

「噢，難怪她把你講得這麼難聽，但是只有在這一兩天，所以我猜你在我們都進城的那晚『沒有』對她做什麼。」

「椋音。」我開始警告她，她就求和似的舉起手。

「我不會提到你沒對她做的事情，不會再多說一個字，反正那不是我過來找你說話的原因。」

她稍作停頓，當我拒絕問這個問題時，她又說了，「等我們抵達藍湖之後，你有什麼打算？」

我瞥著她。「拿我的酬勞，至少有一晚要喝杯啤酒好好吃一頓，然後泡熱水澡，找張乾淨的床。爲什麼問這個？那妳有什麼打算？」

「我想我可能會到群山。」她斜眼瞥著我。

「尋找可以編歌的事件？」我試著讓自己的問題聽起來漫不經心。

「從一個人身上可比從一個地方容易找到歌曲題材，」她如此聯想。「我想你應該也要到群山吧，我們可以一起走。」

「妳還是有我是那小雜種的傻念頭。」我冷冷地指控她。

她露齒而笑。「小雜種，原智者，沒錯。」

「那妳就錯了，」我冷冷地說道，「就算妳對了，爲何要跟他到群山？要是我就會趁機大撈一筆，把他出賣給國王的衛隊。有了一百枚金幣，誰還需要編歌？」

椋音輕蔑地哼了一聲。「我確定你和國王衛隊接觸的經驗比我還多，但我總也知道嘗試領取那筆賞金的吟遊歌者，幾天之後就會被發現浮屍河上，而有些守衛卻忽然變得很有錢。不，我告訴你了，我不想要金子，小雜種。我在尋找一首歌。」

「別那樣叫我。」我嚴肅地警告她。她聳聳肩掉頭就走，稍後彷彿我戳了她似的顫動了一下，然後轉頭看著我，臉上露出更開懷的笑容。

「啊，我想我弄清楚了，那就是塔絲勒索你的方式吧？跟你要錢好讓她閉嘴。」

我沒有回答。

「你拒絕她是聰明的，給她錢就會讓她覺得自己是對的。如果她眞認爲你是小雜種，就會把這祕密出賣給國王的衛隊，因爲她沒有接觸他們的經驗，會相信自己確實可以留下那些金子。」椋音站著悠閒地伸展四肢。「嗯，我要回去睡了，但記住我提出來的條件，我想你找不到比這更好的了。」她戲劇性地一揮斗篷，然後把我當成國王般對我鞠躬。我看著她閒散地走下山坡，即使在月光下也彷彿山羊般步履穩健。有那麼一刻，她讓我想起了莫莉。

我考慮從營地溜走自行前往藍湖，不過如果自己眞的這麼做，只會讓塔絲和椋音確信自己猜對了。椋音可能會試著跟蹤然後找到我，塔絲也會設法去領賞金。我可不想讓那些情況發生，最好忍耐到底，像牧羊人湯姆那樣堅持下去，繼續跟著大家走。

我抬頭仰望清朗寒冷的夜空。最近的深夜都寒冷異常，等我到了群山之後，冬季的酷寒只會變本加厲。如果我沒有浪費頭幾個月的時間當一匹狼，現在早就到群山了；但那只是另一個無意義的想法。今夜的星空十分耀眼，低垂的夜空讓整個世界看來更小了。我忽然覺得只要開啓自己的心朝惟眞探尋，就可以和他聯繫上。孤獨感忽然在我的體內竄升，感覺像要將我撕裂。只要我閉上眼睛，莫莉和博瑞屈就在不遠處。我可以去找他們，可以把不知情況的渴望拿來跟無法觸摸的痛苦交換。自從我離開商業灘後，我在清醒的每一刻緊抓的精技心防，如今不像在掩護我，反倒令我窒息。我將頭朝下靠在弓起來的膝蓋上，緊緊抱住自己抵擋夜晚淒冷的空虛。

這股渴求稍縱即逝。我抬頭環視寧靜的羊兒、貨車和馬車，還有毫無動靜的營地。我瞥一瞥月亮就知道自己的看守時間已到，但魁斯卻總是不擅於讓自己準時起來接班，所以我就起身舒展四肢，然後走下山坡將他從溫暖的被窩中挖起來。

接下來的兩天也沒什麼大事，除了天氣變冷，風也變大了。在第三個晚上，當我們安頓好而我值夜班時，就看到地平線上的一團塵土，起初我並不怎麼在意。我們在車隊熙來攘往的路上，還在一個汲水區停下來，而且坐滿銲鍋匠一家子的馬車已經停在那兒了，所以我假設無論是誰揚起那一片塵土，應該也是來找個有水的地方過夜，於是我在逐漸黑暗的夜色中望著那團愈來愈近的塵土。漸漸地，那團塵土消退，轉變成在馬背上的人影，規則排列地騎著馬，他們愈接近，我就愈能確定他們的身分。吾王衛隊。我因為光線太暗而看不清楚屬於帝尊的金棕色，但我就是知道。

我也只能如此不讓自己跳起來逃走。冷靜的理智告訴我，如果他們特別來找我，不出幾分鐘就會發現我。這片廣大的平原幾乎讓我無所遁形，而如果他們不是來找我，逃跑只會引起他們的注意，塔絲和椋音也將確信她們自己的懷疑是對的。所以，我咬牙待在原地，將棍子橫放在膝蓋上看守羊群。騎士們從我身邊騎過去，羊兒也直接去喝水，我則在騎士們經過時計算人數，一共有六位。我認得一匹馬，就是博瑞屈說有朝一日將成為一匹駿馬的鹿皮色小公馬，看到牠也讓我想起帝尊是如何在遺棄公鹿堡之前將珍貴的物品洗劫一空。我心中升起一絲憤怒的火光，不知怎麼地讓我更輕易地坐著等待自己的時刻。

過了一會兒，我判斷他們和我們一樣路過此地，只是停下來喝水過夜，然後魁斯就步履沉重地來找我。「你得回去營地。」他用感覺很差的憤怒口氣告訴我。魁斯總是喜歡吃飽就睡，我趁他坐在我的位子上時問他爲何要改變我們的看守安排。

「吾王衛隊，」他憤怒地說道。「把每一個人都推醒，要求看我們車隊的每一個人，也搜了所有的馬車。」

「他們在找什麼？」我閒散地問道。

「我才不想知道，我也不想因爲發問而在臉上挨一拳，你不妨自己找答案吧！」

我帶著自己的棍子回到營地，我的短劍也還垂在身側。我本想把它藏起來，後來覺得沒必要。任何人都有可能帶劍，況且如果我需要拔劍的話，可不想和自己的褲子搏鬥。

營地彷彿被刺激的大黃蜂蜂窩，馬芝和她的人手看來既恐懼又憤怒。侍衛目前在騷擾銲鍋匠，其中一名女侍衛稀哩嘩啦地踢翻一疊錫鍋，然後大聲喊出她將隨心所欲搜尋任何東西；只見銲鍋匠站在他的馬車旁，雙臂交叉在胸前，看起來似乎已被打倒了一次，兩名侍衛和他的妻小則退到馬車尾。銲鍋匠的妻子鼻子流出一道血，但看起來仍是一副準備迎戰的模樣。我煙一般地悄悄溜進營地坐在岱蒙旁邊，好像我一直都在那兒似的，我們也都不說一句話。

侍衛的首領不再和銲鍋匠對峙，然而此刻我的背脊忽然竄起一股寒顫。我認識他，他就是波爾特，因拳技高超而受到帝尊寵愛。我上回在地牢裡看過他，他就是那位打斷我鼻子的傢伙。我感覺自己心跳加速，聽到脈搏震動的聲音，視線也快變模糊了，於是奮力地平穩呼吸。接著他就走到營地中央用嫌惡的眼神望著我們。「這就是全部的人嗎？」他的語氣比較像下令，而非詢問。

我們都點點頭。他用眼神掃視我們，我就低頭迴避，強迫自己穩住雙手不去碰刀和劍，也試著不讓自己的姿態顯示內心的緊張。

「眞是一群落魄到難以想像的流浪者。」他的語氣顯然貶低了我們。「車隊領隊！我們騎了一整天。吩咐讓妳的小伙子幫我們照顧馬。準備好食物，並多收集點油添在火上，還有幫我們暖洗澡水。」他再度掃視我們。「我不想惹麻煩。我們要找的人不在這裡，而這就是我們要知道的。照我們吩咐的去做，就不會有問題，你們可以像平常一樣幹活兒。」

有些喃喃同意的聲音，但大多數人對此仍沉默以對。他用鼻子哼氣表達對我們的不屑，然後轉身安靜地對他的騎士們說話。無論他下什麼命令，看來都不怎麼合他們的意，不過那兩位包圍銲鍋匠妻子的侍衛仍按照他的吩咐，接手馬芝稍早升起的營火，強迫我們車隊的人離開。馬芝輕聲和她的幫手們說話，派其中兩位照顧侍衛的馬，另一位去打水回來加熱，她自己便沉重地邁開大步經過我們的貨車，走向她自己的馬車和食物儲藏處。

營地再度產生一股令人不安的有序假象。椋音升起另一個較小型的營火，傀儡戲班、吟遊歌者和馬車夫也重新圍在營火邊，飼馬人和他的妻子則安靜地去就寢。「嗯，看來情況穩定下來了，」岱蒙對我說，不過我注意到他仍緊張地搓揉雙手。「我要就寢了，你和魁斯就輪流看好羊兒。」

我動身走回羊群那兒，然後停下來回頭環視營地。侍衛們此刻成了營火邊的黑影，懶洋洋地坐著聊天，其中一位則站在這群人身後看守。他正朝另一個營火看過去。我跟隨他的眼神，無法判斷塔絲是否也在回望他，或者只是對著營火邊的其他侍衛發呆。無論是哪種狀況，我猜想自己知道她心裡在想什麼。

我轉身走向馬芝的馬車尾，她正從袋子裡舀出豆莢和豌豆，量好份量後就放進煮湯的鍋子裡。我輕輕地碰她的手臂，她就跳了起來。

「抱歉打擾妳。妳需要幫忙嗎？」

她朝我揚起了眉毛。「為什麼我會需要幫忙？」

我低頭瞥著自己的腳，謹慎思考該撒什麼謊。「我對他們對待那個銲鍋匠妻子的態度不放心，女士。」

「我知道自己該如何應付不好惹的男人，牧羊人，否則我就當不成車隊領隊了。」她將量好的鹽放進鍋子裡，又添了一把調味料。

我點點頭不發一語。她說得對極了，使我無法抗議，但我也沒離開，稍後她就遞給我一個水桶要我幫她打些乾淨的水。我滿心情願地遵從她的吩咐，而當我把水提回來之後就一直拿在手上，直到她接過去為止。我看著她把水倒進湯鍋裡，還是站在她的手邊，直到她有些不客氣地告訴我走開。我道歉之後就後退，同時踢倒了一桶水，於是我就提著水桶再幫她打來乾淨的水。

接下來，我就從岱蒙的貨車上拿一條毛毯，將它裹在身上睡了幾個小時。我躺在貨車底下裝睡，兩眼盯著椋音和塔絲看，而非侍衛。我注意到椋音當晚沒有拿出豎琴，彷彿也不想讓自己引起注意，我也因此對她稍微放心，因為她大可輕易地拿著豎琴走向他們的營火，唱幾首歌讓自己討他們的歡心，然後提議出賣我，不過看來她和我一樣想看好塔絲。塔絲曾找藉口離開，我沒聽到椋音輕聲說出的話，但塔絲怒視著她，戴爾師傅也生氣地命令她回到自己的位子上，顯然戴爾不希望和侍衛有任何瓜葛。不過即使等到他們全都就寢了，我仍無法放鬆。當我該和魁斯換班時，我就不情願地離開，不太確定塔絲是否會利用夜晚時分去找侍衛。

我看到魁斯睡得很熟，得叫醒他讓他回到貨車上。我坐下，把毛毯繞在肩上，想著下方的六個人目前正圍著他們的營火睡覺，而我只對其中一人有真正怨恨的理由。我回想波爾特當時的模樣，一邊嘻嘻笑、一邊伸出戴著皮手套的手揍我，因帝尊譴責他打歪我的鼻子，唯恐如果公爵們想要見我，我的樣子就不怎麼能見人而惱怒。我想起他驕傲地為帝尊執行任務，在我奮力阻擋欲意和他的精技時，輕易穿過我象徵性的防禦攻擊我。

波爾特甚至認不出我來。他看了我之後就沒再理我，連自己一手造成的傑作都認不出來，於是我坐下來思索著。我想我變了很多，不單是他在我身上造成的傷疤，也不單是我的鬍子、工作服、身上的塵土和我憔悴的面容。蜚滋駿騎不會在他的注視下低頭，不會沉默地站著讓銲鍋匠徒勞無功地自衛。蜚滋駿騎或許不會為了殺死一名侍衛而毒死所有的六個人。我納悶自己是變聰明了還是累了，也許兩者都是，但這可一點兒都不令我感到驕傲。

原智讓我警覺到其他生命，所有在我周遭的生命。我很少被任何人嚇到，所以他們的到來並不令我吃驚。當黎明才要將天際的黑暗染白時，波爾特和他的侍衛們過來找我。我靜靜地坐著，先是感覺到他們，後來便聽到他們鬼鬼祟祟地走過來。波爾特為此任務已把他的五名士兵全叫起來。

我沮喪地心一沉，納悶我的毒藥出了什麼差錯。是因為長時間攜帶而失去藥效嗎？和湯一起煮就起不了作用嗎？我發誓自己最先想到要是切德一定不會犯這種錯誤，但我可沒時間多加思索了。我瞥著略微起伏的平原，只有一些灌木叢和石頭，連可遮蔽的溝渠或土墩都沒有。

我可以逃跑，或許能在黑暗中短暫地逃過他們，但他們最終仍是贏家，因為我還是得回來喝水。如果他們不在白天騎馬在平原上追蹤我，就只須坐在水窪旁等我出現，況且逃跑就表示我承認自己是蜚滋駿騎。牧羊人湯姆不會逃走。

所以我在他們來找我時驚嚇憂慮地抬頭，卻希望不致洩露自己心跳如雷般的恐懼。我站了起來，當一名侍衛抓住我的一隻手臂時，我沒有反抗，反而不可置信地抬頭看他，另一名侍衛則從另一邊走上來拿走我的刀和劍。「過來營火這裡，」她粗魯地告訴我。「隊長要看看你。」

我平靜且幾乎無力地走著，稍後當他們在營火邊重新排好隊把我帶到波爾特面前時，我恐懼地注視一張接著一張的臉，謹慎地不特別看著波爾特，因爲我不確定自己在近距離直視他的整張臉時不會露出馬腳。波爾特站起來用腳踢營火讓火光燒得更旺，然後就走過來檢視我，我也看到塔絲露出蒼白的臉和頭髮，在傀儡戲班的馬車尾偷看我。稍後，他噘起嘴對他的侍衛們露出憎惡的神情，輕輕搖頭讓他們知道我不是他要的人，我也斗膽深呼吸。

「你叫什麼名字？」波爾特忽然問我。

我越過營火瞇眼看他。「湯姆，大人，牧羊人湯姆。我沒做錯什麼事情。」

「沒有嗎？那你可能是全世界唯一沒做錯事情的人。你聽起來像公鹿的人，湯姆。拿掉你的方頭巾。」

「我是，大人。來自公鹿，大人，但是那兒現在時局艱困。」我遲疑地取下我的方頭巾，然後站在那兒用力擰著它。我沒聽椋音的建議把頭髮染黑，因爲那對近距離的檢查不怎麼管用。我反而照著鏡子拔下許多白頭髮，雖然沒有全拔光，但現在我的額頭上看起來只有稀疏的灰髮，而不是一撮白髮。波爾特繞過營火過來看得清楚些，我在他抓住我的頭髮把我的頭抬起來端詳臉部時退縮了一下。他和我記憶中一樣高大魁梧，所有對於他的不幸記憶忽然湧上心頭，我發誓自己甚至想起他身上的味道，恐懼的劇烈噁心充滿我心。

當他低頭怒視我時，我並沒有抵抗，也沒看著他的雙眼，只是對他露出驚嚇的神情，然後彷彿求助似的瞥向一旁。我注意到馬芝從某處走過來，雙手交叉在胸前站著看我們。

「你的臉頰有一道疤，沒錯吧，你這傢伙？」波爾特問我。

「是的，大人，這是小時候的傷疤，從樹上摔下來被樹枝刮到……」

「你當時也摔斷了鼻子？」

「不，大人，不，那是在小酒館打架所受的傷，大約一年前……」

「把你的襯衫脫下來！」他如此命令。

我笨手笨腳地抓住衣領，然後把它拉到頭上脫下來。我以爲他會看我的前臂，也爲那道傷準備好我的指甲故事，他卻靠過來看我頸部和肩膀間的某處，那是多年前的一場打鬥中遭被冶煉者咬下一塊肉的地方。我的內臟都嚇得化成水了。只見他注視那兒粗糙的疤，忽然仰頭笑了出來。

「眞該死。我原本不認爲是你，小雜種，我本來眞的確定不是你，但那是我記得看過的一道疤，在我頭一次把你打倒在地上的時候。」他看著站在我們身邊的那些人，臉上依然顯露驚訝和喜悅的神色。「就是他！我們找到他了。國王讓他的精技高手們上群山下沿海地找他，他卻像顆水果似的落入我們的手掌心。」他舔舔嘴唇，同時得意洋洋地用雙眼端詳我，我也感覺到他內心一股奇妙的飢渴。他忽然抓住我的喉嚨把我拖起來，我只能腳趾著地，然後他的臉就朝我的臉靠過來，嘶嘶地對我說道，「給我仔細聽著。維第是我的朋友，我理當現在就解決你的。但我今天不殺你並不是爲了那一百枚金幣，我只是相信國王會想出更有趣的方式折磨你到死，這可比我在此的即興創作強多了。你又是我的了，小雜種，就在廣場裡，也或者到時候國王會將你殘破的身軀留給我發落。」

他狠狠地把我從他身邊推向火堆，我跌跌撞撞地經過它，對面的另外兩個人馬上把我抓起來，於是我慌張地依序看著他們。「這是個錯誤！」我喊了出來。「一個嚴重的錯誤！」

「銬住他。」波爾特嘶啞地命令他們。

馬芝忽然上前一步。「你確定是這個人嗎？」她直接問他。

他看著她的雙眼，領隊對領隊。「我確定，這就是原智小雜種。」馬芝的臉上露出全然的憎惡。「那就儘管把他帶走吧！」話畢，她轉身就走開了。

抓住我的侍衛看著馬芝和他們隊長交談，反而不怎麼注意在他們中間發抖的這個人，於是我逮到機會掙脫他們漫不經心的掌握朝營火衝過去，用肩膀把驚嚇的波爾特推到一旁，像一隻兔子似的逃跑。我迂迴地穿越營地，經過銲鍋匠的馬車，眼前只見一片空曠的土地。黎明已將這片毫無特色的平原染成發皺的灰毯，毫無遮蔽，也沒有目的地，我只是一直跑。

我原本預料有人會徒步或騎馬追捕我，卻沒想到是個持投石器的人。第一顆石頭擊中我的左肩，我的手臂都麻木了，但還是繼續跑。我本來以爲自己中箭了，接著我的後腦勺被狠狠一擊，眼前一花便失去知覺。

當我醒來時，手腕已經上了手鐐，左肩也痛得要命，但沒像頭上的腫塊那麼疼。我勉強扭動身體坐起來，沒什麼人注意到我。我的足踝上各有一個腳銬鉤住一條向上延伸的一圈長鐵鍊，而這鐵鍊則和銬住我手腕上的手鐐連在一起。在我的足踝還有第二條短了許多的鐵鍊，就算我可以站得起來，這長度也根本不夠我跨出一步。

我不說話，也不做任何動作。既然被銬住了，就沒機會對抗六個武裝人員，也不想給他們任何藉口來虐待我，但我仍用盡每一分意志力靜靜坐著評估自身的狀況。光是鐵鍊本身的重量就令人氣餒，還有夜晚的冷空氣中凍得我肌膚發疼的冰冷鐵塊。我低頭坐著注視自己的腳，波爾特也注意到我是清醒的，於是走過來俯視我，我將眼光停留在自己的腳上。

「說說話啊，你這該死的傢伙！」波爾特忽然命令我。

「你抓錯人了，大人。」我怯懦地說道，明知那句話無法說服他，但或許我能動搖他部下的信念。

波爾特笑了出來。他走開坐回營火邊，然後枕在自己的手肘上躺著。「如果我抓錯人了，對你來說可眞是太不幸了，但我知道自己沒抓錯人。看著我，小雜種，你怎麼沒死啊？」

我恐懼地瞥著他。「我不知道你在說什麼，大人。」

這是錯誤的回應。他突然狂暴地快速從臥姿起身，飛奔過營火朝著我衝過來。我掙扎著站起來卻仍逃不過，只見他抓住我的鐵鍊把我拉起來用力打我巴掌，然後，「看著我！」他下命令。

我將眼神移回他的臉上。

「你怎麼沒死，小雜種？」

「不是我，你抓錯人了。」

我又挨了他的手背一擊。

切德曾經告訴我，如果在接受酷刑時集中心智在會說出口的話，而非一定不能說出來的話，就比較容易忍受質問。我知道告訴波爾特自己不是蜚滋駿騎是既愚蠢又沒用的，因爲他知道我是，但我既然已經否認了，就要堅持下去。當他第五次打我時，他的一位部下就在我身後開口。

「容我說句話，大人？」

波爾特對這人投以盛怒的神色。「什麼事？」

這人舔舔嘴唇。「要活捉嫌犯，大人，才能領賞金。」

波爾特轉頭看我。看出他內心的飢渴眞令人喪膽，彷彿惟眞對精技的迫切需要一般。這人喜歡讓別人痛苦，喜歡慢慢地殺人，卻無法這麼做，這只會讓他更痛恨我。「我知道。」他粗魯地對這個人說。

我看到他的拳頭又揮了過來，但我卻無處可躲。

當我醒來時天已經全亮了。疼痛。有段時間我只有這個感覺。疼痛，一側的肩膀劇烈疼痛，還有同一邊的肋骨下方也是。他或許踢了我，我如此判斷。我不想移動臉的任何部位，也不禁納悶爲什麼在感覺冷的時候，疼痛就更劇烈？我好奇地暫時忘了我身上的疼痛，用耳朵傾聽片刻，一點兒也不想睜開眼睛。車隊準備上路了，我也聽到戴爾師傅對塔絲大吼，而她哭著說那筆錢應該是她的，如果他能幫她要到，就儘管拿回買學徒的全額費用。他命令她回馬車上。我卻聽到她跨越乾燥的土地那嘎扎嘎扎的腳步聲，原來她急忙地朝我這裡跑來，用嗚咽的聲音對波爾特說，「我說得沒錯。你不相信我，但我說得沒錯。我幫你找到他，如果不是我的話，你在看到他之後就會騎馬離開。那金子是我的，是我應得的，但我非常樂意和你對分，這對你來說可眞是再公平也不過了，你知道的。」

「如果我是妳的話，就會上那輛馬車，」波爾特冷酷地回答她，「否則當它和我們都離開時，妳就只能長途跋涉了。」

她尙且知道不要和他爭論，只是一路顧自喃喃說著髒話回到馬車上。我聽到戴爾對她說她只會惹麻煩，如果可以的話，最好在藍湖就能擺脫她。

「讓他站起來，袞芙。」波爾特對某人下令。

有人對我潑水，我便睜開一隻眼睛看一名侍衛拉緊我身上鐵鍊鬆弛的部分，這可引發我全身許多較輕微的疼痛。「起來！」她命令我。我設法點點頭。我的一顆牙齒鬆動了，只能用一隻眼睛觀看。我把手舉到臉上想知道傷勢有多嚴重，但鐵鍊上的猛然一拉阻止我這麼做。「他騎馬還是走路？」握住我身上鐵鍊的人在我跌跌撞撞地站直時問波爾特。

「我是很想拖著他走，但這會過度拖延我們的速度。他會騎馬，妳就和阿諾騎一匹馬，讓他騎妳的馬。把他綁在馬鞍上，還有握緊妳的馬身上的韁繩。他現在正裝傻，但他很壞也會耍詐。我不知道他是否會做出什麼原智把戲，但我可不想查明，所以抓好那條韁繩。阿諾跑哪去了？」

「到灌木叢裡去了，大人。他今天腸胃不太好，一整天一直拉肚子。」

「把他找來。」波爾特的語氣顯示他對此人的腸胃問題沒興趣。我身邊這名侍衛匆忙離開，留下我一個人東倒西歪。我把手舉到臉上，然後只看到一拳揮過來，很顯然還有其他人在我旁邊。忍耐，我堅定地告訴自己。活下來，看看還有什麼機會。當我把手放下之後，就發現波爾特在看我。

「水？」我用含糊不清的聲音發問。

我其實不指望真的能喝到水，但他轉頭對另一名侍衛比了一個手勢，稍後這傢伙就給我一桶水和兩塊小小的乾麵包。我喝水並且將水潑在臉上。麵包很硬，我的嘴也很疼，但我還是盡可能吃下去，然後注意到我的錢包不見了，我想一定是波爾特趁我失去意識時把它拿走了。我想到博瑞屈的耳環因此不翼而飛，內心不禁一沉。當我小心地啃著麵包時，不禁納悶他對我錢包裡的粉末作何感想。

波爾特讓我們在車隊離開前騎馬離去。我瞥見椋音的臉，卻無法看清楚她的表情，魁斯和我的主子則小心翼翼地避免看我，免得被我連累。他們彷彿從不認識我似的。

他們讓我騎一匹健壯的母馬。皮繩緊緊地將我的手腕綁在馬鞍的鞍橋上，我覺得自己像一袋破碎的骨頭，根本無法舒適安穩地騎馬。他們沒有取下我的手鐐腳銬，只卸下了我足踝間的那條短鐵鍊，我手腕上的長鐵鍊則繞在馬鞍上，根本無法避免鐵鍊摩擦。我不知自己的襯衫下落何處，卻非常想念它。雖然騎馬移動多少能替我暖身，但可一點兒都不舒服。當臉色發白的阿諾騎上他的侍衛同袍背後的馬背時，我們就回頭朝商業灘出發。我悔恨地想到自己的毒藥只不過讓一個人拉肚子，還真是個差勁的刺客。

過來我這裡。

我能那麼做就好了。我在被帶往錯誤的方向時疲累地告訴自己，我能那麼做就好了。母馬每邁開一步，我的疼痛就攪在一起。我納悶自己的肩膀是斷了還是脫臼了，也想知道自己是應該活著到商業灘，或者試著讓他們在那之前殺了我。我想不出任何能夠讓我脫離鐵鍊的方式，更別提在這平坦的土地上逃跑。我低下頭，一邊騎馬、一邊看著自己因爲寒冷和風而發抖的手。我暗中探索母馬的心，卻只讓牠警覺我的痛苦。牠沒興趣掙脫頭部的束縛和我奔馳而去，也不怎麼喜歡我身上的羊臊味。

我們再度停下來讓阿諾到一旁去拉肚子，波爾特便騎馬後退，並且拉住韁繩停在我身旁。「小雜種！」

我緩慢地轉頭注視他。

「你是怎麼辦到的？我明明看到你的屍體，你也死了。當我看到一個死人，就知道他死了。所以你怎麼又能走來走去啦？」

即使我知道該說什麼，我的嘴也不讓我說出來。他稍後對我的沉默嗤之以鼻。「嗯，別指望這會再度發生，這次我可要親自把你分屍。我家裡養了一條狗，什麼都吃，我想牠會幫我咬下你的心肝。你覺得那樣如何，小雜種？」

我爲那隻狗感到難過，但什麼都沒說。當阿諾蹣跚地回到他的馬身邊時，袞芙就扶他上馬，波爾特則策馬回到我們的隊伍前方，我們也繼續騎馬前進。

當阿諾和他朋友第三度停下來時，早上都還沒過一半。他從馬背上滑下來，蹣跚地走了幾步就吐了，只見他一邊彎腰、一邊摸著肚子，接著突然間向前倒下來，臉朝地倒在爛泥裡。另一名侍衛大聲笑了出來，可是當阿諾仍在地上一邊翻滾、一邊呻吟時，波爾特就命令袞芙下馬幫阿諾取水。但阿諾卻無法握住同伴給他的水壺，袞芙便上前將水壺口放進他嘴裡，只見水從他的下巴流下來，然後他緩緩地別過頭去閉上眼睛。過了一會兒，裘芙抬起頭來，不敢置信地睜大眼睛。

「他死了，大人。」裘芙說話的聲音有些刺耳。

他們替他挖了一個淺墓穴，並且將石頭堆在頂端，另外兩名侍衛在埋葬完畢前就吐了。大家以為是惡劣的水質搞的鬼，但我卻看到波爾特瞇起眼睛注視著我。他們沒把我從馬背上拖下來，於是我便弓身假裝肚子痛，同時垂下雙眼。裝病可一點兒都不難。

波爾特讓他的部下重新騎馬，我們便繼續趕路。到了中午顯然沒有一個人安然無恙。有位男孩在我們騎馬時在他的馬背上搖晃，波爾特讓我們停下來短暫休息一下，沒想卻變成很長的休息。一個人才剛吐完，另一個人就開始吐。波爾特最後命令他們趕快回到馬背上，不理會他們咆哮般的抱怨。我們以較緩慢的速度前進，我也嗅得到牽著我騎的母馬的那名女子身上的汗酸和嘔吐的味道。

當我們走上一道較平緩的斜坡時，裘芙從馬鞍上摔了下去，於是我以腳跟用力踢我騎的那匹母馬，牠卻只是側身斜向一邊耳朵朝後，因為太訓練有素，以致無法依照垂在馬勒上的韁繩所指示的方向飛奔而去。波爾特讓他的隊伍停下來，每個人也立刻下馬，有些人吐了，其他人只是痛苦地倒在馬兒旁邊。「紮營！」波爾特下令，也不管時間還早，然後他就稍微站到一旁彎腰乾嘔。而跌下馬的裘芙再也沒起來。

稍後波爾特走過來把我的手腕從馬鞍的鞍橋上鬆開，然後猛拉我的鐵鍊，讓我倒在他身上。我蹣跚地後退幾步，便倒下來用雙手抱住腹部，他就在我身旁蹲下來抓住我的頸背緊緊握著。「你認為呢，小雜種？」他嘶啞地咆哮問我。他靠我很近，呼吸和身體也散發出生病的臭味。「是惡劣的水質？還是其他東西造成的？」

我發出哽住的聲音朝他靠過去，假裝快要吐了。他疲倦地從我身邊移開。他的侍衛之中只有兩個人勉強卸下馬鞍，其他人都悲慘地倒在地上。波爾特在他們之間移動，白費心機卻激動地斥責他們。其中一位比較壯的侍衛終於收集好生火的材料，另一位則橫著走過馬匹隊伍，也只能鬆開馬鞍並將它們從馬背上拖下來，波爾特則綁緊我足踝間的那條鐵鍊。

又有兩名侍衛在當晚死去。波爾特親自將他們的屍體拖到一旁去，卻沒有力氣再多做些什麼。他們設法升起的營火也因缺乏柴火，不久就熄滅了。此刻平原上遼闊的夜色，比我所知的任何東西和黑暗中的乾冷還陰暗。我聽到人們的呻吟，有一個人喋喋不休地說著他的肚子、他的肚子，我也聽到沒水喝的馬兒焦躁不安地移動。我渴望地想著水和溫暖，但怪異的疼痛卻困擾著我。我的手腕雖然沒我的肩膀來得疼痛，卻硬生生地被手鐐給磨傷，讓我無法忽視這些痛處；而我猜我肩膀上的肩胛骨應該也斷了。

波爾特蹣跚地走到我躺下來的地方，只見他雙眼凹陷，臉頰也顯露出他的痛苦，然後在我身邊跪倒在地上抓住我的頭髮，我便呻吟了一聲。「你要死了嗎，小雜種？」他嘶啞地問我，我又呻吟了一聲並試著衰弱地把他推開。這似乎讓他很滿意。「好，很好。有人說你在我們身上施行原智魔法，小雜種，但我想污水能殺死一個人，無論他是擁有原智的邪惡之人，或是個值得尊敬的人；但是這次還是讓我們確定你會眞眞實實地死去。」

他從身上拔出我的刀。當他將我的頭髮向後拉好露出我的喉嚨時，我舉起上了手鐐的雙手將鐵鍊砸在他臉上，同時用盡所有我能掌控的原智力量抗斥他，於是他從我面前向後倒，然後緩慢地爬了幾步，便側身倒在沙地上。我聽到他沉重的呼吸，過了一會兒就停止了。我閉上雙眼聆聽那片寂靜，感覺他生命的消逝彷彿陽光照耀我的臉。

稍後當天色比較亮時，我強迫自己睜開眼睛。然而要爬到波爾特身上卻更難了，因我身上的每一處疼痛比起昨日更加劇烈，我只要一移動就結合成令我尖叫的痛楚。我小心翼翼地搜他的身，在他的錢包裡找到博瑞屈的耳環。我立刻將它戴回自己的耳朵上以免再次弄丟。我的毒藥也還在他的錢包裡，但裡頭並沒有我的手鐐腳銬的鑰匙。我開始從他身上取回自己的東西，陽光卻惡狠狠地照著我的後腦，彷彿丟了一堆大釘子下來似的。我把他的錢包放進自己的腰帶裡，無論他在裡面放什麼，現在都是我的了。我回想，如果你可以毒死一個人，那你也就可以搶劫他。榮譽感似乎已和我的人生沒什麼關係了。

我推測，無論是誰把我銬起來，鑰匙應該就在那個人身上。我爬到下一具屍體，卻發現他的錢包裡除了燻煙藥草外，什麼都沒有。我坐起來，同時察覺蹣跚的腳步聲在乾燥的泥土上朝我嘎扎嘎扎地走來。我抬頭對著陽光瞇起眼睛，便看到一位男孩緩慢地走過來，步履搖晃，一隻手拿著皮製水袋，另一隻手握著鑰匙。

他在離我十二步之遙處停下來。「用你的命換我的命。」他嘶啞地說道。他搖搖晃晃地站在原地，我沒回答，他便再說了一次。「我會給你水跟鐵鍊的鑰匙，你也可以任選馬兒騎走，我不會對抗你，只要你解除在我身上下的原智詛咒。」

他站在那裡，看起來是那麼年輕、可憐。

「求求你。」他忽然請求我。

我緩慢地搖搖頭。「這是毒藥，」我告訴他，「我無法替你做任何事情。」

他用不可置信的眼神苦澀地瞪著我。「那麼我就得死？就在今天？」他的話彷彿乾枯的耳語，深沉的雙眼鎖住我的視線，我發覺自己又點了點頭。

「你眞該死！」他燃燒僅有的生命力，尖聲喊出這些字。「那麼你也得死，就死在這裡！」他用盡全力將鑰匙拋得遠遠的，然後蹣跚虛弱地跑步，朝馬兒大聲抱怨、搥打。

這群馬兒一整夜都站著沒人照料，甚至等了一整個早上的稻穀和水。牠們是訓練有素的動物，但疾病和死亡的氣味及這男孩難以理解的行爲，卻讓牠們無法承受。當他忽然尖叫之後臉朝下倒在牠們之間時，一匹大灰閹馬便抬起頭來猛噴鼻息。我朝牠傳送安撫的思緒，但牠卻有自己的想法，只見牠緊張地跳起來走遠，接著忽然覺得這是個好決定，便開始慢跑，其他的馬兒也跟隨牠。牠們的馬蹄並沒有在平原上發出如雷貫耳的聲響，反倒像是暴風雨消逝般啪答啪答作響，帶走了所有生命的希望。

這男孩沒再動了，但他也沒立刻死去。我得一邊聽他輕微的啜泣聲、一邊找鑰匙。我非常渴望能找到水袋，但又害怕如果我轉身遠離他丟鑰匙的這塊區域，我就再也無法判斷哪一片不顯眼的沙地裡會有我的救命寶物。我用雙手和膝蓋在地上爬，手鐐腳銬也不斷磨傷我的手腕和足踝，我同時用一隻沒受傷的眼睛盯著地上看。即使他的哭聲逐漸消失，甚至就連他死了以後，我都能從心裡聽到他的啜泣聲。直到現在，有時也還會聽見。另一個年輕的生命毫無意義地結束了，卻沒有帶來任何好處，這是帝尊與我之間的世仇所致的後果，也或許是我對他的世仇所導致的後果。

正當我確信逐漸下沉的夕陽將永遠埋藏鑰匙時，我終於找到它了。這鑰匙挺粗製濫造的，在鎖裡轉動起來也很費力，但還是能用。我打開手鐐腳銬，將它們從我腫脹的肌膚上撬開。在我左足踝的腳銬很緊，讓我冰冷的左腿幾乎麻痺。過了幾分鐘之後，疼痛猶如潮水般湧回我的腿裡，但我卻不怎麼在意，只因我太忙著找水了。

大部分的侍衛都把水袋裡的水給喝光了，彷彿我的毒藥搾乾了他們腸子裡的水分似的。那名男孩給我看的水袋裡只剩幾口水，於是我緩慢地喝水，把水含在口中許久再嚥下去。我在波爾特的馬鞍袋裡找到一瓶攜帶型的白蘭地，便喝了一小口，然後蓋起來放到一旁。從這裡走回水窪只需不到一天的路程。我走得回去，也必須走回去。

我洗劫屍體身上的物品好找到自己需要的東西。我馬鞍上裝滿東西的馬鞍袋及行囊裡搜尋著，而當我完成搜尋動作後，我已身穿一件長度及膝但合肩的藍色襯衫。我有乾肉和稻穀、扁豆和豌豆，還有那把最適合我的老劍。我也拿了波爾特的刀子、一面鏡子和一個小水壺，以及一只茶杯和湯匙。我打開一條厚實的毛毯將這些東西放上去，然後再放進一件可換洗的衣服，雖然對我來說太大件，但總比什麼都沒有好。波爾特的斗蓬對我來說太長了，卻是做工質料都最精細的，所以我也拿了。我也拿了其中一名侍衛身上包紮用的亞麻布和藥膏、一個空皮製水袋，還有波爾特的那瓶白蘭地。

我原本還可以從屍體上搜刮錢和珠寶，還可揹上一堆可能用得上的東西來增加自己的負擔，但我卻發現自己只是想找些可以取代自己原有的東西，也想立刻遠離這些腫脹發臭的屍體。於是我盡可能把這行囊縮小綁緊，用馬具上的皮繩緊緊綁好，但即使我用沒受傷的肩膀揹它時，還是覺得太重。

我的兄弟？

這份探索似乎只是暫時性的，不僅因爲距離太遠而覺得微弱，還因我早已廢棄不用它了，彷彿一個人以多年未使用的語言說話。

我還活著，夜眼。和你的狼群待在一起，也繼續活下去。

你不需要我嗎？我在牠問這個問題時感覺牠的一絲內疚。

我一直都需要你，但更需要知道你仍自由自在地活著。

我感覺牠微弱的贊同，但還有些別的意味。過了一會兒，我不禁納悶自己是否曾想像過牠會觸碰我的心，卻在遠離這群屍體邁向逐漸深沉的夜色時，感覺出奇地有活力。

13

藍湖

藍湖是冷河的終點，也是冷河沿岸最大的城市的名稱。在黠謀國王執政初期，圍繞藍湖東北面的地區以稻田和果樹園聞名。這裡生產一種用當地特有葡萄所釀成的酒，其香味無與倫比，不僅聞名六大公國全境，也經由商隊出口到遠至繽城之處。接下來，長期的乾旱和雷電引發的火災接踵而至，該地區的農民和酒商的生產作業也從未恢復正常。於是藍湖後來開始倚重貿易。目前的藍湖城是個商城，來自法洛和恰斯國的商隊在此和群山人民進行易貨交易。在夏季時，大型駁船在平穩的河上航行，但冬季從群山吹下來的強風將船夫都趕離湖面，水上貿易也因此結束。

清澈的夜空有一輪斗大低垂的橙色明月，滿天星斗也挺清晰，讓我得以跟隨它們的指引。我也疲憊地驚覺到這些正是曾帶領我踏上返回公鹿堡的星斗，如今它們帶領我回到群山。

我整夜都在走。走得不快，也走不穩。但我知道，愈早抵達有水之處，就愈快能解除我的痛苦。我缺水的時間愈長，就會變得愈虛弱。當我行進時，我用波爾特的白蘭地將一片包紮用的亞麻布沾濕，然後輕輕地拍在臉上，也用鏡子短暫檢視身上的傷；我毫無疑問又輸了一場打鬥。傷口大多是挫傷和小割傷，我想應該不會留下新的疤。白蘭地刺激了無數的擦傷，但濕氣卻緩和了一些結痂所帶來的疼痛，這也讓我張開嘴時感覺不那麼痛。我很餓，但害怕鹹乾肉會加重我的口渴。

我看著太陽從遼闊的法洛平原升起，散發出一道道令人驚嘆的彩色光芒。夜晚的寒氣消退，我便鬆開波爾特的斗蓬繼續前進。我隨著逐漸增強的日光滿懷希望地掃視地面，也許能找到一些馬兒走回水窪處的足跡，但我只看到我們昨天留下的一道道殘破的馬蹄痕跡，而且已經快被風吹散了。

當我來到汲水區時，天色還早。我小心翼翼接近該地，但我的鼻子和眼睛告訴我，此地空無一人。我知道這樣的好運並不常有，因為這裡是車隊經常停靠的地點。我所做的第一件事情就是喝個夠，然後好整以暇地升起自己的小營火，加熱一壺水並且把扁豆、豆莢、穀粒和乾肉放進去，然後把壺放在火上燉。接著我便寬衣在水窪中洗澡。水窪的一端很淺，陽光也幾乎把水加溫了。我左肩平坦的肩胛骨只要碰到或移動一下都覺得很痛，手腕和足踝的擦傷處也是，還有我後腦勺的腫塊，我的整張臉……我停止替自己的疼痛分類。我不會因為這些傷勢而死，還有什麼事比那更要緊的？

陽光在我發抖時將我的身子曬乾，我也順便將衣服拿進水中清洗，然後晾在一片矮樹叢中。當陽光把衣服曬乾時，我就裹上波爾特的斗蓬喝白蘭地，接著攪拌我煮的湯。乾豆莢和扁豆似乎要煮上個好多年才會軟，所以我必須多加些水才行。我坐在火邊不時添些樹枝和乾糞進去，稍後我又睜開眼睛試著判斷自己是醉了、被打敗了或是太累了，卻覺得這和我將身上的疼痛分類一樣，沒什麼用處。我喝下煮好的湯，但裡面的豆子還是有點硬，接著我又喝了些剩下不多的白蘭地。我很難說服自己做這件事，卻仍把水壺洗乾淨然後加熱更多水，清洗身上最嚴重的傷口並且敷上藥膏，把能包紮的傷口包紮起來。有一邊的腳踝看起來傷勢挺嚴重，我可禁不起它受到感染。我抬頭看到日光逐漸退去，似乎很快就要天黑了，於是我用盡最後一絲精力將火熄滅，捆好我所有的東西之後就離開水窪。我需要睡眠，也不能冒著被其他旅人發現的風險。我發現一個小窪地，散發焦油味的矮樹林替它擋去一些風，接著我攤開毛毯，將波爾特的斗蓬蓋在身上之後就沉沉睡去。

有一段時間我並沒有作夢，但接著我就作了一個令人困惑的夢，有人叫我的名字，但卻無法發現是誰在叫我。風正呼呼地吹著、雨也下個不停，我痛恨風聲，它讓我感覺如此寂寥。接著門打開了，博瑞屈就站在門口，他喝醉了，讓我感到既惱火又鬆了一口氣。我從昨天就開始等他回家，現在他卻醉醺醺地回來，他怎麼敢這樣？

我全身起了寒顫，差點要醒過來，然後我就知道這些是莫莉的思緒，我正用精技夢見莫莉。我不該這樣，我知道自己不該這樣，但在無邊的夢境中，我沒有意志抵抗。莫莉小心翼翼地站起來，我們的女兒正安睡在她的懷裡。我瞥見一張粉紅色胖嘟嘟的小臉，而非我之前所見到的紅通通皺巴巴嬰兒臉；已經變了這麼多！莫莉靜悄悄地把她抱到床邊輕輕地放在床上，掀起毛毯的一角蓋在小嬰兒身上保暖，然後頭也不回地低聲緊張地說道，「我很擔心。你說你昨天就會回來。」

「我知道。我很抱歉。我應該昨天就回來，但是……」博瑞屈的聲音很沙啞，一點兒精神都沒有。

「但是你待在城裡喝個大醉。」莫莉冷冷地接口。

「我……沒錯，我喝醉了。」他關上門走進房裡，然後走到爐火前暖他那雙通紅的手。他的斗蓬和頭髮都在滴水，彷彿他走回家時沒把兜帽戴上。他把一個裝東西的麻袋放在門邊，脫下濕答答的斗蓬後，就僵硬地坐在壁爐旁的椅子上，然後俯身揉一揉他受傷的膝蓋。

「你喝醉的話就別進來這裡。」莫莉冷冷地告訴他。

「我知道妳的感受。我昨天喝醉了，今早也喝了幾杯，但是沒醉。我現在沒醉，我只是……疲倦，非常疲倦。」他俯身將頭擱在他的雙手裡。

「你甚至坐不直，」我聽到莫莉語氣中升起的憤怒。「你甚至不知道自己何時喝醉。」

博瑞屈疲憊地抬頭看她。「也許妳說得沒錯，」他如此承認，讓我嚇了一跳，然後他嘆了一口氣。「我這就走。」話畢，他起身要走，卻因傷腿承受體重而畏縮了一下。此刻莫莉感到一股強烈的內疚。他依然渾身發冷，而晚上睡覺的棚子既冷又濕，實在不適合睡在那裡；他責怪自己，只因他知道她對酒鬼的感覺。讓一個男人喝一兩杯沒什麼，她自己也不時喝一杯，但是如此蹣跚地走回家然後試著告訴她……

「我能看一下小嬰兒嗎？」博瑞屈輕聲問道。他停在門口，我看到他的雙眼有某種神情，莫莉對他的認識不夠深，所以察覺不出來，我卻感到刻骨銘心的痛苦。他在哀悼。

「她就躺在那兒的床上，我剛剛才讓她睡著。」莫莉俐落地指出。

「我能抱她……一會兒就好嗎？」

「不，你喝醉了且渾身發冷，如果你碰到她的話，她就會醒來。你知道的。你爲什麼要那麼做？」

博瑞屈臉上的某種神情瓦解了，然後用沙啞的聲音說道，「因爲蜚滋已經死了，而她是我對他和他父親所留下僅有的回憶，而且有時候……」他舉起飽經風霜的手揉揉臉。「有時這看來似乎都是我的錯。」他說那些話的時候，語調變得十分柔和。「我不該讓他們從我身邊帶走他。當他還小的時候，當他們頭一次想帶他回城堡時，如果我讓他和我一同騎馬到駿騎那裡，或許他們倆現在都還活著。我想到要那麼做，也幾乎要付諸行動了。但他不想離開我，妳知道，是我逼他離開。我差點就可以把他送回給駿騎，但我卻沒有。我讓他們帶走他，他們就利用他。」

我感覺莫莉忽然全身發抖，眼眶中也突然湧出淚水，但她卻用憤怒保護自己。「你眞該死，他已經死了好幾個月，就別用酒鬼的眼淚騙我。」

「我知道，」博瑞屈回答。「我知道，他死了。」他忽然深呼吸，然後用以往那熟悉的方式穩住自己。我看著他收拾起深埋在心中的痛苦與脆弱，把它們深深地埋在心中。我想向前走去，伸出一隻穩定的手放在他的肩上。但那只是我的想法，而不是莫莉。他開始走向門口，然後停了下來。「喔，我有個東西，」他把手伸進襯衫裡摸索。「這是他的。我……從他的屍體上拿下來的，在他死了以後。妳應該替她保存它，這樣她就能擁有她父親的某樣東西。他從黠謀國王那兒得到這個。」

當博瑞屈伸出手的時候，我的心就在胸口翻攪。在他手掌上的正是我的胸針，銀線中鑲著一顆紅寶石。莫莉只是看著它，嘴唇緊緊抿成一條線。是憤怒，也或許是緊緊壓抑住她的任何感受，而這股嚴厲的壓抑甚至讓她無法得知自己在躲什麼。她沒有朝他移動，博瑞屈就謹慎地把它放在桌子上。

我頓時恍然大悟。他又去了牧羊人的小木屋找找，要告訴我有了女兒的消息。但是他發現了什麼？如今可能只剩骨頭的一具腐屍，穿著我的襯衫，襯衫的翻領上也穩穩地別著我的胸針。那位被冶煉的男孩有深沉的髮色，身高和年齡都與我相仿。

博瑞屈相信我死了，眞眞正正地死了，而且他爲我哀悼。

博瑞屈。博瑞屈，求求你，我沒死。博瑞屈，博瑞屈！

我在他身邊驚惶失措地吼著，用盡我每一分精技覺知猛打他，卻一如以往無法碰觸他。我忽然顫抖地醒來並緊抓自己，感覺自己彷彿是鬼魂般。他可能已經去找切德了，而且他們倆都認爲我死了。那想法讓我的體內充滿一股怪異的恐懼。讓一個人的朋友都相信這個人死了，似乎是太不幸了。

我輕輕地揉揉額頭，感覺精技讓我的頭痛開始發作，稍後就明白自己的心防已經瓦解，只因我費盡九牛二虎之力對博瑞屈技傳。我猛然關閉自己的心防，然後在黃昏中蜷縮顫抖。雖然欲意當時沒有闖進我的技傳裡，但我不能再這麼大意了，即使我的朋友相信我死了，但我的敵人卻知道眞相。我必須時時刻刻豎起心防，千萬不能心存僥倖而讓欲意趁機進入我的腦海中。全新的痛苦令我頭痛欲裂，而我也因過於疲倦而無法起身泡茶，況且我沒有精靈樹皮，只有商業灘的女商人賣給我那未嘗試過的種籽。我喝下波爾特剩餘的白蘭地之後又睡了，在清醒邊緣夢見狼群奔跑。我知道你還活著，如果你需要我，我就會到你那裡，只要你開口。這個探尋雖是暫時的，卻也是眞實的，我彷彿握著一隻友善的手般緊握這思緒，然後便沉沉睡去。

我在接下來的幾天步行到藍湖，一路上風沙滾滾，沿途布滿岩石和岩屑堆，以及樹葉強韌的殘破矮樹林和葉片肥厚的多汁植物。遙遠的前方就是藍湖了。這條小徑起初不過是堅硬的平原地上的一條細縫，地上的馬蹄印和狹長隆起的馬車車道在持續吹來的冷風中消逝。但我愈接近藍湖，土地就愈翠綠，景致也更柔和。小徑愈來愈像一條道路了。此刻雨開始伴隨風落了下來，啪答作響的大雨把我的衣服淋濕了。我從未感受到完全的乾燥。

我試著避免和路上往來的行人接觸。但在這平原上根本無法躲過他們，我只好盡最大的努力讓自己看起來無趣和令人生畏。有些騎馬趕路的使者從我身邊經過，有些人前往藍湖，其他人則回到商業灘。他們沒有因爲我而停下來，但我並不完全安心，因爲遲早會有人發現五名陳屍路邊的吾王衛隊隊員，也會對那種情況納悶；而對魁斯和椋音來說，小雜種在他們之中被逮個正著的八卦也太刺激了，很難讓他們忍住不說。我愈接近藍湖，來往的人潮也愈多，我大膽冒險混進其他旅人之中。這片長滿青草的牧地上有些耕作用地，甚至還有小型聚落。人們從遠方就可以看到，小小的房屋圓頂和從煙囪升起的一縷炊煙。地上的濕氣更重了，矮樹林此刻也轉換成灌木叢和樹木。很快地，我經過果樹園和有乳牛的牧場，路邊也有雞在扒土，最後我終於來到藍湖城。

藍湖後方還有一片遼闊的平原，然後是山麓丘陵，在這些之後就是群山王國。在群山王國後方的某處，就是惟眞所在的地方。

當我想起自己徒步走了多麼遙遠的一段路，再和我首次跟隨爲惟眞迎娶珂翠肯的皇家馬車隊上路的情況比較，心中就有些不安。此刻沿海地區的夏季已經結束，冬季的暴風也開始刮了起來。就連在這裡，內陸冬季的嚴寒也將在大風雪來襲時席捲平原。我想群山的最高峰現在已經開始下雪，在我抵達群山之前，積雪就會很深了，而我無法得知自己在攀登高峰前往後方的土地上尋找惟眞時，會碰到什麼情況。我不知道他是否還眞的活著。然而過來我這裡，過來我這裡彷彿與我的心跳共鳴，我也發現自己依照那節奏踏出每一步。我會找到惟眞，或是他的屍骨。但我知道要等做完這件事情之後，我的生命才完全屬於我自己。

藍湖城因毫無計畫地擴展，所以看起來比其眞正的規模還大。我看到一些二層樓以上的房舍，不過大部分還是低矮的房屋，建築物也附帶著一間間的廂房，好讓結了婚的兒女將配偶帶回家住。藍湖的另一邊有茂盛的林地，比較寒酸的房子都以泥磚建造，而屬於老資格的商人和漁夫的那些房子則有以寬闊的杉木瓦釘成的屋頂。大多數的房子都漆成白色、灰色或淺藍色，讓建築物看起來更大。很多房屋也有窗戶，上面還鑲嵌渦漩狀的窗玻璃片。即便如此，我還是走過它們前往我覺得更自在的地方。

這裡的濱水區看起來有點像又不太像海港城鎮的濱水區。這裡沒有漲潮和退潮，只有暴風吹起的大浪，有更多房屋和商家都建在深入湖底的樁基上。有些漁民還可以把船繫在家門口，還有其他一些人則將捕獲的魚送到一扇後門，好讓魚販從前門出售。在空氣中聞不到海水的鹽味和碘味感覺很奇怪；對我來說湖周圍的空氣嗅起來有青草和苔蘚的氣味。這裡的海鳥也不一樣，翅膀末端成黑色，除此之外和我所知道的海鳥般貪婪和做賊似的樣子，並沒什麼不同。這裡的守衛對我來說也太多了，身穿法洛的金棕色制服猶如被困的貓般四處徘徊，我不看他們的臉，也不讓他們有理由注意到我。

我總共有十五枚銀幣和十二枚銅幣，這是我自己的錢和波爾特錢包裡的盤纏的總和。有些錢幣的式樣我不認得，拿在手中卻頗具分量，我估量它們是會被接受的。我將用這些錢前往群山，如果還有剩的話就可以帶回家給莫莉，因此它們對我來說加倍重要，非不得已我不會花一文錢。但我也不會愚蠢到不準備糧食和厚重衣物就前往群山。所以我會做些必要的消費，也希望在越過藍湖時能設法多掙些錢，或許一路工作下去。

每一個城鎮都有比較貧窮的地區，也有商店和貨車出售遭人棄置的物品。我在藍湖邊商機最旺的濱水區晃了一下，然後走到街道上的商店區，大多數的商店即使有用木板釘成的屋頂，但整體結構依然是泥磚。我在這裡看到疲倦的銲鍋匠出售補過的鍋子，拾破爛的人也推著貨車販賣破舊的器具，在商店裡還能買到奇特的陶器和類似的物品。

從現在開始，我知道自己的背包會更重，但這是無法避免的。我買的首批物品之一，是個用堅硬的湖邊蘆葦編織而成的籃子，可以放進我目前的行囊，還有一條揹帶可以掛在肩上。在天黑前，我買了一條有襯墊的長褲、一件群山人民穿的有襯墊夾克，和一雙像軟皮襪般的寬鬆皮靴。這最後一項物品還附有皮帶，剛好可以讓我在小腿上綁緊。此外，我還買了些顏色不搭調卻非常厚的厚羊毛襪，可以穿在靴子裡。從另一輛貨車上我買下一頂緊貼的羊毛帽和圍巾，還有一雙對我來說過大的連指手套，顯然是某位群山婦女為了合她丈夫的雙手而縫製的。

我在一個賣藥草的小攤找到精靈樹皮，所以替自己弄了一小份。我在附近的市場裡買了乾燻魚、乾蘋果和極硬的麵包塊，商人還向我保證無論我走多遠，硬麵包塊都會保存得很好。

我的下一個目標是幫自己預約橫越藍湖的駁船。事實上，我走到濱水區的招募廣場，希望能夠一邊工作、一邊渡湖，卻發現並沒有僱人的要求。「聽著吧，伙伴，」一位十三歲的男孩傲慢地告訴我。

「每個人都知道，除非要載金子，否則大駁船在每年此時都不行駛。但今年沒有金子可載。群山女巫切斷了和群山的所有貿易，沒東西可拖運就表示不值得花錢冒這個險，就這麼簡單。但是即使開放貿易，你也無法在冬季看到有什麼貨物往來。大駁船在夏季時能從這頭航向那頭，儘管風向不定，但全體船員只要技術夠好就能照樣揚帆划槳，讓船渡湖，到了那裡之後再回來。不過，在每年的此時渡湖可就很浪費時間，因爲暴風雪大約每五天就颳一次，其他時候風也只往一個方向吹，如果颳風時沒有下雨就會夾雜冰雪。現在是從群山那邊來到藍湖城的好時機，只要你不介意渾身濕冷和沿途砍掉船索上的結冰。但直到明年春天，你不會發現有哪艘大型運輸駁船會從這裡航向那裡。有比較小型的船隻願意載客渡湖，不過走這段水路可是很昂貴的，而且要膽子大的人才敢嘗試。如果你搭上其中一艘船，那是因爲你願意爲這趟旅程支付金子，也願意在船長出錯時賠上生命。你看起來不像有這麼多錢，伙伴，更別提支付國王這趟旅程的稅。」

他或許還是個男孩，但卻知道自己在說什麼。我愈打聽，聽到的也就愈相同。群山女巫關閉了所有通道，無辜的旅人遭受群山土匪的攻擊和搶劫。爲了他們的安全起見，旅人和商人都在邊境被趕回去。戰爭正陰森地逼近。我爲此感到寒心，卻也更確定自己一定要找到惟眞。但當我堅持要盡快抵達群山時，就得到最好準備五枚金幣旅費的建議，從那兒之後就祝我好運了。有一個人還暗示我，如果我有興趣的話，他知道某種可在一個月內賺到這麼多錢的非法方式，不過我可沒興趣，我已有夠多難題要應付了。

過來我這裡。

我知道自己會設法找到他。

我找到一家非常便宜的旅店，既破爛又擋不了什麼風，不過至少聞不到什麼燻煙的味道，因爲顧客負擔不起。我付了床舖的錢，便得到一般客房樓上露天閣樓裡的空地舖，樓下壁爐冒出來的煙還會飄上來。我把滴水的斗蓬和衣服掛在地舖旁的椅子上，我這些天以來終於首次可以完全晾乾它們。當我第一次努力睡著時，喧鬧和輕聲的歌曲和談話聲就不時在我耳邊齊聲響起。我只得起身至第五扇門之遙處，毫無隱私的蒸氣浴室洗了夢寐以求的熱水澡。我突然有種知道我晚上會睡在哪兒的一絲疲倦喜悅，即使不確定是否睡得好。

雖然如此，但這卻不失為一個聆聽藍湖地區八卦的好方法。我在那兒的頭一晚就得知比自己想要知道還多的謠傳，據說某位年輕貴族讓兩位女僕懷孕，還有兩條街外的小酒館中打架事件的深入細節，使得紅鼻子傑克失去了他的名字中的身體部位，只因文書彎臂把它咬掉了。

我住在旅店的第二晚，就聽到十二位國王的侍衛在離傑尼根泉半天路程之處慘遭屠殺的謠傳，隔天晚上就有人把相關事件連結起來，還說了有關屍體如何被一隻野獸撕咬吞食的故事。我想食腐動物很有可能發現並吃下屍體，但故事中卻清楚描述這是原智小雜種所為，他們說他趁滿月時把自己變成一匹狼，掙脫冰冷的鐵腳鐐，然後以狂野的暴力攻擊整隊的人。像說故事的人般描述著我，但我倒不怎麼害怕在他們之間被發現。我的雙眼不會在火光中閃爍紅光，我的犬齒也沒有從嘴裡冒出來。我知道還有更多其他關於自己的較乏味的描述將散播開來。帝尊在我的臉上留下一道難以隱藏的疤痕，我也開始體會切德要隱藏自己滿是痘疤的臉會有多麼困難。

一度令我心煩的鬍子如今對我來說似乎很自然。它堅硬且捲曲，讓我想到惟真也是如此不修邊幅。波爾特在我臉上留下的挫傷和割傷已經褪淡了，但我的肩膀在寒冬中仍永無止盡的疼痛著。濕冷的冬季空氣把我鬍子上的臉頰都凍紅了，卻也讓我的疤痕更不明顯。我手臂上的傷早就痊癒了，但卻對被打斷的鼻子無計可施，不過當我在鏡子裡看到它時，也不再感到驚嚇了。我想，就某方面而言，如今我也是帝尊的創作，猶如我是切德的創作般。切德只教導我如何殺人，帝尊卻讓我成為一位真正的刺客。

我在旅店的第三個晚上聽到令我渾身發冷的八卦消息。

「那是國王本人，沒錯，還有精技高手的頭目。他們身穿上好的羊毛斗蓬，領子和兜帽上的毛很多，讓你幾乎看不到他們的臉。他們騎著披上金色馬鞍的黑馬，說有多帥就有多帥。還有二十位身穿金棕色制服的人騎在他們後面，侍衛們還清空整個廣場好讓他們自己通過。所以我對我旁邊的傢伙說，嘿，你知道這是怎麼回事嗎？他告訴我帝尊國王親自進城聽聽群山女巫到底對我們做了些什麼，然後就要解決這件事情。他還說，國王親自追蹤麻臉人和原智小雜種，因爲大家都知道他們和群山女巫是一伙兒的。」

我從一位雙眼潮濕的乞丐口中偷聽到這些，他用乞討來的錢買了一杯熱蘋果酒坐在旅店爐火邊喝了起來，而這個八卦又替他賺到了一杯酒，請他喝酒的人也再次告訴他原智小雜種如何殘殺十二名國王的侍衛，還爲了他的魔法喝下他們的血。我發現自己的情緒一片混亂，因爲自己的毒藥顯然對帝尊起不了任何作用而失望，也因爲我可能會被他發現而恐懼，還有一股狂怒的希望，期待在找到惟眞之前有機會再度對付他。

我幾乎不需要問任何問題。我在隔天早上就發現整座藍湖城都因國王的到來而活躍了起來。這是多年以來造訪藍湖的首位加冕的國王，每一位商人和小貴族都想好好利用這次出巡謀些好處。帝尊霸占了城裡最大最好的旅店，毫不考慮地下令要爲他和他的隨員清理房間。我聽說旅店老闆對於雀屏中選感到既高興又驚駭，因爲儘管這的確替他的旅店建立聲望，但卻沒提到報酬這回事，只有一長串帝尊國王期待可享用的食物和葡萄酒的名單。

我穿上新的冬衣，把毛帽拉下來蓋住耳朵之後就出發。這家旅店很好找，因爲藍湖的旅店沒有一間是三層樓的，也沒有這麼多陽台和窗戶。旅店外的街道充斥著想在帝尊國王面前亮相的貴族，許多人還拖著漂亮的女兒一同前來。他們摩肩接踵地與想要獻技的吟遊歌者和變戲法的人、攜帶最好的貨品當獻禮的商人，和運送肉類、麥酒、葡萄酒、麵包、乳酪和所有想像得到的食物的人擠成一團。我不想湊熱鬧，只是聆聽走出來的人們都說什麼。酒吧擠滿了一群粗魯的侍衛，惡意批評著本地的麥酒和娼妓，搞得好像他們在商業灘有更好的貨色一樣，還有帝尊國王今天不接見任何人了。不，在匆忙的行程之後，他累壞了，已經差人去拿庫中最好的含笑葉，好解除他身體上的不適。沒錯，今晚會有一場最豪華的晚宴，老兄，可只有最尊貴的人才能受邀出席。還有你有沒有看到那個有一隻死魚眼的人，還對我大呼小叫，如果我是國王，就會找個更稱頭的傢伙當我的顧問，不管他是否有精技。這就是從前後門走出來的人們的談話內容，我牢牢地記在腦海，也注意到旅店的哪一扇窗拉起窗簾遮擋短暫出現的日光。他在休息嗎？我可以讓他休息個夠！

但隨即我卻發現了自己的困境。在幾個星期之前，我大可溜進去盡最大的努力持刀刺進帝尊的胸膛，一點兒也不在乎後果，但現在不光是惟真的精技命令啃蝕著我，我還知道有妻女正等著我。我不再犧牲自己的生命殺害帝尊，這次我需要好好計畫。

我在夜幕低垂時來到旅店的屋頂。這是座有木條天花板的杉木屋頂，有很尖銳的遮簷，也因結霜而非常滑溜。旅店有幾間廂房，我就躺在兩間廂房之間的斜屋頂上等待，心中很感謝帝尊選擇這間最大最好的旅店。我所在的位置比鄰近建築物還高出許多，沒有人會不經意地瞥見我；他們必須花時間才找得到我。不過就算如此，我還是等到天色全黑才半溜半爬地滑下屋簷邊緣，然後躺在那兒片刻讓我的心鎮定下來。這裡沒有東西可抓。屋頂的屋簷很寬敞，擋住了下方的陽台，我得在滑下去的途中用雙手抓住屋簷，接著把自己擺盪進陽台上，否則我就會摔落三層樓高的街上。但我也暗暗祈禱自己不會落在陽台的裝飾性尖刺欄杆上。

我計畫得很詳盡。我知道帝尊的臥房和起居室在哪裡，也知道他何時會和他的賓客用晚餐。我已研究了藍湖幾棟建築物的門閂和窗鎖，並沒發現有哪種鎖是我打不開的。我握有一些小工具，還有一長條會提供我離開的輕繩索，如此我就可以不著痕跡地進出，而我的毒藥也在腰帶的小囊中等著。

我手持當天稍早從製鞋匠那兒拿來的兩把鑽子走下屋頂，卻沒將它們刺進堅固的木條天花板中，而是刺進它們之間好用鑽子抓牢下方重疊的木條天花板。我在自己的身子懸吊在屋頂時最爲緊張，也看不清楚下方的動靜。我在關鍵時刻晃了幾次腿產生衝力，然後支撐自己跳下去。

陷阱，陷阱。

我僵在原地，我的雙腿在屋簷下方弓起，而我同時抓住陷在木條天花板之間的兩把鑽子，不敢呼吸。這不是夜眼。

不，我是小白鼬。陷阱，陷阱。趕快離開。陷阱，陷阱。

這是陷阱？

蜚滋狼兒的陷阱。原血者知道，大白鼬說去，去，去警告蜚滋狼兒。洛夫熊兒知道你的氣味。陷阱，陷阱。趕快離開。

當一個溫暖的小軀體忽然抓住我的腿爬上我的衣服時，我差點叫了出來，稍後只見一隻白鼬用牠那有鬍鬚的臉碰我的臉。陷阱，陷阱，牠很堅持。趕快離開，趕快離開。

回到屋頂上可比下屋頂困難，不巧的是我的腰帶也鉤住了屋簷邊緣。在一陣扭動之後，我緩慢地爬回屋頂上，靜靜地躺了一會兒穩住呼吸，那隻白鼬也就坐在我的肩膀上不斷解釋。陷阱，陷阱。牠擁有狂野的掠奪性，我也感覺到牠心中的劇烈憤怒。我可不會爲自己選擇這種動物牽繫，但某位曾選擇牠的人現在已經送命了。

大白鼬被殺死，告訴小白鼬去，去。帶著這股氣味，去警告蜚滋狼兒。陷阱，陷阱。

我想問很多問題。黑洛夫透過原血者的聯絡管道幫助了我。自從我離開商業灘之後，就害怕我所遇到的每一位原智者都會對抗我，但卻有人派這隻小動物警告我，即使和牠牽繫的人已經死了，牠依然沒有捨棄自己的目標。我試著從牠那裡知道更多詳情，但這個小腦袋裡卻沒什麼其他的東西，只有牠的牽繫伙伴逝世所引起的傷害和盛怒，以及警告我的決心。我將無法得知大白鼬是誰、他如何發現這個計畫，還有他的牽繫動物如何設法藏身於欲意的財物裡，因爲牠讓我看到此人在樓下的房裡靜靜地等候。獨眼人。就是陷阱，陷阱。

跟我來？我向牠提議。雖然牠怒氣沖天，看起來卻仍非常嬌小和孤寂，和牠互通心靈好比看到被劈成兩半的動物殘骸。牠滿懷痛苦，卻仍堅守心中的目的，此刻牠的心裡只容得下另一件事情。

不。去，去，去躲在獨眼人的東西裡，去警告蜚滋狼兒。去，去，去找到痛恨原血者的人，然後躲起來，躲起來。等等，等等，痛恨原血者的人睡了，小白鼬可以殺了他。

牠是一隻小動物，擁有小小的心靈，痛恨原血者者帝尊的影像卻深植在這單純的心裡。我納悶大白鼬花了多久時間將這想法穩穩地烙印在牠心中，並且讓牠想了好幾個禮拜；接著我就明白了，這是臨死前的願望，這隻小動物也因爲和牠牽繫的人喪生而勃然大怒。這就是大白鼬告訴牠的最後訊息，但是讓這麼小的動物進行這項任務似乎徒勞無功。

跟我來，我溫和地建議。小白鼬要怎麼殺掉痛恨原血者的人？

一眨眼牠就爬到我的脖子上，實際上我感覺到牠尖銳的牙齒緊咬我脖子裡的靜脈。在他睡著時喀嚓、喀嚓，像吸一隻兔子的血般喝他的血。大白鼬去世了，沒有洞也沒有兔子了，只有痛恨原血者的人。喀嚓、喀嚓。牠放掉我的頸靜脈，忽然鑽進我的襯衫裡。好溫暖。牠那長著爪子的小腳在我的皮膚上感覺相當冰冷。

我口袋裡有一條乾肉，便把它拿出來放在屋頂上餵我的刺客伙伴。我原本可以說服牠跟我來，卻感覺牠不會動搖心智，如同我將不顧一切走向惟眞。這就是牠對大白鼬僅存的一切，痛苦和一個復仇的夢想。「躲起來，躲起來。去，去和獨眼人在一起，聞聞痛恨原血者的人的味道，等他睡著以後就喀嚓、喀嚓，像吸一隻兔子的血般喝他的血。」

是的，是的，我的獵物。蜚滋狼兒的陷阱。趕快離開，趕快離開。

我接受牠的忠告。有人已費盡千辛萬苦派遣這位情報員來，我也不想在任何情況下面對欲意，即使我很想殺了他，卻自知並非他的精技對手，也不想破壞小白鼬的大好機會。這是刺客之間的信用，得知自己並非帝尊唯一的敵人也使我感到窩心。於是，我彷彿寂靜無聲的黑夜，靜悄悄地走過旅店屋頂，然後走下馬廄旁的街道上。

我回到自己破敗不堪的房間，付了一枚銅幣坐在木板桌其他兩個人旁邊。我們吃著旅店的馬鈴薯和洋蔥主食，而當我感覺有一隻手落在肩上時，並沒有嚇到，只是一陣畏縮。我已經察覺有人在我身後，卻沒想到他會碰我，於是偷偷地把手伸到腰刀上，同時在凳子上轉頭面對他。和我同桌的人依然繼續吃著東西，其中一位還發出很吵的聲音，顯然在旅店裡的每一個人只對自己的事情感興趣。

我抬頭看到椋音的笑臉，剎時我身體裡的腸子都攪成一團。「湯姆！」她愉快地對我打招呼，然後在我身旁坐了下。坐在我旁邊的人也二話不說就讓出一個空位，他的碗在他移動時摩擦著骯髒的桌板。過了一會兒，我把手從腰刀上移開放回桌邊。椋音對這姿勢稍微點點頭。她身穿一件上好的黑色厚羊毛斗蓬，還有黃色的刺繡鑲邊，也戴上了袖珍的銀耳環，對我來說她也太自得其樂了，可不適合我。我什麼也沒說，只是盯著她看。她朝我的碗比了一個小手勢。

「請繼續吃，我不想打擾你用餐。你看起來似乎很餓。最近糧食配給短缺嗎？」

「有一點。」我輕聲說道。當她不再說話時，我便把湯喝完，然後用最後兩口的附餐粗麵包把木碗擦乾淨。這時，椋音召來女侍，讓那位女侍端給我們兩杯麥酒。椋音喝了一大口酒，扮了扮鬼臉，把酒杯放回桌上。我啜飲自己的那杯，發現這可不比湖水好喝。

「嗯，」當她還是沒說話時，我終於開口，「妳想要什麼？」

她親切地微笑，同時把玩酒杯的把手。「你知道我要什麼，我要一首能在我死後流傳的歌。」她瞥一瞥我們這桌的人，特別注意依然大聲喝湯的那個人。「你有房間嗎？」她問我。

我搖搖頭。「我在閣樓有個打地鋪的空間，而且我沒有歌曲給妳，椋音。」

她稍微聳聳肩。「我現在也沒法唱歌給你聽，不過我有讓你感興趣的消息，而且我在一個比較遠的旅店裡有個房間。跟我到那裡，然後我們就可以談談。當我離開的時候，看到爐火上有一塊挺好的帶肩肉的豬前腿肉，等我們到那裡之後應該就烤熟了。」

當我聽到「肉」時，身上的每一道知覺都豎起來了，我彷彿能聞到它的香氣，也幾乎能嚐到它。

「我負擔不起。」我坦白告訴她。

「但我可以。」她和藹地對我建議。「去拿你的東西，我可以跟你合住一間房。」

「如果我婉拒呢？」我平靜地問道。

她再度微微聳聳肩。「你自己決定。」她冷靜地回我一眼，我卻無法判斷她的微笑中是否帶著威脅。

我稍後起身走上閣樓。當我回來時，已拿好了自己的東西，而椋音就在階梯底下等我。

「好斗蓬，」她挖苦地說道，「我似乎曾在哪兒見過，不是嗎？」

「也許妳見過，」我平靜地說道，「妳想看看搭配斗蓬的刀子嗎？」

椋音只是笑得更開懷，用雙手比出一個防禦姿勢，就轉身走了，也沒回頭看我是否跟上去。再次，那是一股信任我和挑戰我所混合而成的好奇。我走在她身後。

外頭的天色已黑，從街上吹來的刺骨寒風充滿了湖水的濕氣，雖然沒下雨，我卻感覺濕氣滲進我的衣服和皮膚裡，肩膀也立刻痛了起來。街上沒有繼續燃燒的火把，只有從百葉窗和門檻透出來的微弱光線，椋音卻踏實自信地走著，我也跟在後面，同時讓雙眼迅速適應這片黑暗。

她把我帶離濱水區，遠離鎮上較貧窮的地區，走上商店街來到招待鎮上商人的旅店，這簡直就離帝尊實際上沒待在裡面的那間旅店不怎麼遠。她打開刻有長牙公豬圖案的旅店門，點點頭讓我走在她前面，我就先她一步準備走進去，但在進去之前我謹慎地瞥著四周，即使在我沒看到侍衛之後，我也不確定自己此刻是否正一頭栽進一個圈套中。

這間旅店既明亮又溫暖，窗戶有玻璃和窗板，桌子也挺乾淨，滿屋都是烤豬肉的香味。一名伙計端著一整個托盤滿滿的酒杯經過我們身邊，然後看著我，又揚起眉毛看椋音，顯然質疑她選擇男人的眼光；她則彎腰鞠躬回禮，同時瀟灑地脫下潮濕的斗篷，我則用比較慢的速度跟著做，然後跟在她身後讓她帶領我到壁爐附近的一張桌子。

她坐下來之後抬頭看我，很自信她現在讓我上鉤了。「在我們先吃再談，好嗎？」她熱切地邀請我坐下，然後指著她對面的一張椅子，我也就坐下來，並轉動椅子好讓自己背靠牆看到整個房間，只見她扭動雙唇露出淺淺一笑，深沉的雙眼神采飛揚。「你根本不用怕我，我向你保證。相反的，我可是冒了極大的風險把你找出來。」

她瞥了瞥四周，然後喚了一位名叫阿橡的男孩過來，告訴他我們要兩盤烤豬肉、一些新鮮的麵包和奶油，還有蘋果酒，於是他就馬上把東西端來，那股魅力和優雅證明他對椋音很有興趣。他和她互相聊了一會兒，除了在經過我那潮濕的肩帶式籃子時露出不屑的表情外，他幾乎瞧也沒瞧我一眼。然後他就被另一位客人叫過去了。椋音低頭開始大快朵頤，我則在稍後開始品嚐自己的這份餐點。我好幾天沒吃到新鮮的肉食，這熱騰騰的脆皮油脂香得幾乎令我暈眩。麵包很香，奶油也很甜。自從我離開公鹿堡之後，就沒吃到這麼好吃的食物了。有那麼一刻，我只顧得自己的食慾。然後，蘋果酒的味道讓我忽然想起盧睿史，還有他是如何因喝下毒酒而死。我小心翼翼地把酒杯放回桌上，重新提高警覺。「所以，妳說妳在找我？」

椋音一邊咀嚼、一邊點頭，嚥下食物擦擦嘴巴之後繼續說道，「而且你也不好找，因爲我沒向別人打聽你的下落，只是用自己的兩隻眼睛注意。我希望你懂得感激。」

我半點著頭。「那妳現在可找到我了？妳到底想要什麼？要我賄賂妳好交換妳的沉默嗎？如果是這樣，妳能拿到幾枚銅幣就該偷笑了。」

「不。」她啜了一口酒，然後揚起頭注視我。「就像我曾告訴你的，我要一首歌。目前看來我似乎已經錯過了一首，因爲當你從……我們的隊伍中被帶走時，我沒跟著你。不過我希望你能不吝提供我你如何活下來的詳情。」她向前靠過來，受過訓練且有力量的聲音降低爲祕密的耳語，「我無法對你形容當我聽到他們發現那六名侍衛死掉時，我心裡有多麼興奮。你知道嗎，我原以爲自己看錯你了。我眞的相信他們把可憐的牧羊人老湯姆拖走，把他當成代罪羔羊。我告訴自己，駿騎的兒子絕不會那麼安靜地離去。所以我就讓你走，沒跟著你。不過當我聽到這消息時，我的背脊都涼了，身上每一根汗毛也都豎起來了。『就是他，』我責備自己，『小雜種就在那裡，我卻眼睜睜地看他被捕，連一根手指頭都沒動。』你無法想像我是如何因懷疑自己的直覺而咒罵自己。但是我後來決定，這樣吧，如果你活了下來，你就會來這裡。你就在前往群山的途中，不是嗎？」

我只是注視著她，冰冷的眼神可會讓任何公鹿堡的馬僮逃之夭夭，也會讓公鹿侍衛臉上的笑容一掃而空。但是，椋音是位吟遊歌者，歌曲的演唱者從不輕易受窘，只見她繼續用餐等我回答。「我爲什麼要到群山？」我輕聲問她。

她吞下一口食物，啜了一口酒然後笑了出來。「我不知道爲什麼。或許是重振旗鼓去幫珂翠肯吧？無論是什麼原因，我懷疑這裡面都有一首歌，不是嗎？」

要是在一年前，她的魅力和微笑可能會贏得我的心。一年前我或許會相信這位迷人的女子，會想讓她成爲我的朋友，但她此刻只令我感到厭倦。她是個障礙，是個必須迴避的熟人。我沒回答她的問題，只說，「在這個時候想到群山也未免太傻了。這是一段逆風的旅程，而且駁船要等到春天才會航行，加上帝尊國王禁止六大公國和群山間的旅遊和通商，沒人要去群山的。」

她點頭表示贊同。「我知道國王的侍衛在一週前強迫兩艘駁船和上面的船員嘗試渡湖，後來至少一艘駁船上的屍體被沖回湖邊，有人也有馬。沒有人知道其他的士兵是否渡湖到對岸了。但是……」她滿意地微笑，然後更靠近我，同時放低聲調。「我確實知道有一群人還是要到群山。」

「是誰？」我問道。

她讓我等了一會兒。

「走私者。」她非常輕聲地說出這字眼。

「走私者？」我謹愼地問道。這聽來挺有道理。只要貿易限制愈嚴，做成生意的那些人獲利就愈多，而且總是有人願意爲了利潤冒生命的危險。

「沒錯，但那不是我尋找你的眞正理由。蜚滋，你一定已聽說帝尊國王來到藍湖。但這是個謊言，也是引誘你來的陷阱，你一定不能去那裡。」

「我知道。」我鎮定地告訴她。

「你怎麼知道？」她問我。雖然她語氣平靜，但我卻感覺得到她很懊惱，因為我在她告訴我之前就知道了這件事。

「或許有隻小鳥告訴我，」我高傲地告訴她，「妳知道這回事的，我們這些原智者會說所有動物的語言。」

「眞的嗎？」她像個容易受騙的孩子般問我。

我對她揚起眉毛。「我對妳是如何知道的更感興趣。」

「他們追蹤且逮捕每一個他們能從馬芝的車隊裡找到的人，並質問我們。」

「然後呢？」

「然後你眞該聽聽我們說的故事！據魁斯所言，有幾隻羊在途中走失，在夜晚無聲無息地被拖走。接著，塔絲就說你那天晚上試著強姦她，還說她當時才注意到你的指甲就像狼爪一樣黑，你的雙眼也在黑暗中發亮。」

「我從未試著強姦她！」我驚呼一聲，然後在伙計好奇地轉頭看我們時降低音量。

椋音靠回椅背上。「但這個故事可編得太動聽了，動聽得令我落淚。她讓那位精技高手看你在她臉上留下的爪痕，要不是附近的地上剛好長出驅狼草，她根本不可能逃離你的魔掌。」

「這麼聽起來，如果妳想找一首歌的話，應該跟蹤塔絲。」我厭煩地嘀咕。

「喔，但我說的故事更好聽。」她開始說了，然後在那位伙計接近時對他甩甩頭。她把自己的空盤子推開，接著掃視整個房間，房裡也開始擠滿了晚間的顧客。「我在樓上有間房間，」她邀請我。「我們在那裡談話比較有隱私。」

這第二頓晚餐終於塡飽我的肚皮，我也感覺很溫暖。我應該維持警覺，但食物和暖意卻讓我很想睡，我只好試著集中思緒。無論這些走私者是誰，他們提供了前往群山的希望，也是我最近的唯一希望。我輕輕點頭。她起身，我就揹著籃子跟在後面。

樓上的房間既乾淨又溫暖，床架上有個羽毛床墊，還鋪著一條乾淨的羊毛毯，床邊的小架子上擱著一整個大口陶水壺的水和洗臉盆。椋音在房裡點燃幾根蠟燭，將陰影驅進牆角，然後示意我進去。當她在我們身後帶上門閂時，我就坐在椅子上。眞奇怪，一間簡單乾淨的房間此刻對我來說簡直是個奢侈，接著椋音就坐在床上。

「我以爲妳說妳自己不比我有錢。」我提出意見。

「我在那段時間的確沒什麼錢，但我來到藍湖之後就大受歡迎，尤其當侍衛的屍體被發現之後。」

「怎麼會那樣？」我冷冰冰地問她。

「我是個吟遊歌者，」她反駁。「而且我在原智小雜種被捕的現場，難道你認爲我說的故事不値一兩文錢嗎？」

「是這樣啊！我懂了。」我仔細思考她告訴我的話，然後又問，「所以說，妳在故事中有提到我那閃亮的紅眼和犬齒囉？」

她輕蔑地嗤之以鼻。「當然沒有，那是街角的編曲者掰出來的。」然後她停了下來，自顧自地微笑。「但我承認有些潤飾。我說駿騎的私生子的肌肉強健，像公鹿般打鬥，是一位正値黃金年華的男子，儘管他的右臂確實有帝尊國王所留下的殘酷劍傷，他的左眼上方也有一撮巴掌大的白髮。光是架住他就得勞駕三名侍衛，而他也沒有停止搏鬥，就連侍衛隊長用力打他而把他的牙齒打落時也不例外。」她稍停片刻，見我沒回應就清清她的喉嚨。「你也許該感謝我，因我這麼編歌，人們比較不容易在街上認出你。」

「我是該謝謝妳。魁斯和塔絲對那種說法的反應如何？」

「他們一直點頭。我的故事只讓他們的故事更動聽，你知道的。」

「我明白了。但妳還是沒告訴我妳怎麼知道這是個陷阱。」

「他們爲了找到你而提供我們賞金，而魁斯想知道有多少賞金，於是我們都被帶到國王的起居室接受質問，我想，這讓我們覺得自己很重要。我們被告知國王本人在長途跋涉之後很累了，就在隔壁休息。當我們還在那裡的時候，一名僕人拿著國王的斗蓬和需要清除泥巴的靴子走出來。」椋音對我微微一笑。「是一雙好大的靴子呢！」

「那麼妳知道國王雙腳的尺寸嗎？」我知道她說得對。帝尊的手腳都很小，卻比許多宮廷仕女還要愛護它們。

「我從未到過宮廷，但我們城堡裡的一些權貴人士去公鹿堡參加過重大慶典。他們對這位最年輕的英俊王子談得可不少，他的翩翩風度、深色捲髮和一雙整潔的腳，還有他用雙腿跳舞可跳得有多好。」她搖搖頭。「我知道在那房間裡的不是帝尊國王，其餘的都挺容易推論。他們在侍衛遇害之後就匆匆忙忙來到藍湖。他們爲你而來。」

「可能吧！」我承認，也開始對椋音的機智有著挺高的評價，「多說些有關走私者的事，妳是怎麼聽說他們的？」

她微笑地搖搖頭：「如果你要和他們打交道，就得透過我，我也得參一腳。」

「他們要如何前往群山？」我問道。

她看著我，「如果你是走私者，你會告訴別人自己要走哪條路嗎？」然後她聳聳肩。「我聽到的八卦說，走私者有一條渡河的路，是一條古老的道路。我知道曾經有一條通往上河然後橫越的商業道路。當河水變得難以預測時，這條路就失寵了。自從幾年前的幾場大火之後，河水每年都氾濫，氾濫的同時河床就會改道，所以定期往來的商人就更倚重船隻，而非踏上可能受損了的橋樑。」她停下來咬著大拇指的指甲。「我猜以前應有一座通往上游的橋，但經過河水連續四年的沖毀之後，沒人有心重建橋樑。有人告訴我在夏季有艘由滑輪操作的渡輪，人們在河流結冰的那些年也曾在冬季利用它橫越冰面，或許他們希望河水在今年會結冰。我的想法是，當貿易在一個地方終止時，就會在另一個地方開始。會有辦法渡河的。」

我皺一皺眉頭。「不，一定還有另一條到群山的路。」

椋音似乎因我懷疑她的說法而感到有些受辱。「你想要知道的話就自個兒問吧！或許你很享受與那些在濱水區昂首闊步的吾王衛隊一起等，但多數人會告訴你等到春季再說。還有些人會告訴你，如果你想在冬季到那裡，就別從這裡出發，而是繞過整個藍湖朝南走。我推測，那邊有些通往群山的商業道路，即使在冬季也能通行。」

「等我走到那裡都春天了，就算留在這裡等也能同樣迅速地抵達群山。」

「這是我被告知的另一件事情。」椋音沾沾自喜地同意。

我靠向前用雙手抱住頭。過來我這裡。「難道沒有更近更便捷的道路可以橫越這該死的湖嗎？」

「沒有。如果有一條容易渡河的路，就不會有大批侍衛出沒在整個濱水區。」

看來我沒別的選擇。「我到哪裡可以找到這些走私者？」

椋音開懷地露齒而笑。「明天我會帶你去找他們。」她答應我，然後起身伸展四肢，「但我今晚必須到鍍金別針去。我昨天就受邀了，但我還沒去那兒演唱我的歌曲。而且我還聽說那裡的顧客對巡迴的吟遊歌者很慷慨。」她彎腰收好小心包裹的豎琴，我就在她拿起依然潮濕的斗蓬時起身。

「我也該走了。」我禮貌地說著。

「爲什麼不睡在這裡？」她向我提議。「這樣才比較不容易被認出來，這房間的寄生蟲也少得多了。」當她看到我猶豫的神情時，嘴角就擠出一抹微笑。「如果我要把你出賣給吾王衛隊，可早就行動了。像你如此勢單力薄，蜚滋駿騎，你最好相信某人。」

當她直呼我的名字時，彷彿有什麼東西在我心裡扭絞著。不過，「爲什麼？」我輕聲問她，「妳爲什麼要幫我？可別告訴我這是對一首可能永遠編不出來的歌曲的希望。」

「那表示你多麼不瞭解吟遊歌者。」她這麼說，「對一位吟遊歌者來說，沒有比那個更強烈的誘惑了。但我想並不僅於此。沒錯，我知道還有別的原因。」她忽然抬頭用雙眼直直地盯著我。「我有位弟弟叫傑，他是駐守鹿角島烽火台的侍衛，他在劫匪來襲那天看到你作戰。」她用鼻子呼出一陣短暫的笑聲，「事實上你踩到他了。你用斧頭砍了打倒他的人，然後深入戰場凶猛的砍殺，根本沒回頭瞥一瞥他。」她從眼角注視我，「那就是我之所以把『鹿角島的突襲』唱得和其他任何吟遊歌者略有不同之處。他告訴我這件事情，我就按照他所看到的你唱出來。一位英雄。你救了他一命。」

她忽然別過頭去。「反正只有一段時間。他後來因爲替公鹿公國作戰而喪生。但他卻因爲你的斧頭而多活了一陣子。」她停止說話，然後把她的斗蓬披在肩上。「留在這裡，」她告訴我。「休息吧！我很晚才會回來，如果你想的話，可以睡到那個時候。」

她沒等我回答就迅速出門，我則站立片刻凝視關起來的門。蜚滋駿騎。英雄。這些都只是字句。但是，這彷彿她用某種東西刺穿我心，排出了一些毒液，如今我終於可以開始痊癒了。這可是最奇妙的感受。睡一下吧，我告訴自己，事實上我感覺自己似乎眞能入睡。

14
走私者

很少人能像那些流浪的吟遊歌者般擁有自由的心靈，至少在六大公國境內是如此。如果一位吟遊歌者擁有足夠的天分，就能夠不受制於所有的行爲準則。他們獲允許詢問最具窺探性的問題，因爲這是他們行規的一部分。幾乎毫無例外地，從國王本人的宴席到最卑微的茅舍，一位吟遊歌者大都能獲得殷勤的款待。他們很少年紀輕輕就結婚，雖然生小孩對他們來說並非不尋常。他們的孩子不會被冠上討厭鬼的壞名聲，也總是被栽培成爲吟遊歌者。眾人都預期吟遊歌者會結交亡命之徒和造反者，也包括貴族和商人。他們傳遞信息並捎來消息，同時也用極佳的記性記住許多協議和承諾，至少在豐衣足食的太平盛世時是如此。

椋音很晚才回來，這時間對博瑞屈來說，可會把它視爲清晨。我在她碰到門閂時立刻醒來，在她進房時趕緊翻身下床，然後把自己緊緊地裹在斗篷裡躺在地上。「蜚滋駿騎。」她口齒不清地對我打招呼，我也聞得到她呼吸裡的酒味，只見她脫下潮濕的斗篷斜眼看我，接著就把斗篷披在我身上充當另一條被子，我於是閉上眼睛。

她在我身後將外衣丟到地上，可眞是無視於我的存在，然後我就聽見她跳到床上時床墊塌下的聲音。「嗯，還是暖的，」她喃喃自語，然後鑽進被窩裡，「占據你溫暖的被窩眞令我內疚。」

她嘴裡這麼說，但看起來並不是很內疚的樣子，因爲她的呼吸不一會兒就變得深沉平穩，我也就有樣學樣地入睡。

我起得很早，然後就離開旅店，在我離開時椋音並沒醒來。我一直往前走，直到看見一間澡堂。在這樣的清晨，澡堂裡幾乎空無一人，我必須等到今天的第一池水暖好之後才能洗澡。當水暖好之後，我就寬衣然後小心地爬進浴池，在深深的一缸熱水中舒緩肩膀的痠痛，清洗自己的身體，然後將身體往後靠，沉靜地思考這一切。

我不喜歡跟走私者打交道。我不喜歡和椋音有關聯。我也看不出來還有什麼其他的選擇，也無法想像該如何賄賂他們帶我走。我身上沒什麼錢。博瑞屈的耳環？我拒絕考慮這個可能性。有好長一段時間，我只是下巴朝上地躺在水中，拒絕考慮這個可能性。*過來我這裡*。我會找出另一個辦法的，我發誓，一定會的。我回想在商業灘那次，當惟眞介入而救了我一命時的感受，那股精技急流讓惟眞的精力喪失殆盡。我不清楚他的狀況，只知道他毫不猶豫地爲了我全力一搏。如果我必須在捨棄博瑞屈的耳環和去找惟眞之間做選擇，我會選擇去找惟眞，不只因爲他用精技召喚我，更不是因爲我對他父親立下的誓言，而是爲了惟眞。

我站起來讓身上的水流下來，在擦乾身體之後花了幾分鐘的時間嘗試修剪鬍鬚，卻因修剪不佳而放棄，然後回到公豬頭旅店，在返回旅店途中卻經歷了一段令人不悅的時刻。當我大步走著，一輛馬車從我身邊經過，那正是傀儡師傅戴爾的馬車。我迅速地一直走，那位駕車的年輕技士顯然也沒注意到我。

不過，我還是很高興自己能安全地抵達旅店。

我找到壁爐附近一張在角落的桌子，然後吩咐伙計替我端來一壺茶和一條早上剛烤好的麵包。這是法洛式的麵包，上頭滿是種籽、核果和水果碎片的混合物。我緩慢地吃著，等待椋音下樓。我既等不及出去見見這些走私者，又不情願讓自己被椋音控制著。在這緩慢流逝的早晨時光中，我看到伙計用怪異的眼神看了我兩次，當我注意到他第三次瞪視我時，我就以眼還眼，直到他忽然臉紅地別過頭去。接著我就猜測他爲何如此有興趣的原因。我昨晚待在椋音的房裡，怪不得他納悶她是著了什麼魔才會和這麼一位流浪漢同房，但這仍令我感到不安。離中午還久得很，於是我起身上樓走到椋音的房門前。

我輕輕叩門然後等待。等我更大聲了敲了第二次門，才聽到充滿睡意的回應，過了一會兒她走來把門打開一道縫，對我打了個呵欠之後示意我進去。她只穿了綁腿和還有剛披上去的一件過大的短袖束腰上衣，深色捲髮雜亂地覆蓋在臉上。在我關上並且鎖好門時，她沉重地坐在床沿眨眨眼。「喔，你沐浴過了。」她對我打招呼，然後又打了一個呵欠。

「那麼明顯嗎？」我試探性地問她。

她友好地點點頭。「我剛才有醒來，以爲你就這麼把我留在這裡，不過我並不擔心，因爲我知道你沒有我就找不到走私者。」她揉揉眼睛用更挑剔的目光注視我。「你的鬍子怎麼了？」

「我試著修剪鬍子，卻不怎麼成功。」

她點頭表示贊同。「不過倒是個好主意，」她安慰似地說道。「這或許讓你看起來比較不那麼野蠻，也或許可以避免魁斯、塔絲或我們馬車裡的任何人認出你來。嘿，我來幫你。過去坐在那張椅子上，喔，還有打開百葉窗讓光線透進來些。」

我不怎麼帶勁地依照她所建議的去做。她從床上起身，伸展四肢後揉揉眼睛，花了一些時間洗臉，然後反覆撥弄自己的頭髮向後梳理整齊，用一些小巧的髮飾綁緊。她用腰帶繫好短袖束腰上衣，然後穿上靴子，綁好鞋帶。在非常短的時間內，她就打理好了。然後她走過來，握住我的下巴，在光線中前後轉動我的臉，一點兒也不害羞。我可沒辦法像她這麼冷靜。

「你總是這麼容易臉紅嗎？」她笑著問我，「一位臉紅成這樣的公鹿男人還真罕見，我猜你母親的皮膚一定挺白皙。」

我不知該如何回答，只好沉默地坐著。她從袋子裡找出一把小剪刀，然後快速熟練地修剪。「我曾幫我弟弟剪頭髮，」她一邊修剪、一邊告訴我，「還有我父親的頭髮和鬍子，就在我母親去世之後。在這一團刷子似的鬍鬚底下，你的下巴挺好看的。你都是怎麼處理鬍子的，就讓它愛怎麼留就怎麼留嗎？」

「我想是吧！」我緊張地咕噥著，只見剪刀就在我的鼻子下方迅速閃過。她停下來俐落地拂我的臉，一大把黑色捲鬍掉落在地上。「我不想讓臉上的疤痕過於明顯。」我提醒她。

「不會的。」她鎮定地說道，「但你會有雙唇和一張嘴，而不是鬍子裡的一個缺口。抬起你的下巴。好啦！你有刮鬍刀嗎？」

「只有我的刀。」我緊張地承認。

「那我們就物盡其用吧！」她安慰似地說道，然後走到門邊開門，運用吟遊歌者的肺活量大聲叫伙計替她拿熱水、茶、麵包和一些燻培根薄片過來。當她回房之後，就揚起頭用挑剔的目光注視我。「讓我們也來修剪修剪你的頭髮，」她如此提議，「把它拿下來。」

我的動作對她來說可太慢了。她走到我身後用力拉下我的方頭巾，並鬆開我頭髮上的皮線，只見鬆綁的頭髮落在肩上，然後她就拿起她的梳子用力將我的頭髮向前梳。「讓我們瞧瞧。」當我咬牙忍受她用力的梳理時，她如此喃喃說道。

「妳有什麼建議？」我問她，但一束束的頭髮早已掉落在地上，無論她如何決定，很快就成了事實。她把我的頭髮向前撥到臉上，然後在我眉毛上方成直角地剪下頭髮，用梳子梳了幾次剩餘的頭髮，接著剪掉約一個下巴的長度。「現在嘛，」她告訴我，「你看起來有點像擁有法洛血統的商人，在此之前你顯然是個公鹿人。你仍有公鹿的膚色，但你現在的髮型和衣著是法洛樣式；只要你不說話，人們不會知道你從哪裡來。」她思索片刻，然後繼續修剪我額頭上的頭髮，稍後在房裡四處翻找，就給了我一面鏡子。「現在這撮白髮更不明顯了。」

她說得沒錯。她把我大部分的白髮都剪掉，然後把黑髮向前梳蓋住額際，我的鬍子也緊緊環繞著我的臉，於是我勉強點頭表示贊同。此時突然傳來敲門聲。「把它放在外面！」椋音朝門外喊著，過了一會兒才把她的早餐和熱水拿進來。她在洗手後建議我在她用餐時好好磨磨我的刀刃。我也照做了，在磨刀的同時納悶她如此重新設計我的造型，我是該感到榮幸或惱怒。她開始讓我想起耐辛。當她走過來拿走我手中的刀子時，嘴裡還嚼著食物，她吞下口中的東西之後開口說道。

「我要讓你的鬍子更有型，但你得保持這個樣式，我可不會每天幫你刮鬍子。」她警告我，「現在把你的臉下方沾濕。」

當她揮動刀子時，我更加緊張，尤其是當她靠近我的喉頭修剪時。但當我在她完成之後抬頭照鏡子時，不禁對她所做出的改變感到驚訝。她將我的鬍子定型只留下下巴和臉頰附近的鬍子，而垂在額頭成直角地修剪的頭髮讓我的雙眼看起來更深沉。我臉頰上的傷疤還是看得見，但它沿著我的髭線所以比較不明顯。我用手輕輕地撫摸鬍子，因爲鬍鬚大量減少而感到欣喜。「眞是個大轉變。」我告訴她。

「也是個很大的改善。」她告訴我，「我懷疑魁斯或戴爾還認得出你。讓我們把這清掉。」她收拾掉落一地的頭髮，打開窗戶把頭髮丟出去讓風吹走，然後關上窗戶擦擦手。

「謝謝妳。」我尷尬地說道。

「不客氣。」她告訴我，然後掃視房裡，輕輕嘆了一口氣。「我會想念這張床。」她告訴我，然後開始迅速有效率地打包行囊，看到我在注視她就露齒而笑。「當你是一位漂泊的吟遊歌者時，就能學會乾淨俐落地做這件事。」她把最後一樣東西丟進她的背包並綁緊之後，便將它揹在肩上。「在後門的樓梯底端等我，」她吩咐我，「我要去結帳。」

我依照她的吩咐去做，卻沒料到會在寒風裡等了那麼久。最後她出現了，雙頰泛紅準備迎接這一天，然後像一隻小貓般伸展四肢。「走這裡。」她指揮我。

我原本以爲得跨比較小步才能配合她，卻發現我們很容易跟上對方的步調。當我們走離城裡的商業區前往北郊時，她就橫眼瞥了瞥我。「你今天看起來很不一樣，」她告知我。「不光是因爲理髮。你已對某件事下定決心。」

「的確如此。」我同意她的說法。

「很好。」她親切地說道，然後友善地勾著我的手臂，「我希望這是信任我。」

我無言地瞥著她，她笑了出來，卻沒有鬆開我的手臂。

藍湖商業區的木板走道很快就消失，然後我們走在街上，經過一間間互相偎依的房舍，彷彿在尋求禦寒的庇護。寒風持續逆向地吹著我們，我們卻仍邁開大步走在石板街道上，最後這些街道就成了繞經小農莊的泥土道路，只見坑坑巴巴的爛泥路面，因爲過去幾天都在下雨，不過儘管冷風肆虐，今天的天氣至少很好。「還要走很遠嗎？」我終於問她。

「我不確定。我只不過是按照方向走。注意看路邊有沒有三塊疊起來的石頭。」

「妳到底知道這些走私者的什麼事情?」我發問。

她過於漫不經心地聳聳肩。「我知道他們將前往群山，然而沒有其他任何人如此。我還知道他們會帶著朝聖者一道去。」

「朝聖者?」

「你愛怎麼稱呼他們都可以。他們要到群山王國的艾達神殿朝聖，在稍早的夏季時已預約好一艘駁船，但是當吾王衛隊將所有的駁船充公，並且關閉通往群山王國的邊境之後，這些朝聖者從那時起就被困在藍湖，試著設法繼續他們的行程。」

我們來到三塊疊起來的石頭處，看到一條雜草叢生的小徑穿越多石和長滿懸鉤子的牧草地，牧地周圍用岩石和柱子架起來的籬笆圍起來。有些馬兒淒涼地在牧地上吃草。我很高興地發現牠們是群山血統的小馬，在一年的此時毛色都不均勻。一間小屋子離這條路遠遠的，是用河裡的石頭和泥磚砌成的，還有個草皮屋頂。在它後方有一間相稱的附屬建築物，一縷炊煙從煙囪裡飄出來，很快就被風吹散了。有個人坐在籬笆上頭削某種東西，在抬頭看我們之後，發現我們不具威脅，所以在我們經過他然後走向小木屋的門時也沒爲難我們。小木屋外肥嘟嘟的鴿子趾高氣揚地在鳥棚裡咕咕叫。椋音敲敲門，卻是一位繞過屋角走來的人回應。他有一頭粗糙的棕髮和藍色雙眼，穿著像一位農夫，還提著滿滿一桶溫牛奶。

「你們要找誰?」他對我們打招呼。

「尼克。」椋音回答。

「我不認識什麼尼克。」這人說道，打開門就往屋子裡走，椋音也跟在後頭，我也小心翼翼地尾隨在她身後。我把手伸向腰際的劍柄但沒握住它，我可不想引發一場決鬥。

小屋裡的壁爐燃燒著以浮木點起的火焰，大部分的煙都向上飄進煙囪裡，有位男孩和一個長滿斑點的孩子坐在屋角的一堆稻草上。他睜大藍色的雙眼看我們，卻不發一語。幾片燻火腿和幾塊肋肉低垂在房椽上。那人把牛奶拿到桌上，桌邊的女子正切著某種黃色肥厚的植物根莖。他把牛奶桶擱在她切好的東西旁邊，慢慢地轉身看著我們。

「我想你們找錯地方了。試試看沿著路一直走下去，不是下一間屋子哦，那是纈財的家。或許要再往後幾家看看。」

「非常感謝你，我們這就出發。」椋音對他們所有的人微笑，然後走向門口。「走吧，湯姆？」她問我，於是我愉快地對這些人點點頭之後就跟她走出屋外。我們離開屋子之後就走上一條小路，我就在距離房屋很遠之後問她，「現在怎麼辦？」

「我也不是很確定，根據我偷聽到的消息，我想我們先到纈財家問問尼克在哪裡。」

「根據妳偷聽到的消息？」

「你以爲我對走私者一無所知是吧？當我在公共浴池時，聽到兩名女子一邊洗澡、一邊聊天，她們就是即將前往群山的朝聖者。其中一人說這可能是她們在這段期間的最後一次沐浴機會，另一人就說只要她們能離開藍湖，她可不在乎，然後第一個人就告訴另一人她們應該去見見走私者。」

我沒說什麼。我想自己的表情已經說明一切，因爲椋音接著就忿忿不平地問我，「那你有更好的辦法嗎？這個方法可能行得通也或許行不通。」

「對我們來說可能行得通，只是我們會被割喉。」

「那就回到鎮上看看你能否做得更好。」

「我想如果我們那麼做的話，那個跟蹤我們的人就會認爲我們準是間諜，然後就不會只是跟蹤我們。讓我們去找纈財，然後看著辦。不，不要回頭看。」

我們回到路上走到下一個農莊。風力漸漸增強，我也嚐到風中的雪。如果我們不趕快找到尼克，就得走一段漫長寒冷的路回到鎮上。

曾有人照顧這下一個農莊，道路兩旁也曾有各一排銀樺，如今只見殘枝敗葉，樹枝早已光禿禿的，脫落的樹皮在風中搖晃，存活下來的樹則在風中飄落黃葉。籬笆裡是一片遼闊的牧地和田地，但上面的畜群早已不復見。雜草叢生的田地久未耕作，群薊繁茂的牧地也無放牧。「這塊地是怎麼了？」當我們經過這一片荒蕪時，我如此問道。

「多年的乾旱，然後是夏季的一場大火，在這些農莊後面燒了起來，河岸也曾有遼闊的橡樹林和牧草覆蓋。此地的農莊是乳牛場，但是小佃農在那裡的閒置牧草地上放牧山羊，他們的野豬則在橡樹底下搜尋橡實。我也聽說若在此地狩獵，收穫可好極了。但大火來了，火勢蔓延超過一個月，人們幾乎無法呼吸，河水也因煙灰而變黑。不光是森林和野生的草原，就連牧草地和房屋也遭飛來的火花燒毀，河流也因多年乾旱而只剩細小的涓流。根本無處可躲避這場大火。大火之後就是炎熱乾旱的日子，但風還是把塵土和煙灰吹過來。比較小的溪流因此而堵塞，直到那年秋季下雨之後風才停下來。一季之內帶來人們祈求多年的雨量，卻也造成溪水氾濫。等水勢退去之後，嗯，就剩下你眼前所看到的這些碎石土壤。」

「我記得聽過類似的事情。」這是很久以前的一段對話，某個人……切德？……曾告訴我人們把所有責任都推到國王身上，就連乾旱和大火也不例外。當時這對我來說不具什麼意義，但是對這些農人來說，這必定像是世界末日一樣。

這間房子顯現了屋主的巧手，雖然目前景況不佳，卻仍可見當年的風貌。這是一棟兩層樓高的木屋，油漆早已褪色，樓上的窗戶緊閉，屋子兩端也各有一座煙囪，但其中一座煙囪的石頭都不見了，只見煙從另一座煙囪裡飄出來。一位年幼的女孩站在屋門外，一隻胖嘟嘟的灰鴿停在她手上。她輕輕地撫摸著牠。「日安。」她在我們接近時愉快地低聲對我們打招呼。她的短袖束腰皮上衣裡還有一件寬鬆的乳黃色羊毛襯衫。她也穿了一條皮長褲和皮靴。我猜她大約十二歲，也從她的雙眼和頭髮得知她是剛才那間屋子主人的某位親戚。

「日安，」椋音也回她一聲招呼。「我們在找尼克。」

這位女孩搖搖頭。「我想你們找錯地方了。這裡沒有尼克這個人。這是纈財的家，或許你們得繼續走下去問問。」她對我們微笑，只見她一臉疑惑。

椋音不確定地瞥了我一眼，我便挽著她的手臂。「我們得到的指示都挺彆腳的。來吧，讓我們回到鎮上再試一次。」我當時只希望讓我們脫離這狀況。

「但是……」她困惑地反對。

我忽然靈機一動。「噓。我們得到警告說可別看輕這些人。鳥兒一定迷路了，也或許被老鷹抓走。今天在這裡應該問不出什麼了。」

「一隻鳥？」這女孩忽然尖聲問道。

「只不過是一隻鴿子罷了。日安。」我用手臂繞住椋音，穩穩地將她轉身。「我們不想打擾妳。」

「誰的鴿子？」

我注視她的雙眼片刻，「尼克的朋友的。別讓這件事困擾妳。過來吧，椋音。」

「等等！」這女孩忽然說道。「我哥哥在裡面，他或許知道尼克這個人。」

「我不想打擾他。」我對她保證。

「不會的，」她手中的鳥兒在她指著門時展開牠的翅膀。「進來避避寒吧！」

「今天很冷，」我承認，然後轉身面對從樺樹林裡走出來的那位削東西的人。「或許我們都應該進屋裡去。」

「也許吧！」這女孩不安地對我的影子露齒而笑。

門裡有個空蕩蕩的入口大廳，精緻的鑲嵌木頭地板早已磨損也久未上油，牆上顏色比較淡的地方顯示那兒原本掛著油畫和織錦掛毯。一道無裝飾的階梯通往樓上，除了從厚厚的窗玻璃透進來的日光外，屋內毫無照明。屋裡雖然沒有風，但也暖不到哪裡去。「在這裡等一下。」這女孩告訴我們，然後走進我們右邊的房間裡，緊緊地關上門。椋音站得比我希望的還近些。那位削東西的人則面無表情地看我們。

椋音吸一口氣想開口。「噓。」我趕在她說話前告訴她，然後她反而挽著我的手臂。我藉口彎腰調整皮靴，在站直之後轉身將她移到我的左側，她也立刻挽起我的左臂。感覺過了很久房門才打開，只見一位高大的棕髮藍眼男子走出來，和女孩一樣全身皮衣，腰帶上垂著一把很長的刀。女孩跟在他後面，看起來挺氣急敗壞。我想，他剛才罵了她。他沉下臉問我們，「這是怎麼回事？」

「是我的錯，大人，」我立刻回答，「我們在找一位名叫尼克的人，顯然我們找錯地方了。請你原諒，大人。」

他不情願地開口，「我有個朋友的表哥就叫尼克，我或許能幫你傳話給他。」

我捏捏椋音的手示意她保持安靜，「不，不，我們不想麻煩你，除非你願意告訴我們去哪裡可以找到尼克。」

「我能幫你傳訊息。」他又說了，卻不盡然是提議。

我搔搔鬍子思索著，「我有個朋友的表哥想送東西渡河，他聽說這位尼克可能知道有誰能幫他把東西帶過去。他答應我朋友的表哥，他會送出一隻飛鳥讓尼克知道我們要來。當然，要付費。如此而已，是一件瑣事。」

他緩緩點頭，「我聽說附近有人在做這類事情。沒錯，這是一件既危險又不忠的事情。如果吾王衛隊逮到他們，他們可就得用他們的人頭付出代價。」

「他們的確會這樣。」我欣然同意。「但我懷疑我朋友的表哥會和容易被抓到的人打交道，所以他才想和尼克談談。」

「那麼是誰派你來找這位尼克？」

「我忘了，」我冷靜地說道，「我恐怕自己很容易忘記別人的名字。」

「是嗎？」這人深思熟慮地問道，瞥一眼他的妹妹之後微微點頭，「我能幫你倒些白蘭地嗎？」

「這再好不過了。」我告訴他。

當我們進房時，我就鬆開自己仍挽著椋音的手。房門關上後，椋音就面對這令人愉快的暖意嘆了一口氣。和另外一間房間比起來，這個房間可氣派多了，地上鋪著毛皮地毯，織錦掛毯也排列在牆上，一張厚實的橡木桌上擱著一燭台的蠟燭照亮房間，圍起半圈的椅子前有個大壁爐，爐火熊熊地燃燒。我們的主人把我們帶到此處，在經過桌子時拿起一瓶白蘭地。「找些杯子來。」他橫蠻地命令這女孩。她似乎對此不覺反感。我猜他大約二十五歲。兄長不是最和善的英雄。她把鴿子交給削東西的人，然後在離開出去找杯子前向他們倆行禮。

「那麼，你剛才是說？」當我們在爐火前安頓下來時，他開口問道。

「事實上，剛才是你在說。」我暗示他。

他在他的妹妹拿杯子進來時並沒有開口，然後他把杯子遞給我們同時倒酒，我們四個人於是共同舉杯。

「爲帝尊國王乾杯。」他提議。

「爲我的國王乾杯。」我親切地說道，然後就喝下酒。這是上好的白蘭地，博瑞屈會欣賞的。

「帝尊國王想讓像我們的朋友尼克這類人被吊起來。」這人暗示。

「或許更可能在他的廣場裡。」我如此說道，然後輕輕嘆了一口氣。「這眞是兩難的困境。帝尊國王一方面威脅他的生命，但從另一方面來說，如果沒有帝尊國王的貿易禁令，尼克可能討何種生計呢？我聽說他家的土地最近長出來的都是石頭。」

這人憐憫地點點頭，「可憐的尼克。一個人總得做些事求生存。」

「他一定得那麼做，」我同意，「有時候爲了謀生，可能還得冒生命危險渡河，即使他的國王禁止這麼做。」

「他非這麼做不可嗎？」這人問道，「這和單純送東西過河有些出入。」

「沒那麼不同，」我告訴他，「如果尼克有本事，這對他來說就不成問題，而且我聽說他挺高竿的。」

「是最好的。」這女孩帶著平靜的驕傲語氣說道。

她的哥哥警告性地瞥了她一眼。「這人要出什麼價錢渡河？」他平靜地問道。

「他會對尼克本人出價。」我同樣輕聲地說道。

這人一邊呼吸、一邊凝視爐火，然後站起來伸出一隻手，「尼克．錦渥，這是我妹妹纈財。」

「湯姆。」我說。

「椋音。」吟遊歌者也說道。

尼克又高舉酒杯，「為正在進行的交易乾杯。」他提議，然後我們又喝了一杯，接著他馬上坐下來問道，「我們能開門見山地談嗎？」

我點點頭，「用最直接了當的方式。我們聽說你將帶一群朝聖者渡河，然後跨越邊境到群山王國。我們需要相同的服務。」

「用相同的價錢支付。」椋音口齒伶俐地插嘴。

「尼克，我不喜歡這樣。」纈財忽然插嘴，「有人就愛亂嚼舌根。我就知道我們不該答應第一批人的，我們怎麼知道……」

「噓。我是冒險的人，所以由我來決定我會或不會做什麼。妳什麼都別管，只要在我離開時等在這裡和打理事情，還有保證妳自己不嚼舌根。」他轉過頭對我說話，「每人一枚金幣，要馬上付。到了河對岸之後再付另一枚。第三枚則在群山邊境支付。」

「啊！」這價錢可真嚇人。「我們不能……」椋音忽然用指甲戳我的手腕，我就閉嘴。

「你不會告訴我那些朝聖者也付那麼多吧！」椋音平靜地說道。

「他們有自己的馬和馬車，也有存糧，」他對我們揚起頭，「但你們看起來就像除了背上的行囊之外，什麼都沒有的旅人。」

「比一輛馬車和一隊人馬容易隱藏多了。我們現在付你一枚金幣，在群山邊境再付一枚。我們倆的費用。」她提議。

他向後靠在椅背上思索片刻，然後替大家倒更多白蘭地。「不夠，」他遺憾地說道。「但我懷疑這是你們僅有的了。」

這比我僅有的還多，而我希望椋音或許有這麼多錢。「用那些錢帶我們渡河，」我提議，「我們從那兒就開始自己走。」

椋音在桌下用腳踢我，當她開口時好像只對我說話，「他要帶其他人橫越群山邊境，我們最好也有伴走到那麼遠的地方。」她轉頭面對尼克，「一定要帶我們一路走進群山。」

尼克啜飲自己的那杯白蘭地，沉重地嘆了一口氣，「不好意思，我要看到你們付錢，我們才能說這是個交易。」

椋音和我互換眼神。「我們得私下談談，」她圓滑地說道。「不好意思。」她起身拉著我的手把我帶到房間的一角，然後輕聲對我說，「你這輩子從來沒出過價嗎？你太快出過高的價錢。你到底眞正有多少錢？」

爲了回答她，我把錢包擱在手上，她翻了翻裡面的東西，彷彿偷吃穀粒的喜鵲般身手俐落，然後熟練地用手掂掂錢幣。「我們的錢不夠。我以爲你有比這更多的錢。那是什麼？」她用手指戳了一下博瑞屈的耳環，我趕在她拿走耳環之前用手握住它。

「一件對我來說非常重要的東西。」

「比你的生命還重要？」

「不盡然，」我承認，「不過很接近了。我的父親曾經戴著它一段時間，他的摯友把它給了我。」

「這樣吧，如果非用耳環來抵的話，我會讓它抵個好價錢。」她沒再說什麼，轉身就走回尼克那裡，坐下來喝完剩下的白蘭地。等我坐回椅子上時，她告訴尼克，「我們會給你身上所有的錢幣，雖然比你的要價還少，但我在群山邊境會給你我所有的珠寶，手鐲和耳環，全都給你。意下如何？」

他緩緩搖搖頭，「這不足以讓我冒被吊死的風險。」

「會有什麼風險？」椋音問道，「如果他們發現你和朝聖者，你還是會被吊起來。你已經從他們的付款得到這項風險的支付。但我們可沒有增加你的風險，只是增加你的供應品的負擔。所以當然值那個價錢。」

他幾乎不情願地搖搖頭，椋音於是轉身朝我伸出一隻手，「給他看那個東西。」她平靜地說道。當我打開錢包用手指拿出博瑞屈的耳環時，感到有些懊喪。

「我所擁有的這個東西乍看之下並不起眼，」我告訴他，「除非有人對這類東西非常瞭解，我就是那樣的人。我知道自己有什麼，也知道它的價值。它值得你為我們經歷任何困難。」

我在手掌上將它攤開來，只見精緻的銀網裹著一塊藍寶石，然後我拿起耳環的鉤子，把它握在跳躍的爐火前。「不光是銀和藍寶石，還有它的做工。瞧瞧這銀網是多麼柔軟，連接處有多麼精緻。」

椋音伸出一根指尖觸摸它。「駿騎王儲曾擁有它。」她恭敬地補充。

「錢幣比較好花。」尼克指出。

我聳聳肩，「如果說一個人只想花錢，那也沒錯，但有時候擁有一件寶貝是很喜悅的事情，比口袋裡的錢還喜悅。但是當它成為你的東西時，你就可將它變現，如果你想的話。倘若我現在匆忙地嘗試將它變現，只能得到它的價值的一小部分。但像你這麼有關係又這麼會講價的人，肯定能得到四枚金幣以上的好價錢，但是如果你還是寧可拿現金的話，我這就把它帶回鎮上然後……」

他的目光中燃起了貪婪，「我接受。」他讓步。

「在河的對岸給你。」我告訴他，然後將這首飾戴在耳朵上，好讓他每次看著我的時候都看得到它。我讓這成為正式的交易，「你保證將我們倆安全地送到河對岸。當我們抵達那兒之後，這耳環就是你的。」

「是你唯一的報償。」椋音平靜地補充，「不過我們還是會讓你保有我們身上所有的錢，一直到抵達河對岸的時候，就當是擔保。」

「我同意。」他與我們互相握手表示謝忱。

「我們何時動身？」我問他。

「天氣狀況穩定時。」他這麼說。

「明天會更好。」我告訴他。

他緩緩起身。「明天是嗎？這樣吧，如果明天的天氣適合上路的話，我們就出發。我現在有些事情要處理，也必須告退，但纈財會在此照料你們。」

我原以爲得走回鎮上過夜，椋音卻和纈財達成交易，用她所演唱的歌曲爲我們換來一餐，還讓纈財替我們準備一間房間過夜。睡在陌生人之中對我來說有點不自在，但想想這可能比回鎮上安全。就算纈財替我們烹調的食物不比椋音昨夜下榻旅店的食物可口，總也要比馬鈴薯洋蔥湯美味多了。我們的晚餐包括炸火腿厚片、蘋果醬，和一種由水果、種子和香料烘焙而成的蛋糕。纈財還幫我們端啤酒來搭配食物，也坐下來和我們輕鬆地聊些一般的話題。當我們吃飽以後，椋音就爲纈財表演了幾首歌曲，我卻發現自己幾乎睜不開眼睛，就表示想進房間，而椋音也說她累了。

纈財把我們帶到尼克豪華的房間樓上的一間房裡。這曾是個非常好的房間，但我懷疑它多年來是否有被定期使用。她在房裡的壁爐生起火，但廢棄不用的冰冷感和因疏忽照顧而產生的霉味依然充滿整室。房裡有一張大床，上面還有另一張羽毛床和發灰的吊飾。椋音苛求地嗅著它，等纈財一走就忙著把床上的毛毯垂掛在長椅上，然後把長椅移到爐火邊。「那樣的話就可讓毛毯通風並暖一暖。」她有先見之明地告訴我。

我已經門上門，也檢查了窗戶和百葉窗的窗閂，似乎都挺牢固的。我頓時累得無法回答，就告訴自己這是白蘭地和接下來的啤酒搞的鬼，然後拉一張椅子卡住門，椋音也同時饒負興味地看著我。接著，我回到爐火邊，陷入鋪上毛毯的長椅，朝著這片溫暖伸出雙腿，然後把靴子踢下來。嗯，明天我將動身前往群山。

椋音走過來坐在我身邊，暫時沒說話，然後舉起一根手指撥弄我的耳環。「這眞的是駿騎的嗎？」她問我。

「有一段時間是。」

「而且你要放棄它好前往群山，他會怎麼說？」

「不知道。我從不認識這人。」我忽然嘆了一口氣，「不管怎麼說，他很喜歡他的弟弟，我不認爲他會吝惜讓我爲了尋找惟眞而拿它支付旅費。」

「那麼，你是去找你的國王了。」

「當然。」我徒勞地試著掩飾自己的呵欠。不知怎的，現在否認似乎挺蠢的。「我不確定對尼克提到駿騎是否明智，他可能會有些聯想。」我轉身注視她，她的臉太靠近我了，讓我看不清楚她的容貌。「但我可昏昏欲睡得不想操心這些了。」我又說。

「你無福消受含笑葉。」她笑了出來。

「今晚可沒有燻煙。」

「在蛋糕裡，她告訴我們這加過香料。」

「那是她的意思嗎？」

「沒錯，加香料在法洛這裡就代表燻煙。」

「喔，在公鹿的話就表示有加薑或香橼。」

「我知道，」她靠在我身上嘆了一口氣，「你不信任這些人，是嗎？」

「當然不信任，他們也不信任我們。如果我們信任他們的話，他們就會瞧不起我們，會認為我們是容易受騙的傻瓜，就是那種因爲太多話而讓走私者惹麻煩的人。」

「但你和尼克握手。」

「我是。我也相信他會信守承諾，盡可能通融。」

我們都沉默了，思索著剛才那句話，稍後我又開始醒過來，只見椋音在我身邊坐起來。「我要就寢了。」她如此宣布。

「我也是。」我回答之後就拿起一條毛毯，然後開始在爐火邊把它捲在身上。

「別這麼荒謬了，」她告訴我，「那張床夠睡四個人了。有床睡你就睡在床上，因爲我打賭我們短期內不會再看到另一張床。」

我不一會兒就被說服了。這張羽毛床很深，即使有點兒濕氣味。我們各有一條毛毯，我也知道自己應該維持些許警覺，但白蘭地和含笑葉已鬆懈了我緊密的心防，我也就陷入非常深沉的睡眠中。

我在接近早晨時醒來了一次，椋音正把一隻手臂甩到我身上。爐火已燃燒殆盡，整個房間也很冷，原來她在睡夢中從床的那頭移過來緊靠在我的背後，我就開始從她身邊小心地移開，但這感覺太溫暖也太親切了。她剛好在我的頸子後頭呼吸，散發出一股女性的氣息，不是香水，而是她的一部分。我閉上眼睛非常靜止地躺著。莫莉。我對她這股突如其來的渴望彷彿一陣痛苦，我就咬緊牙關承受這感覺，用意志力使自己再度入睡。

這眞是個錯誤。

小嬰兒正在哭，一直哭個不停。莫莉身穿睡衣，肩上還垂掛著一條毛毯。當她坐在爐火前繼續地搖晃小嬰兒時，看起來既憔悴又疲憊。莫莉唱了一首小曲給小嬰兒聽，一遍又一遍，但早就走音了，然後在博瑞屈開門時緩緩地轉向門。「我可以進來嗎？」他平靜地問道。

她點點頭讓他進來。「你怎麼在這時候還醒著？」她疲倦地問他。

「我在那裡很清楚地聽到她的哭聲。她生病了嗎？」他走到爐火前稍微撥弄柴火之後就添了另一塊木柴，然後彎腰注視嬰兒的小臉蛋。

「我不知道。她一直哭個不停，也不想喝奶，眞不知道她是怎麼了。」莫莉的聲音帶著遠超過流淚所能表達的痛苦。

博瑞屈轉向她。「讓我照顧她一陣子，妳就去躺下來試著休息一下，否則妳們倆都會生病。妳不能夜復一夜地做這事兒。」

莫莉百思不解地抬頭看他，「你想照顧她？你眞會那麼做嗎？」

「或許我就會，」他挖苦地告訴她，「我無法在她的哭聲中入睡。」

莫莉彷彿背痛似的站起來，「你先暖暖身子吧！我去泡些茶。」

他將小嬰兒從她手中抱過來，就當作是回應，「不，妳先回床上躺一段時間。沒有理由所有的人都不睡。」

莫莉似乎無法理解，「你眞的不介意我躺回床上嗎？」

「當然不介意，去吧，我們會好好的。去吧，快。」他用毛毯裹住小嬰兒，然後把她放在他的肩上。在他黝黑雙手的襯托之下，她顯得十分嬌小。莫莉緩慢地走到房間另一頭，然後回頭看博瑞屈，他卻凝視著小嬰兒的臉。「現在安靜了，」他告訴她，「安靜。」

莫莉費力地爬到床上拉起毛毯蓋在身上，博瑞屈卻沒坐下來，只是站在爐火前輕輕地搖晃，同時緩慢地輕拍小嬰兒的背。

「博瑞屈？」莫莉輕聲喚他。

「什麼事？」他沒有轉身看她。

「你在這種天氣實在沒理由還睡在那個棚子裡，你應該在冬季時搬進來睡在壁爐邊。」

「喔。嗯，其實那兒並沒有很冷，只要習慣就好，妳知道的。」

接下來是一陣很短的沉默。

「博瑞屈，如果你比較接近，我會覺得比較安全。」莫莉的聲音非常小。

「喔。嗯，那麼我想我就應該搬進來，但是妳今晚倒不用害怕。現在就去睡吧，妳們倆都是。」他低下頭，而我看到他的雙唇輕輕掠過嬰兒的頭頂，然後他就開始非常輕聲地唱歌給她聽。我試著聽清楚歌詞，但他的歌聲太低沉了，我也不懂這語言。嬰兒不再那麼堅持哭泣，於是他就和她開始緩慢地繞著房裡，在爐火前走來走去。我和莫莉一起看著他，直到她也因爲博瑞屈撫慰的歌聲而入睡。我在這之後只夢到一匹孤獨的狼奔跑著，一直不停地奔跑。牠就像我一樣孤獨。

15

水壺孀

珂翠肯王后在逃離帝尊王儲、回到她的群山時，正懷著惟眞的孩子。有些人批評她說，如果她當時留在公鹿增強帝尊的治權，孩子就會安全地在那兒出生。也許她這樣做會讓公鹿堡一心向她團結起來，或也許公鹿公國所有的人民會更團結抵抗外島的劫匪，也許沿海大公國會因公鹿有一位王后坐鎭而更努力奮戰。有些人是這麼說的。

當時住在公鹿堡裡，又對瞻遠家族攝政時期的內鬥情況熟悉的那些人，對這些事情大體上看法就很不同。毫無例外的，他們都認爲珂翠肯和她的胎兒都被誣陷了。事實證明，即使在珂翠肯王后本人離開公鹿堡之後，那些擁護帝尊爲王的人仍盡全力敗壞她的名聲，甚至說她腹中的孩子並非惟眞的，而是他的私生姪子蜚滋駿騎所播的種。

倘若珂翠肯留在公鹿堡將會發生什麼事的各種推測，如今都已是徒勞的推想。根據史實，她相信她的孩子如果在她心愛的群山王國出生，將最有可能存活下來。她回到群山也是希望能找到惟眞，進而重新鞏固她丈夫的權勢，但她努力搜尋的結果卻讓她更悲痛。她發現了他的侍從和不知名的攻擊者作戰的現場，曝露在外的遺骸成了食腐動物吃剩的散亂碎骨和拖髒的衣服碎片。然而，在那些遺骸當中，她找到了她最後一次見到惟眞時身上穿的藍色斗蓬，以及他那把上了鞘的刀。她回到頡昂佩的王宮，哀悼她丈夫的死。

令她更哀痛的是，幾個月之後她接獲百姓的目擊報告中指出，身穿惟眞衛隊制服的人出沒於頡昂佩後方的山區。群山的村民看到這些落單的侍衛在流浪，似乎很不願意和村民交談，儘管本身的狀況狼狽不堪，但他們仍拒絕村民所提供的幫助和食物，也被看到他們的村民們描述爲「可悲」甚或「淒慘」。部分流浪的侍衛不時三三兩兩地來到頡昂佩。他們似乎無法有條理地對珂翠肯說清楚有關惟眞和他發生了什麼事。他們甚至不記得自己是在何時或在什麼情況下和惟眞分開。毫無例外地，他們似乎都執意要返回公鹿堡。

漸漸地，她相信惟眞和他的衛隊不僅遭到肢體攻擊，還遭到魔法攻擊。據她推斷，那些以箭矢和刀劍伏襲他的人，以及讓他的衛隊沮喪困惑的不忠的精技小組，其實就是他弟弟帝尊王子僱用的人。這就是促使她持續對她的小叔抱持敵意的原因。

我在一陣敲門聲中醒來。我回吼了些話，同時在黑暗中迷惘又冰冷地坐起來。「我們一小時之內離開！」門外的人回答。

我奮力掙脫亂七八糟的毛毯和椋音睡意香濃的擁抱，找到靴子穿上，然後將斗蓬緊緊裹在身上抵禦房裡的酷寒。椋音唯一的動作是立刻躲進我剛才躺的地方，因爲那兒很溫暖。我在床前傾身。「椋音？」我見她沒回應，就伸手向下輕輕搖她。「椋音！我們不到一小時就要離開了。起床！」

她用力地嘆了一口氣。「你去準備吧，我一下子就好。」她又鑽進毛毯深處，我只得聳聳肩由她去。

纈財在樓下廚房的烹調壁爐上保溫一疊煎糕，然後給我一盤奶油和蜂蜜，我很樂意地接受。在昨天仍是一片寂靜的屋裡如今擠滿了人，從這些人極爲相似的相貌看來，這是個家族事業。那位小男孩和長滿斑點的孩子坐在桌邊的凳子上餵山羊吃碎煎糕，我也發現他不時盯著我看，而當我對他微笑時，這男孩就睜大了眼睛，然後一臉嚴肅地起身把他的盤子端走，山羊則輕快地跟在他後面。

尼克大步穿越廚房，身上的黑色斗蓬在小腿處晃動，斗蓬上有剛沾上的雪花，在經過時見到我看著他。「準備出發了嗎？」

我點點頭。

「很好。」他在出去時瞥了我一眼。「穿暖一點兒，暴風雪才剛開始，」他露齒而笑，「對你我來說眞是理想的旅行天氣。」

我告訴自己並沒有指望享受這趟旅途。我在椋音下樓之前就吃完早餐，當她走到廚房時可眞令我大吃一驚。我原以爲她會睡眼惺忪，但此刻她卻雙頰泛紅，爽朗地笑著。她在進廚房時和某人妙語如珠地抬槓，並充分享受這樂趣，稍後來到桌邊時也毫不遲疑地拿東西吃，每一種食物的分量都很多。當她從空空如也的盤子中抬頭看我時，一定看到我臉上訝異的神情。

「吟遊歌者學會了在有得吃時好好吃一頓。」她說著說著就就把杯子伸向我這裡。她在吃早餐時喝啤酒。我幫她從桌上的大水罐中把酒倒滿在杯子裡。正當她嘆一口氣放下酒杯時，尼克像一片暴風雨的烏雲穿過廚房；他看到了我，邁出的大步伐陡然停了下來。「啊，湯姆，你會駕馭馬嗎？」

「當然。」

「技術好嗎？」

「夠好了。」我平靜地說道。

「很好，那麼我們就準備出發了。我的表哥漢克原本要駕馬車的，但他在夜裡感冒了，今天早上氣喘個不停。他的太太不讓他走。但如果你會駕貨車的話……」

「他就希望你能調整你的費用，」椋音忽然打岔。「他替你駕一匹馬，就等於幫你省下他自己要騎的那匹馬的費用，還有你表哥原本的伙食。」

尼克吃驚了片刻，瞥瞥椋音又瞥瞥我。「這樣才公平。」我試著不露出微笑回應。

「我會好好處理的。」他讓步了，然後又匆匆走出廚房，不一會兒就回來了。「那位老婦會試試你的技術。那是她的馬和馬車。」

外面的天色依然黑暗，火把在風雪中劈啪作響，人們都戴緊兜帽、綁緊斗蓬匆忙地移動。一共有四輛馬車和隊伍，其中一輛坐滿了人，大約有十五位。他們擠成一團，袋子放在腿上，並低頭躲避酷寒。一名女子瞥了我一眼，臉上滿是憂慮，還有一個小孩靠在她身旁。我納悶他們都是打哪兒來的。兩名男子將一個桶子裝到最後一輛馬車上，然後在所有的貨物上鋪上一片帆布。

坐滿乘客的那輛馬車後面是一輛較小型的兩輪貨車。一位裹著一身黑衣的老婦筆直地坐在座位上，身上緊緊裹著斗蓬、兜帽和披肩，膝蓋上也鋪了一條旅行用毛毯。當我經過她的貨車時，她用銳利的黑眼警惕地注視我。她的馬是一匹斑點母馬，牠不喜歡這樣的天氣，牠的馬具也綁得太緊了。我盡力幫牠調整，同時說服牠信任我。當我完成之後，一抬頭就看到老婦仔細地看著我，她露出兜帽外的黑髮閃閃發亮，而頭髮上的白色部分並不完全是雪。她朝我噘起嘴卻不發一語，連我把我的背包放在座位底下時亦然。我在爬上她身旁的座位拿起韁繩時，親切地對她說道，「日安。我想我應該是當妳的駕駛。」

「你想？難道原本不是你嗎？」她目光銳利地凝視我。

「漢克生病了，尼克就問我是否可以駕馭妳的母馬。我名叫湯姆。」

「我不喜歡改變，」她告訴我，「尤其在最後一分鐘。改變代表你一開始就沒眞正準備好，現在你更沒準備。」

我懷疑自己知道漢克爲何忽然感覺不舒服。「我名叫湯姆。」我再度介紹自己。

「你已經說過了，」她告知我，然後轉頭凝視飄雪。「這整趟旅途眞是個壞主意，」她大聲說道，卻不是說給我聽，「也不會有什麼好結果，我現在就看得出來。」她在大腿上搓揉戴上手套的雙手。「該死的老骨頭，」她對著落雪說道，「要不是我一身老骨頭，根本不需要你們任何人。一個都不需要。」

我不知道該如何回答，還好椋音救了我。她在我身旁勒住馬，「你能看看他們讓我騎什麼馬嗎？」她對我提出質疑，她的馬兒則甩甩黑色的鬃毛朝我眨眨眼，彷彿要我瞧瞧牠要載什麼樣的人。

「在我看來挺好的。牠是群山的馬匹，牠們都是那樣，不過牠會爲妳走上一整天，況且牠們大多有討人喜愛的脾氣。」

椋音滿臉怒氣。「我告訴尼克我們支付的金額應該可以有一匹像樣的馬。」

尼克剛好在那時騎馬經過我們身邊，他的馬的體型也不比椋音的馬大，只見他看看她又別過頭去，機警地注意她說的話。「我們走吧！」他平靜地用行進中的聲音說道，「最好別說話，緊緊跟著前方的馬車，在這暴風雪裡可比你們想像中還容易看不見彼此。」

儘管他輕聲說道，但大家立刻都聽從這命令。沒有吼出來的命令和道別的呼喊，只聽見我們前方的馬車靜悄悄地駛離我們。我動了動韁繩輕聲叫喚馬兒，這匹母馬卻不贊同地噴鼻息，不過還是配合行進速度邁開步伐。我們幾乎寂靜無聲地在連綿不絕的一片落雪中向前行，椋音的小馬慌張地用力扯牠的馬勒，直到椋音穩住牠的頭，然後牠就迅速小跑步加入隊伍前面的馬匹，我則被留下來坐在沉默的老婦身旁。

我很快就發現尼克的警告是正確的。太陽出來了，但雪卻繼續下，厚厚的雪讓光線模糊，彷彿珍珠母般晶瑩剔透的飛雪非常刺眼，也很容易讓我們的眼睛感到疲勞。我們似乎就在永無止盡的白色隧道中前進，只有其他馬車的車尾帶領我們。

尼克沒帶我們走一般道路。我們嘎扎嘎扎地通過冰凍的田地，厚厚的落雪很快就覆蓋住我們留下的軌跡，我們的行蹤也立刻被掩蓋得不留痕跡。我們就這樣橫越陸地直到中午，然後騎士們就下馬將籬笆的欄杆拉下來，等我們通過之後再扶起來。我在飛雪中瞥見另一間農舍，但窗戶是暗的。正午過後，最後一道籬笆爲我們開啓。在一陣咯吱咯吱聲和顛簸之後，我們走出田地步上曾經是條路，如今卻僅比小徑略寬的通道，地上也只有我們自己留下的那些軌跡，而且雪很快地就會讓那些消失。

一路上，坐在我身旁的同伴都冰冷沉寂如落雪。我不時從眼角看她，只見她直盯著前方看，身體伴隨馬車的移動搖晃，雙手不斷地搓揉膝蓋，彷彿它們讓她感覺疼痛。既然沒什麼別的好自娛，我就偷窺她。她顯然有公鹿血統，儘管因多年旅遊他處而口音漸失，但仍帶著些許家鄉口音。她的頭巾是恰斯編織者的手藝，她斗蓬邊緣的黑底黑線刺繡裝飾對我來說卻完全陌生。

「你大老遠從公鹿來，小伙子。」她忽然說道，說話時雙眼仍直直地盯著前方。她的口氣裡有某種東西教我挺起背聆聽。

「妳也是，老婦人。」我回答。

她把臉整個轉過來看我。我則不確定自己從她那烏鴉般的明眼中瞥見興味或惱怒。「我的確是。走了很多年也很遠了，眞是一段漫長的旅程。」她沉默一下然後忽然問道，「你爲什麼要到群山去？」

「我想見我叔叔。」我據實以答。

她不以爲然地嗤之以鼻，「一位公鹿男孩有位在群山的叔叔？你想見他到了願意冒著頭顱不保的風險嗎？」

我仔細端詳她，「他是我最喜歡的叔叔。而妳，據我瞭解，應該是到艾達的神殿吧？」

「那是其他人。」她糾正我。「我年紀老得用不著爲身孕祈禱。我在尋找一位先知。」我還來不及問她又繼續說道，「他是我最喜歡的先知。」她幾乎對我微笑。

「妳爲什麼不和其他人坐在馬車裡旅行？」我問她。

她冷冷地看我一眼。「他們問太多問題了。」她回答。

「啊！」我一邊說、一邊對她露齒而笑，接受這份責備。

過了幾分鐘之後她又說話了。「我獨來獨往很久了，湯姆。我喜歡走自己的路、和自己打商量，然後自己決定晚餐該吃什麼。那些是挺好的人，但卻像一群雞似的到處打探、喋喋不休，沒有一個人能自行決定是否該走這趟旅程。他們都需要別人說，對，對，這就是我們該做的，而且値得冒險。現在他們既然決定了，這個決定可比他們任何一人的意見還堅定。他們沒有一個人能脫隊離開。」

她對口中描述的那個現象搖搖頭，我則深思熟慮地點點頭，然後許久她都沒再說話。我們沿著小徑來到一條河流邊，就跟隨水流走到上游，穿越狹窄的矮林和非常幼小的樹木。雖然我幾乎無法在飄雪中看清楚河流，卻可以嗅到和聽到湍急的水流。我忖度著還得走多遠才能渡河。接著，便顧自咧嘴笑了起來。我敢說今晚和椋音見面時，她就會知道我爲何咧著嘴笑，而我也納悶著尼克是否高興與她同行。

「你在笑什麼啊？」這位老婦忽然問我。

「我正在想我的吟遊歌者朋友椋音。」

「她會讓你笑成那樣？」

「有時候。」

「你說她是吟遊歌者，那你呢？你也是吟遊歌者嗎？」

「不，大多數的時候我只是一位牧羊人。」

「我知道了。」

我們的交談又停了下來。然後當夜色開始低垂時，她告訴我，「你可以叫我水壺孀。」

「我是湯姆。」我回答。

「你已經告訴我第三次了。」她提醒我。

我原以爲我們會在晚上紮營，但尼克卻要我們繼續走。我們在他拿出兩盞燈籠掛在兩輛馬車上時停下來。「跟著光線走。」他在騎馬經過我們身邊時簡短地告訴我，我們的母馬也照做。

天色已黑，也愈來愈冷，這時我們前面的馬車駛離道路，顛簸地進入河邊一道樹叢的縫隙。我順從地將我們的母馬轉向跟隨馬車，我們隨即砰的一聲跌下路面，讓水壺孀罵了出來。我露出微笑，只有少數公鹿堡的侍衛才能罵得生動精彩。

我們稍後就停下來。我坐在位子上納悶著，因爲我看不到任何東西。河流是我們左方某處一道勢不可擋的威力，吹動水面的風也讓寒氣平添嶄新的濕氣。我們前方馬車裡的朝聖者則焦躁地移動並且輕聲交談。我聽到尼克說話的聲音，然後看到一個人牽著馬走過我們這裡，從馬車尾拿走燈籠，我的眼神則跟隨他的方向。不久，這人和他的馬就遁入原本在黑暗中看不到的一棟低矮長屋。

「下來吧，到裡面去，我們今晚在此過夜。」當尼克再度騎馬經過我們身邊時就如此指揮我們。我就下馬等著扶水壺嬸走下來。當我對她伸出手時，她看來幾乎大吃一驚。

「謝謝你，好心的大人。」她輕聲說道，我也同時扶她走下來。

「不客氣，我的女士。」我回答，於是她挽著我的手臂讓我帶她朝屋子走去。

「眞是個該死的有教養的牧羊人，湯姆。」她以全然不同的聲音說道，在門口用鼻子哼哼一笑之後進門，讓我一個人回到外頭解開那匹母馬的套具。我自顧自地搖搖頭，卻不得不微笑。我喜歡這位老婦人。我將背包揹在肩上，然後把母馬牽進屋裡其他馬兒聚集之處，在解開牠的轡繩之後我掃視屋內。這是個狹長空曠的房間，房裡一側的壁爐中燃燒著爐火。這棟有著低矮天花板的屋子是由河裡的石頭和泥土建造而成，也有土製的地板，馬匹則在另一端滿是乾草的馬槽中擠成一團。當我將母馬牽到其他馬兒之中時，一位尼克的手下就拿一桶水過來倒在飲水槽裡。屋裡那端糞肥的厚度顯示，這棟建築物經常被走私者所使用。

「這本來是什麼地方？」我在加入圍爐的人群時問尼克。

「綿羊的營地，」他告訴我，「這間避風避雨的地方原本是爲了早產的羔羊而搭蓋，等我們在河裡清洗完羊兒之後就在此剪羊毛。」他的藍色雙眼凝視遠方片刻，然後粗聲笑了出來。「那是很久以前的事了。現在連山羊吃的食物都不夠了，更別提我們以前養過的綿羊。」他指一指爐火，「最好把握機會吃飽睡好，湯姆，我們明天要早起。」他走過我身邊時，好像仍盯著我的耳環瞧。

我們吃的食物很簡單，有麵包、燻魚、燕麥粥和熱茶，大部分是朝聖者的存糧，但尼克又添加足夠的分量，所以他們也不反對讓他的人手、椋音和我享用。水壺嬸則獨自吃著自己的糧食和自己泡的茶。其他的朝聖者對她很有禮貌，她也謙恭地回應，但除了將前往相同的目的地外，他們之間顯然沒有任何交情。朝聖者之中似乎只有三個小孩不怕她，還向她討乾蘋果吃，並吵著要她講故事，直到她警告說他們都會生病，大家才一哄而散。

屋裡因爲有馬兒和人群，也因爲爐火散發出的熱氣，所以很快就暖了起來。屋子的門窗緊閉，好留住一屋子的光線、聲音和暖意。儘管外面風雪交加，也沒有其他的旅人和我們同路，尼克依然不鬆懈；我對一名走私者能這樣警覺感到挺讚賞的。吃飯的時候，是我第一次可以好好看看這群同行的人。若不把水壺嬸算在內，一共有十五位男女老少的朝聖者；走私者大約十二名，其中六位和尼克與纈財長得很像，他們至少有表親關係。其他人看來是群不同身分的人，有職業性的強壯身材及警覺。至少有三個人無時無刻都保持警戒。他們很少說話，也非常清楚本身的任務，所以尼克不怎麼指揮他們。我發現自己感到自信，因爲我至少會看到河的對岸，或許還能看見群山邊境。這是我長久以來感到最樂觀的時刻。

椋音在這群人中展現自己的最佳優勢。我們一吃飽，她就馬上拿出自己的豎琴，儘管尼克經常提醒我們要輕聲交談，他卻不反對她爲我們彈奏和演唱優美的歌曲。她爲走私者演唱了一首關於路盜阿重的老歌，他可能是公鹿有史以來最瀟灑的強盜了。就連尼克聽了也露出微笑，椋音則一邊唱、一邊對他拋媚眼。她對朝聖者唱了一首帶領人們歸鄉的蜿蜒河流道路的歌兒，然後爲我們之中那三個孩子唱了一首搖籃曲作結。到這時候，不只小孩，連大人們都在舖蓋上伸展四肢了。水壺嬸橫蠻地派我出去從她的馬車後頭拿她的舖蓋。我納悶自己何時起已從車夫升任僕人，卻無言地幫她拿東西。我想自己有某種特質，讓年長者假設我的時間可任由他們控制。

我在水壺嬸身旁展開自己的毛毯然後躺下睡覺，我身邊大多數的人都鼾聲連連了。水壺嬸則縮在自己的毛毯裡，彷彿縮在自家窩裡的小松鼠般。我可以想像她的骨頭因寒冷而感到多麼地疼痛，但我卻幫不上什麼忙。椋音在壁爐邊和尼克聊天，不時用手指輕輕撩撥豎琴弦，銀鈴般的琴聲和她低沉的聲音形成對比；有好幾次她都讓尼克笑了出來。

我快睡著了。

我的兄弟？

我整個身子因驚嚇而抽動。牠就在附近。

夜眼？

當然了！興味盎然。還是你現在有另一位兄弟了？

絕不！只有你，我的朋友。你在哪裡？

我在哪裡？就在外面。過來我這裡吧！

我趕緊起身重新披上斗蓬，守門人對我皺眉頭，但沒多問什麼。我走進停下來的馬車後方的一片黑暗。雪已經停了，風也吹出了一片星光閃閃的夜空，每棵灌木和樹木的樹枝上的積雪也閃爍銀光。當我四處尋找牠的蹤影時，有個結實的重量擊中我的背部，我臉朝下猛摔在雪中，差點叫了出來，只因嘴裡塞滿了積雪。我設法翻身，同時被一匹滿心歡喜的狼踩踏了好幾次。

你怎麼知道在哪裡可以找到我？

你怎麼知道身體發癢時要搔哪裡？

我頓時明白牠的意思。我並沒有時時刻刻察覺我們之間的牽繫。如今想起牠並找到牠，卻忽然不比在黑暗中將自己的雙手握在一起來得困難。我當然知道牠在哪裡，牠就是我的一部分。

你聞起來像匹母狼，有了新的伴侶？

不，當然沒有。

但你們同住一個窩？

我們一起旅行，就像狼群一樣，這樣比較安全。

我知道。

我們身心平靜地坐了片刻，重新適應對方的形貌。我再次感覺到自己又完整了。我心中有了平靜安穩。我從不知道自己竟然爲牠如此擔憂，直到見了牠，我的心靈才得以安息。我感覺到牠不情願地贊同。牠知道我獨自經歷困境和危險，甚至還不認爲我撐得過來。不過牠也很想念我。牠想念我的思考方式，那種狼群當中永遠不會互相分享與徵詢的想法和討論。那就是你回到我身邊的原因嗎？我問牠。

牠忽然站起來抖動全身。是該回來的時候了，牠推諉地回答。隨後又說，我和牠們一起奔跑。牠們最後終於讓我加入牠們的狼群，我們也就一起獵殺和分食肉，感覺好極了。

但是呢？

我想當首領。牠掠過肩頭瞄了我一眼，也吐吐舌頭。我習慣當首領，你知道的。

是嗎？那麼牠們不接受你囉？

黑狼很大，動作也很快。我想我比牠強壯，但牠比較狡猾，就像你對抗獸群之心一樣。

我輕聲笑了出來，牠就跳到我身上打轉，朝我掀起嘴唇假裝咆哮。

「別激動。」我平靜地說道，同時張開雙手擋住牠。「所以，後來呢？」

牠縱身一躍到我身旁。牠還是首領，也還是有伴侶和窩。牠思索著，我也感覺到牠苦苦盤算著未來。下次恐怕就會不一樣了。

「有可能，」我同意，然後輕柔地搔搔牠的耳後，牠就整個身體倒在雪地上。「你將來有一天會回到牠們那兒嗎？」

當我搔牠的耳朵時，牠就不怎麼能專注在我說的話上面。我就停下來，再問牠一次。牠把頭歪向一邊，饒負興味地看著我。等到那一天再問我，到時候我就能回答。

過一天是一天，我同意牠的說法。我很高興你在這裡，但我仍不明白你爲什麼回到我身邊。你大可和狼群在一起。

牠注視我的雙眼，即使在黑暗中牠銳利的眼神仍攫住我。你被召喚了，不是嗎？你的國王不是對你吼著「過來我這裡」嗎？

我不情願地點點頭。沒錯，我是被召喚了。

牠忽然站起來抖動全身，然後凝視一片夜色。如果你被召喚，那麼我也被召喚。牠不情願地承認。

你不用和我一道去。國王的召喚約束著我，但沒有約束你。

那你就錯了，約束你的東西也同樣約束著我。

我不明白怎麼會那樣，我謹慎地說道。

我也不明白，但事情就是這樣。「過來我這裡。」他如此召喚我們。有一陣子我能忽略它，現在卻沒辦法了。

我很抱歉，我思索該如何表達。他對你沒有任何權利，這我知道。我認爲他沒有召喚你，也覺得他沒有約束我的意思，但事情發生了，而我一定要去找他。

我起身拍拍身上即將融化的雪，感覺很內疚。惟眞，一位我所信任的人，對我這麼做已經夠糟了，但透過我，他也將此召喚強加在狼兒身上。惟眞無權命令夜眼，同理可證我也無權命令牠。我們之間向來都是自發性的，彼此給予卻不強加責任義務，如今牠卻因我而受困，這確實和我把牠關在籠子裡一樣。

那麼，我們就合住一個籠子。

我希望事情不是這樣的。我希望有某種方法能讓你脫困。但我連如何讓自己脫困都不知道。我不知道你是如何受牽制，所以也無法幫你解套。你我共享原智，惟眞和我共享精技，那麼這精技傳遞是如何透過我抓住了你？當他召喚我的時候，你根本不在我身邊。

夜眼非常安靜地坐在雪地上。又起風了，我也在微弱的星光下看到風吹拂牠的毛。我一直都和你在一起，兄弟。你或許無法總是察覺到我，但我總是和你在一起。我們是一體的。

我們分享很多事情，我同意，心中同時因不安而悸動。

不。牠轉身面對著我，凝視我雙眼的樣子不像一匹野狼會做的。我們沒有分享，我們是一體的。我不再是一匹狼，你也不再是一個人。我不知道要如何稱呼我們結合之後所成爲的生命，或許那位向我們提及原血者的人能解釋這種關係。牠稍停凝視。你看我多像個人！我剛才不就提到要爲一個想法找一個字眼嗎？根本無須字眼。我們確實存在，我們就是這樣存在著的。

如果我能的話就會讓你自由。

你會嗎？但我不會離開你。

那不是我的意思。我是說我會讓你過自己的日子。

牠打了個呵欠，然後伸展四肢。我會讓我們過我們自己的日子。那麼，我們在晚上還是白天上路？

我們在白天上路。

牠感覺出我的意思。你會和這一大群人上路？爲什麼不脫隊和我行動？我們可以走快一點。

我搖搖頭。事情沒那麼簡單。如果要到我們必須去的目的地，我就需要有住的地方，況且我沒有純屬我自己的東西，所以需要這群人的幫助在這麼冷的天氣活下來。

接下來是難捱的半小時，我也一直對牠解釋自己需要車隊其他人的幫助好抵達群山。如果我有自己的馬和存糧，就會毫不猶豫地碰運氣和狼兒一同出發。但徒步和僅帶著自己能帶的東西，還得面對群山的深雪和嚴寒，更別提我該如何渡河呢？我可不是那麼蠢的傻子。

我們可以狩獵，夜眼堅持。我們可以在晚上一同縮在雪地裡，牠也將一如往昔般照顧我。經過持續的解釋之後，我終於說服牠我一定要這麼踏上旅程。那麼，我就要像野狗般繼續偷偷跟隨所有的這些人？

「湯姆？湯姆，你在那裡嗎？」尼克的語氣充滿煩躁的惱怒和擔憂。

「就在這裡！」我走出樹叢。

「你在幹嘛？」他起疑地問道。

「在撒尿，」我告訴他，接著忽然做出一個決定。「我的狗從鎮上跟蹤我，就在這兒趕上我們。我託朋友照顧牠，但牠一定把繩子咬斷了。這裡，小伙子，跟在後面。」

我會咬你腳跟的。夜眼凶狠地說著，卻還是跟我走到空蕩蕩的庭院。

「好大的狗，」尼克說完後俯身向前，「在我看來倒挺像一匹狼。」

「在法洛有些人也這麼說。這是公鹿公國的品種，我們用牠們來牧羊。」

你會為此付出代價，我保證。

我蹲下去拍拍牠的肩膀然後搔搔牠的耳朵作為回答。搖搖尾巴，夜眼。「牠是隻忠心的老狗，我早該知道牠不會讓我把牠留在那裡。」

你可瞧瞧我為你所忍受的這些事情。牠搖了一下尾巴。

「我知道了。好吧，你最好進屋裡睡一下，下次也別自己跑出來做任何事情，至少也要先讓我知道。我的手下在值班時可是很容易激動的，或許在知道你是誰之前就割了你的喉嚨。」

「我明白。」

我剛好經過其中兩個人的身邊。

「尼克，你不介意，是吧？我是說這隻狗，」我試著表現出一副友善和困窘的樣子，「牠可以待在外面，事實上牠是很好的看門狗。」

「就是別指望我會幫你餵他，」尼克對我咆哮，「也別讓牠給我們添麻煩。」

「喔，我確定牠不會的。是不是，小伙子？」

椋音選在這時候走到門口。「尼克？湯姆？」

「我們就在這裡。妳說得沒錯，他只是在撒尿。」尼克平靜地說道，然後挽起椋音的手臂帶著她回到小屋裡。

「那是什麼？」她問道，語氣帶著警覺。

我忽然得以她的急智和我們之間的友誼爲一切下賭注。「只是一隻狗，」我脫口而出，「夜眼一定咬斷牠的繩子了。我把牠留給魁斯照顧也警告他要看好牠，魁斯卻不聽，所以牠就來了。我猜我終究得讓牠和我們一起到群山。」

椋音瞪著狼兒，睜大的雙眼彷彿我們頭頂上的夜空般漆黑。尼克用力拉著她的手臂，她也終於轉身走到門口。「我想是吧！」她虛弱地說道。

把握機會好好享受吧，兄弟。牠忽然跳到貨車旁，我卻懷疑牠是否只會在那兒待上很短暫的時間。

我跟隨椋音和尼克進屋裡，然後尼克在我們身後用力關上門並帶上門閂。我脫下靴子抖抖沾了雪的斗蓬，然後用毛毯裹住身子，忽然感覺很想睡，同時感覺自己完全如釋重負。夜眼回來了，我也感覺自己很完整。我覺得安全，狼兒就在門口。

夜眼，我很高興你在這裡。

但你表達的方式很奇怪，牠如此回答，我卻感覺牠挺愉快的，不怎麼心煩。

黑洛夫傳給我一個訊息。帝尊想鼓動那些原血者對抗我們，還提供金子好讓他們替他來追捕我們。所以我們不應過度交談。

金子。金子對我們或像我們的那些人來說是什麼？別害怕，弟弟，我又在這裡照顧你了。

我閉上眼睛睡著了，希望牠說的沒錯，但我立刻在半夢半醒之際注意到椋音並沒有在我身旁攤開她的毛毯。她在房間的另一頭坐在自己的毛毯上，和尼克頭靠著頭地坐在一起，只見他們輕聲聊著某件事情，然後她就笑了。我聽不到她接下來說什麼，只知道她的語氣帶著揶揄質疑。

我幾乎感到一股強烈的嫉妒，也因此責備自己。她只是一位同伴，如此而已，她如何度過夜晚干我什麼事？昨夜她靠在我背上睡，今晚就不會。我判斷應該是狼兒的緣故。她無法接受這事實，而她也不是第一個有此反應的人。知道我是原智者和面對與我牽繫的動物是兩碼子事。也罷，事情就是那樣。

我睡了。

我在夜晚的某個時刻感覺一陣輕撫。這是我感覺到最不加掩飾的精技撫觸，於是警覺過來卻持續等待，但沒什麼感覺。我是在想像還是在作夢？然後我心中升起了一股更令人恐懼的想法。或許這是惟眞，因爲太虛弱所以只能對我開啓，也可能是欲意。我靜靜地躺著並渴望向外探尋，但卻又很害怕。我亟欲知道惟眞是否無恙；自從他那天晚上狠狠地攻擊帝尊的精技小組之後，我就一點兒也感覺不到他。過來我這裡，他曾這麼說。如果這是他臨死前的願望呢？倘若我費盡心血尋找的結果只是一堆骨頭呢？

我拋開這份恐懼，然後試著讓自己開啓。

剛才我感覺到在輕撫我心的，是帝尊的心智。

我從未對帝尊技傳，也只是懷疑他會技傳。就連此刻，我都懷疑自己的感覺是否正確。這股精技的力量似乎是欲意的，但感覺上卻是帝尊的思緒。你也還沒找到那女人嗎？這不是對我技傳，而是他向別人探尋。我於是更大膽地冒險接近，試著接收他的思緒而不向他們探尋。

還沒有，國王陛下。博力。用謙恭有禮的言詞掩飾他的顫抖。我知道帝尊像我一樣清楚地察覺到了，甚至知道他很喜歡這樣。帝尊從不理解恐懼和尊敬的差別，也不相信任何人會不因恐懼而尊敬他。我沒料到他會將那種想法延伸到自己的精技小組成員身上，也納悶他到底對他們做出什麼威脅。

也沒找到小雜種嗎？帝尊問道。這次毫無疑問了，是帝尊在利用欲意的力量技傳，而這是否表示他無法自行技傳呢？

博力穩住自己。國王陛下，我沒看到他。我相信他死了，這次眞的死了。他用毒劍自盡，無庸置疑他在下這個決定時感到絕望，沒有人裝得出來。

那麼總該有具屍體，不是嗎？

在某處，國王陛下，我確定會有屍體，只是您的侍衛還沒找到。這訊息來自惕儒，他並沒有因恐懼而顫抖，而是對自己隱藏恐懼，假裝那是憤怒。我明白他爲什麼需要這麼做，卻懷疑這是否是明智之舉。因爲他這麼做就強迫自己挺身面對帝尊，但帝尊卻不欣賞暢所欲言的人。

我或許應該讓你負責騎馬在路上尋找屍體，帝尊愉快地建議。同時，你也可能會找到殺害波爾特和他的巡邏隊的凶手。

我的國王陛下……惕儒開始說著，帝尊卻用一句**安靜**！阻止他說下去。帝尊任意運用欲意的力量這麼做，反正對他來說毫不費力。

我曾相信他已經死了，而聽信他人的話也讓我自己差點送命。這次我要親眼看到他在我眼前被撕成碎片才會罷休。欲意徒勞地嘗試讓小雜種落入圈套洩底，卻悲慘地失敗了。

或許因為他已經死了，愒懦傻呼呼地斗膽直言。

然後我就目睹了一個自己不希望看到的情況。他運用欲意的精技力量，傳給愒懦如針般火熱和刺骨的痛苦。在那傳送當中，我終於恍然大悟他們已經變成什麼樣子了。帝尊駕馭欲意，卻不像一般人駕馭馬匹，會在馬兒憤怒時被拋下馬背，倒像壁蝨或水蛭般緊咬著犧牲者，把人家的命都給吸出來了。無論是醒是睡，帝尊都與欲意同在，也總是任意使用他的力量。如今帝尊邪惡地揮霍這力量，毫不在乎欲意會為此付出什麼代價。我從來不知道光靠精技就能引發痛苦。像惟真那樣對他們猛烈擊出一股令他們不醒人事的力量，是我已經知道的；但這卻不同。這股力量並無顯示力道和情緒，只展現了純然的惡毒。我知道愒懦在某處因無以名狀的痛苦而倒地扭動，而和他緊密連接的博力及欲意一定也感受到那痛苦。我對一名精技小組的成員竟有能力對伙伴做這樣的事我感到吃驚。但是，當時傳遞這痛苦的不是欲意，而是帝尊。

這痛苦過了一陣子就消逝了，或許實際上只是一眨眼的時間。然而對愒懦來說，卻毫無疑問地十分漫長。我從他身上感覺他的心正虛弱地嗚咽，此刻他也只能如此。

我不相信小雜種死了。除非見到屍體，我才會相信。有人殺了波爾特和他的手下，所以不管小雜種是活是死，都要給我找出來。博力，你就留在原地，讓你自己加倍努力。我確定他往那裡走。不要讓任何旅人逃過你的手掌心。愒懦，我想或許你該加入博力，好逸惡勞的生活似乎和你的性格不搭軋。你明天就上路，在行進中別偷懶，集中心思在你的任務上。我們知道惟真還活著，他自己也用最有效的方式證明給你們看了。小雜種會試著找到他，一定要在他行動之前阻止他，還要除掉我的哥哥好解除威脅。這就是我交代你們的唯一任務，你們爲什麼辦不到呢？難道你們沒想過，一旦惟眞成功了，我們會有什麼樣的下場嗎？用精技和人馬找到小雜種。別讓人們忘記我懸賞捉拿他，更別讓他們忘記幫他會得到何種懲罰。明白我的意思嗎？

當然，我的國王陛下，我將全力以赴。博力很快就回答。

怯懦？我沒聽見你回答，怯懦。遭受懲罰的恐懼威脅著他們所有人。

求求您，我的國王陛下，我將做所有的事情，每一件事情。無論是活是死，我都會爲您找到他，我一定會的。

欲意和帝尊不招呼一聲就消失了。我感覺怯懦已體力不支倒地，博力則多逗留了片刻。他有聽見和回頭向我探尋嗎？我讓我的思緒自由飄浮，我的注意力也消散了，然後睜開雙眼躺著凝視天花板，同時思索。這次的技傳讓我感覺想吐和發抖。

我和你同在，我的兄弟，夜眼向我保證。

我很高興你和我同在。我翻身試著入睡。

16

避難處

許多有關原智的古老傳說和故事中，都堅信原智使用者終將擁有其牽繫動物的諸多特質，有些最駭人聽聞的故事中，甚至提到原智者終將呈現出該種動物的外觀。然而深諳此種魔法的那些人，曾對我保證沒有這回事。原智者的確會不自覺地表現出其牽繫動物的一些肢體僻性，但和老鷹牽繫的人不會展翅高飛，和馬牽繫的人也不會發出馬嘶聲。時間愈久，原智者就愈瞭解和他牽繫的動物，而人和動物牽繫愈久，他們的癖性就愈相似。受牽繫的動物很可能表現出人的癖性和特質，誠如人類接受他的動物的那些癖性和特質，但這情況唯有長期的緊密接觸才會發生。

尼克和博瑞屈對一日之計在於晨的看法相當一致。我在他的手下牽馬兒出去時醒來，一陣冷風就從敞開的門吹進來。在黑暗中，我身邊的其他人也開始移動，其中一位孩子因這麼早被叫醒而哭泣，她的母親就安慰她。莫莉，我頓時渴望地想到她正在某處安撫我的孩子。

這是什麼？

我的伴侶生孩子了，在遠方。

立即的顧慮。但誰要狩獵餵飽她們？我們不該回到她身邊嗎？

獸群之心在照顧她。

當然，我早該知道。那傢伙明白狼群的意義，無論他如何否認。那麼，這樣就好。

當我起床將毛毯捆好時，我希望自己能像牠一樣快活地接受這事實。我知道博瑞屈會照顧她們，這是他的天性。我回想過去那些年他如何拉拔我長大；當時我常恨他，但如今我只想讓他照顧莫莉和我的孩子，可不想假手其他人；除了我自己。我倒希望是自己在照顧她們，即使在午夜搖晃哭泣的嬰孩也無所謂，雖然我現在寧可希望那位女朝聖者能想辦法讓她的孩子靜下來，因爲我正爲昨夜的精技窺伺而劇烈頭疼。

食物似乎就是答案，因爲當這小女孩拿到一片麵包和一些蜂蜜時，她很快就安靜了。我們匆匆忙忙地吃完這餐，唯一的熱食是茶。我注意到水壺嬸行動不便，也很同情她，就端給她一杯熱茶讓她用扭曲的手指握著，同時幫她捲好毛毯。我從未見過因風濕病造成如此變形的雙手，也讓我想起鳥爪。「我的一位老朋友說，蕁麻刺有時能在雙手疼痛時幫他止痛。」我一邊建議她、一邊綁好她的行囊。

「你能在雪地下替我找到有蕁麻生長的話，我就試試它們，小伙子。」她急躁地回答。但過了一會兒，她就從自己少許的存糧中拿一顆乾蘋果給我，我收下了也感謝她的好意，然後把我們的東西裝到貨車上，也把母馬牽過來，而水壺嬸則喝完她的茶。我掃視周遭，卻沒看到夜眼。

狩獵囉！這是牠的回答。

眞希望和你在一起，祝你好運。

我們不是要少講話，免得帝尊聽到我們嗎？

我沒回答。這是個清冷的早晨，經過昨天的一場雪，此刻明亮地令人吃驚，但卻比昨天還冷；從河邊吹來的風似乎透過袖口和領口縫隙，伸出冰冷的手指直接探進我的衣服裡。我扶水壺嬸上車，然後將她的另一條毛毯裹在她身上厚重的衣服外。「你的母親把你調教得很好，湯姆。」她眞誠和藹地說道。

這評語令我發毛。椋音和尼克站著交談，直到其他人都準備好出發了，然後她就騎上她那匹群山小馬，走在隊伍最前頭和尼克一道。我告訴自己，尼克．錦渥很可能比蜚滋駿騎更是個編歌的好題材，如果他在群山邊境能說服她和他一起回去，我的生活可只會更單純。

我集中心智在手邊的差事上。其實沒什麼大不了，頂多就是讓母馬不要離朝聖者的馬車太遠，我也有空瞧瞧我們所橫越的陸地。我們又走上了昨天那條人跡罕至的路，繼續沿著河流上游走。河邊有稀疏的樹林，但河岸附近則是一片濃密的矮林和灌木叢，溝渠和水流在流經途中切斷我們的路面流向河裡。或許在春季，這裡曾有過豐沛的水量，但如今除了隨風飄過的晶瑩白雪和河床上的河水之外，整片土地都是乾的。

「昨天吟遊歌者讓你自顧自地笑了起來，今天你是爲誰皺眉啊？」水壺嬸平靜地問道。

「看到這片肥沃的土地如今變成這樣，讓我覺得太可惜了。」

「你這麼覺得嗎？」她面無表情地問我。

「說說妳的這位先知吧！」我轉移話題似的說道。

「他可不是我的。」她語氣粗暴地說道，然後態度就緩和下來，「我或許白跑一趟，因爲我要找的人恐怕不在那裡，但我除了追逐一個荒唐的計畫，這些年來我還能做什麼呢？」

我保持沉默，也開始察覺到這是她所回答過最好的問題。「你知道貨車裡裝什麼嗎，湯姆？是書、卷軸和文件，是我多年的收藏。我從許多地方把這些蒐集過來，也因此學會不同的語言文字。我發現眞有很多地方一次又一次地提到白色先知，他們在歷史的重要關頭出現並塑造歷史。有些人說他們將歷史導入正軌。還有人相信，所有的時間都是個循環。所有的歷史就是個大輪子，冷酷無地轉動著。一如季節循環，一如月亮在其軌道上運行不止，時間也是如此。同樣的戰爭打了又打，同樣的天災重複降臨，還有相同的好人或壞人掌權。人類就被困在那個輪子裡，命定無休止地重複犯相同的錯誤。除非，有人出來扭轉局勢。在遙遠的南方，有一個地方的人相信，在每個世代中，都會有一位白色先知出現在世界的某處，當他或她來到世上，如果他所指導的東西都被聽從了，整個時代就會好轉。如果教導遭到忽略，所有的時間都會被推向更黑暗的道路上。」

她停了下來，好像在等我說些話。「我對這類教誨一無所知。」我承認。

「我想也是。我在一個遙遠的地方學到這些事的。那兒的人認爲，如果這類先知一次又一次地失敗了，這世界不斷重複的歷史將會愈來愈不幸，經過數千年或數萬年，直到整個時間的循環變成一個悲慘及錯誤的歷史。」

「如果先知被聽從了呢？」

「每次，當有一位先知成功時，下一位的努力就會容易一點。而當每一位先知都成功的將整個時間循環過去時，時間本身終將停止。」

「所以他們爲了世界末日的來到而工作了？」

「不是世界末日，湯姆，而是時間的終止。將人類從時間的侷限中解脫出來。因爲時間使我們所有人失去自由。時間使我們老化，時間限制住我們。想想看，你是否常希望能有多些時間做某件事情，或希望回到前一天扭轉情勢？當人類超脫時間之後，既有的錯誤就能在它們發生前被修正。」她嘆了一口氣，「我相信此刻正逢這樣的先知來臨，我的看法也讓我相信這一代的先知將現身群山。」

「但妳在妳的任務中孤伶伶的，難道沒有其他人和妳的看法一致嗎？」

「有很多人相信。但只有很少、非常少的人會眞正去尋找白色先知。先知受差遣造訪的那些人才必須聽從他。其他人則不應插手，以免永遠倒錯時間。」

我對她所描述的時間這檔事仍一頭霧水，它似乎在我的思緒裡打了個結。她不再出聲，我就瞪著母馬的兩耳之間思索。回去誠實面對莫莉的時間。跟隨文書費德倫而不是當一位刺客學徒的時間。她可給了我許多可以想的事情。

我們的談話持續了一段時間。

夜眼在中午之後就重新出現。牠故意從樹林中跑出來跟在我們的馬車旁，那匹母馬就緊張地瞥著牠，同時試著理解狼的氣味和狗的行為，我就向母馬探尋並要牠放心。夜眼走在我這一側的貨車旁一段時間之後，水壺嬸才看到牠，只見她向前彎腰從我身邊看過去，然後又坐回來。「我們的貨車旁有匹狼。」她說道。

「牠是我的狗，只不過有些狼的血統。」我若無其事地承認。

水壺嬸又向前彎腰看牠，然後抬頭一瞥我沉著的表情，就坐了回去。「所以這陣子人們用狼在公鹿公國牧羊啊！」她點點頭，也沒再提到牠。

接下來這一天我們就以穩定的速度前進；除了我們自己，並沒見到其他人，只看到遠方升起一縷炊煙的小木屋。寒氣和冷風持續著，但時間愈久就愈無法輕易忽略它。我們前面那輛馬車上的朝聖者臉色變得更蒼白，鼻子也更紅，一名女子的嘴唇幾乎發青了。雖然他們像泡在鹽水裡的魚群般擠在一起，但如此的接近卻似乎無法禦寒。

我在靴子裡挪動我的雙腳，以免腳趾發麻，也不時換手握韁繩，好讓雙手輪流夾在手臂下讓手指取暖。我的肩膀疼痛，這疼痛也向下延伸到手臂，直到就連我的手指都隱隱作痛。我的嘴唇也很乾，卻不敢舔，怕嘴唇會裂開。很少有事情比面對持續的酷寒更糟。至於水壺嬸，我不懷疑這可眞是折磨著她。她雖然沒有抱怨，但隨著這一天的時光流逝，她卻漸漸地在毛毯中愈縮愈小，她的沉默看來只是更顯示了她極度的痛苦。

尼克在天還沒黑時就讓我們的車隊遠離道路，走上一條即將被飛雪覆蓋的漫長小徑。我唯一能清楚看見跡象的是冒出積雪的草少多了，但尼克似乎對這裡很熟。騎馬的走私者替馬車開路，但這路面對水壺嬸的小馬來說還是挺難走。我回頭看著寒風吹平了我們的足跡，此刻只不過是雪地上毫不起眼的細紋。

我們似乎正橫越一片略微起伏的不毛之地，後來終於登上我們先前攀登的綿長斜坡頂端，俯視從路上看不到的擁擠建築物。天快黑了，一扇窗戶透出一道光線，而當我們朝那道光前進時，燭火就點燃了起來，夜眼也在風中嗅到一絲燒木頭的煙味。有人在等我們。

這些並非老舊的建築物，它們看起來好像是最近才蓋好的，還有寬敞的穀倉。我們連人帶馬車地朝下方進屋，這裡的地被深挖過，因此整座穀倉有一半在地底下，低矮的外觀無法讓我們從路上看到，我也深信這正是原因。除非一個人知道這個地方，否則他永遠找不到。挖出來的泥土就堆在穀倉和其他建築物周圍，一旦進入厚厚的牆壁裡把門關上，我們甚至聽不到外頭的風聲。當我們將馬兒從馬車上鬆開牽進廄房時，看見一隻乳牛在牠自己的廄房裡走動，廄房中有稻草和乾草，還有滿滿一槽新鮮的水。

朝聖者已爬下馬車，我正扶水壺嬸下車時，穀倉的門開了，只見一位婀娜多姿且一頭蓬鬆紅髮的年輕女子氣沖沖地走進來，雙手握拳擱在臀部面對尼克，「這些人是誰，還有你爲什麼把他們帶來這裡？如果附近有一半的人都知道這裡，那麼這避難處還有什麼用？」

尼克把他的馬交給一位手下之後轉身看她。二話不說，一把將她抱在懷中，親吻她。過了一會兒，她把他推開，「你這是在……」

「他們付了很好的價錢，也有自己的食物，可以在這裡過夜，明天他們就要前往群山，上山之後就沒人管我們做些什麼，也沒有風險。嬑爾，妳太多心了。」

「我得擔心兩件事，因爲你一點概念也沒有。食物我已經準備好了，但卻不夠這麼多人吃。你怎麼不派一隻鳥預先通知我們？」

「我有啊，它沒飛來這裡嗎？或許因暴風雪耽擱了。」

「你沒想到要做這件事的時候總是這麼說。」

「別再說了，女人。我給妳帶來好消息了，讓我們回妳家聊聊吧！」當他們離開時，尼克輕鬆地挽著她的腰。這下子得靠他的手下安頓我們了。屋裡有可以睡在上面的稻草和寬敞的空間打地舖，外面還挖了一個可用水桶打水的井。穀倉的一端有座壁爐，煙囪裡烏煙瘴氣的，卻足以用來烹飪。這穀倉一點也不暖，只比屋外的天氣稍好一點，卻無人抱怨。夜眼已待在外頭。

他們有一整欄舍的雞，牠告訴我。還有一整欄舍的鴿子。

別碰牠們。我警告牠。

椋音動身和尼克的手下一同上樓，他們卻在門口擋住她。「尼克說你們今晚都要待在同一個地方。」這人說完就意味深長地瞥了我一眼，然後更大聲地喊著，「現在就打水，因爲我們離開後就鎖門，這樣風才不容易吹進來。」

沒人會被他這段話矇騙，但也無人質疑。走私者顯然認爲，我們對尼克的避難處知道得愈少愈好。那是可以理解的。我們也毫無怨言地打水。我習慣性地先爲動物的飲水槽打水，在裝第五桶水時，不禁納悶自己是否永遠脫離不了先看顧動物的本能反應。朝聖者已全心全意讓自己舒服下來。我不一會兒就聞到在壁爐上烹調食物的味道。嗯，我還有乾肉和硬麵包，這樣就夠吃了。

你應該和我一起狩獵的，這裡有獵物。他們在夏季時有座花園，現在還有兔子跑出來讓我獵捕。

牠懶散地走到雞舍的背風面，前掌仍留著血淋淋的兔子殘骸，還一邊吃、一邊盯著積雪覆蓋的一小片花園，看看是否還有其他獵物。我悶悶不樂地嚼著一條乾肉，同時用稻草幫水壺嬸在她馬兒的廄房旁鋪床。當我鋪上毛毯的時候，她就從爐火邊提著她的茶壺回來了。

「誰讓你負責我的床鋪？」她問道。當我吸了一口氣準備回答時，她又說了，「如果你有自己的杯子就來這裡倒茶，我的杯子在貨車上的袋子裡，還有一些乳酪和乾蘋果。去給咱們拿來吧，這才是好小子。」

當我去拿東西時，聽到椋音的歌聲和豎琴聲。我不懷疑她是為自己的晚餐而唱。嗯，吟遊歌者就是這樣，我一點也不覺得她會挨餓。我將水壺嬸的袋子拿給她，她就分我一大堆食物，自己則只吃少許。我們坐在各自的毛毯上用餐。她一邊吃、一邊瞥著我，最後說道，「你看來挺面善的，湯姆。你說你是從公鹿的哪個地區來的？」

「公鹿堡城。」我毫不思索地回答。

「啊。那麼你的母親是誰？」

我遲疑片刻後說道，「比目魚販。」她有一大群孩子在公鹿堡城裡跑來跑去，可能就有一位叫湯姆。

「漁民？漁婦的兒子怎麼到頭來成了牧羊人？」

「我的父親牧羊，」我掰了起來，「我們因為這兩門生意而過得挺好的。」

「我知道了。他們教導你對老婦人要殷勤有禮，你還有位叔叔在群山。眞是個妙家庭。」

「他早年就開始遊蕩，然後在那裡定居下來。」如此糾纏可開始讓我冒了點兒汗，我看得出來她也知道。「妳說妳的家庭是從公鹿的哪個地區來的？」我忽然問道。

「我沒說。」她微微一笑當作回答。

椋音忽然出現在廏房門口，然後斜倚在門邊。「尼克說我們兩天後就渡河。」她說。我點點頭，沒答腔。她繞過廏房末端，若無其事地把她的背包丟到我身邊，然後靠著它坐下來，把豎琴擱在大腿上。「有兩對夫婦在壁爐邊喋喋不休地爭吵。他們旅行吃的乾糧沾了一些水，而他們只會惡言相向爭論是誰的錯。還有個小孩不舒服吐了。可憐的小傢伙。對濕麵包勃然大怒的那傢伙卻一直說，如果繼續餵這生病的男孩直到他停止犯病，只會浪費食物。」

「那是晁弄，我可沒見過比他更縱容和吝嗇的人。」水壺嬸和藹地說道，「還有那個叫賽克的男孩，自從我們離開恰斯之後，他就經常生病。之前也好不到哪裡去，我想他母親認為艾達的神殿能醫好他。別看她現在緊抓著稻草，她可有金子醫她的孩子，或許已經花了金子這麼做了。」

然後這兩位女士就開始閒聊起來，我則靠在角落半睡半醒地聆聽著。兩天後就到河邊，我對自己保證。那麼還有多久才到群山？我插嘴問椋音是否知道。

「尼克說這沒法兒講，全看天氣，但他告訴我別擔心。」她的手指懶散地撥著豎琴弦，兩個孩子也幾乎同時出現在廏房門口。

「妳還要唱歌嗎？」小女孩問道。她是一位大約六歲的細瘦小孩，身上的衣服破破爛爛的，頭髮還有稻草屑。

「你們喜歡我唱歌嗎？」

他們就在她的兩側坐下。我原以為水壺嬸會抱怨這打擾，但她卻沒說什麼，就連小女孩都舒適地靠在她身上，她就開始用扭曲蒼老的手指挑出小女孩頭髮中的稻草屑。這孩子有對深沉的雙眼，手上還抓著一個刺繡臉的洋娃娃。當她抬頭對水壺嬸微笑時，我看得出來她們彼此熟識。

「唱那首老婦和她的豬的歌。」小男孩請求椋音。

我起身收拾自己的背包。「我需要睡一下。」我自行告退，忽然無法忍受待在孩子們身邊。

我在穀倉門口附近找到一間空廄房，就在那兒打地舖睡覺。我聽見朝聖者在壁爐邊的談話聲，似乎還在爭論些什麼。椋音唱了那首女人、籬笆和豬的歌曲，然後是一棵蘋果樹的歌。我聽到另一些人走過去坐下來聽歌的聲音，就告訴自己他們聰明些的話就應該早點睡覺，然後閉上自己的雙眼。

當她在夜裡過來找我時，一切黑暗而靜止。她在一片漆黑中踩到我的手，然後幾乎把她的背包扔在我的頭上。我就連她躺在我身邊時也沒說話。她攤開毛毯並將毯子蓋在我身上，然後扭動身子鑽進我的毛毯邊緣。我一動也不動。忽然，我感覺她遲疑地用手撫摸我的臉。「蜚滋？」她在黑暗中輕聲問道。

「什麼事？」

「你有多麼信任尼克？」

「我告訴過妳了，我根本不信任。但我想他會帶我們到群山。如果不是為了別的，也得為了他個人的自尊心。」我在黑暗中微笑，「走私者必須在知道他聲名的那些人之中維持良好的名聲。他會帶我們到那裡。」

「你今天稍早是不是對我生氣？」一會兒，她見我沒回答就繼續說，「你今早看我的表情好嚴肅。」

「那匹狼讓妳不安嗎？」我同樣直接了當地問她。

她輕聲說道。「那麼，這是眞的囉？」

「妳曾懷疑嗎？」

「擁有原智的部分……沒錯。我以爲他們惡意散播關於你的謠言，說什麼王子的兒子可是擁有原智的……但你看起來不像會和動物分享生活的人。」她的語氣讓我毫不質疑她是如何看待這種習性。

「嗯，我的確擁有原智。」一絲怒火讓我直截了當地說出來，「牠對我來說就是一切。一切。我從來沒有比牠更眞誠的朋友，願意毫不質疑地爲我犧牲生命，把我的生命看得比牠自己的還重要。願意爲別人死是一回事，爲了保住另一條生命而犧牲自己的生命又是另一回事。那就是牠給我的，和我對國王的忠誠是一樣的。」

我讓自己思考。我從未用那些話描述我們之間的關係。

「一位國王和一匹狼。」椋音平靜地說道，然後更輕柔地問，「那你就不關心別人了？」

「莫莉。」

「莫莉？」

「她在公鹿的家裡。她是我的妻子。」當我說這些話時，一股奇妙的、小小的驕傲感竄流全身。我的妻子。

椋音起身坐在毛毯上，一陣冷空氣便鑽了進來。當我徒勞地緊抓毛毯時，她就問，「妻子？你有妻子？」

「還有小孩，一個小女孩。」儘管身處寒冷和黑暗中，我依然邊說邊對著那些話笑著。「我的女兒，」我輕聲說道，只想聽這些字從我口中說出來的感覺如何。「我在家鄉有妻女。」

黑暗中，她在我身邊撲身躺下。「不，你沒有！」她用輕聲驚嘆否認，「我是吟遊歌者，蜚滋。如果私生子結婚了，消息就會傳開來。事實上，謠傳你會和普隆第公爵的女兒婕敏結婚。」

「我和莫莉私訂終生。」我告訴她。

「啊，我知道了，你根本沒結婚。你是說你有位女伴。」

這些話刺傷了我。「莫莉是我的妻子，」我堅定地說道，「不管從哪方面來說，她都是我的妻子。」

「那對她來說呢？那麼孩子呢？」椋音平靜地問我。

我深呼吸。「當我回去之後，首先就要補救這種情況。惟眞親口答應我，一旦他當上國王，我想和誰結婚就能和誰結婚。」我心中的一部分因自己如此對她暢所欲言而嚇了一跳，另一部分則告訴自己，告訴她這些會有什麼損失？能說出來倒也輕鬆。

「所以你眞的要去找惟眞？」

「我去服侍我的國王。盡全力提供珂翠肯和惟眞的繼承人所有援助，然後繼續前往群山後方找到國王，以及恢復他的王位。如此一來，他就能將紅船逐出六大公國的沿海，我們也可以重獲和平。」

有那麼一刻除了穀倉外刺骨的風外，一切都靜止了。然後她輕輕地哼了一聲，「只要你能做得到一半，我就有一首英雄歌曲了。」

「我不想當英雄，只想做好該做的事情，然後自由地過自己的生活。」

「可憐的蜚滋，我們沒有任何人能自由地那麼做。」

「在我看來妳非常自由。」

「是嗎？對我來說，似乎好像我每走一步陷得更深，而我愈掙扎，就讓自己埋得更穩。」

「怎麼說？」

她惱怒地笑了笑。「你看看吧！我睡在這兒的稻草上用歌唱換取晚餐，以終究有辦法渡河前往群山為賭注。如果我都辦到了，就達到了我的目標嗎？沒有。我還是必須追隨你，直到你做出某件值得編成一首歌的事情。」

「妳實在不需要如此，」我對她這份期望略顯沮喪。「妳應該繼續走妳的路，成為一位成功的吟遊歌者。目前看來妳似乎做得夠好了。」

「夠好了，對流浪的吟遊歌者來說是夠好了。你聽過我唱歌，蜚滋。我的歌聲挺好，手指也夠靈巧。但我並不出類拔萃，而那就是成為城堡吟遊歌者的必要條件。那是假設大約五年內還有任何城堡的話。我可不想唱給紅船的船員聽。」

有好一會兒我們都默默地思索。

「你看，」她稍後繼續，「現在的我是孤伶伶一個人。父母親和弟弟都去世了，我的老師傅也去世了，看在我師傅的份上偏愛我的青銅爵士也走了，我在城堡失火時失去他們。劫匪留下我等死，否則我還眞會死。」我首次從她的語氣隱約聽出深藏已久的恐懼。她沉默片刻，想著所有她不願提及的事。我翻身面對她。「我只能靠自己，從現在開始直到永遠，只有我自己，而且吟遊歌者走唱賺取住宿費的時間也有限。如果你想安養天年，就得在城堡中掙得一席之地，也只有一首偉大的歌曲才能讓我達到那個目標。蜚滋，而且我尋找城堡的時間有限。」她的聲音很柔和，呼吸也很溫暖，她接著說，「所以我將跟隨你，因為偉大的事件似乎就在你之後發生。」

「偉大的事件？」我不禁嘲笑。

她突然更靠近我。「偉大的事件。駿騎王子的遜位，和在鹿角島戰勝紅船。在英勇王后狩獵的前一天晚上，難道不是你將珂翠肯從被冶煉者手裡救出來嗎？唉，我眞希望這些歌曲可以由我來寫。帝尊王子加冕典禮那晚的暴動就別提了。讓我們瞧瞧。死而復生，試圖在商業灘殿堂裡要了帝尊的命，然後毫髮無傷地脫逃。在上了鐐銬的情況下單獨除掉他的六名侍衛……我那天應該跟著你的。但我會說，如果我從現在開始緊握你的襯衫下襬，就大有機會目睹一件值得注意的事情。」

我從未想過那些事件是由我所引起的。我想抗議說我沒有引發其中任何一件事，我只是受困於不斷旋轉的歷史巨輪。然而，我嘆了一口氣，「我只想回家找莫莉和我們的小女兒。」

「她或許也渴望同一件事。納悶你何時回去，以及你是否會回去，對她來說這可不容易。」

「她並不納悶。她相信我已經死了。」

椋音稍後遲疑地說道，「蜚滋，她認為你已經死了。那你怎麼知道當你回去時她還會在那兒等著你，難道她不會找另一個人作伴？」

我已在腦海中上演不下一打可能發生的情景。我可能在歸鄉之前就死了，或者當我回去之後，莫莉將視我為騙子和原智者，也會對我的傷疤倒足胃口。我完全期待她因我不讓她知道自己還活著而生氣，但我會解釋自己相信她已找到另一個男人，也很愉快地和他生活在一起。然後她就會瞭解和原諒我，畢竟是她先離開我的。不知怎地，我從未想像在回去之後發現她已找了另一個人取代我。愚蠢。我為何沒有預見那是有可能的，只因它是我能想像出來可能最壞的事嗎？我比較像對自己而非椋音說話，「我想我最好設法傳話給她，設法捎個音訊給她。但我不確切知道她在哪裡，也委託不到人可傳話。」

「你離開多久了？」她想知道。

「離開莫莉？將近一年。」

「一年！我的天，」椋音輕聲喃喃自語。「男人們外出作戰或旅行，期待他們的人生在他們回來時仍等待著他們。你指望留在家中的女人顧好田地、扶養小孩、修補屋頂並照顧牛羊，所以當你走進家門時，就能發現自己的椅子仍在爐火邊，桌上也還有熱騰騰的麵包。對，還有個心甘情願的胴體在你的床上等著你。」她的語氣開始憤怒了起來。「你離開她多少天了？噯，她就得在這麼多的日子裡適應沒有你的生活。時間不會因爲你的離去而爲她停止。你是怎麼想她的？在溫暖的壁爐邊搖著你的孩子嗎？那麼，這種情況如何？小嬰兒躺在屋裡的床上啼哭也沒有人照顧，她卻在屋外的風雨中試著劈生火的柴，因爲爐火在她來回磨坊碾些糧食時熄滅了。」

我拋開這幅景象。不，博瑞屈不會讓那種情況發生。「我心目中的她是多面的，不只是得意時刻的她。」我替自己辯護，「況且她不完全是獨自生活，我有一位朋友照顧她。」

「喔，一位朋友。」椋音圓滑地贊同，「那麼他英俊有朝氣，而且勇於竊取任何女人的心嗎？」

我嗤之以鼻。「不，他比較年長，既固執又行動不便，卻也穩重可靠和深思熟慮。他總是善待女性，有禮且和善。他會好好照顧她們母女倆。」我自顧自地笑著，也知道這是眞的，然後又說，「他會殺了任何看起來可能對她們具威脅的人。」

「穩重、可靠，又深思熟慮？善待女性？」椋音假裝很有興趣地提高聲調，「你知道這樣的人有多麼罕見嗎？告訴我他是誰，如果你的莫莉讓他走的話，我自己可想要他。」

我承認自己在當時不安了片刻。我記得有一天莫莉取笑我，說我是從博瑞屈以降最稱頭的馬廄男子。當我懷疑那是否爲讚美時，她就告訴我女士們對他的印象都很好，只因他的沉默和冷漠的態度。那麼，她也曾看著博瑞屈和考慮他嗎？不。那天她和我共享魚水之歡，雖然彼此無法結婚卻仍緊抓著我。「不，她愛我。她只愛我。」

我無意大聲說出這些話，但我的語氣一定觸碰了椋音天性中較柔和的一處。她停止折磨我。「喔。嗯，那麼，我想你還是捎個訊息給她，那麼她就有讓自己堅強的希望。」

「我會的。」我答應自己，一到頡昂佩就立刻這麼做。珂翠肯應該知道我該如何傳話給博瑞屈，而我只須送一封短短的書面信息，不必寫得太清楚，以免遭攔截。我會請他告訴她我還活著，也會回去找她。但我該如何把訊息交給他？

我在黑暗中沉默地躺著沉思。我不知道莫莉住哪裡，蕾細或許知道，但我傳話給蕾細就無法不讓耐辛知道。不，她們倆都不能知道，應該找個我們倆都認識和我能信賴的人。不是切德。我能信任他，卻沒人知道如何找到切德，即使他們知道他的名字。

一匹馬在穀倉的某處用馬蹄踢廄房的圍牆。「你很安靜。」椋音耳語道。

「我在思考。」

「我不想讓你傷心。」

「妳沒有，妳只是讓我思考。」

「喔。」片刻沉默。「我好冷。」

「我也是，但外面更冷。」

「那絲毫不會使我更暖。抱我。」

這不是個請求。她依偎到我胸前，把頭塞進我的下巴底下。她聞起來好香，為什麼女人總有辦法讓自己聞起來很香？我尷尬地伸出手臂抱住她，因額外的溫暖而感激，卻對這親近感到不安。「好多了，」她嘆了一口氣，我也感覺她靠在我身上放鬆她的身體，然後她又說，「希望我們有機會盡快泡個澡。」

「我也是。」

「並不是因為你聞起來那麼臭。」

「謝謝妳，」我有些酸酸地說道，「妳介意我現在就睡嗎？」

「睡吧！」她把一隻手擱在我的臀部，又說，「如果那就是所有你想得到要做的。」

我設法吸了一口氣。莫莉，我告訴自己。椋音既溫暖又接近，渾身散發一股芬芳，她那吟遊歌者的作風也讓她覺得自己的暗示沒什麼。那是對她而言。但是說眞的，莫莉對我而言是什麼呢？「我告訴過妳，我已婚。」說出口可眞難。

「嗯，她愛你，你顯然也愛她。不過，是我們在這裡冷得發抖。如果她那麼愛你，難道會嫉妒你在這麼冷的夜晚得到一絲額外的溫暖和舒適嗎？」

這很困難，我卻仍強迫自己思索片刻，然後自顧自地在黑暗中微笑。「她不只會嫉妒我，還會把我的頭從肩膀上敲下來。」

「啊！」椋音在我的胸前輕聲微笑。「我知道了。」然後她輕輕地把她的身子從我身上移開，我卻渴望伸手把她拉回懷中。「那麼，我們最好趕緊睡覺。好好睡吧，蜚滋。」

所以我睡了，卻沒有立刻入眠，也並非毫不後悔。

夜晚爲我們帶來增強的風勢。當穀倉的門在早晨開啓時，一層新的積雪迎接我們。我擔心若積雪過深，我們的馬車就麻煩大了，但尼克挺自信親切地吩咐我們上馬車。他多情地和他的女士道別，我們就再度上路。他帶領我們從另一條小徑離開，並非走來時路，而這條路也比較難走，有些地方的積雪深得足以讓馬車的車身都挖出一條路來。椋音在早上有陣子騎在我們旁邊，直到尼克派人過來問她是否要和他們一同騎馬前進。她高興地感謝他的邀請，然後立刻加入他們。

我們在正午過後回到路上。在我看來，避開道路這麼久似乎沒有什麼意義，但尼克無疑有他的理由，也許他只是不想走出一條可追蹤到他避難處的明顯痕跡。我們那晚的棲身處是一些河岸邊破敗不堪的小屋，茅草屋頂都快掀開來了，所以屋裡的地上到處是手指寬的積雪，門底下也有一大片吹進來的雪，馬兒們除了小屋的背風面之外無處可躲。我們在河邊讓牠們喝水，每一匹馬也都有一份穀糧，但這裡卻沒乾草等著牠們。

夜眼和我一同去收集木柴，因爲壁爐旁雖有足夠的木柴可生火烹飪，卻不夠燒整晚。當我們走下河邊找浮木時，我不禁沉思我們之間的事情變化有多大。我們比從前少交談，我卻感覺比從前更能察覺牠，也許就比較不需要交談。不過，我們在離開彼此時都變了，當我現在看牠時，有時會先見到那匹狼，然後才看到我的同伴。

我想你終於開始以我應得的尊重對待我。那句揶揄的話也不無道理。牠忽然在我左邊河岸的一片矮林出現，輕鬆地跳躍著奔跑過滿是積雪的小徑，然後不知怎地設法消失在雪丘和無葉的灌木叢裡。

你眞的不再是小狗了。

我們都不再是小狼了。我們倆都在這趟旅途發現了那一點。你根本不再把你自己想成是個男孩。

我無言地在雪中跋涉和思索那句話。我不知自己何時已終於決定自己是個男人，而不再是男孩，但夜眼說得沒錯。奇怪的是，我爲了那位面容平滑且從容勇敢的小子的消失，感到片刻失落。

我想，我當個男孩可比當男人好多了，我悲傷地對狼兒承認。

爲什麼不等久一點再下定論是否眞是如此呢？牠提議。

我們走的小徑差不多只有一個貨車的寬度，只看得到一部分無矮林矗立的雪地，風也不停地將雪吹成雪丘和雪堆。我在風中行進，額頭和鼻子很快就被刺骨的風吹得發疼。這兒的地形和我們過去幾天經過之地有些不同，但只和狼兒寂靜地橫越的體驗，似乎讓這裡成了另一個截然不同的世界，然後我們就來到河邊。

我在站在河岸頂端看向對面。河邊多處都結冰了，偶有幾堆浮木漂下河流，有時還帶著髒兮兮的冰和黏在上面的雪。從迅速飄動的浮木可看出水流很強，我也無法想像河流會結冰。在遙遠的激流對岸，是萬年青密布的山麓小丘，緊接一片向下延伸至河邊的橡樹和柳樹平原。我猜河水在多年前阻擋了火勢蔓延，也納悶河的這岸是否也曾像對岸般林木茂密。

*瞧，*夜眼渴望地嗥叫。當我們看到一頭高大的公鹿走下河邊喝水時，我感覺到牠的飢餓。那頭公鹿舉起有鹿角的頭感覺到我們，卻鎮定地看著我們，知道牠是安全的。我則發現自己隨著夜眼的鮮肉思緒流口水。*在對岸狩獵可好多了。*

*但願如此。*牠從河岸跳到河邊積雪遍布的砂礫和石頭上朝上河走，我也較不優雅地跟牠走，一邊在途中撿乾柴枝。這裡的路更不好走，風勢與河邊的寒氣也更猛烈，但走在這裡更有意思，也不知怎地滿載著更多可能性。我看著夜眼在我前面來回走動。牠現在移動的方式很不同，已經失去許多小狗般的好奇。曾經需要小心嗅一嗅的公鹿頭骨，如今只被牠迅速翻轉過來，在離開前確定它是否眞是禿骨即可。牠滿懷決心地檢視糾結的浮木，看看是否可能會有獵物躲在下面，也注意下方空蕩蕩的河岸和嗅著獵物的徵象，然後撲向一隻從河岸下方的窩洞鑽出來的某種小齧齒目動物，並將之吞食。接著，牠把鼻子伸進洞裡徹底地嗅著，發現窩裡沒有其他棲居的動物可挖，就滿意地繼續小跑步。

我發現自己一邊看著河流一邊跟隨牠。我愈看愈氣餒，它的深度和水流的強度，經由根部參差不齊的碩大圓木隨著水流衝激而搖擺扭轉得到證明。我納悶暴風在上河是否更爲猛烈，才會把這些巨大的樹木連根拔起，或者只是河水緩慢地侵蝕其根部，直到它們搖晃地倒在水中。

夜眼繼續在我前方來回走動。我看到牠又跳了兩次，用牠的牙齒和腳爪將一隻齧齒目動物壓在地上。我不確定牠們是什麼；牠們看起來不完全像老鼠，牠們毛皮的油光發亮似乎顯示牠們住在水中。

*肉不眞的需要一個名稱，*夜眼挖苦地說道，我也被迫同意牠的話。牠欣喜地將牠的獵物拋向空中，然後在獵物翻筋斗落下時接住，猛烈地撕咬這死掉的東西，然後又拋向空中，接著用後腿在雪地裡跳

躍。有一刻，牠這份單純的愉悅頗具感染力。牠有一場成功狩獵的滿足感，也能不受干擾地吃肉塡飽肚子。這次獵物飛過我的頭上，我便跳起來接住這鬆垮的屍體把牠拋得更高，牠也四腳離地朝獵物高高地跳起和俐落地接住，然後蹲下來讓我瞧瞧，並且刺激我追牠。我拋下一整手的木柴朝牠跳過去，牠卻輕易地躲開我和繞回我這裡，還向我挑戰，接著在我撲向牠時，在一隻胳臂的距離內衝過我身邊。

「喂！」

我們倆都停下玩耍，然後我就緩慢地從地上站起來。尼克的一名手下站在遙遠的河岸瞪著我們，還帶著他的弓。「現在去找些木柴就回來。」他命令我。我四處掃視，卻不明白他爲何用如此急躁的口氣說話，不過仍拾起散落一地的木柴朝小屋走回去。

我看到水壺嬸就著火光瞇眼看一幅卷軸，並不理會在她周圍試著烹煮食物的那些人。「妳在讀什麼？」我問她。

「白袍卡伯的著作，他是奇莫拉時期的先知和預言家。」

我聳聳肩。這些名字對我而言毫無意義。

「經由他的指導，一個終止百年戰事的條約於焉生成。它讓三個不同的種族合爲一個民族。知識獲得分享，許多原本只生長在奇莫拉南方山谷的食物，例如薑和蕁麥，也獲廣泛的運用。」

「一個人就做了那事兒？」

「一個人，或許兩個人，如果你把被他說服、只占領而不破壞的那位將軍也算進去的話。瞧這裡，他如此描述他，『達阿里斯是他那個時代的催化劑，是人心和生命的改變者。他不以英雄之姿出現，卻讓他人成爲英雄。他的出現並非實踐預言，而是敞開通往新未來的大門，這就是催化劑持續以來的任務。』在這段之前，他寫道，我們每一個人皆可在各自的時代成爲催化劑。你對那種說法有何看法，湯姆？」

「我寧願當牧羊人。」我據實以答。「催化劑」可不是我珍愛的字眼。

那天晚上夜眼睡在我身旁。水壺嬸在離我不遠處輕聲打鼾，朝聖者在小屋的一端擠成一團，椋音則選擇在另一間小屋和尼克及他的一些手下睡在一起，她的豎琴聲和歌聲一度偶經陣陣強風傳來我這裡。

我閉上雙眼試著夢見莫莉，卻看到公鹿堡的一個村落在紅船駛離時燃燒。我在一位年輕小伙子在黑暗中航行時加入他，看他駕著自己的平底小漁船猛撞一艘紅船的側邊，將一盞燃燒的燈籠和一桶像窮人用來點燃他們的油燈的廉價魚油丟到紅船上，船帆就立刻著火，男孩同時將船急速駛離祝融侵蝕的紅船。在他身後，燃燒中的船員的咒罵和呼喊伴隨火焰升起。那夜我和他一同乘船，感受到他苦澀的勝利。他一無所有，孤苦無依且無家可歸，他卻讓一些敵人血債血還。我太瞭解他微笑的臉上滴滴的淚水了。

17

渡河

外島人總是語帶嘲諷地談論六大公國的人民，宣稱我們是土地的奴隸，是只適合在泥土裡挖地的農夫。人們爲了豐富的收成和倍增的牲口而感激的眾神之母艾達，則被外島人貶爲一群喪失心靈的囤墾人民的女神。外島人本身只信奉海神埃爾。祂不是一個讓人獻上感謝的神，而是一個要以祂爲誓的神。對那些拜祂的人，祂所賜與的唯一祝福是暴風雨和困境，好讓他們堅強。

在這點上，他們誤判了六大公國的人民。他們相信種植莊稼和飼養綿羊的人，精神與勇氣很快就會變得像綿羊一樣。他們來到我們當中殘殺、破壞，把我們對於同胞的關懷誤認爲是弱點。那個冬季，公鹿、畢恩斯、瑞本和修克斯的小老百姓，即漁民和牧羊人、養鵝女和養豬男，都肩負起這場爭吵不休的貴族和散渙的軍隊所打得很差勁的戰爭，將之視爲他們自己的戰爭。一個國家的小老百姓所承受的壓迫是有限度的，之後他們就會挺身保衛自己，無論是對抗外島人或他們自己不公不義的統治者。

其他人在隔天早上抱怨天氣太冷、行程太匆忙，並且渴望地談論熱燕麥粥和壁爐烘焙出來的蛋糕。有熱水供應，但除此之外，可沒別的東西可以溫暖我們的肚皮。我替水壺嬸裝滿她的茶壺，然後回頭在自己的杯子裡裝滿熱水。我瞇著雙眼忍痛從我的背包中挖出精靈樹皮。我前夜的精技夢境讓我此刻感覺噁心和搖晃，僅僅想到食物就令我作嘔。水壺嬸一邊啜著茶、一邊看我用刀從一塊樹皮上削下一片片放入茶杯裡。我等不及水將樹皮泡開就喝下去，強烈的苦味淹沒了我的嘴，但我卻立刻感覺頭痛減輕。水壺嬸忽然伸出爪子般的手從我指間扯下那塊樹皮，她看一看、聞一聞，然後驚呼一聲，「精靈樹皮！」她驚恐地看著我，「一位年輕人服用這種邪惡的藥草！」

「它能止住我的頭痛。」我告訴她，吸一口氣穩住讓自己一口氣把剩下的茶喝光。砂礫般的樹皮渣黏在我的舌頭上，我便強迫自己吞下去，接著擦乾茶杯將它收進行囊。我伸出手，她不太情願地把那塊樹皮還給我。她看著我的神情非常奇怪。

「我從沒見過任何人像那樣喝這種東西。你知道那東西在恰斯是用來做什麼的嗎？」

「我被告知他們把它拿去餵船上的奴隸，以保持他們的體力。」

「體力上升和希望降低。服用精靈樹皮的人很容易氣餒，也更容易受控制。它或許可以減輕頭痛的痛苦，卻也會遲鈍你的心智。如果我是你的話，就會小心使用它。」

我聳聳肩。「我服用好多年了。」我一邊告訴她、一邊把這藥草放回背包。

「所以現在更應該停用。」她刻薄地回答，然後把她的背包交給我，讓我把它放回馬車上。

當尼克命令我們停下馬車時已是下午。他和兩位手下騎在前面，其他的手下則對我們保證一切都很好，尼克也在我們抵達那兒之前先去渡河處做準備。我甚至不需要瞥著夜眼，因爲牠已偷偷溜去跟隨尼克和他的手下，我就靠在座位上抱著自己，試著保持溫暖。

「喂，你。把你的狗叫回來！」尼克的一名手下忽然命令我。

我站起來做出四處尋找牠的樣子。「牠可能只是嗅到一隻兔子，牠會回來的。我走到哪裡牠總是跟到哪裡。」

「現在就把牠叫回來！」這人語帶威脅地告訴我。

所以我就站在馬車座位上呼叫夜眼，牠卻沒過來。我對那批人道歉似地聳聳肩之後又坐了下來。其中一人繼續怒視著我，但我不理他。

這一天既清朗又寒冷，寒風依舊刺骨。水壺嬸一整天都異常地沉默。席地而睡已喚醒我肩膀的舊傷持續刺痛，我甚至不願想像她的感受如何，就試著只想著我們就要渡河了，在那之後群山就不遠了。或許我在群山終於會感覺帝尊的精技小組不再對我造成威脅。

*有些人在河邊拉繩子。*我閉上眼睛試著想像夜眼見到的景象，卻挺困難，只因牠直接看那些人本身，而我卻希望知道他們在做什麼差事。不過就在我看清楚時，他們正將一條導繩重新綁上另一條橫越河面的粗繩，遠方的另外兩個人則開始積極地在河岸彎曲處從浮木堆裡挖著。隱藏起來的駁船很快就露出來了，這群人也去幹活兒，把已結在船上的冰劈掉。

「醒來！」水壺嬸急躁地叫著我並戳我的肋骨。我一坐起來就看到另一輛馬車已經在移動，於是動動母馬的韁繩跟隨其他人。我們沿著河流道路走了片刻，然後路就變成一段開敞的河岸。河邊有些顯然在多年前的大火中遭燒毀的小屋，還有一團現已腐朽的爛木材和泥磚。我看見遙遠的河對岸有一艘沉了一半的老舊駁船，有些部分已結冰，卻也矗立著枯萎的草，可見它已漂浮了好幾季。對岸的小屋和這裡的小屋一樣年久失修，因爲茅草的屋頂早已徹底傾塌。在那些茅屋後方是和緩起伏的山丘，長滿了萬年青。再過去，矗立在遠方的，是群山王國的山峰。

一隊人馬已將繩子綁在駁船上，正將船拉過河到我們這裡。船首直接對準水流。駁船緊緊地綁在滑輪的繩子上；即便如此，洶湧的河水仍可將繩索沖斷，把駁船沖到下游。這不是一艘大船，但一輛馬車和一隊的人剛好擠得下。駁船邊有欄杆，除此之外，就只是一塊平坦敞開的甲板。在我們這一邊，尼克和他手下先前騎的小馬已上了韁繩拉著駁船的拖繩，河對岸則有騾子耐心地將船緩緩推向水面。當駁船緩慢地朝我們移動時，船首隨著衝擊的河水起伏，水流在船的兩側激起泡沫不住翻騰，偶爾下降的船首讓河水飛濺上船，四散各處。這不會是個乾燥的航程。

朝聖者憂慮地互相喃喃交談，但其中一人的聲音突然響起平息了他們的談話。「我們還有其他選擇嗎？」他指出。之後就是一片寂靜。他們驚恐地看著駁船接近我們。

尼克的馬車和隊伍率先上船渡河。或許，尼克這麼做是爲了給朝聖者壯膽。我看著駁船被拉上岸繫緊在老舊的滑軌上，然後船尾也固定了。我感覺到尼克隊伍的不快與不滿，但他們對此挺熟悉。尼克本人領著他們上船，鼓舞他們，他的兩名人手則匆忙地將馬車拴在防滑木條上。然後尼克走下船，揮手示意。船上兩人各站在一匹馬的馬首旁，對岸的騾子隊伍同時拉緊繩索。駁船下水航行到河面上。滿載的船身吃水更深，也不再像先前那般自由地上下波動。船首兩度高高抬起再深深吃水入河，河水淹沒沖刷過整個甲板。在河這岸的我們，觀看著駁船渡河，一片鴉雀無聲。對岸，駁船被拉上岸，先繫緊船首，接著鬆開馬車，然後尼克的手下將馬車駛上山丘。

「瞧，你們看吧，沒什麼好擔心的。」尼克輕鬆地邊笑邊說，我卻懷疑他是否眞相信自己說的話。

駁船回來時上面搭載了幾個人。他們看來對此挺不高興。他們抓住欄杆，畏縮地遠離濺起來的河水。當船抵達我們這岸，他們走下船時，身上無不濕漉漉的。其中一人示意尼克走到一旁，開始憤怒地和他商討，但尼克卻拍拍他的肩膀並且大笑，彷彿這一切都是個挺好的笑話。然後他伸出手，而他們將一個小包遞給他。他掂了掂重量，中意之後才掛在腰帶上。「我信守承諾。」他提醒他們，然後大步走回我們的隊伍。

朝聖者是下一批渡河的隊伍。他們之中有些人希望坐在馬車上渡河，尼克卻耐心地指出，駁船的負荷愈重，渡河時吃水就會愈深。然後他把他們都趕上船，並且確定每個人都抓好欄杆。「妳們也上來。」他一邊喊，一邊指著水壺嬸和椋音。

「我要和我的貨車一起渡河。」水壺嬸宣稱，但尼克搖搖頭。

「妳的母馬不會喜歡這樣的。如果牠在渡河時發狂了，妳就不會想待在駁船上。相信我，我知道自己在做什麼。」他瞥一瞥我，「湯姆？你介意和馬兒一同渡河嗎？看來你很能控制牠。」

我點點頭，尼克就說，「好啦，喂，湯姆會照顧妳的馬，妳現在就過去吧！」

水壺嬸臉一沉，卻也不得不顧實際狀況。我扶她下馬車，椋音就挽著她的手臂和她一同走到駁船上，尼克也走上船簡短地和朝聖者說話，告訴他們別害怕只要抓好欄杆。他的三名手下也和他們上船，其中一位堅持親自抱著最年幼的朝聖者。「我知道該怎麼做，」他告訴那位憂慮的母親。「我會讓她安全渡河，妳只須顧好妳自己。」小女孩開始哭了，即使當駁船航行於凶猛的激流時，她那尖銳嚎啕的哭聲仍清晰可聞。尼克則站在我身邊看著他們航向對岸。

「他們沒事的。」他對自己和我說道，然後轉頭對我露齒而笑，「喲，湯姆，再走幾趟我就能戴上你那漂亮的耳環。」

我沉默地點點頭。雖然這是我對此交易所做的承諾，但我可一點兒也不滿意。

儘管尼克說得輕鬆，我仍聽到他在駁船抵達對岸時如釋重負地嘆了一口氣。全身濕透的朝聖者在尼克的人手穩住駁船時就急忙下船。我看到椋音扶著水壺嬸下船，尼克的一些手下催她們趕快上岸躲到樹下。然後駁船就多載回了兩個人。朝聖者的空馬車和幾匹小馬接著渡河，而朝聖者的馬匹可一點兒都不高興，得矇住牠們的眼睛和勞駕三個人用力將牠們拉上船。當馬兒上船了，也被綁好了之後，牠們依然不停地移動著，不斷噴鼻息並猛搖頭。我看著牠們渡過了河。對岸的人不須催促就把馬車迅速從船上卸下。有個人拉起韁繩喀嚓喀嚓地將馬車駛上坡，然後就看不見了。

接下來搭船回來的兩個人可遭遇了最困難的一段渡河過程。他們在半途中看到一個巨大的暗樁，只見這塊圓木在激流中載浮載沉，爪子似的根部看起來像一隻可怕的手。尼克對著我們的小馬大吼，我們所有的人都跳過去幫牠們拉住繩子，但即便如此，那塊圓木仍然從側面擊中駁船。船上的人在被擊中的劇烈震動中因脫手鬆開欄杆而大喊出聲。其中一人差點給拋了出去，所幸及時抓住第二根柱子，保住了寶貴的生命。那兩人滿眼怒光不停咒罵地下了船，彷彿懷疑這不幸是有人蓄意造成的。尼克穩住駁船，然後親自檢查船上每一條繩子是否仍緊緊綁在滑輪的繩子上。剛才的搖晃震鬆了一道欄杆。他對此大大搖了搖頭，然後在他的人手將最後一輛馬車駛上船時警告他們。

這趟渡河不比其他趟糟糕。我有些惶恐不安地看著，知道下一趟就輪到我了。*想泡澡嗎，夜眼？*

如果能在對岸好好狩獵就值得泡澡，牠如此回答，我卻感覺得到牠和我一樣緊張。

我試著讓自己和水壺嬸的母馬鎮定，同時看著他們將駁船綁在登陸處。我一邊說話安慰牠、一邊帶領牠走下去，並盡全力對牠保證牠不會有事的，牠似乎也接受了，於是鎮靜地走上受損的木頭甲板。我緩緩帶領牠，一邊走一邊解釋，而當我將牠綁在甲板上的環狀鐵絲上時，牠也平靜地站著。尼克的兩名手下立刻綁好貨車，此刻夜眼跳上船然後肚皮貼地伏下來，爪子深陷進甲板的木頭裡。牠不喜歡河流肆無忌憚地晃動船身，說眞的，我也不喜歡。然後牠就走過來蹲伏在我身邊，四腳張開。

「你們和湯姆還有貨車渡河。」尼克告訴剛搭船回來全身濕透的人們，「我和我的傢伙們會帶著我們的小馬最後走。你們現在就遠離那匹母馬，免得被牠踢到。」

他們謹慎地上船，用懷疑的眼光看著夜眼和母馬，然後擠在貨車背後站穩。夜眼和我則待在船首。我也希望能遠離那匹母馬的馬蹄。接著，尼克在最後一刻宣布，「我想我還是和你們一起渡河吧！」他自己笑著將駁船推入河中，並對手下揮手，對岸的騾子隊伍則開始拉繩子，我們就在一陣搖晃之後過河。

坐而看和起而行從來就不同。我在第一道河水猛烈地潑在身上時倒抽一口氣，突然間我們都成了無法預測的孩子雙手中的玩具。河水在我們的身邊奔騰，彷彿要撕裂船身，湍急的水勢似乎因無法把我們拉開而挫折地呼吼，凶猛的激流讓我幾乎耳聾。駁船忽然一陣顛簸，我發現自己緊抓欄杆，一股河水潑上甲板打在我的足踝上，第二波河水從船首上沖刷下來，把我們全淋濕了，母馬也尖叫起來。我鬆開抓住欄杆的手，想要握住牠的馬絡。其他兩個人似乎也有此意，他們正走上前來，抓住貨車。我揮揮手叫他們別走過來，然後轉身面對母馬。

我將永遠無法得知這人的意圖。或許他想用他的刀柄打我。我從眼角捕捉到他的動作，碰巧在駁船再度搖晃時轉身面對他。他失手沒打到我而跌跌撞撞地朝母馬撲過去。早已焦慮的母馬驚慌地亂踢，猛烈地搖晃頭，然後一頭把我撞開。當我快要站穩時，那人又再度攻擊我。尼克則在貨車後方和另一人搏鬥，同時憤怒地吼著有關他的承諾和名譽之類的話。我在河水從船首潑灑而下時剛好躲過攻擊者的一拳。大水的力道把我沖向駁船中央，我一把緊抓住貨車輪，嗆著水喘氣。正當我半拔出劍時，另一個人從後面抓住了我。首位攻擊我的人獰笑著朝我走來，這次他是刀刃向著我。突然間，一團毛茸茸的潮濕軀體衝過我身邊。夜眼狠狠地擊中他的胸部，將他猛力推回欄杆上。

我聽到搖搖欲墜的柱子發出斷裂聲。緩慢地，非常緩慢地，狼兒、那人和欄杆全向河水傾斜而下，我在他們身後直撲過去，把攻擊我的人也拖了過去。當他們爬上來的時候，我設法一手抓牢柱子的殘骸，一手抓住夜眼的尾巴。我犧牲了我的劍。我只抓到牠尾巴的末端，但我緊握不放。牠抬起頭，慌亂地用前掌扒抓駁船邊緣，然後開始爬回船身。

接下來，一隻穿著靴子的腳狠狠踢了我的肩膀，隱約的疼痛在此刻爆發。接著我的頭側也挨了一踢。我看著自己的手指倏地鬆開，見到夜眼跳開我在河水邊緣胡亂抓著，然後就不見了。

「我的兄弟！」我大喊一聲，河水卻吞沒了我的話，下一波湧上甲板的河水讓我渾身濕透，嘴巴和鼻子也灌滿了水。當大水沖過去之後，我試著用雙手和膝蓋撐起自己。踢我的人在我身旁跪下來，我也感覺到他用刀子抵住我的脖子。

「只要待在原地別動，」他冷酷地說道，然後轉身對尼克大叫。「我要用自己的方式做這事！」

我沒有回答，只是迫切地向外探索，用盡我所有的力量探尋狼兒。駁船在我的下方顛簸，河水仍舊湍急，我也因濺上來的河水和波浪而全身濕透，感覺既寒冷又潮濕，嘴裡和鼻子裡的水也使我嗆住了。我說不出自己在哪裡結束和夜眼從哪裡開始，也不知牠是否依然存在。

駁船忽然在滑軌上刮出刺耳的聲音。

他們在對岸笨手笨腳地讓我站起來。拿刀抵著我的人在第二個人抓緊我的頭髮前移開了他的刀子。我立刻反抗，毫不在乎他們現在還會對我做什麼。我散發出仇恨和怒氣，慌張的母馬也跟隨我的情緒。有一人跌在很接近母馬的地方，牠也用馬蹄狠狠踢了一下他的肋骨，我想或許踢了兩下。我用肩膀將一位攻擊者撞落河裡，他在我掐住他同伴時設法捉住駁船停在那裡。尼克警告似的喊了一聲，當時我正緊捏歹徒的脖子將他的頭撞向甲板，然後一群身穿金棕色制服的人就撲向我。我嘗試讓他們殺了我，他們卻沒這麼做。我聽到遠方的山丘上傳來另一些吼聲，我想我認出椋音因憤怒而上揚的聲音。

我稍後渾身被五花大綁地躺在積雪的河岸上，有個傢伙手持出鞘的劍站在旁邊看住我。我不知道他是在威脅我，還是阻止其他人殺了我。他們站成一圈，貪婪地低頭凝視著我，彷彿一群剛打倒一頭鹿的野狼。我一點兒也不在乎。我只是慌張地向外探尋，毫不在意他們會對我做出什麼事情。我感覺到牠在某處為牠的生命搏鬥，而我對牠的感覺也愈來愈微弱，因為此刻牠正用盡一切力量在求生存。

尼克忽然倒在我身邊。一隻眼睛開始腫起來睜不開，而當他齜牙咧嘴地對我笑時，我看到他的牙齒都沾血了。「嗯，我們已經在河的對岸了，湯姆。我說過要帶你到這裡，我們現在也來了。就像我們當初同意的，我現在得拿走那耳環。」

看著我的侍衛踢了他的肋骨。「閉嘴。」他吼了出來。

「這可不是協議。」尼克趁他能呼吸時堅持著。

他抬頭看著他們所有的人，試著選個人說話，「我和你們的領隊談妥了一項交易。我告訴他會把這個人帶來給他，而他會以金子和其他人的安全通行作為對我的回報。」

這位中士尖酸地回他一笑。「哎呀，這可不會是馬克隊長和走私者談妥的第一筆交易。奇怪了，似乎從來沒有任何走私者讓我們獲利，對不對啊，伙伴們？至於馬克隊長嘛，他現在可沉到河裡去了，所以很難說他對你承諾了些什麼。馬克總喜歡他的光輝演出。嗯，不過他現在已經被水沖走了。但我知道我的指令是什麼，那就是把所有走私者逮捕到月眼。我是一名好士兵，我的確是。」

這位中士彎腰拿走尼克那袋金子，以及尼克自己的錢包。尼克在掙扎中流了些血，我也不費心去看這場面。他把我出賣給了帝尊的侍衛；他怎麼知道我是誰？我苦澀地告訴自己，莫非是那晚和椋音的枕邊細語洩了底？我信任別人，然後一如以往又被出賣了。當他們把他拖走時，我甚至沒轉頭看。

我只有一位眞誠的朋友，我的愚蠢卻再次讓牠付出代價。我仰望天空遁出自己的身體，盡全力擴展我的覺知，探索，再探索。我找到牠了。牠在某處用爪子扒抓著陡峭結冰的河岸，身上厚厚的毛都浸水了，因太重而幾乎無法抬頭。湍急的水勢讓牠失手，於是牠又在河裡打轉。河水將牠拉下去，還把牠留在那兒，然後猛地把牠抛出水面。牠氣喘吁吁地吸了帶水的空氣，已經沒有力氣了。

再試一試！我命令牠。一直試！

變幻莫測的水流又把牠沖向河岸邊，這片河岸卻糾結著懸蕩的樹根。牠用爪子抓住樹根將自己的身體拉高，手忙腳亂地咳出水並呼吸空氣，肺部的運作猶如風箱般。

出來！擺脫掉！

牠根本沒回答我，我卻感覺到牠把自己拖出來。一點一點地，牠爬上了一片矮林的河岸。牠像小狗般緩緩用腹部爬行，水從牠全身往下滴，在牠發抖的身子周圍形成一片水窪。牠冷得不得了，耳朵和口鼻處都結霜了。牠站起來，試著要抖掉身上的水，卻倒了下來。牠再次跌跌撞撞地站起來，踉蹌了幾步遠離河水。牠又抖抖身子，水花四濺；這動作讓牠減輕了身上的重量，也讓牠的毛鬆開豎了起來。牠站著，低下頭，吐出了一大灘河水。找個地方躲一躲，蜷縮起來保暖。我告訴牠。牠不太能思考，在我心中那夜眼的火花已幾乎閃滅了。牠猛烈地打了好幾個噴嚏，之後四處張望。那裡，我催促牠。在樹下。雪幾乎將萬年青的葉子壓到地上，樹後面有個布滿落下來的針葉的洞。如果牠能鑽進去，縮在裡面，牠可能可以再度暖起身子。進去吧，我催促牠。你辦得到，進去吧！

「我想你踢他踢得太用力了，他只是盯著天空看。」

「你看到那女人對斯可夫做了些什麼？他就像隻豬一樣流著血，不過他也狠很回了一拳。」

「那位老婦人跑哪去了？有人找到她嗎？」

「她在這場雪裡不會走遠的，所以就別擔心了。叫醒他讓他站起來。」

「他的眼睛連眨也不眨，幾乎沒在呼吸。」

「我不管。把他帶到精技高手那裡。在那之後，他就不是我們的問題了。」

我知道侍衛把我拉起來站好，也知道自己走上山丘。我毫不注意自己的那個軀體。相反地，我再次抖抖身子，然後鑽進樹下。那裡的空間剛好夠我縮起來。我用尾巴遮住鼻子。我輕輕抖動耳朵數次，好甩掉剩下的水。**現在就睡吧，沒事了，睡吧！**我幫牠閉上眼睛。牠仍在發抖，但我感覺牠的身子緩緩地暖了起來，於是溫和輕緩地離開牠。

我抬頭用自己的雙眼觀看。我正走上一條小徑，左右各有一名高大的法洛侍衛。我不用回頭看就知道其他人跟在後面。在我們前方，我看到尼克的馬車，被拉到了樹蔭下，他的手下坐在地上，雙手都被反綁在後。全身濕答答的朝聖者全圍擠在營火邊，在他們四周也圍站著好幾名侍衛。我沒看到椋音或水壺嬸。有位婦女緊抓著她的孩子，靠在他的肩上痛哭失聲，這男孩看來沒在動了。有個人的視線遇上了我的雙眼，然後別過頭去朝地上吐口水。「都是那原智小雜種把我們害成這樣！」我聽到他大聲說道，「艾達對他怒吼！他玷污了我們的朝聖之旅。」

他們把我帶到一個搭在高大樹林背風面的舒適帳篷裡。我被推進帳篷內，然後被壓下來跪在墊高的木板地上的羊皮地毯上。一名侍衛緊抓我的頭髮，那名中士同時宣布，「他在這裡，大人。狼把馬克隊長殺了，但我們逮到他了。」

一個大火盆散發出令人愉快的熱氣。這帳篷內可是我幾天以來所到過最溫暖之處。突如其來的熱氣幾乎讓我呆住，但博力可不這麼想。他坐在火盆另一邊的椅子上把腳伸向火盆，身穿長袍戴上帽子，而且全身上下都裹著毛皮，彷彿在他和夜晚的寒冷之間別無他物。他向來是個身型魁梧的人；如今卻仍舊胖得可以。他模仿帝尊的樣式，將深色頭髮弄捲。他深色的雙眼中閃爍著不滿。

「你怎麼還沒死？」他問我。

那個問題可沒什麼好答案。我只是面無表情地看著他並牢固心防。他忽然滿臉通紅，腮幫子也隨著他的憤怒而鼓了起來。當他說話時，他的聲音挺緊繃，同時怒視那位中士。

「好好報告。」然後他沒等這人開口就問道，「你讓那匹狼跑了？」

「不是讓牠跑，大人，是牠攻擊隊長。牠和馬克隊長一起掉進河裡，大人，然後就被沖走。河水又急又冷，他們不可能會有生還的機會，但我還是派了些人到下河河岸尋找隊長的屍體。」

「我也要狼的屍體，如果屍體沖上岸的話，確定你的手下都知道。」

「是的，大人。」

「你拘留走私者尼克了嗎？還是他也逃跑了？」博力重重地挖苦著。

「不，大人。我們抓到了走私者和他的手下，還有跟他來的那群人，雖然他們比我們想像中還會反抗。有些人逃進樹林裡，但我們仍逮到了他們，而且他們自稱是尋訪群山艾達神殿的朝聖者。」

「那和我一點兒關係也沒有。一個人觸犯國王的法令之後，在乎他爲何犯法又有何用？你尋回隊長付給走私者的金子嗎？」

這位中士看來挺驚訝。「不，大人。您說付給走私者的金子？沒看到。我懷疑它是否和馬克隊長一起沉到河裡，也或許他沒給那個人……」

「我不是笨蛋，可比你想像中還清楚這到底是怎麼回事。找出所有的金子，拿回來這裡。你抓到所有的走私者了嗎？」

這位中士吸口氣思考了一下。「當我們制伏尼克時，對岸還有些走私者和一隊小馬，他們就騎馬跑了……」

「別管他們。小雜種的共犯在哪裡？」

這位中士看起來一臉茫然，我相信他不知道這字眼。

「你有抓到一位吟遊歌者椋音嗎？」

這位中士看來挺不安。「她有些難控制，大人。當我們的人馬在斜坡上制伏小雜種時，她就伸手打斷抓住她的人的鼻子。我們費了點兒勁……才控制住她。」

「她還活著嗎？」博力的語調毫無疑問顯示他很瞧不起他們的能力。

中士的臉都紅了。「是的，大人。但是……」

博力一個眼神就讓他們安靜。「如果你的隊長還活著，他會希望自己現在就死了。你根本不知要如何報告，也不知如何控制住一個情況。在事情發生當時就應該派人通知我。那位吟遊歌者不該被允許觀看發生了什麼事情，而是立刻拘禁起來。還有，只有笨蛋才會在激流中的駁船上嘗試制伏一個人，他只須等著駁船靠岸，岸上會有一打劍士等著任他使喚。至於走私者的賄賂也得還給我，否則在錢補足之前你們都沒得領薪。我可不是傻瓜。」他怒目環視帳篷裡所有的人。「這件事要是給搞砸了，我不會原諒你們的。」他緊閉雙唇。當他再度說話時，他可就吐出了這些話，「你們全都給我走。」

「是的，大人。那犯人呢？」

「把他留在這裡。派兩個人持劍守在外面，但我需要單獨和他談談。」中士鞠躬後趕緊走出帳篷，他的手下也立即跟了出去。

我抬頭看著博力的雙眼。我的雙手被緊緊反綁在背後，卻已無人壓住我跪下來。我站起來俯視博力。他毫不畏縮地注視我的眼神，說話的語氣也很平靜，讓他說出來的話更具威脅性。「我對你重複我剛才對中士說的話。我不是笨蛋，也不懷疑你早有逃脫的計畫，還可能會殺了我。我也有個計畫，這也包括了我自己的存活。這是個簡單的計畫，小雜種。我總喜歡簡單了事。計畫是這樣。如果你給我惹麻煩，我就殺了你。我想你也推測到帝尊國王要留你活口，但如果你變得令人為難，可別以為我不會殺了你。如果你想試試精技，我告訴你我的心防可是很穩固的。一旦我懷疑你想嘗試，就會讓你對著我侍衛們的劍試試你的精技。至於你的原智，看來我的問題剛才也一併解決了，但如果你的狼現身的話，牠也敵不過劍的。」

我不說一句話。

「你明白我說的嗎？」

我點一下頭。

「那就好。現在，如果你不給我惹麻煩，就會得到公平的對待，其他人也一樣。如果你很難纏，他們也會分擔你的痛苦。你明白吧？」他和我眼神相遇，堅持要我回答。

我以和他一樣語氣平穩地說道，「既然尼克都把我出賣給你，難道你真的認為我在乎你是否會殺了他嗎？」

他微笑了。這讓我發冷，因為那個微笑原本屬於一位和藹的木匠學徒，如今是一個截然不同的博力穿著他的皮囊。「你很狡猾，小雜種，從我認識你開始就是如此。但你跟你父親，以及那位王位覬覦者，有著相同的弱點；你相信就連這些農人其中之一的生命也和你的一樣寶貴。如果你給我惹麻煩，他們全都會付出代價，直到流乾最後一滴血。你明白嗎？連尼克也不例外。」

他說得沒錯。我沒胃口想像朝聖者為我的大膽付出代價。於是我平靜地問道，「如果我合作的話呢？到時候他們會如何？」

他對我傻呼呼的關懷搖搖頭。「三年勞役。如果我是個比較狠的人，就會砍斷他們每人一隻手，因爲他們已直接違反國王的命令嘗試越過邊境，也理當以叛國罪懲處。走私者要服十年勞役。」

我知道走私者大多熬不過來。「那麼吟遊歌者呢？」

我不知他爲何回答我的問題，不過他回答了。「吟遊歌者必死無疑，你已經知道了。她知道你是誰，因爲欲意已在藍湖質問過她。當她可以爲國王效勞時，卻選擇幫助你。她是個叛國賊。」

他的話點燃了我的怒火。「她幫助我就是爲眞正的國王效勞。當惟眞回來之後，你就會感覺他的狂怒，也沒人會包庇你或其他不忠的小組成員。」

有一會兒博力只是看著我，我也控制住自己。我剛才說的聽起來很孩子氣，用帝尊兄長的狂怒威脅另一個人。我的話挺沒用，甚至比沒用更糟。

「侍衛！」博力並沒有吼叫，也沒提高聲調，但兩名侍衛立刻走進帳篷舉劍對著我的臉，博力則表現出一副沒注意到武器的樣子。「把那個吟遊歌者帶來我這裡，確定她這回不會『失去控制』。」當他們倆遲疑時，他就搖搖頭嘆了一口氣。「現在就去吧，你們兩個，把你們的中士也找來。」當他們離開之後，他就用不滿的神情看著我的雙眼。「你瞧瞧他們給我什麼活兒做。月眼從未有一堆這麼沒用的軍隊。我有膽小鬼、呆子、不滿的人和共謀者，然後當每一項交給他們的任務都給搞砸時，我就得面對國王的不悅。」

我想他實際上指望我同情他。「所以，帝尊派你來加入他們？」我反而這麼說。

博力對我露出詭異的微笑，「就像在我之前，黠謀國王派你父親和惟眞來此一樣。」

那是眞的。我低頭看著鋪在地上的厚羊毛地毯。我身上的水都滴在上面了。火盆散發出來的溫暖滲入我的身體讓我發抖，彷彿我的軀體放棄了隱藏多時的寒冷，於是我馬上遠離自己向外探索。我的狼兒正在睡，比我還溫暖。博力從他椅子旁的桌上拿起一個鍋子，替自己倒了一杯牛肉湯就喝了起來，我也聞到它的香味了。然後他嘆了一口氣，靠回他的椅子上。

「我們都已從我們的出發點走了一大段路，不是嗎？」他聽起來似乎挺遺憾的。

我很快地點點頭。博力是個小心謹慎的人，我也不懷疑他會實行自己的威脅。我見識過他的精技形貌，也見識到蓋倫如何把它揉捏成供帝尊差用的工具。他效忠一位傲慢自負的王子，那是蓋倫已煉入他心中的；他再也不能把它和他的精技分開。他對權利有野心，也喜愛精技為他賺來的懶散生活。他的雙臂不再因工作而粗壯，反而是他的肚皮撐開了他的短袖束腰上衣，雙頰的下頷垂肉也重重地垂著。他看起來比我老十歲，卻會為自己如今的地位凶猛地抵抗任何對它的威脅。

中士先進帳篷，但他的手下稍後就把椋音押過來。儘管她的臉上有瘀青，嘴唇也腫了起來，卻仍頭抬得高高地在他們的挾持下走進帳篷。她冷冰冰且鎮定筆直地站在博力面前，根本不向他致意。或許只有我感覺到她的盛怒，而她也不顯露半點兒恐懼。

當她站在我身邊時，博力抬頭端詳我們倆，然後朝她伸出一隻手指。「吟遊歌者，妳知道這個人是蜚滋駿騎，也就是原智小雜種。」

椋音沒回答。不過這也不是個問題。

「在藍湖時，蓋倫精技小組的欲意提供妳金子，實在好用的一筆錢，要妳幫我們追蹤到這個人，而妳卻知情不報。」他稍作暫停，似乎給她機會說話，她卻不發一語。

「然而，我們又在此發現妳和他一道上路。」他深呼吸。「如今他告訴我，妳為他效勞就等於為王位覬覦者帷貞效勞，還用帷貞的狂怒威脅我。告訴我，在我對此做出回應前，妳同意這說法嗎？還是他替妳講的話全錯了？」

我們都知道他在給她一個機會，我也希望她能識相地把握機會。我看見椋音嚥下口水，但她卻沒看我。當她說話時，她以低沉地聲音說道，「我不需要任何人替我說話，大人，我也不是任何人的僕人。我不為蜚滋駿騎效勞。」她稍停了一下，我也暈眩地感覺鬆了一口氣，但此時她卻吸了一口氣繼續說下去：「但如果惟眞．瞻遠還活著，他就是六大公國眞正的君主。而且如果他回來的話，我也毫不懷疑另有說法的人將感受到他的狂怒。」

博力從鼻孔哼了一聲。他遺憾地搖搖頭，然後指著其中一名等在旁邊的傢伙，「你，折斷她一根手指。我不在乎是哪根手指。」

「我是吟遊歌者！」椋音恐懼地提出抗議，不可置信地瞪著他。我們所有的人也都瞪著他。因為從未聽過吟遊歌者因叛國而遭處死。殺害一位吟遊歌者和傷害她可完全是兩回事。

「你沒聽到我說的嗎？」博力質問那名遲疑的侍衛。

「大人，她是吟遊歌者。」這人看來嚇呆了，「傷害吟遊歌者會帶來厄運。」

博力不理他，轉身交待他的中士，「在我今晚休息前用鞭子抽他五下。抽他五下，你可記住了。我也希望數數他背上的一道道鞭痕。」

「是的，大人。」這名中士儒弱地說道。

博力轉過來看剛才那個傢伙，「折斷她的一根手指，我不在乎是哪根。」彷彿他之前從未說過這些話似地下命令。

這人像個作夢的人似的走向她。他會奉命行事，博力也不會停止這命令。

「我會殺了你。」我誠懇地告誡博力。

博力沉著地對我微笑，「侍衛。折斷她的兩根手指，我不在乎是哪兩根。」中士迅速移動，拔出刀子走到我身後，然後用刀抵住我的喉嚨要我跪下。我抬頭注視椋音，她就用空洞無神的雙眼瞥了我一眼，然後別過頭去。她的雙手和我一樣被綁在身後，只見她直直瞪著博力的胸膛並且靜止沉默地站著，臉色愈來愈蒼白，直到他真的碰到她為止。當他捉住她的手腕時，她從喉嚨嘶啞地叫了一聲，然後變成尖叫，卻無法蓋過那人將她的兩根手指從關節向後扳時，所發出微弱的劈啪聲。

「給我看。」博力下命令。

這人彷彿很氣椋音，非得將她臉朝下推倒在地上。她躺在博力腳前的綿羊皮上，尖叫之後她就沒出聲。她左手的無名指和小指發狂似的突出於其他手指之外，博力則俯視這兩根手指，滿意地點點頭。「把她帶走，好好看著她。然後回來見中士，在他交代完你們之後來找我。」博力的語調平穩。侍衛抓住椋音的領子把她拖起來站好，在推她出去時看起來既噁心又憤怒，然後博力對中士點點頭。「現在讓他起來。」

我站著俯視他，他也仰望著我。雖然我們彼此的架勢不同，對於誰控制這狀況卻不再有絲毫的疑問。接著，他用非常平靜的語調說道，「你剛才表示明白我說的，現在我知道你懂了。到月眼的旅途對你和其他人來說可以是迅速從容的，也或許不然。這可完全看你了，蜚滋駿騎。」

我沒有回答，也沒必要回答。博力對另一位侍衛點點頭，那名侍衛就把我從博力的帳篷帶到另一個帳篷裡。有另外四名侍衛住在裡面。他給我麵包、肉和一杯水。我也順從地讓他把我的手重新綁在面前好讓我進食。吃完之後，他對我指一指角落的一條毛毯，我也像一隻聽話的狗般走過去。他們又把我的雙手反綁，還綁了我的雙腳。他們讓火盆燒一整夜，也總是有至少兩名侍衛看住我。

我不在乎。我轉身背對他們，面向帳篷的內側。我閉上雙眼，不是入睡，而是去找我的狼兒。牠的毛快乾了，卻依然虛脫地睡著。寒冷及河流衝擊可讓牠累壞了。我帶走留給我的那份細微慰藉。夜眼活下來了，現在牠也睡了，而我不知道是在河的哪一岸。

18

月眼

月眼是位於六大公國和群山王國邊境上，一個小規模卻有防禦能力的城鎮。它是個糧食供給城鎮，傳統上也是取道切立卡小徑前往廣谷通道和群山王國後方的商隊停靠處。駿騎王子就從這裡和群山王國的盧睿史王子談判他最後一項重大的條約。當條約簽署之後，駿騎隨即發現一名來自該地區的女子生下他的私生子，而且已經差不多六歲了。駿騎王儲於是結束談判，立刻騎馬回到公鹿堡，對王后、父王和人民爲他年輕時的錯誤致上最深的歉意，然後就遜位以免在王位繼承順序上製造混亂。

博力信守承諾。我在白天由侍衛左右挾持且雙手反綁的情況下行進。晚上住在帳篷裡，雙手鬆綁，讓我可以自己進食。沒有人刻意虐待我。我不知道是博力下令讓我獨自一人關禁閉，還是夠多原智惡毒小雜種的謠傳已經滿天飛了，所以沒人敢打擾我。無論如何，我到月眼的路途沒有比惡劣的天候和軍糧來得差。我和朝聖者隔離，所以不知水壺嬸、椋音和其他人的狀況如何。看守我的侍衛在我面前並不彼此交談，所以我甚至無法收集八卦或謠傳。我不敢問他們之中的任何人，就連想到椋音和他們對她所施的酷刑都令我作嘔。我納悶是否有人會同情她，把她的手指拉直並包紮。我也懷疑博力是否會允許。我因爲自己如此經常想到水壺嬸和朝聖者的孩子們而感到驚訝。

我確實有夜眼。在博力拘留我的第二晚，在一陣匆忙的麵包和乳酪進食之後，我被獨自留在一個有六人武裝的帳篷角落。我的手腕和足踝都被綁牢了，但沒有綁得很死，還有一條毛毯丟在我身上。看守我的侍衛很快就聚在照亮帳篷的蠟燭旁，全神貫注地賭起骰子來。這是個上好的山羊皮帳篷，他們也爲了自己的舒適而鋪上杉樹枝的地板，所以我不會冷得太難受。我很疼痛和疲倦，肚子裡的食物也讓我很想睡，但我努力維持清醒。我向外朝夜眼探索，很怕可能發現的情景。自從我交代牠好好睡之後，我的心中只留有牠一絲模糊的身影，但當我此刻朝牠探尋時，卻震驚地感覺牠離我很近。牠彷彿步出一道簾幕般顯現牠自己，似乎被我的驚訝給逗樂了。

你能那麼做有多久了？

有一陣子了。我已經想過那位熊人對我們說的話，而當我們分開時，我就明白我有自己的生活。我在心中找到自己的地方。

我感覺牠思緒中的遲疑，似乎期待我會責備牠。但相反的，我卻擁抱牠，將牠圍繞在我爲牠所感到的溫暖。我怕你會死。

我現在也這麼爲你擔心。牠謙遜地說下去，但我活下來了，現在我們之中至少有一位是自由的，而且可以拯救另一位。

我很高興你安然無恙，但恐怕你不能爲我做什麼，況且如果他們看到你，可會在殺了你之後才甘休。

那麼他們就不會看到我。牠輕鬆地承諾。那夜，牠帶著我一同狩獵。

隔天，我得專注所有心力穩住腳步前進。一場暴風已經颳起，儘管我們所走的小徑滿是積雪，刺骨的寒風也不斷吹擊我們，甚至就要下雪，我們卻如行軍般前進。當我們遠離河流走上斜坡時，樹林和矮樹叢就更為濃密。我們聽見風在上方的樹林間呼呼吹著，卻不怎麼感覺到風吹。我們走得愈高，夜裡的寒氣就愈乾燥刺骨。我獲得的食物足以讓我站穩並維持生命，除此卻沒什麼別的了。博力騎馬走在隊伍最前方，他的騎兵隊跟隨在後。我走在騎兵隊後面的侍衛之間，遭一般侍衛挾持的朝聖者就走在我們後面，隊伍最後是載運行李的列隊。

在每天的跋涉之後，我就被關在迅速搭起的帳篷裡，吃飽之後就沒人理，直到隔天早上，我的對話也侷限在接受我的餐點，以及在夜間和夜眼分享思緒。在河這岸狩獵比起我們曾去過的地方收穫更豐，牠幾乎毫不費力地就找到獵物，也穩穩地重建牠原有的精力。牠發現跟上我們的行進速度一點兒也不是問題，而且仍有時間狩獵。在我成為階下囚的第四晚，當夜眼正對一隻兔子開腸破肚時，牠忽然舉頭嗅著風。

這是什麼？

獵人。狙擊手。牠丟下肉站起來。牠在博力帳篷上方的山坡上。在樹叢間，至少有兩打黑暗的身影正偷偷摸摸地接近他的帳篷。有十二人左右的弓箭手。在夜眼的注視中，有兩人彎腰躲進濃密的灌林叢下。不一會兒，牠那敏銳的鼻子就聞到了煙味。他們的腳邊閃爍著微弱的火光。他們向其他人示意，那些人如影子般無聲地散開來，弓箭手尋找有利位置，其他人就溜進下方的帳篷間，有些人則走向被拴起來的動物。接著，我自己的耳朵就聽見，偷偷摸摸的腳步聲在我被五花大綁躺著的帳篷外響起。那些人沒有停下來。夜眼聞到燒松脂的臭味。不一會兒，夜空中就升起兩道火焰。他們攻襲博力的帳篷。過了一會兒，慘烈的叫聲響起。當睡眼惺忪的士兵跌跌撞撞地奔出帳篷朝火焰前進時，山坡上的弓箭手就向下朝他們射出大量的箭矢。

博力跌出起火的帳篷，全身裹著毛毯，大吼發出命令，「他們的目標是小雜種，你們這群白癡！不計一切看好他！」然後一枝箭飛過他身邊落在結冰的地上。他大叫一聲，趴下來躲在裝補給品的馬車下，傾刻間又有兩枝箭射中馬車。

我這帳篷裡的侍衛一聽見喧鬧聲就跳了起來，我卻極度忽略他們，寧可以夜眼的眼光看事情。然而，當中士衝進帳篷時，他的第一道命令竟是，「在他們燒了帳篷之前把他拖出去，並且制伏住他。如果他們想帶走他，就割了他的喉嚨！」

中士的命令倒挺忠實地獲執行。一個傢伙跪在我背上用刀抵住我的喉嚨，另外六個人圍住我們，其他人就在我們身邊的黑暗中攀爬吼叫。稍後又有第二聲吶喊，原來又有一個帳篷起火燃燒，博力的帳篷則陷入猛烈的火勢中，連營地盡頭都照亮了。當我第一次試著抬頭想看目前的情況時，在我後面的年輕士兵用力把我的臉打回結冰的地面，我只得退回冰和砂礫中，透過狼的雙眼觀看一切。

要不是博力的侍衛不那麼堅持制伏我和保護博力，他們或許就會察覺這次突襲的目標根本不是我們。當一枝枝箭落在博力身邊和他那起火的帳篷時，沉默的入侵者就在營地盡頭將走私者、朝聖者和小馬放出來。夜眼的窺視向我顯示，燒了博力帳篷的那名弓箭手和尼克一樣有錦渥家族的長相。原來走私者緊跟著自己的人。當博力的手下緊看著他跟我時，那些俘虜就像糧食從麻袋的破洞中漏出般慢慢地走出帳篷。

博力對他手下的評價是正確的。每輛馬車和每個帳篷都有一位以上的武裝人員，埋伏在陰影中等候對付突襲。我毫不懷疑他們若本身遭到攻擊的話，必定會迎頭反擊，但他們卻沒有一個人率領一支突擊隊去對抗山坡上的弓箭手。於是，我懷疑馬克隊長並非唯一和走私者達成協議的人。他們還擊的火力毫無作用，因爲起火的帳篷破壞了他們的夜視能力，反之這火光製造了一道道剪影，和站著還擊走私者的弓箭手的目標。

這場突襲在極短的時間內就結束。山坡上的弓箭手在一邊溜走時還一邊持續朝我們放箭，而那場火則引開博力手下的注意力。當如雨而下的飛箭忽然停止時，博力立刻把他的中士吼來要求知道是否有看好我，中士則用警告性的眼神看著他的手下，然後回頭喊著他們沒讓突襲者帶走我。

接下來的夜晚十分悽慘。我在大部分的時間都臉朝下躺在雪地上，衣衫不整的博力則在我身邊憤怒地哼著大力跺腳。燃燒他帳篷的那場火毀了他大部分的私人用品。當朝聖者和走私者的逃跑被察覺時，似乎成爲次要的事件，只因事實上營地裡沒有任何人的衣服尺寸對博力來說是合身的。

另外三個帳篷也遭縱火。除了走私者的小馬之外，博力的坐騎也被帶走了。儘管博力大吼大叫，威脅要發動凶猛的報復行動，卻沒有努力組織人手追捕，反而以踢我幾下爲樂。他在黎明將近時，才想到問吟遊歌者是否也被帶走。她被帶走了。然後他就宣稱那證明了我才是這場突襲的眞正目標，然後就增加三倍的人手看住我，接下來兩天前往月眼的途中亦然。毫無意外地，我們沒再看到攻擊我們的人。他們已經獲得想要的一切，然後就消失在山坡上。我也不懷疑尼克在這邊的河岸上也有避難處。我對出賣我的這個人並沒有好感，但不得不坦承自己挺勉強地欽佩他在逃跑時沒忘記帶朝聖者跟他走。或許椋音能以此編一首歌。

月眼看起來像個藏身山谷的小鎭，只有些邊陲的農莊，圍繞城鎭的木頭柵欄外緊接著一片石板地。一位哨兵在城牆上方的烽火台正式地盤問我們，在我們進去之後我才欣賞起這繁榮的小城。我從費德倫的教導中得知月眼原是一個六大公國的軍事重地，後來才成爲前往群山另一邊的車隊停靠之處。如今販賣琥珀、毛皮和象牙雕飾的商人經常往來於此，也因此帶動了當地的繁榮。或者說，自從我父親談判成功、並簽訂開放通往群山道路的條約之後的這些年，此地就是一直是如此。

帝尊新發起的戰爭行動卻改變了一切，於是月眼又回復到我祖父時代的軍事要塞。走在街上的士兵身穿帝尊的金棕色制服，而不是公鹿的藍制服，不過士兵畢竟是士兵。商人們的神情，正是那些有著許多君主簽發的收據、卻納悶最終是否能兌現的人們那種疲倦而拘謹的神情。我們的隊伍吸引了當地居民的注意，他們卻只對我們顯露鬼鬼祟祟的好奇心，我也很納悶，對國王的職責過度感到疑惑，從何時起成了厄運。

儘管我很疲憊，卻依然很感興趣地四處張望。這是我祖父把我丟給惟眞照顧的地方，惟眞也在此將我交給博瑞屈。我一直想知道我母親的同胞是否住在月眼附近，或我們是長途跋涉來尋找我父親。但我卻看不到能喚醒我失落童年記憶的地標或標誌。月眼在我眼中既陌生又熟悉，就像我曾走訪的任何小鎭一樣。

鎭上有很多士兵。每一道城牆邊都有帳篷和單坡簷屋，看來彷彿最近人口增加了許多。我們最後來到一個庭院，載貨列隊中的動物也認出了這就是牠們的家。我們以軍隊的精準度排列成隊和解散，然後看守我的侍衛就把我帶進一間沒窗戶且令人生厭的低矮木屋。屋裡的房間有一位老人坐寬廣壁爐邊的矮凳上，壁爐中燃燒著歡迎似的爐火。三扇有開向那個房間的小鐵的門就不那麼具有歡迎的氣息。我被帶進其中一扇門裡，他們也立刻將我鬆綁，然後我就沒被打擾了。

這是我所待過最好的牢房。我察覺自己有這樣的想法，便咧開嘴露出不怎麼算是笑容的表情。房裡有個用繩子綁起的床架，上面有一袋稻草充當床墊，房間角落還有個便壺。光線和暖意從鐵窗透進來，雖然不多，卻還是比外面暖和。此地沒有眞正監獄的森嚴，我判斷這是拘留酒鬼和違紀的軍人之處。卸下我的斗蓬和連指手套放在一旁的感覺挺奇怪，然後我坐在床沿等待。

那天晚上所發生的唯一一件大事是，晚餐不單有肉和麵包，甚至還有一杯麥酒。那位老人開門將托盤遞給我。當他前來收走托盤時，留了兩條毛毯給我。我向他道謝，他卻嚇了一跳。但他接下來說的話可更令我大吃一驚。「你有你父親的聲音和雙眼。」然後就匆忙地在我面前把門關上。沒有人再對我說話，而我唯一偷聽到的對話也僅是賭博遊戲的咒罵和嘲諷。我也從聲音判斷前廳有三位年輕人和那位拿鑰匙的老人。

當夜晚來臨時，他們停止賭博轉而輕聲交談。外面的狂風讓我聽不清楚他們在說什麼，於是我靜悄悄地從床上起身偷偷走到門邊。當我透過鐵窗偷看外面時，只看到三位值班的哨兵，那位老人在他角落的床上睡著了，而這三名身穿帝尊的金棕色制服的傢伙卻挺認真執行勤務。其中有一位是臉上還沒長出鬍子的男孩，可能還不到十四歲。另外兩人的動作就像士兵，其中一人臉上的傷疤比我還多，我判斷他是個打手。另一人蓄著修剪整齊的鬍子，顯然是這些人的指揮者。這些人都挺清醒。打手取笑那個男孩某件事，男孩則繃著臉。這兩人表面上看來處不好。取笑完這小子之後，打手就開始不停地抱怨月眼，說什麼酒很難喝，女人也太少，而那些本地的女人也如冬季氣候一般冷淡。他希望國王能切斷對他們的約束，放他們去對付群山妓女的那群做賊的惡漢。他也知道他們可以走捷徑到頡昂佩，只消幾天就能占領那林木茂密的小鎮，等待有何意義呢？他就這麼不停地嚷嚷，其他人只得點點頭，彷彿這是他們所熟悉的連禱文。我從窗邊溜回床上思考。

好籠子。

至少他們把我餵得挺好。

可不像我把自己餵得這麼好，你只需要肉裡的一點暖血。你很快就會逃跑嗎？

我一想到辦法就逃。

我花了一些時間仔細探索我的牢房。牆壁和地板以砍下來的厚木板鋪成，對我的手指來說像鐵一般牢固堅硬。我也幾乎無法碰不到天花板。還有帶鐵窗的木門。

如果我想溜出去，就得經過門。我回到鐵窗邊。「能給我一些水嗎？」我輕聲喊著。

年輕人可嚇壞了，打手便嘲笑他。第三名侍衛看了看我，然後沉默地走去從角落的水桶舀一勺水。他拿水走到鐵窗前，然後透過鐵條只把碗狀部分伸進來。他讓我這樣就著喝，然後就把勺子收回去並走開。「他們要把我關在這裡多久？」我在他身後喊著。

「直到你死了為止。」打手信心滿滿地說道。

「我們不該對他說話。」男孩提醒他，然後他們的中士命令，「閉嘴！」這命令包括我在內。我留在窗邊抓住鐵條看著他們，這讓男孩非常緊張，打手卻如同繞圈子的鯊魚般貪婪專注地看著我。只要一點小小的引誘，就可以讓他想打我。我納悶那是否派得上用場。我很厭倦挨打，但挨打似乎是我最近做得挺好的事。我決定再刺激他一下，看看會發生什麼事。「你為什麼不對我說話？」我好奇地問道。

他們互換眼神。「遠離窗戶然後閉嘴。」那位中士命令我。

「我只是問個問題，」我溫和地抗議，「對我說話會有什麼傷害嗎？」

那位中士站了起來，我立刻順從地後退。

「我被關起來，而你們是三個人。我只是覺得無聊，難道你不能至少告訴我，你知道他們要如何處置我嗎？」

「就是對你做他們頭一次殺你時就該做的事情，把你吊在水面上切成一塊一塊燒掉，小雜種。」打手告訴我。

他的中士忽然厲聲對他說道，「閉嘴，他在引誘你，你這白癡。現在誰都不要跟他說話，任何人都不准。這就是原智者讓你受制於他的伎倆，就是把你引入談話，他正是那樣殺害波爾特和他的軍隊。」中士狠狠地看了我一眼，然後轉頭瞪著他的手下，於是他們各自回到崗位上，打手則對我輕蔑地一笑。

「我不知道他們怎麼對你們提起我，但那不是眞的。」我說道，沒人回答。「這樣說吧，我和你們沒什麼兩樣，如果我有某些強大的魔力，你們認爲我還會被關在這裡嗎？不，我只是個代罪羔羊，如此而已。你們都知道這是怎麼回事，每當出狀況的時候，總是要歸咎到某個人身上，而我就是陷入這灘屎的倒楣鬼。這樣吧，看看我，然後想想你們聽到的故事。波爾特在公鹿堡追隨帝尊時，我就知道他了，難道我看起來像是會打倒波爾特的人嗎？」我趁他們戒備中精神最好的時刻繼續告訴他們，卻不認爲眞能說服他們自己是個無辜的人，不過至少可以說服他們我的談話和他們的回答其實沒什麼好怕的。我述說往事和所遭遇的不幸，確定這些故事會被重複傳遍整個營區，雖然我不知道這對我會有什麼好處。然而，我還是站在門邊抓住鐵條，並且以細微的動作來回扭動緊握著的鐵條，卻感覺不出來它們是否有半點移動。

隔天對我來說漫長無比。我感覺自身的危險隨著每一個流逝的時刻增加。博力也沒來看我。我敢肯定，他把我留在這裡，是在等待某人前來接手。我怕那人會是欲意。我不認爲帝尊會信任其他人把我送回去他那裡。我不想再和欲意碰頭，也感覺自己沒力氣抵擋他。我在這天的工作包括撬開鐵條並注視俘虜我的人，到了晚上我就準備冒險一試。當我吃完乳酪和燕麥粥晚餐之後，就躺在床上讓自己凝神靜心爲精技做準備。

我謹愼地降低心防，害怕發現博力正等著我。我朝自身之外探尋，卻沒有任何感覺。我讓自己靜下來再試一次，還是同樣的結果。我睜開雙眼仰望一片黑暗，它的不公平令我生厭。精技夢境可隨心所欲地過來帶我走，但此刻當我尋找那條精技河流時，它卻全然迴避我。我又試了兩次，直到劇烈的頭疼迫使我放棄。精技不會幫我逃離此地。

原智可以。夜眼說道。我感覺牠非常接近。

我也實在看不出來原智將如何幫我。我對牠坦承。

我也看不出來，但我已經在牆下挖了一個洞，如果你逃脫這個籠子可就派得上用場。這可不容易，因為地面都結冰了，牆上的木材深深地插在土裡，但如果你從籠子裡溜出來，我就可以帶你遠離這城市。

那眞是個明智的計畫。我稱讚牠，至少我們其中一方在做點兒事情。

你知道我今晚睡在哪裡嗎？這思緒裡有股壓抑的喜悅。

你睡在哪裡？我順從地問道。

就在你的腳下。這空間剛好夠我縮在裡面。

夜眼，這是愚勇。你可能會被發現，或許你挖掘的痕跡也會被發現。

一群狗在我來之前就到這裡了，沒有人會注意到我的來來去去。我利用這個晚上好好地看了這人的房屋，所有的建築物底下都有空間，在屋子之間溜來溜去是很容易的。

小心一點，我警告牠，卻無法否認自己因為牠如此接近而感到安心。我度過了不安的一晚，因為那三名侍衛總是小心地守著我們之間的那道門。隔天早上當那位老人遞給我一杯茶和兩片硬麵包時，我就試著對他試試自己的魅力。「所以你認識我父親，」我在他把我的食物從鐵條縫隙塞進來時說道。「你知道，我對他沒有記憶，因為他從來不花時間陪我。」

「那麼，算你走運，」老人很快就回答，「認識王子和喜歡他可是兩回事。他就像棍子般僵硬，總是給我們許多規則和指令，同時卻在外面播野種。沒錯，我認識你父親，他的底細我清楚到舒服不起來的程度。」然後他就轉身遠離鐵窗，也讓我想和他結盟的希望幻滅，只好拿著麵包和茶坐回床上，毫無希望地瞪著牆壁，另一個漫漫長日又緩慢地過去了。我確信這使得欲意經過另一天的旅途後更接近我了，離被拖回商業灘的日子又近了一天。離死亡也又近了一天。

夜眼在寒冷黑暗的夜裡叫醒我。有煙味，很濃的煙味。

我在床上坐起來，然後走到鐵窗邊向外偷窺。老人睡在他的吊床上，男孩和打手在擲骰子，另一個人則用他的腰刀修指甲。一切都很鎮定。

煙從哪裡飄來？

我應該去看看嗎？

如果可以的話，小心點兒。

我什麼時候不小心了？

我花了一段時間站在牢房門的一側注視看守我的侍衛，稍後夜眼又朝我探尋。是一棟大型建築物，有稻穀的味道，在兩處起火。

有人發布警報嗎？

沒有。街上既空蕩又漆黑，鎮上這一端寂靜無聲。

我閉上眼睛分享牠的視野。這棟建築物是座穀倉。有人已在屋子放了兩把火，一把火只是悶燒，另一把火卻沿著乾燥的木牆向上燃燒。

回到我這裡，我們或許能以此做為我們的優勢。

等一等。

夜眼滿懷決心地走在街上，同時在屋子之間溜來溜去，我們身後穀倉逐漸增強的火勢劈啪作響。牠停下來嗅著空氣，然後改變方向，很快就注視另一起火災。這場火猛烈地燒毀一座穀倉後面一堆覆蓋起來的乾草，一縷煙緩緩地升到空中，轉眼間一道火舌竄起來，嘶一聲巨響之後整堆草頓時就起火燃燒，火花隨著熱氣飄向夜空，還有幾道閃爍的火焰延燒到附近的屋頂。

有人在縱火，現在就回來我這裡！

夜眼迅速地過來，在回到我身邊的途中又看到一間營房的角落下，有一堆上了油的破布正一點一點地燃燒，一陣飄來的風增強了火勢，火焰就竄上一根支撐建築物的樁基，然後熱切地沿著地板底部蔓延。

冬季帶著它的酷寒，彷彿夏季的熱氣般乾燥了這個木造城鎮。單坡簷屋和帳篷環繞在建築物之間的地方。如果火勢持續蔓延卻無人發覺，整個月眼在早上可就成了炭渣。倘若我還被鎖在牢房裡，也會跟著成爲灰燼。

有多少人看守你？

四個人，還有一道上了鎖的門。

其中一個人會有鑰匙。

等一等，讓我們看看自己的運氣是否會好些，或者他們會開門把我帶走。

有人在寒冷的鎮上某處高聲大喊，第一起火災被發現了。我站在牢房裡用夜眼的雙耳聆聽，喊叫聲逐漸增加，就連我牢房門外的侍衛都站起來互相問，「那是什麼？」

有個人走去開門，冷風和煙味盤繞進屋裡，只見打手將頭向後移之後宣布，「看來鎮上另一頭有大火，」其他兩個人馬上靠在門上向外看，他們緊張的對話也吵醒了老人，於是他也走過去看。在外面，有人在街上一邊跑一邊喊，「失火了！穀倉失火了！拿水桶來！」

男孩望著他的長官，「我應該去看看嗎？」

這人遲疑片刻，但這誘惑畢竟太強。「不，你留在這裡，我去看就好。保持警覺。」他抓起自己的斗蓬就出門走進夜色中，男孩則失望地看著他的背影，繼續站在門邊盯著這一片夜。然後，「瞧，別的地方也起火了，在那裡！」他驚呼一聲。打手喃喃咒罵之後也抓起自己的斗蓬。

「我得去瞧瞧。」

「但我們奉命留下來看守小雜種。」

「你留下來！我一會兒就回來，只是去看看怎麼回事！」他掠過肩膀說出最後幾個字，同時匆忙走出去。男孩和老人互望一眼，老人便走回自己的床上躺下來，男孩卻仍留在門邊。我從牢房門看見一小片街道，有不少人跑過去，然後有人帶領一隊人手和馬車疾馳而過，每個人似乎都朝火災處走。

「情況有多糟？」我問道。

「從這裡看不太清楚，只看到馬廄後頭有著火，飛起許多火花。」男孩的口氣聽起來挺失望，因爲他不能湊熱鬧。接著他忽然想起自己是在跟誰說話，於是急忙將頭縮回來關門。「別對我說話！」他警告我之後就坐下。

「穀倉離這裡有多遠？」我又問，他連瞥也不瞥我，坐著用冷酷的眼神凝視牆壁。「因爲，」我繼續對談，「我只想知道萬一火燒到這裡，你會如何處理，我不在乎會給活活燒死。他們把鑰匙留給你，不是嗎？」男孩立刻瞥向老人，老人的手也不由自主地扯扯身上的小皮囊，好像確定他還有鑰匙，但他們都沒回應。我站在鐵窗邊看他，稍後男孩走到門邊又向外望，我看到他咬緊下頷，老人則走過去越過男孩的肩膀看著。

「火勢在蔓延，不是嗎？冬季火災很可怕的，因爲每樣東西都和骨頭般乾燥。」

男孩沒回答，卻轉身看我，老人的手偷偷朝下伸向小皮囊中的鑰匙。

「現在就過來把我的手綁起來然後帶我走。如果火勢蔓延至此，我們不會有人想待在這屋裡。」

男孩瞥了我一眼。「我可不傻，」他告訴我，「我不想因放了你而丟掉性命。」

「就在你站的地方給活活燒死吧，小雜種，我才不在乎。」老人加了一句，然後又把頸子伸出門外。即使離火勢很遠，我仍聽見有些建築物因爆發的火勢在突如其來的嘶嘶聲中燒毀；此刻風將濃烈的煙味吹過來，我看到男孩的姿態也緊張了起來。我看見一個人跑過敞開的門前，對男孩吼著在市集廣場有打鬥，又有更多人在街上跑，我同時也聽到劍和輕型盔甲的噹啷聲。這時煙灰已隨風飄散，肆虐的火焰也比颳風來得大聲，四處飄揚的煙把外面的空氣都染成灰色。

接下來，男孩和老人忽然跌進屋裡，夜眼跟隨牠們進來，還露出自己的每一顆牙齒，擋在門口不讓他們逃走。牠的一聲怒吼可比外面火焰的連續爆裂聲還響亮。

「打開我牢房門的鎖，牠就不會傷害你們。」我建議他們。

男孩反而拔出劍來。他反應很快，不等狼兒進來就瞄準手上的武器朝牠衝過去，迫使夜眼退到門外，輕易躲過劍刃卻不再將他們困住。男孩充分利用自己的優勢走進黑暗中跟隨狼兒，老人一看到門不再被擋住就立刻猛地關上門。

「你要留在這裡和我一起活活給燒死嗎？」我交談似的問他。

他馬上就決定了。「你自個兒被燒死吧！」他咒罵我一聲就打開門衝到外面。

夜眼！跑掉的老人就是保管鑰匙的人！

我去拿。

此刻我獨自在牢房裡，心中半是期待男孩回來，但他沒有。我抓住窗上的鐵條想把門閂搖開，門閂卻不怎麼移動。有一根鐵條略微鬆開，我就猛扯它並且用腳抵住門以全身的重量拉開它。許久之後，終於有一端鬆脫了。我把鐵條彎下來，不斷前後移動，直到它掉進我手裡。但即使所有的鐵條都拔掉了，窗子的空間仍不夠我鑽出去。我試了，但我扯下來的鐵條太粗，無法伸進門縫裡撬開門閂。如今我可以聞到空氣中四處飄盪的濃烈煙味，火勢已經很接近了。我用肩膀撞門，門卻一動也不動。我把手伸出窗子向下摸索，伸長的手指感覺到一條很粗的金屬條。我用指尖滑過金屬條，然後摸到了固定它的鎖。但我只能用手指掠過它，沒別的辦法。我無法判斷房間是真的愈來愈暖了，還是這只是我自己在想像。

我盲目地用金屬條猛撞鎖和其支撐物，這時外面的門打開了。一名身穿金棕色制服的侍衛大步走進門喊著，「我來帶走小雜種。」然後她瞥著空無一人的屋裡。

隨後，她脫下兜帽，變成了椋音。我不可置信地瞪著她。

「比我想的還容易。」她露出僵硬的微笑告訴我，這笑容在她瘀青的臉上顯得挺可怕，而且聲音聽起來比較像在咆哮。

「或許不，」我虛弱地說道，「牢房鎖起來了。」

她的笑容轉變成氣餒的神情，「這間屋子的背面在悶燒了。」

她用未包紮的那隻手抓住金屬條。正當她舉起它撞向鎖時，夜眼出現在門口。牠輕輕走進屋裡，將老人的小皮囊放在地上。袋子皮的顏色因沾血而變深。

我注視牠，忽然嚇呆了。「你殺了他？」

我從他身上拿了你需要的東西。動作快，這籠子的後面起火了。

我有一會兒無法移動。我注視著夜眼，然後納悶我讓牠成了什麼樣子，牠已失去了些許純淨的野性。椋音的眼神從牠身上移向我，又轉向地板上的小皮囊。她沒有動。

讓你生而爲人的一些東西也從你身上消失。我們沒時間談論這些了，我的兄弟，難道你不會爲了救我而殺了另一匹狼嗎？

我無須回答那個問題。「鑰匙在那個小皮囊裡。」我告訴椋音。

有那麼片刻，她只是低頭瞪著小皮囊。然後她大步跨上前，將沉重的鐵鑰匙從皮囊中笨拙地取出。我看著她把鑰匙插進鎖孔裡，同時祈禱沒過度破壞這結構。她轉動鑰匙，鬆開門閂，然後舉起門上的金屬條。我出來時她命令我，「帶著毛毯，你會需要的，外面非常冷。」

當我抓起毛毯時，就感覺到牢房的背牆散發出熱氣，然後我抓起我的斗蓬和連指手套。煙開始從木板縫隙竄進來；我們於是急忙和狼兒逃跑。

外面沒有任何人注意到我們。火勢猛烈到無法撲滅，燒遍了整個鎮上並且四處蔓延。我看到人們自私地搶救物品和求生。有個人推著一輛裝滿東西的手推車從我們身邊經過，臉上露出警戒的神情。我很納悶這些東西是不是他的。我看到下面的街上有座起火的馬廄，慌張的馬夫將馬兒拖出來，但這群慌亂動物的尖叫可比寒風還刺耳。對街一棟建築物在一陣轟隆的巨響中倒塌，熱氣和灰燼朝我們這裡猛烈地呼呼吹來。風將火勢延伸到了整個月眼。火勢在房屋間迅速蔓延，風也將燃燒的火花和高溫的灰燼吹到城牆後面上方的森林，我懷疑厚厚的積雪是否足以撲滅火勢。「快過來！」椋音憤怒地吼了出來，我這才明白自己正呆頭呆腦地站著，於是抓緊毛毯無言地跟隨她。我們跑過燃燒的鎮上迂迴的街道，她似乎知道方向。

我們來到一個十字路口。這兒發生了些打鬥事件，有四具屍體橫陳在街上，全都穿著法洛的金棕色制服。我停下來在一名士兵面前蹲下，然後拿走這位陣亡女子腰帶上的刀和錢包。

我們走近城門，一輛馬車忽然從我們身後呼嘯而來，拉馬車的兩匹馬挺不協調並且汗流浹背。「上車！」有人對我們吼了一聲，椋音也毫不遲疑地跳上馬車。

「水壺嬸？」我問道，而「動作快！」就是她的回答。我爬上馬車，狼兒輕快地跳到我身邊。她等不及看我們坐穩就用韁繩鞭打馬兒，馬車就在一陣搖晃中前進。

城門就在我們前面。城門敞開也無人看守，在鉸鏈上隨著從火災現場吹來的風搖擺。我瞥見城門的一側有一具橫屍，水壺嬸卻沒讓馬車慢下來。我們頭也不回地衝出城門，然後喀答喀答地走在黑暗的道路上，加入推貨車和手推車的逃難人潮。多數人似乎朝外圍的農場前進，今晚就打算在那兒避一避，水壺嬸卻讓馬兒繼續前進。隨著我們四周的夜色變得更深沉，人潮也逐漸減少時，水壺嬸就讓馬兒衝得更快。我凝視眼前的一片黑暗。

我察覺椋音在我們背後往回望。「這原本只是個分散注意力之計。」她用震驚地語氣說道，我也就回頭看。

濃密的橘色火光讓月眼的木頭柵欄成了黑色的剪影。火花彷彿成群移動的蜜蜂飄向柵欄上的夜空，火焰呼嘯的聲音好比猛烈的暴風。當我們注視這幅景象時，又有一間房子倒塌，另一波火花隨之飄向空中。

「一個分散注意力之計？」我在黑暗中凝視她，「那都是妳幹的好事嗎？爲了救我？」

椋音充滿興味地瞥了我一眼。「眞抱歉讓你失望。不，水壺嬸和我是爲你而來，但那場火災可跟這沒什麼關係。那大多是尼克的家族幹的好事，對背叛他們的人復仇，進去鎖上把這些人找出來殺了，然後就離開。」她搖搖頭，「現在解釋這一切太複雜了，就算我明白也說不清楚。國王派駐月眼的侍衛顯然已腐敗多年了。他們收取鉅額賄賂，不找錦渥家族走私者的麻煩。走私者也確保駐守此地的人馬能享受些生活中較好的東西。我推測馬克隊長嚐到最大的甜頭。不是只有他收賄，但他卻吝於和別人分享賄賂。」

「然後博力就被派過來，對這樣的安排一無所知。他帶了一大批軍團來這裡，還試圖在此強行軍令。尼克把你出賣給馬克。但就在尼克出賣你給馬克時，有人看見機不可失，便把馬克和他的安排出賣給博力。博力則掌握這逮住你，順便除掉一幫走私者的機會。但尼克和他的家族已收取鉅額款項好讓朝聖者平安踏上旅程。然而這些士兵卻失信於他們，導致錦渥家族破壞了對朝聖者的承諾。」她又搖搖頭，語氣也緊繃起來。「有些婦女遭姦淫，一個孩子也凍死了，另一名男子則因試著保護自己的妻子而無法再走路。」有一會兒，唯一的聲響只有馬車聲和遠方火勢的轟鳴聲，椋音也以非常深沉的眼神回頭注視燃燒的城鎮。「你聽說過賊的榮譽嗎？嗯，尼克和他的手下已經爲他們的榮譽而復仇。」

我依然回頭凝視毀滅中的月眼。我一點兒也不在乎博力和他的法洛走狗，但是鎮上還有商人、生意人、家庭和房舍，大火將他們全都吞沒了。而六大公國的士兵竟強姦他們的俘虜，彷彿他們是無法無天的劫匪，而非國王的侍衛。六大公國的軍隊，效忠一位六大公國的國王。我不禁搖搖頭，「黠謀可會把他們全都吊死。」

椋音清了清喉嚨。「別責怪你自己，」她告訴我，「我早就學會不因加諸於我的不幸而自責。這不是我的錯，甚至也不是你的錯。你只不過是引發這一連串事件的催化劑。」

「別用那個字眼稱呼我。」我懇求她。馬車繼續轆轆行駛，將我們帶進更深的夜裡。

19

追捕

在帝尊國王執政時，鮮少見到六大公國和群山王國之間的和平。數十年來，群山王國緊緊掌控了來往通路的貿易，如同六大公國緊緊掌握了所有冷河和公鹿河上的貿易一般。這兩個區域之間的貿易和通道，在兩個政權的管理下反覆無常，也導致雙方的損害。但是，在黠謀國王執政時，六大公國的駿騎王子和群山的盧睿史王子簽訂了貿易互惠協定。這項協定所帶來的和平與繁榮，在十年之後因群山的珂翠肯公主成爲惟眞王儲的新娘時，得到了更進一步的鞏固。當她哥哥盧睿史不幸在婚禮前夕身亡時，珂翠肯就成爲群山的王位唯一繼承人。因此，有一陣子，六大公國和群山王國似乎可能因共有一位君主而最後可能合爲一個國家。

然而，情勢的演變卻毀了這個希望。六大公國外有劫匪威脅，內有王子間的紛爭。黠謀國王遭謀殺，惟眞王儲在一項任務中失蹤，帝尊王子自封爲王，而他對珂翠肯的痛恨迫使她爲了腹中的胎兒而逃回母國群山。自封爲「王」的帝尊不知怎地認爲，這背棄了順從交出國土的承諾。於是他全力發動軍隊進駐群山王國，假稱這些軍隊是商旅的「護衛」，但這行動遭到了群山人民的拒絕。他的抗議和威脅立刻造成群山關閉了對六大公國的貿易邊境。受挫的他，展開強而有力的活動，敗壞珂翠肯王后的名聲，建立人民對群山王國所產生的愛國性敵意。他的終極目標很明顯：倘若必要的話，運用武力奪取群山王國的領土，讓它成爲一個六大公國的省。這似乎是個發起這場戰爭和運用這項策略的壞時機。他正當擁有的領土已經遭外來敵人的圍攻，那是他看來無法或不願打敗的敵人。從來沒有人以武力征服過群山王國，看來這像是他意圖採取的行動。他爲何亟欲占領這片領土，起初是個困惑著每個人的問題。

夜晚既清朗又寒冷，明亮的月光足以爲我們顯示道路通向何方，但僅止於此。有一會兒，我只是坐在馬車上，傾聽著嘎扎嘎扎踩在地上的馬蹄聲，試著理解剛才所發生的一切。椋音拿起我們帶出牢房的毛毯攤開來，把一條給我，另一條則披在她自己的肩上。她遠離我，縮成一團，注視著馬車後頭。我感覺她不想被打擾，於是我看著曾是月眼的橘色火光逐漸消逝在遠方。稍後我的頭腦又開始運作了。

「水壺嬸？」我越過肩膀叫她，「我們要去哪裡？」

「遠離月眼。」她回答，我聽得出她語氣中的疲憊。

椋音移動了一下瞥著我，「我們以爲你會知道。」

「走私者到哪去了？」我又問。

我感覺而非看到椋音聳聳肩。「他們不會告訴我們。他們說，如果我們要找你，就得和他們分道揚鑣。他們似乎相信，無論月眼遭受多麼慘烈的攻擊，博力仍會派兵追捕你。」

我點點頭，比較像對自己而非對她點頭。「他會的。他會把這場突襲歸咎到我身上，還會說劫掠者其實就是來自群山王國的軍隊，而且是來解救我的。」我坐起來，小心地從椋音身邊移開。「當他們逮到我們時，就會殺了妳們倆。」

「我們不認爲他們會逮到我們。」水壺嬸說道。

「他們不會的。」我承諾，「如果我們明智地行動就不會。讓馬兒停下來。」

水壺嬸幾乎用不著讓牠們停下來，因爲牠們早已放慢速度疲憊地走著。我把我的毛毯丟給椋音，下車在馬兒身邊來回走動。夜眼也從馬車上跳下來，好奇地跟著我。「你在做什麼？」當我解開韁繩讓它落在雪地上，水壺嬸問道。

「調整一下讓牠們能被騎乘。妳能騎在無鞍的馬背上嗎？」我一邊用侍衛的刀砍斷韁繩、一邊說道。無論她是否可以，她都得騎在無鞍的馬背上，因爲我們沒有馬鞍。

「看來只得如此了。」她脾氣暴躁地說道，同時費勁地爬下馬車。「但是，如果兩個人共騎一匹馬，我們大概走得不很快也不很遠。」

「妳和椋音會平安無事的。」我向她保證，「只要一直前進就好。」

椋音站在馬車上俯視我，不需要月光的照亮我就知道她一臉不可置信的神情，「你要在這裡離開我們？在我們回去把你救出來之後？」

我可不會那麼看這件事情。「妳們要在這裡離開我。」我語氣堅定地告訴她，「一旦妳們遠離月眼騎向群山王國，頡昂佩就是唯一的大城。穩穩地騎，不要直接騎向頡昂佩，因爲他們認爲我們會這麼做。找一個較小的村落躲上一陣子，多數的群山人民都很好客。如果沒有聽到追捕的傳聞，就朝頡昂佩前進。但在停下來找地方住和食物之前，盡可能騎得愈快愈遠愈好。」

「那你要怎麼辦？」椋音低聲問道。

「夜眼和我要走我們自己的路。我們早該這麼做了，因爲我們獨自前進的速度最快。」

「我回來找你。」椋音說道，因爲我的背叛，她幾乎已經說不出話來。「不顧已經發生在我身上的事……也不顧……我的手……還有其他的一切……」

「他要把他們從我們的路線引開。」水壺嬸忽然說道。

「妳需要有人扶妳上馬嗎？」我平靜地問水壺嬸。

「我們不需要你幫忙！」椋音憤怒地宣稱，然後搖搖頭。「我歷經千辛萬苦跟隨你，還有我們爲了救你所做的一切……要不是我，你早就在那牢房裡活活給燒死！」

「我知道，」沒時間對她解釋一切了。「再見。」我平靜地說道，然後把她們留在那兒，轉身走遠進入森林裡，夜眼走在我身旁。樹林在我們四周就圍了起來，很快就看不見她們了。

水壺嬸很快就看出我計畫的重點。一旦博力控制住火勢，或者在這之前，他就會想到我。他們會發現老人被狼兒殺害，也絕不相信我消失在自己的牢房裡。會有追捕行動的。他們會派出騎士前往每一條通往群山的路，很快就會趕上水壺嬸和椋音，除非追捕者必須踏上另一條比較艱難的小徑，比方說向西越過直接通往頡昂佩的那條小路。

這可不容易。我不甚清楚我和群山王國的首都之間有什麼。最有可能的是沒有城鎮，因爲群山王國的人口稀少。人民也多半爲設陷阱捕獸者和獵人，以及習於住在偏遠的小木屋，或周圍有大量獵物可供狩獵和設陷的村落中，放牧綿羊或山羊的游牧者。我沒什麼機會乞討或偷竊食物或補給品。但使我更擔心的是，我可能會發現自己身在不可攀登的山脈，或必須涉過許多向下奔流入溝壑和狹窄山谷的湍急冰河。

在我們發現自己被困住之前擔心是沒用的，夜眼指出。如果眞的碰到這種情況，我們就只須設法繞過去。這可能會拖延我們的速度，但如果我們只是站著擔心，就永遠到不了那裡。

所以夜眼和我整夜都在跋涉。當我們來到森林中的空地時，我仔細端詳天上的星斗並且盡可能朝西前進，這地形也一如預期中窒礙難行。我刻意選擇對徒步的人和狼兒來說較好走的路，而非對騎士而言好走的路。我們離開我們的小徑，走上灌木叢生的斜坡，行經在狹窄峽谷中纏繞的灌木叢。當我緩慢地經過這些地方時，就以想像椋音和水壺嬸一路都很愉快來安慰自己，也試著不去想博力會派出足夠的追捕者跟隨不只一條的小徑。不，我得遠遠超前他們，然後引誘博力派他們全力追捕我。

我所想到能那麼做的唯一方式，就是讓自己成爲對帝尊的一個威脅，並且是個必須立刻處理的威脅。

我抬頭望著一座山脈的頂端，有三棵巨大的杉樹形成一片樹叢。我會在那裡停下來升起小小的營火，然後試著技傳。我提醒自己已經沒有精靈樹皮了，所以我必須做好技傳後好好休息的準備。

我會看顧你。夜眼對我保證。

這些杉樹很高大，伸展出來的樹枝在頭頂上方十分濃密地相互糾結，以致下方的地面幾乎沒有積雪，土壤上還有經年累月飄落下來厚厚一層氣味芬芳的杉樹葉片。我湊集一鋪蓋的葉片好讓身子不直接接觸冰冷的地面，然後收集大量木柴。我首次看著自己偷來的錢包，裡面有一塊打火石、五或六枚錢幣、一些骰子、一條斷掉的手鐲，還有包在一小塊布裡的一撮細髮。這過於簡潔地概述了一位士兵的生活。我掘起一些土壤將頭髮、骰子和手鐲埋起來，試著不去思考那是她死後留下的孩子或一位情人，也提醒自己她的死不是我造成的。然而，仍有一個冷冽聲音在我心底輕喚著「催化劑」這個字眼。但是對我來說，她就像仍活著似的。有那麼片刻，我感覺蒼老、疲憊和噁心。然後，我強迫自己將這名士兵和我的人生都擱在一旁，升起營火讓它旺盛地燃燒，然後把剩下的木柴堆在手邊。我把自己裹進我的斗蓬裡躺在我的杉樹葉床舖上，吸一口氣之後就閉上眼睛技傳。

我彷彿跌入一條湍急的河流。我沒準備好會如此輕易地成功，所以差點被沖走。這裡的精技河流不知怎地似乎更深、更凶猛，也更湍急，我不知道這是自己的功力提升還是有別的原因。我找到和集中自己，毅然地穩固心防抵擋精技的誘惑，拒絕思考自己可能從這裡將思緒拋向莫莉或我們的孩子，或者親眼目睹女兒長多大了和她們過得如何。即使我非常渴望，卻也不會朝惟真探尋。雖說我這股技傳的力量無庸置疑足以找到他，但這卻不是我在這裡的目的。我來此譏嘲一位敵人，也必須時刻警覺，於是豎起心中每一道不會將我和精技隔絕的防禦，然後將自己的意願轉向博力。

我延伸自己小心翼翼地感覺他，也做好萬一遭攻擊立刻豎起心防的準備。我輕易地就找到他，幾乎驚訝於他是如何地察覺不到我的碰觸。

接著他的痛苦在我的身上竄動。

我退後，速度可比在漩渦中受驚的海葵還快。當我睜開眼睛瞪著積雪的杉樹樹枝時，可嚇了自己一跳，汗水使我的臉上和背後都滑溜溜的。

*那是什麼？*夜眼問道。

*你和我一樣很清楚。*我告訴牠。

這是最純粹的痛苦，獨立於身體傷痛的痛苦，並非憂傷或恐懼的痛苦，而是全然的痛苦，彷彿身體裡裡外外的每個部位都深陷火海之中。

這是帝尊和欲意幹的好事。

我躺在博力的痛苦、而非精技的餘波中顫抖。這是比我心所能理解的還大的怪物。我試著整理出自己在那短暫的一刻中所感覺到的一切。欲意，或許還有惕儒的些許精技力量，使博力在這懲罰中動彈不得。在惕儒那裡，有著隱藏不住的對此任務的恐懼和反感；或許他害怕有一天這會轉向他。欲意最強烈的情緒是，盛怒於博力掌握了我，卻不知怎地讓我溜走了。但在這盛怒底下，是一種對帝尊處置博力手法的著迷。欲意沒有在此感到絲毫喜悅。還沒有。

帝尊卻有。

我認識帝尊已經有相當一段時間了。我的認識從來不深，這是眞話。他曾只是我最年輕的叔叔，也是根本不喜歡我的叔叔。他曾用推撞、暗中捏擰、戲弄和嚼舌根，孩子氣地發洩對我的不滿。我不喜歡這種方式，也不喜歡他，我卻能理解他爲何如此。這曾是一個男孩的嫉妒，因爲最受寵的長子創造又一個對手和他爭點謀國王的時間和關注。他曾一度只是一位嬌生慣養的年輕王子，嫉妒他的兄長排在他之前繼承王位，既被寵壞了又魯莽自私。

但他曾經是個有人性的人。

我剛才從他身上感覺到的東西，已經遠超出我對殘酷的人性觀點所能做出的理解。被冶煉者喪失了他們的人性，但他們的空虛之中至少尙存有過往的一絲人性。若是帝尊剖開胸膛向我展現裡面有一窩毒蛇，我也不會更震驚了。帝尊將人性丟在一邊，卻擁抱一個更深沉黑暗的東西。而這就是六大公國目前稱之爲國王的人。

這也是會派兵追捕椋音和水壺嬸的人。

「我要回去。」我警告夜眼，也沒給牠時間反對。我閉上眼睛，將自己拋向精技河流。我大大敞開自己，讓寒冷的力量流進體內，不怎麼顧慮它將如何折磨我。當欲意一發現我之後，我就對他們說話：「你會死在我的手中，帝尊；如同惟眞必將當上國王再度統治一樣肯定。」然後我就用匯集起來的力量擊潰他們。

這幾乎像握緊的拳頭般出於本能。我沒有事先計畫，卻忽然明白這就是惟眞之前在商業灘對他們所做的事情。沒有訊息，只是猛烈地對他們宣洩精力。我盡情對他們開啓和顯示自己，當他們轉向我的時候，我就用盡每一絲聚集起來的精技力量轟擊他們。如同惟眞般，我毫不保留我的力量。我相信如果那兒只有一個人，我將會成功地把他的精技力量燃燒殆盡。但他們一起分擔了這道猛擊。我永遠無法得知這對博力有何影響，或許他對我的殘忍心存感激，因爲這粉碎了欲意的專注力，讓他得以解脫帝尊反覆的折磨。我感覺惕懦在突然停止他的技傳時驚恐的尖叫。我想，若非帝尊衰弱地命令欲意停下來，你這傻子，別讓我爲你的復仇冒險！欲意可能已經站好要挑戰我了。接著他們在一眨眼的時間內消失。

當我再度恢復意識時，天色還很亮。夜眼幾乎躺在我身上，牠身上的毛也沾著血。我虛弱地推了推牠，牠也立刻移動。牠站起來，嗅著我的臉。我和牠一起聞著我自己的血，味道可眞噁心。我忽然坐起來，感覺世界在我周圍旋轉，也逐漸意識到牠思緒中持續的探究。

你還好嗎？你在發抖，然後就開始流鼻血。你剛才不在這裡，我也根本聽不到你！

「我沒事，」我嘶啞地安撫牠，「謝謝你替我保暖。」

我的營火只剩幾許餘燼，於是我小心翼翼地朝木柴堆伸手，在火裡添了幾根柴。感覺上，我的雙手似乎離我很遠。當我燃起火後，先坐著暖暖自己的身子，然後跌跌撞撞地站起來走了幾步到積雪處，抓起一把雪揉在臉上清洗血的味道和氣息，也將一點乾淨的雪放進嘴裡，因爲我的舌頭感覺既黏稠又凝結成塊。

你需要休息嗎？需要食物嗎？夜眼焦慮地問我。

是的，是的，但最重要的是我們需要逃走。我毫不懷疑自己剛才做的事情會讓他們追捕我。我已出乎意料地達成曾經想做的事情，超乎我所有的預料。這是眞的。我已給了他們一個畏懼我的理由，現在他們不毀了我誓不甘休。我同時也清楚顯示了自己身在何處，他們有了要派遣人馬到何處抓我的感覺。我非得在他們抵達之前離開此地。我回到營火邊將泥土踢到營火上，然後用腳踩好確定火熄了，接著我們就逃跑。

我們盡可能快速前進，我卻毫無疑問地耽擱了夜眼的速度。牠會在我於雪中艱難地爬坡、臀部深陷雪中時憐憫地看著我，因爲牠只要伸展腳趾就能輕快地從雪上跑過去。通常當我請求停下來靠著樹幹休息時，牠就會在前方來回走動，尋找最好走的小徑。當我在日光和自己的精力即將消耗殆盡，必須停下來升起營火過夜時，牠就會消失，然後爲我們倆帶肉回來。通常是白色雪兔，但有次是一隻從冰雪覆蓋的池塘中出來、而且走得太遠的河狸。我假裝自行烹調肉食，其實只是非常短暫地在火上燒烤，因爲我太累也太餓了，所以只能做到如此。這樣的肉類飲食無法在我的肌肉中增添脂肪，卻能使我存活和移動。我沒什麼睡，因爲我得經常在火裡添燃料以免自己凍僵，一夜起身數次跺腳以喚回我即將凍結的知覺。忍耐。就是那麼一回事。並非敏捷或強大的力量，卻是悲慘地擠出每一絲精力好強迫自己每天保持移動。

我維持自己的精技心防穩固，但仍感覺到欲意在和我的心防作戰。我想只要自己做好防衛他就無法追蹤我，但不確定是否眞是如此。持續的心理疲乏是我的另一個體力消耗。有一些夜晚，我只渴望卸下所有的心防讓他進來，一次永遠地把我了結掉。但在這樣的時刻，我所需要做的，就是回想帝尊如今有能力做些什麼。這總是成功地讓我感覺一陣恐怖竄流全身，激發我更努力地逼自己增加我們之間的距離。

當我在旅途中的第四個黎明中起身時，我知道我們已經深入群山王國。自從我們離開月眼之後，我就沒看見追捕的徵兆。如此深入珂翠肯的家鄉，我們可確實是安全無虞。

這個頡昂佩還有多遠，還有我們到那裡之後該做什麼呢？

我不知道還有多遠，也不曉得我們該做什麼。

我頭一次思索這個問題。我強迫自己想想之前不准自己思考的事情。自從我讓珂翠肯從國王身邊離開在夜裡逃離之後，我就不知道她變得如何了。她沒有從我這裡得到消息，或得到關於我的消息。珂翠肯現在應該已經把孩子生下來了。按我的推算，她的孩子應該和我女兒年齡相仿。我忽然發現自己非常好奇，因我可以抱著那個嬰孩對自己說，「抱我自己的女兒感覺應該就像這樣。」

除非珂翠肯相信我死了。她應該已聽說我被帝尊處死，也入土爲安了。她是我的王后，也是惟眞的妻子，我也當然能對她透露我是如何活下來的。但是告訴她事實，就會像把一顆卵石丟進池塘裡似的。珂翠肯以前就認識我了，不像椋音、水壺嬸或其他人一樣推測到了我是誰。這不會是謠言或傳說，也不是瞥過我幾眼的人所捏造的荒誕故事，卻是一個事實。她會對其他認識我的其他人說，「沒錯，我看到他，他眞的還活著。怎麼辦到的？唔，當然是靠他的原智。」

我在夜眼身後步履艱難地穿越冰雪和寒冷，同時想著若消息傳到耐辛那裡，對她來說意義爲何？是羞恥，或者喜悅？還是因我沒對她揭示我自己而感到受傷？消息會經由珂翠肯傳給或散播給認識我的那些人，最後就會傳到莫莉和博瑞屈那兒。當莫莉在遠方聽聞這樣的事，我不僅活著又沒回去找她，還沾染了原智，這會對她造成什麼影響呢？她對我隱瞞她懷了我們孩子的事，眞是令我痛心疾首。那是我首次眞正瞥見她對我這些年來對她隱瞞的所有祕密，是如何地感到背叛和傷害。再把另一件如此重大的事情推到她的臉上，或許就會終止她對我可能還懷有的任何感覺。我和她攜手重建人生的希望已微乎其微，我可無法忍受讓這希望更加渺茫。

其他所有的人，包括我所認識的馬廄人員和與我並肩划槳作戰的人們，還有公鹿堡的一般士兵們都會發現眞相。無論我對原智的感覺如何，我已至少從一位朋友的眼中看見了憎惡，甚至看到它如何改變椋音對我的態度。人們對於博瑞屈在馬廄安置我這麼一個原智者，還對我百般容忍會作何感想？他也會被發現嗎？我不禁咬緊牙根。我必須維持死亡狀態，繞過頡昂佩直接去找惟眞或許更好。除了那麼做之外，在沒有補給品的狀況下，我的成功機率彷彿夜眼冒充供玩賞用的小狗矇混般渺茫。

還有另一件小事情，那就是地圖。

惟眞當初因一張地圖的力量而離開公鹿堡。那是一張珂翠肯從公鹿堡圖書館裡挖出來的老舊地圖，褪色而且古老，是在睿智國王時期所繪製而成，他是首位拜訪古靈並且徵召他們支援六大公國作戰的君主。地圖的細節早已褪色，但珂翠肯和惟眞都確信，其中一條標示出來的小徑，便是通往睿智國王首次遇見那些神祕人物之處。惟眞離開公鹿堡，決心跟隨地圖的指引進入在群山王國後方更遠的區域。他隨身攜帶了他剛謄好的地圖抄本。我不知道原本的老地圖芳蹤何處，或許在帝尊洗劫公鹿堡圖書館時就被帶到商業灘了。不過地圖的式樣和獨特的飾邊，使我懷疑那是另一張更古老的地圖的抄本。飾邊是群山樣式；如果能在任何地方找出原稿，應該會是在頡昂佩的圖書館。我在群山度過康復期的那幾個月曾走訪當地的一些圖書館，也知道他們的圖書館的藏書頗豐且有妥善的管理。即使到時候找不到那張地圖原稿，我或許會找到其他描繪相同地區的地圖。

我當年在群山時，曾對當地人民的可靠程度印象深刻。我沒看到有多少鎖，也不像我們在公鹿堡既有鎖又有侍衛。人用不著什麼竅門就能進入王室官邸。就算他們已建立設置防護物的習慣，城牆也只不過是一層層已塗上泥土和油漆的樹皮。我自信可經由幾種方式進入圖書館，一旦進去了就可以在短時間內搜遍整個圖書館，並且偷走我需要的東西，同時也可再補給自身所需。

我還有對那個想法感到羞愧的美德，卻也知道那羞愧並不會阻止我這麼做，因爲我再度毫無選擇。

我在雪中步履艱難地登上另一座山脈，對我來說，我的心似乎反覆跳動出那句話。毫無選擇，毫無選擇，毫無選擇，對任何事情從來都毫無選擇餘地。命運讓我成爲一位殺手、騙子和小偷，而且我愈努力避開那些角色，就愈穩固地被推進它們之中。夜眼在我身後緩緩而行，爲了我陰沉的心情而苦惱。

就這樣，我們心煩意亂地登上了山脈頂端，傻傻地站在山脊邊上，完全暴露在我們下方道路上騎兵隊的眼前。他們身上的黃棕色夾克在雪的反襯下顯得很突出。我像一頭受驚的鹿般僵在那裡。即便如此，要不是和他們在一起的那群獵犬，我們還是有可能逃過他們的注意。我一瞥就知道，獵犬有六隻，並非獵狼犬，感謝艾達，而是短腿的獵兔犬，對這天候或地形來說都不適合。還有一隻長腿削瘦且駝背的雜種狗。牠和照顧牠的人不和犬群一同移動。這趟追捕眞是無所不用其極好找出我們。不過，還有一打騎在馬上的人。那隻雜種狗幾乎立刻甩頭吠叫，獵犬們也馬上跟著叫並成群地亂轉，然後抬頭用鼻子使勁嗅著，在聞到我們的氣味時叫了出來。掌管獵犬的人在我們準備開溜時舉起手指向我們，那隻雜種狗和照顧牠的人已經朝我們衝了過來。

「我根本不知道那裡有條路。」我氣喘吁吁地在我們逃下山坡時對夜眼道歉。我們有個非常短暫的優勢。我們沿著自己的足跡下山，而此刻追捕我們的獵犬和掌管獵犬的人必須爬上積雪甚厚的山丘。我希望當他們抵達我們先前抵達的山脊時，我們就已藏身在下方灌木叢生的深谷中。夜眼因爲不願將我拋在後頭而放慢速度，獵犬仍在吠叫，我也聽到人們開始追捕時興奮的呼喊。

快跑！我命令夜眼。

我不會離開你。

如果你離開，我就沒什麼機會。我承認，同時在心中慌亂地思索。走到深谷底，盡可能留下錯誤的足跡，繞路沿著深谷走到下游，等我到了之後我們就逃上坡，或許可以拖延他們一段時間。

狐狸的伎倆！牠嗤之以鼻，然後變成一團灰飛越我身邊，消失在滿是矮林的深谷中。我試著讓自己加速在雪中移動，就在抵達深谷之前回頭一望，看到狗兒和騎兵正攀過山脊。我獲得積雪覆蓋的矮林之庇蔭，然後手忙腳亂地爬下陡峭的斜坡。夜眼在那兒留下了相當於一整個狼群的腳印，甚至當我停下來快速地吸一口氣時，牠就從另一個方向衝過我身邊。

讓我們離開這裡！

我沒等牠回答，就開始以最快的速度拔腿衝上深谷。谷底的積雪更淺，因爲懸在山谷上的樹木和矮林留住了大部分的積雪。我半蹲通過，因爲我知道如果不小心碰到樹枝的話，上頭厚厚的積雪就會砸到我身上。獵犬身上的鈴鐺在冰凍的空氣中響著，我一邊向前衝一邊傾聽，而當我聽到牠們興奮的叫聲轉變成驚慌失措的狗叫時，就知道牠們已走到谷底亂成一團的足跡上。太快了，牠們太快就在那裡，也會太快就過來。

夜眼！

安靜，傻瓜！獵犬們和那另一隻狗會聽見你的。

我胸中的心跳幾乎停止，無法相信自己怎麼如此愚蠢。我飛也似的穿越積雪的矮林，豎起耳朵傾聽身後的動靜。掌管獵犬的人顯然挺喜歡夜眼留下的腳印，也強迫獵犬們跟隨足跡前進。這批騎兵的人數對狹窄的深谷來說也太多了點。他們正互相擋路，也有可能弄亂了我們眞正的足跡。只獲得一點兒時間。接著，我忽然聽到警覺的叫聲和獵犬們狂烈的吠叫，然後我感覺一絲模糊不清的狗兒困惑思緒。有一匹狼已經朝牠們跳下去衝到狗群中央，一邊跑一邊發動攻勢，然後就朝牠們身後騎馬者的坐騎腿上直接撲過去。有一個人倒了下來，也沒辦法抓住自己睜大雙眼的坐騎，有隻狗一邊的垂耳幾乎都被咬掉了，也因此感受極端痛苦。我試著將牠的痛苦排除在自己的心智之外。可憐的動物，如此大費周章，你自己卻毫無所獲。我的雙腿猶如鉛一般沉重，我的嘴也挺乾燥，但我試著強迫自己加快速度，並且妥善運用夜眼讓自己冒大險換取的寶貴時間。我想大聲叫牠停止牠的逗弄和我一起逃走，卻不敢對這群獵犬洩露我們眞正的撤退方向。我只能更加速前進。

深谷愈來愈狹窄、深沉，陡峭的那幾面山壁上，長著下垂的藤蔓、有刺灌木和矮林。我懷疑自己是走在冬季結冰的溪流上，於是開始找一條路離開。獵犬們又在我身後狂吠，用叫聲通知彼此現在已經找到眞正的足跡，跟著這匹狼，這匹狼，這匹狼。然後我就確定夜眼已再度現身牠們眼前，並且刻意將牠們從我這裡引開。快跑，小伙子，快跑！牠將這思緒拋給我，也不在乎獵犬們是否聽得見。我從牠的思緒中感覺狂野的喜悅和歇斯底里的愚蠢。這令我想起了那一晚，自己在公鹿堡的廳堂中追逐擇固，隨後在大廳中當著帝尊王儲加冕典禮上所有賓客的面殺了他。夜眼的這股狂熱讓牠全然不顧自己的生死。我向前衝，爲了牠心都跳到喉嚨裡了，並且和刺痛眼角的淚水搏鬥。

深谷終止了。在我眼前的是閃亮的階梯狀結冰，是在夏季的月份劃過這道峽谷的山溪，呈波狀的長冰柱下垂到山中一道石頭裂縫的表面，依然閃耀微弱的流水光澤，底部的積雪也已結晶了。我停了下來，懷疑這是個很深的水池，自己很可能傻呼呼地一腳踩到浮在上面的一層薄冰上。我抬起頭，兩旁的山壁大部分不是土石流失就是雜草蔓生。在其他地方，則是一片片透過垂簾般的積雪露出來的光禿岩石。矮小的幼樹和小枝繁茂的矮林散布其間，向外伸展著好捕捉陽光，看來全都不宜攀登。我轉身在我的路徑上向後退，聽見一聲嗥叫升起和落下。不是獵犬或狼兒，只有可能是那隻雜種狗。牠的叫聲裡有某種確切的東西，讓我相信牠就在我的路徑上。我聽到一個人鼓勵的叫聲，這隻狗又在更近之處吠了一聲。我轉向深谷的山壁開始向上爬，聽到剛才那人對其他人喊了一聲，並且呼喊和吹口哨要他們跟他走，他在這裡找到人的足跡，就別管狼兒了，那只是個原智把戲。在那一刻，我知道帝尊終於找到了他曾尋找的東西。一位追捕我的原智者。原血者被收買了。

我跳起來抓住一棵從深谷山壁伸出的幼樹，就把自己的身子提起來踩在上面，站穩之後再伸手抓上方的另一棵幼樹。當我把我的重量集中在它上面時，它的樹根從多石的土壤中鬆脫了。我往下掉，但設法讓自己再抓住第一棵樹。再上去，我激動地告訴自己，然後聽到樹因我的重量而斷裂。我伸手向上抓住從鬆垮的岸上垂下的纖細樹枝，試著迅速爬上去，不讓自己的重量垂在幼樹或灌木上太久，不少細枝在我手中斷裂，一簇簇多年生的草也被拉斷，而我發現自己沿著深谷邊緣亂抓，卻沒有爬得更高。我聽見下方傳來一聲喊叫，於是違背自己的意願回頭向下俯視。下方叢林間的空地上有一個人和一隻狗。當雜種狗對我吠叫時，那人正搭箭上弦。我無助地懸在他們上方，一個人隨便一箭都可輕易地射中我。

「求求你。」我聽到自己喘著氣，然後就聽見細微卻精確的射箭聲。我感覺箭射中了我，彷彿帝尊在我小時候玩的背部挨拳的老把戲，接著就是更深沉猛烈的體內疼痛。我的一隻手鬆脫了。我沒命令它這麼做，它只是從它的掌握中鬆開。我只剩右手緊抓著搖晃，還能清楚地聽到那隻狗聞到我的血時的吠聲，也聽見那人從他箭筒中再抽出一支箭時衣服摩擦的沙沙響聲。

又一股刺痛深入我的右手腕，我就在手指鬆開時大叫，在一陣恐懼的反射中，我的雙腿慌亂地踢著從鬆垮的岸上垂下的柔軟樹枝，然後我不知怎地就向上升起，我的臉掠過硬殼般的積雪。我找到我的左手臂，含糊地做出游泳的動作。把你的腳抬起來！夜眼沒出聲，因爲牠的牙齒已經穩穩地咬在我右手臂的袖子和肌肉上把我向上拉。存活的機會讓我恢復精神，於是我猛然一踢，感覺到腹部下方堅硬的土壤，然後繼續向上爬，試著忽略從背部中央向外猛烈擴散的疼痛，但這疼痛像是紅色的波瀾般擴散至我全身。如果我沒看見那人放箭，我就會相信那是一根像馬車輪軸一樣粗的柱子貫穿我的背。

起來！起來！我們得用跑的。

我不記得自己是如何站起來的。我聽見狗兒們在我身後的山壁向上爬，夜眼則站在深谷邊緣等牠們上來。牠的嘴撕裂牠們，將牠們的屍體拋向下方的剩餘的狗群之中。當駝背的雜種狗的屍體落下時，下方的吠聲忽然減弱。我們都明白牠的痛苦，也聽見下方那人在與他牽繫的動物於雪中流血而死時的尖叫。另一位掌管獵犬的人則叫住他的狗群，憤怒地告訴其他人讓牠們上來送死並無好處。當他們讓疲憊的馬轉身走下深谷時，我就聽到那人的吼叫和咒罵聲，還說要試著找個地方走上來追我們，並試著再度跟上我們的足跡。

*跑！*夜眼告訴我。我們不會說出才剛做的事情。一股可怕的溫暖感覺竄下我的背，同時也是擴張開來的寒冷。我把一隻手放在胸前，幾乎期待箭頭和箭柄從那兒刺穿出來，但是沒有，箭深深地埋在體內。我跌跌撞撞地走在夜眼後面，意識裡沖擊著太多的感覺和太多種痛苦。我的襯衫和斗蓬在我移動時拉扯著箭柄，在我體內深處的箭頭也回應著細微的木頭震動，讓我不禁納悶這又造成了什麼更深的傷害。我想起自己多次宰殺中箭的鹿，想起一個人會在這樣的傷口周圍發現的黑色糊狀和鮮血滿布的肌肉。我納悶那人是否射中我的肺部，一頭肺部中箭的鹿可活不久。我在我的喉嚨中嚐到了血味嗎……？

別去想！夜眼兇猛地命令我。你這樣會讓我們倆都變衰弱，只要走就好，持續行走。

所以牠和我一樣知道我不能跑。我走著，牠就走在我身邊，但只有一段時間，然後我就盲目地在黑暗中毫不在乎方向地前進，而牠不在那兒。我暗中探索著牠，卻找不到牠。我又聽見遠方某處的狗叫聲，但仍繼續走，然後就闖進樹林裡。樹枝劃過我的臉，但沒關係，因爲我的臉麻木了。我身上的襯衫是一層泥濘的凍血，在移動中摩擦著我的皮膚。我試著將斗蓬裹得更緊，但一陣突如其來的疼痛幾乎讓我跪倒在地。我眞傻，忘了這麼做只會拉到箭柄。我眞傻。*繼續走吧，小伙子。*於是我繼續走。

我撞到另一棵樹，樹上的積雪傾瀉地落在我身上，我就搖搖晃晃地抖掉雪繼續走了好長一段時間，然後坐在雪地上，感覺愈來愈冷。我必須站起來。我必須持續移動。

我又走著，走得不久。我不知道。在一些高聳的萬年青底下的遮蔽處，積雪挺淺的，而我跪了下來。「求求你，」我說道，可沒力氣哭泣請求憐憫。「求求你。」我想不出在對誰請求。

我看到兩根粗樹根之間的凹洞，上頭布滿了粗粗的松針葉。我鑽進這狹小的地方，卻因刺在背上的箭無法躺下，不過我能把額頭靠在親切的樹上，還將雙手圍繞在胸前。我把身子縮小並且將雙腿縮在身體下方，整個人陷進樹根間的空隙。除了太累之外，我還會冷。我沉入睡眠中。當我醒來的時候，我會生火取暖，也想像得到自己會有多麼溫暖，幾乎都能感覺到了。

我的兄弟！

*我在這裡，*我鎮定地告訴牠。*就在這裡。*我向外探索安慰地碰觸牠。牠就快到了。牠頸部的環狀毛上都是尖銳結冰的唾液，卻沒有一顆牙齒刺穿牠的頸子。牠的鼻側有道刮痕，但傷不嚴重。牠把他們帶得團團轉，然後從後方反覆地襲擊馬兒，讓牠們在黑暗中猛烈地衝向一片積雪覆蓋的沼澤地。他們的狗兒只有兩隻存活，其中一匹馬跛腳得太嚴重，牠的騎士只好和另一個人共騎另一匹馬。

此刻牠輕鬆地衝上斜坡來找我。牠的確累了，卻因戰勝而全身抖擻。清新而純淨的夜色圍繞著牠。牠聞到，然後眼神微微一閃就看到一隻蹲在灌木下方的野兔，牠希望夜眼會忽略牠，我們卻沒這麼做。在向旁邊的猛然一撲之後，那隻野兔就在牠的嘴裡了。我們抓住野兔骨瘦如柴的頭，一搖就折斷了牠的脊椎。我們快步前行，那塊肉則是從牠嘴裡欣然垂下的重量。我們會吃得飽。一片銀黑的夜間森林圍繞著我們。

停下來，我的兄弟，別這麼做。

做什麼？

我愛你，卻不希望變成你。

我在原地徘徊。只見牠的肺部猛烈起伏，透過嘴裡的野兔頭吸入冰冷的夜間空氣。牠的口鼻處有一道輕微刺痛的割傷，牠那強健有力的雙腿依然徹底地支撐牠精瘦的身軀。

你也不想變成我，改變者。不眞的想。

我不確定牠說的是否正確。我透過牠的雙眼觀看和嗅著我自己。我躲進兩棵大樹的樹根間，把自己蜷縮得像一隻遭遺棄的小狗般渺小，空氣中有我濃烈的血味。然後我眨了眨眼，俯視黑暗中覆蓋在我的臉上的彎曲手肘。我緩慢而痛苦地抬頭，全身各處都在疼，所有的疼痛都可回溯到我背部中央的箭。

我聞到野兔的內臟和血。夜眼站在我身旁用腳抵住屍體將其撕裂。趁熱吃了吧！

我不知道自己是否能做到。

你希望我幫你嚼嗎？

牠沒有開玩笑。但是唯一比進食更令人噁心的事情，就是吃下吐出來的肉。我設法微微地搖頭，我的手指幾乎麻木了，卻看見自己的手捏住小小的肝臟將它送進我的嘴裡。它很溫暖也很多血，而我忽然知道夜眼是對的，我必須吃東西，因爲我得活下去。牠已將野兔分屍了，於是我拿起一部分咬著溫暖的肉。這很困難，我卻心意已決。毫不思索地，我幾乎已爲了牠的身體拋下自己的身軀，幾乎在牠身旁和牠一同爬進那完美健康的狼體。我曾在牠的同意之下做過一次。但我們現在都更清楚了，那就是我們會分享，但我們無法變成彼此。無法在我們倆都失去的情況下變成彼此。

我緩慢地坐起身，感覺到背部肌肉牽動抵著箭矢，抗議它阻撓它們的方式。我也感受到箭柄的重量。當我想像箭刺穿我的時候，差點兒把我已吃下的食物吐出來。我強迫自己朝向一股我感覺不出的鎭靜。突然間，博瑞屈的影像怪異地來到我眼前，就是當他屈曲膝蓋看到舊傷裂開時，臉上那份死寂的靜止。我緩慢地把手向後伸，讓手指沿著脊椎往上移動。這讓背部的肌肉逆著箭拉扯著。我的手指終於摸到黏黏的木頭箭柄，而那輕輕一碰，竟也是一種新的疼痛。我艱困地把手指蓋在箭柄周圍，然後閉上我的雙眼試著把它拉出來。就算沒有牽涉到疼痛，要這麼做也很難。然而，這極度的痛苦搖晃了我周遭的世界，而它穩下來之後，我發現自己用雙手和雙膝著地，頭也垂了下來。

我該試試嗎？

我搖搖頭，並且維持原有的姿勢，依然害怕昏倒也試著思考。如果牠把箭拔出來，我知道自己就會暈過去。倘若血流過多，我也沒辦法止血。不，最好讓它留在那裡，於是我鼓起自己所有的勇氣。你能折斷它嗎？

牠走近我身邊，我也感覺到牠把頭靠在我的背上。牠一轉頭，然後巧妙地移動牠的嘴，好讓牠的後齒咬住箭柄，接著牠閉上嘴巴。卡答一聲，彷彿園丁修剪幼樹的聲音，然後一陣顫抖似的新疼痛。一波暈眩席捲過我，但我設法伸手向後，把浸血的斗蓬從箭的殘端上拉開，然後顫抖地把它在身上裹得更緊，接著閉上我的雙眼。

不，先生火吧！

我又睜開眼睛，這實在太困難了。我湊集手邊所有的細樹枝和柴枝，夜眼則試著幫忙，把樹枝啣過來給我，但我過了彷彿是永恆的一段時間才讓一道微弱的火焰跳動。我緩緩地添柴枝。我差不多在營火燃燒起來時，才明白天將破曉，又到了上路的時候。我們只留下來吃完野兔和徹底溫暖我的雙手和雙腿，稍後我們再度動身，夜眼也無情地帶領我繼續前進。

（上冊畢）

中英譯名對照表

A

Amber Hall 琥珀廳
Antler Island 鹿角島
Arno 阿諾
Arrow 箭兒
August 威儀

B

baneberry 類葉升麻
Bay of Buck 公鹿灣
Bearns 畢恩斯
beggar town 乞丐鎮
Big Ferret 大白鼬
Bingtown Traders 繽城商人
Birdsong, Starling 椋音・鳥囀
Black Rolf 黑洛夫
Blade 布雷德
Blood Plague 血瘟
bloodroot 血根
Blue Lake 藍湖
Boar's Head 公豬頭旅店
Bolt 波爾特
bond 牽繫
Brant 布蘭特
Brawndy 普隆第
Bright 銘亮
Bronze 青銅
Buck 公鹿
Buck Harbor 公鹿港
Buckkeep 公鹿堡（城）
Buckriver 公鹿河
Burl 博力
Burnt 炙燒
Burrich 博瑞屈
Butran 布傳

C

Cabal the White 白袍卡伯
Capaman 能者
Captain Mark 馬克隊長
carris seed 卡芮絲籽
Carrod 愒懦
carryme 帶我走
catalyst 催化劑
cattail 香蒲
Celerity 婕敏
Celestra 蕞婞
Chad 查德
Chalced States 恰斯國
Changer, The 改變者
Charim 恰林

Chelika 切立卡
Chivalry 駿騎
City Guard 城市衛隊
Cleave 忠固
Coastal Duchies 沿海大公國
Cob 柯布
Cold River 冷河
Cook 廚娘
Creece 魁斯
Crookarm Scribe 文書彎臂
Crossfire Coterie 火網小組
Crowsneck 鴉頸鎮

D

Damon 岱蒙
DarAles 達阿里斯
deadroot 死根
Death 死神
Dell 戴爾
Desire 欲念
downriver 下河
Drew 阿柱
Drum 鼓兒
Duchy 大公國

E

Eda 艾達
El 埃爾
elderberry 接骨木
Elderling 古靈
elfbark 精靈樹皮
Eyod 伊尤

F

Faith 炘念
Fallstar · Chade 切德 · 秋星
Farrow 法洛
Farseer 瞻遠
Fedwren 費德倫
Festro 費斯楚
Fitz 蜚滋
Forge 冶煉鎮
Forged Ones 被冶煉者
Foxglove 狐狸手套
freeman's earring 自由人耳環

G

Galen 蓋倫
Gilded Pin 鍍金別針
Girl on Dragon 乘龍之女
Grace 賢雅
Great Circle Market 大市集廣場
green times 翠綠時節
Grimsmire Town 古林斯米爾城
Grizzle 灰髮

H

half-spirit 半靈

Hands 阿手
Hank 漢克
harbinger 通報者
Harper Josh 豎琴手賈許
Hasty 急驚風
Heart of the Pack 犬群之心
heartseize 奪心草
Heft 阿重
Hencil 翰索
Highdowns 高陵地
Hilda 希爾妲
Hist 阿噓
Hod 浩得
Holdfast, Nik 尼克．錦渥
Holly 荷莉
Honey 蜜兒
Hook 霍克
Horsedung 馬糞
Hostler 馬夫
Hungry Glacier 飢餓冰河

I

Ice Cave 冰洞
Inland Duchies 內陸大公國
Ivy Runners 常春藤使者

J

Jake Ruddy-Nose 紅鼻子傑克
Jay 傑
Jecto 傑科托
Jep 傑普
Jernigan's Spring 傑尼根泉
Jhaampe 頡昂佩
Joff 裘芙
Jofron 喬馮
Joiner 接禾
Jonqui 姜萁
Jory 裘瑞
journey puppeteer 傀儡技士
Justice 正義
Justin 擇固

K

Keffel 科費
Kettle 水壺嬸
Kettricken 珂翠肯
Kevin 卓聖
Kimoala 奇莫拉
King's Champion 吾王鬥士
King's Circle 吾王廣場
King's Man 吾王子民
King's Garden 國王花園
King's Guards 吾王衛隊

L

Lacey 蕾細
Landing 岸口
Lees 里斯

Lily 莉莉
Logis 羅吉斯
Lowden 羅登

M

Madge 馬芝
mapface 地圖臉
Master／Mistress 師傅
mead 蜂蜜酒
Melody 悅音
merrybud 含笑葉
minstrel 吟遊歌者
mirthweed 歡笑草
Molly 莫莉（Nosebleed 小花臉／Chandler 製燭商／小花束 Nosegay）
Moonseys 月眼（城）
Mountain Kingdom 群山王國
Mountwell 登穩

N

Near Islands 近鄰群島
Neko 尼寇
Nighteyes 夜眼
nigtshade 龍葵
Nosy 大鼻子

O

Oak 阿橡
Old Blood 原血者
Old Blood Hater 痛恨原血者者
Ollie 歐力
One-Eye 獨眼人
Outislander 外島人

P

Pansy 三色菫
Patience 耐辛
Pelf 纈財
Piebald 花斑點
Piper 笛兒
plantain 車前草
Pligrims 朝聖者
Pocked Man 痲臉人
Pome 梨果鎮
Porter 橋夫
Pretender, the 王位覬覦者

R

Rain Wilds 雨野原
Rally 晁弄
raspberry 懸鉤子
Reaver 瑞維
Red 阿紅
Red-Ship Raiders 紅船劫匪
Regal 帝尊
repel 抗斥
rice-lily roots 半百合根
Ripplekeep 漣漪堡

Rippon 瑞本
Rosemary 迷迭香
Ruddy 紅兒
Rundsford 朗德灘
Rurisk 盧睿史

S

Sacrifice 犧牲獻祭
Sal Flatfish 比目魚販
salt water 沿海地區
Sandbend 沙彎鎮
Sandsedge 沙緣
Sara 莎拉
Scales, the 天平旅店
Scarlet Ball 緋紅舞會
scroll 卷軸
sea pipes 海笛
Selk 賽克
Serene 端寧
Sever 玢離
Shoaks 修克斯
Shrewd 黠謀
Silk 絲綢
Sinjon 席瓊
Six Duchies 六大公國
Skef 斯可夫
Skill 精技(n.)；技傳(v.)
Skillmaster 精技師傅
Slash 傷痕
Sleet 阿霙
Slink 偷溜
Small Ferret 小白鼬
Smithy 鐵匠
Smoke 燻煙
Solicity 殷懇
Sooty 煤灰
sunskirt seed 日邊籽

T

Tallow 塔洛
Tassin 塔絲
Tel 嫜爾
Thyme 百里香
Tiller 分蘗星
Tilth 提爾司
Tom 湯姆
Trade Islands 商業島
Tradeford 商業灘
Tradeford Hall 商業灘殿堂
Truth 眞理
Turlake 涂湖

U

Upriver 上河

V

Vecci 薇西
Verde 維第

Verity 惟真
Vin river 酒河
Vision 遠見
Vita 薇塔
Vixen 母老虎；英勇王后

W

wster town 水鎮
white hemlock 水毒芹
White Prophet 白色先知
Wide Vale 廣谷
Wielder 威德
Will 欲意
willowbark 柳樹皮
Wisdom 睿智
Wisemen 智者
Wit 原智
Witness Stone 見證石
Witted 原智者
wolfsbane 驅狼草

Y

Yardarm Knot, the 桁端繩結旅店

BEST嚴選016
刺客正傳3
刺客任務（上）（經典紀念版）

原著書名／The Farseer 3：Assassin's Quest
作　　者／羅蘋・荷布（Robin Hobb）
譯　　者／姜愛玲
企劃選書人／黃淑貞
責任編輯／楊秀眞

資深行銷企劃／周丹蘋
業務主任／范光杰
行銷業務經理／李振東
副總編輯／王雪莉
發 行 人／何飛鵬
法律顧問／元禾法律事務所　王子文律師
出版／奇幻基地出版
城邦文化事業股份有限公司
台北市104民生東路二段141號8樓
電話：(02)25007008　傳眞：(02)25027676
網址：www.ffoundation.com.tw
e-mail：ffoundation@cite.com.tw
發行／英屬蓋曼群島商家庭傳媒股份有限公司城邦分公司
台北市104民生東路二段141號11樓
書虫客服服務專線：(02)25007718・(02)25007719
24小時傳眞服務：(02)25170999・(02)25001991
服務時間：週一至週五09:30-12:00・13:30-17:00
郵撥帳號：19863813　戶名：書虫股份有限公司
讀者服務信箱E-mail：service@readingclub.com.tw
歡迎光臨城邦讀書花園 網址：www.cite.com.tw
香港發行所／城邦（香港）出版集團有限公司
香港灣仔駱克道193號東超商業中心1樓
電話：(852)25086231　傳眞：(852)25789337
馬新發行所／城邦（馬新）出版集團【Cité (M) Sdn. Bhd.】
41, Jalan Radin Anum, Bandar Baru Sri Petaling,
57000 Kuala Lumpur, Malaysia.
電話：(603)90578822 傳眞：(603)90576622
e-mail:cite@cite.com.my

封面設計／黃聖文
印刷排版／鴻霖印刷傳媒股份有限公司
■2003年(民92)11月1日初版
■2019年(民108)3月29日二版11.5刷

售價／360元

國家圖書館出版品預行編目資料

刺客正傳3：刺客任務（上）（經典紀念版）
羅蘋・荷布（Robin Hobb）著；姜愛玲 譯
-二版- 台北市：奇幻基地出版；
城邦文化發行：2009(民98)　面：公分. -
(BEST嚴選：16)

ISBN 978-986-7576-05-7（平裝）

874.57　　92017340

ISBN 978-986-7576-05-7
Printed in Taiwan.

奇幻基地
http://www.ffoundation.com.tw

城邦讀書花園
www.cite.com.tw

廣　告　回　函
北區郵政管理登記證
台北廣字第000791號
郵資已付，免貼郵票

104台北市民生東路二段141號11樓

英屬蓋曼群島商家庭傳媒股份有限公司城邦分公司 收

請沿虛線對摺，謝謝

奇幻基地

每個人都有一本奇幻文學的啓蒙書

網站：http://www.ffoundation.com.tw
http://ffoundaticn.pixnet.net/blog

書號：1HB016　　書名：刺客正傳3刺客任務（上）（經典紀念版）

請於此處用膠水黏貼

奇幻基地

讀者回函卡

謝謝您購買我們出版的書籍！我們誠摯希望能分享您對本書的看法。請將您的書評寫於下方稿紙中（100字為限），寄回本社。本社保留刊登權利。一經使用（網站、文宣），將致贈您一份精美小禮。

姓名：＿＿＿＿＿＿＿＿ 性別：□男 □女

生日：西元＿＿＿＿年＿＿＿＿月＿＿＿＿日

地址：

聯絡電話：＿＿＿＿＿＿＿＿ 傳真：

E-mail：

您是否曾買過本作者的作品呢？□是 書名：＿＿＿＿＿＿＿＿ □否

您是否為奇幻基地網站會員？□是 □否（歡迎至http://www.ffoundation.com.tw免費加入）

請於此處用膠水黏貼